I0585068

R. A. Rostock

Zorn und Gier

Thriller

Bibliografische Information der Deutschen Nationalbibliothek:
Die Deutsche Nationalbibliothek verzeichnet diese Publikation in der Deutschen Nationalbibliografie; detaillierte bibliografische Daten sind im Internet über http://dnb.dnb.de abrufbar.

TWENTYSIX – Der Self-Publishing-Verlag
Eine Kooperation zwischen der Verlagsgruppe Random House und BoD – Books on Demand

© 2016 Rostock, Roman Armin

Herstellung und Verlag:
BoD – Books on Demand, Norderstedt

ISBN: 978-3-740-71558-8

Der Geschmack in seinem Mund war widerwärtig. Schleimig, trocken, bitter. Das Hemd klebte in stinkendem Schweiß auf seiner olivfarbenen Haut, ließ ihn vor sich selbst Ekel empfinden. Sein pechschwarzes Haar hing in fettigen, ungekämmten Strähnen auf die kräftigen Schultern herab und der stoppelige Bart komplettierte das Bild eines gehetzten, übernächtigten Mannes.

Gierig griff er nach den Weintrauben, die in endlosen Reihen, an den ihn leicht überragenden Weinstöcken hingen, hielt eine Handvoll über seinen Kopf und presste sich den Saft in den Mund. Der klebrige, süße Saft fühlte sich wie eine Erlösung an, schmeichelte seinem Gaumen und gab ihm Energie zurück. Energie, die er dringend benötigte.

Sein Blick glitt hoch zu dem halb vollen Mond, der das hügelige Land in ein mystisch anmutendes Licht tauchte. Der kühle Wind trug leichte Nebelschwaden die Hügel hinauf und weit und breit war weder etwas zu hören noch zu sehen, nichts als endlose Weinreben. Ein Blick auf seine Digitaluhr, die 03:21 Uhr anzeigte, verriet ihm, dass er bereits seit einer Stunde durch die deutsche Pampa marschierte. Bald sollte er sein Auto erreichen, das er auf einer von Nadelbäumen umsäumten Lichtung am Ende der Weinberge geparkt hatte. Er hielt einen Moment inne und atmete tief durch. Mit zittriger Hand griff er in seinen Rucksack. Prüfte, ob es noch da war. Das Dokument. Das Wichtigste, was er in seinem Leben jemals besessen hatte. Es hatte keiner besonderen Anstrengung bedurft, um in den Besitz des Dokumentes zu gelangen. Ein einfacher Einbruch, das Bedienen eines Kopiergerätes, mehr nicht. Die Herrschaften, gegen die er kämpfte, waren eben keine Profis, bestenfalls Clowns. Infantil, reich und unberechenbar. Dazu kamen einige Anhänger, deren einfache Gemüter sie mithilfe von wirren Ritualen, Fantasiekostümen und kruden Reden, in die von ihnen vorgesehenen Bahnen lenkten. Das Treffen, welches er anderthalb Stunden zuvor beobachten durfte, hatte dahingehend selbst seine kühnsten Vorstellungen übertroffen. Sie verhielten sich wie Kinder, die sich ein Abenteuerspiel ausgedacht hatten. Doch er wusste, dass angelockt durch Unmengen von Bargeld auch Profis in ihre Dienste getreten waren. Männer, die sich auf das Kriegshandwerk verstanden. Männer, die ihnen zu Macht verhalfen, sodass aus ihrem Spiel bald blutiger Ernst und so die Welt in eine Spirale der Gewalt gerissen würde, außer er konnte es noch verhindern. Er musste das Dokument schnellstmöglich an den richtigen Adressaten bringen. Das Dokument musste Beweis genug sein, doch die deutsche Polizei fiel als Ansprechpartner aus, denn seit der NSU-Affäre traute er diesem Haufen nicht mehr über den Weg. Zumal er sich gegen Leute wandte, die höchstes gesellschaftliches Renommee genossen.

Doch es gab eine Möglichkeit, die wie aus dem Nichts entstanden war. Er hatte am Abend zuvor seinen Cousin Mustafa angerufen. Einen einfachen aber liebenswerten Mann. Es war schön gewesen, wieder einmal Mustafas stets vergnügte Stimme zu hören.

»Morgen ist der größte und schönste Tag meines Lebens. Der Imam hat mir die ehrwürdige Aufgabe zugewiesen bei der Eröffnung der neuen großen Moschee in Köln, die Gläubigen zum Gebet zu rufen. Er hat mir sogar eine Plattform errichten lassen, damit ich bei meinem Ruf die Menge der Gläubigen überblicken kann. Ich wünschte vom Minarett hinabrufen zu können, aber das ist natürlich nicht möglich«, hatte Mustafa ihm aufgeregt erzählt. Für Mustafa erfüllte diese Ehre einen Lebenstraum. Wer wollte es seinem Cousin verdenken? Mustafa war halt sehr gläubig. Viel gläubiger als er selbst. So hatte es ihn auch vielmehr interessiert, als Mustafa ihm erzählte, dass der türkische Außenminister sowie die Ministerpräsidentin Nordrhein-Westfalens an der Moschee-Eröffnung teilnehmen würden. Das war die Chance. Man musste ihn zu den beiden vorlassen. Ihnen würde er das Dokument übergeben. Beiden Politikern, denn so konnte sich keiner von ihnen aus der Verantwortung stehlen. Sofort hatte er seinem Cousin mitgeteilt, dass er der Moschee-Eröffnung beiwohnen würde, was in Mustafa einen wahren Jubelsturm hervorrief. Nun musste er sich beeilen dorthin zu kommen und einen sicheren Unterschlupf finden, denn es war nicht auszuschließen, dass sie seinen Einbruch bereits bemerkt hatten und längst nach ihm suchten. Ohne Frage, sie würden jeden ausschalten, der ihrem Vorhaben im Weg stehen konnte. Oder? Und der Gedanke ließ ihn schaudern. Täuschte er sich selbst? War sein Einbruch vielleicht deshalb so einfach verlaufen, weil sie längst wussten, dass er ihnen auf der Spur war? War das Ganze am Ende eine Falle? Furchtsam blickte er sich um. Lauerte dort etwas zwischen den Weinreben? Wie sollte er in diesem Labyrinth einen Feind ausmachen? Er begann zu rennen.

Eine Viertelstunde später saß er gehockt zwischen den letzten Weinreben gegenüber der Lichtung und blickte hinüber zu seinem dunklen Audi A4. Vorsichtig ließ er seinen Blick wie einen Scanner über die Lichtung gleiten. Lauschte in die Nacht hinein. Doch nach wie vor schien alles still. Nichts wie weg, dachte er, öffnete den Wagen und warf seinen Rucksack auf den Beifahrersitz.

Er wollte sich gerade anschnallen, als er die kalten blauen Augen im Rückspiegel sah. *Verflucht, wieso habe ich nicht in den Wagen geschaut?* Verzweifelt griff er nach dem Messer in seinem Rucksack, doch sein Gegner ließ ihm nicht den Hauch einer Chance. Die Metallschlinge legte sich mit ungeheuerlicher Gewalt um seinen Hals, schnitt unbarmherzig in seinen Kehlkopf. Er versuchte sich zu winden, griff nach der Schlinge, stemmte sich dagegen, versuchte mit all seiner Kraft das Unvermeidliche abzuwenden. Seine Schläfen pochten. Seine Wut war grenzenlos. Aber dieser Angreifer war kein Amateur. Nein, dieser war einer jener Profis, deren Dienste sie sich mit Geld erkauft hatten und der Dienst dieses Mannes bestand darin, den Tod zu bringen.

Ein letztes Röcheln war ihm noch vergönnt.

»Möge Allah mir mein Versagen verzeihen«, presste er mit heiserer Stimme hervor. Dann verschwanden seine Gedanken in der dunklen Leere, zu der sein Bewusstsein geworden war.

Der Mann hinter ihm griff zum Telefon. »Problem erledigt.«

»Hervorragend, lassen Sie alles was ihn identifizieren würde verschwinden und hinterlassen Sie keine Spuren. Es darf keine Möglichkeit geben, eine Verbindung zu uns herzustellen.«

»Er hatte gestern einen telefonischen Kontakt.«

»Darum kümmern wir uns. Machen Sie Ihren Job.«

Kapitel Eins

Es war ein herrlicher Tag an diesem zweiten Mai. Die modern, aus Beton und Glas gestaltete Großmoschee stand vor ihrer Einweihung an einem der höchsten Feiertage des Islams und das Wetter zeigte sich von seiner besten Seite. Die Sonne schien hochsommerlich, ein stahlblauer Himmel ließ die Vögel fröhlich zwitschern und die Luft roch nach den verschiedensten Leckereien, die auf einer Vielzahl von Grillfesten zubereitet wurden.

Dennoch lag gleichsam eine unangenehme, bedrohliche Anspannung in der Luft. Tausende muslimische Menschen hatten sich versammelt, um dem besonderen Moment beizuwohnen. Doch auch Tausende Demonstranten aus dem rechten Milieu waren mobilisiert worden, von denen etliche Plakate mit Mohammed Karikaturen oder Abbildungen einer Moschee im Kreise des Verbotszeichens hoch hielten. Schon im Vorfeld der Eröffnung hatte es lautstarke Diskussionen über den Prachtbau gegeben, den sich eine muslimische Gemeinde in einem eher tristen Stadtteil von Köln bauen lassen hatte. Alleine der Streit über die beiden fünfundfünfzig Meter hohen Minarette hatte bereits für erbitterte Anfeindungen gesorgt. Und so lag über dem für Muslime heiligen Tag, ein Stimmungsgemisch aus wütendem Hass, Unverständnis und Sorge um die Erhaltung der eigenen Kultur.

Die Polizei hatte dementsprechend reagiert, sodass es kein Durchkommen zu der Moschee gab, ohne mindestens drei Mal kontrolliert zu werden. Mehr als dreitausend Polizisten schotteten das Gebäude in mehreren Ringen ab. Darüber hinaus kreisten Polizeihelikopter über dem Stadtteil und weitere Polizeitruppen sicherten den Rückraum, da auch einige Tausend Menschen gegen Fremdenfeindlichkeit demonstrierten.

Heute, nach dem Regaib Kandili, der Nacht des Gewünschten, am Beginn der heiligen drei Monate Radschab, Schaban und Ramadan, durfte aufgrund einer Sondergenehmigung der Stadt Köln, der Gebetsruf von einer Plattform in Front der transparenten Kuppel ausgerufen werden. Mustafa war für diesen Anlass festlich gekleidet, denn es stellte eine besondere Belohnung für ihn dar, die Gläubigen zum Gebet rufen zu dürfen. Ärgerlich erschienen ihm nur die vielen ungläubigen Demonstranten, doch innerhalb der Moschee war er zum Glück von diesen abgeschottet. Sobald er sie betrat, befand er sich in seiner Heimat. Weit weg von dieser Welt. Weit weg von diesem fremden Land, welches auch nach so vielen Jahren nicht zu seiner Heimat geworden war. An sich mochte er die Deutschen, denn sie waren ein freundliches Volk. Andererseits hatte das Gezerre um den Bauvorgang der Moschee die Nerven aller Beteiligten stark belastet. Immer wieder mussten Änderungen an der Architektur erfolgen, um es allen Recht zu machen. Diskussionsabende mit lautstarken Gegnern, die lieber Phrasen droschen als zu argumentieren, zogen sich endlos in die Länge. Verhandlungen mit Politikern, die sich zwar allen Religionen gegenüber aufgeschlossen zeigten aber gleichsam immer die nächste Wahl im Blick hielten, raubten fast den Verstand. Doch nun war es endlich geschafft. Die Moschee wies alles auf, was sich Mustafas Herz ersehnte. Einen wundervollen, großen Gebetsraum, einen eleganten Bazar, wo Gläubige und Ungläubige gleichsam gern gesehen waren, aber auch Versammlungssäle, Büros sowie ein Kunstmuseum. Für Mustafa erfüllte sich mit dieser Eröffnung ein Traum. Bereits als Kind hatte es ihn beeindruckt zu sehen, wie die Gläubigen, einerseits mit Ehrfurcht und Respekt andererseits aber auch mit einer spürbaren Freude, in die Moscheen strömten. Jedes Mal stärkte dies seitdem seinen eigenen Glauben und heute würde es für ihn mit einer noch größeren Emotion verbunden sein. Schon seit Tagen stieg die Nervosität in ihm kontinuierlich, doch nun legte sich Ruhe über ihn und alle Sorge einen Fehler zu begehen, wich der Freude darüber, welch großen Dienst er der Gemeinde leisten durfte. Besonders freute Mustafa jedoch, dass sein Cousin Karim angerufen und sein Kommen angekündigt hatte. Sein Cousin war kein sonderlich religiöser Mensch. Außerdem arbeitete Karim als freier Journalist in Istanbul. Mustafa hatte bis zu dem Anruf am gestrigen Abend gar nicht gewusst, dass sich sein Cousin in Deutschland aufhielt. Insofern freute es ihn doppelt, Karim bei diesem besonderen Augenblick dabei zu haben. Wobei er ihn am heutigen Morgen vergeblich gesucht hatte und Karim auch nicht auf dem Handy erreichen konnte. Aber das kannte er ja von ihm. Karim kam stets auf den letzten Drücker.

Mustafa begann sich vorzubereiten, indem er sich das Gesicht sowie die Hände bis zu den Ellenbogen wusch, sich über den Kopf strich und dann seine Füße wusch. Anschließend griff er zu einem Siwak, einem kleinen Zweig des Zahnbürstenbaums, der aufgrund seines Fluorid-Anteils sowie weiterer zahnpflegender Inhaltsstoffe die Eigenschaften von Zahnbürste und Zahnpasta in sich vereinigte. Den Zweig kaute er so lange, bis dieser faserig wie eine Bürste war, um sich anschließend Zähne, Zahnfleisch und Zunge zu reinigen, wobei er immer wieder abbrechende Holzstückchen ausspuckte. Damit war seine rituelle Reinigung abgeschlossen. Die Sonne hatte den Zenit überschritten, sodass er nun pünktlich zur Tat schreiten konnte. Ehrfürchtig trat er durch ein Fenster auf die Plattform hinaus, auf der die Techniker ihm eine Mikrofonanlage in Richtung des Vorplatzes aufgestellt hatten. Dann legte er die Hände leicht abgewinkelt an den Kopf und rief mit dem lauten Gesang des Gebetsrufes Al-Adhan die Gläubigen zum Gebet:

»Allahu Akbar, Allahu Akbar!« Allah ist größer als alles.

Auf seinen einfühlsamen Gesang reagierend, strömten die Gläubigen in die Moschee, wobei sie ihre Schuhe auszogen und feinsäuberlich in ein hierfür vorgesehenes Regal stellten.

Zur selben Zeit, knapp achthundert Meter entfernt, rauchte ein hochgewachsener Mann im obersten Stockwerk eines Bürogebäudes eine Zigarette und lauschte verzückt der sonoren Stimme des Muezzins. Er hatte den Gebetsruf seit seiner Rückkehr aus Afghanistan lange vermisst. In Kabul ertönte der Ruf fünfmal täglich, was für ihn, obwohl selbst kein Muslim, stets mit einer spirituellen Erfahrung einhergegangen war. Während der Muezzin den Ruf wiederholte, drückte der Mann seine Zigarette aus, wobei er den Stummel inklusive der Asche sorgfältig in einen Plastikbeutel füllte.

»Asch-hadu al-la ilaha il-Allah!« Ich bezeuge, dass es keinen Gott gibt außer Allah.

Nachdem der Mann sich zu seinem Kunststoffoverall passende Gummihandschuhe übergezogen hatte, öffnete er einen Aluminiumkoffer, dem er mit nahezu liebevoller Zärtlichkeit ein Heckler & Koch G28 Scharfschützengewehr entnahm. Er hatte sich bewusst für dieses deutsche Gewehr entschieden, da es sich um eine halbautomatische Waffe handelte, die es ihm ermöglichte mehrere Schüsse hintereinander abzugeben.

»Asch-hadu anna Muhammada-r-Rasulu-Illah!« Ich bezeuge, dass Muhammad der Gesandte Allahs ist.

Er legte das mit fünf Whisperer Patronen gefüllte Magazin ein. Die vollummantelte Kugel würde den Gewehrlauf mit Unterschallgeschwindigkeit verlassen, wodurch ein lautloses Austreten der Kugel gewährleistet war, sodass seine Entdeckung erschwert wurde.

»Hayya´ala-s- Salah!« Kommt zum Gebet.

Der Mann richtete die Waffe auf dem Zweiarm aus und brachte sich in Stellung, wie er es hunderte Male in seinem Leben getan hatte.

»Hayya´ala-l-Falah!« Kommt zum Heil.

Er blickte durch das Zielfernrohr und prüfte anhand des Strichbildes die Zielentfernung.

»Allahu akbar, Allahu akbar!« Allah ist größer. Allah ist größer.

Er schmiegte seine Wange an den Schaft, presste ihn kräftig an seine Schulter und lud durch.

»La ilaha il-Allah!« Es gibt keinen Gott außer Allah.

Der Mann atmete drei Mal tief durch, hielt den Atem an und drückte ab.

In einem Parabelflug jagte das Geschoss auf das ahnungslose Opfer zu, über dem eine Sekunde später roter Nebel in die Luft stieg, bevor der Muezzin von der Plattform in die Tiefe rauschte.

Das wäre erledigt. Ich habe ihn wenigstens fertig singen lassen. Soviel Respekt muss sein. Nun muss ich nur schnellstens hier weg, dachte der Attentäter, während er das Gewehr in Sekundenschnelle zerlegte und wieder im Aktenkoffer verstaute. Dann wendete er sich zur Tür. Er durfte das Gebäude nicht in Hektik verlassen, sonst machte er sich Verdächtig. Doch er musste sich genau an seinen Fluchtplan halten, denn sie würden ihn fortan jagen. Wobei nicht sicher war, ob dies nur auf Deutsche und Türken zutraf.

Nachdem der Mann in ein weiteres Büro des leerstehenden Stockwerkes geeilt war, zog er einen eleganten Businessanzug an und setzte einen breitkrempigen Chicago Hut auf. Anschließend legte er seinen Kunststoffanzug in einen mit DNA-Reagenz gefüllten Behälter, den er direkt neben der voll aufgedrehten Heizung platzierte, um den DNA-Abbau auf dem Material zu begünstigen. Dann betrat er vorsichtig das Treppenhaus, wo er einen Moment verharrte, um nach verdächtigen Geräuschen zu lauschen. Doch es regte sich nichts. Die meisten Mitarbeiter nahmen ohnehin den Fahrstuhl, sodass ihm im Idealfall niemand begegnen sollte. Schnell sprang er die Stufen des zwölfstöckigen Gebäudes hinab in den Versorgungskeller, von dem aus ein Lieferanteneingang nach draußen führte. Dieser wurde zwar von außen kameraüberwacht, doch mit wenigen Handgriffen verursachte er einen Kurzschluss in der innen liegenden Stromversorgung, sodass der Monitor im Sicherheitszentrum kein Bild mehr anzeigen sollte. Draußen angekommen brachte er sich hinter einer Hecke in Deckung, von wo aus er den Parkplatz des Gebäudes ansteuerte. Wenn ihm hier niemand begegnete, sollte nichts mehr schiefgehen.

Unterdessen hatte die rund um die Moschee stehende Menschenmenge die Situation immer noch nicht erfasst. Eine atemlose Stille lag über dem Platz. Stocksteif und fassungslos standen die Menschen da, denn das hatte niemand erwartet. Wie konnte das möglich sein? Noch einen Moment zuvor hatte der Muezzin sie alle mit der Erhabenheit seines Gesanges in seinen Bann gezogen. Doch dann war er völlig unvermutet von der kleinen Plattform hinab in die Tiefe gefallen. Sofort versammelten sich einige Polizisten rund um den nahezu bis zur Unkenntlichkeit zerstörten Körper.

»Ich glaube der ist erschossen worden, aber ich habe keinen Schuss gehört«, sagte einer der Polizisten etwas zu laut, denn damit brachte er die zündelnde Stimmung zur Explosion. Ein tosender Mob jagte auf die rechten Demonstranten zu, die nun in Eile von dick vermummten Polizeikräften umkreist wurden. Aber trotz des Einsatzes von Schilden und Schlagstöcken, wurden die Polizisten beidseitig so sehr bedrängt, dass einige von ihnen sich nur noch mit Pfefferspray zu verteidigen wussten. Schnell fuhren die ersten Wasserwerfer vor. Aufgeregt versuchten Imame die Gläubigen zu beruhigen, während sich der Oberbürgermeister auf der anderen Seite mühte, dasselbe bei den Demonstranten zu erreichen. Doch die rasend wütende Menschenmasse war nicht zu besänftigen. Schon wand sich Körper an Körper, wobei ein jeder auf alles einschlug, was sich ihm in den Weg stellte. Die Geräuschkulisse aus wütendem Gebrüll, Schreien des Schmerzes und Sirenen der Einsatzfahrzeuge verschmolz zu einem Crescendo des Zorns. Überall sah man funkende Polizisten, Rettungssanitäter, die blutende Menschen aus der Menge zogen, flüchtende Demonstranten, die panisch in alle Richtungen davonstoben und weinende Kinder, die verzweifelt nach ihren Müttern riefen. Die Lage der Einsatztruppen wurde immer kritischer, bis endlich der Oberste aller Imame nebst Ministerpräsidentin Hanna Köhler sowie dem türkischen Außenminister Mehmet Bülent an ein Mikrofon trat.

»Liebe Brüder«, setzte der Imam mit beruhigendem, doch bestimmendem Ton an, »wir befinden uns auf dem Platz vor einer heiligen Moschee. Am Tage des Beginns der heiligen drei Monate Radschab, Schaban und Ramadan, in denen uns Muslimen jegliche Kampfhandlungen untersagt sind. Gerade in diesen Tagen lautet unser Leitspruch, es ist Zeit Türen zu öffnen. Insofern bitte ich euch alle inständig, die Gewalt ruhen zu lassen. Besinnt euch, liebe Brüder. Auch wenn wir Zeuge eines schrecklichen Verbrechens geworden sind. Besinnt euch bitte, liebe Brüder«, erklärte er allen Anwesenden, welche bei diesen mahnenden Worten beschämt voneinander abließen.

Der türkische Außenminister trat ans Mikrofon. »Auch ich möchte zur Ruhe mahnen, denn indem Sie Polizeikräfte vor Ort binden, fehlen den Sicherheitskräften Männer, die bei der Suche nach dem Täter dringend gebraucht werden. Unser aller Wunsch ist es, dass dieses verachtenswerte Verbrechen gesühnt wird. Aber der Täter soll büßen und nicht Unschuldige. Bitte unterstützen Sie die deutsche Polizei.«

Ministerpräsidentin Hanna Köhler übernahm das Schlusswort: »Meine sehr verehrten Damen und Herren, ich versichere Ihnen, dass wir alles tun werden, um den Täter zu fassen. Wir tolerieren es nicht, wenn extremistische Kräfte versuchen uns in Angst zu versetzen. Ebenso wenig lassen wir es unbeantwortet, wenn diese glauben unser Leben durch ihre Gewalttaten bestimmen zu können. Ich verspreche Ihnen, dass der Täter seine gerechte Strafe erhalten wird. Nun gehen Sie bitte, sofern Sie nicht an dem Gottesdienst teilhaben möchten, nach Hause.«

Langsam und widerwillig entfernten sich alle Demonstranten durch Polizeikräfte begleitet vom Tatort, während sich die Gläubigen der Moschee zuwendeten, an deren Fassade bereits die Spuren des Verbrechens beseitigt wurden. Der Leichnam befand sich inzwischen auf dem Weg in die Gerichtsmedizin, sodass helfende Hände die Blutspuren vor der Moschee entfernen konnten. In Bezug auf die vorausgegangenen Krawalle zählte man zweiundfünfzig Verletzte, von denen acht mit Krankentransportwagen in die nahen Hospitäler überwiesen werden mussten sowie achtundachtzig Festnahmen von rechten Demonstranten. Glücklicherweise war niemandem etwas Schlimmeres passiert, doch die psychische Verletzung der Menschen würde noch lange nachhallen.

Noch einmal kam der türkische Außenminister auf Hanna Köhler zu. »Frau Ministerpräsidentin, ich glaube, ich muss Ihnen nicht erklären, wie diffizil diese Angelegenheit ist. Ich denke, meine Landsleute, wie auch die anderen Muslime, werden sich ruhig verhalten. Zumindest während der heiligen drei Monate. Aber ich fordere Sie auf, alles Erdenkliche zu tun, um den Täter schnellstmöglich zu ermitteln. Ein Muezzin ist sicherlich nicht mit einem Imam gleichzusetzen, doch ihn während der Ausübung seiner religiösen Tätigkeit zu töten, hinterlässt ohne Zweifel einen tiefen Schmerz bei den Gläubigen. Gerade aufgrund der Pannen bei den Ermittlungen zur NSU-Terrorserie und der immer weiter aufwallenden islamophoben Kundgebungen in Deutschland, sollten Sie die Stimmung innerhalb der türkischstämmigen Bevölkerung nicht unterschätzen. Wir sind gerne bereit türkische Ermittler zur Verfügung zu stellen.«

»Letzteres wird nicht notwendig sein. Es handelt sich um ein in Deutschland verübtes Verbrechen. Dementsprechend werden wir uns selbst darum kümmern. Außerdem ist noch längst nicht klar, ob es sich um ein Verbrechen aus islamfeindlicher Motivation handelt. Ich habe soeben den Menschen versprochen, dass wir den Täter fassen werden. Insofern können Sie sich darauf verlassen, dass wir unsere besten Leute darauf ansetzen. Allerdings würde ich Sie bitten, vermittelnd einzugreifen, da unsere Kriminaltechnik dringend hinauf zu der Plattform muss, um die Spuren zu sichern. Wir haben bereits alle Stadtgrenzen abgesperrt, damit jeder der aus der Stadt hinaus will kontrolliert wird. Mit einem Anschlag dieser Art hat niemand gerechnet. Wir werden selbstverständlich nachforschen, ob es vorab Hinweise auf einen Anschlag gab. Doch Sie wissen selbst, bei Einzeltätern oder kleinen Gruppen, sind Ermittlungen im Vorfeld sehr schwierig.«

»Das ist klar. Ich werde gleich mit dem Imam sprechen, damit Ihre Leute ihre Arbeit aufnehmen können. Dennoch möchte ich Sie darauf hinweisen, dass es sich keineswegs nur um ein einfaches Verbrechen handelt. Muslime in aller Welt werden jeden Ihrer diesbezüglichen Schritte mit Argusaugen beobachten. Deutschland muss jetzt seine Handlungsfähigkeit und vor allem seinen Handlungswillen beweisen, sonst droht Ihnen ein schwer wiedergutzumachender Ansehensverlust.«

»Ich nehme dies zur Kenntnis, Herr Außenminister.«

Unterdessen saß der Attentäter entspannt auf dem Fahrersitz seiner schwarzen Mercedes E-Klasse, schweißte seinen Gewehrkoffer mit einer Laminierfolie ein und verpackte ihn anschließend in einem Karton mit der Aufschrift eines überregionalen Paketdienstes. In der Ferne hörte er entsetzlichen Tumult. Somit war klar, dass seine Aktion den gewünschten Erfolg erbracht hatte. Der Attentäter nahm sein Krypto-Handy aus dem Handschuhfach und wählte eine kurze Rufnummer. Dass sein Gesprächspartner den Anruf entgegennahm, hörte er nur am Aussetzen des Freizeichens.

»Guten Tag, ich wollte bestätigen, dass die Lieferung raus ist. Sie werden mit der Qualität unserer Arbeit zufrieden sein. Wir erwarten jedoch Hilfe bei der Entsorgung der verwendeten Hilfsgüter sowie pünktliche Bezahlung.«

Nachdem er das Gespräch beendet hatte, dauerte es nur einen kurzen Moment, bis ein Fahrzeug des Paketdienstes eintraf. Im Schutz eines großen Ahornbaumes tauschte der Attentäter bei dem Fahrer sein Paket gegen einen Aktenkoffer identischer Bauweise aus. Der Inhalt dieses Koffers bestand aus Prospekten eines Büroausstatters, sodass er problemlos durch etwaige Kontrollen kommen sollte. Danach atmete er tief durch und fuhr mit seinem Mercedes auf die stark befahrene Stadtstraße auf. Der Fahrer des Paketdienstes verstaute das Paket indes zwischen den restlichen über einhundert Kartons in seinem Fahrzeug und fuhr in die entgegengesetzte Richtung. Nach acht Kilometern geriet er in eine soeben eingerichtete Polizeisperre.

Der Beamte beorderte ihn, am Straßenrand stehen zu bleiben. »Guten Tag, allgemeine Verkehrskontrolle. Personalausweis, Fahrzeugpapiere, Führerschein sowie Ihren Firmenausweis bitte.«

»Gerne. Ist mir ja noch nie passiert, dass ich gleich alle Dokumente vorzeigen musste.«

»Es wurde soeben ein Attentat verübt. Insofern sind wir gehalten, Ihr Fahrzeug genauestens zu überprüfen. Ist Ihnen während der Fahrt gegebenenfalls etwas aufgefallen, Herr Melters?«

»Keineswegs, ich habe wie immer meine Runde gemacht und die Pakete bei den einzelnen Firmen abgeholt. Es war alles so, wie sonst auch.«

»Okay, wir werden Ihre Unterlagen kopieren. Öffnen Sie bitte einmal den Laderaum und steigen Sie aus.« Der Paketbote stieg aus dem Wagen, während der Polizist einen Hund heranführte, der sowohl die Hände des Boten als auch den kompletten Fahrzeuginnenraum inklusive der Ladefläche abschnüffelte, jedoch keinen Laut von sich gab.

»Der Hund ist auf die Erfassung von Schmauchspuren ausgebildet«, erklärte der Polizist. »Sie brauchen keine Angst vor ihm zu haben, außer Sie hätten soeben mit Munition hantiert.« Ein weiterer Polizist hatte sich inzwischen telefonisch bezüglich des Boten erkundigt und nickte dem Beamten zu.

»Gut, Herr Melters, Sie dürfen weiterfahren.«

In ähnlicher Weise wurde auch der Schütze, der knapp siebzehn Kilometer entfernt auf die Autobahn auffahren wollte, von der Polizei behandelt. Ebenso wie der Bote durfte auch er weiterfahren, da der Spürhund bei ihm keine Schmauchspuren erschnüffelte.

Damit bin ich raus aus der Sache, selbst wenn ich etwas übersehen haben sollte, meine DNA ist nirgendwo gespeichert, dachte er sich. Er würde sich nun in seinen Unterschlupf zurückziehen, um dort auf weitere Anweisungen zu warten. Vergnügt pfiff er zu der aus dem Radio tönenden Musik, ließ das Seitenfenster herunterfahren und zündete sich eine Zigarette an.

Kapitel Zwei

Zur selben Zeit wurde Hauptkommissar Eduard Sacher vom Bundeskriminalamt durch einen Kriminalbeamten über den Vorfall informiert. Der für seinen Körperumfang etwas zu kurz geratene Endvierziger mit schütterem blonden Haar und stahlblauen Augen stand, wie immer leger mit Jeans und kariertem Baumwollhemd gekleidet, am Fenster seines Büros in Meckenheim.
Nachdenklich blickte er hinaus auf die Parkplätze vor dem sechsstöckigen weißen Gebäude. *Verdammt, was ist das wieder für eine Teufelei?*

Seine beiden engsten Mitarbeiter, die Kriminalkommissare Katrin Pfeiffer und Johann Manger, befanden sich gemeinsam mit Cathleen und Scott Sanders, einem Freund Mangers vom CIA, auf einem Segelturn auf der Ostsee. Gerne hätte er ihnen diese Auszeit nach den zuletzt harten Ermittlungswochen gegönnt, doch dieser Vorfall besaß eine derartige Tragweite, dass er sie unbedingt wieder zurückholen musste. Sie waren ein eingespieltes Team und vor allem weil der Ermittlungsauftrag von Ministerpräsidentin Hanna Köhler persönlich kam, wollte er nicht auf sie verzichten.

»Ist die Spurensicherung bereits vor Ort?«, fragte er den Kriminalbeamten.

»Da ist so ziemlich jeder vor Ort, der irgendwas

mit dem Thema Sicherheit zu tun hat. Die KTU untersucht derzeit die Plattform, von der aus der Muezzin sang. Ich denke, wenn Sie die Ermittlungen übernehmen, werden Sie da auch hin wollen, oder?«

»Das versteht sich wohl von selbst. Aber vorher muss ich noch ein Telefonat führen. Ich brauche Sie dann nicht weiter. Danke, dass Sie mich in Kenntnis gesetzt haben.«

Nachdem der Kommissar sich verabschiedet hatte, griff Sacher zum Telefon. Die Sache war ihm unangenehm. Dennoch, es musste sein.

Am anderen Ende hob Manger ab. »Manger.«

»Eduard hier, grüß dich, Johann. Wie sieht's aus, auf der Ostsee?«

»Traumhaft, wir haben Sonne pur und der Wind ist ruhig aber ausreichend. Wir kommen gut voran. Wie sieht es bei dir aus?«

»Leider alles andere als gut, was übrigens auch der Grund meines Anrufes ist. Ich brauche euch möglichst schnell hier vor Ort. In Köln wurde bei der Einweihung der neuen Moschee ein Muezzin von einer Plattform geschossen. Die Ministerpräsidentin hat uns persönlich als Ermittlerteam angefordert, da es heute Mittag im Anschluss an die Tat bereits zu Ausschreitungen zwischen Muslimen und Islamgegnern kam. Falls ihr irgendwo ein Radio auftreiben könnt, schaltet es sofort ein. Sämtliche Stationen berichten über nichts anderes mehr. Wo seid ihr aktuell?«

»Wir sind kurz hinter Bornholm, aber wir haben einen Hilfsmotor. Wenn ich sofort wende, kann ich in circa zwei Stunden in Heringsdorf auf Usedom anlegen. Gesetzt den Fall du organisierst uns bis dahin einen Helikopter, können wir heute am späten Nachmittag vor Ort sein. Auch wenn das vermutlich nicht bei allen an Bord auf Gegenliebe trifft.«

»Das denk ich mir. Tut mir auch Leid, aber anders geht's nicht.«

»Ist schon okay. Eine Woche Urlaub muss reichen. Bis nachher.«

»Danke. Bis nachher.«

Sacher begab sich hinunter zu seinem BMW Dienstwagen und fuhr mit einem mulmigen Gefühl nach Köln.

Auf dem Schiff überlegte Manger, ein hochgewachsener, muskulöser Mittvierziger mit dunklem glattem Haar und kantigem Gesicht, derweil, wie er das Ganze seiner neuen Lebensgefährtin Katrin beibringen sollte. Sie waren sich über ihren letzten Fall näher gekommen und wollten diese Auszeit nutzen, um ihre neue Beziehung, weitab vom Stress der Ermittlerarbeit, zu festigen. Gerade Katrin, die bezüglich des Themas Work-Live Balance sehr empfindlich war, würde sicherlich tief enttäuscht sein. Schon Tage bevor sie losfuhren hatte Manger bemerkt, wie sehr sie sich auf diese für drei Wochen geplante Reise freute. Er hatte sie seit langem nicht mehr so gelöst erlebt. Es tat ihm weh, ihr diese Freude nun verderben zu müssen.

Vorsichtig schaute er unter der sich nun stärker aufblähenden Takelage hindurch, auf den Bug der fünfzehn Meter langen Yacht, wo Katrin neben Cathleen in der Sonne badete. Im Gegensatz zum letzten Jahr, war es ein sehr milder sowie kurzer Winter gewesen und auch hier im Norden auf der Ostsee kehrte bereits der Sommer ein.

Aus der Kombüse der Yacht kam Scott Sanders herauf, der sich mit seinen stets üppig belegten Burgern nebst Katrin, die für die deutsche Küche verantwortlich zeichnete, zum Versorger der Mannschaft aufgeschwungen hatte.

Der groß gewachsene blonde Mittdreißiger mit seiner stets braun gebrannten Haut, schien Mangers Gedanken lesen zu können. »Du guckst, als hätten wir die letzten sieben Tage Regenwetter gehabt. Verhageln sie euch den Urlaub?«

»So sieht es aus. Wir müssen sofort zurück. Ihr könnt die Yacht allein weiter nutzen. Ich drehe um und werde dann in Heringsdorf anlegen, von wo aus wir mit dem Helikopter zurückfliegen.«

»Das tut mir Leid. Was ist denn passiert?«

»In Köln wurde ein Muezzin beim Gebetsruf von einer Plattform geschossen.«

»Oh, das ist ernst, aber vor allem ein absoluter Brandherd. Dann brauchen wir die Yacht nicht weiter zu nutzen, denn da werden sie mich vermutlich auch drauf ansetzen. Letztlich, falls da irgendeiner einen Gegenschlag veranstaltet, könnten auch unsere Einrichtungen betroffen sein. Insofern würde ich sagen, wir essen auf der Rücktour und gehen gemeinsam von Bord. Ich glaube, du kannst dir die nicht genutzte Zeit für die Yacht beim Charterer anrechnen lassen, zumindest wenn du ihm deinen Dienstausweis zeigst.«

»Will ich hoffen, immerhin war das Ganze nicht billig. Wobei, wenn das nicht geht, zahlt es eben der Steuerzahler.«

Inzwischen war den beiden Frauen Mangers Wendemanöver aufgefallen, sodass Katrin mit ihren graublauen Augen fragend zu ihm hinüberschaute. Mit ihren schulterlangen rotbraunen Haaren und der leicht gebräunten Haut bot die zweiundvierzigjährige eine außerordentlich attraktive Erscheinung. Nun erhob sie ihre sportlich schlanke Figur und kam gefolgt von Sanders Frau Cathleen um die Takelage herum auf die beiden Männer zu.

»Warum wenden wir? War's das schon mit dem Urlaub?«, fragte sie, ohne ihre Enttäuschung zu verbergen.

»Ja, ich kann es nicht ändern. Sacher rief gerade an. Es gab einen Anschlag auf die Moschee-Eröffnung in Köln. Ein Muezzin wurde erschossen.«

»Okay, das ist zumindest mal ein Argument. Da können wir Sacher, auch wenn's noch so ärgerlich ist, nicht im Stich lassen. Weiß man schon was Genaues?«

»Sacher hat noch nichts gesagt, außer dass es wohl nach der Tat zu heftigen Krawallen kam.«

»Na toll, das heißt im Klartext, nicht nur unser Urlaub ist futsch, sondern wir stehen auch noch von Anfang an unter Druck. Wollen wir hoffen, dass wir das schnellstmöglich klären. Ich habe keine Lust mir den Jahresurlaub schon wieder auszahlen zu lassen.«

Über die restliche Zeit der Rückreise hinweg beschäftigte sich jeder damit, schnellstmöglich seine Reiseutensilien zu verpacken, um keine Zeit zu verlieren. In Heringsdorf verabschiedete man sich, da Sanders mit seiner Frau nach Berlin zurückkehren wollte, während Manger und Katrin sich auf den direkten Weg nach Köln begaben.

Sacher traf indes in Köln ein und konnte feststellen, dass der Beamte bei seinen Schilderungen nicht übertrieben hatte. Wie in einem Ameisenhaufen, umringten Sicherheitskräfte aller Art die Moschee. Abgekämpfte Einsatztruppen lehnten mit ernsten Gesichtern an ihren Fahrzeugen. Wild gestikulierende Schutzpolizisten versuchten den Anwohnern zu erklären, warum die belebte Einkaufsstraße aufgrund der Vollsperrung umfahren werden musste, und Arbeiter der Straßenreinigung bemühten sich, das Bild der Verwüstung auf dem Platz wieder in Ordnung zu bringen.

Nachdem er sich immer wieder ausgewiesen hatte, um durch die zahlreichen Absperrungen zu kommen, schritt er die lange weiße Treppe zu dem prächtigen Gotteshaus hinauf.

An sich, dachte Sacher, ist die Moschee zwar einerseits ein gewagt großer Bau, aber auf der anderen Seite bereichert sie die Stadt Köln um eine neue Sehenswürdigkeit.

In der Moschee angekommen betrachtete er die prächtigen orientalischen Intarsien, ging an der geschlossenen Shoppingmeile entlang und traf an einem, zur Plattform hin offenstehenden Fenster, in der oberen Etage, auf den leitenden Mitarbeiter der KTU.

»Hallo, Herr Kollege. Sacher mein Name, vom BKA. Lässt sich schon irgendwas zum Tathergang sagen?«

»Nicht viel. Feststeht nur, dass man den Muezzin aus einer größeren Entfernung erschossen hat. Er wurde von oben, seitlich, diagonal in die untere Kopfhälfte getroffen und vom Druck des Geschosses über das Geländer geschleudert. Sein Körper fiel relativ gerade mit den Füßen voraus in die Tiefe, sodass die Gerichtsmedizin noch genügend Erkenntnisse gewinnen sollte, da der Kopf nicht vollständig zerschmettert wurde. Ansonsten stehen unsere Auswertungen noch an, will heißen, wir können noch nichts Genaues zum Standort des Schützen sagen.«

»Haben Sie ein Fernglas?«

»Selbstverständlich.«

Sacher nahm das Glas entgegen und betrachtete die umliegenden Gebäude. Es gab etliche hohe Bauten im Umkreis der Moschee. Er musste dringend ein Team damit beauftragen, jedes einzelne dieser Häuser zu durchsuchen. Der Abstand der Gebäude zu der Moschee machte aber immerhin klar, dass der Schütze aus einer Entfernung von mehreren hundert Metern geschossen haben musste. Das bedeutete, sie hatten es mit einem Profi zu tun.

Er verließ die Plattform, um sich nach dem leitenden Beamten der Einsatztruppe umzuschauen, den er rauchend vor der Moschee wiederfand. »Guten Tag, Sacher mein Name, vom BKA. Ich übernehme die Leitung der Ermittlungen. Geben Sie mir mal bitte einen Bericht zu Ihren bisherigen Maßnahmen.«

»Also, unsere Maßnahmen waren sehr umfangreich, allerdings kam bisher noch nicht viel dabei rum. Wir mussten zunächst heute Mittag, die einsetzenden Ausschreitungen bekämpfen. Trotzdem haben wir unmittelbar als klar war, dass der Muezzin ermordet wurde, einen Umkreis von etwa sechzehn bis siebzehn Kilometern Durchmesser vollständig abgeriegelt. Ausnahmsweise waren ja mal genügend Beamte vor Ort. In diesem Umkreis wurden alle potentiell infrage kommenden Personen angehalten und die meisten Fahrzeuge kontrolliert. Wir haben Ausweispapiere kopiert und Waffenspürhunde eingesetzt, die die Fahrzeuginnenräume inklusive der Insassen nach Schmauchspuren abschnüffelten, jedoch nichts Relevantes gefunden haben. Will heißen, nichts was diesen Fall beträfe. Derzeit befragt die Schutzpolizei sämtliche Anwohner nach verdächtigen Vorgängen. Bisher war da aber noch keine brauchbare Zeugenaussage dabei. Bekennerschreiben oder Ähnliches was auf eine bestimmte Gruppierung hinweisen würde haben wir bislang nicht erhalten.«

»Okay, es war demnach nicht sofort klar, ob es sich um einen Unfall oder einen Mord handelt?«

»Nein, der Täter muss einen Schalldämpfer benutzt haben. Obwohl wir alle ringsum standen, hat niemand von uns einen Schuss gehört. Von hier unten, konnte man auch nichts Genaues erkennen. Erst als der Muezzin auf dem Boden aufschlug war klar, was passiert ist. Auch die Helikopterpiloten meldeten von ihren Positionen aus keine Gefährdung.«

»Okay, gemessen an dem Umfang der Maßnahmen, haben Sie schnell und gut reagiert. Insofern kann ich Sie diesbezüglich loben. Was mich jedoch interessiert ist, ob erstens im Vorfeld der Einweihung etwas auf einen solchen Anschlag hindeutete und zweitens, warum Sie nicht alle umliegenden Häuser entsprechend des Anlasses sichern ließen?«

»Ich will mal so sagen, Proteste spielten im gesamten Vorfeld dieser Einweihung eine Rolle. Angefangen bei den ersten Planungen über die Bauphase bis hin zur heutigen Eröffnung, gab es immer wieder islamophobe Kundgebungen, wobei es bisher jedoch überwiegend friedlich blieb. Mal abgesehen von der Hooligan Demonstration letztens, die sich aber auch nur indirekt gegen den Moscheebau richtete. Dann brandeten die Proteste noch mal auf, als bekannt wurde, dass ein Muezzin zum Gebet rufen soll. Das war zunächst nicht vorgesehen, wurde allerdings vom neuen Bürgermeister durchaus protegiert. Ich würde meinen, der hat sich da einen Haufen Antisympathien eingefangen. Ich bin mir allerdings nach wie vor sicher, dass keine der verschiedenen Demonstrantengruppen zu einem solchen Anschlag fähig wäre. Die würden sich doch sicherlich vor den Konsequenzen fürchten. Die Nazis gehen ja meistens nur bis an die Grenzen des Erlaubten. Zumindest solange sie sich nicht sicher sind, dass wir ihnen nichts nachweisen können.«

»Gibt es unter den Demonstranten nicht auch wohlhabende Leute, die es sich leisten könnten, einen Profi für einen solchen Job anzuheuern?«

»Sicher gibt es auch betuchte Klientel unter den Demonstranten. Die meisten von denen verdienen gut, aber ich bezweifele, dass da jemand bereit wäre, für so einen Anschlag zu zahlen.«

»Was zu beweisen wäre. Ich danke Ihnen einstweilen und fahre zunächst in die Gerichtsmedizin. Sagen Sie bitte den Helikopterpiloten Bescheid, sie sollen mir ihre Beobachtungen protokollieren. Wir dürfen uns hier kein Detail entgehen lassen.«

Es war bereits später Nachmittag, als Sacher in der Gerichtsmedizin eintraf.

»Guten Tag, Sacher vom BKA, wie weit seid ihr mit der Obduktion?«

»Soweit fertig. Es handelt sich bei dem Opfer, um den deutschtürkischen Staatsbürger Mustafa Yildiz. Achtunddreißig Jahre alt, wohnhaft in Köln. Nach der Obduktion wissen wir bisher, dass die Kugel linksseitig einschlug. Der Tod trat unmittelbar ein. Das Projektil ging schräg durch das Schläfenbein und blieb dann im Okzipitallappen stecken. Dementsprechend konnte ich das Geschoss sichern. Wir haben es hier mit einem Kaliber 7,62 X 51mm.300 Whisper zu tun, das heißt, es handelt sich um eine vollummantelte Unterschallpatrone, was vermutlich erklärt, warum der Schuss nicht hörbar war. Diese Munition ist speziell für den Einsatz mit Schalldämpfern konzipiert, sodass sie den Überschallknall an der Mündung komplett vermeidet. Der Schuss war demnach noch nicht einmal im unmittelbaren Umfeld des Täters zu hören. Ich habe die Produktdaten der Munition gerade aus unserem Intranet ausgedruckt. Sie können sich den Ausdruck gleich mitnehmen. Das Schussbild lässt darauf schließen, dass die Reichweite der Waffe nahezu ausgereizt wurde. Vor allem da diese Munition auf ihrer Flugbahn nur langsam Geschwindigkeit abbaut und auch auf längere Distanz noch mit großer Wucht auf das Ziel trifft, müsste die Kugel andernfalls tiefer eingedrungen sein. Ansonsten handelt es sich um ein Standardkaliber für die gängigen Scharfschützengewehre. Eine Waffe, die zu diesem Kaliber passen würde, wäre das G28 von Heckler & Koch. Das bietet auf eine Entfernung von achthundert Metern eine maximale Zielgenauigkeit, allerdings lediglich im Brustbereich, an. Ich schätze, diese Entfernung wurde ausgenutzt. Da der Schütze definitiv nur einen Schuss abgab, haben wir es entweder mit einem Glückstreffer oder einem Scharfschützen der allerobersten Liga zu tun. Vom Schusswinkel her, muss der Schütze von einer minimal höher gelegenen Position aus westlicher Richtung gefeuert haben. Das wäre zunächst einmal alles, was ich zum jetzigen Zeitpunkt beisteuern kann. Wir wollen den Leichnam möglichst bald freigeben, da die Angehörigen in der Türkei auf die Bestattung drängen und ihn dorthin überführen wollen. Sie schicken extra seinen Bruder vorbei, der sich um die Angelegenheit kümmern wird.«

»Okay. Ich denke, ihr werdet uns ohnehin nicht mehr sagen können als dies. Dementsprechend gebt ihn frei. Danke einstweilen«, verabschiedete sich Sacher, während er sich den Asservatenbeutel mit dem

Geschoss einsteckte.

Wenigstens haben wir einen ziemlich genau definierten Tatort, dachte er und beschloss noch einmal zur Moschee zu fahren, um sich die umliegenden Häuser persönlich anzuschauen.

Als er die Moschee erreichte, war die Straße immer noch gesperrt. Zu beiden Seiten der Absperrung standen schweigend türkische Bürger, die Schilder und Plakate in die Höhe hielten. Im Vorbeifahren las Sacher die verschiedenen Aufschriften. »Der Islam gehört zu Deutschland. Wir gehören zu Deutschland.« »Wer schützt uns in diesem Land?« »Könnt ihr uns nicht schützen oder wollt ihr es nicht?« Keine Frage, die Angelegenheit musste schnellstens vom Tisch. Es galt dringend herauszufinden, ob irgendjemand im Vorfeld etwas gewusst haben konnte, denn ohne Zweifel würden wieder dieselben Spekulationen auftauchen, wie immer wenn türkischstämmige Bürger Gewalttaten zum Opfer fielen. Wobei der Täter in diesem Falle aller Voraussicht nach aus dem rechtsradikalen oder antiislamischen Bereich stammte beziehungsweise aus diesem Bereich bezahlt wurde. Letzteres schien ihm wahrscheinlicher, denn ein solch hochgradiger Profi, war seines Wissens nach nicht in den rechten Gruppierungen anzutreffen. Da allerdings ein Profi am Werk war, konnten weitere Attentate auf muslimische Einrichtungen nicht ausgeschlossen werden.

Sacher rief im Terrorabwehrzentrum an: »Geben Sie bitte Anweisung an alle Sicherheitsbehörden, muslimische Einrichtungen unter Dauerbewachung zu nehmen, bis die Identität des Täters geklärt ist. Außerdem werden ab sofort an allen Grenzübergängen die Personenkontrollen verstärkt. Die Bundespolizei soll sich die Ausweise geben lassen und die Personalien mit den bisher in Köln gesammelten Daten abgleichen. Überdies sollen sie die Reisenden filmen. Wir müssen mit der Möglichkeit rechnen, dass der Täter sich ins Ausland absetzt oder gegebenenfalls sogar von dort stammt.«

Sacher passierte die Absperrungen und parkte unmittelbar vor der Moschee. Ich werde bald vor die Presse treten müssen, dachte er, während er das Radio anschaltete, um die Nachrichten zu hören. Aus den Lautsprechern ertönte eine angenehm warme Frauenstimme: »Nordrhein Westfalen - Die heutige Einweihung der Zentralmoschee in Köln wurde von einem Attentat sowie Ausschreitungen zwischen Muslimen und Islamgegnern überschattet. Nachdem ein unbekannter Täter einen Muezzin während des Gebetsrufes erschoss, kam es zu einer Massenschlägerei mit über fünfzig Verletzten. In der Vergangenheit, war es von verschiedenen Seiten wiederholt zu Protesten gegen den Gebetsruf bei der Einweihung der Moschee gekommen. Ob der Täter aus dem islamfeindlichen Bereich stammt, ist bisher noch unklar. Die Polizei gab an, den Fall an das zuständige Terrorabwehrzentrum abgegeben zu haben. Die Ermittlungen soll der erfahrene Hauptkommissar Sacher vom BKA übernehmen. Am Abend wird eine erste Stellungnahme von ihm erwartet. In verschiedenen muslimischen Ländern kam es unterdessen zu wütenden Protesten. Besonders in der Türkei sitzt der Schock außerordentlich tief. Der türkische Präsident Aslan Aktekin rief die Türken in Deutschland zur Besonnenheit auf, ermahnte jedoch die Bundesrepublik eindringlich, die Sicherheitsbehörden einer stärkeren Kontrolle zu unterziehen.

Wörtlich sagte er: ›Die deutsche Polizei muss aufhören rechtsradikale Gruppen zu verharmlosen, die Täter zu schützen und die Taten zu vertuschen. Es muss klar sein, dass einem Türken in Deutschland derselbe Schutz gewährt wird, wie einem Deutschen.‹ Des Weiteren äußerte er Unverständnis dafür, dass Deutschland sich weigere den Fall an türkische Ermittler zu übergeben. Dies sei für ihn ein Zeichen, dass Deutschland etwas zu verbergen habe.

Die Ministerpräsidentin Nordrhein-Westfalens Hanna Köhler wies die Anschuldigungen Aktekins unmittelbar zurück. Bisher lägen den Behörden keine Erkenntnisse vor, aus welchen Motiven die Tat begangen wurde. Außerdem handele es sich um Vorgänge in Deutschland, insofern dürfe es keine Frage sein, welche Sicherheitsbehörde zuständig sei. Von Vertuschung könne angesichts des öffentlichen Interesses ohnehin keine Rede sein. Köhler versicherte, die Behörden würden alle notwendigen Schritte in die Wege leiten, um das Verbrechen aufzuklären. Inzwischen erklärten sowohl Bundeskanzlerin Mayrhofer als auch Bundespräsident Gaus ihre Anteilnahme und kündigten ihren baldigen Besuch in Köln an. Innenminister Theodor de Munier ist, wie sein Ministerium mitteilte, bereits nach Köln aufgebrochen, um sich mit den Ermittlern zu beraten sowie dem Moscheeverein seine Anteilnahme auszusprechen. Für den morgigen Samstag wurde vom Innenministerium Nordrhein-Westfalen an allen öffentlichen Gebäuden Trauerbeflaggung angeordnet. Über die weiteren Vorgänge rund um das Attentat, werden wir Sie heute Abend in einer Sondersendung informieren. München - Nach mehrmonatiger Behandlung gab der Ärztliche Direktor der Universitätsklinik München bekannt, dass das oberste Staatsoberhaupt des Sultanats Salonam, Sultan Al Salid, alle ärztlichen Eingriffe gut überstanden habe und bald seine Staatsgeschäfte wieder aufnehmen könne. Der kinderlose Monarch befand sich seit acht Monaten…«

Sacher schaltete das Radio ab. Na Bravo, sagte er sich, jetzt ist mein Name auch schon in der Presse. Wie soll ich heute Abend bereits Stellung nehmen, wenn die Ermittlungen gerade erst angelaufen sind?

Nachdem er den Wagen verlassen hatte, begab er sich zu den Beamten der KTU, denen er die Ergebnisse der Gerichtsmedizin erklärte und Anweisung erteilte, die infrage kommenden Gebäude mit besonderer Intensität zu untersuchen.

»Ich muss heute Abend bereits vor der Presse Stellung nehmen, dementsprechend erwarte ich, dass ihr Gas gebt. Ich beteilige mich auch persönlich an eurer Suche.«

Eine Dreiviertelstunde später war der Tatort ausgemacht. Der Attentäter hatte aus dem obersten Stockwerk eines Bürogebäudes geschossen. Wie Sacher erfuhr, wurde die Etage gerade im Auftrag einer Werbeagentur renoviert.

Sacher betrat das Stockwerk, in dem ein deutlicher Geruch frischer Farbe sowie eines intensiven Lösungsmittels in die Nase stach. Die gesamte Bodenoberfläche war mit Abdeckplanen verdeckt und Leitern nebst allerlei Werkzeug verteilten sich lose auf die Räumlichkeiten, welche bereits akribisch durch Beamte der KTU untersucht wurden. Sacher bahnte sich seinen Weg durch die Menschenmenge bis in das hinterste Büro, wo er auf den Einsatzleiter traf, der mithilfe eines blinkenden, pistolenähnlichen

Gerätes eine vor dem Fenster gespannte Klarsichtfolie absuchte.

»Seid ihr euch mit dem Tatort sicher?«

»Ja, absolut. Der Täter schoss von hier aus. Die Abdeckfolie vor dem Fenster weist ebenso wie diese Doppelleiter deutliche Schmauchspuren auf, wie Sie es hier auf dem Display des RFA-Handspektrometers erkennen können«, antwortete der Beamte, während er Sacher das Suchgerät vor die Nase hielt.

»Für Spurensuche seid ihr zuständig. Ich hab vom Gebrauch solcher Geräte keine Ahnung, insofern glaube ich euch das. Wenn die Abdeckplane bereits zum Zeitpunkt des Schusses vor dem Fenster hing, ist das wahrscheinlich der Grund, warum keine der Helikopterbesatzungen etwas entdeckt hat.«

»Genauso ist es, schauen Sie, ich kann Ihnen das zeigen«, antwortete der Einsatzleiter und rückte Folie und Leiter zurecht. »Dass die Folie bei Schussabgabe bereits vor das Fenster gespannt war, kann man anhand der Verteilung der einzelnen Pulverpartikel ganz eindeutig feststellen. Der Täter schoss durch dieses Loch in der Folie und stützte dabei das Gewehr auf dem Tritt dieser Leiter auf. An der Folie sind ansonsten keine Spuren zu erkennen. Wir haben allerdings in einem Behälter einen Kunststoffanzug sowie dazu passende Handschuhe gefunden. Der Täter wählte diese Art der Bekleidung vermutlich, um Schmauchspuren auf seiner Haut beziehungsweise auf seiner Straßenkleidung zu vermeiden. Der Behälter war mit einem Reagenz zur Entfernung von Nukleinsäure Kontaminationen gefüllt. Will heißen, der Täter wollte seine DNA-Spuren an dem Anzug beseitigen. Er drehte außerdem die Heizung neben dem Behälter voll auf, was bedeutet, dass dem Täter auch bekannt ist, dass die Wirkung des Reagenz bei erhöhter Temperatur deutlich intensiver ist. Wir werden die Bekleidung im Labor untersuchen. Ob wir da noch etwas finden ist ungewiss, aber sicher ist sicher. Ansonsten hinterließ der Attentäter keinerlei Spuren. Natürlich haben wir in dem gesamten Bereich eine Vielzahl von DNA-Spuren gefunden, die wir im Folgenden auswerten müssen. Handwerker waren seit gestern nicht auf der Baustelle. Die Polizei ist aber bereits unterwegs zu der Baufirma, die hier zuständig ist. Sie werden von sämtlichen eingesetzten Mitarbeitern die DNA abnehmen. Dann können wir die von der Polizei aufgenommenen DNA-Spuren mit unserer Liste vergleichen und wenn wir Glück haben eine DNA isolieren. Ihre DNA ist ja gespeichert.«

»Meine DNA habt ihr auf jeden Fall gespeichert. Allerdings kommen nachher noch ein paar Kollegen. Kontrolliert mir bitte bei jedem Einzelnen, ob ihr die DNA habt, sonst jagen wir nachher unsere eigenen Leute. Sobald eure Laborergebnisse da sind, meldet ihr euch bitte sofort bei mir. Ich schau mich hier erst mal weiter um.«

Sacher ging nachdenklich zum Fenster, zog einen Feldstecher aus der Tasche und blickte hinüber zu der extra für diesen Tag errichteten Plattform. Die Plattform war von seiner Position aus gerade noch zu erkennen, aber Sacher fragte sich, wie es wohl durch das Okular eines Zielfernrohres aussehen würde.

»Beschafft mir mal dringend einen Scharfschützen mit einem G28 Präzisionsgewehr von Heckler & Koch«, rief er hinter sich, ohne sich umzudrehen. »Ich will den Tathergang nachstellen. Vor allem will ich dabei einen Helikopter in der Luft haben, um zu prüfen, ob es möglich gewesen wäre, den Schützen zu erkennen. Aber Beeilung es wird bald dunkel.«

»Jawoll, Herr Kaleu«, tönte von hinten Mangers dunkle Baritonstimme.

»Na ist ja wunderbar, dass hier wenigstens noch einer gute Laune hat«, gab Sacher grinsend zurück. »Ihr habt euch aber beeilt mit der Rücktour.«

»So schnell es ging, aber auch so ungern«, antwortete Katrin, ohne ihre Enttäuschung zu verbergen. »Ich sage eben beim SEK Bescheid, damit sie uns einen ihrer Leute schicken und mobilisiere einen Helikopter.«

Manger blickte nachdenklich aus dem Fenster. »Ganz schöne Entfernung. Alleine, die Tatsache, dass der Täter oder die Täterin sich das zutraute, deutet eindeutig auf einen Vollprofi hin. Insofern würde ich erstens eine spontane Tat aus Verärgerung über den Muezzin-Ruf bezweifeln und zweitens annehmen, dass der Attentäter auch über Erfahrung verfügt. Das heißt, nicht nur ausgebildeter Scharfschütze ist, sondern auch bereits getötet hat. Jemand der vor der Tat nervös ist, kriegt so einen Schuss nicht hin. Dementsprechend werde ich mir mal die Karteien anschauen, wer so etwas bei uns kann und bereits im Einsatz töten musste. Da werden wohl nicht so viele infrage kommen.«

»Okay, aber wir dürfen nicht außer Acht lassen, dass es sich theoretisch auch um einen Ausländer handeln könnte, zumindest wenn der Attentäter für die Tat angeheuert wurde. Insofern liegt mir vor allem die Frage im Magen, ob wir es mit einem Einzeltäter zu tun haben oder ob sich da eine antiislamische Terrorgruppierung gebildet hat. Bisher verliefen die Proteste gegen die Muslime laut Aussage des Einsatzleiters der Polizei mit wenigen Ausnahmen relativ friedlich. Insofern müsste da etwas Neues entstanden sein. Ein Bekennerschreiben würde die Sache erleichtern, dann wüssten wir, wer es war. Leider sind solche Schreiben wohl aus der Mode gekommen.«

»Das stimmt schon, doch letztlich müssen wir irgendwo anfangen und es scheint mir das Nächstliegende zu sein, zu überprüfen, wer vor Ort so etwas kann. Außer jemand aus dem Bürogebäude hat den Täter gesehen. Ich nehme an, die Befragungen laufen bereits?«

»Selbstverständlich. Hier verlässt keiner den Laden, ohne durchsucht und genauestens kontrolliert zu werden.«

Kurz darauf erhob sich vor dem Fenster ein Helikopter.

Katrin meldete sich über Funk: »Wir befinden uns jetzt genau über euch. Ich kann euch von hier aus nur schemenhaft wahrnehmen. Heute Mittag war es jedoch recht sonnig, vielleicht herrschte zu der Zeit bessere Sicht.«

»Okay, warten wir ab, wie das mit dem Scharfschützen aussieht«, funkte Sacher zurück.

Augenblicke später traf der Scharfschütze am Tatort ein.

Sacher schaute sich das Gewehr prüfend an. »Das ist ja ein Mordsding, wie ich sehe. So etwas sollte doch schwierig zu verbergen sein.«

Der Scharfschütze nickte. »Die Gesamtlänge beträgt knapp einen Meter Zweiundzwanzig, die reine Rohrlänge beträgt sechzig Zentimeter, was durch den Schalldämpfer noch einmal übertroffen wird. Das Gewehr lässt sich allerdings komplett zerlegen und in einem großen Aktenkoffer verstauen.«

Der Beamte zog sich die halbhohe Leiter heran,

richtete das Gewehr auf dem Zweibein aus und nahm Maß. »Also, wenn Sie mich fragen, war das ein verdammter Meisterschütze. Ein Schuss auf den Körper, kein Problem. Aber ein gezielter Kopfschuss, mit dieser Waffe, aus dieser Entfernung, nötigt einem Respekt ab. Mal abgesehen, dass der Schütze auf diese Distanz sogar die Erdrotation mit einberechnen muss, kann auf einem solchen Schussweg alles Mögliche mit dem Projektil passieren. Eine Windböe zum Beispiel, das macht schnell mal einen halben Meter aus oder das Zielobjekt bewegt sich unerwartet. Der Fehlerkoeffizient liegt auf diese Entfernung im Bereich von vierzig bis achtzig Zentimetern, ohne Einberechnung von Eventualitäten. Er hatte zwar eine freie Schussbahn, aber der Täter muss das Ganze genauestens berechnet haben. Allzu viele Schüsse konnte er nicht abgeben, ohne entdeckt zu werden. Außerdem wäre das Opfer geflohen, wenn er es nur verletzt hätte. Demnach war er sich sicher, schon mit dem ersten Schuss genau zu treffen. Das war definitiv der Schuss eines sehr erfahrenen Profis.«

Manger ließ es sich nicht nehmen ebenfalls einmal durch das Zielfernrohr zu blicken und bemerkte, wie winzig das Ziel, in diesem Falle ein ahnungsloser Beamter der KTU, trotz der starken Vergrößerung erschien.

Nun brachte sich Katrin wieder ein: »Geh mal ein Stückchen zurück. Im Moment kann ich dich komplett sehen.«

»Warte einmal, Katrin. Wir wollen die Szene so genau wie möglich nachstellen«, antwortete Sacher, bevor er sich an den leitenden Beamten der KTU wendete. »Welche Farbe hatte der Kunststoffanzug, den ihr gefunden habt?«

»Weiß, wie unsere Anzüge auch.«

»Okay, dann gebt meinem Kollegen mal einen von euren Anzügen. Wir wollen sehen, wie es dann mit der Sichtbarkeit aussieht.«

Der KTU Beamte reichte Manger einen der Anzüge, woraufhin Katrin sich wieder meldete: »Mit dem weißen Anzug ist die Erkennbarkeit deutlich geringer. Ich könnte mir vorstellen, für einen Beobachter aus dem Helikopter heraus war es schwer, ihn von einem Handwerker zu unterscheiden. Trotzdem, wenn dort Plastikfolie vor einem möglichen Schützenstandort hängt, kontrolliere ich das Stockwerk doch noch mal, oder?«

»Nun ja, das Ereignis bestand nicht im Besuch des Präsidenten der USA. Dementsprechend richtete man die Sicherheitsmaßnahmen sicherlich auf eine allgemeine Bedrohung und nicht auf ein professionell organisiertes Attentat aus. Zumal der türkische Außenminister eigenen Schutz dabei hatte und sich zum Tatzeitpunkt bereits in der Moschee aufhielt«, antwortete Sacher. »So, wir sollten jetzt auf jeden Fall schauen, wie weit die Befragung der im Haus beschäftigten Personen vorangeschritten ist. Vor allem, prüft, ob die hier Kameras installiert haben.«

»Letzteres übernehme ich«, antwortete Manger trocken, bevor er den Raum verließ.

Als Sacher aus dem Haus trat, belagerte bereits eine Meute von Journalisten den Haupteingang, was bei ihm unmittelbar eine emotionale Reaktion gegenüber den dort postierten Polizisten hervorrief. »Sag mal, sind hier jetzt alle bekloppt geworden? Schaffen Sie die Leute weg. Wir müssen vor dem Gebäude erst mal die Spuren sichern. Die zertrampeln uns hier doch alles, verdammt nochmal.«

Die Journalisten ließen sich jedoch nur sehr widerwillig vertreiben und so prasselten die ersten Fragen bereits auf Sacher ein: »Hauptkommissar Sacher, haben Sie schon einen Verdacht?« »War das ein Anschlag der rechten Szene?« »Hat die Kölner Polizei versagt?«

»Also schön eins nach dem anderen, Herrschaften. Erstens stehen wir am Anfang der Ermittlungen. Zweitens kann ich den Polizeieinsatz nur loben. Es waren etliche Beamte vor Ort und auch die Kontrollmaßnahmen nach dem Attentat, sind zeitnah sowie umfangreich vonstattengegangen. Feststeht, dass wir es mit einem absoluten Profiattentäter zu tun haben, den wir, zumindest von dieser Qualität, nicht in der uns bekannten rechten Szene vermuten. Wir ermitteln aber selbstverständlich in alle Richtungen. Mehr kann ich Ihnen derzeit aus ermittlungstaktischen Gründen nicht sagen. Üben Sie sich dahingehend bitte in Geduld und behindern Sie nicht unsere Arbeit. Wir werden Sie baldmöglichst informieren«, antwortete Sacher und wendete sich wieder Richtung Eingang.

»Woher wissen die denn, wer du bist?«, fragte die herbeieilende Katrin.

»Keine Ahnung, wer da wieder geplaudert hat, aber mein Name wurde bereits am Nachmittag in den Nachrichten genannt. Ich bin damit an sich überhaupt nicht einverstanden, schätze jedoch, die wollten der Presse unbedingt etwas liefern.«

In dem Moment klingelte Sachers Handy. Nach kurzem Telefonat schüttelte er den Kopf. »Ihr müsst hier alleine weitermachen. Ich soll sofort in die Zentrale kommen, um an dem Meeting mit dem Innenminister teilzunehmen.«

»Das ist kein Problem. Wir wissen ja, was zu tun

ist. Ich werde mich gemeinsam mit Johann noch mal umschauen und dann die Privatwohnung des Opfers unter die Lupe nehmen. Wir können letztlich nicht ausschließen, dass es ein Mord aus persönlichen Gründen war und seine Tätigkeit als Muezzin gar nichts damit zu tun hatte. Wir bringen dich dann nachher im Büro auf den Stand der Dinge.«

»Oder ihr habt Glück und könnt den Täter direkt zur Strecke bringen«, antwortete Sacher mit schrägem Grinsen.

»Das wäre wohl für alle Beteiligten das Beste.«

Manger suchte in der Zwischenzeit die Sicherheitszentrale des Gebäudes auf. »Guten Abend, Manger mein Name, vom BKA. Ich brauche bitte sämtliche Aufnahmen Ihres Kamerasystems vom heutigen Tag.«

»Gerne, ich fertige Ihnen sofort eine Kopie an«, antwortete der Mann in der blauen Uniform eines privaten Sicherheitsdienstes, dessen Platz sich vor einer Wand aus Monitoren befand.

»Hatten Sie heute Mittag bereits Dienst?«

»Nein, ich habe Spätdienst. Ich kann Ihnen jedoch den Namen des Kollegen mitteilen, der im Einsatz war. Er hat im Tagesprotokoll verzeichnet, dass eine Kamera am Lieferanteneingang für einige Minuten ausfiel. Morgen früh ist er wieder im Einsatz.«

»Kopieren Sie mir bitte das Tagesprotokoll und geben Sie mir auch einen Plan mit, in dem die einzelnen Kamerapositionen verzeichnet sind.«

»Einen Plan haben wir nicht, da sich nur im Eingangsbereich sowie an den einzelnen Außentüren Kameras befinden. Außerdem ist eine Kamera im Bereich der Parkplätze montiert, die aber im Moment durch einen Ahornbaum verdeckt wird. Die zeigt uns also nur im Winter an, was dort vor sich geht.«

»Das macht Sinn. Sie haben wohl noch nicht darüber nachgedacht, die Kamera an einer anderen Stelle zu positionieren?«

»Ich schon. Das ist aber nicht meine Entscheidungsebene.«

In diesem Moment trat Katrin ein. »Konntest du was rausfinden, Johann?«

»Bisher nur, dass die Sicherheitsfirma schludert und das eine Kamera am Lieferanteneingang kurzzeitig ausfiel.«

»Okay, dann lass uns noch mit den Polizisten sprechen, den Imam interviewen und dann Mustafa Yildiz unter die Lupe nehmen.«

Nachdem alle Aufnahmen der Sicherheitskameras überspielt waren, wandten sich die beiden Ermittler zunächst an die Beamten der Schutzpolizei, welche die Befragung der im Gebäude beschäftigten Mitarbeiter übernommen hatten.

»Guten Abend, habt ihr schon was für uns?«, fragte Katrin.

»Nicht sonderlich viel«, antwortete der leitende Beamte. »Hier im Gebäude arbeiten zweihundertvierundfünfzig Mitarbeiter in vierzehn verschiedenen Firmen. Laut deren Aussagen ist ihnen nichts Ungewöhnliches aufgefallen. Außer, dass ein Mitarbeiter einer Event Agentur, als er mittags aus dem Fenster sah, einen hochgewachsenen Mann mit einem Chicago Hut bemerkte, der zum Parkplatz hinüberging. Er meint, es sah so aus, als würde der Mann einen schweren Koffer tragen oder einen Reisetrolley neben sich her ziehen, da er seitlich etwas geneigt lief. Der Mitarbeiter konnte aber leider aufgrund der rund um das Gebäude verlaufenden hohen Hecke unmöglich Genaues erkennen. War demnach also nicht in der Lage den Mann zu beschreiben und konnte uns nicht sagen, ob es sich um einen hier beschäftigten Angestellten handelte. Der Mann kam aber laut Aussage des Zeugen definitiv aus der Richtung des Lieferanteneingangs. Von der Uhrzeit her könnte es der Attentäter gewesen sein.«

»Gut, dann werdet ihr die KTU zu der Event Agentur schicken. Sie sollen sich den Standort dieses Büromitarbeiters sowie die Perspektive, die er aus dem Fenster hatte, zeigen lassen und danach die Hecke vermessen. Eventuell können wir aus den jeweiligen Parametern auf die Mindestgröße des Mannes schließen, den er beobachtete. Sonst noch irgendetwas?«

»Für den Moment nichts Relevantes. Wir haben alle Mitarbeiter die zur Tatzeit oder vorher im Gebäude arbeiteten überprüft. Da kommt kein Einziger für die Tat infrage. Hier arbeitet kein ehemaliger Scharfschütze und von Islamfeindlichkeit ist innerhalb der Firmen auch nichts bekannt. Das Gebäude wurde inzwischen komplett durchsucht. Von der Tatwaffe fehlt jede Spur. Wir melden uns dann, sobald wir etwas haben.«

»Okay, dann seht zu, dass ihr möglichst schnell Ergebnisse vorweisen könnt. Ihr wisst, wie brisant dieser Fall ist.«

Nachdem sich Manger und Katrin verabschiedet hatten, fuhren sie hinüber zu der Moschee, wobei sie beide schweigend über die Vorfälle des Tages nachdachten, bis Katrin die Stille brach und Manger fragte: »Glaubst du, die rechten Demonstranten würden so weit gehen, einen Profi anzuheuern? So etwas wäre doch angesichts der Tragweite des Anschlages sicherlich ziemlich teuer. So etwas macht doch keiner, der bei Sinnen ist für wenige Tausend Euro. Vor allem frage ich mich, warum sie sich dann vor der Moschee zu einer Demonstration versammelten. Wenn ich wüsste, der Muezzin gegen den ich demonstriere wird gleich von der Plattform geschossen, würde ich doch zu Hause bleiben. Immerhin war eine gewalttätige Gegenreaktion seitens der Muslime sehr wahrscheinlich, was sich letztlich ja auch bestätigte.«

»Zweifelhaft erscheint mir diese These von einem Auftragskiller schon. Zumal der Muezzin-Ruf nicht zum ersten Mal in Deutschland zu hören war beziehungsweise in einigen Städten bereits zum Tagesablauf gehört und bisher nie etwas passierte. Wenn man mal von ein paar Prügeleien absieht. Außerdem gab die türkische Gemeinde bekannt, solche Aktionen keineswegs regelmäßig durchführen zu wollen. Insofern hätten die Kölner es ohnehin nur einmal ertragen müssen. Warum also gleich eine so drastische Reaktion? Zum zweiten Teil deiner Argumentation, würde ich sagen, dass wir noch nicht wissen, wer bei der Demonstration anwesend war. Wenn jemand aus dieser Szene einen Profi anheuert, ist es sicherlich einer der Hauptverantwortlichen und der wird so etwas nicht an die große Glocke hängen. Das einfache Fußvolk kann sich das definitiv nicht leisten und es ist auch fraglich, ob sie so etwas wollten. Wobei sich natürlich auch einer unserer kriegserfahrenen Scharfschützen dieser Bewegung angeschlossen haben könnte. Aber wir werden uns die Videoaufzeichnungen der Polizei sowieso anschauen müssen.«

»Das wird ein schwieriger Fall. Hoffentlich findet die KTU einen Hinweis, sonst tappen wir vollständig im Dunkeln.«

Der Imam saß mit traurigem Blick in der großen Gebetshalle der Moschee.

»Guten Abend«, begann Manger mit ruhiger Stimme, »wir müssen Sie leider noch mit einigen Fragen konfrontieren.«

»Gerne, ich bin sehr daran interessiert, dass der feige Mord an Mustafa Yildiz so schnell wie möglich aufgeklärt wird.«

»Wie würden Sie Herrn Yildiz beschreiben?«

»Er war ein sehr ruhiger und gläubiger Mensch. Er engagierte sich außergewöhnlich stark in unserer Moscheegemeinde, stets freundlich, stets vorbildlich. Er war außerordentlich beliebt. Vor allem bei den Jüngeren, für die er zu jeder Zeit ein offenes Ohr hatte. Deshalb habe ich ihm auch seinen Wunsch erfüllt und ihn den Adhan ausrufen lassen.«

»Ist das normal, dass man von einer solchen Plattform aus ruft? Ich habe gehört, dies würde zumeist über eine Lautsprecheranlage geschehen.«

»Grundsätzlich kann der Muezzin von jeder Stelle aus rufen. Wichtig ist nur, dass seine Stimme weithin hörbar ist. Meistens wird der Gebetsruf heutzutage aus der Moschee heraus über einen Lautsprecher übertragen, aber Mustafa wünschte sich so sehr, die Gläubigen dabei sehen zu können. Er hat immer davon geträumt, oben auf einem Minarett zu stehen, was bei unseren Minaretten ja gar nicht möglich ist. Es bedeutete keinen großen Aufwand diese Plattform zu errichten, deshalb erfüllte ich ihm diesen Wunsch und trage somit eine Mitverantwortung an seinem Tod.«

»Ich bitte Sie, Sie dürfen sich keinesfalls Vorwürfe machen. Dass so etwas passiert, konnte doch keiner vorausahnen. Wer wusste denn davon, dass er von einer Plattform aus rufen würde?«

»Jeder, es stand in der Zeitung. Er wurde sogar vorab von einem Reporter interviewt. Ich weiß nicht, warum hier in Köln so ein Aufwand darum betrieben wurde. Immerhin ist der Gebetsruf in deutschen Städten nichts Neues mehr.«

»Hat Herr Yildiz irgendetwas erwähnt? Irgendetwas, das auf eine Gefahr oder ein besonderes Ereignis hindeuten würde?«

»Nein. Das Einzige, was er mir heute Morgen freudestrahlend erzählte war, dass sein Cousin Karim zur Moschee-Eröffnung kommen wollte. Ich wunderte mich ein wenig darüber, weil Karim in der Türkei lebt. Ich selbst habe ihn heute auch noch nicht gesehen. Mustafas Familie wusste ebenfalls nicht, wo sich Karim aufhält. Ich hatte die Familie direkt nach der Tat angerufen. Sie wollten Karim über die Geschehnisse informieren, sobald man ihn erreichen könne. Er ist wohl des Öfteren beruflich auf Tour, ohne jemandem Bescheid zu sagen und ist dann schwer erreichbar. Er arbeitet als freier Journalist.«

»Hat Herr Yildiz auch Angehörige hier in Deutschland?«

»Nein, die gesamte Familie lebt in der Türkei. Mustafa lebte hier allein.«

»Wissen Sie, was Herr Yildiz beruflich machte?«

»Er war Werkzeugmacher bei Ford.«

»Gut, das waren bereits viele nützliche Informationen. Wir danken Ihnen einstweilen. Falls Ihnen noch etwas einfällt, rufen Sie mich bitte an.«

Manger und Katrin verabschiedeten sich und fuhren in die nahe Wohnung von Mustafa Yildiz.

Die Wohnung zeigte sich von überschaubarer Größe, doch geschmackvoll eingerichtet und über die Maßen sauber.

»Ein sehr ordnungsliebender Mensch«, urteilte Katrin, »aber ich finde hier auf Anhieb nichts, was mit der Tat in Zusammenhang zu bringen wäre.«

»Hier liegt ein Handy. Ein Anruf von einer unbekannten Nummer. Gestern Abend, 19:39 Uhr. Er ist drangegangen. Insofern sollten wir das mal in die KTU geben. Die finden sicherlich heraus von wo oder wem er angerufen wurde.«

»Vielleicht war es sein Cousin. Kann ja sein, dass er Mustafa mit seinem Besuch überraschen wollte.«

»Dann muss er aber woanders untergekommen sein, denn ich sehe hier nichts, was auf die Anwesenheit einer zweiten Person in der Wohnung hindeuten würde.«

»Wir sollten diesen Karim mal unter die Lupe nehmen.«

Währenddessen saß Sacher in der Besprechung mit Innenminister Theodor de Munier.

Der Innenminister schaute ernst in die Runde und begann: »Meine Damen und Herren. Ich glaube, ich brauche Ihnen nicht zu erklären, welche Gefahr aus dem heutigen Anschlag erwächst. Ich erwarte eine zielgerichtete, umfangreiche sowie schnelle Aufklärung des Falles. Vor allem darf es keine nachträglichen Zweifel an der Richtigkeit Ihrer Ergebnisse geben, da sonst das Misstrauen unserer türkischstämmigen Bürger gegenüber uns nur noch weiter wächst. Mal abgesehen davon, dass von Ihrer Ermittlertätigkeit auch die Sicherheit der vielen deutschen Soldaten die in muslimischen Ländern dienen abhängt. Ganz zu schweigen, von der Sicherheit unseres Botschaftspersonals. Auch wenn die Barmherzigkeit unserer Bürger gegenüber Flüchtlingen weltweit gelobt wird, haben die vielen antiislamischen Aufmärsche und zuletzt auch die Brandanschläge auf Asylbewerberheime unsere Partner ebenso deutlich irritiert, wie unser erbärmliches Scheitern in Bezug auf die NSU-Terrorserie. Ich will demnach, dass alles andere zurückgefahren wird, um möglichst viele Kräfte für die Aufklärung dieser Angelegenheit freizusetzen. Dieser Fall besitzt absolute Priorität. Außerdem erwarte ich von Ihnen größtmögliche Transparenz. Aus der heutigen Aussage des türkischen Präsidenten Aktekin ist zu ersehen, wie sehr man uns seitens der türkischen Regierung misstraut.«

»Na ja, der Aktekin nutzt doch jeden Kurzschluss der zu einem Brand führt, um gegen uns zu agitieren«, meldete sich eine Stimme aus dem Hintergrund.

»Es mag sein, dass er gerne übertreibt, um von eigenen innenpolitischen Problemen abzulenken, aber heute geht es nicht um einen Wohnhausbrand, sondern um die gezielte Ermordung eines Muezzins. Ich hatte heute die Ehre, den Sultan von Salonam in der Münchner Universitätsklinik zu besuchen. Auch der Sultan zeigte sich äußerst besorgt, über die Situation der Muslime in Deutschland und fordert uns auf, schnell Ermittlungsergebnisse zu präsentieren. Seine Hoheit ist übrigens ein außerordentlicher Freund Deutschlands sowie einer unserer verlässlichsten Partner im Nahen Osten. Es ist folglich durchaus eine Situation eingetreten, die nicht nur in Deutschland und der Türkei zum Thema gemacht wird, sondern weltweit. Nicht auszudenken was passieren würde, wenn es erneut zu Pannen oder Fragwürdigkeiten bei den Ermittlungen kommen sollte. Dementsprechend nehmen Sie diesen Fall nicht auf die leichte Schulter. Wie gedenken Sie vorzugehen, Herr Sacher?«

»Nun, meine beiden engsten Mitarbeiter ermitteln derzeit am Tatort. Wir konnten den Standort sowie die Vorgehensweise des Schützen ermitteln und erkennen, dass es sich bei dem Attentäter um einen hochgradig ausgebildeten sowie erfahrenen Scharfschützen handelt. Das Motiv für die Tat ist noch Gegenstand der Untersuchungen. Wir können uns dahingehend sowohl einen bezahlten Auftragsmörder vorstellen als auch einen persönlich ideologisch motivierten Täter. Wenn natürlich das Erstere der Fall ist, müssten wir herausfinden, wer ihn dafür bezahlte. Aktuell befragen wir die Anwohner, werten die Aufzeichnung des Sicherheitssystems des Bürogebäudes aus, prüfen DNA-Spuren und stellen Nachforschungen darüber an, wer für einen solch präzisen Schuss auf diese Entfernung infrage kommt. Außerdem werden wir das Filmmaterial sichten, das die Polizei bei ihrem Einsatz aufgenommen hat. Die Einsatzkräfte reagierten übrigens ausgesprochen aufmerksam und geistesgegenwärtig. Sie haben alle Fahrzeuge, die den Stadtteil verließen kontrolliert sowie Kopien von den Papieren der Insassen gemacht, sofern diese nicht durch ihr Alter oder andere Faktoren von vorn heraus ausschieden. Dieses Verfahren, wenn auch aufwendig und mit einigem Stress verbunden, wird von uns weiterhin aufrechterhalten. Die Gegend bleibt noch mindestens bis morgen gesperrt und danach werden wir vermehrt Streife fahren. Falls der Attentäter die Gegend verlassen hat, sollten wir demnach hoffentlich eine Kopie seiner Papiere besitzen, auch wenn diese gegebenenfalls gefälscht waren. Die Grenzkontrollen wurden inzwischen verstärkt, sodass wir die Daten von den Straßensperren wiederum mit den Daten von ausreisenden Personen abgleichen können. Ich werde nach diesem

Meeting mit meinen Mitarbeitern über weitere Schritte beraten.«

»In Ordnung, machen Sie das. Sie erwähnten die verschiedenen Motivationsmöglichkeiten des Täters. Wie bewerten Sie die Gefahrensituation? Was sagt Ihnen Ihr Ermittlerinstinkt, Herr Sacher? Haben wir es mit einem Einzeltäter zu tun oder werden wir von einer neuen Terrororganisation angegriffen?«

»Die Frage ist schwer zu beantworten. Ein Bekennerschreiben gibt es bisher nicht. Doch ich bin der Meinung, dass der Täter in irgendeiner Form unterstützt wird. Das ist bis jetzt allerdings nicht mehr als meine persönliche Intuition. Ich habe sicherheitshalber alle bekannten muslimischen Einrichtungen unter Beobachtung nehmen lassen, sodass wir hoffen wollen, keine erneute Serie zu erleben. Darüber hinaus verfüge ich über einen guten Kontakt zur deutschen Sektion der CIA. Ich werde anfragen, ob die Amerikaner gegebenenfalls über die weltweite Telefon- und Netzüberwachung etwas herausfinden können. Feststeht, dass uns weder der BND noch irgendein ausländischer Dienst über eine drohende Gefahr informierte. Wobei im Moment natürlich die meisten auf die Terrorgefahr durch Islamisten fixiert sind.«

Der Innenminister wiegte den Kopf. »Gut, dann richten wir uns vorsichtshalber auf eine Gruppierung ein. Dass auf gar keinen Fall eine Serie daraus werden darf, versteht sich von selbst. Die Einbindung der amerikanischen oder auch unserer eigenen Abhörmaßnahmen sollte diskret erfolgen. Fragen Sie die Amerikaner, wenn Sie es für sinnvoll halten, aber bedenken Sie, wie kritisch solche Aktionen in der Öffentlichkeit gesehen werden. Nächste Frage. Gibt es Anzeichen für einen Gegenschlag?«

»Bisher nicht«, antwortete Sachers Chef, »die islamistische Szene steht ja komplett unter Beobachtung. Dennoch, durch diesen Mord steigt das Anschlagsrisiko enorm. Wir werden das Aufgebot an Sicherheitskräften im öffentlichen Raum steigern müssen, wobei wir natürlich auch seitens der Muslime Einzeltäter nicht ausschließen können.«

De Munier stand vom Tisch auf und blickte ernst in die einzelnen Gesichter. »Okay, ich werde die Freisetzung weiterer Kräfte mit den Innenministern der Länder abklären. Ansonsten ist die Marschroute klar. Demnach machen Sie sich an die Arbeit. Ich will jedoch permanent informiert sein. Und noch mal, Sie lassen, bis auf die ermittlungstaktisch relevanten Punkte, größtmögliche Transparenz walten. Die Öffentlichkeit muss wissen, dass wir am Ball sind. Das wäre dann soweit alles.«

Im Büro angekommen trafen Katrin und Manger auf Sacher, der mit einer Tasse Kaffee in der Hand nachdenklich an seinem Schreibtisch lehnte.

»So, wie weit seid ihr gekommen?«, fragte Sacher, während er den beiden ebenfalls eine Tasse Kaffee eingoss.

»Entscheidendes konnten wir noch nicht herausfinden«, antwortete Katrin und berichtete von ihren Erkenntnissen.

Nachdem sie geendet hatte, nickte Sacher ernst. »Okay nehmen wir einmal an, ihr habt recht mit eurer Vermutung, dass der Attentäter das Gebäude durch den Lieferanteneingang verließ und seine Flucht über den Parkplatz führte. Die Kamera am Lieferanteneingang fiel kurzfristig aus. Wenn er sie ausschaltete, muss er gewusst haben, wo sich die Stromversorgung der Kamera befindet. Außerdem muss er sich sicher gewesen sein, auch auf dem Parkplatz nicht gefilmt zu werden. Das deutet meines Dafürhaltens darauf hin, dass er einen Komplizen hatte, der über die Gegebenheiten vor Ort detailliert Bescheid wusste. Ich kann mir jedenfalls nicht vorstellen, dass er das Gebäude persönlich ausgekundschaftet hat. Das wäre ihm sicherlich viel zu riskant gewesen. Da das Gebäude rund um die Uhr bewacht wird, kann dort aber auch kein Unbekannter einfach rumschnüffeln. Insofern sollte dieser Komplize meiner Meinung nach irgendwie mit dem Gebäude in Verbindung stehen. Heißt im Klartext, es müsste sich entweder um einen Mitarbeiter der im Gebäude angesiedelten Unternehmen handeln oder um einen Lieferanten, der dort regelmäßig liefert. Vor allem bleibt auch die Frage, auf welche Weise der Täter das Gebäude betrat. Haben die da nicht sogar eine Sicherheitsschleuse?«

Manger nickte. »Das Gebäude besitzt eine Sicherheitsschleuse, aber ich konnte vorhin sehen, dass die nur während der Bürozeiten besetzt ist. Ich werde morgen mit dem Pförtner sprechen. Ich muss ja sowieso noch mal hin, um den Sicherheitsmann zu befragen, der den Kameraausfall notierte. Er soll morgen Vormittag im Dienst sein. Meiner Einschätzung nach betrat der Attentäter das Gebäude ganz normal durch den Haupteingang. Alles andere hätte die Gefahr einer frühzeitigen Entdeckung stark erhöht. Wobei er in diesem Falle irgendeine Art von Zugangsberechtigung brauchte und sich die Frage stellt, wie er dort unbehelligt eine Waffe hineinbringen konnte. Insofern stimme ich dir zu. Das mit dem internen Komplizen, scheint mir auch das Wahrscheinlichste zu sein.«

Katrin überlegte: »Innerhalb der Eingangshalle

befinden sich Kameras. Wenn er also durch den Haupteingang kam, muss es ein Bild von ihm geben. Ich denke, ich werde mal mithilfe unseres Biometriesoftwareprogramms die dort aufgenommenen ein- und ausgehenden Personen mit den Fotos aus der Personalsoftware der im Gebäude befindlichen Unternehmen abgleichen. Das kann zwar dauern, aber damit können wir wenigstens schon mal die Auswahl eingrenzen.«

Sacher winkte ab. »Wir haben bereits zweiundzwanzig Uhr und bei der Anzahl an Leuten, die ein solches Bürogebäude tagtäglich betreten, wird das Stunden dauern, um wirklich alle zu erfassen. Zumal unsere Biometriesoftware noch nicht soweit ausgereift ist, dass man sich hundertprozentig auf die Ergebnisse verlassen kann. Da muss nach wie vor händisch nachgearbeitet werden. Lass das Programm über Nacht durchlaufen. Insgesamt ist das eine gute Idee. Aber weiter im Text. Wie verlief die Flucht vom Parkplatz aus weiter? Zu Fuß? Mit dem Fahrzeug? Oder ist er vielleicht sogar abgeholt worden beziehungsweise hat jemand auf ihn gewartet?«

Manger verzog nachdenklich das Gesicht. »Hinter dem Parkplatz ist eine belebte Einkaufsstraße. Also könnte jemand etwas beobachtet haben, wobei von der Polizei dahingehend bisher noch nichts gemeldet wurde. Ich werde da morgen noch mal nachhaken. Auf jeden Fall sollte sich die Waffe noch in dem Gebiet befinden, sonst hätte man ihn wohl an einer der Polizeikontrollen geschnappt. Dementsprechend muss er sie irgendwo deponiert oder sie an jemand anderen zur Aufbewahrung gegeben haben.«

Katrin wiegte skeptisch den Kopf. »Er könnte sich aber theoretisch auch noch in dem Gebiet befinden und abwarten, bis die Ringfahndung aufgehoben ist.«

»Glaube ich nicht«, wehrte Sacher ab, »das Gebiet ist zwar dicht besiedelt, aber in einem Umkreis von nur siebzehn Kilometern käme jede Verweildauer einem hohen Risiko gleich. Vor allem wenn er planen würde, die Waffe bei sich zu behalten. Ich tendiere da eher zu Johanns Meinung, dass der Täter die Waffe irgendwo deponiert hat und dann direkt flüchtete. Es konnte ihm doch klar sein, dass wir so frisch nach der Tat noch kein Bild von ihm hatten.«

»Falls das stimmt, brauchte er von dem Bürogebäude bis zu einem der Kontrollpunkte der Polizei etwa dreißig Minuten Zeit. Das wäre also der grobe Zeitraum, auf den wir uns bei der Durchsicht der Polizeiprotokolle konzentrieren könnten. Wir haben demnach gleich zwei Fotodateien, die wir miteinander abgleichen können. Einmal die Aufnahmen aus dem Gebäude abzüglich der dortigen Mitarbeiter und die Fotos von den Fahrzeugpapieren. Dazu kommen noch die Aufzeichnungen der Polizei von dem Vorplatz der Moschee und die Ergebnisse, die uns die KTU präsentieren wird. Das sieht doch schon mal gar nicht so schlecht aus, für den Anfang.«

»Einfach wird es trotzdem nicht. Kommen wir zu dem anderen Punkt. Diese Sache mit dem Cousin kommt mir auch spanisch vor. Der Cousin ist Journalist und hält sich in Deutschland auf, besucht jedoch nicht als Erstes seinen einzigen Verwandten hier. Das spricht dafür, dass er beruflich hier ist. Also irgendeine Geschichte recherchiert. Vielleicht wollte er eine Story über die Moschee-Eröffnung schreiben. Aber warum taucht er dann nicht auf? Außerdem, warum meldet er sich dann nicht direkt bei uns? Die kompletten Medien berichten über nichts mehr anderes als diesen Mordfall. Wenn er noch hier ist oder in die Türkei zurückkehrte, muss er vom Tod seines Cousins wissen. Wir müssen auf jeden Fall dringend die Familie des Opfers befragen. Es ist zwar unklar, ob dieser Karim etwas mit der Angelegenheit zu tun hat, aber ungewöhnlich ist das auf jeden Fall. Lasst uns erst mal eine Nacht über die Angelegenheit schlafen, dann sind unsere Gedanken vielleicht klarer. Die Ringfahndung läuft, vielleicht geht der Täter ins Netz. Morgen will ich das Ganze folgendermaßen aufteilen. Ich kümmere mich um die Protokolle von den Polizeikontrollen. Du, Katrin, kümmerst dich bitte um die Aufzeichnungen aus dem Gebäude. Johann, du wirst morgen nachforschen, wer für einen solchen Schuss infrage kommt und ansonsten in den Außendienst gehen. Am Abend werden wir uns gemeinsam die Aufzeichnungen vom Vorplatz der Moschee anschauen. Für die Befragung der Familie von Herrn Yildiz oder möglicher weiterer Personen mit türkischen Wurzeln, will ich einen Zuarbeiter mit türkischem Migrationshintergrund kommen lassen. Das könnte hilfreich sein, falls die, wie anzunehmen, kein Deutsch oder Englisch sprechen. Außerdem gibt es uns einen Zugang zu deren Kultur. Kennt einer von euch jemanden, der für diese Aufgabe geeignet erscheint? Ich fände es gut, wenn bereits ein persönlicher Kontakt zu einem aus unserem Team gegeben wäre, weil damit die Integration des Mitarbeiters leichter fällt.«

Katrin dachte kurz nach. »Ich kenne da jemanden von der Bundespolizei. Meiner Meinung nach, eine sehr kompetente und integre Kraft. Soll ich einen Kontakt herstellen?«

»Ja, ich vertraue deiner Urteilskraft. Stell uns den Beamten vor. Aber erst Morgen. So, der Fahrplan ist klar. Ich lasse uns zwei Zimmer fertig machen. Nach Hause zu fahren macht jetzt keinen Sinn. Johann, bestellst du uns etwas zu essen?«

»Auf die Frage habe ich gewartet, mir hängt der Magen inzwischen auch in der Kniekehle.«

Zur selben Zeit machte sich ein Einsatzkommando der Bundespolizei auf einem Parkplatz der Autobahn drei zwischen Passau und Deggendorf bereit. Getarnt zwischen dem dichten Bewuchs von Büschen und Bäumen, verschmolzen die drei dunklen VW Busse des Teams nahezu vollständig mit der Dunkelheit der Nacht.

Polizeikommissarin Aysun Özdemir gab gerade den Kollegen von der österreichischen Bundespolizei per Funk die genaue Position durch: »Wir befinden uns auf dem Parkplatz Fahrtrichtung Deggendorf. Kurz nach der Abfahrt Einhundertfünfzehn, Passau Nord. Der Helikopter meldete uns soeben, dass die Lkws uns in etwa einer halben Stunde erreichen. Seid ihr schon in diesem Bereich?«

»Ja, wir dürften in zwanzig Minuten vor Ort sein. Der Zugriff ist komplett besprochen. In dem Sinne sollte das genügen. Sind Krankenwagen vor Ort?«

»Es stehen insgesamt zwanzig Krankentransportwagen inklusive Notärzten bereit, die an der Auffahrt auf ihren Einsatzbefehl warten. Außerdem sperren die Kollegen von der Autobahnwacht die Straße in beide Fahrtrichtungen, sobald die beiden Lastzüge an ihnen vorbei sind. Wir wollen zwar nicht hoffen, dass es allzu schlimm wird, aber sicher ist sicher.«

»Okay, wir sind gleich bei euch.«

Während sie ihre pechschwarzen Haare zu einem Dutt ordnete, wandte sich Aysun an ihren Einsatzleiter: »Ich freue mich schon darauf, diese kaltblütigen Verbrecher zur Strecke zu bringen.«

»Na, werde mir ja nicht leichtsinnig. Zu was die Burschen fähig und bereit sind, haben wir schon gesehen. Insofern wird das heute keine ungefährliche Angelegenheit«, antwortete Polizeihauptkommissar Wuttke, während er in die feurig blinkenden, dunklen Augen der achtundzwanzigjährigen blickte. »Sie sind zwar nur zu acht, aber auch bis an die Zähne bewaffnet. Dementsprechend muss euch allen klar sein, dass höchste Konzentration angesagt ist.«

»Selbstverständlich, aber wir sind jetzt schon so lange an denen dran. Deshalb freue ich mich darauf, den Fall endlich abzuschließen.«

»Lass uns hoffen, dass es so kommt.«

Während der anschließenden Wartezeit blickte Aysun nachdenklich über die Weite der Wiesen und Felder, welche vom fahlen Mondlicht in eine malerische Landschaft verwandelt wurden. Sie war nun sechs Jahre bei ihrer Einheit. Nach dem Abitur war ihr nie ein anderer Gedanke gekommen, als in den Dienst der Polizei zu treten. Den Eignungslehrgang hatte sie als beste der weiblichen Bewerber absolviert und auch das anschließende Studium bereitete ihr seinerzeit keine größeren Probleme. Sie liebte ihren Beruf, denn sie spürte jeden Tag aufs Neue, dass ihre Entscheidung richtig gewesen war, da es sie mit großer Zufriedenheit erfüllte, Menschen zu helfen. Außerdem liebte sie das Adrenalin, das ihr in die Adern schoss, wenn sie einen Verbrecher zur Strecke bringen konnte. In ihrem Team herrschte eine hervorragende Kameradschaft und auch ihr Chef gab ihr stets das Gefühl ein vollwertiges Mitglied seiner Mannschaft zu sein. Niemand schaute auf ihren Migrationshintergrund. Im

Gegenteil, jeder schätzte sie aufgrund ihrer Fähigkeiten sowie ihres intensiven Gerechtigkeitsempfindens. Dennoch fühlte sie, dass ihr Weg hier nicht enden sollte. Sie wollte sich weiterentwickeln. Nicht nur in ihrer Position, sondern allem voran in ihren Fähigkeiten. Noch war sie jung genug dafür und ihr Ehrgeiz war jedermann ersichtlich, sodass selbst ihr Vater sie, trotz anfänglicher Bedenken, in ihrem Bestreben voll unterstützte und inzwischen sogar großen Stolz auf sie hegte.

Das Eintreffen der österreichischen Kollegen riss sie aus ihren Gedanken. Die Kollegen positionierten sich zwanzig Meter entfernt, diagonal gegenüber von ihnen, in einem zivilen VW Bus und gaben per Lichthupe das Signal für ihre Einsatzbereitschaft. Nun wurde es ernst.

Aysun überprüfte noch einmal den Sitz ihrer Waffe, einer speziell für die Bundespolizei konzipierten Heckler & Koch P30 und rückte ihre schusssichere Weste zurecht. Dann atmete sie ruhig ein und aus, setzte ihren Helm auf und folgte ihren Kollegen auf die vorher besprochenen Positionen zwischen systematisch geparkten Lkws oder Büschen. Nachdem Aysun an ihrer Position im Buschwerk entlang der Fahrbahn angekommen war, zog sie ihre Halbautomatik, die sich wie aus einem Guss mit ihren schlanken Fingern verband. Entschlossen entsicherte sie die Waffe und legte ihre Nachtsichtbrille an, die das vorhandene Restlicht derart verstärkte, dass sie sich in der Dunkelheit problemlos orientieren konnte. Sofort wurde der Parkplatz in ein grünlich schimmerndes Licht getaucht und Aysun blinzelte einige Male, um ihre Augen an die veränderte Optik zu gewöhnen. Die Anspannung der Polizisten schien die Luft zu elektrisieren. Nun galt es nicht zu zögern, sondern Mut und absolute Konzentration an den Tag zu legen, denn ihre Gegner waren skrupellos. Gnade würde man von ihnen nicht erwarten können.

Das Licht der ankommenden Lastkraftwagen glitt langsam, nahezu zögerlich über den Parkplatz. Hatten die Täter etwas bemerkt? Würden sie ihren Plan ändern? Aysun fühlte, wie sich jeder Muskel in ihrem Körper auf das Äußerste anspannte. Wie ein Pfeil würde sie nach vorne schießen, wenn der Moment gekommen war. Die Laster rollten bis an das Ende des Parkplatzes, doch zunächst geschah nichts. Aysun wurde nervös. Was ging dort vor sich? Plötzlich gaben beide Lkws Vollgas. Irgendetwas war schief gelaufen. Doch die österreichischen Beamten reagierten blitzschnell und spannten eine Panzerkette mit hoch aufstehenden Stahlspitzen über die Straße. Krachend barsten die Reifen der Lastzüge, entrissen den Fahrern die Kontrolle. Grässliches Quietschen von blanken Felgen auf Asphalt kündigte das Unheil an. Die Lkws schleuderten quer über die Autobahn und krachten frontal in die Mittelleitplanke. Aysun hatte bereits die Fahrbahn erreicht, als die Täter das Feuer eröffneten, wobei es der Fahrer des ersten Lastzugs auf sie absah. Schnell rollte sie sich hinter einen Streusalzbehälter ab, zählte die abgegebenen Schüsse des Gegners mit und erhob sich, als sie sicher war, dass dieser nachladen musste. Dann zögerte sie keinen Moment. Ihr Schuss traf den Mann genau ins Herz.

Doch dadurch zog sie die Aufmerksamkeit eines zweiten Widersachers auf sich. Dieser positionierte sich zwischen den beiden querstehenden Lkws und zerfetzte unter wütendem Gebrüll den Streusalzcontainer mit einem Feuerstoß seiner Maschinenpistole.

Große Wehen von Salz regneten über Aysun hinweg, doch glücklicherweise fing das Salz die Wucht der Kugeln ab. Aysun reichte es. Wut stieg in ihr hoch. Sie plante nicht als Zielscheibe zu dienen und würde hinter dem in Einzelteile zersplitternden Container auch nicht allzu lange Schutz finden. Sie musste sich trotz aller Risiken aus ihrer Deckung begeben. Unbeweglichkeit bedeutete den unweigerlichen Tod.

Sie rannte geduckt auf einen nahe der Fahrbahn stehenden Baum zu, auf dessen Stamm sich im Mondschein bereits in schneller Folge helle Flecken bildeten. Geruch von verbrannter Borke wehte ihr entgegen. Ein Geruch der von Bleikugeln herrührte, die in den Baum einschlugen. Bleikugeln, die für sie gedacht waren. Wie ein gehetztes Tier, wendete sie sich um. Suchte verzweifelt nach einem Ort des Schutzes. Dann sah sie Wuttke. Ihr Chef hatte ihre Bedrängnis bemerkt und schickte einen Feuerstoß in Richtung des Schützen, der diesen hinter die Lkws in Deckung zwang. Das war ihre Chance. Aysun nahm ihren ganzen Mut zusammen, rannte im Zickzack über die Fahrbahn, stellte ihre Waffe auf Dauerfeuer, rollte sich unter dem ersten Lkw durch und schoss sofort, als sie den Mann zu Gesicht bekam. Das Gesicht wutverzerrt, brach ihr Gegner blutig röchelnd zusammen.

In der Zwischenzeit überwältigten ihre Kollegen auch die anderen Bandenmitglieder, sodass sich Aysun daran machte, die Heckklappe des ersten Lkw zu öffnen, während im Hintergrund bereits die Sirenen der Krankenwagen ertönten. Aus dem Inneren des Laderaums schlug ihr beißender Gestank entgegen.

»Schnell, zieht die Paletten aus dem Laderaum«, rief sie hinter sich.

Bereits als die ersten Paletten aus dem Vierzigtonner entfernt waren, hörte Aysun leises Wimmern, woraufhin sie mit ihrer Taschenlampe in den tiefschwarzen Hintergrund leuchtete. Vor ihr ergab sich ein Bild des Schreckens. Dicht gedrängt saßen dunkelhäutige Männer, Frauen und Kinder, in schweißdurchtränkter Kleidung. Einige von ihnen aufgrund der mangelnden Belüftung ohnmächtig, andere in Folge des Unfalls blutüberströmt, doch alle in erbärmlichem Zustand.

»Schnell wir brauchen Wasser«, rief sie ihrem Kollegen zu, der bereits mit Plastikflaschen auf sie zueilte.

»Wir müssen sie ohnehin da rausholen, offensichtlich haben sie ihnen zuletzt auch keine Toilettenpause mehr gegönnt«, wies Einsatzleiter Wuttke mit erschütterter Stimme an, während die ersten Sanitäter die Anweisung bereits in die Tat umsetzten.

»Wie lange sind Sie schon unterwegs?«, fragte Aysun einen der Flüchtlinge auf Englisch.

»Drei Monate«, antwortete er mit gebrochener, schwacher Stimme.

»Wie viel haben Sie denen bezahlt?«

»Achttausend Euro pro Person.«

Kopfschüttelnd wandte sich Aysun an ihren Chef: »Ich kann nicht verstehen, wieso Menschen, die ohnehin arm sind, ihr letztes Geld solchen Verbrechern in den Hals werfen.«

»Es ist der Traum von einem besseren Leben, der sie dazu bringt ihren Besitz zu verkaufen oder die Familien antreibt einen überteuerten Kredit aufzunehmen, damit wenigstens einem ihrer Leute die Flucht nach Europa möglich ist. Derjenige muss dann alles inklusive der damit verbundenen Torturen auf sich nehmen und soll, nachdem er eine Arbeit gefunden hat, der Familie Geld schicken. Wobei dieser Traum nur allzu oft platzt. Aber so viel Mitleid diese Szenerie auch in uns aufsteigen lässt, am Ende müssen wir die meisten ohnehin wieder nach Hause schicken oder in das EU-Land, das sie zuerst betreten haben und das Spiel beginnt von Neuem. Wir machen jetzt Feierabend. Den Rest erledigen die Kollegen. Zwei der Verbrecher sind verhaftet worden, die können wir morgen verhören. Die anderen sind tot. Übrigens, brauchst du wegen der tödlichen Schüsse einen Seelsorger?«

»Nein. Sie waren menschenverachtende Kriminelle. Sie wussten was sie taten. Insofern komme ich damit klar, sie getötet zu haben.«

»Okay, dann fahren wir wieder. Ich kann dich zu Hause absetzen.«

Anderthalb Stunden später setzte sich Aysun frisch geduscht auf ihr Sofa und streckte die Beine aus. Erst jetzt bemerkte sie, dass sie ihr Handy die gesamte Zeit über ausgeschaltet gelassen hatte. Als sie es nun anschaltete, meldete ihr das Gerät eine SMS in Abwesenheit. Absender war Katrin Pfeiffer. Aysun hatte lange mit Katrin zusammengearbeitet, bis diese in die Dienste des BKA wechselte. Doch sie hatten schon länger nicht miteinander telefoniert.

Was sie wohl will? , dachte Aysun.

Einen weiteren Moment später erschien die Nachricht auf dem Display: »Bitte ruf mich morgen früh an. Es ist dringend. Gruß Katrin.«

Kapitel Drei

Am nächsten Morgen stand Aysun nach kurzer Nacht bereits um fünf Uhr auf. Nachdem sie eine halbe Stunde auf dem Laufband trainiert und geduscht hatte, überlegte sie erneut, was Katrin wohl so dringend von ihr wollte. Katrin war der Durchbruch gelungen. Sie war als Oberkommissarin beim BKA ihrem Hauptkommissar beigestellt und konnte sich wie Aysun gehört hatte eines ausgezeichneten Rufes bei der Behörde erfreuen. Insofern öffneten sich ihr sicherlich Türen bis in hohe Ämter. Aysun wusste nicht, an welchem Fall Katrin aktuell arbeitete, aber vielleicht gab es eine Möglichkeit es ihr gleich zu tun. Nach dem Frühstück werde ich sie anrufen, dachte sie.

Katrin startete gerade die Kaffeemaschine in ihrem Büro, als ihr Handy klingelte.

Am anderen Ende meldete sich Aysun: »Morgen Katrin, wir haben ja lange nichts mehr voneinander gehört. Wie geht es dir?«

»Mir geht es so weit gut. Abgesehen davon, dass ich gerade meinen Urlaub abbrechen musste, um an einem hochbrisanten Fall mitzuarbeiten, was übrigens auch der Grund für meine gestrige Nachricht ist. Ich hoffe, bei dir ist auch alles okay.«

»Ich kann mich nicht beklagen. Wir haben bei der Bundespolizei im Moment definitiv keine Langeweile.«

»Herr Wuttke berichtete mir bereits von eurem gestrigen Erfolg und natürlich von der enormen Arbeitsbelastung, der ihr momentan ausgesetzt seid.«

»Du hast mit meinem Chef gesprochen?«

»Muss ich ja, wenn ich dich gerne um deine Mitarbeit bitten möchte. Unser Team bearbeitet den gestrigen Mord an dem Muezzin in Köln, von dem du sicherlich gehört hast. Mein Chef Eduard Sacher will gerne jemanden dabei haben, der türkischen Migrationshintergrund besitzt, um uns einen besseren Zugang zu den Menschen aber auch der Kultur zu erschließen. Ich wollte dich demnach fragen, ob deinerseits grundsätzliches Interesse an einer Mitarbeit besteht?«

»Sicherlich hätte ich Interesse, an so einem Fall mitzuarbeiten. Die Frage wäre nur, was ich dabei tun soll. Wenn ich lediglich als Übersetzerin fungiere oder als Imageobjekt diene, um der türkischen Regierung einen türkischen Ermittler zu präsentieren, wäre es mir lieber in meiner Einheit zu bleiben. Letzteres würde ohnehin nicht funktionieren, da ich selbst von meiner Verwandtschaft in der Türkei als Deutsche angesehen werde. Außerdem, wenn ich vermitteln soll, müsst ihr immer berücksichtigen, dass ich eine Deutschtürkin bin, das heißt, in Bezug auf konservative Muslime könnte mein Einsatz nur von bedingtem Nutzen sein. Du weißt ja, wie die auf weibliche Polizisten reagieren. Ergo, wenn ich diesen Schritt tun soll, will ich voll in die Ermittlungen mit einbezogen werden.«

»Die Details deiner Mitarbeit müssen wir noch mit Herrn Sacher besprechen, denn er muss letztendlich deinem Einsatz zustimmen. So wie ich ihn allerdings kenne, wirst du sicherlich ein vollwertiges Mitglied unseres Teams sein. Komm doch einfach heute Mittag nach Meckenheim, dann kann ich dich vorstellen. Wenn dir das Angebot gefällt, kannst du sofort dableiben. Wenn nicht, fährst du wieder zu deiner Einheit. Was hältst du davon?«

»Okay, ich fahr gleich los. Wir haben jetzt zwanzig nach sechs. Ich sollte also gegen halb eins bei euch oben sein, bis dann.«

Katrin erwiderte die Verabschiedung und legte den Hörer genau in dem Moment auf, als Sacher gefolgt von einem mit Brötchen bepackten Manger das Büro betrat.

»Guten Morgen, ihr zwei«, sagte sie und gab Manger einen Kuss. »Bist du heute Morgen extra so früh aufgestanden, um für Verpflegung zu sorgen?«

»Ich war heute früh eine Runde Joggen und wollte dich nicht wecken. Auf dem Rückweg habe ich dann kurz eingekauft. Ich denke, es wird heute ein anstrengender Tag für uns, da brauchen wir entsprechende Energie.«

»Das auf jeden Fall«, bestätigte Sacher. »Ich habe bereits gesehen, dass die Polizei bis heute Morgen die Unterlagen von mehr als sechstausend Fahrern kopiert hat. Insofern bin ich schon mal mit Arbeit eingedeckt. Ihr habt auch eure Aufgaben. Johann sei nur so gut und gib eine Fahndung nach diesem Karim raus. Unser Aufruf in den Medien war bisher wirkungslos. Falls der sich hier in Deutschland aufhält, muss er sich unbedingt bei uns melden. Außerdem, such uns bitte schon mal die Telefonnummern der Angehörigen raus, damit unser Zuarbeiter auch sofort loslegen kann. Im Anschluss wirst du dich gemeinsam mit dem neuen Mann in den Außendienst begeben. Wann kommt der Kollege, den du uns gestern versprochen hast, Katrin?«

»Sie kommt gegen halb eins, um sich vorzustellen. Die Kollegin heißt Aysun Özdemir, ist achtundzwanzig Jahre alt und Polizeioberkommissarin.« Katrin berichtete kurz von ihrem Telefonat.

»Eine Muslima?«, fragte Manger skeptisch.

»Glaubst du, sie wird von den Angehörigen unseres Opfers akzeptiert? Ich könnte mir vorstellen, dass die, zumindest wenn sie strenggläubig sind, ein Problem damit haben. Innerhalb der türkischen Polizei ist der Frauenanteil ja verschwindend gering.«

»Ihr wolltet jemanden, den ich kenne und schätze. Insofern habe ich sie angerufen.«

»Sie ist deutsche Polizistin, somit haben die Leute sie zu akzeptieren«, insistierte Sacher. »Außerdem glaube ich nicht, dass irgendjemand von denen jetzt mauern wird, da sie wissen, worum es geht. Du kannst sie in das Stadtviertel mitnehmen. Befragt die Leute rund um das Bürogebäude und schließt euch mit der Polizei kurz. Sie haben am gestrigen Nachmittag schon reichlich Personen befragt. Vielleicht ist da ja etwas Brauchbares dabei.«

»Ich habe bereits die E-Mails gecheckt. Bisher hat sich offensichtlich nichts ergeben«, berichtete Katrin. »Außer dass die Helikopterbesatzungen die gestern im Einsatz waren aussagten, sich auf die Überwachung der Demonstranten am Boden konzentriert zu haben. Nach dem Attentat überflogen sie wohl noch mal die Hausdächer und Balkone der direkt umliegenden Gebäude, konnten aber nichts erkennen.«

»Okay, schnappt euch eure Verpflegung und dann ran an die Arbeit«, schloss Sacher.

Alle drei zogen sich in ihre Büros zurück und begannen intensiv mit der Recherche, wobei Sacher zunächst seinen Freund Richard Brannigan anrief. Der Sektionschef der CIA in Deutschland war ihm bereits durch vorherige Fälle bekannt, und wie Sacher wusste, war Brannigan in der Lage auf eine nahezu unerschöpfliche Menge an Daten zurückzugreifen. Auch wenn Sacher die Abhörwut der Amerikaner nicht guthieß, so war ihm als Ermittler dennoch die Nützlichkeit dieser Art der Terrorprävention bewusst. Dementsprechend wollte er insbesondere bei diesem wichtigen Fall nicht auf die Vorteile dieses amerikanischen Systems verzichten. Manche Situationen erforderten eben besondere Maßnahmen.

Während er die Nummer über die Kurzwahltaste anwählte, sah er bereits den zwei Meter großen Hünen mit seinen militärisch gestutzten silbernen Haaren, seinen stahlblauen Augen und prankenähnlichen Händen vor sich. Wie er seinen Kollegen kannte, erwartete der Endfünfziger seinen Anruf oder war selbst schon in entsprechender Weise aktiv geworden.

Sekunden später meldete sich die grollende, bärbeißige Stimme des Amerikaners: »Eduard, ich grüße dich. Wie geht es dir?«

»Mir persönlich geht es gut, aber ich muss den Mord an dem Muezzin in Köln aufklären und würde dich dahingehend gerne um deine Hilfestellung bitten.«

»Falls es dir um Nachforschungen bezüglich etwaiger Telefonmitschnitte oder Netzaktivitäten geht, darf ich sagen, dass ich dahingehend schon alles in Bewegung gesetzt habe. Das kann allerdings eine Weile dauern. Sobald wir etwas finden, hörst du sofort von mir.«

»Das wäre gut, denn mich beschleicht das Gefühl, dass da eine größere Geschichte hinter steckt. Mir gefällt die Vorstellung nicht, dass unsere Islamgegner einen Profi angeheuert haben.«

»Ich sehe das ganz ähnlich, aber ihr verfügt auch über in muslimischen Ländern stationierte Truppen. Dort wird sicherlich der ein oder andere dabei sein, der einen solchen Schuss ansetzen kann, und genauso wie bei uns könnten sich einige Soldaten zu Islamfeinden radikalisiert haben. Insofern kann ich mir einen Täter aus den Reihen der deutschen Islamgegner durchaus vorstellen.«

»Wir werden sehen was die Ermittlungen zutage fördern. Ich danke dir einstweilen. Ich melde mich dann später noch einmal.« Die beiden Männer verabschiedeten sich und Sacher begann sich in die Polizeiprotokolle vom Vortag zu vertiefen, wobei er sich zunächst auf den Zeitraum zwischen dreizehn und vierzehn Uhr konzentrierte.

Manger forderte sich indes im Intranet Unterlagen über Scharfschützen der Bundeswehr an, welche im Kampfeinsatz gedient hatten und während ihrer Dienstzeit durch eine islamfeindliche oder rechte Gesinnung aufgefallen waren. Bereits nach der Durchsicht weniger Akten erschloss sich ihm, dass es davon etliche Fälle gab. Insgesamt fand er über fünfzig aktive Soldaten, auf die dies zutraf sowie über einhundert ehemalige Scharfschützen, bei denen Wertvorstellungen aus dem rechten Lager festgestellt wurden. Nach weiterer Überprüfung kristallisierten sich insgesamt einhundertzwei Kandidaten heraus, die sich zum Tatzeitpunkt in Deutschland aufhielten. Es galt nun zu ergründen, wer davon einen solch präzisen Schuss aus maximaler Distanz abfeuern konnte. Des Weiteren musste er ermitteln, welche Kandidaten zur Tatzeit in Köln gewesen sein konnten. Zweifelsohne würde dies Zeit in Anspruch nehmen.

Katrin hatte sich derweil die Daten der KTU bezüglich der Zeugenbeobachtung angeschaut, aus denen sich ergab, dass der Mann mit Chicago Hut mindestens eine Körpergröße von ein Meter fünfundneunzig haben musste. Damit grenzte sie die Parameter ihrer biometrischen Software ein, um schneller voranzukommen, was sie auch ihren beiden Kollegen mitteilte, damit diese ebenfalls von ihrer Idee profitieren konnten. Darauffolgend vertiefte sie sich in ihre Arbeit.

Pünktlich um zehn nach zwölf klopfte Aysun an Katrins Bürotür.

»Hallo du, lange nicht gesehen«, begrüßte Katrin ihre Kollegin lachend.

»Und doch wiedererkannt«, ergänzte Aysun, während sich die beiden Frauen freundschaftlich umarmten.

Manger betrat den Raum. »Hallo, Manger mein Name, Johann Manger. Bist du unsere neue Kollegin? Ich darf dich doch duzen, oder?«

»Hallo, ich bin Aysun Özdemir und klar darfst du mich duzen. In Bezug auf meine Mitarbeit bei euch, möchte ich aber erst mit eurem Chef reden.«

»Bin schon da«, meldete sich Sacher lächelnd. Nachdem er sich vorgestellt hatte, ging er auf Katrins Bericht über das Telefonat ein: »Frau Özdemir, Sie können sich voll darauf verlassen, dass Sie in unserem Team nicht nur Staffage sind. Im Gegenteil, ich erwarte von Ihnen, als vollwertiges Mitglied hart in der Sache zu arbeiten. Wobei, wie ich hörte, dies für Sie grundsätzlich den Anreiz am Polizeidienst darstellt.«

»Härte nicht unbedingt, aber mich muss die Aufgabe herausfordern und es sollte mich interessieren.«

»Interessant ist der Fall alle mal. Was meine Frage jedoch sein muss ist, ob Sie sich der Auseinandersetzung mit dieser Thematik emotional stellen können. Ich weiß nicht, wie streng gläubig Sie sind, sodass ich nicht einordnen kann, ob der Fall in Ihnen besondere Emotionen hervorruft.«

»Grundsätzlich ist es für mich immer mit Emotionen verbunden, einen Täter zu stellen. Aber ich bin durch und durch professionell. Insofern brauchen Sie nicht zu befürchten, dass ich den Täter gleich selber richte, wenn wir ihn gefasst haben. Ich stünde den Ermittlungen demnach nicht befangen gegenüber.«

»Das ist an sich schon alles, was ich wissen wollte. Da Sie angesichts meiner Frage so gelassen bleiben, bin ich mir auch sicher, dass Sie dazu geeignet sind, bei uns mitzuarbeiten. Bleibt demnach nur die Frage, ob Sie dies auch wollen.«

»Werde ich am Ende im Dienst des BKA bleiben oder zur Bundespolizei zurückkehren?«

»Das will ich jetzt noch nicht entscheiden. Zunächst werden Sie uns gezielt in diesem Fall unterstützen. In Bezug auf einen endgültigen Wechsel, müsste ich ohnehin meine Chefs einbeziehen. Doch auszuschließen ist das nicht, denn auf diese Art sind ja auch Frau Pfeiffer und Herr Manger zu uns gekommen. Wir haben zusammengearbeitet, waren zufrieden und entschieden uns deshalb sie im Anschluss daran einzustellen. Herr Manger war sogar bis zum damaligen Zeitpunkt gar kein Beamter, sondern Privatdetektiv. Daran mögen Sie sehen, dass Ihnen bei entsprechender Zusammenarbeit alle Türen offen stehen. Dennoch sollten wir dies zunächst einmal abwarten.«

»Damit bin ich einverstanden. Wo fangen wir an?«

»Als Erstes wird Frau Pfeiffer Sie auf den Stand der Dinge bringen. Danach würde ich Sie bitten, mit den Angehörigen des Opfers Kontakt aufzunehmen. Befragen Sie sie nach Herrn Mustafa Yildiz und bitte auch nach seinem Cousin Karim Yildiz. Anschließend gehen Sie gemeinsam mit Herrn Manger in den Außendienst. Ihr fahrt bitte nach Köln und treibt die Dinge dort für uns voran. Setzt euch mit der örtlichen Polizei in Verbindung und bringt möglichst in Erfahrung, wie die Flucht des Attentäters vom Parkplatz aus verlaufen ist oder was ihr sonst noch herausfinden könnt. Ach so, bevor ich es vergesse, ich habe Ihnen ein Hotelzimmer in der Altstadt reserviert. Sie brauchen sich also keine Gedanken über Ihre Unterkunft zu machen.«

»Okay, dann legen wir mal los.«

Eine halbe Stunde später stand Aysun erneut in Sachers Büro. »Also die Familie weiß nichts von etwaigen Feinden Mustafas. Sie können sich den Anschlag nur mit einer Tat von Rechtsradikalen erklären. Außerdem konnten sie Karim bisher nicht erreichen. Sie wissen nicht, wo er steckt, wobei das wohl nicht weiter ungewöhnlich ist. Er ist als freier Journalist tätig und des Öfteren für längere Zeit auf Reisen. Woran er derzeit arbeitet, konnten sie mir nicht sagen. Er hält sich stets sehr bedeckt, was seine Recherchen betrifft. Karim lebt genauso wie Mustafa allein. Er ist sechsunddreißig, also zwei Jahre jünger als Mustafa. Sie mailen uns ein aktuelles Foto und Mustafas Bruder, der heute Nachmittag in Köln landen wird, bringt uns einen persönlichen Gegenstand von Karim mit. Ich habe um eine Zahnbürste gebeten, dann sind wir auf jeden Fall schon mal im Besitz seiner DNA, falls wir sie benötigen sollten.«

»Okay, gute Arbeit. Dann fahrt ihr nach Köln. Sie können bei Herrn Manger mitfahren. Er hat einen Dienstwagen.«

Die Fahrt nach Köln erfolgte zunächst schweigend, bis Aysun das Wort ergriff: »Du warst Privatdetektiv und bist nun beim BKA? Wie kommt man denn zu so einer eigentümlichen Karriere?«

»Ich ermittelte auf eigene Faust gegen ein Verbrechersyndikat. Da ich Katrin von früheren Begegnungen her kannte, teilte ich ihr meine Ergebnisse mit. Sie war damals bei der Bundespolizei und weihte Sacher ein, mit dem sie wiederum bereits zuvor zusammengearbeitet hatte. So kam es dann, dass wir die Bande gemeinsam zur Strecke bringen konnten, was Katrin und mich letztlich zum BKA gebracht sowie zusammengeführt hat.«

»Ihr seid ein Paar?«

»So ist es. Aber das ist noch frisch. In welchem Bereich der Bundespolizei warst du bisher tätig?«

»Abteilung Kriminalitätsbekämpfung. Wir haben gestern eine Schleuserbande zur Strecke gebracht, die über verschlungene Wege Flüchtlinge aus Afrika nach Deutschland und in andere nordeuropäische Länder eingeschleust hat.«

»Oh, herzlichen Glückwunsch. Ich denke, von unserem Fall hast du bereits in den Medien gehört?«

»Ja, es stand etwas von einem Profikiller in der Presse. Aber viel habt ihr ja, zumindest laut Katrins Bericht, bisher noch nicht herausgefunden.«

»Das ist leider wahr. Wir wollen hoffen, dass wir heute etwas mehr erfahren, wobei ich und Katrin gestern um diese Zeit noch auf der Ostsee schipperten, wodurch wir bisher keine umfangreichen Ermittlungen durchführen konnten.«

In Köln angekommen fuhr Manger zunächst zu dem Bürogebäude, aus dem der Attentäter geschossen hatte.

»Wenn du willst, kannst du dir den Tatort ansehen, während ich in die Sicherheitszentrale gehe. Es ist das oberste Stockwerk. Ich stell nur gerade ein paar Fragen an den Sicherheitsmann.«

»Okay. Bis gleich.«

Als Manger den Überwachungsraum des Gebäudes betrat, las der Mitarbeiter der Sicherheitsfirma gerade gelangweilt die Tageszeitung.

»Guten Morgen, Manger mein Name, vom BKA. Ich hätte einige Fragen an Sie. Es geht um Ihre gestrige Schicht.«

»Bitte fragen Sie«, antwortete der Mann, ohne aufzublicken.

»Zunächst legen Sie mal die Zeitung weg und dann antworten Sie mir ordnungsgemäß«, fuhr Manger gereizt fort. »Besitzen Sie immer diesen Enthusiasmus bei der Arbeit? Sie sind hier für die Sicherheit verantwortlich und werfen kein einziges Mal einen Blick auf die Monitore. Ich muss wohl annehmen, dass Ihnen demnach auf Ihrer letzten Schicht auch nichts aufgefallen ist, oder?«

»Sehen Sie, hier ist normalerweise nie etwas los. Die Firmen haben keine Geheimnisse, für die sich ein Einbruch lohnen würde und Bargeld ist hier auch nicht zu holen. Wir hatten hier noch nie ein Problem. Also was wollen Sie mir vorwerfen? Dass ich hier nicht acht Stunden lang auf jede einzelne Bewegung achte? Das Einzige, was mir gestern auffiel, war, dass die Kamera oberhalb der Warenannahme zwischenzeitlich kein Bild anzeigte. Ich bin dann dort hingegangen und habe den Schaden behoben. Es hatte sich offensichtlich ein Kurzschluss in einem der Kabel gebildet.«

»Kann dieser auch bewusst ausgelöst worden

sein?«

»Selbstverständlich, die Elektronik liegt offen zugänglich im Innenraum.«

»Das sind ja außergewöhnlich gute Sicherheitsvorkehrungen«, spottete Manger. »Sagen Sie mir bitte, wann das genau war.«

»Wie ich in unserem Protokollbogen vermerkt habe, fiel das Bild um zwölf Uhr achtzehn aus. Ich war zwei Minuten später an Ort und Stelle, habe mich dort umgeschaut und dann den Schaden repariert. Bis ich wieder hier im Raum war, hatten wir zwölf Uhr fünfundvierzig.«

»Ansonsten sind Ihnen keine Unregelmäßigkeiten aufgefallen? Beziehungsweise Sie haben auch nicht geprüft, ob dort irgendeine Manipulation vorgenommen wurde?«

»Wie ich schon sagte, ist hier noch nie etwas vorgekommen und umgeschaut habe ich mich. Alles war so wie immer.«

»Sie hielten sich gerade einmal zwanzig Minuten in der Warenannahme auf und nahmen in dieser Zeit auch noch eine Reparatur vor. Dann ist wohl das Umschauen nur sehr spärlich ausgefallen. Okay, das wäre soweit alles«, verabschiedete sich Manger, dem die Einstellung des Mitarbeiters die Nerven raubte.

Vor dem Überwachungsraum traf er wieder auf Aysun. »Hast du dir die Etage schon angesehen?«

»Nicht umfangreich, die KTU war ja bereits dort. Aber ich bin von oben aus hinunter in den Keller gewandert. In der Warenannahme habe ich einen kleinen Zettel gefunden. Gegebenenfalls hat der Attentäter den verloren. Er musste sich beeilen, da kann so etwas selbst einem Profi passieren. Es ist eine kurze Notiz.«

»Ich habe keine Ahnung, ob das was mit unserem Fall zu tun hat, aber ich packe den Zettel vorsichtshalber in einen Asservatenbeutel. Falls er vom Täter ist, finden wir vielleicht eine DNA-Spur darauf oder es ist sonst irgendwie von Bedeutung. Übrigens, nachdem ich mir das Treppenhaus angeschaut habe, gibt es für mich keinen Zweifel mehr, dass der Täter auf diesem Wege aus dem Gebäude entkam. Ich glaube, die meisten Mitarbeiter nutzen die Fahrstühle und die sind vom Treppenhaus getrennt. Dementsprechend brauchte der Täter hier nicht großartig befürchten, gesehen zu werden. Des Weiteren habe ich mir die Außentür angeschaut. Die Tür ist von außen solide gesichert und besitzt einen Blindzylinder, der sich nur von Innen schließen lässt. Da sich an der Tür keine Einbruchsspuren finden lassen, muss der Täter bei seiner Ankunft den Haupteingang benutzt haben oder es hat ihm jemand Einlass gewährt, was wohl durch den Wachdienst bemerkt worden wäre.«

»Nicht, wenn da die Kanaille saß, die ich gerade befragt habe.«

»Es gibt zwar noch vier gesicherte Notausgänge, aber falls er über einen von denen in das Gebäude gelangt wäre, hätte man ihn sofort erwischt, denn die führen alle in Firmenbüros. Nachts hätte ein Einbruch Alarm ausgelöst. Lange Rede kurzer Sinn. Für ihn war es meiner Meinung nach am sichersten, einfach zur Tür hereinzuspazieren. Wobei die Frage bleibt, wie er das mit einer Waffe im Gepäck hinbekam, denn an der Sicherheitsschleuse müsste so etwas eigentlich überprüft werden. Außerdem brauchte er somit einen

Ausweis, um sich Zugang zu verschaffen.«

»Ich wollte sowieso noch einmal die Pförtner befragen. Wollen wir hoffen, dass das nicht solche Pfeifen sind, wie der Typ in der Sicherheitszentrale.«

Fünf Minuten später sahen sie sich einer entnervten Pförtnerin gegenüber. »Ich habe doch bereits Ihren Kollegen gesagt, dass uns nichts aufgefallen ist. Wir haben lückenlos alle Besucherkarten zurückverfolgt. Alle Besucher der letzten zwei Tage hatten Termine bei einer der Firmen in diesem Gebäude.«

»Wie funktioniert Ihre Sicherheitsschleuse genau?«, fragte Manger.

»Wie Sie sehen, verwenden wir eine Drehtür, die man nur per Chipkarte öffnen kann, wobei der Rechner automatisch speichert, auf welchen Namen und welche Firma die Karte registriert ist. Wenn man keine Chipkarte besitzt, muss man die Klingel betätigen. Dann öffnen wir die Tür in der Weise, dass der Besucher nur zu unserem Bereich Zugang bekommt. Wir erfragen dann, zu welcher der Firmen er möchte. Danach rufen wir dort an, ob das in Ordnung geht. Falls ja, bekommt er von uns für den Zeitraum seines Aufenthalts eine Besucherkarte, das heißt, die Person muss einen Antrag mit ihren persönlichen Daten ausfüllen und unterschreiben.«

»Was ist mit den Handwerkern oben?«, fragte Aysun.

»Wir haben für alle Handwerker einen Besucherausweis angefertigt, nachdem uns die Firma die Daten der Mitarbeiter zukommen ließ. Die Ausweise haben wir dann an die Firma gesendet. Der Chef des Unternehmens kam aber auch regelmäßig vorbei und der hätte wohl erkannt, wenn sich da jemand eingeschlichen hat.«

»Verfügen Sie hier über einen Metalldetektor, der möglichen Waffenbesitz anzeigt?«

»Nein, dann würden wir hier andauernd jeden überprüfen müssen. Irgendetwas aus Metall trägt doch jeder bei sich und wir sind hier nicht auf dem Flughafen. Dazu haben wir gar nicht genug Personal.«

»Dann danken wir einstweilen. Aber Sie halten bitte alle Besucherunterlagen der letzten Tage fest. Ich schicke einen Kollegen vorbei, der die Dokumente abholt.«

Draußen angekommen überlegte Manger: »Wir bekommen alle Namen der Personen die das Gebäude betraten, dennoch halte ich das Ganze für eine Sackgasse. Diese Karten dürften nicht allzu schwer zu fälschen sein. Er wird wohl kaum eine Karte auf seinen Namen ausstellen lassen haben. Oder was meinst du?«

»Ich bin derselben Meinung. Lass uns noch einmal den Parkplatz absuchen.«

Auf dem Parkplatz trafen die beiden auf Mitarbeiter der KTU, die offensichtlich ihren Gedanken geteilt hatten.

»Seid ihr schon fündig geworden?«, fragte Manger, als er einen der Beamten mit einem Asservatenbeutel sah.

»Ob es zu dem Fall gehört, weiß ich nicht, aber wir haben ein Stück extrem dicker Laminierfolie gefunden. Was zu unserer Fragestellung passen würde, wie der Täter die Waffe, trotz der Waffenspürhunde, aus dieser Gegend entfernt haben könnte. Wenn er die Waffe mit dieser Folie einlaminierte, konnten die Hunde nichts erschnüffeln.«

»Ein guter Ansatz«, antwortete Manger, bevor er sich an Aysun wandte: »Wenn die KTU hier bereits aktiv ist, schauen wir uns derweil auf der Straße um, oder?«

»Würde ich auch vorschlagen, die machen das schon.«

Die Ausfahrt des Parkplatzes wurde durch mehrere Ahornbäume überschattet sowie an beiden Seiten durch dichtes Buschwerk gesäumt, sodass sie das Erscheinungsbild eines pflanzlichen Tores annahm. Auf der gegenüberliegenden Seite reihten sich zahlreiche Geschäfte aneinander, an denen sich am heutigen Samstag zähflüssig dichter Verkehr vorbei schob.

»Hier ist doch richtig was los. Da muss doch jemand etwas gesehen haben«, sagte Aysun überzeugt, während sie ihren Blick über die Straße gleiten ließ. In einiger Entfernung sahen sie mehrere Schutzpolizisten, die die vorbeihetzenden Menschen aufhielten und befragten. Entschlossenen Schrittes steuerte Manger die Gruppe an, wobei Aysun sich in die andere Richtung wendete, da sie dort etwas Interessanteres entdeckte.

»Guten Morgen, Kollegen«, sprach Manger die Gruppe an, während er seinen Dienstausweis zückte, »irgendwelche Erkenntnisse?«

»Keine Chance, die schauen alle nicht nach rechts oder links. Kein Mensch will irgendetwas gesehen haben. Viele drücken zwar ihre Entrüstung und Anteilnahme aus, aber ansonsten ist das hier totale Fehlanzeige.«

»Okay, weitermachen. Danke.«

Mit suchendem Blick drehte sich Manger zu Aysun um, die auf der anderen Seite der Straße soeben ihr Portemonnaie zückte und einen zwanzig Euro Schein an einen Obdachlosen überreichte, der dort auf einer Parkbank saß.

Schnell eilte Manger über die Straße auf sie zu. »Weiß er etwas?«

»Ich denke schon. Laut seiner Aussage saß er gestern den gesamten Tag über hier auf der Bank. Er besitzt keine Uhr, aber der Tumult vor der Moschee war bis hierhin zu hören. Er sagt, währenddessen sei der Wagen eines Paketdienstes auf den Parkplatz gefahren und habe den Platz nur unwesentlich später hinter einem schwarzen Mercedes wieder verlassen. Beide Fahrzeuge sind in unterschiedliche Richtungen abgebogen. Die Kennzeichen hat er sich leider nicht gemerkt und den Paketdienst konnte er nicht benennen, aber er wusste, dass der Paketdienst nach links abgebogen ist.«

»Hat er gesagt, welcher Typ Mercedes es war oder konnte er das Logo des Paketdienstes beschreiben? Damit könnten wir es weiter eingrenzen.«

»Nein, davon sagte er nichts.«

Manger eilte sofort zu dem Mann und zeigte diesem nach kurzem Gespräch mehrere Bilder von Mercedes Fahrzeugen sowie verschiedene Firmenlogos auf seinem Smartphone.

Als er zurückkam, berichtete er: »Es handelt sich um eine Mercedes E-Klasse, aber an das Logo des Paketdienstes konnte er sich nicht erinnern. Trotzdem geben wir das sofort an Sacher weiter. Ich denke, diese Information wird ihm nützlich sein, da die beiden Fahrzeuge mit Sicherheit an den Checkpoints der Polizei erfasst wurden. Ich rufe ihn an, dann können wir sobald er etwas rausfindet sofort die Spur verfolgen.«

Nach dem Telefonat gingen Manger und Aysun zunächst in einem nahegelegenen Dönerimbiss essen.

Manger eröffnete das Gespräch: »Gib mir mal bitte einige Eckdaten zum Thema Islam, die uns helfen könnten.«

»Das ist sehr umfangreich. Grundsätzlich ist der Islam im siebten Jahrhundert von dem Propheten Mohammed eingeführt worden. Das Wort Islam bedeutet ins Deutsche übersetzt so viel wie Unterwerfung unter Gott oder auch völlige Hingabe an ihn. Ein Muslim ist demnach ein Mensch, der sich Gott unterwirft. Neben dem Koran erkennen Muslime die Schriften der Christen, welche ja aus der jüdischen Thora und aus dem Evangelium bestehen an, womit klar ist, dass der Islam grundsätzlich pluralistisch ausgerichtet ist. Dennoch bestehen deutliche Unterschiede zwischen den Glaubensrichtungen.«

»Das ist offensichtlich. Ansonsten würde man sich auch nicht gegenseitig töten und ich müsste nicht meinen Urlaub abbrechen. Aber was wir bisher völlig ausgeklammert haben ist, dass es sich bei unserem Täter auch theoretisch um einen Muslim handeln könnte. Die schlachten sich ja ebenfalls gerne mal gegenseitig ab.«

»Das können wir glaube ich ausschließen. Der Mord geschah während einer religiösen Zeremonie. Die Abschlachterei hängt mit den unterschiedlichen Glaubensrichtungen im Islam zusammen, die jeweils die anderen Gruppierungen als Ungläubige oder Abtrünnige betrachten. Besonders problematisch dabei ist, dass vor allem die Hardliner den Koran und die Sunna wortwörtlich nehmen und nur die Suren heranziehen, die sie brauchen, um ihre unsäglichen Gewaltorgien zu legitimieren. Das heißt, sie zerpflücken die Texte, anstatt die Gesamtbotschaft zu erkennen. Das gilt übrigens auch für diejenigen, die hier in Deutschland leben. Beispielsweise behandeln die meisten Muslime in Deutschland ihre Familien nicht anders als die Deutschen. Die Hardliner hingegen, die vollkommen in der Vergangenheit leben und sich weder der Moderne noch Deutschland anpassen, begehen Ehrenmorde, schlagen ihre Frauen, zwingen sie Burkas zu tragen et cetera und denken dabei noch, sie hätten das Recht dies zu tun.«

»Wobei ihnen ja vor lauter Toleranzbemühungen verwirrte deutsche Richter gerne mal den Eindruck vermitteln, dass dies auch so sei. Wenn ich so manches Urteil in dieser Causa sehe, wird mir übel. Da bekommt man manchmal den Eindruck, die Scharia wäre Teil unseres Rechtssystems. Dabei sollten wir den Menschen klar machen, dass nach unserem Recht alle Menschen gleich sind und dementsprechend nicht auf religiöse Befindlichkeiten Rücksicht genommen werden kann. Allerdings mag bei diesen Urteilen in Einzelfällen auch die Furcht vor diversen Großfamilien eine Rolle spielen. Wobei auch Urteile gegen unsere eigenen Extremisten gerne einmal fragwürdig sind.«

»Das gilt nicht nur für Gerichte, sondern in vielen Fällen scheitert Integration an vollkommen unangebrachter Alles-tolerierung. Da ist man in Deutschland glaube ich aus geschichtlichen Gründen immer gern zu geneigt. Was insbesondere bei jüngeren Muslimen teilweise dazu führt, dass sie meinen, Deutschland sei für sie rechtsfreier Raum und sie könnten generell machen, was sie wollen. Das kann man ja an den Angriffen auf Frauen erkennen, aus so mancher jungen muslimisch-deutschen Ehe hören oder aus Erlebnisberichten von Helfern in den Flüchtlingsheimen herauslesen. Wenn wir da nicht langsam mal mit eisenharter Hand durchgreifen, werden wir hier in Deutschland bald noch ganz andere Verhältnisse erleben.«

Der Rückruf Sachers beendete ihr Gespräch zunächst.

»Katrin und ich sind uns einig, dass ihr eine heiße Spur gefunden habt. Leider wurden zur fraglichen Zeit mehrere Paketdienste sowie gleich etliche schwarze E-Klassen kontrolliert. Wir fragen im Moment sämtliche Fahrer der Fahrzeuge in unseren Dateien ab und beschäftigen uns auch mit den Paketdiensten. Katrin konnte bereits drei der Paketdienste, die für Unternehmen aus dem Bürogebäude tätig sind, ermitteln. Wobei natürlich nicht nur die infrage kommen.«

»Und wo sitzen die? Wenn die Firmen alle hier in Köln sind, fahren wir direkt dahin und schauen uns dort um.«

»Macht das bitte. Ich schicke dir Namen und Adressen der Firmen sowie der Fahrer aufs Handy. Die kontrollierten Paketdienste sitzen allesamt in Köln. Ich habe anhand der Kontrollpunkte an denen sie angehalten wurden eine Prioritätenliste zusammengestellt. Arbeitet sie ab, aber seid bitte bis zum Abend wieder hier. Wir wollen uns dann die Videoaufzeichnungen der Polizei anschauen.«

»Alles klar, machen wir.«

Nachdem die zwei Ermittler ihr Mahl beendet hatten, fuhren sie zu dem ersten der drei Paketdienste. Das triste Gewerbegebiet lag an einer Bahnstrecke. Das Gebäude des Paketdienstes unterteilte sich in einen schlichten, weiß gestrichenen Bürotrakt und eine angeschlossene offene Lagerhalle, in der etliche Gabelstapler ihre Kreise zogen. Vor dem Gebäude stand ein elegant gekleideter Mann, welcher wild gestikulierend auf einen im Blaumann gekleideten Mitarbeiter einredete, der auf einem Stapel Paletten saß.

Als Manger und Aysun sich näherten, unterbrach

er sein offensichtliches Kritikgespräch, um sie in freundlichstem Ton zu begrüßen: »Hilmer mein Name, was kann ich für Sie tun?«

»Manger und Özdemir vom BKA. Wir hätten einige Fragen, die Sie uns bitte beantworten. Wir ermitteln in Bezug auf den Mord an dem Muezzin hier in Köln. Da bezüglich des Falles das Fahrzeug eines Paketdienstes auffällig geworden ist, müssen wir sämtliche Paketdienste kontrollieren und die von den Polizeikontrollstellen gemeldeten Fahrer befragen.«

»Oh ja, ich habe von dieser schrecklichen Sache gehört. Furchtbar, man weiß nicht, was in den Köpfen solcher Menschen vorgeht«, antwortete der Mann mit übertriebener Trauer in der Stimme. »Aber vor allem war das eine absolute Katastrophe für meine Fahrer in der Gegend. Die Polizei hat ja sofort alles abgesperrt. Mein Mitarbeiter Herr Melters, der das Gebäude anfährt von dem aus geschossen wurde, ist gestern gleich zwei Stunden zu spät wieder in der Firma gewesen und verbrauchte noch dazu eine enorme Menge Sprit. Er kam nämlich in eine solche Kontrolle. Nicht wahr, Jürgen?«, fragte Herr Hilmer, während er sich zu dem Mann auf den Paletten umdrehte. Dieser befand sich jedoch bereits auf dem Weg in Richtung der Lagerhalle.

»Da stimmt was nicht«, raunte Aysun Manger zu, bevor sie dem Mann im Laufschritt folgte. »Bleiben Sie bitte einmal stehen.« Doch anstatt ihre Anweisung zu befolgen, sprintete Jürgen los.

»Achtung, der türmt«, schrie Aysun.

»Bleib an ihm dran, ich fahr ums Gebäude«, rief Manger zurück. Er musste sich beeilen. Aysun hatte ungefähr fünfundzwanzig Meter Rückstand auf den Flüchtenden. Darüber hinaus kannte sie die Gegebenheiten nicht. Mit quietschenden Reifen jagte Manger los.

Indes verfolgte Aysun den Mann durch die Lagerhalle, wobei die endlos wirkenden Gassen zwischen hochgestapelten Paketen und Hochregalen nicht ideal für eine Verfolgung waren. Schon zweimal wäre sie fast von einem der umherschwirrenden Gabelstapler erfasst worden und der Mann hatte bereits mehrfach durch Lücken in den Hochregalen abgekürzt. Seine Ortskenntnisse brachten ihm klare Vorteile. Dennoch, Aysun war gut trainiert sowie von entschlossener Hartnäckigkeit, sodass er den Abstand zu ihr nicht vergrößern konnte. Am anderen Ende der Halle führte eine große Laderampe nach draußen, durch die der Mann nun ins Freie sprang. Aysun wollte gerade ihre Waffe ziehen, um ihn mit einem Schuss zu stoppen, als einer der Mercedes Sprinter der Firma vor der Laderampe einbog, wodurch ihr die Schussbahn versperrt wurde. Schon riss Jürgen die Tür auf und zog den Fahrer brutal heraus, um das Steuer selbst zu übernehmen. Aysun hatte ihn fast erreicht, als er mit durchdrehenden Reifen vorwärts schoss. In diesem Moment bog Manger mit aufgesetztem Blaulicht um die Halle. Aysun winkte ihn herbei.

»Wir müssen den Sprinter verfolgen«, keuchte sie, während sie sich auf den Beifahrersitz warf. In wilder Verfolgung jagten die beiden Fahrzeuge entlang endloser Parkplatzreihen und Backsteinfassaden in Richtung eines Kreisverkehrs, an dem der Transporter scharf rechts in eine enge Gasse abbog. Dann ging es zwischen den geparkten Fahrzeugen in rasender Fahrt weiter bis auf eine Hauptstraße, in die der Transporter rücksichtslos, schleudernd einbog, wobei er zwei andere Fahrzeuge rammte.

»So wie der fährt, hängt der auf jeden Fall in der Geschichte drin«, konstatierte Manger.

»Ich kann hier auf der Hauptstraße aber nicht das Feuer eröffnen. Die Gefahr einen Unbeteiligten zu treffen ist bei der Geschwindigkeit viel zu hoch.«

»Du hast recht, wir müssen hoffen, dass er bald auf eine unbelebte Straße einbiegt. Ich kann bei dem Verkehr auch nicht ohne Weiteres überholen. Sag mal ist der wahnsinnig?«, schrie Manger, als der Transporter einen Wagen abdrängte, der daraufhin nahezu in eine Fußgängergruppe raste. »Schalt mal zusätzlich die Sirene ein. Wir müssen versuchen, uns neben ihn zu setzen.« Die Sirene ertönte, doch der gewünschte Effekt blieb aus. Die vorausfahrenden Fahrzeuge bildeten zwar sofort eine Rettungsgasse, aber sie war zu schmal für einen Überholversuch, vor allem da der Transporter nun schonungslos in Schlangenlinien fuhr.

»Verdammt«, fluchte Manger, »pass auf, ich weiß, dass hier in der Nähe eine große Wache ist. Funk die Kollegen bitte an, damit sie die Straßen sperren.« Gerade als Aysun den Funkspruch abgesetzt hatte, schoss der Sprinter zwischen zwei Fahrzeugen hindurch nach rechts ab in Richtung einer Bahnunterführung. Sofort gab Aysun die neue Fahrtrichtung an die Polizei weiter. Hinter der Unterführung bog der Fahrer scharf links ab, doch Aysun reagierte schnell, lehnte sich quer über Manger und schoss aus dem offenen Fenster gezielt in einen der Reifen. Der Mercedes taumelte. Brach aus. Schaukelte sich auf. Aber Jürgen machte den Fehler weiter Gas zu geben, sodass ihm die nächste Abbiegung zum Verhängnis wurde. Das Fahrzeug raste geradeaus über den Bürgersteig und krachte in die Begrenzungsmauer der Bahnanlage.

Jürgen gab seine irrwitzige Flucht immer noch nicht auf. Er kletterte auf das Wagendach des Transporters und sprang über die Mauer auf die Gleisanlage.

»Der ist wirklich lebensmüde«, schrie Aysun, kletterte jedoch gefolgt von Manger hinterher. Beide erreichten den Schienenbereich gleichzeitig, wobei Manger einen Warnschuss abgab, um den Verdächtigen zur Aufgabe zu zwingen.

»Jetzt bleiben Sie stehen, das bringt doch nichts. Wohin wollen Sie denn flüchten? Wir kriegen Sie doch sowieso. Sie gefährden sich nur unnütz«, rief er Jürgen hinterher, doch dieser lief blindlings in sein Verderben. Ohne auf seine Umwelt zu achten, sprang er an parkenden Containerzügen vorbei, bis auf die Fahrstrecke. Doch er unterschätzte die Geschwindigkeit, des sich dort nähernden Eurocitys. Trotz der hörbar eingeleiteten Vollbremsung war das Unglück nicht zu vermeiden.

»Oh Gott, nein«, war das Letzte, was Jürgen von sich gab, bevor der Zug ihn erfasste und den bereits vom Aufprall zerfetzten Körper noch bis zum Stillstand mitschleifte.

»Verdammt«, fluchte Manger erneut, »damit ist eine wichtige Spur verloren.«

»Na ja, so läuft es eben manchmal. Ich rufe die Bundespolizei an, damit sie den Unfallort absperren«, antwortete Aysun, bevor sie sich von dem grausigen Bild abwendete.

Manger rief zunächst Sacher an, berichtete von den Ereignissen und endete mit den Worten: »Ich kann mir nicht vorstellen, dass er der Haupttäter ist.

Er wird wahrscheinlich nur der Gehilfe gewesen sein.«

Sacher reagierte verärgert: »Verdammt, wieso habt ihr euch nicht früher Verstärkung angefordert. Gut, wir müssen die Situation so annehmen, wie sie ist. Versucht sofort alles über diesen Mann herauszufinden. Durchsucht seine Wohnräume sowie seinen Arbeitsbereich. Befragt Kollegen und Nachbarn. Ich werde derweil nachforschen, ob in unserer Datenbank etwas über den Mann zu finden ist. Insgesamt war das trotz allem eine gute Leistung von euch. Wir können eben nicht alles verhindern.«

Inzwischen trafen die ersten Einheiten der Bundespolizei ein. Eifrig funkten sie sowohl Bundesbahn, als auch Lokführer an, um diese über den Unfall zu unterrichten und verhängten im Anschluss eine Geschwindigkeitsbegrenzung für sämtliche angrenzenden Bahngleise. Manger lief nun ebenfalls zu der Unfallstelle, wurde jedoch zurückgehalten, bis Bauzaunelemente im Schienenfuß des Unfallgleises installiert waren, um die Beamten vor der Sogwirkung vorbeifahrender Züge zu schützen. Erst als das Gleis zusätzlich mit Signallampen gesichert war, durften sich die beiden Ermittler dem Leichnam nähern, über dem jemand inzwischen ein Tuch ausgebreitet hatte. Der Lokführer stand indes aschfahl und zitternd in der Tür der Lok, vor der sich eine Bundespolizistin positionierte, um beruhigend auf ihn einzureden, bis die Notfallseelsorge vor Ort war. Manger tat er leid. Es war tragisch, dass ein Unbeteiligter nun auch noch unter dieser Geschichte leiden musste.

Als sie die Leiche erreichten, machte Aysun kurzen Prozess. Nachdem sie sich Einweghandschuhe übergestreift hatte, hob sie das Tuch auf und begann trotz allen Ekels den zerfetzten Arbeitsanzug des Mannes nach Papieren oder anderen persönlichen Gegenständen abzusuchen. Kurze Zeit später übergab sie die Brieftasche, einen Schlüsselbund und ein Handy mit zersplittertem Display an Manger, der ihr bereits einen Asservatenbeutel aufhielt.

Manger überlegte: »Fahren wir erst einmal zurück zu dem Paketdienst. Die Wohnung können wir danach durchsuchen. Ich werde eine Pressesperre beantragen, damit niemand zu früh vom Ableben des Mannes erfährt. Sorge du bitte dafür, dass eine Polizeistreife vor seiner Privatadresse in Stellung geht.«

»Gut, dann fahren wir. Den Rest können die Kollegen erledigen.«

Eine Viertelstunde später parkten sie wieder vor dem Betriebsgelände der Hilmer GmbH. Herr Hilmer reagierte zwar geschockt, als er vom Tod Jürgens erfuhr, doch schien sich dies mehr darauf zu beziehen, dass sein Mitarbeiter in einen Mord verstrickt war, als mit dem gewaltsamen Ableben desselben.

»Schrecklich, aber Sie wissen ja, man kann den Menschen nur vor den Kopf gucken. Gerade von Herrn Jürgen Melters hatte ich stets einen hervorragenden Eindruck«, sagte er mit großer Geste.

»Wir würden gern den Spind Ihres Mitarbeiters einsehen«, antwortete Aysun bestimmend.

»Selbstverständlich, ich hole sofort den Generalschlüssel aus dem Tresor«, antwortete Herr Hilmer dienstbeflissen, während er schnellen Schrittes in seinem Büro verschwand.

Aus dem Büro hörten die beiden Ermittler jedoch seine wirkliche Meinung, die er unmittelbar seiner Frau mitteilte: »Also wenn du mich fragst, ist es ja unerhört, dass wir Deutschen uns in unserer eigenen

Heimat nun Anweisungen von diesem Türkengesindel geben lassen müssen. Wohin ist es nur mit diesem Land gekommen?«

Aysun sah Manger fragend an, doch der winkte nur müde lächelnd ab. »Sicherlich ist das die Meinung etlicher Deutscher, aber darauf einzugehen wäre im Moment kontraproduktiv. Schließlich wollen wir uns seine Kooperationsbereitschaft nicht verderben.« Sekunden später erschien Herr Hilmer inklusive gewinnenden Lächelns wieder aus seinem Büro und winkte den Ermittlern, ihm zu folgen. Kurz darauf fanden sie sich vor einer Reihe grauer Spinde wieder, von denen Herr Hilmer direkt den Ersten öffnete.

»Danke, wir finden uns allein zurecht«, insistierte Manger.

Im Spind fand sich nichts Verdächtiges, sodass sie die Suche alsbald abbrachen. Die nachfolgende Befragung der Kollegen des Mannes ergab lediglich, dass er sehr introvertiert gewesen sei sowie mit niemandem in der Firma Kontakt gehabt habe, weshalb man auch nichts über seine private Lebensführung wüsste. Allerdings förderte die Durchsuchung des VW Golf des Jürgen Melters eine größere Menge Bargeld zutage.

»Lass uns mal in seiner Wohnung nachsehen«, schlug Aysun vor.

Eine halbe Stunde später kamen sie an einem gigantischen Wohnblock aus grauem Sichtbeton an.

»Das ist ja eine exquisite Wohngegend«, frotzelte Aysun.

Manger nickte. »Vor allem wirst du hier bei den Anwohnern nicht viel erreichen. In diesen Dingern kennt kein Einziger seine Nachbarn, außer man ist untereinander verwandt. Hier kann man sterben und wird erst gefunden, wenn der Gestank die anderen üblen Gerüche überdeckt. Aber was wollen wir machen, es hilft ja alles nichts, wir müssen da rein.«

Bereits als sie sich dem Eingang näherten, hörten sie lautstarken Streit in verschiedenen Sprachen. Offensichtlich schimpften eine Deutsche und eine Roma aufeinander, ohne die jeweilige Sprache zu verstehen.

»Das kann ja heiter werden. Die Streife hat bereits zu tun«, bemerkte Aysun. In der Tat bemühten sich zwei Beamte, Ruhe in den eskalierenden Nachbarschaftsstreit zu bringen, wobei sie aufpassen mussten, nicht selbst angegriffen zu werden. Die beiden Ermittler pressten sich an den Streithähnen vorbei, ohne bei irgendeinem der Beteiligten Beachtung zu finden. Offensichtlich lag der Grund des Streites in wechselseitigen Vorwürfen darüber, wer für den Müll verantwortlich war, der sich in den Ecken des Treppenhauses stapelte.

»Es ist schon schlimm, unter welchen Umständen manche Leute im reichen Deutschland leben müssen«, urteilte Aysun kopfschüttelnd.

»Nun ja, auch wenn man arm ist, kann man den Müll ordentlich entsorgen und das Treppenhaus vernünftig reinigen. Zumindest für diese Verhältnisse sind aus meiner Sicht die Bewohner selbst verantwortlich. Zumal es genügend Hilfen vom Staat gibt, die sie in Anspruch nehmen könnten. Warum unser Verdächtiger hier wohnte, ist jedoch fraglich. Immerhin hatte er einen festen Job. Seine Wohnung befindet sich in der achten Etage.«

»Man weiß ja nicht, was dieser Herr Hilmer bezahlt, und die Mietpreise hier in Köln sind nun mal ruinös. Übrigens, wir werden laufen müssen. Der Aufzug ist defekt.«

»Nun denn, dann können wir uns wenigstens einen allgemeinen Eindruck vom Haus und seinen Bewohnern verschaffen. Wir wollen die beiden streitenden Frauen nicht direkt als repräsentativ für die ganze Hausgemeinschaft betrachten.«

Das Treppenhaus änderte seine Gestalt jedoch nicht. Schmierereien jeder Art übersäten den nackten Sichtbeton mit Schmähsprüchen sowie Zeichen aller politischen Richtungen. Aus den Stufen bröckelte der Beton ebenso wie aus der mit schwarzem Schimmel überzogenen Decke und überall sah man herausgerissene Heizkörper oder andere Anzeichen eines ausufernden Vandalismus.

Als sie die Wohnung erreichten, öffnete Manger nach kurzer Betrachtung des gefundenen Schlüsselbundes die Tür. Im Inneren bot sich ihnen ein unerwartet gepflegtes Bild, was nur durch die heruntergekommene Baustruktur des Hauses geschmälert wurde. Offensichtlich war der Verdächtige zu seinen Lebzeiten ein ordnungsliebender Mensch. Anders als erwartet, fanden sie auf den ersten Blick auch keine nationalistischen Devotionalien.

Aysun ging nachdenklich durch die Räumlichkeiten, welche aus einem großen Wohnraum mit Kochnische, einem kleinen Schlafraum sowie einem hellblau gekachelten Bad bestanden. »Die Wohnung ist einfach aber zweckmäßig eingerichtet, wobei der Vermieter offenbar kein Interesse daran hat, an den Wohnungen irgendetwas zu tun. Die bauseitigen Einrichtungsgegenstände sind alle sehr alt und am Waschbecken kommt kein Wasser.«

»Ich sehe hier gerade einige Unterlagen durch, die ich im Küchenschrank gefunden habe. Wenn man den Bauzustand betrachtet, ist die Miete selbst für Kölner

Verhältnisse relativ teuer.«

»Warte mal«, rief Aysun plötzlich aus dem Badezimmer, »ich habe etwas entdeckt.«

Als Manger im Bad ankam, lag Aysun auf dem Boden und langte unter die auf vier Füßen stehende, rostige Badewanne.

»Du bist auch vor nichts fies«, witzelte Manger.

»Dass hier freiwillig keiner drunter fasst, wird sich unser Verdächtiger auch gedacht haben. Hier ist etwas unter die Wanne geklebt.«

Die Aktion war beschwerlich, doch kurz darauf zog Aysun eine Plastikbox unter der Wanne hervor und legte sie auf den Waschtisch. In der Box befanden sich fünftausend Euro in bar und zwei kleine Schlüssel.

Manger schüttelte den Kopf. »Jetzt ist die Frage, ob für seine Mithilfe nur das Geld entscheidend war oder eben auch eine politische oder religiöse Motivation.«

»Die Schlüssel sind aber meiner Ansicht nach interessanter. Wenn er sie mit dem Geld zusammen versteckt hat, werden sie wohl wichtig sein. Einer davon ist definitiv ein Schließfachschlüssel vom Bahnhof.«

»Soweit ich weiß, sind die Schließfächer an den meisten Bahnhöfen abgebaut oder durch Automaten ersetzt worden. Insofern werden nur noch in Deutz und am Flughafen Köln-Bonn welche sein. Ich würde sagen, wir lassen die KTU die Wohnung genauer unter die Lupe nehmen und fahren die einzelnen Stationen ab.«

Während Aysun die KTU informierte, steuerte Manger den Bahnhof in Köln Deutz an. Dort angekommen schritten sie durch die altehrwürdige Kuppelhalle, in den hinteren Bereich des Bahnhofs, wo sie eine stahlgraue Wand aus Schließfächern erwartete. Schnell war das Richtige davon ausgemacht, in welchem sich diverse Reiseutensilien nebst einer weiteren Menge Bargeld befanden.

Manger blickte Aysun nachdenklich an. »Offensichtlich wollte er ausreisen. Für die Hinterlegung eines Fluchtpaketes wäre ihm das Schließfach doch sicherlich zu teuer gewesen, oder was meinst du?«

»Da kann ich ad hoc nichts zu sagen, aber wir nehmen die Sachen am besten mit und bringen sie in die KTU. Der zweite Schlüssel passt auf jeden Fall nicht zu etwas, was sich hier im Schließfach befindet.«

In diesem Moment rief Sacher an: »Wir haben diesen Jürgen Melters überprüft. Er hat weder Verwandte noch sind irgendwelche Kontakte zu politischen Gruppierungen bekannt, aber wir konnten herausfinden, dass er eine Laube in einer Kleingartenanlage in Köln besitzt. Ich habe dir die Adresse gemailt. Fahrt dort bitte hin und überprüft, ob da etwas zu finden ist. Wie weit seid ihr?« Manger berichtete kurz von ihren Ermittlungen. »Okay, das ist schon mal gut. Überprüft noch die Laube und kommt dann wieder rein, damit die Sachen möglichst schnell zur KTU kommen.«

Eine halbe Stunde später schlenderte Manger neben Aysun über einen Kiesweg zwischen gepflegten Gärten. An diesem Samstag war die Laubenkolonie gut besucht, wobei ein Teil der Kleingärtner versuchte seiner Parzelle für den anstehenden Sommer die möglichst perfekte Pflege angedeihen zu lassen, während andere die Sonne genossen oder in Vorbereitung des abendlichen Besuches den Grill entzündeten. So teilte sich die Masse auch bezüglich der Begutachtung der beiden Ermittler in zwei Fraktionen. Es gab zwar einige, die ihnen freundlich interessiert zunickten, aber sie ernteten auch misstrauisch abweisende Blicke. Schon hörte Manger im Hintergrund die tuschelnden Stimmen.

Die eine fragte: »Wollen die unserem Verein beitreten?«, die andere fragte: »Ist eine Laube verkauft worden?«, und eine dritte sagte pikiert: »Ein deutscher Mann mit einer muslimischen Frau. Na ja.«

Auf der Hälfte des Weges wurden die beiden von einem gütig blickenden älteren Herrn begrüßt: »Guten Tag, Müller mein Name, ich bin der Vorsitzende dieses Kleingartenvereins. Kann ich Ihnen behilflich sein?«

»Gerne, Manger und Özdemir vom BKA. Sie können uns bitte den kürzesten Weg zur Laube von Jürgen Melters verraten«, antwortete Manger, während er dem völlig verdutzten Herrn Müller seinen Ausweis unter die Nase hielt.

»Herrn Melters habe ich heute noch nicht gesehen. Hat er etwas angestellt?«

»Zu Punkt eins, darf ich Ihnen sagen, dass Sie ihn auch nicht mehr sehen werden, denn er ist tot. Zu Punkt zwei, ja, er hat etwas angestellt, weshalb wir uns nun auch seine Laube ansehen werden.«

Ein bestürztes Raunen ging durch die Gärten, während Herr Müller um Fassung rang. »Ich kann es gar nicht glauben. Er war so ein netter, hilfsbereiter Mensch. Sein Garten ging ihm über alles. Er verbrachte jede freie Minute dort und lebte um sich dieses Vergnügen zu leisten sogar in einer sehr schlechten Wohnsituation. Ich kenne ihn nur als ehrliches, anständiges Vereinsmitglied.«

»Tja, so kann man sich irren. Wo ist bitte die Laube von ihm?«

»Bitte gehen Sie den nächsten Weg links hinein. Dort ist es die letzte Parzelle.«

»Danke.«

Die Parzelle von Jürgen Melters spiegelte die bereits in seiner Wohnung festgestellte Ordnungsliebe wieder. Hinter einem weißen Holzzaun sahen sie einen gepflegten Garten mit Obstbäumen, einem Gemüsebeet sowie einem kleinen Hühnerstall, welcher neben einer roten Laube in Schwedenoptik Platz fand. Vor der Laube befand sich eine Terrasse, die mit einer hölzernen Garnitur aus Gartenstühlen, Tisch und Sonnenschirm bestückt war, neben der ein Holzkohlegrill stand, in dem noch Asche lag.

Im Inneren der Laube pfiff Manger durch die Zähne. »Die Hütte bietet auf jeden Fall mal alles, was die Wohnung von Melters nicht hat. Sehr gepflegt. Eine schicke Landhausküche mit Essecke. Also hier kann man es sich gemütlich machen.«

Aysun nickte. »Die Couchgarnitur im Wohnraum und das Badezimmer sind auch nagelneu und sauber.«

»Das ist eigenartig. Ich denke, ich muss mich korrigieren. Wer so ein Herzblut in eine solche Laube steckt, der will sie nicht dauerhaft verlassen. Im Gegenteil, es scheint, als ob Melters Leben nicht in Köln Chorweiler stattfand, sondern hier. Wahrscheinlich hielt er die Wohnung nur, weil man in so einer Kleingartenanlage nicht dauerhaft wohnen darf. Insofern war das Gepäck im Schließfach wohl doch nur für eine mögliche Flucht hinterlegt.«

»Okay, wie gehen wir bei der Durchsuchung vor?«

»Fang du hier drinnen an. Ich schaue mich im

Außenbereich um.«

Manger verließ die Laube, vor der sich inzwischen eine neugierige Menschentraube gebildet hatte. »Meine Damen und Herren, ich verstehe, dass Sie diese Sache persönlich angeht, aber bitte verlassen Sie das Grundstück und behindern Sie uns nicht bei unserer Arbeit. Wir werden gegebenenfalls später noch einige von Ihnen befragen. Dementsprechend halten Sie sich bitte bereit. Ich möchte ungern die Schutzpolizei herbeordern müssen, um die Anlage abriegeln zu lassen.«

Widerwillig murrend zogen die Leute von dannen, wobei der Vorsitzende des Vereins noch einen Augenblick zögerte.

Manger ergriff die Gelegenheit beim Schopf und fragte: »Sagen Sie einmal, Herr Müller, sind Ihnen eigentlich private Kontakte von Herrn Melters bekannt?«

»Nein. Herr Melters war ein sehr in sich gekehrter Mensch, wobei er sich, wie ich bereits erwähnte, immer hilfsbereit zeigte und an den Vereinsaktivitäten teilnahm. Über sein Privatleben gab er nie etwas Preis. Auch gegenüber Frauen hielt er sich außerordentlich zurück. Ich kann mich an keinerlei Frauenbesuch erinnern. Insgesamt bekam er so gut wie nie Besuch, bis vorgestern, da war ein Mann bei ihm. Der übernachtete glaube ich sogar in der Laube.«

»Können Sie den Mann beschreiben?«

»Nicht genau. Er war sehr groß und darüber hinaus auch elegant gekleidet. Er trug einen dunklen Anzug und einen Chicago Hut, was hier in der Anlage ein seltenes Bild ist. Sein Gesicht konnte ich persönlich nicht erkennen, da er mich keines Blickes würdigte. Meiner Meinung nach, ein furchtbar arroganter

Mensch. Er grüßte nicht einmal. Wenn er nicht ein Bekannter von Jürgen gewesen wäre, hätte ich ihm bezüglich seiner Unhöflichkeit ein paar Takte gesagt. Das können Sie mir glauben.«

»Okay, bereiten Sie Ihre Vereinsmitglieder darauf vor, dass gleich eine Truppe der Schutzpolizei hier eintreffen wird, um sie diesbezüglich zu befragen. Wird die Anlage kameraüberwacht?«

»Ja, unser Kamerasystem ist zwar nicht mehr ganz neu, aber ich kann Ihnen die Videoaufzeichnung gerne überlassen, wenn es Ihnen nützlich erscheint.«

»Auf jeden Fall. Bringen Sie die Aufzeichnungen bitte her. Ich muss zunächst mit der Durchsuchung fortfahren.«

»Gerne.«

Nachdem Manger die KTU und die Schutzpolizei herbestellt hatte, begann er mit prüfendem Blick den Garten zu durchschreiten, störte sich jedoch am klagenden Gackern der Hühner. Keine Frage, sie erwarteten gefüttert zu werden. Der Futtersack stand unweit des Gatters, des maschendrahtumzäunten und mit Wellblechdach ausgestatteten, hölzernen Geheges, sodass er entschied, die Tiere nicht weiter hungern zu lassen. Manger betrat das etwa fünfzehn Quadratmeter große Areal, das mit Legenestern, Sitzstangen sowie einer großen Schargrube, die eine schwarze Quarzsand-Holzkohle Mischung enthielt, möbliert war. Die acht Hühner sprangen in freudiger Erwartung aufgeregt an Mangers Beinen in die Höhe, was ihn unweigerlich zum Schmunzeln brachte. Mit ausladenden Bewegungen warf er die Futterpellets vor sich auf den Boden, setzte sich auf den Rand der Schargrube und beobachtete die Tiere. Seit seiner Kindheit hatte er keinen Hühnerstall mehr betreten. Seine Eltern hatten in der DDR immer etwas im eigenen Garten angebaut und auch einen Hühnerstall betrieben, um die Familie zu versorgen, sowie um durch Tauschhandel an gewisse zusätzliche Annehmlichkeiten zu gelangen. Manger hatte sich schon früh helfend eingebracht und kannte deshalb die Bedürfnisse der Nutztiere. Als er sich in der Stallung umschaute, fiel sein Blick auf eine Lücke innerhalb des Streugutes in der Schargrube, durch die grauer Stahl hervorschimmerte. Sofort hellwach, schob er das Streugut beiseite und legte auf diese Weise eine mit einem Schloss verriegelte Falltür frei. Die Art des Schlosses verriet ihm, dass hier der zweite Schlüssel aus der Wohnung von Melters passen sollte. Nachdem er sich Einweghandschuhe übergezogen hatte, versuchte er sein Glück. Kurz darauf ertönte ein leises Surren, woraufhin er die Tür ohne Probleme hochklappen konnte. Das Surren stammte offensichtlich von einer innen liegenden Alarmanlage, die neben einer steil nach unten führenden Betontreppe angebracht war. Wozu brauchte Melters ein solch stark gesichertes Versteck? Manger schaltete eine matt scheinende Neonleuchte an und stieg die Treppe hinab. Unten angekommen befand er sich in einem schwach beleuchteten Kellerraum, dessen Decke vollflächig von einer weißen Flagge mit rotem Templerkreuz überspannt wurde. An den Wänden standen zahlreiche Truhen sowie ein Altar aus einem weiß lackierten Holztisch, der von zwei Heiligenstatuen flankiert wurde. Auf dem Altar stand ein Arrangement aus einem hölzernen Kreuz und Blumenschmuck. Darüber hinaus wurden die Wände von Schilden, Schwertern sowie einigen Ikonen geschmückt. Langsam ging Manger die einzelnen Truhen ab, in denen er diverse christliche Schriften sowie verschiedene Rittergewänder fand. Nur die letzte Truhe enthielt etwas Interessantes. In ihr lag ein koffergroßes Paket der Hilmer Paketdienst GmbH. Vorsichtig öffnete Manger das Paket, in dem sich ein in Laminat eingeschweißter Aluminiumkoffer befand und zog sein Taschenmesser hervor, um das Laminat aufzutrennen.

Na, wenn da nicht mal unsere gesuchte Tatwaffe drin ist, grübelte er, erschrak jedoch als ein Beamter der KTU plötzlich hinter ihm stand.

»Was ist das denn hier für ein komischer Schrein?«, fragte dieser.

»Offensichtlich das Spielzimmer unseres Tathelfers. Ich glaube, das Laminat um den Koffer passt zu dem Stück, das ihr auf dem Parkplatz gefunden habt«, antwortete Manger.

»Haargenau sogar«, antwortete der Kriminaltechniker.

»Gut, dann nehmt euch den Koffer vor. Ich denke, darin finden wir die Tatwaffe. Macht bitte Fotos von diesem Raum und schickt sie sofort an Hauptkommissar Sacher. Untersucht des Weiteren die gesamten Räumlichkeiten auf DNA-Spuren. Laut Zeugenaussage übernachtete der Täter in der Laube. Insofern war er vielleicht auch hier unten, in diesem Geheimkeller.«

»Okay, machen wir. Übrigens, Ihre Kollegin sucht Sie.«

»Ich wollte ohnehin gerade nach oben.«

Wieder im Garten traf Manger auf Aysun, die mit einem völlig aufgelösten Herrn Müller sprach.

»Was gibt es?« fragte Manger.

»Du hattest mit Herrn Müller besprochen, dass er uns die Aufnahmen der Überwachungskameras aushändigt, aber die sind offenbar verschwunden.«

Herr Müller hob verzweifelt die Hände. »Ich kann mir das nicht erklären, Herr Manger. Das ist noch nie passiert.«

»Dafür gab es bisher wahrscheinlich auch nie einen Grund«, antwortete Manger. »Aber es ist für mich keine Überraschung. Es wäre ja zu schön gewesen, wenn wir ein Foto des Besuchers hätten. Trotzdem, danke für Ihre Bemühungen. Vielleicht kommen wir noch mal auf Sie zurück.«

Nachdem sich Müller entfernt hatte, fragte Manger: »Irgendwelche Auffälligkeiten innerhalb der Laube?«

»Außer einer größeren Menge Bargeld, war nichts zu finden. Ich hoffe, dass die KTU bei der Spurensuche mehr Erfolg hat.«

»Ich habe unter dem Hühnerstall einen geheimen Keller gefunden. Darin befindet sich eine Art Schrein, den du dir unbedingt mal anschauen solltest. Die Einrichtung lässt in Bezug auf die Gesinnung von Melters keine Fragen mehr offen. Außerdem liegt dort der Koffer mit der Tatwaffe. Die Kriminaltechnik untersucht ihn im Moment auf Spuren. Was mir jedoch zu denken gibt ist, dass wir an vier verschiedenen Stellen in Melters Umfeld Bargeld finden. Bekam er das alles für seine Mithilfe bei der Tat oder stammt es noch aus anderen Quellen?«

»Okay, das muss nicht unbedingt mit unserem Fall in Verbindung stehen. Vielleicht hat er einfach nebenbei noch schwarzgearbeitet. Wohnung und Laube in Köln kommen mir nämlich wiederum etwas viel vor, für einen Kurierfahrer. Hinweise auf die Herkunft des Geldes konnte ich zumindest nicht finden und echt ist es auf jeden Fall. Wir sollten die Ergebnisse der KTU abwarten und zunächst nach Meckenheim zurückkehren.«

Aysun schaute sich noch kurz den Kellerraum an. Die KTU hatte den Koffer bereits geöffnet, sodass sie das in Einzelteile zerlegte Scharfschützengewehr überprüfen konnte.

Achtsam beugte sich Aysun über die Waffe und wandte sich im Anschluss an die Mitarbeiter der KTU: »Die Typennummer ist rausgefräst. Insofern müssen wir schauen, ob wir über die Herkunft der Waffe etwas herausfinden. Das Gerät unterliegt dem Kriegswaffenkontrollgesetz, was bedeutet, dass sie eindeutig aus illegalen Beständen stammen muss. Schaut mal, ob ihr irgendwelche besonderen Merkmale daran feststellen könnt.«

Kapitel Vier

Gegen achtzehn Uhr trafen sie im Büro erneut mit Katrin und Sacher zusammen.

Sacher war wie immer wenn etwas ermittelt wurde begeistert. »Super Arbeit, ihr zwei. Am liebsten würde ich der Presse diesen Erfolg direkt präsentieren, aber ich habe den Eindruck, dass der Täter sein Gewehr nicht umsonst bei Melters lagerte. Gegebenenfalls waren sie miteinander vertraut, sodass er den Kontakt zu Melters für weitere Anschläge nutzen wollte. Dementsprechend will ich ihm noch nicht verraten, dass wir seinen Helfershelfer aufstöbern konnten. Übrigens war der Bruder von Mustafa Yildiz hier. Die Familie macht sich große Sorgen um seinen Cousin Karim. Sie waren in seiner Wohnung und haben dort sein Handy gefunden. Er kann also in Deutschland gar nicht erreicht werden. Herr Yildiz brachte uns aber ein Foto und die Zahnbürste von ihm mit. Außerdem bat er mich im Namen der Familie, ihnen schnellstmöglich den Mörder von Mustafa zu präsentieren und ihnen mitzuteilen, warum er seine Tat beging. Er meint, dies sei für die Bewältigung der Trauer entscheidend, was ich verstehe und auch respektiere. Also, halten wir noch einmal fest, was wir aktuell haben. Zum einen ist der Komplize bedauerlicherweise tot, aber wir sind im Besitz der Tatwaffe. Zum Zweiten habt ihr die Papiere von Melters, sein Handy sowie einen kleinen, nicht näher definierten Zettel aus der Warenannahme des Bürogebäudes. Sind die Sachen bereits in der KTU?«

»Die habe ich sofort als wir ankamen eingereicht«, antwortete Aysun.

»Gut, die werden schon etwas finden. Konstatieren können wir auf jeden Fall, dass sich dieser Melters offensichtlich sehr für Kreuzritter interessierte beziehungsweise sich für einen solchen hielt. Was zu der Frage führt, ob er zu einer Gemeinschaft tiefreligiöser Islamgegner gehörte oder ob es nur eine von ihm persönlich betriebene Fantasie darstellte, wie damals bei diesem norwegischen Massenmörder. Auf jeden Fall war Melters lediglich der Helfershelfer des Täters und das Motiv für die Tat lag offenbar darin, einen Muezzin zu töten. Mustafa Yildiz befand sich also nur zur falschen Zeit am falschen Ort. Melters setzte seine Mitwirkung an der Tat offensichtlich sehr zu, sonst wäre er nicht sofort bei eurer Ankunft in dem Paketdienstlager derart aufgeschreckt. Das ist nicht die Handschrift eines Profis, sondern eines Mannes, der noch nie unter solchem psychischen Druck stand.« Ein Telefonanruf auf Sachers Handy unterbrach die Besprechung.

Ein Beamter aus Nürnberg war am Apparat.

»Grüß Gott, nach Meckenheim. Ihr hattet einen gewissen Karim Yildiz zur Fahndung ausgeschrieben. Ich melde mich diesbezüglich, weil wir einen ausgebrannten Audi A4 gefunden haben, in dem sich die bis zur Unkenntlichkeit verkohlte Leiche eines Mannes befand. Wie unsere Gerichtsmedizin mitteilte, handelt es sich um die Leiche eines Südländers. Sofern sich das noch feststellen lässt, wurde der Mann stranguliert. Weitere Identifizierungsmerkmale konnten wir nicht finden. Ob das mit eurem Fall in Verbindung steht, wissen wir natürlich nicht, aber uns liegt keinerlei Vermisstenanzeige vor und der Wagen muss dort mindestens schon seit gestern Morgen stehen. Das Fahrzeug wurde auf einem verlassenen Rastplatz, in der Nähe der Bundesstraße 16, bei Kehlheim gefunden. Die Kennzeichen sowie die Fahrgestellnummer sind entfernt worden, aber es spricht einiges dafür, dass es sich bei dem Fahrzeug um einen Mietwagen handelt. Wir haben bereits eine Anfrage an entsprechende Unternehmen ausgesandt. Sollen wir euch vorsichtshalber mal die DNA des Toten schicken? Vielleicht könnt ihr etwas damit anfangen.«

»Das wäre gut. Wir besitzen die DNA von Karim Yildiz. Schickt uns alles, was ihr zu dem Fall habt. Wenn wir es nicht gebrauchen können, sagen wir euch Bescheid.«

»Selbstverständlich. Viel Glück, für Euch. Ade.«

Sacher erwiderte den Gruß und wandte sich wieder seinem Team zu, um den Inhalt des Telefonats detailgetreu zu schildern und endete mit den Worten: »Also wenn es sich bei der Leiche tatsächlich um Karim Yildiz handelt, kann ich meine soeben geäußerte Theorie vollkommen über den Haufen werfen. Sobald wir die DNA haben, soll die KTU einen Abgleich durchführen.«

Eine halbe Stunde später bekamen sie das Ergebnis. Karim Yildiz war ermordet und verbrannt worden.

»Verdammt«, fluchte Sacher, während er Karims Foto neben das von Mustafa an eine Pinnwand hängte. »Wie passt das jetzt zusammen? Wir wissen, dass an dem Anschlag definitiv ein Islamfeind beteiligt war. Aber jetzt liegt uns ein Doppelmord vor, was wiederum die Motivation unseres Täters infrage stellt. Vor allem weil der Mord an Karim offenbar möglichst vertuscht werden sollte. Musste Mustafa sterben weil er mit Karim telefonierte oder weil er wusste, dass Karim sich in Deutschland aufhielt und in welcher Angelegenheit er hier recherchierte?«

Katrin schüttelte den Kopf. »Wenn dies der Grund wäre, warum tötete man dann Mustafa wiederum so öffentlichkeitswirksam und spektakulär?«

Aysun nickte. »Vielleicht wollte Karim seinen Cousin warnen und musste deshalb sterben.«

Sacher schaute in seine Unterlagen. »Der letzte Anruf auf dem Handy von Mustafa fand um 19:39 Uhr statt. Der Anruf erfolgte laut KTU von einem unregistrierten Prepaid Handy und es wurde aus Rheinland Pfalz angerufen. Genauer gesagt, aus der Gegend von Bad Kreuznach. Meiner Meinung nach handelt es sich höchstwahrscheinlich um einen Anruf von Karim. Denn wir wissen ja, dass Karims eigenes Handy bei ihm zu Hause in der Türkei lag. Und irgendwie muss Mustafa erfahren haben, dass Karim zur Moschee-Eröffnung kommen wollte. Karim war offensichtlich nicht persönlich bei ihm und auf dem Festnetz von Mustafa konnten wir keinen entsprechenden Kontakt finden. Der Todeszeitpunkt Karims wird von der Gerichtsmedizin auf den Zeitraum zwischen drei und vier Uhr morgens geschätzt. Es könnte demnach sein, dass Karim erst nachdem er mit Mustafa telefoniert hat von den Anschlagsplänen erfuhr und daraufhin getötet wurde. Wir müssten herausfinden, woran Karim zuletzt arbeitete.«

Manger stützte sein Kinn auf die Hand. »Der Imam sagte aus, dass Mustafa sich auf Karims Besuch bei der Moschee-Eröffnung freute. Insofern wusste bis zum Morgen niemand von den Anschlagsplänen. Wobei die Frage lautet, warum man Karim ausgerechnet in Bayern findet. Wollte der Täter ihn nur an einen anderen Ort schaffen oder befand sich Karim auf dem Weg nach Bayern und man hat ihn dort erwischt? Ist da etwas in Bayern zu finden, was unseren Fall betrifft?«

Sacher verzog das Gesicht. »Das Ganze steht auf wackligen Beinen. Die Hauptfrage lautet, welcher Mord der wichtigere war. Aysun, da du der türkischen Sprache mächtig bist, beauftrage ich dich, die türkischen Medien zu kontaktieren. Es ist zwar schon Abend, aber die arbeiten auch rund um die Uhr. Vielleicht erkundigst du dich vorher noch mal bei der Familie darüber, für welche Medien Karim arbeitete. Sende dann bitte eine Rundmail und frag nach, wer Karim kennt. Irgendwer muss gewusst haben, in welcher Sache er recherchierte. Ansonsten lasst uns das Thema zunächst zurückstellen. Wie weit bist du mit deinen Untersuchungen vorangekommen, Katrin?«

»Mir ist es gelungen Aufnahmen von insgesamt vierzehn männlichen Personen herauszufiltern, die bei Betreten des Gebäudes einen Chicago Hut trugen und mindestens eine Körpergröße von ein Meter fünfundneunzig aufwiesen. Einer dieser Männer drückte sich so geschickt um die Kameras im Eingangsbereich herum, dass man sein Gesicht auf den Aufnahmen nicht erkennen kann. Außerdem trug er einen Aluminiumkoffer bei sich, der dem von uns gefundenen gleicht. Deshalb habe ich meinen Fokus auf ihn gelegt. Ich habe seine Körpermaße mithilfe unserer biometrischen Software ausgemessen und weiß nun auch, wann er das Gebäude betrat. Da er nicht beim Pförtner gewesen ist, muss auf seinen Namen eine Zugangsberechtigung ausgestellt gewesen sein. Die Kollegen finden anhand der Computerregistrierung der Chipkarten den Namen heraus auf den die Karte ausgestellt war. Das kann aber wohl einen Moment dauern, weil zu diesem Zeitpunkt am Eingang Hochbetrieb herrschte. Darüber hinaus habe ich an Johanns Ermittlungsansatz weitergearbeitet. Du hattest herausgefunden, dass sich einhundertzwei infrage kommende Scharfschützen zum Tatzeitpunkt in Deutschland aufhielten. Wenn wir die Gruppe nach den Gesichtspunkten des Alters, des Gesundheitszustandes und des Aufenthaltsortes eingrenzen, bleiben nur noch acht Personen, die zum Tatzeitpunkt in Köln gewesen sein konnten. Ich habe mit den Kollegen vom Militärischen Abschirmdienst telefoniert und eine vorläufige Überwachung der Personen erwirkt. Sie melden sich, falls sie Auffälligkeiten bemerken.«

»Okay, das bringt uns in der Tat nicht wirklich weiter. War aber eine Chance und wir können zumindest schon mal Verdächtige ausschließen. Ich denke, wir gehen jetzt alle zu Tisch, bevor wir uns die Videoaufnahmen der Polizei ansehen.«

Eine Dreiviertelstunde später saßen die Ermittler vor einem Großbildschirm, der ihnen die Vorgänge auf dem Platz vor der Moschee aus acht verschiedenen Kamerapositionen anzeigte. Langsam glitten die Bilder der Menschenmassen an ihnen vorbei.

Aysun zog die Knie an und stützte ihr Kinn darauf ab. »Es ist schon interessant, hier zwei Gruppen von Demonstranten zu sehen, die sich darum streiten, ob die dritte Gruppe vor Ort ihre Religion ausüben darf oder nicht.«

Manger nickte. »Wir haben in Deutschland inzwischen so viele verschiedene Gruppierungen, wie nie zuvor in unserer Geschichte. Und jede meint die absolute Wahrheit für sich gepachtet zu haben. Vor allem meinen diese Gruppierungen auch selbst bestimmen zu können, was Recht und Gesetz ist, sodass sie keinerlei Hemmungen besitzen aufeinander, auf Unbeteiligte oder auch auf Polizeibeamte einzuprügeln. Dementsprechend müssen wir die Demokratie in unserem Land mehr denn je schützen. Davon unabhängig, ob es sich um Rechtsradikale, Islamisten, Linksradikale oder andere gewaltbereite Spinner handelt, ein hartes Durchgreifen ist meiner Meinung nach unabdingbar.«

Sacher zog die Augenbrauen hoch. »Dabei müssen wir aber darauf achten, uns nicht selbst zu radikalisieren, denn diese Entwicklung kann man auch immer stärker beobachten.«

»Schaut mal, da ist Herr Melters«, unterbrach Aysun den politischen Diskurs. »Halte bitte einmal das Bild an.«

Katrin rückte in ihrem Stuhl nach vorne. »Du hast recht, er steht zwar abseits der Demonstranten, aber er ist vor Ort und schaut des Öfteren auf die Uhr. Ich nehme an, er kontrolliert, ob das Attentat beziehungsweise der Mord gelingt.«

Aysun nickte. »Offensichtlich nimmt er aber mit

niemandem Kontakt auf, was meiner Meinung nach bedeutet, dass keiner der anderen Demonstranten von den Plänen wusste.«

»Das könnte natürlich für einen gezielten Mord sprechen, Aysun«, überlegte Manger. »Oder wir haben es mit einem einzelnen Attentäter zu tun, der Melters für seine Zwecke instrumentalisierte. Was meinst du, Eduard?«

»Sei da vorsichtig, Johann. Wir müssen in unsere Überlegungen immer den schlimmsten Fall mit einbeziehen und der besteht zweifellos darin, dass die beiden im Auftrag irgendeiner Gruppierung handelten. Lässt du das Band bitte bis an die Stelle vorlaufen, wo das Attentat geschieht.«

Auf dem Bildschirm erschienen die Bilder nun leicht beschleunigt, bis der Muezzin über das Geländer der Plattform in die Tiefe fiel. Die Kamera glitt über den Moment der absoluten Stille.

Nachdenklich murmelte Katrin das Offensichtliche: »Melters verschwindet langsam in der Seitengasse, ohne sich umzudrehen. Also, ich folge Aysuns Meinung. Der hat mit den restlichen Demonstranten rein gar nichts zu tun. Ich nehme an, er fährt von dort aus direkt zu seinem Kompagnon, um das Gewehr entgegenzunehmen.«

Manger wiegte den Kopf. »Ich denke, der Täter musste die Abholung anmelden, denn die Übergabe der Waffe durfte nur Bruchteile von Sekunden dauern, sonst wäre es zu riskant gewesen. Insofern müssten wir auf dem Handy von Melters eine Verbindung finden.«

Sacher lehnte sich in seinem Stuhl zurück. »Das wird die KTU erledigen. Wird aber noch bis Morgen dauern, da das Gerät beschädigt wurde. Außerdem

handelt es sich bei Melters Mobiltelefon interessanter
Weise um ein Krypto-Handy. Er wollte demnach
vermeiden abgehört zu werden.«

Aysun zuckte mit den Schultern. »Die Aufnahmen
der Polizei helfen uns jetzt nicht wirklich weiter. Wir
wissen lediglich, dass Melters vor Ort war. Ansonsten
können wir uns nur auf die Ergebnisse der KTU konzentrieren.«

»Okay Aysun, aber das, was wir heute ermitteln
konnten, ist für den ersten Tag ordentlich. Wenn deine
Abfrage bei den türkischen Medien läuft, dann könnt
ihr drei für heute Feierabend machen. Es reicht, wenn
mein Überstundenkonto überquillt. Und ich darf mich
wiederholen, gute Arbeit von euch allen.«

Die drei verabschiedeten sich von einem nach-
denklichen Sacher und Katrin und Manger machten
sich auf die Heimreise. Im Auto unterhielten sich die
beiden über die Ereignisse des Tages.

»Wie findest du Aysun?«, fragte Katrin.

»Sie ist sehr engagiert, ehrgeizig und scharfsinnig.
Die Zusammenarbeit heute lief gut. Ich hatte den Eindruck, dass ihr die Arbeit wirklich großen Spaß
macht. Außerdem ist sie sehr umgänglich. Insgesamt
würde ich sagen, sie ist dir nicht unähnlich.«

»Nur jünger und hübscher.«

»Jünger, mehr nicht.«

»Okay, hab verstanden. Aber in der Tat, sie war
mir immer schon sympathisch, besonders aufgrund
der Eigenschaften, die du gerade erwähntest. Es ist
natürlich super, dass ihr am ersten Tag bereits einen
Mittäter stellen konntet. Hoffentlich bekommen wir
über die KTU Hinweise auf unseren Attentäter,
Schrägstrich Mörder.«

»Das würde ich für genauso großes Glück halten,

wie den heutigen Ermittlungserfolg. Letztlich verriet sich Melters durch seine Reaktion selbst. Er war wohl zu nervös, um so eine Sache mit der nötigen Eiseskälte durchzuziehen. Der Haupttäter wird da aus anderem Holz geschnitzt sein.«

»Ganz bestimmt, aber auch solche Leute machen Fehler. Was mich wundert ist, dass Sacher uns nach Hause geschickt hat. Er weiß ja, wie brisant der Fall ist.«

»Ich kenne ihn noch nicht solange wie du, aber ich glaube, er will ein wenig Zeit für sich haben, um den Fall genau zu durchdenken oder er fühlt sich noch wegen unseres Urlaubs schuldig. Wobei ich mich wundere, diese Frage von dir zu hören, wo du doch immer auf eine ausreichende Ruhezeit wert legst.«

»Hast recht. Ich bin schon still.«

Kapitel Fünf

Um sieben Uhr am nächsten Morgen trafen Katrin und Manger auf einen unrasierten Sacher, der offensichtlich im Büro übernachtet hatte.

Mühselig hob er seine Augen von dem Bericht der KTU, während Manger einen Kaffee zubereitete. »Die KTU hat einen interessanten Hinweis gefunden. Melters rief kurz bevor er starb von seinem Handy aus noch eine Mobilfunknummer an. Das angerufene Telefon ist auf ihn selbst gemeldet und wurde direkt im Anschluss an das Gespräch abgeschaltet, sodass wir es nicht orten können. Der Anruf lief über ein österreichisches Netz. Wir haben inzwischen den Netzbetreiber kontaktiert und bestätigt bekommen, dass das Telefonat in Salzburg entgegengenommen wurde. Da ich davon ausgehe, dass der Anruf dem Attentäter galt, ist dieser wahrscheinlich schon über alle Berge. Aber wir müssen seine Spur aufnehmen und die führt nach Salzburg. Die KTU konnte an dem von Aysun im Treppenhaus gefundenen Zettel eine DNA-Spur nachweisen, die auch in der Etage zu finden war, aus der unser Attentäter schoss. Auf dem Zettel steht Fr. A. Eberhardtinger Mo. 15:30. Das hört sich nach einem Termin an. Der Name ist ebenfalls prägnant. Insofern habe ich mich in Salzburg erkundigt und herausgefunden, dass es dort eine Goldschmiedin namens Annette Eberhardtinger gibt, die exklusiven Modeschmuck für Damen herstellt. Das heißt, sie fertigt Einzelstücke an. Dementsprechend könnte sich diese Notiz auf einen Termin beziehen, den unser Attentäter dort für morgen vereinbart hat. Wenn man sich solchen Schmuck bestellt, dauert es einige Zeit, bis er fertig ist. Was darauf schließen lässt, dass unser Attentäter in Salzburg wohnt, sich dort seit längerer Zeit aufhält oder aufgehalten hat. Außerdem handelt es sich unseren Ermittlungen zufolge ja um einen Mann, insofern sollte dieser Schmuck für irgendjemanden aus seinem Umfeld sein. Eine Ehefrau, eine Geliebte, Mutter oder Tochter und das bedeutet, unser Attentäter ist kein Phantom. Wir haben einen Ansatz, um sein Umfeld zu ergründen. In zwei Stunden geht unser Flug, Johann.«

»Einen Moment, wir fliegen nach Salzburg?«

»So ist es. Salzburg ist eine schöne Stadt. Ich habe bereits die österreichischen Kollegen um Amtshilfe gebeten. Sie werden uns am Flughafen abholen. Wie gesagt, die Indizien sprechen eindeutig für Salzburg und ich will diese Frau Eberhardtinger befragen. Wenn es sich bei ihrem Geschäft um so einen exklusiven Laden handelt, wird sie uns keine Auskünfte am

Telefon geben. Zweitens erhoffe ich mir, in Salzburg eine Adresse zu finden und einen Eindruck von dem Attentäter zu gewinnen. Das mag uns helfen, die Hintergründe der Tat zu verstehen.«

»Klar, kann natürlich sein, dass der dort einen ähnlichen Schrein aufgebaut hat, wie Melters«, antwortete Manger, bevor er sich zur Tür wendete. »Guten Morgen, Aysun.«

»Morgen, wenn niemand was dagegen hat, lege ich gleich los und intensiviere meine Recherche bezüglich Karims Aufenthalt in Deutschland.«

Sacher stand auf. »Mach das, ich für meinen Teil brauche erst einmal eine Dusche. Danach geh ich mit Johann rüber in die KTU. Die stellten mir vorhin bereits weitere Ergebnisse in Aussicht. Katrin, du könntest dich bitte in der Zwischenzeit mit den Aufnahmen von der österreichischen Grenze beschäftigen. Vielleicht findest du dort anhand der Parameter des Täters weitere Spuren.«

Eine halbe Stunde später ging Manger gemeinsam mit Sacher zur Kriminaltechnik im Untergeschoss des Gebäudes, wo sie ein mit technischen Apparaturen vollgestopftes Großraumlabor vorfanden, in dem verschiedene Beamte in weißen Kitteln ihren Dienst taten.

»Guten Morgen, ihr hattet neue Ergebnisse gemeldet«, begrüßte Sacher den leitenden Beamten.

»Genauso ist es. Vom Schutzanzug des Täters konnten wir leider keine Spuren mehr zutage fördern, da das Lösungsmittel zu scharf wirkte. Aber wir haben die DNA-Spur von dem handgeschriebenen Zettel auch in der Laube von Herrn Melters an mehreren Stellen nachgewiesen. Insofern erhärtet sich unser

Verdacht, dass es die DNA des Täters ist. Leider ist sie in keiner Datenbank abgelegt. An dem verwendeten Gewehr sind keinerlei Spuren nachweisbar. Interessant wird es bei der Auswertung der Telefondaten von Herrn Melters. Er telefonierte insgesamt sehr wenig von seinem Festnetzanschluss aus. Aber eine Rufnummer rief er in letzter Zeit immer wieder an. Der Telefonanschluss gehört zu einer kleinen Pfarrei in Rheinland-Pfalz. Genauer gesagt, in der Nähe von Bad Kreuznach. Ich glaube, diese Nummer ist die beste Spur, die ich euch bis hierhin bieten kann.«

»Okay, dann forscht weiter, wir kümmern uns um die Pfarrei.«

»Ach so, bevor ich es vergesse, die KTU aus Nürnberg hat sich gemeldet. Bei dem ausgebrannten Audi A4 handelt es sich um einen Mietwagen, den ein gewisser Karim Yildiz vor einer Woche in Mainz anmietete. Ich hoffe, ihr könnt mit unseren Infos etwas anfangen.«

»Auf jeden Fall. Wie immer ist die Arbeit der KTU Gold wert.«

Draußen angekommen blickten sich die beiden nachdenklich an.

Manger schlussfolgerte als Erster: »Also, wenn du mich fragst, ist das kein Zufall. Karim mietet sich in Mainz einen Wagen. Außerdem gehen wir davon aus, dass das Prepaid Handy, von dem aus Mustafa angerufen wurde, Karim zuzuordnen ist. Der Anruf kam aus derselben Gegend, in der eine Pfarrei steht, die wiederum von Melters angerufen wurde. Das heißt, Karim recherchierte in irgendeiner Sache, die mit unserem Fall direkt in Verbindung steht.«

Sacher nickte. »Da schließt sich ein Kreis. Eindeutiger geht es gar nicht. Die Mädels sollen dem nachgehen, während wir in Salzburg ermitteln.«

Katrin brauchte nicht lange, um gleich etliche Informationen zu der Pfarrei zusammenzustellen. »Also, die Telefonnummer bezieht sich auf eine der ältesten Kirchen im Bundesland, die jedoch nicht mehr genutzt wird, da die Pfarrei in einen größeren Pfarrverband eingegliedert wurde. Die Telefonnummer passt dementsprechend auf das Kirchengebäude, aber nicht auf eine bestimmte Person. Bei dem Kirchengebäude handelt es sich um eine abgelegene Kapelle in der Nähe von Bad Kreuznach, die im Jahr zwölfhundertfünfundvierzig vom Templerorden gegründet wurde. Sie ist noch im Besitz der Katholischen Kirche, wird jedoch nur zu besonderen Anlässen wie Hochzeiten oder ähnlichen Dingen genutzt.«

Sacher nickte. »Das mit dem Templerorden, passt ja gut zu Melters. Findet bitte heraus, wer sich Zugang zu diesem Gebäude verschaffen kann. Und überprüft bitte anhand der Daten der KTU, wie oft beziehungsweise zu welchen Zeiten Melters dort anrief und wie lange die Gespräche dauerten. Vielleicht könnt ihr herausfinden, ob eine bestimmte Person immer zu diesen Zeiten dort war.«

Katrin überlegte: »Wenn ich mit Aysun nach Rheinland-Pfalz fahre, wäre es gut, wenn wir wüssten, wo Karim Yildiz abgestiegen ist. Er wird ja nicht unter freiem Himmel kampiert haben. Es könnte sein, dass er in seinem Hotelzimmer irgendeine Information hinterließ oder jemand dort etwas mitbekam. Sollten wir sein Foto nicht an die Presse geben? Wenn sich jemand melden sollte, könnten wir da gleich vorbeifahren und uns das angucken.«

»Das ist eine gute Idee«, stimmte Sacher zu. »Mach das bitte direkt, je eher wir an Informationen kommen, desto besser.«

»Chef, können Sie sich denn vorstellen, dass die Katholische Kirche etwas mit der Sache zu tun hat?«, fragte Aysun skeptisch.

»Mit absoluter Sicherheit nicht die Institution, aber innerhalb der Kirche gibt es durchaus Gläubige oder Geistliche, die eine außerordentliche Islamfeindlichkeit auszeichnet.«

Manger gesellte sich kaffeeschlürfend zu der Gruppe. »Was ich immer sage, Extremisten gibt es überall. Nicht nur im Islam, sondern durchaus auch in der Christenheit sind Fundamentalisten unterwegs. Der einzige Unterschied besteht darin, dass die christlichen Fundamentalisten, zumindest derzeit, keine bekannten Gewalttaten ausführen. Dafür fallen sie durch dasselbe dusselige Geschwätz auf, das islamistische Hassprediger in die Welt setzen. Welche ja nur allzu oft keinen tiefen religiösen Hintergrund besitzen, sondern einfach gescheiterte Existenzen sind, die sich über diese Ebene ins Rampenlicht bringen wollen, da sie sonst nichts können. Habe ich zumindest einmal in einem Magazin gelesen. Ich weiß nicht, ob du da andere Erkenntnisse hast, Aysun.«

»Da ist etwas dran, deshalb sind sie ja auch nicht in Moscheevereinen organisiert, sondern schreien ihre pseudoreligiösen, hasserfüllten Tiraden auf Hinterhöfen oder Marktplätzen heraus. Leider sind viele Jugendliche offen für so etwas. Außerdem fehlt den Imamen oft der Blick dafür, da sie in der Regel nichts von der deutschen Sprache und Lebensweise verstehen. Das hört man auch häufig an ihren Predigten, die gerne an der Lebenswirklichkeit der Muslime in Deutschland vollkommen vorbeigehen. Echte Lebenshilfe könnten sie auch nicht leisten, da sie die entsprechenden Anlaufstellen in Deutschland nicht kennen. Insofern werden gerade junge Menschen, die auf der Suche nach praktischen Antworten des Imams in Bezug auf ihr persönliches Leben sind, von diesen enttäuscht. Dann kommen die Extremisten und reden den Jugendlichen irgendwelchen Blödsinn ein, der nun wirklich nichts mit dem wahren, pluralistischen Islam zu tun hat und die Radikalisierung ist vorprogrammiert. Ich hoffe, dass sich mit der Ausbildung von Imamen in Deutschland diesbezüglich etwas verändert. Denn viele Moscheevereine sind auch von der türkischen Politik gesteuert, die zweifelsohne stärkeren Wert auf die Beibehaltung ihres Einflusses legt, als auf eine echte Integration der Muslime in Deutschland. Obwohl es gerade in Bezug auf das Zusammenleben einfacher wäre, wenn sich die in Deutschland lebenden Muslime von ihren Heimatländern emanzipieren würden. Das geht ja auch ohne sich vollständig zu assimilieren.«

»Letztlich weiß ich sowieso nicht, was es an diesem Punkt für Probleme gibt. Meinen Erkundigungen nach sind beispielsweise nahezu vierzig Prozent aller in Deutschland lebenden Türken auch hier geboren.«

»Du musst wissen, in Deutschland geboren zu sein, heißt nicht unbedingt in Deutschland zu leben. Viele der muslimischen Familien bleiben unter sich und versorgen sich in türkischen Läden oder in Moscheen, die inzwischen gerne Einkaufszentren betreiben. Dann gehen die Kinder auf Schulen islamischer Organisationen und schon kann man sich in Deutschland problemlos in einer Parallelgesellschaft bewegen. Die weitaus meisten informieren sich außerdem nur über Medien aus ihren Heimatländern. Schau dir einmal die Satellitenschüsselkolonien in überwiegend muslimisch geprägten Gebieten an oder die Vielzahl an türkischen Tageszeitungen. Insofern ist es durchaus verwunderlich, wie stark die Deutschen auf kritische Äußerungen in Bezug auf muslimische Migranten reagieren, denn die bekommen ohnehin nicht viel davon mit. Vor allem diejenigen, die keiner Arbeit nachgehen beziehungsweise in türkischen Unternehmen arbeiten, haben so gut wie überhaupt keinen Kontakt mit Deutschen.«

Sacher mischte sich ein, um die Abschweifung vom Thema zu stoppen: »So, das sind alles wichtige Themen, aber die können wir in unserer Freizeit besprechen, wobei wir da sowieso keinen Einfluss drauf haben. Wir sollten jetzt langsam unsere Reise antreten. Wir müssen vor dem Abflug noch unsere Waffen in den Flugzeugtresor schaffen und ich weiß nicht, wie lange das dauert. Es gilt jetzt Momentum in die Angelegenheit zu bringen, schließlich wollt ihr danach euren Urlaub fortsetzen.«

Kapitel Sechs

Um elf Uhr dreißig näherten sich Sacher und Manger Salzburg. In der warmen Frühlingssonne glänzte die sich durch sanfte leuchtend grüne Berge schlängelnde Salzach, während sich am südlichen Horizont hinter der Festung Hohensalzburg die majestätische Formation der Hohen Tauern emporschwang. Gleichsam war der Flughafen Salzburg relativ nüchtern gehalten. Eine einfache Abfertigungshalle mit einem eckigen Tower sowie einer von sattem Grün eingerahmten Start- und Landebahn bildete einen ruhigen Kontrast zu der Geschäftigkeit ihres Startflughafens Köln.

Sofort nach der Landung eilten die beiden Ermittler durch die Abfertigungshalle, um ihr spärliches Gepäck abzuholen sowie ihre Waffen ausgehändigt zu bekommen. Am Abfertigungsschalter trafen sie auf die beiden Beamten des österreichischen Bundeskriminalamtes, die konform in Jeans, Hemd und Sakko gekleidet auf sie warteten.

»Sacher und Manger unsere Namen«, stellte sich Sacher vor, während er zur Bestätigung ihrer Identität seinen Ausweis vorzeigte.

Der ältere der beiden Beamten, ein grauhaariger, gutmütig dreinblickender Major, nickte ihnen freundlich zu. »Grüß Gott und willkommen in Österreich werte Kollegen, Pichler mein Name. Der Blonde hier neben mir ist mein Assistent Kurt Egger. Keine Angst vor der Größe, der tut euch nichts. Wir freuen uns auf die Zusammenarbeit. Ich habe euch Munition mitgebracht, damit ihr hier nicht gänzlich auf uns angewiesen seid. Frau Eberhardtinger betreibt ihr Geschäft in der Getreidegasse und hat auch sonntags geöffnet. Es handelt sich um eine der Vorzeigeeinkaufsstraßen unserer Altstadt, mit jeder Menge Zulauf durch Touristen. Wir haben dort aufgrund der gestiegenen Kriminalität eine verdeckte Videoaufzeichnung installiert. Wo so viele Menschen sind, da müssen wir noch etwas aufmerksamer hinschauen und vielleicht mag euch das jetzt helfen. Sollen wir gleich einmal dort hinfahren?«

»Gerne, deshalb sind wir hier«, antwortete Sacher lächelnd.

Fünfundzwanzig Minuten später hatten sich die Ermittler durch den dichten Verkehr Salzburgs gekämpft und hielten vor einem imposanten Gründerzeithaus in der Altstadt. Ein Andrang von Reisebussen brachte soeben eine Vielzahl internationaler Touristen heran, die bereits sehnsüchtig von den Fahrern der historischen Fiaker erwartet wurden. Es war ein lukratives Geschäft, Touristen auf diesen hölzernen Kutschen durch die Stadt zu fahren sowie ihnen gegen entsprechendes Bargeld diverse Sehenswürdigkeiten zu erklären.

»Ganz schön Betrieb hier«, stellte Manger fest.

»Ja, die Busse dürfen hier nirgendwo parken«, erklärte Egger. »Die dürfen die Touristen nur eben ausladen und müssen dann einen der Busparkplätze außerhalb der Stadt ansteuern. Deshalb ist hier immer etwas los. Die Leute erkunden dann per Fiaker oder zu Fuß die Altstadt, wobei die Getreidegasse ohnehin für Fahrzeugbetrieb gesperrt ist. Wir müssen demnach auch noch einen Schritt laufen.«

Weitere fünf Minuten später erreichte die Gruppe ihr Ziel. Dicht gedrängt durchschritten Horden von Menschen die von eleganten Häusern gesäumte Straße, über der, von den Fassaden abgehend, schön gestaltete Zunftzeichen hingen. Wobei es sich dabei des Öfteren nur um profane Werbeschilder international operierender Unternehmen handelte. Auf einem kleinen Platz warteten etliche Menschen auf Einlass in ein hohes, sonnengelbes Haus, das, wie Egger voller Stolz erklärte, Mozarts Geburtshaus war und nun ein Museum beherbergte. Pichler verwies dagegen auf einen gemessen an den umliegenden Häusern sehr schlicht gehaltenen Eingang über dem in goldenen Buchstaben die Firmierung ›Annette Eberhardtinger Schmuck- und Designarbeiten‹ prangte.

Nachdem der charakteristische Klang einer historischen Türglocke die Ermittler angekündigt hatte, sahen sie sich einer schlanken, braunhaarigen Mittfünfzigerin in cremefarbenen Kostüm gegenüber, die an einem von Vitrinen umstellten Schreibtisch saß. Auf das Eintreten der Männergruppe hin erhob sie sich lächelnd von ihrem Stuhl, wobei sie ihre Brille abnahm und an der dafür vorgesehenen Kette um den Hals baumeln ließ.

»Grüß Gott, die Herren. Mein Name ist Annette Eberhardtinger, willkommen in meinem bescheidenen Geschäft. Was kann ich für Sie tun?«, begrüßte sie die Ermittler mit einer angenehm warmen Stimme.

»Grüß Gott«, erwiderte Sacher, »Sacher und Manger unsere Namen, vom deutschen Bundeskriminalamt. Das sind unsere österreichischen Kollegen Pichler und Egger. Wir hätten einige Fragen zu einem Ihrer Kunden.«

»Aha, dann hätte ich gerne erst einmal Ihre Ausweise gesehen.«

»Gerne.«

Stirnrunzelnd setzte Eberhardtinger ihre Brille wieder auf und musterte die Ausweise der Beamten. »Gut, was kann ich für Sie tun?«

»Es geht darum, dass wir an einem Tatort einen handgeschriebenen Zettel gefunden haben, den wir Ihrem Geschäft zuordnen.« Sacher zeigte den Zettel vor, den der Attentäter verloren hatte.

»Ja, das ist die Handschrift meiner Assistentin.«

»Ein Termin für 15:30 Uhr am Montag, so lese ich das. Leider ist kein Datum darauf verzeichnet, daher rate ich einfach mal, es handelt sich um den morgigen Montag.«

»Das ist so. Ich habe normalerweise montags geschlossen, deshalb fällt so etwas immer aus der Regel.«

»Und mit wem haben Sie morgen einen Termin?«

»Mit Herrn Breuer, Joachim Breuer. Ein Deutscher, der seit Kurzem hier in Salzburg lebt.«

»Kommt er allein zu dem Termin oder gemeinsam mit einer Partnerin?«

»Er kommt allein, wir besprachen im Vorfeld nur die Ringgröße der Dame. Ich messe das normalerweise gerne selber aus. Aber wie Herr Breuer mir sagte, ging das in diesem Falle nicht, da sich die Dame derzeit in den USA aufhält und das Geschenk als Überraschung gedacht ist.«

»Sie verfügen nicht zufällig über ein Bild von diesem Herrn Breuer?«

»Der Laden wird selbstverständlich videoüberwacht. Da ich weiß, dass Herr Breuer erst am Mittwoch da war, können wir die Bilder heraussuchen. Sie müssen sehen, dass wir aufgrund unserer Exklusivität nur über einen begrenzten Kundenstamm verfügen.«

»Okay, dann schauen wir uns die Bilder mal an. Hinterließ Herr Breuer auch eine Adresse?«

»Ja, er wohnt in Aigen.«

Sacher wandte sich an Pichler: »Herr Kollege, könnten Sie bitte ein Team dorthin senden. Aber bitte noch kein Zugriff, da möchte ich mich persönlich einschalten.«

Während Sacher und Manger sich die Aufzeichnungen anschauten, gaben die österreichischen Kollegen die Fahndung raus. Bereits eine Viertelstunde später hielten die beiden Ermittler ein Bild des mutmaßlichen Attentäters in Händen.

Sacher nickte zufrieden. »Eine Ausweiskopie besitzen Sie nicht zufällig auch?«

»Nein, das nicht. Ich vertraue auf die Angaben meiner Kundschaft. Vor allen Dingen bezahlte er die Arbeit, in dem Falle einen diamantbesetzten Ring im Wert von fünfzehntausend Euro, im Voraus bar.«

»Okay, sollte der Ring eine Gravur bekommen?«

»Nein, es war kein Verlobungs- oder Hochzeitsring.«

»Der Ring ist aber fertig?«

»Teilweise. Der Ring wird heute fertiggestellt werden. Der Termin ist ja erst morgen. Sie können aber ein Computerbild von dem Ring bekommen.«

»Danke.«

Erneut auf der Straße angekommen runzelte Manger die Stirn. »Das ging ja jetzt bedeutend einfacher als ich gedacht hatte. So ein hochgradiger Profi scheint der Mann doch nicht zu sein. Erst verliert er einen Zettel und dann gibt er hier noch seine Adresse an.«

»Warte lieber mal ab. Außerdem vergiss nicht, dass wir nur aufgrund des Anrufes von Melters auf Salzburg gekommen sind und der war nun mal absolut kein Profi. Nur wegen des Zettels mit Namen und Uhrzeit, hätten wir das hier nicht gefunden. Gib bitte das Bild in die Inpol Datei ein. Die Zentrale soll noch einmal sämtliche Aufnahmen von der Grenze mit dem Bild vergleichen. Sie sollen dabei vor allem auf diejenigen achten, die die Grenze mit einer schwarzen E-Klasse überquert haben. Da werden sie zwar fluchen, aber das ist jetzt notwendig. Ich bin mir nicht sicher, ob der Name unter dem der Attentäter hier lebt, wirklich sein richtiger Name ist. Wir wollen erst einmal zu der Adresse fahren.«

Eine halbe Stunde später parkten sie vor einem vierstöckigen, eleganten Mehrfamilienhaus aus Stahl und Glas, welches architektonisch, nach Sachers Geschmack, rein gar nicht in das alpine Umfeld passte. Nachdem die Bewohner in Windeseile, lautlos evakuiert worden waren, schlich ein Teil der mit Masken und schusssicheren Westen ausgestatteten Beamten, angeführt von Egger und Manger, durch das offene Treppenhaus zu der Wohnung im obersten Stockwerk. Der Rest der Mannschaft umringte derweil unter der Leitung Pichlers das Haus.

Manger positionierte sich mit den Beamten rechts und links neben der Tür, sodass sie nicht durch den dort angebrachten Spion gesehen werden konnten, aber dennoch sofort für einen Zugriff bereit waren. Nach kurzem Funkkontakt zwischen den Österreichern, klingelte Egger an der Tür.

»Es rührt sich nichts«, flüsterte Egger. »Ich denke, wir sollten zugreifen. Öffnet die Tür mit einem Rammbock.«

In gleichmäßigen Schwüngen schlugen zwei Beamte den etwa anderthalb Meter langen, stählernen Bolzen gegen die Tür, woraufhin diese krachend aufflog, aber gleichsam einen dünnen, gespannten Draht mit sich riss.

»In Deckung. Sprengfalle«, schrie Manger. Doch für Egger und die beiden Beamten kam dies zu spät. Die Detonation riss die drei von den Beinen und schleuderte sie rückwärts über das Treppengeländer hinweg in die Tiefe, wo sie mit einem dumpfen Aufschlag auf dem Marmorboden landeten. Aus der Wohnung schlugen lodernde Flammen. Überall verbreiteten sich beißend nach Benzin stinkende Rauchschwaden. Die von auffälligen Rissen gezeichneten Wände knarzten bedrohlich und Teile der Außenfassade brachen krachend heraus. Sofort sprang Manger die Treppe hinab. Ein furchtbares Bild erwartete ihn. Wild übereinander lagen die drei Beamten blutüberströmt am Boden.

»Einen Notarzt. Schnell«, schrie Manger. »Wir müssen sie hier rausbringen, das Haus brennt gleich lichterloh.« Vorsichtig begannen Manger und einige Beamte die drei Schwerverletzten voneinander zu trennen. »Die Kollegen haben allesamt Knochenbrüche und Verbrennungen abbekommen. Bewegt den Kollegen Egger nicht ohne Hilfe, die Schutzkleidung hat zwar einiges abgehalten aber die Verletzungen sind zu stark. Bringt sterile Wundauflagen her, damit wir wenigstens in Bezug auf die Verbrennungen Erste Hilfe leisten können. Keine Kühlung, dafür sind die Verbrennungen zu großflächig.«

Nachdem man die Verletzten auf eine Rasenfläche vor dem Haus getragen hatte, rannte Major Pichler auf die Gruppe zu und beugte sich mit Tränen in den Augen über seinen bewusstlosen Assistenten. »Die Rettung ist unterwegs. Halte durch, mein Junge. Der Helikopter kommt sofort. Komm, du schaffst das.«

Während die Feuerwehr mit den Löscharbeiten begann, ertönte im Hintergrund bereits das Geräusch von Rotorblättern mehrerer herannahender Helikopter, aus denen einen Moment später Teams von Ärzten und Rettungssanitätern sprangen.

»Sofort die Intensivstation vorbereiten«, befahl der Chefarzt nach erster Diagnose, »neben den schweren Verbrennungen weist der Patient diverse Frakturen im Brustkorbbereich auf. Fliegt Herrn Egger als Erstes ins Hospital. Alle bekommen eine Infusion mit Ringer Lactat.«

Als die drei Verletzten an Bord der Hubschrauber gebracht worden waren, trat Pichler noch einmal an den Chefarzt heran. »Wie schlimm ist es? Wird er es schaffen? Ich muss seine Familie benachrichtigen.«

»Noch kann ich nichts Genaues sagen, aber die

Verletzungen sind sowohl bezüglich der Verbrennungen als auch der Knochenbrüche außerordentlich ernst. Wir werden Ihnen Bescheid geben, sobald wir brauchbare Ergebnisse haben.«

Nachdenklich stellte sich Sacher neben Pichler. »Es tut mir sehr leid, was hier heute passiert ist. Wir hätten gegebenenfalls die Wohnung vorher besser checken sollen.«

»Es gibt keinen Anlass in Schuldgefühle zu verfallen. Wir können nun nichts mehr ändern. Nur eins will ich von euch. Wenn der Täter Österreich bereits wieder verlassen haben sollte, müsst ihr mir auf jeden Fall versprechen, dass ihr dieses Dreckschwein zur Strecke bringt.«

»Das verspreche ich dir. Dafür müssen wir jedoch bei aller Trauer sofort handeln. Die Feuerwehr wird bald mit den Löscharbeiten fertig sein und sagte mir, dass die Räume zum Treppenhaus hin noch gut erhalten seien. Der Unfall unserer Kollegen ist vermutlich nur deshalb so schwer verlaufen, weil sie direkt vor der Tür standen, sodass sie von der Verpuffung des in der Wohnung verteilten Benzins voll getroffen wurden. Die Feuerwehr will noch die einsturzgefährdeten Bereiche des Hauses absichern, aber wir können die Überreste der Wohnung gleich untersuchen.«

»Dann wollen wir schauen, ob wir etwas Brauchbares finden. Ich werde das Bild aus dem Juweliergeschäft an die Medien geben. Der Täter weiß, dass ihr ihn im Visier habt. Insofern können wir mit der Geheimniskrämerei aufhören und uns die Unterstützung der Bevölkerung einfordern.«

»Dem stimme ich zu.«

Nachdem die Feuerwehr ihr Einverständnis signalisiert hatte, machten die Ermittler sich wieder an die

Arbeit.

Manger betrat als Erstes den von Löschschaum überzogenen Eingangsbereich. »Die Räume zur Straßenseite hin sind alle verloren, aber der Innenbereich ist hauptsächlich nur verrußt. Er hat wohl von der Wohnungstür weg eine Benzinspur gelegt und die entstandenen Benzinwolken per Sprengfalle zünden lassen. Zum Glück war die Feuerwehr so schnell vor Ort, sonst könnten wir hier nichts mehr finden.«

Sacher nickte. »Ein bisschen mehr Benzin hätte auch gereicht, dann wäre das Haus komplett eingestürzt.«

Akribisch suchten die Ermittler den Schutt in den unversehrt geblieben Räumen der Wohnung ab, doch der Gesuchte hatte keine verwertbaren Spuren hinterlassen.

Sacher schüttelte den Kopf. »Also, nach den Überresten zu urteilen, wohnte hier definitiv eine männliche Einzelperson. Das Bad ist noch relativ gut erhalten und es gibt keinerlei Gegenstände, die ich einer Frau zuordnen würde. Was wiederum die Frage aufdrängt, für wen er den Ring bestellte und wo sich diese Person befindet. Flüchtete er mit ihr gemeinsam? Weiß diese Frau überhaupt, dass sie es mit einem Attentäter zu tun hat? Weiß sie über die Hintergründe seiner Tat Bescheid?«

Manger wiegte den Kopf. »Nun ja, ich würde doch meinen, dass es sich um eine Geliebte handelt. Wem schenkt man sonst einen Diamantring von solch hohem Wert? Wenn er hier aber allein lebte, ist es meiner Meinung nach wahrscheinlich, dass er die Frau aus diesem Teil seines Lebens heraushielt. Wir müssten mal den Vermieter interviewen.«

»Der Vermieter wurde bereits von der Polizei benachrichtigt. Er wird gleich hier sein.«

Plötzlich rief Pichler: »Ich glaube, ich habe da etwas. Hier unterhalb der Spüle, hinter dem Mülleimer. Ein angekokeltes Stück Papier. Es ist eine hastig, handschriftlich notierte Notiz. Linz 032230AMAI. Standort wird mitgeteilt. Was könnte das bedeuten?«

Manger überlegte: »Bei Linz handelt es sich um eine österreichische Großstadt und die Ziffern beziehungsweise Buchstabenfolge sollte eine militärische Zeitangabe darstellen. Am dritten Mai um zweiundzwanzig Uhr dreißig, so liest man das.«

Pichler nickte. »Du hast recht. Bei mir ist die Militärzeit schon etwas länger aus. Eine Terminangabe inklusive Uhrzeit. Das bedeutet, der Täter sollte offensichtlich gestern auf Nacht in Linz jemanden treffen. Beispielsweise einen Fluchthelfer, immerhin ist sowohl die deutsche als auch die tschechische Grenze in Reichweite.«

Sacher stemmte die Hände in die Hüften. »Das wird so sein. Wie weit ist es von hier aus nach Linz?«

»Knapp einhundertvierzig Kilometer. Mit dem Auto kann er das in anderthalb Stunden schaffen.«

»Okay, gib das bitte sofort an alle Grenzschützer in diesem Bereich durch, Johann, und informiere auch die tschechischen Behörden. Das von uns erstellte Bild des Attentäters muss ohnehin schnellstmöglich an alle Behörden in Europa. Es ist dann nur eine Frage der Zeit, bis er ins Netz geht. Wir wollen unterdessen noch die Nachbarn befragen, bevor wir nach Linz fahren. Vielleicht kann uns einer von denen etwas genauere Informationen geben.«

Eine halbe Stunde später trafen die drei sich wieder.

Sacher schüttelte verärgert den Kopf. »Also ich

hätte wirklich gedacht, dass es in Österreich noch anders ist als in deutschen Großstädten. Keiner will mit ihm Kontakt gehabt haben.«

Pichler nickte. »Hoffen wir auf den Vermieter, der kommt da gerade.«

»Ja Herrschaftszeiten, was ist denn mit meinem Haus passiert?«, fragte der Vermieter an Sacher gewandt.

»Ihr Mieter Herr Breuer wird von uns des Mordes verdächtigt und hat versucht seine Wohnung zu sprengen, damit wir keine Spuren mehr finden können. Das ist misslungen. Was können Sie mir zu dem Mann sagen?«

»Nicht viel, er wohnt seit zwei Monaten hier. Er stellte sich als freier Mitarbeiter eines Zeitungsverlages vor, machte einen gepflegten Eindruck und bezahlte die Miete inklusive der Kaution für die komplette Mietdauer von sechs Monaten im Voraus bar. Ausgewiesen hat er sich nicht, was mich allerdings auch nicht interessierte.«

»Haben Sie mal eine Frau an seiner Seite gesehen?«

»Nein, mir schien es so, als wäre er alleinstehend.«

»Sie haben mit ihm gesprochen, hatte er irgendeine Art von Akzent oder gab es andere Auffälligkeiten?«

»Einen Akzent hatte er nicht. Mir schien sein Hochdeutsch sogar überkorrekt. Mir kam es allerdings so vor, als wäre er stets geschminkt gewesen. Sie müssen wissen, meine Frau arbeitet als Maskenbildnerin beim Salzburger Landestheater. Sie hat mir einmal aus Spaß ein Gesicht verpasst, mit dem mich selbst meine engsten Freunde nicht wiedererkannten und ich wurde das Gefühl nicht los, dass er sein Äußeres ebenfalls verändert hatte. Das sah man aber nur, wenn man sich ein bisschen damit auskennt.«

Sacher schaute Manger an. »Offenbar haben wir es mit einem Verkleidungskünstler zu tun. Das macht die Sache nicht leichter.«

»Kann man sich so perfekt schminken, dass wir keine Chance haben es zu erkennen?«

»Echte Spezialisten schaffen das.«

»Dann wollen wir hoffen, in Linz ein genaues Bild von ihm zu bekommen.«

Pichler nickte grimmig. »So ist es, meine Herren, auf nach Linz. Ich werde uns einen Helikopter herbeordern und die Kollegen vor Ort beauftragen, die Aufzeichnungen der Kameras an allen öffentlichen Plätzen in Linz zu durchforsten. Vielleicht hilft uns das, den Burschen zu fassen.«

Unterdessen machte sich der Attentäter bereit, um die Grenze von Polen nach Deutschland zu überqueren. Die vergangenen vierundzwanzig Stunden waren anstrengend verlaufen.

Zuerst hatte er den Anruf von Melters bekommen, der ihm völlig außer Atem meldete: »Die haben mich gefunden. Hau ab, bevor die dich auch noch kriegen.« Ärgerlich, dachte der Attentäter. Eigentlich hätte Melters aufgrund seiner fanatischen Einstellung besser funktionieren sollen. Die Polizei hätte sonst nie die Spur nach Salzburg gefunden. Man hatte ihn zwar bei der Ausreise aus Deutschland mehrfach kontrolliert, aber nicht einem war aufgefallen, dass sein Aussehen genauso falsch war, wie seine Papiere. Die Papiere, die ihm seine Auftraggeber zur Verfügung stellten, waren exzellent. Dennoch befand er sich nun auf einer wilden Flucht und das war eben nicht zu ändern. Er hatte infolge des Anrufes seine Kontaktseite im Internet angewählt, um eine codierte Nachricht zu hinterlassen, woraufhin bereits kurze Zeit später ein Zettel an seiner Wohnungstür hing, der ihm den Weg nach Linz wies. Bevor er dann die Wohnung verließ, platzierte er eine Sprengfalle an der Tür. Nicht zu groß, um keine Nicht-Kombattanten zu gefährden. Doch immerhin so groß, dass eine entsprechende Zerstörung der Wohnung gewährleistet sein sollte, falls die Polizei einzudringen versuchte. Ärgerlich, dachte er erneut, aber Melters war eben kein Profi.

Um zweiundzwanzig Uhr hatte er dann eine kodierte Email auf sein Krypto-Handy bekommen, die ihm den genauen Treffpunkt mit seinem Fluchthelfer, einem wortkargen Mann dessen Alter er nicht zu bestimmen vermochte, verriet. Er selbst war aus Zeitgründen bei seiner Lieblingsmaske geblieben. Als er den Mann traf, waren sie noch essen gegangen, bevor sie sich in finsterer Nacht auf den Weg durch die dicht bewaldete Grenzregion hinüber nach Tschechien machten. Die Tour war lang und anstrengend gewesen, aber wenigstens verlief sie ohne weitere Zwischenfälle. Bis zum frühen Morgen waren sie zu Fuß durch den Wald gestapft, so als wolle die Strecke niemals enden. Doch als sie die erste Straße erreichten, parkte dort versteckt zwischen dichten Tannen ein Skoda Fabia, mit dem sie in sieben Stunden Tschechien durchquert und das polnische Poznan erreicht hatten. Dort hatten ihm seine Auftraggeber frische Papiere sowie ein katholisches Priestergewand hinterlegt, damit er wieder nach Deutschland einreisen konnte, um sich auf den nächsten Auftrag vorzubereiten. Nun war es soweit. Um Punkt fünfzehn Uhr würde er wieder deutschen Boden unter den Füßen haben. Für die Einreise hatte er sein Äußeres komplett verändert. Seine Haare waren nun blond statt dunkel, seine Augen blau statt braun und seine Wangenknochen standen deutlich höher heraus, was ihm ein slawisches Aussehen verlieh. In das Amtsgewand waren Polster eingenäht, sodass er wesentlich korpulenter wirkte. Sein Pass lautete aktuell auf den Namen Marek Jablonski.

Hoffentlich geht an der Grenze alles gut, dachte er.

Kurz darauf bestätigte sich seine Hoffnung. Man winkte sie soeben nach knapper Prüfung ihrer Papiere durch. Hinter der Grenze wartete ein weiterer Helfer, der ihn zu einem Unterschlupf in der Nähe seines nächsten Einsatzziels fuhr, wo er sich ausruhen sollte, aber auch die für den Einsatz benötigten Waffen und Verkleidungen vorfand.

Dort angekommen kochte er sich zunächst etwas zu Essen, bevor er sich ein Bad einließ, nach welchem er beschloss den Tag bei einem guten Wein und Wagners Lohengrin ausklingen zu lassen. Vorher wollte er jedoch noch die Frau anrufen, die zur Liebe seines Lebens geworden war. Wie immer wenn er an die Beziehung dachte, fielen ihm die Worte ein, die Wagner seinem Titelhelden in den Mund gelegt hatte.

»Nie sollst du mich befragen,
noch Wissens Sorge tragen,
woher ich kam der Fahrt,
noch wie mein Nam' und Art.«

Kapitel Sieben

Katrin und Aysun befanden sich auf dem Weg in das nahe Rheinland-Pfalz. Katrin hatte zuvor noch die Verbindungsdaten des Telefonanschlusses der Kirche überprüft, wobei sie außer den Anrufen von Melters nichts registrieren konnte. Von dem Telefonanschluss selbst war nicht telefoniert worden. Dennoch stand für sie fest, dass die ehemalige Templerkirche ein Schlüsselelement zur Lösung des Falls darstellte. Dementsprechend plante sie in der Kirche eine umfangreiche Abhöranlage und mehrere Kameras zu installieren, um den Telefonanschluss sowie alle Aktivitäten innerhalb des Gebäudes dauerhaft zu überwachen. Des Weiteren wollten sie sich mit dem Gemeindepfarrer treffen, der eine Übersicht darüber besaß, wer Zugang zu dem Telefon hatte.

Langsam zog die von lang gestreckten Weinbergen sowie Fachwerk durchwirkten Dörfern geprägte Landschaft, deren Besiedlung je näher sie der alten Kirche kamen, nach und nach dünner wurde, an ihnen vorbei.

Aysun zog die Stirn kraus. »Also wenn jemand sich eine abgelegene Landschaft sucht, um unbemerkt eine Kirche zu nutzen, dann ist er hier richtig. Ich sehe nichts als Weinreben. Insofern wird wahrscheinlich niemand etwas beobachtet haben.«

»Sei da nicht zu pessimistisch. Die Anrufe von Melters fanden immer am sehr frühen Morgen statt und die Anrufzeiten müssen vorher vereinbart worden sein, da es sich um einen Festnetzanschluss handelt. Hier auf dem Land mag es demnach durchaus jemanden geben, der von den Weinbergen aus etwas beobachten konnte. Glaub mir, den Leuten fällt in ländlichen Gegenden generell alles auf, was nicht zu ihrem normalen Tagesablauf gehört beziehungsweise was nicht aus ihrer Gegend stammt. Vielleicht hat einer der Winzer ein auswärtiges Kennzeichen registriert oder etwas anderes in dieser Richtung. Die Menschen auf dem Land stehen schließlich gerne sehr früh auf und sind auch sehr gläubig. Wir müssen unser Glück versuchen.«

Zwanzig Minuten später parkten die beiden Beamtinnen vor dem nüchternen alten Gemäuer, welches aus einem kleinen, eckigen Turm mit spitzem Dach sowie einem gekalkten Hauptschiff bestand. An beiden Seiten der Kirche stießen kleinere Anbauten heraus, die von gotischen Fenstern gesäumt wurden, deren spitz zulaufende Bögen von filigranem Mauerwerk durchzogen waren. Der Eingang bestand hingegen aus einer einfachen aber stabilen Holztür.

»Sieht wirklich uralt aus«, sagte Aysun, wobei man ihr eine gewisse Neugier anmerkte.

Katrin nickte. »Wir schauen mal, ob wir jemanden finden.«

Nach erfolgloser Inspektion der Umgegend der Kapelle, stemmte Katrin die schwere Holztür auf. Der Innenraum der Kapelle war beidseitig nur mit wenigen Kirchenbänken ausgestattet, die auf den mit zahlreichen Holzschnitzereien verzierten Altar zuführten. Auf der linken Seite stand in einer Nische ein Beichtstuhl, demgegenüber auf der anderen Seite ein Taufstein aus Marmor Platz fand. Die beiden Anbauten umfassten das Chorgestühl beziehungsweise die Sakristei, welche Katrin nun betrat, da sie dort das Telefon vermutete, was sich kurz darauf bestätigte.

Sie hatten sich noch nicht lange umgeschaut, als ihnen von hinten ein gedrungener, kräftiger Mann mit vorgebundener Lederschürze in Pfälzer Dialekt zurief: »He, was machen Sie denn da? Dort dürfen Sie nicht hinein. In die Kirche wohl, aber nicht in die Sakristei. Das müssen Sie doch wissen.«

»Guten Tag, Pfeiffer und Özdemir vom Bundeskriminalamt«, stellte Katrin sie vor, während sie ihren Ausweis zückte. »Wir haben einige Fragen an den zuständigen Pfarrer und dachten er wäre vielleicht in der Sakristei. Wer sind Sie, wenn ich fragen darf?«

»Klaus Leidner, mir gehören die Weinfelder hier rund um die alte Kirche. Was will denn das BKA von unserem Herrn Pfarrer?«

»Wie gesagt, wir haben nur einige Fragen. Vielleicht können Sie uns aber auch schon weiterhelfen. Sie scheinen ja recht aufmerksam zu sein. Haben Sie in den letzten drei Wochen bemerkt, dass die Kapelle an mehreren Wochentagen frühmorgens benutzt wurde beziehungsweise haben Sie jemanden Fremdes gesehen?«

»Also, da meine Felder hier um die Kirche herumführen, schließe ich die Kirche morgens um acht auf. Nachts ist sie geschlossen, da schon einmal etwas gestohlen wurde. Der Pfarrer kommt nur zur Vorbereitung und Durchführung einiger Sonderveranstaltungen vorbei. Hauptsächlich Hochzeiten, bei denen die Feier danach bei mir auf dem Hof stattfindet. Mir ist wohl aufgefallen, dass in letzter Zeit immer wieder ein Geistlicher noch vor mir in der Kirche war. Laut unserem Pfarrer handelt es sich um einen Würdenträger, der hier in der Gegend geboren wurde und daher die Kirche als Andachtsraum schätzt, obwohl er inzwischen im Ausland aktiv ist. Mehr hat er mir nicht gesagt. Kennen tue ich den Geistlichen nicht, obwohl ich den Hof hier in zehnter Generation betreibe. Er

scheint ein sehr zurückgezogener Mensch zu sein.
Immer wenn ich ihm begegnete, war es mir, als ob
ihm das unangenehm wäre. Dabei habe ich lediglich
freundlich gegrüßt und gefragt, ob die Sakristei abgeschlossen ist, weil das grundsätzlich sein muss. Die
Kirche, wie gesagt, steht tagsüber immer offen, nicht
aber die Sakristei, wobei sie heute schon wieder of-
fensteht, obwohl ich das gestern noch kontrolliert
habe.«

»Und gestern war sie abgeschlossen?«

»Ja, da bin ich mir sicher.«

»Besitzen Sie auch einen Schlüssel zur Sakristei?«

»Nein, wenn sie offen steht, muss ich den Herrn
Pfarrer anrufen. Ich kontrolliere nur.«

»Können Sie mir noch von weiteren Vorkomm-
nissen berichten?«

»Nicht direkt. Einer meiner Nachbarn sagte mir
allerdings, dass er, in der Nacht von Donnerstag auf
Freitag, Lichtschein in der Kirche gesehen habe, obwohl keine Veranstaltung angemeldet war. Als er sich
näherte, will er so etwas wie die Rezitation mittelal-
terlicher Choräle gehört haben. Außerdem schwört er
Stein und Bein, beim Hineinspähen mehrere Männer
in Rittergewändern gesehen zu haben. Vielleicht hielt
dieser mir unbekannte Geistliche hier einen besonderen Gottesdienst ab. Von unserem Pfarrer kann ich
mir das nicht vorstellen.«

Der Angesprochene, ein kräftiger Mann mit vollem braunen Haar, dessen Züge verrieten, dass er sein
Amt noch nicht lange bekleidete, erschien im Hintergrund in der Tür der Kirche. »Guten Tag, meine Damen. Grüß dich, Klaus. Ich darf mich vorstellen, Müller mein Name, Wilhelm Müller. Ich bin der örtliche

Pfarrer. Sie hatten sich bei meiner Haushälterin angemeldet. Ich nehme an, Sie sind die Beamtinnen des Bundeskriminalamtes?«

»So ist es. Wir konnten in Zusammenhang mit einer Straftat feststellen, dass einer der Tatverdächtigen namens Jürgen Melters, die hiesige Telefonnummer innerhalb der letzten drei Wochen des Öfteren kontaktierte. Da das Telefon in der Sakristei steht, wollen wir wissen, wer alles Zugang zu der Räumlichkeit hat.«

»Also der erwähnte Name sagt mir nichts und einen Schlüssel zur Sakristei besitze nur ich, wobei er im Pfarrhaus hängt. Das heißt, ein entsprechend legitimierter Mitbruder kann sich den Schlüssel selbstverständlich ausleihen.«

»Okay, wo hielten Sie sich an besagten Tagen auf?«, fragte Aysun und reichte dem Pfarrer die Liste mit den Telefonkontakten.

»Das sind, wie ich sehe, alles sehr frühe Morgentermine. Da habe ich mit Verlaub noch geschlafen beziehungsweise mich für den Unterricht fertig gemacht. Ich unterrichte nebenbei noch am hiesigen Gymnasium.«

»Haben Sie für erstere Behauptung einen Zeugen?«, fragte Aysun etwas zu scharf.

»Nun, wenn ich Sie mir so anschaue, denke ich, dass Sie unseren Glauben nicht teilen. Dennoch müssten Sie auch als Muslimin wissen, dass ein katholischer Priester der Ehelosigkeit verpflichtet ist. Somit habe ich auch keinen Zeugen für meine Morgentoilette, aber meine Haushälterin kommt um halb sieben Uhr morgens. Ich brauche eine gute Dreiviertelstunde von hier bis zu meinem Pfarrhaus und laut Ihrer Liste wurde ein Telefonat um sechs Uhr und dreißig geführt. Insofern wird meine Haushälterin gerne meine Aussage bestätigen, falls Ihnen das etwas hilft.«

Katrin übernahm wieder das Gespräch: »Herr Leidner erzählte uns soeben von einer nächtlichen Messe mit Rittern und Chorälen beziehungsweise von einem Geistlichen von Außerhalb, der die Kirche in letzter Zeit schon sehr früh morgens aufsuchte. Was können Sie uns dazu sagen?«

»Es gab in der Tat einen Besuch durch einen Mitbruder, der dieser Kirche aus persönlichen Gründen besonders zugetan, allerdings inzwischen wieder abgereist ist. Er nutzte die Kapelle jedoch nur an wenigen Tagen und ich glaube persönlich nicht, dass er so früh hier war. Wobei dies ja nicht strafbar wäre. Kriminelle Handlungen kann ich mir von meinem Mitbruder in absolut keiner Weise vorstellen. Übrigens, bei Erzählungen von Einheimischen ist immer die Menge des Weins, den sie verkostet haben, miteinzubeziehen«, antwortete der Pfarrer schmunzelnd. »Von einer nächtlichen Messe, weiß ich persönlich nichts. Schon gar nicht von einer Veranstaltung mit Rittern. Da muss der Beobachter schon sehr tief ins Glas geschaut haben.«

»Wie heißt dieser Geistliche und wo können wir ihn erreichen?«

»Sein Name ist Ingbert Meynhard. Er war als Generalvikar tätig, leitet jedoch inzwischen ein Priesterseminar im Ausland. Mehr kann ich Ihnen nicht sagen.«

»In welcher Diözese leitet er das Seminar?«

»Wie gesagt, das kann ich Ihnen nicht sagen, da ich mich bei seinem letzten Besuch nicht groß mit ihm unterhalten habe. Ich kenne ihn noch aus der Zeit seines Generalvikariats.«

»Lassen Sie sich gefälligst nicht alles aus der Nase ziehen«, schnauzte Aysun den Pfarrer an, dessen Auftreten sie mehr und mehr nervte. »Generalvikar, war er wo?«

»Er war in Nürnberg aktiv. Mehr weiß ich wirklich nicht. Sie können das beim Verband der Deutschen Diözesen erfragen, die wissen über alles Bescheid, und nun muss ich mich meinen weiteren Aufgaben widmen. Priester arbeiten entgegen der landläufigen Meinung nicht nur sonntags morgens.«

»Gut, Sie können dann zunächst gehen. Sie halten sich aber zu unserer Verfügung«, entgegnete Katrin kühl. »Wir schauen uns hier noch ein wenig nach etwaigen Hinweisen um. Mit Ihrer Haushälterin werde ich mich gegebenenfalls noch unterhalten. Die Sakristei bleibt zunächst offen.«

»Dagegen würde ich mich gerne verwehren, aber so wie Sie es sagen, sind Sie sich wohl Ihrer Sache sicher.«

»Exakt, weigern Sie sich, kommen wir in einer halben Stunde mit entsprechendem richterlichem Beschluss wieder und Sie haben ein riesiges Aufsehen um die Sache.«

»In der Sakristei sind keine Geheimnisse verborgen, also suchen Sie nach Ihren Hinweisen. Guten Tag.«

Der Pfarrer drehte sich abrupt um und verließ gefolgt von Klaus Leidner die Kirche, ohne die beiden Ermittlerinnen eines weiteren Blickes zu würdigen.

»Ich glaube, der weiß sehr wohl mehr, als er uns sagen will«, sagte Aysun mit grimmigem Blick.

»Da stimme ich dir zu. Andererseits hatte ich das Gefühl, dass er nicht wusste, wie er mit der Situation umgehen soll. Ich denke, auch wenn er in der Sache drinhängen sollte, wird er nur Weisungsempfänger sein. Wir sollten jetzt zunächst die Sakristei verkabeln und uns dann mit Sacher kurzschließen, damit wir uns in den Ermittlungen ergänzen können.«

Eine halbe Stunde später hatten sie den Raum soweit mit modernster Technik ausgestattet, dass eine lückenlose visuelle wie auch auditive Überwachung möglich war. Des Weiteren nahm Aysun Abstriche von verschiedenen Möbeln in der Sakristei, den Kirchenbänken sowie dem Telefon, um sie im Labor auf DNA-Spuren untersuchen zu lassen. In der Zwischenzeit gab Katrin den Namen Ingbert Meynhard an die Zentrale durch, wo man die Personalien des Geistlichen überprüfen und ein komplettes Dossier über ihn anlegen würde. Darüber hinaus wurde ab sofort nach ihm gefahndet. Danach rief sie Sacher an.

»Wir haben gegebenenfalls eine Spur«, sagte sie und berichtete von ihren Erkenntnissen.

»Wir sind gerade auf dem Weg nach Linz. Dort ist unser Attentäter offenbar mit jemand Wichtigem zusammengetroffen. Wir tippen hier alle auf einen Fluchthelfer, was gleichbedeutend damit wäre, dass wir es zumindest mit einer größeren Gruppe zu tun haben, vor allem wenn wir eure Erkenntnisse noch mit einbeziehen. Es wäre schön, wenn sich die beiden Spuren überschneiden. Sobald ihr den Aufenthaltsort dieses Meynhard gemeldet bekommt, sucht ihn auf und macht ihm Dampf. Setzt ihn unmittelbar unter Rundumüberwachung. Wir müssen über jeden seiner Schritte Bescheid wissen. Findet auch seine Telefondaten heraus und lasst seine Gespräche sowie sonstigen Kommunikationswege abhören.«

»Okay, sobald wir etwas wissen, melden wir uns wieder.«

Katrin wandte sich an Aysun: »Da wir ohnehin noch warten müssen, bis wir die Daten bekommen, können wir gerade etwas essen gehen.«

»Lass uns aber nach Mainz fahren, damit ich die gesammelten Spuren bei der Kriminaltechnik abgeben kann. Außerdem könnten wir uns bei der Autovermietung erkundigen, wo Karim sich den Mietwagen besorgte. Vielleicht bringt uns das vorwärts.«

Katrin schaute auf ihr Handy, das gerade einen E-Mail-Eingang meldete. »Karim Yildiz ist in einem Hotel in Mainz abgestiegen. Er war seit drei Tagen Gast im Hotel am Lechberg.«

»Okay, dann haben wir in Mainz sowieso etwas zu tun.«

Als Pichler mit den beiden deutschen Ermittlern in Linz eintraf, erwartete sie bereits ein aufgeregter Bezirksinspektor der dortigen Polizei. »Wir haben mehrere gute Hinweise aus der Bevölkerung bekommen. Den von Ihnen gesuchten Mann hat man in Begleitung eines weiteren Mannes an einem Imbiss gesichtet. Glücklicherweise steht dieser an einer Stelle die kameraüberwacht wird, sodass wir mit den Bildern der beiden Männer die Fahndung aufnehmen konnten. Der zweite Mann ist ein polizeibekannter Ungar, der von uns der rechtsextremen ungarischen Szene zugeordnet wird. Hier bei uns ist er vor allem wegen Betrugs, Körperverletzung und Beleidigung aktenkundig. Sein Name lautet Tibor Puskaz. Wir haben sein Bild in den Medien veröffentlicht, woraufhin wir einen Treffer in der Gemeinde Holzschlag landen konnten. Das Dorf liegt in etwa einen Kilometer Luftlinie von der tschechischen Grenze entfernt. Dort meldete uns ein Förster, dass er in den Frühstunden, gegen ein Uhr morgens, zwei Wanderer in Richtung des Böhmerwaldes gehen sehn hat. Er wollte sie erst verfolgen, da er sie für Freischützen hielt. Da sie aber keine Gewehre dabei hatten, sondern nur leichte Rucksäcke, gab er dies alsbald auf und machte nur ein Foto. Es besteht kein Zweifel, ihr Täter ist nach Tschechien ausgereist«, berichtete der Inspektor mit sichtlicher Erleichterung darüber, dass er nun nicht mehr zuständig war.

»Das Bild des zweiten Mannes haben Sie hoffentlich schon an alle Grenzbehörden Europas sowie an Europol gesendet«, antwortete Sacher in bestimmenden Ton.

»Selbstverständlich. Wir haben auch Mitteilung gegeben, dass Sie, sobald ein Ergebnis verfügbar ist, sofort informiert werden.«

»Gut«, sagte Pichler, »dann ist hiermit auch meine Zuständigkeit zunächst vorbei. Wir werden noch nach dieser unbekannten Frau suchen. Aber wenn die sich nicht von selbst auf den Fahndungsaufruf hin meldet, dann wird das schwer. Schade, dass unsere Zusammenarbeit solch schlimme Begleitumstände hatte. Ich hoffe, ihr habt Erfolg und werde selbstredend auch selber am Ball bleiben, falls der Fluchthelfer oder der Attentäter wieder nach Österreich einreisen sollte.«

»Danke für die gute Zusammenarbeit. Ich hoffe, deine Kollegen gesunden bald wieder und würde mich freuen, wenn du uns darüber auf dem Laufenden hältst«, antwortete Sacher. Die Männer verabschiedeten sich herzlich voneinander und Pichler ließ sie allein zurück.

»Wie geht es jetzt weiter?«, fragte Manger.

»Wir werden direkt zurück nach Köln fliegen. Es bringt nichts dem Kerl quer durch ganz Europa nachzulaufen. Vor allem sagt mir mein Instinkt, dass der

Mann wieder nach Deutschland will. Das Ganze riecht mir inzwischen viel zu sehr nach einer finsteren Organisation. Wir wollen hoffen, dass die tschechischen Behörden bald etwas von sich hören lassen. Selbst wenn es sich um einen Einzelkämpfer handelt, kann er sich nicht vollständig in Luft auflösen.«

Kapitel Acht

Im fernen Berlin tagte ein internationales Gremium in dem elegant eingerichteten Besprechungszimmer des obersten Stockwerks eines modernen Bürogebäudes inmitten der Stadt. Durch die vollverglaste Front des Zimmers erhielten die Anwesenden einen atemberaubenden Rundumblick über die in der Frühlingssonne daliegende Metropole, welche sich Tag für Tag zu verändern schien, aber ihren altehrwürdigen Charme stets beibehielt. Dennoch, die Gesichter der rund um einen dunklen Mahagonitisch versammelten Anwesenden waren ernst, als sie gespannt den Worten des weißhaarigen Mannes von enormer Größe lauschten, der weit vorgebeugt am Kopf des Tisches saß.

»Meine sehr verehrten Damen und Herren, wir sind heute zusammengekommen, um unsere strategische Vorgehensweise im Kampf gegen die größte Bedrohung der Welt zu diskutieren. Ich spreche von der Achse des Bösen. Dem sich immer weiter ausbreitenden Geschwür des Islams, welches sich anschickt, die Welt zu unterjochen. Wie lange wollen die Völker der freien Welt noch diesem Infiltrationsprozess zuschauen, der die gesamte westliche Welt der Diktatur dieser Gewaltideologie unterwerfen soll? Wie lange wollen sie diesen einfallenden Horden erlauben, den Geist unserer Jugend zu vergiften, sie hinfort zu ziehen aus dem zivilisierten Geist unserer abendländischen Kultur? Auch wenn ich Ihnen als Amerikaner gegenüberstehe, spreche ich ohne Zweifel im Interesse von uns allen, wenn ich sage, dass wir dieser Entwicklung Einhalt gebieten müssen und werden.«

Durch gemeinschaftliches Klopfen auf die Tischplatte bezeugten die Anwesenden ihre Zustimmung.

»Wir haben uns Deutschland als zentralen Ort für unseren Kampf erwählt, weil seine Regierung die islamischen Kräfte, nach wie vor, gegen den Willen des Großteils der Bevölkerung protegiert. Wir haben dies lange Zeit aufgrund des reuigen Verhaltens der Deutschen in Bezug auf ihre Geschichte toleriert, doch nun ist die Zeit gekommen, um die Dinge zu forcieren. Da es in Europa sowie in den USA genügend Befürworter unserer Sache gibt, gehe ich nicht davon aus, dass wir seitens der Bevölkerung in ernsthafte Schwierigkeiten geraten. Im Gegenteiligen, man wird uns feiern und Trittbrettfahrer aus anderen politischen Bereichen werden sich aus Eigeninitiative heraus unserem Kampf anschließen. Wir brauchen nur einen Blick auf die Straßen und Plätze Deutschlands oder in verschiedene Internetforen zu werfen, um dies bestätigt zu sehen. Sämtliche unserer Aktionen sollen von allen hier Anwesenden gemeinsam und nach den hohen Prinzipien unserer freiheitlichen Demokratie beschlossen werden. Insofern möchte ich Sie bitten, zunächst der Ihnen vorliegenden Satzung zuzustimmen, die ich Ihnen ja bereits vor einem Monat zur Kenntnisnahme beziehungsweise zum persönlichen Studium übersandt habe. Ergeben sich ihrerseits Fragen zu der von mir gefertigten Satzung?«

Ein zur Linken des Amerikaners sitzender, in schwarzer Robe gekleideter Geistlicher meldete sich zu Wort: »Unter Punkt zwei, Absatz eins, heißt es, dass alle anfallenden Kosten aus dem eingerichteten Fonds bezahlt werden. Doch würden im Falle des zusätzlichen Finanzbedarfs weitere Gelder von den Mitgliedern des Gremiums erwartet. Über welchen Umfang reden wir hier? Mir würde es zum Beispiel schwer fallen in der jetzigen Situation zusätzliche Gelder zu aktivieren, da man uns von Seiten Roms seit einiger Zeit noch genauer überwacht.«

»Reden wir doch jetzt nicht über Geld«, mischte sich der gegenübersitzende korpulente Schweizer Bankier ein. »Es wurde doch soeben gesagt, dass wir über jede Aktion im Einzelnen abstimmen werden und diese kleine Sache in Köln hat wohl nicht das meiste gekostet. Bei allen weiteren Aktionen werden wir selbstverständlich auch den finanziellen Rahmen im Auge behalten. Ich würde mich übrigens, als Bankier, gerne für das Amt des Schatzmeisters zur Verfügung stellen.«

»Ich bin Ihrer Meinung«, pflichtete eine blonde, elegant gekleidete Dame mit österreichischem Akzent bei. »Wir sollten zunächst die ersten Aktionen abwarten, bevor wir uns über die genauen Details abstimmen. Letztendlich ist mit Gegenreaktionen zu rechnen, die in unsere Überlegungen mit einbezogen werden müssen. Diese werden wir in Art und Intensität aber erst analysieren können, wenn wir die ersten Aktivitäten der Polizei beobachtet haben. Wobei ich denke, dass wir sie in Bezug auf die Aktion mit dem Muezzin etwas unterschätzten. Vielleicht war das Ganze in der Durchführung doch etwas zu spontan.«

»Das mag sein«, bestätigte der weißhaarige Amerikaner. »Deshalb entschied ich mich auch dafür, unsere Sitzung auf den heutigen Tag vorzuziehen. Wir sind nun in der Lage Probleme zu erkennen, die wir vorher noch nicht überschauen konnten und die wir bei allen weiteren Aktivitäten vermeiden müssen. Der Anschlag ist zwar geglückt und unser Mann leistete hervorragende Arbeit, doch versagte sein Helfer auf ganzer Linie, sodass wir bereits eine Evakuierungsmaßnahme unseres Kämpfers durchführen mussten. Die deutschen Sicherheitsbehörden reagierten außerdem erheblich anders, als wir uns das gedacht hatten. Ich persönlich hätte nicht erwartet, dass sie so schnell einen Ring um den Tatort anlegen und jeden der aus dieser Zone fährt gleich derart genau untersuchen. Sie haben nicht nur die Personalien abgefragt, sondern direkt auch die kompletten Unterlagen kopiert. Des Weiteren haben sie unmittelbar alle Grenzkontrollen zu den anderen EU-Staaten verschärft. Ich glaube, keiner von uns konnte damit rechnen, dass sie wegen eines toten Muezzins einen solchen Aufwand betreiben. Vor allem um dich mache ich mir Sorgen, lieber Ingbert«, sagte der Amerikaner zu dem Geistlichen. »Sie sind dir auf der Spur. Wie kommt dieser Pfarrer darauf, den Behörden, aufs erste Nachfragen hin, gleich deinen Namen zu nennen? Das ist doch Beweis genug, dass er zu schwach ist, um die ihm zugedachte Position zu übernehmen. Wie heißt der Kerl noch gleich?«

»Er heißt Wilhelm Müller und ich stimme zu, er ist nicht stark genug. Wenn das Bundeskriminalamt Druck macht, wird er definitiv umfallen und ihnen auch den Rest verraten. Ich habe mich in ihm getäuscht. Übrigens haben sie zwei Frauen geschickt, davon sogar eine Türkin.«

»Wen sie schicken, ist mir persönlich gleichgültig. Feststeht jedoch, wenn Müller zum Risiko wird, muss er schnellstmöglich beseitigt werden. Von der Angelegenheit hängt viel zu viel ab. Ingbert, die Mannschaft, die du uns stellst, wird im Moment nicht den Anforderungen gerecht, die wir für unseren Kampf benötigen.«

Der Bankier nickte heftig. »Man stelle sich vor, die Behörden würden uns enttarnen, dann wäre unser Leben, wie wir es kennen, vorbei. Ich stimme zu. Der Mann muss, ob Pfarrer oder nicht, sofort zum Schweigen gebracht werden.«

Durch Klopfen auf die Tischplatte signalisierten die Anwesenden erneut ihre Zustimmung.

»Gut, so ist es beschlossen. Unser zweiter Mann soll sich darum kümmern. Er ist nicht religiös, insofern wird es für ihn kein Problem darstellen, einen Pfarrer zu liquidieren. Unser Hauptkämpfer soll sich rein auf die nächste Aufgabe konzentrieren, die wir auch alsbald durchführen wollen, da ich mich doch sehr darüber ärgere, dass es in Deutschland bis auf das kleine Scharmützel vor der Moschee bisher absolut ruhig geblieben ist.«

»Wie wäre es, wenn wir die Sache mit dem Pfarrer den Muslimen in die Schuhe schieben?«, fragte der zur Linken des Geistlichen sitzende französische Gutsherr, dessen gewaltige Körpermaße den Ledersessel unter ihm ächzen ließen.

»Keine schlechte Idee, aber ich fürchte, die beiden Ermittlerinnen sind so nahe an ihm dran, dass wir dort nur schwerlich etwas inszenieren können. Wenn es aber machbar ist, soll unser Mann es so umsetzen. Das ist wirklich eine gute Idee«, gab der Amerikaner mit gütigem Lächeln zurück. »Weiter im Thema. Wir wollen noch in dieser Woche zuschlagen. Es wird wie besprochen etwas monumentaler, als das erste Zeichen. Wir wollen ja nicht ewig nur Zeichen setzen, sondern dafür sorgen, dass in Deutschland die Dinge von selbst zu laufen beginnen, damit wir uns den nächsten Ländern zuwenden können. Unser Ziel muss es bleiben, Hilfe zur Selbsthilfe zu leisten. Damit wir dafür stark genug sind, wollen wir uns nun zunächst auf die Konstituierung konzentrieren und alles Weitere in einer anschließenden Sitzung klären. Wobei nur ich den Termin für die nächste Sitzung festlege. Ansonsten rufe ich alle Beteiligten zu absolut strikter Funkstille auf. Keine Telefonate untereinander! Denken Sie immer daran, wir befinden uns im Krieg.«

Da alle anderen nickten, wurden jetzt die Funktionen des Gremiums auf die einzelnen Personen verteilt, wobei über alles demokratisch entschieden wurde. Danach erhoben sich die Anwesenden und stießen mit ihren Champagnerkelchen an, um den feierlichen Anlass entsprechend zu würdigen.

Erneut ergriff der weißhaarige Amerikaner das Wort: »Meine sehr verehrten Freunde, dies ist ein besonderer Moment in der Geschichte der Menschheit. Ein Moment, in dem sich führende Köpfe aller freien Nationen erheben, um ihre Völker vor dem Untergang zu bewahren. Wir werden Geschichte schreiben, denn wir werden zu Helden eines einzigartigen Kreuzzuges, welcher der Welt ein neues Antlitz verleihen wird. Wenn wir jedoch scheitern, wer wird unseren ehrenvollen Kreuzzug fortsetzen? Wer wird dann noch einmal den Mut aufbringen, sein Vermögen, seinen gesellschaftlichen Status oder sogar sein Leben aufs Spiel zu setzen, um sein eigenes Volk zu retten? Wer wird die Wichtigkeit dieses Kampfes erkennen? Nein, meine Damen und Herren, wir dürfen nicht scheitern. Wir haben lange genug überlegt und diskutiert, ob beziehungsweise wie wir unseren Kampf aufnehmen, doch jetzt, wo wir damit begonnen haben, gibt es kein Zurück mehr. Wir müssen eisern unserer Sache treu bleiben. Wir dürfen weder zögern noch verzagen, sondern haben die Pflicht im Wissen um die Notwendigkeit dieses großen Kampfes mutig voranzuschreiten, damit die Menschen in unserer Heimat fortan in Frieden und Sicherheit leben können.«

Die Österreicherin nickte begeistert. »Der Tag, an dem die letzten Muslime aus unserem arisch-christlichen Abendland vertrieben sein werden und der Islam endgültig begreift, dass er es nie wieder wagen sollte, seine menschenverachtende Ideologie auf unserem Grund und Boden zu verbreiten, wird ein ewig währender Tag des Ruhmes sein. Die Menschen werden in Frieden und Sicherheit leben und dann werden wir unauslöschlich in die Geschichte eingehen, als diejenigen, die mutig genug waren unsere Völker von dieser verfluchten Pest zu befreien.«

»Treffender hätte ich es nicht formulieren können, meine Liebe. Es lebe unsere Vereinigung. Es lebe unsere Satzung. Es lebe die Society against the axis of the evil.«

Lauter Beifall erhob sich im Raum und auf das Schlagen einer Glocke hin, schoben mehrere livrierte Diener ein reich gedecktes Buffet sowie etliche gekühlte Magnum Flaschen feinsten Champagners in das Zimmer.

Freudig ließen sich die Mitglieder der Society die Delikatessen schmecken und befanden sich alsbald in fröhlich ausgelassener Stimmung.

Nachdem die restlichen Mitglieder die Veranstaltung zwei Stunden später verlassen hatten, nahm der amerikanische Chef der Society den Geistlichen noch einmal zur Seite.

»Komm Ingbert, wir trinken noch einen Cognac zusammen. Möchtest du vielleicht auch eine Zigarre?«, fragte er den hageren, hochgewachsenen siebzigjährigen, der mit seiner vollen, grauen Haarpracht und gütigen blauen Augen wohl von niemandem als gefährlich eingestuft worden wäre.

»Gerne. Du kennst mich doch. Womit könnte man einen solch schönen Tag besser ausklingen lassen? Die Sitzung hat richtig Mut gemacht. Alle sind von der Sache überzeugt und voller Euphorie.«

»Du hast recht«, antwortete der Amerikaner, während er zwei Gläser mit einer der weltweit teuersten Cognacsorten befüllte und anschließend zwei Zigarren entzündete. »Wir müssen nur streng darauf achten, dass die Geheimhaltung gewahrt bleibt.«

»Davon bin ich überzeugt. Wir haben ja alles gut vorbereitet. Die Sicherheitsbehörden konnten zwar schon etwas herausfinden, aber das sollte kein Problem darstellen. Müller wird nun liquidiert, wenn ich auch sagen muss, dass es mir um den jungen Kerl etwas leidtut, aber letztendlich ist dann alles wieder in bester Ordnung. Wir sind doch, was den Einsatz verschiedener Soldaten anbetrifft, sehr flexibel«, antwortete der Geistliche, genüsslich an dem Cognac nippend, der sich perfekt mit dem Geschmack seiner Zigarre verband.

Schweigend und genießend, saßen sich die beiden Männer eine ganze Weile lächelnd gegenüber, bis der Amerikaner erneut das Wort ergriff: »Nun, die Ermittler haben deinen Namen herausgefunden. Da du offiziell für die Kirche tätig bist, wird es demnach für sie kein Problem darstellen, dich aufzuspüren. Ich bin mir sicher, sie sind bereits in diesem Moment auf der Suche nach dir.«

»Ich werde mich krankmelden und eine Weile abtauchen. Doch selbst wenn sie mich befragen. Ich werde nichts verraten. Mir, als Vertreter der Kirche, können sie ohnehin nichts.«

»Das reicht aber nicht, mein lieber Ingbert, und ich kann mir in Bezug auf Letzteres nicht hundertprozentig sicher sein. Wir haben doch gerade in der Sitzung besprochen, wie viel vom Gelingen unseres Kreuzzuges abhängt. Die Behörden dürfen nicht die geringste Chance bekommen, in unsere Gemeinschaft einzudringen. Und selbst wenn du dich noch so sehr anstrengst, noch so sehr auf deinen Status als Kirchenmann pochst, werden sie dich so lange in die Mangel nehmen, bis du ihnen doch etwas verrätst. Jeder Einzelne von denen ist auf verschiedene Verhörtaktiken geschult und wir sind uns wohl einig, wie ernst sie die Sache nehmen.«

»Was würdest du vorschlagen, wie ich mich verhalten soll?«, fragte der Geistliche schwer atmend, während er mit schweißnasser Hand an seinem Kragen nestelte sowie verzweifelt versuchte, seinen Speichelfluss zu kontrollieren. »Entschuldige. Mir ist auf einmal so heiß. Was ist denn auf einmal mit mir? Also was schlägst du vor?«

»Mein Freund, wir haben uns doch nun ausgiebig kennengelernt. Du solltest wohl wissen, wie ich solche Krisen zu bewältigen pflege. Du darfst natürlich um Himmels Willen nicht glauben, ich hätte meine Entscheidung aus persönlichen Gründen getroffen. Ich versichere dir nach wie vor meine allerherzlichste Freundschaft und du musst keine Angst haben, es ist gleich vorbei.«

Mit schmerzverzerrtem Gesicht begann sich der Geistliche, in dem hohen Ledersessel zu winden.

»Du hast mich vergiftet, du Schwein«, röchelte er mit weit geöffneten, hasserfüllten Augen. »Ich dachte wir wären Freunde, Partner und du mischt mir einfach etwas in den Cognac.«

»Ich bitte dich, es war nicht der Cognac. Alleine diese Vermutung zeigt, was für ein Dilettant du bist, und dass meine Entscheidung bezüglich deiner Person richtig war. Du hast doch gesehen, wie ich mir aus derselben Flasche eingegossen habe. Es war natürlich die Zigarre. Ein hochkonzentriertes aber sehr schwer nachzuweisendes Kontaktgift. Ich wusste, du würdest sie nicht ablehnen. Du darfst es mir wirklich nicht übel nehmen. Wie gesagt, du wirst immer einen festen Platz in meinem Herzen haben. Außerdem glaubst du doch daran, in den Himmel zu kommen. In wenigen Augenblicken ist es soweit«, antwortete der Amerikaner, derweil er interessiert den Todeskampf des Geistlichen beobachtete.

Dieser wand sich nun in krampfartigen Zuckungen auf dem Sessel, wurde von seinem eigenen Muskelspiel hin und her geworfen. Die Mimik verzerrt und von einem Gemisch aus Schweiß und Speichel benetzt. Doch ein letztes Aufbäumen war im gewährt.

»Der Teufel soll dich holen, du Drecksau«, lautete sein Schlusswort, bevor er der Länge nach zu Boden sackte.

Auf ein weiteres Ertönen der Glocke hin, betraten erneut die Diener den Raum. Diesmal hatten sie eine Bahre dabei.

»Fahrt zu ihm nach Hause. Legt ihn dort in sein Bett und hinterlasst weder Spuren noch Zeugen. Wir werden die anderen Mitglieder dann am morgigen Tag über sein plötzliches, unerwartetes Ableben informieren. Ich fahre jetzt in den Golfclub. Wenn ich wieder da bin, ist die Sauerei hier aufgeräumt.«

Ohne die Leiche eines weiteren Blickes zu würdigen, entschwand der Amerikaner aus dem Raum, den die Diener bereits mit äußerster Akribie von den Spuren des Mordes zu säubern begannen.

Kapitel Neun

Unterdessen machten sich Katrin und Aysun auf den Rückweg von Mainz, wo sie die gesicherten DNA-Spuren bei der KTU des Landeskriminalamtes Rheinland-Pfalz abgegeben und das Zimmer von Karim ergebnislos durchsucht hatten. Bei der Autovermietung waren ebenfalls keine neuen Erkenntnisse zu gewinnen gewesen.

»Wir sollten dem Pfarrer noch mal auf den Zahn fühlen«, schlug Aysun vor.

»Das werden wir«, bestätigte Katrin. »Ich denke, wir sollten das Pfarrhaus auch verdrahten, aber wir müssen uns vor allem auf die Suche nach diesem Ingbert Meynhard machen.«

»Ich hoffe, die Zentrale meldet sich bald und der Diözesen Verband ziert sich nicht Daten von ihm herauszugeben, googeln lässt er sich nämlich nicht. Ich könnte mir auch vorstellen, dass er eine Dienstwohnung besitzt. Vielleicht ist diese gar nicht auf ihn gemeldet.«

»Na ja, unsere Zentrale wird es mit Sicherheit herausbekommen und die Kirche muss entsprechend reagieren. Auch hohe Geistliche sind nicht vor Strafverfolgung gefeit.«

»Wann werden wir das Pfarrhaus erreichen?«

»Wir nähern uns jetzt der Abfahrt, in fünfzehn Minuten sollten wir da sein.«

Der zweite Mann, der zuvor dem Attentäter als Fluchthelfer gedient hatte, fuhr in diesem Moment vor dem zweistöckigen Fachwerkhaus vor, das Pfarrer Müller sowohl Dienst- als auch Privaträume bot.

Er hatte eine deutliche Anweisung erhalten: »Gehen Sie kein Risiko ein, aber wenn möglich hinterlassen Sie einen für die Bevölkerung ersichtlichen Beweis, der den Tod des Pfarrers als Werk eines Muslims darstellt.«

Insofern war klar, dass er es nicht wie einen Unfall aussehen lassen sollte. Lange hatte sich Végrehajtó, wie er sich selbst nannte, Gedanken gemacht, wie er es anstellen sollte. Aber letztlich würde er bei seiner beliebtesten Methode bleiben. Er würde hineinstürmen und den Pfarrer mit seiner Kalaschnikow niedermähen. Als Beweis, dass die Tat von einem Muslim ausgeführt wurde, hatte er ein grünes Stirnband mit einem Emblem, auf dem umrandet von arabischen Schriftzeichen zwei gekreuzte Schwerter unter einer Moschee abgebildet waren, mitgebracht. Er würde es auf der Leiche platzieren, sodass es sofort ins Auge fiel, sobald die Polizei eintraf. Falls ihn jemand beobachtete, würde der Ungar mit seiner dunkel gebräunten Haut, seinen dunklen Augen und einem Turban auf dem Kopf durchaus als Araber durchgehen. Somit sollte kein Westeuropäer eine genaue Beschreibung von ihm abgeben können. Zumal die meisten Menschen bereits Probleme damit hatten, sein Alter zu bestimmen. Aber am heutigen Abend waren ohnehin keine Menschen auf der Straße zwischen Kirche und Pfarrhaus zu sehen. Auf den Dörfern schienen die Deutschen bereits vor dem Abendbrot die Bürgersteige hochzuklappen. Ein komisches aber sympathisches Volk, dachte er sich. Schließlich hatte man im zweiten Weltkrieg auf derselben Seite gekämpft und Végrehajtó, was zu Deutsch Vollstrecker bedeutete, war der damaligen Ideologie nach wie vor treu ergeben.

Aber jetzt Schluss mit den Gedanken und frisch ans Werk, schalt er sich selbst. Die Sache war gut vorbereitet, also sollte nichts schiefgehen. Er hatte den Ford Focus, den er am Nachmittag aus der Werkstatt eines Autohauses gestohlen hatte, so geparkt, dass er nur mit Vollgas geradeaus zu fahren brauchte, um auf die nächstliegende Landstraße zu kommen. Das Auto, mit dem sie nach Deutschland eingereist waren, stand auf einem zwei Kilometer entfernten Parkplatz direkt vor der Autobahnauffahrt, sodass er alsbald das Fahrzeug wechseln konnte.

Aus einem Fenster in der oberen Etage erschien nun schwacher Lichtschein. Offenbar betrat der Pfarrer seine Privaträume. Das ist der richtige Augenblick, dachte sich Végrehajtó. Nachdem er die Kalaschnikow unter seinem Ledermantel verborgen hatte, schlich er auf die gegenüberliegende Straßenseite, schlüpfte durch ein rechtsseitig angebrachtes Gartentor und stand einen Augenblick später in einem hinter dem Haus angelegten Gemüsegarten.

Das sollte wohl kein Problem darstellen, dachte er sich lächelnd, als er die Fenster des Hauses betrachtete, während er bereits einen überdimensionierten Schraubenzieher aus der Tasche kramte. In Windeseile überwand der Ungar die mäßigen Schutzvorrichtungen an den alten Holzfenstern und glitt lautlos in die Dunkelheit des Parterres. Dort angekommen

leuchtete Végrehajtó kurz mit seiner Taschenlampe
den Raum aus und trat nach flüchtigem Blick durch
den Türspalt hinaus in den Flur. Langsam zog er die
Kalaschnikow AK-47 unter seinem Mantel hervor und
steckte das kurvenförmige Magazin ein. Die Waffe
war schon gute zwanzig Jahre alt, aber sie würde wie
immer treu ihren Dienst tun. Er wusste nicht, ob der
Pfarrer seinerseits bewaffnet war, doch der Überra-
schungseffekt sollte Vorteil genug sein. Sicherheitshalber lauschte er noch einmal darauf, ob sich in der
oberen Etage etwas regte. Dann zögerte Végrehajtó
keinen Moment und stürmte die Holztreppe hinauf,
ohne auf irgendeine Vorsichtsmaßnahme zu achten.
Aufgeschreckt durch das Gepolter auf der Treppe,
blickte der Pfarrer von der Empore herab.

»Wer sind Sie? Was wollen Sie? Oh, nein. Bitte
nicht«, stieß er kurzatmig hervor. Végrehajtó hob
lachend das Gewehr. Er liebte diesen Moment, wenn
das Opfer seine Situation erkannte. Der Geistliche tat
ihm sodann auch den Gefallen eines Fluchtversuches
und bemühte sich mit weit aufgerissenen Augen, unter
lautem Schreien, in die hinteren Räume zu entkommen. Doch der Ungar ließ die Bleikugeln wie einen
Hagelsturm in den Rücken seines Opfers einschlagen,
das sich ein letztes Mal gen Himmel reckte, bevor es
in seiner eigenen Blutlache danieder sank. Der Pfarrer
hatte nicht einmal die Tür zu seinen Gemächern erreicht. Ungerührt prüfte Végrehajtó, ob der Mann
wirklich Tod war, legte das Stirnband auf die Leiche,
begab sich zurück ins Parterre und rannte durch die
Eingangstür auf die Straße. Noch auf dem Weg zu
seinem Ford erfassten ihn die Scheinwerfer eines her-
annahenden Wagens. Verdammt, jetzt aber weg hier,
dachte er, sprang in den Focus und schoss mit aufheu-

lendem Motor davon.

In dem Fahrzeug erfasste Aysun die Situation sofort, zog ihre Waffe und schaute Katrin an. »Ein Killer, verdammt, der Pfarrer dürfte tot sein.«

»Halt dich fest«, gab Katrin zurück und ließ den Wagen mit angezogener Handbremse auf der Stelle wenden, während Aysun bereits das Blaulicht anbrachte.

Mit dem extra für das BKA getunten BMW Fünfer, hatte Katrin den mit Höchstgeschwindigkeit dahinrasenden Ford bald eingeholt. Obwohl dessen Fahrer selbst in den Kurven kaum abbremste, lehnte sich Aysun aus dem Fenster, zielte präzise und versuchte die Reifen des Fahrzeuges zu treffen. Doch der Killer antwortete mit einer Salve seiner Kalaschnikow, was Katrin zu einem Ausweichmanöver inklusive Vollbremsung zwang und Aysun beinahe zum Verhängnis geworden wäre.

»Bring den Wagen in der nächsten Kurve links hinter ihn«, schrie Aysun, »den hol ich mir«. Katrin tat wie geheißen, doch zunächst ließ der Fahrer keine Schussposition zu. Wie bei einer Rallye, fegten die Fahrzeuge durch die endlos wirkenden Weinfelder, wobei der Killer bei seiner Vollgasstrategie verblieb.

»Im Moment ist es für dich zu gefährlich aus dem Fenster heraus zu schießen. Treffen kannst du bei der Geschwindigkeit sowieso nichts. Wir folgen ihm am besten bis zu den Weinbergen. Dort geht es in Serpentinen hoch. Da muss er etwas langsamer fahren«, schrie Katrin, den starken Fahrtwind an den offenen Fenstern übertönend. In der Tat zwangen die steilen Anstiege und Haarnadelkurven den Ford zu einer gemäßigteren Fahrweise, doch der Killer hielt sie an den entscheidenden Anstiegen immer wieder mit Feuerstößen aus seiner Maschinenpistole in Schach. Bald hatten sie den Bergrücken überquert und fuhren in halsbrecherischem Tempo zwischen den hoch aufsprießenden Weinreben hindurch. In jeder Kurve schien das dichte Grün den Ford zu verschlucken. Katrin mühte sich redlich, doch der flüchtende Mörder schien ein exzellenter Fahrer zu sein, denn er durchfuhr jede Kurve mit einem gekonnten Schleudermanöver. Schon näherten sie sich wieder der Ebene, wobei ihnen zwei Fahrzeuge entgegenkamen, deren Fahrer ihnen per Handzeichen und wildem Hupen deutlich signalisierten, was sie von ihrer Fahrweise hielten. Prompt schoss der Killer einem der Wagen in die Reifen, woraufhin dieser quer über die Fahrbahn schleudernd auf Katrin zuraste. Hektisch stieg sie auf die Bremse, riss das Lenkrad herum. Es grenzte an ein Wunder, dass sie es schafften, doch der entgegenkommende Wagen raste Zentimeter vor ihnen in die Weinreben.

»Order mal einen Krankenwagen her. Ich hoffe, den Insassen ist nichts passiert«, schrie Katrin.

Der Killer hatte sich durch das Manöver etliche Meter Vorsprung erarbeitet und beschleunigte den Ford erneut auf Höchstgeschwindigkeit.

»Verdammt, der entkommt uns.«

»Ich fordere auch einen Helikopter an, sonst verfolgen wir den noch ewig. Zur Not kann der Pilot uns dann lotsen«, schrie Aysun. Während Aysun funkte, stieg Katrin wütend aufs Gas. Der Motor jaulte auf, sodass der BMW neuerlich an Boden gewann. In der Ebene verlief die Straße zunächst geradeaus zwischen weiten Wiesen, bis sie erneut in Kurven bergan stieg.

Katrin nickte grimmig. »Er kann hier nirgendwo abbiegen. Bis zur nächsten Kurve kriege ich ihn. Dann lege ich ihn mir für ein Überholmanöver zurecht und dränge ihn von der Straße.«

»Vergiss es, wenn dem nicht zwischenzeitlich die Munition ausgeht, ist das viel zu gefährlich. Wir müssen die Sache beenden, bevor noch Unbeteiligte hineingezogen werden.«

Geschickt arbeitete sich Katrin mit minutiöser Bedienung von Gas und Bremse immer weiter an den Wagen heran, achtete jedoch genau auf die Bewegungen des Ungarn, um einer erneuten Salve frühzeitig ausweichen zu können. Gleichsam schaltete sie Fernlicht an, damit der Fahrer zusätzlich geblendet wurde. Wieder ließ der Killer seine Kalaschnikow darauf antworten. Doch dies lenkte ihn einen Moment zu lange von der Fahrbahn ab, sodass er sich am Ausgang der nächsten Kurve mit der Geschwindigkeit verkalkulierte und kurzzeitig mit qualmenden Reifen quer stand. Katrin reagierte blitzartig, blendete ab, um Aysun freie Sicht zu gewähren und positionierte den BMW perfekt diagonal zu dem Ford. Aysun legte sich den Fahrer vor ihr in aller Ruhe zurecht, zielte über den Außenspiegel hinweg und setzte der Horrorfahrt mit einem zweimaligen Zucken ihres Zeigefingers ein Ende. Beide Kugeln steckten sauber im Hals des Ungarn. Dieser konnte sich bei Aysun bedanken, dass er sofort tot war, denn sein Fahrzeug raste geradeaus in einen Acker und überschlug sich in hohen Bögen, bis es letztlich mit einem hässlichen Geräusch auf dem Dach liegen blieb.

Kurz darauf bot sich den beiden Ermittlerinnen ein grausiges Bild. Der Körper des Ungarn war vollständig zerschmettert, das Gesicht zu einer Fratze verzerrt. Trotzdem fotografierte Katrin die Leiche von allen Seiten, während sie von den Scheinwerfern des

landenden Polizeihubschraubers in grelles Licht getaucht wurde.

»Haben Sie um Unterstützung bei der Verfolgung
eines Tatverdächtigen gebeten?«, fragte einen Moment später einer der Beamten.

»Ja, aber wie Sie sehen, hat sich das erledigt. Der
Fahrer des Wagens hat vermutlich einen Pfarrer erschossen. Wir kamen gerade an dem Pfarrhaus an, als
er flüchten wollte und nahmen sofort die Verfolgung
auf.«

»Okay. Der Mord an dem Pfarrer wurde soeben
gemeldet. Die Kriminalpolizei ist schon vor Ort. Da
muss ein Heidenaufruhr in dem Dorf sein.«

»Wir fahren auch sofort zurück. Sie sorgen dann
bitte für den Abtransport der Leiche in die Gerichtsmedizin. Übrigens, auf der Fahrt hierhin, verursachte
der Mann einen Autounfall. Gibt es dazu schon eine
Meldung?«

»Ja, kam gerade über Funk durch. Der Unfall ist
wohl glimpflich abgegangen. Das Fahrzeug ist
Schrott, aber die Leute sind mit dem Schrecken da-
vongekommen. Die Kollegen werden sicherlich auch
bald hier sein.«

Aysun durchsuchte während des Gespräches das
Auto inklusive der blutig an der Leiche klebenden
Kleidung.

»Ich komm nicht richtig dran. Das Auto ist zu
zerstört, aber ich habe neben der Leiche noch einen
Skoda Autoschlüssel und polnische Zloty gefunden.
Den Rest müssen die Kollegen in der Werkstatt untersuchen. Am besten lassen wir uns die Gegenstände
direkt in unsere eigene KTU schicken.«

»Du hast recht, aber lass uns zunächst zurück zu
dem Haus des Pfarrers fahren. Gegebenenfalls können

wir wenigstens dort etwas finden, wenn wir schon keinen der beiden mehr befragen können.«

Die Ermittlerinnen fuhren gemächlich die Strecke zurück und passierten gerade die Autobahnabfahrt, die sie erst eine Stunde zuvor abgefahren waren, als Katrin plötzlich scharf bremste, um vor einem Schotterparkplatz zu halten.

»Schau mal. Ein Skoda mit tschechischem Kennzeichen. Sacher erzählte mir, dass der Attentäter von Österreich nach Tschechien ausgereist ist. Vielleicht passt der Schlüssel, den du gefunden hast, zu dem Fahrzeug.«

In der Tat konnte das Auto unmittelbar dem Täter zugeordnet werden, woraufhin die beiden Ermittlerinnen den Skoda Kombi mit äußerster Sorgfalt durchsuchten.

Katrin überlegte: »Die KTU soll auf jeden Fall DNA-Spuren aus dem Fahrzeug sichern. Dann können wir mit Sicherheit sagen, ob der Attentäter in diesem Fahrzeug mitgefahren ist. Wir sollten den Kollegen vom Grenzschutz das Fahrzeugkennzeichen durchgeben. Sie filmen ja an den Grenzen jeden Wagen. Es wäre interessant zu wissen, wo das Fahrzeug die Grenze überquerte. Sacher teilte mir mit, dass er ein Bild des Fluchthelfers besitzt. Wir werden ihm dann das Foto der Leiche mailen. Wenn unser toter Killer gleichzeitig auch der Fluchthelfer ist, wird sich unser Attentäter vermutlich mit stark verändertem Aussehen wieder in Deutschland befinden.«

»Ich habe das Fahrzeugkennzeichen bereits an Europol durchgegeben. Sie werden sich gleich in Bezug auf den Halter melden. Im Auto liegen aber meines Erachtens nach nur ganz normale Gebrauchsgegenstände. Ich könnte mir vorstellen, der Wagen wurde gestohlen.«

Kurz darauf bestätigte sich Aysuns Vermutung. Beide Fahrzeuge waren gestohlen gemeldet.

Als sie wieder am Pfarrhaus ankamen, erwartete sie ein Großaufgebot der Schutzpolizei, die verzweifelt versuchte, eine aufgebrachte Menschenmenge zu zähmen. Gleichsam parkten drei Übertragungswagen unterschiedlicher Fernsehstationen gegenüber dem Pfarrhaus, vor dem eifrig berichtende Reporter standen. Die Menschenmenge indes wollte sich nicht beruhigen.

»Das waren die Muslime«, schrie der Eine.

»Ich hab es genau gesehen, der trug einen Turban, wie die Mullahs«, rief eine Frau.

»Die wollen unser Land übernehmen. Die werden uns alle umbringen, wenn wir nicht auch Muslime werden«, wusste ein Weiterer kundzutun.

Energisch bahnte sich Katrin gefolgt von Aysun den Weg durch die Menge, wobei letztere mehrfach angerempelt wurde.

»Da ist noch eine von denen«, giftete eine Frau, woraufhin Katrin der aufgebrachten Alten ihren BKA Ausweis vor die Nase hielt. »Noch so ein Spruch und ich lass Sie auf die Polizeiwache bringen.«

»Da hören Sie´s. Man darf in seinem eigenen Land schon nichts mehr sagen«, tönte es zurück.

Kurz darauf wurden sie vom Leiter der hiesigen Kriminalpolizei im Parterre des Pfarrhauses empfangen.

»Guten Abend. Sie sind die Damen vom BKA?«, begrüßte er sie, wobei er seinen Pfälzer Dialekt unterdrückte.

»So ist es. Hier ist ja ganz schön was los. Konnten

Sie schon den Tathergang ermitteln?«

»Der Täter ist unten durch das Arbeitszimmer eingedrungen und erschoss den Pfarrer auf der Empore im oberen Stockwerk. Der Pfarrer versuchte wohl noch zu fliehen. Wir haben die Leiche auf dem Bauch liegend gefunden. Die Kugeln steckten im Rücken. Der Tatort wurde noch nicht verändert. Wenn Sie wollen, können Sie sich das anschauen. Folgen Sie mir bitte. Geschossen wurde jedenfalls mit einer großkalibrigen Waffe. Vermutlich einer Kalaschnikow. Offensichtlich handelt es sich um einen reinen Mordanschlag, denn wir konnten keine Spuren dafür finden, dass der Täter etwas gesucht hätte oder einen Raub plante. Der Täter ist gemäß den bisherigen Zeugenaussagen direkt nach der Tat geflohen. Die Aktion muss weniger als eine Minute gedauert haben. Die Leute sagen alle übereinstimmend aus, dass sie die Schüsse hörten und der Mann bereits aus der Tür des Pfarrhauses rannte, als sie aus ihren Fenstern schauten. Übrigens, das haben wir gefunden.« Der Beamte reichte ihnen ein Stirnband.

»Was hältst du davon?«, fragte Katrin Aysun.

»Das ist ein Stirnband mit einem nachgemachten Emblem der Hamas. Dass die das waren, ist aber absolut ausgeschlossen. Wir haben ja den Täter und wissen, um wen es sich handelt. Ich würde sagen, man wollte den Mord einem Muslim in die Schuhe schieben.«

Der leitende Beamte nickte. »Uns kam die Szene auch sehr gestellt vor. Das Stirnband lag genau auf der Leiche und der Täter trug einen Turban, wie gleich etliche der Nachbarn angaben. Aber Sie konnten ihn ja bereits erwischen. Insofern wissen Sie es am besten. Vielleicht könnten Sie das den Leuten da draußen bitte mitteilen. Ansonsten haben wir hier in den nächsten Tagen alle Hände voll zu tun, um Ruhe zu schaffen. Pfarrer Müller war nämlich außerordentlich beliebt und überhaupt, ein erschossener katholischer Geistlicher, das hat hier in der Gegend Sprengkraft.«

»Das können Sie laut sagen. Meine Kollegin bekam das gerade schon zu spüren. Ich mache das auch am besten gleich«, antwortete Katrin und wendete sich zur Treppe.

Unten angekommen trat Katrin aufgrund der Befindlichkeit der Menschenmasse allein vor die Anwesenden, wobei ihr etliche Mikrofone von Pressevertretern hingehalten wurden. »Guten Abend, mein Name ist Katrin Pfeiffer vom Bundeskriminalamt. Dies ist keine offizielle Pressekonferenz. Deshalb werde ich auch keine Fragen beantworten. Ich will Sie nur kurz darüber in Kenntnis setzen, dass wir den Täter bereits stellen konnten. Wir verfolgten ihn direkt nach der Tat über die Landstraße in Richtung Autobahn. Der Täter kam bei der Verfolgungsjagd ums Leben. Ich darf betonen, dass es sich bei dem Täter nach unseren Erkenntnissen nicht um einen Muslimen handelt. Dementsprechend möchte ich Sie bitten, von Eigeninterpretationen zum Motiv des Täters abzusehen.«

»In welcher Sache ermittelt das BKA hier in der Gegend?«, fragte nun doch ein Reporter.

»Wir gehören zu der Ermittlungsgruppe, die den Mordfall an dem Muezzin in Köln bearbeitet. Weiteres kann ich Ihnen aus ermittlungstaktischen Gründen nicht sagen. Bitte gehen Sie jetzt nach Hause und behindern Sie nicht unsere Arbeit.«

Während sich die Menschenmenge murrend auflöste, kehrte Katrin an den Tatort in der ersten Etage des Pfarrhauses zurück.

»Ich habe mich hier umgeschaut«, gab Aysun bekannt. »Schau mal, ich habe genauso eine Tempelritterkutte gefunden, wie bei Melters.«

»Also, es gibt zwar auch heute noch einen Templerorden, aber dass dieser damit etwas zu tun hat, ist absolut auszuschließen, weil dort außerordentlich hoher Wert auf die Ökumene gelegt wird. Es handelt sich dabei um eine christliche sowie wohltätig orientierte Gemeinschaft. Ich gehe davon aus, unsere Terrorverdächtigen bedienen sich lediglich dieser Kutte als Symbol, ohne irgendeinen Bezug zu den echten Tempelrittern zu besitzen. Auf jeden Fall scheint es sich um eine relativ schlagkräftige Truppe zu handeln, wenn sie so schnell und intensiv auf unsere Ermittlungen reagieren können. Wir lassen am besten die Kommunikation von Pfarrer Müller überprüfen. Es könnte immerhin sein, dass er jemanden über unsere Ermittlungen vor Ort informierte und so unbewusst seinen eigenen Tod herbeiführte.«

»Ich übernehme das, wobei wir uns langsam ein Hotel suchen könnten.«

»Stimmt, ich bin inzwischen ebenfalls geschafft. Ich lasse den Tatort bis morgen absperren und bewachen. Wir können im Hotel noch etwas zu Abend essen, bevor wir zu Bett gehen. Ich werde gleich anschließend mit Johann telefonieren. Dann kann ich dich morgen früh auf den Stand der Ermittlungen der beiden bringen. Ich schätze mal, Sacher wird uns sowieso zu einer Besprechung laden.«

Nach dem Abendessen ging Katrin auf ihr Zimmer und rief Manger an.

Dieser meldete sich unmittelbar: »Schön, dass du anrufst. Ich hatte auch vor dich anzurufen, aber ich bin gerade erst zu Hause angekommen. Sacher hat die Aktion zunächst abgebrochen. Er geht davon aus, dass der Attentäter wieder nach Deutschland einreist oder sich bereits wieder im Land befindet.«

»Diese Einschätzung teile ich.« Katrin erzählte von den Erlebnissen des Tages, während sie Manger das Foto von der Leiche mailte.

»Okay«, antwortete Manger nachdenklich, »die polnischen Zloty passen auf jeden Fall zu der Auskunft, die wir auf eure Anfrage hin, aus der Zentrale bekamen. Meynhard leitet in Poznan, dem ehemaligen Posen, ein Priesterseminar. Sacher konnte bereits in Erfahrung bringen, dass Meynhard sich zurzeit nicht dort aufhält. Des Weiteren handelt es sich bei eurem toten Killer in der Tat um Tibor Puskaz. Dementsprechend könnte ich mir vorstellen, dass der Attentäter von Puskaz über Polen eingeschleust wurde. Darüber hinaus besitzt Meynhard eine Wohnung in Trier. Ich maile dir gleich die Adresse, dann könnt ihr dort vorbei fahren. Wir haben vor Ort eine Streife der Schutzpolizei Stellung beziehen lassen. Die Fahndung läuft ja ohnehin. Sacher ist noch dabei, den Halter des Skoda, den ihr angefragt habt, zu überprüfen. Wenn das Fahrzeug gestohlen gemeldet war, hätte dies zumindest bei der Einreise nach Deutschland auffallen müssen. Falls der Halter das Fahrzeug erst nach dem Zeitpunkt der Grenzüberquerung gestohlen meldete, könnte es durchaus sein, dass er mit in der Sache drin hängt oder sie zumindest unterstützt. Wir wollen uns das ebenso anschauen, wie dieses Priesterseminar. Wir sind uns sicher, dort weitere Vertraute Meynhards zu finden und fahren deshalb morgen nach Polen, um das zu erforschen. Sacher hat diesbezüglich schon mit den dortigen Behörden Kontakt aufgenommen.«

»Das ist schlüssig, denn ich glaube nicht, dass Meynhard, wenn er denn der verantwortliche Drahtzieher sein sollte, persönlichen Kontakt zu einem der beiden Mörder hatte. Er wird Mittelsmänner einsetzen. Dafür spricht auch die Tatsache, dass der Mann, der uns von Meynhard berichtete, noch am selben Tag ermordet wird.«

»Eindeutig konntet ihr da einen genauso guten Treffer landen, wie ich mit Aysun in Bezug auf Melters.«

»Genau, und daher glaube ich, die Gruppe besteht aus einem oder mehreren Entscheidern zuzüglich eines Profiattentäters und wird von unbedarften Laien unterstützt, die aus unterschiedlichen Gründen islamfeindlich sind. Was bedeutet, dass sie zwar fanatisch genug sind, um zu allem bereit zu sein, aber nicht standfest genug, um sich gegenüber uns erfolgreich aus der Affäre zu ziehen. Aus diesem Grund sollten wir schnellstens überlegen, ob wir nicht jeden Verdächtigen sofort unter Polizeibeobachtung stellen, selbst wenn wir ihm nichts nachweisen können. Ansonsten werden wir vermutlich bald eine große Anzahl weiterer Toter zu verzeichnen haben, da die Drahtzieher auf keinen Fall Zeugen brauchen können.«

»Das ist richtig, aber dafür müssen wir diese Zuarbeiter erst einmal finden. Auf jeden Fall verdichten sich die Hinweise auf eine antiislamische Terrororganisation. Wobei ich erwähnen muss, dass wir auf Aysuns Anfragen hin, eine Antwort von einer türkischen Tageszeitung bekommen haben, die behauptet, dass Karim Yildiz unterwegs war, um die Demokratisierungsprozesse und Diktaturbestrebungen in muslimischen Ländern zu erforschen. Er wollte angeblich eine

Artikelreihe darüber schreiben, was natürlich absolut
nicht zu unseren Ermittlungen passt und fragen lässt,
was der Mann in Rheinland-Pfalz zu suchen hatte und
vor allem warum er umgebracht wurde. Aber wie
Sacher sagte, sollten wir das erst einmal zurückstellen.
Bis auf Meynhard stehen wir auf jeden Fall ohne Zeugen da, was ziemlich frustrierend ist, denn wir müssen
den Attentäter möglichst schnell finden, da er definitiv
erneut zuschlagen wird. Da sind wir uns wohl alle
einig.«

»Okay, wir kümmern uns morgen als Erstes um
Meynhard. Schlaf gut. Hoffentlich kommen wir bald
aus der Sache heraus, damit wir wieder Zeit füreinan-
der haben.«

»Das hoffe ich auch. Pass gut auf dich auf und
schlaf gut.«

Rund einhundertdreißig Kilometer westlich der Geschehnisse, fluchte der Einsatzleiter der Society vor
sich hin. Sie waren zu spät gekommen. Gerade als sie
den Leichnam von Meynhard in sein Appartement
hochbringen wollten, fuhren zwei Polizeifahrzeuge
mit vier Beamten vor. Zwei der Beamten umrundeten
das Haus zunächst zu Fuß, wobei sie jeden Winkel mit
Taschenlampen ableuchteten, bevor sie sich wieder in
ihr Fahrzeug begaben. Die anderen beiden schellten
kurz bei Meynhard an und parkten danach plan vor
dem Haupteingang.

»Verdammt, warum können wir den dämlichen
Pfaffen nicht irgendwo anders abladen? Warum muss
er unbedingt in seiner Wohnung gefunden werden?«,
murmelte er im Selbstgespräch vor sich hin.

Nun stand er da, mit seinen vier Begleitern, die im
Moment für die Bewachung der in ihrem Kofferraum

liegenden Leiche verantwortlich waren. Er musste sich beeilen, einen sicheren Zugang zu Meynhards Wohnung im obersten Stockwerk des eleganten vierstöckigen Hauses zu finden. Ansonsten wäre ihre Aktion zum Scheitern verurteilt und eine Entdeckung nicht ausgeschlossen. Nachdenklich musterte er den kalkweißen Bau, mit seinen großen Fenstern und weitauslegenden Terrassen, der von in Dunkelheit daliegenden Rasenflächen mit hoch aufsprießenden Blumenstauden sowie wuchtigen Laubbäumen umschlossen wurde. An der westlichen Seite des Hauses befand sich die Einfahrt in die Tiefgarage, doch genau gegenüber dieser parkte das zweite Polizeifahrzeug. Sie wollten demnach alle Zugänge zum Haus überwachen. Es sollte bei einem solchen Haus jedoch noch einen Zugang über eine Feuerleiter geben. Diesen galt es jetzt zu finden.

Langsam umrundete der schwarzvermummte Mann im Schutz üppiger Rhododendronbüsche das Haus, ohne dabei die Beamten aus dem Auge zu verlieren und stand fünf Minuten später vor der Feuerleiter, welche aus einer schmalen Wendeltreppe bestand, die in ein Metallgitter gepresst war.

»Verfluchter Mist«, entfuhr es ihm. Von einem solch eleganten Haus, hätte er sich in diesem Bezug mehr erwartet. Es würde schwer werden den Leichnam über die enge Treppe zu wuchten. Vor allem, da dies lautlos und unbemerkt vonstattengehen musste. Der einzige Vorteil dieses Zugangs lag darin, dass sich die Feuerleiter gut versteckt hinter einer hohen Linde befand, sodass sie den Polizisten nicht direkt ins Auge fallen sollten. Offensichtlich hatte der Architekt dieses Schandmal lieber verstecken wollen. Dennoch, es brauchte nur einer von den Beamten erneut um das Gebäude zu patrouillieren, dann wäre die Aktion gelaufen und sie würden sofort verhaftet werden. Wenn dies eintraf, hatte er die Wahl seinen Chef zu verraten oder den Mord an Meynhard auf seine Kappe zu nehmen. Wie auch immer, die Aktion musste klappen, denn zweifelsohne blühte ihm ansonsten dasselbe Schicksal wie Meynhard.

Hoffentlich funktionieren die Jungs, überlegte er bevor er per Funk seine Leute zur Feuertreppe befahl.

Kurz darauf konnte er erleichtert aufatmen, denn in der Tat erreichten seine Leute die Treppe, ohne dass einer der Polizisten in den Fahrzeugen auch nur eine Reaktion zeigte.

Ohne weitere Zeit zu verlieren, lud er sich den Leichnam auf den Rücken und wies einen seiner Begleiter an vorauszugehen, um die Türen vor ihnen zu öffnen. Die anderen sollten am unteren Ende der Feuertreppe Wache stehen, wobei er einen davon auserkor, um die Polizisten im Blick zu halten.

Mühsam trug er den langen Körper die schmale Treppe hinauf, wobei er aufpassen musste, dass der Leichnam sich nirgendwo auf dem Stahlgestell verkantete. Das Öffnen der Türen stellte aufgrund des beschrifteten Schlüsselbunds für seinen Begleiter kein Problem dar, sodass sie alsbald in der luxuriösen Wohnung standen, die sich über die gesamte Etage erstreckte. Tief atmend brachte er sich zur Ruhe. Bis hierhin war alles gut gegangen.

»Was verdienen diese Pfaffen eigentlich?«, fragte sein Begleiter erstaunt, als er sich umschaute.

»Wir haben keine Zeit, uns über so etwas Gedanken zu machen. Hilf mir lieber mal. Wir müssen ihn entkleiden, ihm einen Schlafanzug anlegen und ihn dann in Schlafposition in sein Bett verfrachten. Das

Ganze bitte möglichst schnell. Wer weiß, ob die Polizisten nicht noch eine Runde um das Gebäude drehen oder weitere Beamte eintreffen. Von hier aus unentdeckt zu entkommen, ist ohnehin schon schwer genug. Wenn die einen Verdacht schöpfen, wird es unmöglich.«

Die beiden Männer arbeiteten eingespielt zusammen, wodurch die Prozedur innerhalb weniger Minuten erledigt war. Meynhard lag wie ein friedlich schlummernder Greis in seinem Bett, sodass niemand auf den ersten Blick auf einen Mord tippen würde.

Der Einsatzleiter sprühte Meynhards Schlüsselbund mit einer farblosen Flüssigkeit ein und legte ihn auf den Beistelltisch. »Das ist ein DNA-Reagenz. Die Menge sollte ausreichen, damit keine DNA-Spuren von uns auf dem Schlüsselbund zu finden sind. Wir sprühen zur Sicherheit auch noch seine Kleidung, die Türen und die Treppe damit ein. Sie werden unsere Spuren zwar trotzdem in der Wohnung finden, aber wir können dann nicht unmittelbar der Tat zugeordnet werden. Falls sie uns ausfindig machen, können wir immer noch sagen, wir hätten Meynhard etwas geliefert und wären deshalb in der Wohnung gewesen. Aber jetzt Beeilung. Wir müssen schnellstens hier weg.«

Kurz darauf hatte der Einsatzleiter seine Truppe unentdeckt wieder zu ihrem Auto zurückgeführt und die Männer begaben sich zu dem Sportflughafen auf dem sie am Nachmittag gelandet waren, um zurück nach Berlin zu fliegen. Das Auto würde von jemand anderem abgeholt werden.

Kapitel Zehn

Am nächsten Morgen fuhr Katrin mit Aysun nach einem kurzen Frühstück schon um sechs Uhr nach Trier, wo sie um sieben Uhr dreißig eintrafen.

Die Polizisten, die das Gebäude über Nacht observiert hatten, erwarteten sie bereits sehnsüchtig.

»Wir haben gestern bei ihm angeschellt. Es hat aber keiner aufgemacht und es ist auch niemand, auf den das von Herrn Sacher übermittelte Foto passt, im Haus eingetroffen oder hat es verlassen.«

»Okay, wir werden uns die Wohnung mal anschauen«, teilte Katrin mit.

»Haben wir denn einen richterlichen Beschluss?«, fragte der Beamte vorsichtig.

»Ja, es ist alles bereits geregelt. Wir dürfen in Bezug auf diese Person keine Zeit verlieren.«

Katrin und Aysun folgend, betraten die Beamten das Haus, dessen Tür zuvor mit einem elektronischen Dietrich geöffnet wurde. Das luxuriöse, marmorne Treppenhaus gestaltete sich offen, wobei eine großzügige Empore auf jeder Etage auf die Feudalität der hinter den mit weißem Stuck verzierten Eingangstüren liegenden Räumlichkeiten hinwies. Vor der Wohnung zogen die beiden Beamtinnen ihre Waffen.

»Wir müssen vorsichtig sein«, flüsterte Katrin den Beamten zu, »beim gestrigen Einsatz unserer Kollegen wurden drei Beamte durch eine hinter der Tür angebrachte Sprengfalle verletzt.«

Vorsichtig ließ Katrin den Dietrich seine Arbeit verrichten, begab sich gemeinsam mit Aysun links neben die Tür und schob diese mit dem Schlagstock eines der Polizisten langsam auf. Die Beamten der Schutzpolizei positionierten sich derweil mit gezogenen Waffen sowohl rechts als auch links hinter ihnen. Da sich nichts Verdächtiges regte, betraten die Ermittlerinnen entschlossenen Schrittes das außergewöhnlich üppig, mit edlen Hölzern und Marmor ausstaffierte Entrée. Vom Eingangsbereich aus erreichte man acht Räume, die allesamt mit sichtbar teuren Möbeln bestückt waren, wobei das Arbeitszimmer mit dem überdimensionierten historischen Schreibtisch von besonderem Interesse schien. Außerdem gab es ein großzügiges Marmorbad mit freistehender Natursteinbadewanne sowie eine Küche, die jedem Edelgastronomen zur Ehre gereicht hätte.

»Sag einmal, was verdient eigentlich so ein Geistlicher bei euch?«, fragte Aysun verwundert.

»Auf jeden Fall nicht so viel, dass er sich so etwas leisten könnte«, antwortete Katrin.

»Hier liegt er, mausetot«, rief plötzlich ein Beamter aus dem Schlafzimmer. »Sieht aus, als wäre er friedlich eingeschlafen. Das kann in dem Alter schon einmal passieren.«

»Das stimmt zwar einerseits«, antwortete Aysun, »aber wenn er gerade jetzt an einem natürlichen Tod verstorben wäre, würde es mich doch sehr wundern. Außer er hätte vor lauter Aufregung einen Herzinfarkt bekommen.«

Katrin nickte und wies die Beamten an: »Wir sollten ihn auf alle Fälle obduzieren lassen. Rufen Sie bitte die Gerichtsmedizin und die Spurensicherung. Sie übernehmen die Befragung der Nachbarn, während wir mit der Untersuchung der Wohnung beginnen.« Katrin drehte sich zu Aysun um. »Ich melde das gleich an unsere Kollegen. Die Information ist sicherlich wichtig für ihre Ermittlungen in Polen.«

Während die beiden Ermittlerinnen mit Latexhandschuhen bestückt die Wohnung untersuchten, trafen die angeforderten Beamten ein, wobei der Gerichtsmediziner anwies, die Leiche unmittelbar in sein Institut zu überführen. Aufgrund fehlender äußerlicher Verletzungen wollte er alsbald mit der toxikologischen Begutachtung anfangen.

Die akribische Untersuchung der dreihundertachtzig Quadratmeter großen Wohnung dauerte trotz der vielen eingesetzten Kräfte mehrere Stunden an.

Das Resümee war ernüchternd. Sämtliche gefundenen Dokumente deuteten lediglich auf seine kirchliche Tätigkeit hin. Ansonsten fand man verschiedene private Dinge, von denen vor allem Meynhards Reiseberichte sowie Erinnerungsstücke aus aller Welt ihr Interesse fanden.

Aysun saß am Schreibtisch des Geistlichen und versuchte gerade das Schloss der obersten Schublade mit einem Brieföffner zu knacken, als ihr Blick auf eine große Aufnahme der Kapelle in Rheinland-Pfalz fiel.

Nachdenklich wiegte sie die Aufnahme in der Hand, drehte sie um und rief sofort Katrin herbei. »Sieh dir mal die komischen Zahlenreihen auf der Rückseite des Fotos an. Die Ziffernfolge besteht aus einer römischen Zahl, gefolgt von mehreren lateinischen Ziffern. Was mag das bedeuten?«

Katrin beugte sich über das Bild.

I2313

II1013

III1626

IV1019

V2016

VI312 - *XIIII551214* - XXII2151414

»Dazu fällt mir jetzt im Moment nichts ein. Keine Ahnung, was das heißen soll oder ob es überhaupt etwas mit unserem Fall zu tun hat. Allem voran fällt natürlich die letzte Aufzeichnung ins Auge. Die Zahlen sind alle in ordentlicher Handschrift geschrieben, bis auf dieses XI111551214. Das sieht mir so aus, als wäre es hektisch dazwischen geschrieben worden. Aber wir nehmen das Foto mal mit. Vielleicht fällt uns später etwas dazu ein. Ansonsten können wir, glaube ich, unsere Tour erst einmal abbrechen. Unsere Spur ist hier versiegt. Hoffen wir, dass durch die Überwachung der Kapelle noch etwas herauskommt, wobei ich, jetzt wo Meynhard und Müller tot sind, meine Bedenken habe, dass sie wirklich noch weiter genutzt wird.«

»Etwas anderes fällt mir auch nicht ein.«

Sacher und Manger landeten um zehn Uhr morgens in Poznan, dessen bunte Altstadthäuser neben modernen Stahl- und Glasbauten in der Frühlingssonne glänzten, die nur von den über der Warthe aufsteigenden Nebelschwaden in ihrem Wirken gehindert wurde. Poznan war inzwischen der wichtigste Verkehrsknotenpunkt zwischen Warschau und Berlin und konnte mit seiner reichhaltigen Kultur ebenso punkten, wie mit seiner stetig wachsenden Wirtschaft.

Ihr Kollege Viktor Novak von der polnischen Policja erwartete sie.

»Wir haben noch ein kurzes Stück zu fahren«, erklärte er auf Deutsch mit leichtem polnischen Akzent. »Ich möchte Sie darauf hinweisen, dass wir hier in Polen äußersten Wert darauf legen, im Umgang mit der Katholischen Kirche möglichst zurückhaltend und respektvoll aufzutreten.«

Sacher hob beschwichtigend die Hände. »Das ist auch bei uns in Deutschland Usus. Insofern machen Sie sich keine Sorgen. Wir werden die Herren in Anbetracht der Brisanz des Falles kritisch befragen, jedoch keinesfalls respektlos auftreten.«

In diesem Moment klingelte Mangers Handy. Nach kurzem Telefonat wandte er sich an Sacher: »Das war Katrin. Ingbert Meynhard ist tot. Sie kennen die Todesursache noch nicht, melden sich aber, sobald ein Ergebnis vorliegt. Die Befragung der Nachbarn verlief ergebnislos. Angeblich kannte ihn niemand. Das Einzige, was sie herausfanden, ist, dass Meynhard selten daheim war beziehungsweise man von ihm weder etwas sah noch hörte. Außer ihm betrat wohl nur seine Putzfrau die Wohnung. An Besuch kann sich niemand erinnern. Die Putzfrau gab ebenfalls an, nichts über ihren Arbeitgeber zu wissen. Katrin hat entschieden, zunächst in die Zentrale zurückzukehren. Sie wollen sich daran machen eine Liste zu entschlüsseln, die sie bei Meynhard gefunden haben.«

»Okay, hoffentlich kommt bei uns wenigstens etwas heraus.«

Nach einer halben Stunde erreichten sie das abgelegene Kloster, welches die Räumlichkeiten für das Priesterseminar bereitstellte. Umrahmt von dichtem Nadelwald und nur erreichbar über einen einfachen Feldweg, schien die Lage des Gebäudes bewusst für die völlige Abkehr von allem Weltlichen gewählt worden zu sein.

Viktor Novak stiefelte wortlos vor ihnen her auf das düstere Gebäude zu, das mit seinen hohen Mauern, kleinen Fenstern sowie spitzen Türmen eher einer mittelalterlichen Festung glich als einem Ort der Besinnung. Dem vierzigjährigen mit kurz geschorenen, strohblonden Haaren sowie stahlblauen Augen sehr arisch wirkenden polnischen Hauptkommissar schien die Angelegenheit äußerst unangenehm zu sein. Dennoch zögerte er nicht den riesigen, gusseisernen Türklopfer zu bedienen, der auf dem überdimensionalen Holzportal angebracht war. Kurz darauf öffnete sich das Tor und gab den Blick auf einen in vielen Farben strahlenden Garten frei, in dem sich Nutzpflanzen mit Blütenpflanzen in gelungener Weise vermischten.

Vor ihnen stand ein kleiner bärtiger Mönch mit einem gewaltigen Bauchumfang, der sie mit freundlichem Blick aus seinen dunklen Augen musterte.

»Guten Tag, meine Herren. Ich bin Pater Josip. Ich darf Sie in unserem Kloster herzlich willkommen heißen. Sie werden bereits von unserem Abt erwartet. Wenn Sie mir bitte folgen wollen«, sagte er mit einer sonoren, tiefen Stimme, bevor er auf dem Absatz kehrt machte und würdevoll vor ihnen durch den Garten schritt.

Manger wurde indes etwas unwohl, als er aus dem Augenwinkel verfolgte, wie sich das düster wirkende Portal hinter ihnen wieder schloss, ohne dass er menschliches Zutun erkennen konnte.

Am Ende der Gartenlandschaft folgten sie dem Mönch durch ein weiteres Portal in den Kreuzgang, von dem aus sie auf eine innenliegende Grünfläche blickten, die den Seminarteilnehmern offenbar als Ruheraum diente. Etliche in schwarze Roben gekleidete, junge Männer saßen tief in Literatur versunken auf Bänken oder hölzernen Stühlen, wobei Tablets und Laptops davon zeugten, dass auch hier die Moderne Einzug gehalten hatte. Die Stille dieses Ortes ließ Manger beinahe frösteln. Er bewunderte solche Orte zwar aufgrund ihrer kunstvollen Architektur, doch die Tatsache, dass es Menschen gab, die in solchen Gemäuern ihr ganzes Leben oder auch nur ihren Urlaub verbrachten schien ihm befremdlich. Ohne Vorwarnung stoppte Pater Josip und deutete wortlos auf eine hölzerne Tür.

Novak folgend betraten Sacher und Manger das Büro des Abtes.

»Guten Morgen«, begrüßte sie der grauhaarige Klostervorstand mit einem gütigen Lächeln. »Sie müssen die Beamten aus Deutschland sein, die uns angekündigt wurden. Sie haben Fragen zu unserem lieben Seminarleiter, Priester und Bruder Ingbert?«

»Das ist richtig«, antwortete Sacher lächelnd. »Ich wünsche Ihnen ebenfalls einen guten Morgen und freue mich, dass wir ohne Umschweife zum Thema kommen können. Sie haben sicherlich von den Morden an dem Muezzin in Köln sowie dem Pfarrer Wilhelm Müller gehört?«

»Diese Tragödien sind uns zugetragen worden. Wir haben bereits für die Seelen der beiden gebetet.«

»Nun, leider kann ich Ihnen den Tatbestand nicht vorenthalten, dass wir Ingbert Meynhard verdächtigen, in diese Vorgänge verstrickt gewesen zu sein. Er ist, wie wir soeben erfuhren, tot in seiner Wohnung in Trier entdeckt worden. Es ist nicht auszuschließen, dass auch er Opfer eines Verbrechens wurde.«

»Das ist ja schrecklich. Offenbar hat es jemand auf Geistliche jedweder Religion und Stellung abgesehen. Dies stellt eine ernsthafte Krise dar.«

»Da muss ich Ihnen zumindest im Mittelteil widersprechen. Wie gesagt, laut unseren bisherigen Ermittlungen mussten Ihre beiden Mitbrüder aufgrund ihres Wissens um die Hintergründe des Mordes in Köln sterben. Deshalb möchte ich Sie fragen, wie Sie Herrn Meynhard einschätzen und wann Sie ihn zum letzten Mal gesehen haben?«

»Ich habe Bruder Ingbert das letzte Mal vor drei Wochen gesehen. Er plante eine Studienreise nach Deutschland, bei der er auch seinen eigenen Geist öffnen wollte. Persönlich habe ich ihn immer sehr geschätzt. Er war sehr freundlich, voller Liebe und Glauben. Ein besonnener Lehrer des Wortes, dem seine Studenten sehr am Herzen lagen. Glauben Sie mir, seine Studenten wie auch Kollegen schätzten ihn außerordentlich und das sowohl als Mensch, als Lehrer aber auch als Ratgeber. Ich kann mir nicht vorstellen, dass er in irgendwelche finsteren Machenschaften verstrickt war. Ohne Zweifel stand er der Ökumene nicht unbedingt befürwortend gegenüber, aber ihm zu unterstellen, er hätte sich an dem Mord an einem Andersgläubigen beteiligt, halte ich für absurd. Zumal Bruder Ingbert auch bereits an Jahren fortgeschritten war. Ich für meinen Teil hatte eher das Empfinden, er konzentriere sich vollständig auf seine Aufgabe hier an unserem Priesterseminar.«

»Entschuldigung, wenn ich Sie unterbreche«, fuhr Manger dazwischen, »aber während Sie sich unterhalten, würde ich mir gerne die Räumlichkeiten von Herrn Meynhard anschauen. Da er aus ungeklärter Ursache zu Tode kam, müssen wir sie ohnehin auf mögliche Hinweise untersuchen.«

»Selbstverständlich, Pater Josip wird Sie hinführen.«

»Danke.« Manger verließ das Büro und war froh endlich einmal wieder allein ermitteln zu können. Er bekam manchmal bei Sacher das Gefühl, dieser würde ihn als gelehrigen Schüler mit auf seine Reisen nehmen. Dennoch, er mochte Sacher und hatte ihn dementsprechend in den letzten Tagen gewähren lassen.

Manger wandte sich an den nach wie vor still und steif wartenden Pater: »Würden sie mich bitte in die Räumlichkeiten von Ingbert Meynhard führen.« Erneut blieb Pater Josip wortlos und antwortete mit einem Nicken.

Im Inneren des Büros ging derweil die Befragung weiter.

»Wie lange kannten Sie Meynhard denn schon? Er soll meinen Informationen zufolge vor seiner Lehrtätigkeit als Generalvikar gewirkt haben«, fragte Sacher.

»Ich kannte ihn seit drei Jahren. In der Tat stand er bis dahin in Diensten seines Bischofs. Er hätte auch nach dem Tod seines Dienstherren bei dessen Nachfolger bleiben können, zog es jedoch vor, sein Wissen und seine Erfahrung in die Ausbildung neuer, junger Priester zu investieren.«

»Konnten Sie in dieser Zeit gegebenenfalls eine Veränderung bei ihm wahrnehmen? Vielleicht ein Ereignis, was ihn aus der Bahn werfen oder radikalisieren konnte?«

»Im Gegenteil, er ging in der Arbeit mit den jungen Priestern auf. Es brachte ihm so viel Freude zu sehen, wie sie geistig wachsen. Vor allem war er immer voller Stolz, wenn einer unserer jungen Männer dann letztendlich seine Ordination erhielt. Er sagte stets, es wäre so, als ob ein Teil von ihm in die Gemeinden hineingetragen würde.«

»Gab es denn irgendwelche Schüler, die ihm besonders viel bedeuteten? Ich meine, fast jeder Lehrer hat ja auch seine Lieblingsstudenten.«

»Es gab verschiedene Studenten, die er nach Ende seines eigentlichen Dienstes noch zur gemeinsamen Diskussion einlud. Ich bitte Sie, das Folgende nicht falsch zu verstehen, aber sie hatten eine Lieblingskneipe hier im Ort, wo sie sich einmal in der Woche trafen. Dabei wurde, selbstverständlich in Maßen, auch mal ein Bier getrunken.«

»Wie heißt die Kneipe?«

»Myszka, so glaube ich. Es ist das polnische Wort für Mäuschen.«

»Fällt Ihnen jemand ein, der Ingbert Meynhard hier vor Ort besuchte?«

»Nein. An einen Besucher kann ich mich in den kompletten drei Jahren nicht erinnern. Außer besagten Kontakten zu seinen Studenten, lebte er vollständig zurückgezogen beziehungsweise in absoluter Einkehr.«

»Wie oft ging er denn auf eine solche Studienreise, wie zuletzt?«

»Das ist wohl einige Male vorgekommen. Er reiste gerne und wusste auch bei seiner Rückkehr immer sehr schöne, erbauende Geschichten von seinen Erlebnissen und Erfahrungen zu erzählen.«

»Wo war er überall in dieser Zeit?«

»Er besuchte die USA sowie Argentinien, Frankreich und die Schweiz. Daneben bereiste er auch seine Lieblingsorte in Deutschland, Österreich oder an der holländischen Nordseeküste. Bruder Ingbert legte sich bei seinen Reisezielen nicht fest, wobei er den letzten Zielen nur kurze Abstecher widmete. Sie werden in seinen Räumlichkeiten einen Laptop finden. Bruder Ingbert war leidenschaftlicher Fotograf. Er machte seine Aufnahmen mit einer kleinen Digitalkamera und bearbeitete beziehungsweise speicherte sie dann auf dem Laptop. Im Anschluss führte er vor den Schülern, dem Lehrpersonal sowie uns Mönchen Diashows durch, wobei er außerordentlich gelehrige sowie erfrischende Vorträge hielt.«

»Können Sie mir eine Liste mit den Namen aller Studenten geben, vor allem denen, die an dieser Kneipenrunde teilnahmen?«

»Das ist kein Problem. Ich gebe die Liste sofort in Auftrag. Übrigens, Wilhelm Müller war zu seiner Zeit bei uns im Kloster einer von Meynhards Lieblingsstudenten und nahm auch später immer wieder an diesen Runden teil.«

»Das ist ja interessant. Ich werde mich dann zu meinem Kollegen begeben. Falls sich noch weitere Fragen auftun, würde ich mich gern erneut an Sie wenden.«

»Gerne. Ich bin jederzeit für Sie da.«

Müller gehörte also zu den Lieblingsstudenten von Meynhard, dachte Sacher, während er Novak folgte. Es wäre schön eine Aufnahme von den Gesprächen in der Kneipe zu haben, dann wüsste man, was Meynhard von seinen Schülern in die Gemeinden tragen lassen wollte. Aber durch seinen Tod war auch klar, dass Meynhard nicht der alleinige Drahtzieher der Ereignisse sein konnte. Auch wenn Meynhard zweifelsohne eine Führungsposition eingenommen hatte, musste es dennoch jemanden geben, der in dieser Gruppierung noch mehr Macht besaß. Wobei die Frage lautete, wie umfangreich die Terrorgruppe war, gegen die sie kämpften.

In dem kargen Raum, der Meynhard als Unterkunft gedient hatte, traf Sacher auf einen emsig beschäftigten Manger. »Wie weit bist du?«

»Ich habe inzwischen einen Laptop sichergestellt. Er ist zwar mit einem Passwort versehen, aber das wird für Katrin kein Problem darstellen.«

»Es müssen Fotodateien darauf gespeichert sein, wie der Abt mir mitteilte. Die könnten für uns von Interesse sein.«

»Ansonsten ist hier nicht viel zu finden. Einige Heiligenbilder, ein Fotoapparat, mehrere Bibelübersetzungen und Lehrbücher, das war´s.«

»Wir sollten uns unter den Studenten umhören. Mal schauen, ob einer nervös wird oder etwas berichten kann. Wir bekommen vom Abt eine Liste mit den Namen der Lieblingsstudenten Meynhards, mit denen er sich regelmäßig in einer nahegelegenen Kneipe traf. Dort sollten wir auch mal nachfragen. Wie sollen wir vorgehen?«, fragte Sacher auch an Novak gewandt.

»Bleiben Sie hier im Kloster. Ich werde mich in der Kneipe umhören«, antwortete dieser. »Ich denke wir sollten in einer Stunde, maximal zwei, mit den Befragungen fertig sein. Wir treffen uns am Tor. Sie können mich aber auch anrufen, falls ich noch nicht zurück bin. Ist das okay für Sie?«

»Gut, machen wir das so. Wenn Sie jedoch so nett wären, den Laptop für uns zu verwahren. Falls dort etwas Relevantes drauf ist und sich hier im Kloster ein Komplize Meynhards befindet, müssten wir sonst die ganze Zeit über ein Auge darauf haben.«

»Das mache ich. Bis nachher.«

Manger holte die Listen ab, die der Abt anfertigen lassen hatte und erfuhr dabei, dass alle Lieblingsstudenten Meynhards bereits im Refektorium warteten, was ihm selbstverständlich zuwider war, da sie so die Möglichkeit bekamen sich abzustimmen. Eiligen

Schrittes begab er sich zu dem Speisesaal des Klosters.

Beruhigender Weise erwartete Sacher ihn bereits und hatte die Studenten im Raum aufgeteilt. Einer von ihnen saß jeweils an einem Tisch, wobei ein Mönch darüber wachte, dass absolute Ruhe gehalten wurde. Sacher nickte Manger zu, um zu signalisieren, welchen der jungen Männer er verhören sollte.

Manger ließ sich gegenüber dem blonden Zweiundzwanzigjährigen nieder und blickte ihn eine Weile musternd an. »Manger mein Name, vom deutschen Bundeskriminalamt. Sprechen Sie Deutsch?«

»Ja, meine Mutter ist Deutsche.«

»Wie lange studieren Sie schon hier?«

»Ich bin jetzt im zweiten Jahr hier. Vorher habe ich bereits ein Jahr in Deutschland studiert.«

»Seit wann hatten Sie Unterricht bei Professor Meynhard?«

»Die ganze Zeit über.«

»Und seit wann gehörten Sie zu der Diskussionsrunde von ihm? Ich hörte, Sie hätten sich in einer nahegelegenen Kneipe getroffen.«

»Das ist richtig. Wir trafen uns im Myszka. Einmal die Woche, immer am Mittwochabend. Ich bin das erste Mal vor drei Monaten dorthin eingeladen worden.«

»Wer hat Sie eingeladen, Herr Meynhard selbst?«

»Ja, soweit ich weiß sind die Einladungen immer von ihm persönlich ausgegangen und es war eine große Ehre dort teilnehmen zu dürfen.«

»Worüber sprach man denn bei diesen Treffen?«

»Das war unterschiedlich. Teilweise über theologische Themen, aber oft auch über private Dinge oder die aktuelle Politik.«

»Sprachen Sie auch über den Islam und wenn ja, was sagte Herr Meynhard dazu?«

»Nun, Monsignore Meynhard war nicht besonders von der Aussage angetan, der Islam gehöre zu Deutschland. Des Weiteren war er auch darüber empört zu sehen, dass so viele Moscheen gebaut werden. Er sagte, Deutschland sei ebenso wie der Rest Europas rein christliches Gebiet.«

»Nun ja, das Christentum ist natürlich auch zugewandert. Letztlich hatten die alten Germanen eine Naturreligion.«

»Die Deutschen sind christianisiert worden. Das heißt, sie haben den Weg zum wahren Glauben gefunden. Der Islam ist mit einem anderen Volk eingewandert und will nun das Christentum verdrängen.«

»Das formulieren Sie sehr scharf. Sehen Sie das so? Ich persönlich denke, es gibt zwar einige Islamisten, die von einer solchen Entwicklung träumen, aber die Mehrheit der Muslime in Deutschland ist sicherlich nicht darauf aus irgendwen zu verdrängen, sondern will nur in Frieden ihren Glauben ausüben. Doch das soll nicht unser Thema sein. Sprach Herr Meynhard irgendwann einmal davon, gegen Muslime vorzugehen? Vielleicht sogar mit Gewalt?«

»Er sagte einmal, dass der Islam schon wesentlich früher über Europa hergefallen wäre, wenn man die Muslime nicht mithilfe der Kreuzzüge daran gehindert hätte. Da die Muslime nun durch den Asylwahnsinn der EU oder die Bereitstellung von Investitionen nach immer größerem Einfluss strebten, um später ihre ganze hasserfüllte Gewalttätigkeit an den Christen auszulassen, müsse man sich auf einen Krieg vorbereiten. Man dürfe auf keinen Fall warten, bis sie zu stark seien, um sie aufzuhalten.«

»Das verstehe ich persönlich als Aufforderung zum Erstschlag. Ich sehe keine direkte Bedrohung für die Christenheit durch den Islam. Wie gesagt, es kommt darauf an mit wem man spricht, aber Hassprediger gibt es wohl auf allen Seiten. Wie stehen Sie dazu? Würden Sie sich an gewalttätigen Aktionen gegen Muslime beteiligen?«

»Nein, als Geistlicher bin ich selbstverständlich absolut gewaltlos und so auch Monsignore Meynhard.«

»Doch Sie können Gläubige durchaus zur Gewalt aufrufen. Forderte Meynhard von Ihnen, später in Ihrer Gemeinde zur Gewalt gegen Muslime aufzurufen?«

»Das tat er nicht. Er sagte nur, wir sollten die Gläubigen vor der drohenden Gefahr warnen. Unsere Aufgabe sei es, jede von Muslimen begangene Gewalttat und jede Provokation unverzüglich zu melden, um so das wahre Gesicht dieser Ideologie aufzudecken. Außerdem sollten wir uns immer bewusst sein, was es bedeutet diesen islamischen Kräften allein gegenüber zu stehen und uns deshalb stets bemühen verlorene Gemeindemitglieder wieder im Glauben zu unterweisen.«

»Sind Sie nicht der Meinung, Menschen könnten zu Gewalt greifen, wenn sie in dem Glauben leben, einer permanenten Gefahr ausgesetzt zu sein? Ich halte das durchaus für einen versteckten Aufruf zur Gewalt. Vielleicht verpackt als Lehrmeinung, aber dennoch es bleibt ein indirekter Aufruf zu einer gewalttätigen Auseinandersetzung.«

»Da mag jeder seine eigene Meinung zu haben. Ich würde mich dann gerne zurückziehen. Falls Sie noch Fragen haben, können Sie diese ja per E-Mail formulieren. Ich beantworte sie dann zu meiner Zeit.«

»Damit wir uns da verstehen. Wir werden gegebenenfalls noch mal auf Sie zurückkommen und zwar zu unserer Zeit, die dann auch Ihre Zeit zu sein hat. Für den Moment kann ich Sie jedoch zunächst entlassen.«

Manger ging hinüber zu Sacher, der bereits mit der Befragung der anderen Acht Teilnehmer an Meynhards Diskutierklub durch war. »Das ging bei dir aber schnell. Wie kommt`s?«

»Sie verweigerten schlicht und ergreifend jegliche Aussage, bis auf ihre allgemeinen Daten.«

»Da sind meine Erkenntnisse dann etwas genauer. Ich erhielt gerade zumindest einen Eindruck davon, was dieser Meynhard für eine Gedankenwelt besaß und wie er sie zu verbreiten gedachte. Meiner Meinung nach war der Kerl ein Volksverhetzer.« Manger berichtete kurz von seinem Verhör.

»Du hast ganz recht«, antwortete Sacher. »Wir müssen alle Teilnehmer an diesen Gesprächsrunden einer Observation unterziehen. Wir werden auch ihre Rechner und Telefone anzapfen. Ich werde das entsprechend in die Wege leiten.«

»Willst du noch die anderen Studenten hier im Kloster befragen?«

»Nein, ich konnte beobachten, dass Meynhards Club bei den anderen Schülern nicht unbedingt beliebt zu sein scheint. Zumindest sah man sie tuscheln beziehungsweise höhnisch grinsen, als die Studenten in das Refektorium geführt wurden. Ich nehme an, Meynhard scharrte einen abgeschlossenen Zirkel um sich, bei dem er sich sicher war, seine persönlichen Dogmen ungehindert durchsetzen zu können. Sie pflegten aller Wahrscheinlichkeit nach kaum Kontakt zu den anderen Studenten oder Professoren. Letztere werden wir auf jeden Fall noch befragen. Wir haben ja genug Zeit bis Novak wieder zurück ist.«

Von den Professoren erfuhren die beiden Ermittler ebenso wenig, wie von den Studenten, bis Manger erneut auf eine interessante Aussage traf. Soeben befragte er einen der älteren Professoren, welcher einen intensiveren Kontakt mit Meynhard gepflegt hatte.

Dieser sagte aus: »Ich habe Ingbert immer gesagt, er soll aufpassen, sich nicht zu sehr in seine Abneigung gegen Muslime hineinzusteigern, aber sein Hass auf sie wurde mit der Zeit immer größer. Vor allem weil sie, wie er meinte, nicht nur seine Heimat Deutschland überschwemmen würden, sondern auch weil er ihnen Faulheit, Frechheit und Ausbeutung der deutschen Sozialsysteme vorwarf. Ich habe ihm dann immer gesagt, man dürfe solche Vorwürfe nicht pauschalisieren, doch er wollte nicht hören. Meiner Meinung nach suchte er sogar gezielt nach Studenten, die für sein Meinungsbild empfänglich waren. Er ist glaube ich auch in eine Art Partei oder Gruppierung eingetreten, die sich dem Kampf gegen Muslime verschrieben hat. Ich hörte damals etwas von einem Treffen in Deutschland. Soweit ich weiß fuhr er kurz darauf auch nach Rheinland-Pfalz, um sich mit ehemaligen Studenten zu treffen. So die Gerüchte. Deshalb pausierte er wohl für mehrere Wochen.«

»Wissen Sie da etwas Genaues? Beispielsweise über weitere Mitglieder der Gruppierung?«

»Nein, darüber kann ich nichts sagen. Wobei er sich immer wieder in seiner Lieblingskneipe mit Personen traf, die ich nicht unserem Kloster oder Seminar zuordnen konnte. Ich nahm an, es handele sich um persönliche Freunde von ihm, wobei mir einige von diesen Personen doch eher finstere Gestalten zu sein schienen. Außerdem setzten die Leute sich stets so hin, dass man sie nur von hinten sah beziehungsweise hatten eine Kapuze auf, sodass man sie nicht erkennen konnte. Ich habe ihn mal danach gefragt, aber keine Antwort erhalten. Er tat immer sehr geheimnisvoll um diese Dinge. Meiner Meinung nach ärgerte es ihn, dass ich von dieser Gruppierung erfahren habe.«

»Wodurch haben Sie denn davon erfahren?«

»Ich bekam einmal ein Telefonat mit, in dem es um einen Termin ging, an dem man sich treffen wollte. Den Ort bekam ich zwar nicht mit, doch ich kann mich entsinnen, dass der Termin Anfang Mai stattfinden sollte. Darüber hinaus ging es darum, neue Unterstützer zu suchen. Ansonsten hörte ich nur wahre Hasstiraden gegen Muslime. Es war erschreckend, welcher polemischen Wortwahl sich Ingbert bediente. Das kannte ich von ihm überhaupt nicht. Er hat mich zunächst nicht bemerkt, dann aber das Gespräch sofort beendet. Danach schaute er mich in einer Weise an, dass es mir graute. Ich hatte beinahe Angst, er würde mir etwas antun.«

»Haben Sie später noch mal mit ihm darüber gesprochen?«

»Nein, wie gesagt, er wollte ja ohnehin nicht hören.«

»Erwähnte er während des Telefonats irgendwelche Namen?«

»Nein, daran kann ich mich nicht erinnern.«

»Warum haben Sie nicht die Polizei angerufen?«

»Auf welcher Grundlage? Ich wusste ja nicht, was die planen und selbst wenn, wäre es Aussage gegen Aussage gewesen. Hätten Sie ihn denn aufgrund meiner Aussage verhaftet?«

»Man hätte es sich zumindest angeschaut. Sei es drum. Gab es im Hinblick auf Meynhards Gesinnung Kontakte zu Kollegen oder zu Mönchen, die in die Sache involviert sein könnten?«

»Nein, mir wäre da nichts aufgefallen, nur sein Studentenkreis, doch die halten, selbst wenn sie etwas wussten oder wissen, dicht. Da können Sie von ausgehen.«

»Das konnten wir bereits feststellen. Nebenbei gefragt, hatte Meynhard eigentlich Verwandtschaft?«

»Nein. Er erzählte stets, er sei in einem katholischen Waisenhaus aufgewachsen.«

»Gut, dann danke ich Ihnen für das offene Gespräch. Ich gebe Ihnen noch meine Karte. Bitte rufen Sie mich an, falls Ihnen noch etwas einfällt.«

Nachdem sich Manger verabschiedet hatte, eilte er zu Sacher und berichtete von seinem Gespräch.

»Das sind an sich lediglich Informationen, die unseren Verdacht bezüglich einer größeren Organisation erhärten. Aber wir bekommen ein immer klareres Bild«, bestätigte Sacher Mangers Gedanken. »Ich habe inzwischen übrigens mit den Kollegen in Tschechien telefoniert. Sie konnten den Halter des Skoda aufspüren, den Katrin und Aysun Tibor Puskaz zugeordnet haben. Er gab nach strengem Verhör zu, dass Puskaz ihn bezahlt hat, um das Auto nutzen zu dürfen und ihn damit beauftragte, den Wagen als gestohlen zu melden. Dafür bekam der Halter des Wagens offenbar umgerechnet zweitausend Euro. Ansonsten weiß der Mann jedoch nichts. Insofern sind wir darauf angewiesen in Bezug auf Meynhard Weiteres herauszufinden. Wollen wir hoffen, dass die Dateien auf dem Rechner etwas Licht in die Angelegenheit bringen.«

»Die beiden Mädels haben in Trier ja auch noch einen möglichen Hinweis gefunden. Insofern sollten wir doch bald etwas weiterkommen.«

»Wollen wir hoffen. Ich glaube Novak wartet schon. Wir werden schauen, was er herausfinden konnte und dann zunächst nach Meckenheim zurückkehren. Dort können wir uns erst einmal abstimmen.«

In der Tat wartete Novak bereits vor dem Tor des Klosters. »Ich habe neue Informationen für Sie. Ihr Attentäter war ebenfalls zu Gast in der Kneipe. Die Wirtin konnte sich aufgrund des Fotos aus Österreich an ihn erinnern. Offenbar aß er dort bis vorigen Monat regelmäßig mit Meynhard zu Abend. Außerdem schwört die Wirtin, ihn gestern Mittag in einem Skoda warten gesehen zu haben, der vor dem Lokal parkte, während Tibor Puskaz in der Kneipe ein Paket abholte. Was sich in diesem Paket befand, wusste sie nicht, aber sie sagte mir, dass Meynhard extra eine Art Schließfach in der Kneipe angelegt hatte und Puskaz einen Schlüssel dafür besaß. Er war wohl nur für Minuten dort. Ansonsten konnte sie mir nichts über Meynhard sagen. Ich habe das Schließfach überprüft. Es ist leer.«

»Gut, damit ist zumindest bestätigt, dass die beiden Männer über die polnische Grenze wieder nach Deutschland eingereist sind. Ich bedanke mich für die Zusammenarbeit. Wenn Sie uns jetzt bitte noch gerade beim Flughafen abliefern würden. Es sieht so aus, als bekämen wir noch den nächsten Flug.«

Kapitel Elf

Am frühen Nachmittag traf das Ermittlerteam erneut zusammen.

»Konntet ihr euch von dem gestrigen Vorfall einigermaßen erholen?«, fragte Sacher, an Katrin und Aysun gewandt.

Katrin nickte. »Ja, das ist das geringste Problem, aber bisher wissen wir noch nichts mit Meynhards Liste anzufangen. Irgendetwas muss es bedeuten.«

Aysun reichte Manger das Foto.

I2313

II1013

III1626

IV1019

V2016

VI312 - *XIIII5512I4* - XXII2151414

»Also wenn du mich fragst«, überlegte Manger, »haben die römischen Zahlen nichts mit den lateinischen Zahlen zu tun, sondern geben der Liste nur die Struktur. Katrin, du hattest mir doch erzählt, der Winzer hätte euch von einer nächtlichen Messe in dieser Kapelle berichtet. Kann es damit in Verbindung stehen?«

»Wäre möglich. Gegebenenfalls ist es eine kodierte Personenliste. Sprich, es handelt sich um Teilnehmer an dieser Messe.«

Aysun nickte. »Vielleicht ordnete er seinen Leuten so etwas wie Personalnummern zu.«

Sacher blickte skeptisch. »Das würde meiner Meinung nach nicht zu der unterschiedlichen Anzahl an Ziffern passen. Vor allem, was soll die letzte Zeile bedeuten? Da sind ja mehrfach römische und lateinische Zahlen miteinander vermischt worden.«

Aysun zuckte mit den Schultern. »Aber irgendetwas muss es mit der Kapelle zu tun haben. Offensichtlich spielte sie ja in Meynhards Leben eine entscheidende Rolle.«

Die Ermittler überlegten fieberhaft. Doch keinem wollte etwas einfallen, bis Katrins Blick auf die aktuelle Tageszeitung fiel, in der von einer Neonazi-Demonstration in Dortmund berichtet wurde. Mehrere der Teilnehmer trugen Bomberjacken, auf denen umrahmt von einem Kranz die Ziffer 88 abgebildet war.

»Es ist zwar vielleicht sehr weit hergeholt, aber einen Versuch ist es wert«, dachte sie laut, woraufhin die anderen sie fragend anblickten. »Entschuldigt, doch ich sehe hier gerade die Zahl achtundachtzig in Zusammenhang mit Neonazis. Dort steht sie für zweimal den achten Buchstaben im Alphabet, das heißt, für zweimal den Buchstaben H. Wobei wir wohl alle wissen, was das bedeutet. Könnte Meynhard sich diese Kodierung abgeschaut haben? Ich würde es gern ausprobieren.«

Manger wiegte den Kopf. »Das kann natürlich sein, wobei dies schon fast zu einfach wäre. Doch auch darauf muss man erst einmal kommen.«

Erneut beugte sich Katrin über die Rückseite des Fotos.

»Als Erstes steht hier die Zahl 2313. Wenn wir das einzeln abzählen, dann hieße es in Buchstaben BCAC. Wenn wir die Zahlen als zweistellig ansehen, würde es für WM stehen.«

»Das wären dann die Initialen von Pfarrer Wilhelm Müller, das würde passen«, fiel ihr Aysun ins

Wort.

»Okay, die nächsten Zahlen sind zehn und dreizehn. JM, also Jürgen Melters, würde auch passen. Als nächstes sechzehn und sechsundzwanzig, PZ. Keine Ahnung, wofür das stehen könnte. Dann zehn und neunzehn, JS, wofür ich auch keine Übereinstimmung mit unserem bisherigen Personenkreis finde und als letzte alleinstehende Kombination zwanzig, sechzehn, also TP, was auf Tibor Puskaz hindeuten würde.«

Sacher nickte überzeugt. »Drei Treffer. Das hört sich gut an. Das Muster scheint zu stimmen, denn die Zahlen einstellig zu nehmen macht bei den beiden anderen Kombinationen auch keinen Sinn.«

Manger fuhr aus seinem Stuhl hoch. »Aber bei der letzten Kombination macht das sehr wohl Sinn. Dreihundertzwölf, da kann man die erste Zahl ohnehin nur einzeln nehmen, das wäre dann CL, was wir nicht zuordnen können. Aber nehmen wir die nächste Kombination elf für K, fünfzehn für O, fünf für E, zwölf für L und vierzehn für N, dann steht dort nichts anderes als Köln. Das heißt, der Ort unseres Attentats.«

»Das Nächste ist Bonn«, schloss sich Aysun an. »Zwei für B, fünfzehn für O und zweimal vierzehn für N. Findet in Bonn eine besondere Veranstaltung von Muslimen statt?«

Sacher resümierte: »Im Klartext, wir haben die Initialen PZ, JS und CL, die wir noch nicht zuordnen können sowie einen Hinweis auf Bonn.«

»Ich schaue schon im Intranet, ob da irgendetwas stattfindet«, gab Katrin an, bevor sie erschreckt hochfuhr. »Verdammt, da findet heute etwas statt. Eine salafistische Gemeinde will heute kostenlos Korane verteilen. Die Aktion läuft bereits.«

»Scheiße«, entfuhr es Sacher derb. »Wir müssen sofort die Polizei in Bonn warnen. Macht euch schon mal bereit, wir müssen da hin. Johann, sag dem Piloten Bescheid. Wir nehmen den Helikopter.«

Der Attentäter war mit der Situation außerordentlich zufrieden. Die Frühlingssonne strahlte über den alten Bürgerhäusern, die den eleganten Platz säumten, auf dem heute eine besonders große Menschenmenge versammelt war und bisher hatte ihn keiner von den rund um den Platz postierten Polizisten behelligt.

Langsam bahnte er sich seinen Weg, vorbei an mehreren Ständen, an denen langbärtige Männer in weißen Gewändern lautstark für ein kostenloses Koranexemplar warben. Auf der gegenüberliegenden Seite des Platzes demonstrierten Hunderte Menschen gegen die Verteilung, worunter sich zu seiner Verwunderung auch etliche arabischstämmige Personen befanden. Er selber trat heute in einer schwarzen Polizeiuniform auf, wobei er seine Gesichtszüge durch den Einsatz von Make-Up, Latex und falschen Haaren vollständig doch dezent verändert hatte sowie darauf achtete, Autorität nebst einer gewissen Gelassenheit auszustrahlen. An seiner Seite steckte ein voluminöser Schlagstock, neben dem eine schwarze Erste-Hilfe-Tasche baumelte. Er war sich nicht sicher, ob so eine Tasche nicht zu auffällig war, doch bisher hatte ihn niemand darauf angesprochen und sie würde auch nicht lange in seinem Besitz bleiben. Schon näherte er sich dem ersten Stand, an dem sich soeben einer der Salafisten in heftigem Disput mit einer älteren Deutschen befand. Mit energischem Schritt stellte er sich zwischen die beiden Streitenden.

»Bitte, meine Dame. Wir wollen hier keinen Unfrieden. Die Herrschaften haben das Recht, diese Aktion durchzuführen. Wenn Sie nicht damit einverstanden sind, ist das natürlich auch Ihr Recht, doch seien Sie bitte vernünftig und ziehen Sie sich zurück«, sagte er in verbindlichem, doch bestimmendem Ton.

Mit sanftem Griff leitete er die Frau vom Stand weg, wobei niemandem auffiel, wie ein Gegenstand aus seiner Tasche unter dem Tisch verschwand, auf dem die Koranausgaben lagen. Nachdem er die schimpfende Alte bei ihrem Mann abgeliefert hatte, ging er in gelassenem Schlendergang weiter und grüßte einen ihm entgegenkommenden Streifenwagen, woraufhin dieser kurz anhielt.

»Hallo, Herr Kollege, allein unterwegs?«, fragte der Fahrer.

»Ja, ich bin zur Unterstützung aus Köln hier. Mein Kollege holt uns gerade Pommes. Es ist ja insgesamt, bis auf Einzelfälle, alles ruhig.«

»Wir haben bisher auch keine Probleme. Vielleicht, bis später.« Der Attentäter erwiderte die freundliche Verabschiedung und steuerte eine Litfaßsäule an, die sich seitlich des nächsten Standes befand. Dort angekommen verschwand die Erste-Hilfe-Tasche komplett unter dem Tisch, auf dem die Koranausgaben lagen, ohne dass einer der in Diskussion befindlichen Männer etwas bemerkte. Nun musste er nur noch einen der Stände versorgen. Glücklicherweise befand sich dieser neben einem überdimensionalen Blumenkübel aus dem große Rhododendren aufragten. Dies machte es einfacher, den präparierten Schlagstock zu verstecken, der im Inneren vollständig mit C4 Plastiksprengstoff gefüllt war. Die Sprengung würde er per elektronisch gesteuerten Fernzünder auslösen. Er war sich durchaus bewusst, dass dieser Anschlag auch

196

Nichtkombattanten treffen konnte, doch im Krieg gab es eben auch Kollateralschäden. Er wollte wenn möglich darauf achten, diese so gering wie möglich zu halten.

Nachdem er seine dritte Fracht ebenso sicher wie unbemerkt platziert hatte, verließ er strammen Schrittes die Gefahrenzone in Richtung des Parkplatzes, wo ein blauer VW Passat auf ihn wartete. Als er gerade einsteigen wollte, hörte er das charakteristische Knattern eines Helikopters. Ein blauer Helikopter der Bundespolizei näherte sich mit hoher Geschwindigkeit. Das hieß nichts Gutes für ihn. Das BKA musste irgendwie an Informationen über den Anschlag gekommen sein. Dementsprechend musste er schnellstens weg und allem voran die Sprengung sofort ausführen, denn sie hatten mit Sicherheit bereits die heimische Polizei verständigt. Er startete sein Fahrzeug, als der Helikopter landete.

Die vier Ermittler rannten vom Helikopter in Richtung des großen Platzes, vor dem bereits großräumig Polizeifahrzeuge vorfuhren, aus deren Lautsprechern die eindeutige Aufforderung erschall, den Platz sofort zu verlassen. Doch die emotionsgeladene Menschenmenge folgte nur unter Protest. Einige der anwesenden Salafisten setzten sich sogar unter Gewaltanwendung dagegen zur Wehr ihre Stände zu verlassen, obwohl im Hintergrund bereits das Bombenräumkommando in Stellung ging.

»Wissen Sie, um was für eine Art von Bombe es sich handelt?«, fragte der Einsatzleiter des Sonderkommandos an Sacher gewandt, als er die Ermittler sah.

»Bisher wissen wir nichts, noch nicht mal, ob er

wirklich zuschlägt. In Anbetracht der Art der Veranstaltung, würde ich jedoch auf mehrere platzierte Sprengstoffladungen tippen.«

»Okay, dann soll die Polizei zusehen, dass sie mit der Evakuierung vorwärts kommt. Wir können erst mit der Suche und Entschärfung beginnen, wenn die Menschen hier weg sind.«

Sacher griff sich eine Flüstertüte und brüllte mit aller Kraft hinein: »Achtung! Achtung! Hier spricht das Bundeskriminalamt. Seien Sie bitte alle vernünftig und verlassen Sie in geordneter Weise den Platz. Uns liegt eine Bombendrohung vor. Folgen Sie den Anweisungen der Polizeibeamten.«

Doch der Moment reichte nicht aus. Die Bomben explodierten gleichzeitig und formten ein Spektakel aus riesigen Feuersäulen über dem Platz. Schreie der Angst und des Schmerzes begleitet von Sirenen und dem Gebrüll von Durchsagen schwollen zu einem Requiem des Terrors herauf. Quer über den Platz wand sich ein Gewühl von Verletzten, zwischen still daliegenden, blutüberströmten Toten. Überall sah man Menschen mit vom Druck gerissenem Trommelfell, schmerzgebeugt zu Boden gehen, und vom Wind getragene, brennende Koranseiten vervollständigten in finsterer Gemeinschaft mit schwarzen Rauchschwaden die Szenerie zu einem Abbild der Hölle. Panisch flüchteten die Überlebenden, längst jedweder menschlichen Rücksichtnahme beraubt, sodass manch einer stürzte und unbeachtet seiner Schreie niedergetrampelt wurde. Die Tische der Straßencafés wurden zu Todesfallen. Geschäftsräume zu Orten der Erlösung. Kontrahenten wurden zu Brüdern. Freunde zu Feinden. Verzweifelt versuchten die Beamten Ordnung in das Chaos zu bringen, doch der Herdentrieb siegte über die Vernunft und so sah man die Ersten, die ihre Familie in dem tosenden Mob mit der Faust verteidigten. Ohnmächtige Furcht erhob sich zu einem kollektiven Flehen nach Leben. Erst als berittene Polizisten die Menge kanalisierten, beruhigten sich die Gemüter und die Menschen kamen langsam zur Ruhe. Die Bilanz an Toten und Verletzten war erschreckend.

Angewidert wendeten sich die Ermittler ab. Sie waren zu spät gekommen.

Katrin stiegen die Tränen in die Augen. Tränen der Trauer, doch mehr noch Tränen der Wut. Manger nahm sie sanft in seine Arme. Küsste sie zärtlich auf die Stirn.

»Warum bin ich nicht eher darauf gekommen?«, stammelte sie mit tränenerstickter Stimme. Warum nur? Warum?«

Manger drückte sie fest an sich. »Beruhige dich, du kannst nichts dafür. Wir sind alle nicht früher darauf gekommen. Aber auch wenn uns dieser Anschlag beinahe den Verstand raubt, wir müssen einen klaren Kopf bewahren. Die werden nicht aufhören. Wir müssen es beenden. Also reiß dich zusammen, sonst schaffen wir das nicht. Die werden nicht von selber damit aufhören. Verstehst du das? Wir dürfen das jetzt nicht zu nah an uns herankommen lassen, sonst fehlt uns die Kraft, um weiterzumachen.« Katrin nickte stumm und wand sich aus Mangers Armen. Manger ließ von ihr ab. Er wusste, dass Katrin stark genug war, um mit solchen Situationen fertig zu werden.

Während die Notärzte gefolgt von Sanitätern den Platz stürmten, blickte sich Manger suchend um.

»Geben Sie mir Ihr Fernglas«, wies er den Einsatzleiter der Polizei an. Langsam suchte er die umliegenden Straßen nach einer verdächtigen Person ab.

»Glaubst du, der Attentäter schaut sich seinen Erfolg an?«, fragte Katrin.

»Da bin ich mir sicher. Entweder er oder einer seiner Mittäter. War doch in Köln auch so. Da oben zum Beispiel, auf der Rheinbrücke, steht ein Mann, der sich die Situation durch ein Fernglas anschaut, den müssen wir auf jeden Fall überprüfen. Schau, er hat jetzt gemerkt, dass ich ihn entdeckt habe. Er steigt in einen grauen Mercedes SUV. Gib durch, dass alle Streifenwagen eingesetzt werden, um ihn zu stoppen. Ich verfolge ihn per Helikopter.

Manger rannte ohne Rücksicht auf die um ihn herum geschehenden Ereignisse zum Helikopter, dessen Pilot die Maschine bereits gestartet hatte.

»Fliegen Sie über die Rheinbrücke, wir müssen den grauen Mercedes SUV einholen, der gerade auf der Brücke parkte«, rief Manger dem Piloten zu.

»Sollte kein Problem darstellen.«

Wenige Sekunden später hatte Manger den Wagen erneut im Blick. Im Tiefflug musste der Helikopter Reihen von Mehrfamilienhäusern überfliegen, zwischen denen der Fahrer des Wagens zu fliehen versuchte. Manger ermahnte ihn per Lautsprecher mehrfach zum Aufgeben, doch der Mann schien wie von Sinnen und beschleunigte in den engen Straßen immer weiter.

Manger gab ihre Position per Funk an die Kollegen der Bonner Polizei durch, zog seine Waffe und wandte sich dann an den Piloten: »Dort vorne kommt ein Park, an dem er vorbei muss. Bringen Sie mich so niedrig und so nah dran wie möglich. Ich will versuchen, ihm einen Schuss vor den Bug zu geben.«

Nachdem der Pilot den Helikopter bis knapp über den Boden abgesenkt hatte, trennte sie nur noch die

Baumreihe einer Allee von dem dahinrasenden Wagen. Manger prüfte zunächst, ob kein Unbeteiligter seine Schussbahn kreuzen konnte, und eröffnete das Feuer. Zwei seiner Kugeln trafen den Wagen in die Seitentür. Eine weitere traf die Motorhaube, doch der Fahrer ließ sich nicht beirren und bog in einem riskanten Manöver in eine Seitenstraße ab, wo er jedoch auf einen entgegenkommenden Streifenwagen traf. Wieder bog er ab. Wieder kam ihm ein Streifenwagen entgegen. Immer weiter manövrierte sich der Fahrer in eine ausweglose Situation, sodass Manger den Piloten bat, unweit eines Wohnhauses auf einer Wiese zu landen.

Langsam, im Schutze von parkenden Fahrzeugen, näherte er sich dem von Streifenwagen umzingelten Mercedes, wobei er den Beamten der Schutzpolizei signalisierte noch nicht zuzugreifen.

Nachdem die Beamten einen weiträumigen Kreis um das Fahrzeug gezogen hatten, wurde Manger eine Flüstertüte übergeben.

»Hier spricht das BKA, steigen Sie sofort mit erhobenen Händen aus dem Wagen«, befahl er, doch nichts rührte sich. Drei weitere Male versuchte es Manger, bevor sich einer der Polizisten noch weiter an den Wagen heranwagte.

Sofort rief Manger ihn zurück: »Wir warten noch. Das ist zu gefährlich. Wir haben soeben einen Sprengstoffanschlag erlebt und wir wissen nicht, ob sich weiterer Sprengstoff im Wagen befindet. Ruft bitte den Kampfmittelräumdienst. Ich lasse einen entsprechend ausgebildeten Unterhändler kommen, dann wollen wir weitersehen.«

Nachdem Manger das diesbezügliche Telefonat geführt hatte, ließ er sich ein Fernglas geben, um in das Fahrzeug hineinzusehen. Doch plötzlich heulte der Motor des Mercedes auf und der Wagen steuerte mit Vollgas geradewegs auf ihn zu. Sofort beantworteten sämtliche Polizeiwaffen das Manöver mit Dauerfeuer, wodurch der SUV bereits nach Sekunden vollständig durchlöchert war. Dann geschah das, was Manger befürchtet hatte. Der Wagen explodierte in einer gewaltigen Feuersbrunst.

Die Explosion war derartig kraftvoll, dass Manger nebst einigen Kollegen von den Beinen gerissen wurde. Dennoch zog er erneut sein Funkgerät aus der Tasche und beorderte Notärzte sowie Feuerwehr in das Wohngebiet, dessen Bewohner bereits aufgeschreckt aus ihren Häusern stoben.

Vom Fahrzeug war nichts übriggeblieben, außer ein brennender Haufen Blech, was bedeutete, dass die Gerichtsmediziner bei der Identifizierung der Leiche etliches zu tun bekamen. Glücklicherweise besaßen sie die DNA des Attentäters, sodass zumindest geklärt werden konnte, ob es sich bei dem Insassen um ihn handelte.

Manger war unzufrieden. Erneut brachte sie diese Situation nicht weiter. Keine Einzige der Personen, die in das Terrornetzwerk involviert schienen, hatte bisher lange genug gelebt, um sie zu befragen. Zunächst einmal beschäftigte er sich jedoch damit, den durch die Explosion verletzten Kollegen Erste Hilfe zu leisten, bis die Ärzte eintrafen. Glücklicherweise waren die meisten von ihnen durch ihre Fahrzeuge genügend geschützt gewesen, um wohlauf zu sein.

Minuten später trafen die Notärzte ein und übernahmen die Behandlung der Verletzten, sodass Manger die KTU einweisen konnte. »Sorgt bitte sofort dafür, dass der Wagen in unsere Werkstatt kommt und holt euch die Gerichtsmedizin dazu. Vom Insassen werdet ihr nur noch Fragmente finden, aber das reicht. Sagt uns sofort Bescheid, wenn ihr die DNA dem Attentäter zuordnen könnt. Wir müssen wissen, ob die Gefahr erst einmal gebannt ist oder ob weitere Anschläge zu befürchten sind. Ich fliege zunächst zu meinem Team zurück. Ihr erreicht mich auf dem Handy.«

Zehn Minuten später informierte Manger Sacher und die anderen über den Vorfall.

»Verdammte Scheiße«, fluchte Sacher. »Attentate, Morde, Selbstmordattentäter. Das volle Programm, wovor Menschen aus anderen Ländern zu uns flüchten. Ich werde langsam wahnsinnig. Wir müssen jetzt schnell zum Erfolg kommen, sonst läuft uns das aus dem Ruder. Ich habe angeordnet, dass alles was in Nordrhein-Westfalen mit dem Thema Sicherheit zu tun hat auf den Beinen ist. Die meisten Toten des heutigen Anschlags sind Salafisten oder andere Muslime. Insofern werden wir uns warm anziehen müssen. Das Ganze könnte einen Gegenschlag provozieren und wenn das passiert, können wir uns bald selber ein paar Boote organisieren. BND und Verfassungsschutz sind inzwischen ebenfalls eingeschaltet. Da wir zunächst die Untersuchungsergebnisse abwarten müssen, werden wir in die Zentrale zurückkehren, um die restlichen Beweisstücke zu sichten, die wir eingesammelt haben. Wollen wir hoffen, dass dies zum Erfolg führt.«

»Einen Moment«, warf Aysun ein, »ich habe mich vorhin mit einigen Kollegen von der Schutzpolizei unterhalten. Sie geben an, auf einen Kollegen aus Köln getroffen zu sein, der mit einer schwarzen Erste-Hilfe-Tasche umherlief und aussagte, sein Partner sei unterwegs, um Pommes zu holen. Ich habe mich daraufhin bei der hiesigen Polizeidirektion erkundigt und herausgefunden, dass keine auswärtigen Kollegen eingesetzt waren. Wir können also davon ausgehen, dass es sich bei diesem Polizisten um den Attentäter handelte. Außerdem wird dieser Platz videoüberwacht. Ich wollte gerade die Aufzeichnungen herbeischaffen lassen, dann können wir uns das anschauen.«

»Das ist in Ordnung, aber die Aufzeichnungen in die Zentrale mitzunehmen, würde zulange dauern. Ich brauche Katrin für die Computerarbeit. Also gehst du bitte mit Johann in die Polizeidirektion und sichtest die Aufnahmen. Wir treffen uns dann wieder in Meckenheim. Ihr könnt euch einen Dienstwagen geben lassen, dann kommt ihr auch zurück.«

Die Vier Ermittler trennten sich voneinander und erneut befand sich Manger mit Aysun anstatt mit Katrin im Einsatz. Er hoffte, dass ihre Beziehung nicht zu sehr darunter leiden würde, aber der Fall ging eindeutig vor. Zumindest gab es heute gegebenenfalls die Möglichkeit den Abend sowie die Nacht mit Katrin zu verbringen.

In der Polizeidirektion gingen die beiden sofort durch in einen mit Monitoren übersäten Raum, in dem mehrere Beamte per Joystick Bilder verschiedener innerstädtischer Bereiche aufriefen, die als besonders gefährdet galten. Nach kurzem Gespräch mit dem leitenden Beamten, geleitete man sie zu einem Großbildschirm, auf dem noch einmal die Ereignisse des heutigen Nachmittags abliefen.

Die Aktion der Salafisten begann kurz nach Mittag. Zunächst besprachen sich die Anführer miteinander, bevor die Aufbauarbeiten an den Ständen begannen und die Teilnehmer, die die Koranausgaben mit Reisetrolleys mobil austeilen sollten, eingeteilt wurden. Die Aktion war eindeutig bis ins Detail vorgeplant. Kurze Zeit nachdem die ersten Salafisten mit marktschreierischen Rufen auf ihr Anliegen aufmerksam machten, begaben sich die Gegendemonstranten auf den Platz. In geordneten Reihen erschien ein breites Bild von vorgeblich besorgten Bürgern, aufgebrachten arabischen Menschen bis hin zu eindeutig rechtsradikalen Kräften. Wobei sich erstere Gruppen, auch räumlich von Letzterer zu distanzieren suchten.

Aysun ließ das Bild schneller laufen, aber es dauerte eine ganze Weile, bis sich am rechten Bildrand ein einzelner Polizeibeamter mit einer schwarzen Erste-Hilfe-Tasche blicken ließ.

»Da ist er, aber entweder ist es ein anderer oder er hat sein Aussehen verändert, denn mit dem Foto, das wir bisher haben, stimmt das Bild definitiv nicht überein«, konstatierte Aysun. »Sobald auch sein Gesicht klar zu erkennen ist, mache ich ein Stand-Bild, das Katrin dann mit ihrer biometrischen Software überprüfen kann. Sie hatte ja die Körpermaße schon auf einem Bild aus dem Bürogebäude vermessen.«

»Erst einmal wollen wir uns sein Vorgehen anschauen. Daraus sollte man erste Schlüsse ziehen können. Vor allem interessiere ich mich dafür, wie er dort weggekommen ist«, antwortete Manger.

In den folgenden Bildern konnten sie den genauen Laufweg des Attentäters bis zum Parkplatz erkennen.

Manger fuhr hoch. »Da, er steigt in einen blauen Passat. Das heißt, der Selbstmordattentäter ist nicht mit dem Attentäter identisch. Versuche bitte das Bild so zu steuern, dass wir sehen, in welche Richtung er fährt. Allem voran müssen wir das Kennzeichen erkennen.«

Kurze Zeit später gab Aysun die Fahndung raus, bevor sie sich mit in Falten gelegter Stirn an Manger wandte: »Okay, ich würde sagen, unser Attentäter ist ein ganzheitlich ausgebildeter Soldat. Vermutlich ausgebildet, um Attentate hinter feindlichen Linien durchzuführen. Zumindest ist es das Einzige, was ich mir angesichts der Bilder vorstellen kann, denn dieser Mann geht so präzise und eiskalt vor, als ob er solche Anschläge schon Hunderte Male durchgeführt hätte. Er lässt sich nicht im Geringsten aus der Ruhe bringen. Also muss er auf solche Szenarien trainiert worden sein, ansonsten könnte er das wohl nicht derartig hochprofessionell ausführen.«

»Du hast recht. Das habe ich ja schon nach dem ersten Anschlag vermutet. Trotz der Kameraüberwachung kann man überhaupt nicht erkennen, dass es sich um einen falschen Polizisten handelt und man erkennt auch nicht unmittelbar, was er da plant. Lediglich auf der letzten Aufnahme sieht man, dass sowohl die schwarze Erste-Hilfe-Tasche als auch sein Schlagstock fehlen. Diese beiden Utensilien waren offensichtlich mit Sprengstoff gefüllt. Vor allem wartet er, trotz unseres Erscheinens, relativ lang bis zur Zündung. Das heißt, er wartet, bis ein gewisser Teil der Menschen evakuiert wurde. Er vermutete offenbar, die Salafisten würden den Anweisungen der Polizei nicht folgen. Wohl aber die Passanten. Das sieht eindeutig danach aus, als wolle er Kollateralschäden vermeiden. Wenn du also sagst, er gehe eiskalt vor, so gilt dies für seine Zielpersonen absolut, aber nicht unbedingt für Unbeteiligte, wobei er letztlich in Kauf nimmt, diese ebenfalls zu gefährden. Dies ist ein wichtiger Baustein, um ihn zu charakterisieren.«

Ein Beamter unterbrach den Diskurs der beiden. »Der Passat, den ihr zur Fahndung ausgeschrieben habt, steht bereits in der Suchmeldung. Der Wagen ist auf eine Rentnerin aus Kassel gemeldet. Sie hat ihn heute um elf Uhr gestohlen gemeldet. Den Verlust bemerkte sie erst, als sie Einkaufen fahren wollte. Dass die alte Frau mit euren Ermittlungen in Verbindung steht, halte ich für absolut ausgeschlossen.«

Manger nickte. »Dann wollen wir für die Dame hoffen, dass sie ihr Fahrzeug unbeschädigt wiederbekommt.«

Aysun zog sich ihre Lederjacke über. »Wir können dann meiner Meinung nach für den Moment nichts weiter tun. Ich würde vorschlagen, wir fahren zurück in die Zentrale. Es ist schon sehr spät.«

»Das stimmt. Eine ordentliche Nachtruhe können wir heute schon wieder vergessen.«

Als die beiden Ermittler im Auto saßen, schaltete Manger, nachdem er Sacher via Handy ins Bild gesetzt hatte, vom Beifahrersitz aus das Radio an.

Eine angenehm warme Frauenstimme erklang: »Es ist dreiundzwanzig Uhr. Sie hören WDR Zwei, mit den Nachrichten. Bonn - Am späten Nachmittag ereignete sich in Bonn ein verheerendes Attentat. Ziel der Terroristen, war eine von Salafisten organisierte Koranverteilung. Wie die Polizei berichtete, explodierten auf einem Marktplatz nahe dem Rhein zeitgleich drei Sprengsätze, die in der Nähe von Informationsständen der Islamisten positioniert waren. Die Polizei geht derzeit von insgesamt dreiundvierzig Toten und über einhundertsechzig Verletzten aus, darunter auch eine bisher unbekannte Zahl unbeteiligter Passanten. Die Explosionen ereigneten sich genau

in dem Moment, als die Polizei mit Evakuierungsmaßnahmen begann. Trotz einer sofort eingeleiteten
Fahndung, konnte der Täter bisher noch nicht gefasst
werden. Bei einem kurz nach dem Anschlag erfolgten
Verhaftungsversuch, wurden mehrere Polizeibeamte
durch ein Selbstmordattentat verletzt. Der Verdächtige
kam dabei zu Tode. Mit mir im Gespräch ist nun der
leitende BKA Beamte, Hauptkommissar Sacher. Guten Abend, Herr Sacher.«

»Guten Abend, Frau Steinmann.«

»Herr Sacher, was können Sie uns zu den Hinter-
gründen des heutigen Anschlages berichten?«

»Zunächst möchte ich den Angehörigen der Opfer
dieses feigen Anschlages mein tiefstes Beileid aussprechen und versichern, dass wir unser Möglichstes
tun, um die Täter zu fassen und zu bestrafen. Nun zu
Ihrer Frage. Sie müssen verstehen, dass ich Ihnen aus
ermittlungstaktischen Gründen noch keine Details
nennen kann. Was ich jedoch sagen darf ist, dass der
heutige Anschlag von selber Seite aus verübt wurde,
wie das Attentat am Freitagmittag auf den Muezzin in
Köln. Wir fahnden nach wie vor nach dem Täter und
ich möchte alle Zuhörer aufrufen, uns sofort zu kontaktieren, falls sie diesen Mann sehen. Wir hatten
bereits ein Foto vom Täter über die Medien gesendet.
Der Täter ist allerdings in der Lage sein Äußeres professionell sowie stetig zu verändern. Wir werden
demnach alle Aufnahmen, die wir von ihm haben
noch einmal veröffentlichen. Die Aufnahmen können
auf sämtlichen Internetseiten der Behörden rund um
die Uhr eingesehen werden. Eine Hotline für etwaige
Zeugenaussagen ist geschaltet. Nach unseren Erkenntnissen ist der Attentäter derzeit in einem blauen
Passat mit dem amtlichen Kennzeichen KA-YQ 8464

unterwegs. Zuletzt gesehen wurde er in der Nähe eines Parkplatzes, unmittelbar neben dem Anschlagsort. Falls Sie dieses Fahrzeug sehen, nähern Sie sich ihm keinesfalls. Der Täter ist bewaffnet, gefährlich sowie zu allem bereit. Melden Sie die Sichtung dieses Fahrzeugs, aber auf jeden Fall der nächsten Polizeidienststelle.«

»Gut, Ihr Aufruf an die Zuhörer in allen Ehren, aber die Aufklärung solcher Verbrechen ist zunächst einmal Ihre Angelegenheit. Wenn Sie wissen, dass derselbe Attentäter ein zweites Mal zugeschlagen hat, warum war dieser Anschlag nicht zu verhindern? Hätten Sie dieses Szenario nicht vorausahnen können?«

»Noch mal, es handelt sich bei dem Attentäter, um einen Vollprofi, der sich allem voran darauf versteht, mannigfaltige Tarnungen sowie Verkleidungen anzulegen. Zudem wird er von einer uns bisher nicht bekannten Organisation unterstützt. Wie nah wir ihm auf den Fersen sind, zeigt sich daran, dass wir zum Zeitpunkt des Anschlages bereits Evakuierungsmaßnahmen eingeleitet hatten. Leider war es nicht möglich die Pläne eher zu ermitteln, sodass wir nicht rechtzeitig vor Ort sein konnten.«

»Das hilft den Opfern dieses Anschlages natürlich jetzt nichts mehr. Welcher Art sind die Absichten dieser Organisation, und wer steckt dahinter?«

»Dazu kann ich Ihnen aus besagten Gründen noch keine genaue Auskunft geben. Es handelt sich jedoch allem Anschein nach um eine islamfeindliche Gruppierung.«

»Sie verstehen aber hoffentlich schon, dass die Öffentlichkeit erfahren will, wie sie sich schützen kann beziehungsweise ob die Polizei und Ihre Behörde überhaupt noch in der Lage sind, die öffentliche

Sicherheit zu gewährleisten. Wieso war der Platz nicht vorher gesichert?«

»Die Sorgen der Bevölkerung nehmen wir absolut ernst, und die Veranstaltung wurde von einer größeren Anzahl von Polizeikräften gesichert als sonst üblich. Allerdings können wir so viele Kräfte einsetzen, wie wir wollen, es wird nie absolute Sicherheit geben. Wir haben es mit schwer berechenbaren Tätern zu tun, sodass wir im Moment nur den Fahndungsdruck erhöhen können sowie muslimische Veranstaltungen bei Zweifeln an der Sicherheit unterbinden müssen. Das muss dann im Einzelfall entschieden werden. Alle deutschen Dienste sind in der Angelegenheit aktiv und wir setzen derzeit jegliche verfügbaren Kräfte dazu ein, die Verantwortlichen festzusetzen.«

»Ist es richtig, dass einmal mehr Muslime nicht in der Weise geschützt werden, wie Deutsche?«

»Also, das darf ich mir verbitten. Unser Beruf ist es die Bürger in unserem Lande, unabhängig ihrer Religion oder Herkunft zu schützen. Das nehmen wir zur Gänze ernst. Wir sind allerdings auch nur Menschen und können nicht alles verhindern.«

»Hoffentlich führen Ihre Bemühungen bald zu Erfolg. Vielen Dank, für das Gespräch. Guten Abend«, verabschiedete sich die Moderatorin frostig.

Manger schaltete das Radio aus. »Die Luft wird dünner. Der Druck steigt.«

»Das ist nur verständlich bei dieser Opferzahl. Vielleicht hätten Katrin und ich den Code schneller knacken müssen. Es war letztlich ja alles andere als schwer.«

»Mach dir keine Vorwürfe. Auch auf eine einfache Antwort muss man zunächst einmal kommen. Wir wollen hoffen, dass die Fahndung nach dem Passat

Erfolg hat.«

Eine halbe Stunde später trafen die beiden in der Zentrale ein. Sacher ging im Büro nervös auf und ab.

»Verdammt«, fluchte er, »ich hatte bereits wütende Anrufe aus dem Innenministerium. Die glauben alle, die Ermittlung eines Einzeltäters wäre so einfach. Wenn wir nicht zufällig auf diese Liste von Meynhard gestoßen wären, hätten wir überhaupt nicht gewusst, was als Nächstes vor sich geht.«

»Aber der Druck ist verständlich«, beschwichtigte Katrin. »Ich habe inzwischen Antwort aus der KTU. Bei unserem Selbstmordattentäter handelt es sich um eine männliche Person, Mitte dreißig. Die DNA ist nicht gespeichert. Aber sie haben Überreste eines Ausweises gefunden. Jaques Stübele. Ein Schweizer. Interessant sind hierbei die Initialen JS. Das passt erneut zu der Liste auf der Rückseite des Fotos. Er war als Key-Account Manager bei einer Schweizer Bank angestellt. Bankhaus Klingstein und Partner. Ich habe bereits Amtshilfe bei den Schweizer Kollegen angefordert. Sie sollen das überprüfen. Diesbezüglich tat sich nämlich eine interessante Verbindung auf. Der Chef dieses Bankhauses ist gemeinsam mit Meynhard auf einem Bild zu sehen, das ich auf dessen Computer gefunden habe. Die Kollegen aus der Schweiz holen ihn bereits zur Befragung ein. Du kannst per Videokonferenz daran teilnehmen, Eduard.«

»Das ist gut«, antwortete Sacher. »Hast du auf den Fotos noch jemand Weiteres entdeckt?«

»Bisher nicht. Hauptsächlich sind da Landschaftsaufnahmen und mit Kommentaren versehene Fotos von Kirchen drauf.«

Manger blickte nachdenklich. »Fehlen uns demnach nur noch die Initialen PZ und Cl, wobei Cl offensichtlich der Attentäter ist, denn er wurde ja in der Liste in Verbindung mit Köln und Bonn genannt. Ich werde mal die Datenbanken durchforsten, ob es irgendeinen polizeibekannten Profikiller gibt, dem wir diese Initialen zuordnen können. Es ist zwar unwahrscheinlich, aber einen Versuch ist es wert.«

Sacher nickte. »Okay mach das. Aysun du kümmerst dich in der Zwischenzeit bitte um unsere Hotline und die Fahndung nach dem Fahrzeug. Katrin du nimmst dir noch einmal intensiv die Personenliste aus dem Kloster in Polen vor. Durchleuchte jeden einzelnen Studenten von Meynhard, bis in seine tiefste Vergangenheit. Ich selber werde mit den Schweizer Kollegen den Bankier befragen. Trotz des Drängens der Medien sollte jedoch jeder von euch schauen, dass er sich noch verpflegt und zwischendurch zumindest für einige Stunden eine Mütze Schlaf findet. Es liegen noch anstrengende Tage vor uns und wir müssen fit sein, wenn wir diese Leute zur Strecke bringen wollen. Bis nachher.«

Zur selben Zeit trafen sich zwei dunkelhäutige Männer mit ausfransenden Bärten in einem Gebetsraum in der Nähe des Rheins.

»Wir müssen zurückschlagen. Noch heute Nacht müssen wir blutige Rache an den Kuffar üben, an denen, die es wagten die Jünger Mohammeds anzugreifen«, flüsterte der eine.

»Aber wir wissen nicht genau, wer hinter den Anschlägen steckt. Die deutsche Polizei ermittelt noch und denk daran in den heiligen Monaten sind uns Kampfhandlungen verboten.«

»Doch nicht im Dschihad. Wir müssen die Ungläubigen das Fürchten lehren. Es ist für mich völlig unzweifelhaft, dass der Chef dieser rechtsradikalen Demonstranten der Drahtzieher der Anschläge ist. Ich weiß zufällig, wo er wohnt. Er lebt mit seiner Familie in Köln, gar nicht weit von hier. Lass uns einen der Deutschen mitnehmen. Er kann sich dem Gebäude wesentlich unauffälliger nähern als wir. Ich kenne einen Deutschen namens Michael. Er hat an meiner Seite in Syrien gekämpft. Ich bin davon überzeugt, dass er es machen wird. Im Moment hat er seinen Bart rasiert, um den deutschen Behörden nicht aufzufallen. Es ist auch noch etwas von dem Sprengstoff da, den Farid aus Holland besorgt hat. Insofern sollten wir ihnen einen kräftigen Denkzettel verpassen können. Zumal wenn Michael es macht, schadet es uns ja nichts. Vertraue mir. Ich rede mit ihm.«

Eine halbe Stunde später kam der Mann mit einem hellhäutigen, blonden Jüngling zurück. »Er macht es«, verkündete der Mann, ohne den Jüngling zu beachten. »Statte ihn mit dem Notwendigen aus. Wir müssen uns beeilen, bevor uns die deutschen Behörden einen Strich durch die Rechnung machen.«

Es dauerte eine weitere halbe Stunde, bis Michael mit einem umfangreichen Sprengstoffgürtel unterhalb seines zu groß ausgefallenen Pullovers ausgestattet war. Noch ein letztes Mal begab er sich in ein spirituelles Gebet, bevor die drei Männer losfuhren.

Es war schon nach Mitternacht, als sie an dem gepflegten Einfamilienhaus in Köln ankamen. Der weiße Bungalow wurde nur durch einen blütenübersäten Vorgarten mit einfachem Zaun von der Straße getrennt.

Das macht es einfacher, dachte der Führer der Gruppe und legte seinen Arm um die Schulter des

Deutschen. »Michael, im Haus brennt noch Licht. Die Menge Sprengstoff, die du bei dir trägst, sollte ausreichen, um das ganze Haus in die Luft zu sprengen. Klingel also an der Tür und stürz dich sobald sie öffnen hinein. Fürchte dich nicht, denn dein Lohn ist groß. Allah ist mit dir, und dein Platz im Paradies wird auserlesen sein, dafür, dass du dies in seinem Namen tust. Oh, wie ich dich um diese Aufgabe beneide, denn auf dich warten nun unvorstellbare Segnungen, und ich würde alles dafür geben, diese mit eigenen Augen zu sehen, aber ich muss noch auf der Erde bleiben. Wir werden uns bald wiedersehen und dann werden wir im Paradies gemeinsam deine große Tat feiern. Allahu akbar.«

»Allahu akbar«, erwiderte Michael.

Nachdem er aus dem Auto gestiegen war, ging Michael gemessenen Schrittes auf das Haus zu, öffnete die hölzerne Gartentür und schellte an der bronzenen Eingangstür.

Nach mehrfachem Schellen sowie einer merkbaren Bewegung der seitlich montierten Kamera, öffnete sich die Tür einen Spaltbreit und ein dunkelhaariger Mann Mitte fünfzig schaute heraus.

»Ja bitte?«, fragte er.

»Entschuldigen Sie bitte die späte Störung, aber ich habe gehofft Sie zu treffen. Es geht um Ihre Position gegen den Islamismus. Ich interessiere mich sehr für Ihre Partei«, antwortete Michael stotternd.

»Erstens, junger Mann, ist es wohl ein bisschen spät für eine Mitgliedschaftsanfrage und zweitens betreiben wir ein offizielles Büro. Doch wenn Sie schon mal hier sind, warten Sie einen Moment. Ich habe ein entsprechendes Formular für Sie da.«

Einen Augenblick später öffnete sich die Tür vollends.

»Bitte«, sagte der Parteivorsitzende mit dem Formular in der Hand. Weiter kam er nicht. Michael stürzte nach vorne, hielt seinen Gegenüber umklammert und drückte den Schalter an dem kleinen Kästchen an seinem Handgelenk. Ein greller Blitz umfing die beiden Männer, bevor sich die Explosion bis weit in das Hausinnere ausdehnte, aus dem ein Aufschrei des Entsetzens und der Angst ertönte. Doch kurz darauf war, außer den unter der lodernden Feuersbrunst knarzenden Mauern nichts mehr zu hören.

Zufrieden beschleunigten die beiden langbärtigen Männer ihr Fahrzeug. Michael hatte seinen Zweck erfüllt.

Sacher holte sich einen Kaffee und wählte sich anschließend in das Computernetz von Interpol ein, um an dem Verhör des Bankiers teilzunehmen.

Major Corinna Barrilier begrüßte ihn freundlich: »Einen schönen guten Abend nach Deutschland, Herr Sacher. Ihre Kollegin Frau Pfeiffer hat mich bereits bezüglich der Ereignisse bei Ihnen instruiert. Ich freue mich, Ihnen in dieser schwierigen Situation helfen zu können. Der Bankier Matteo Barngalio wird gleich bei uns eintreffen. Wir haben ihn inzwischen ein wenig durchleuchtet und herausgefunden, dass er einer der führenden Befürworter des Minarett-Verbotes in der Schweiz gewesen ist. Darüber hinaus setzte er sich bereits mehrfach dafür ein, Muslime aus der Schweiz auszuweisen. In der letzten Zeit widmete er sich dann jedoch wieder ausschließlich seiner Tätigkeit als Bankdirektor und hielt sich vollständig aus der Politik raus. Es gibt demnach auch keine öffentlichen Statements mehr von ihm zum Thema Islam.«

»Nun, gegebenenfalls hält er sich aus dieser Thematik heraus, weil er die Geheimorganisation, die hinter den Anschlägen steckt, schützen will.«

»Sind Sie sich denn sicher, dass es sich um eine ganze Organisation handelt? Vor allem würde es sich ja, wenn Schweizer, Polen, Ungarn und Deutsche darin verstrickt sind, um eine internationale Organisation handeln. So etwas hätte doch frühzeitig auffallen müssen.«

»Aufgrund unserer Ermittlungen sind wir mehr als überzeugt davon, es mit einer Organisation zu tun zu haben. Die Frage lautet an sich nur noch, wie schlagkräftig sie ist und worin ihre genaue Zielsetzung besteht beziehungsweise warum sie ihre Anschläge ausgerechnet in Deutschland durchführt.«

»Vielleicht ist Deutschland erst der Anfang.«

»Das wäre das schlimmst anzunehmende Szenario. Nicht auszudenken, wenn sich aus der Geschichte ein internationaler Flächenbrand entwickeln sollte. Das hätte uns bei all den Brandherden weltweit noch gefehlt.«

»Na ja, wir wollen hoffen, dass wir etwas herausbekommen. Auf jeden Fall kann ich Ihnen zusichern, dass wir die politischen Kontakte des Bankiers durchleuchten werden. Ich habe dies bereits mit meinem Vorgesetzten abgestimmt. Er gibt uns volle Rückendeckung. Eine Observation beziehungsweise Abhörmaßnahmen kann ich Ihnen leider nicht anbieten. Zumindest solange wir keine eindeutigen Beweise vorlegen können. Gerade bei einem Bankier, würde das in der Schweiz zu unglaublichen Verwicklungen führen.«

»Auch wenn mir die Observation des Bankiers am Herzen läge, habe ich dafür Verständnis und danke

Ihnen sehr für Ihre Bemühungen. Wir können im Moment jegliche Unterstützung brauchen.«

Der Bankier, ein korpulenter, grauhaariger Mann mit kalten blauen Augen, betrat in arrogant lässiger Weise das Verhörzimmer und setzte sich genau gegenüber der Web Cam, die das Bild übertrug, an den Tisch.

Major Barrilier schaltete ein Aufnahmegerät ein und begann mit der Befragung: »Herr Barngalio, ich möchte Sie zunächst darüber in Kenntnis setzen, dass uns Herr Hauptkommissar Sacher vom deutschen Bundeskriminalamt zugeschaltet ist. Bei unserer Befragung geht es um die schweren Anschläge in Deutschland, von denen Sie sicherlich in der Presse gehört haben.«

»Selbstverständlich. Ich wüsste nur nicht, wie ich zur Aufklärung dieser Angelegenheit beitragen könnte.«

»Nun, einer Ihrer Angestellten entzog sich nach dem heutigen Anschlag in Bonn durch Suizid der Verhaftung, wobei er versuchte noch einige deutsche Polizeibeamte mit in den Tod zu reißen. Sein Name lautet Jaques Stübele. Was können Sie mir zu diesem Mitarbeiter sagen?«

»Sie werden verstehen, dass ich nicht über alle meine Mitarbeiter Detailwissen besitze. Herr Stübele war einer unserer Key-Account Manager und zeichnete für unser Geschäft in Westdeutschland verantwortlich. Ich war selbstredend über seinen heutigen Aufenthalt in Bonn informiert. Aber dass er in solch schreckliche Dinge verstrickt war, konnte natürlich niemand von uns ahnen. Ansonsten hätten wir ohne Frage sofort reagiert. Will heißen, wir hätten uns von dem Mitarbeiter getrennt und Sie über die drohende

Gefahr informiert.«

»Sie haben demnach nie irgendwelche antiislamischen Äußerungen aus seinem Umfeld gehört?«

»Nein. Er war sicherlich genauso wie ich für ein Minarett Verbot sowie für eine Zuwanderungsbegrenzung, doch eine solche Radikalisierung hätte ich bei ihm nicht für möglich gehalten.«

Sacher wurde das Gespräch zu einseitig. »Herr Barngalio, kennen Sie zufällig Ingbert Meynhard?«

»Ja, wir waren sehr gut befreundet. Ich habe mit Trauer von seinem Ableben erfahren. Der Abt des Klosters, in dem er ein Priesterseminar leitete, rief mich heute Nachmittag an. Es war ein großer persönlicher Verlust für mich. Wir lernten uns damals kennen, als er noch Generalvikar war. Unsere Bank unterhielt seinerzeit sehr gute Geschäftsbeziehungen zu der betreffenden Diözese in Deutschland. Daraus entwickelte sich dann eine sehr herzliche Freundschaft. Wir besuchten uns regelmäßig und tauschten gerne bei dem einen oder anderen Glas Wein Gedanken aus. Er war ein hochintelligenter Mann sowie ein außerordentlich guter Freund.«

»Sehen Sie, Herr Meynhard steht als einer der Drahtzieher dieser Vorgänge bei uns in Deutschland fest. Es scheint mir einen sehr faden Beigeschmack zu haben, dass einer Ihrer Freunde eine leitende Funktion in einer Terrorgruppierung einnimmt, einer Ihrer Angestellten bei einem Anschlag mitwirkt und Sie behaupten rein gar nichts von diesen Vorgängen zu wissen.«

»Wie bereits erwähnt, leitete Stübele unseren Bereich Westdeutschland. Er kannte Meynhard natürlich auch. Wobei ich noch einmal betonen möchte, dass beide genannten mir nie mit etwaigen radikalen Vorstellungen gegenübergetreten sind. Ich bin sehr überrascht von dem, was Sie mir da erzählen, auch wenn ich selbstredend auf die Integrität der deutschen Ermittlungsbehörden vertraue.«

»Hat Sie Meynhard zu irgendeinem Zeitpunkt weiteren Personen aus seinem Umkreis vorgestellt?«

»Nein. Zu keinem Zeitpunkt.«

»Sie sagten, dass Sie Meynhard regelmäßig besuchten. Wo besuchten Sie ihn? In Trier oder in Polen?«

»Sowohl als auch. Ich war ebenso des Öfteren in seiner ehemaligen Diözese zu Besuch. Hauptsächlich traf ich ihn jedoch in seinem bescheidenen Appartement in Trier.«

»Bei Ihren Besuchen sind Ihnen keine Personen aus seinem Umfeld aufgefallen? Ich frage das, weil er in Polen eine Studentengruppe um sich versammelte.«

»Das habe ich wohl mitbekommen, aber ich hatte mit denjenigen nie Kontakt. Er trennte Privates immer gern von Beruflichem. Ich halte Ihre Schlussfolgerungen indes für sehr übertrieben. Es ist etwas völlig Normales, wenn ein beliebter Professor seine Lieblingsstudenten das eine oder andere Mal einlädt. Sie haben wohl nicht studiert?«

»Fragen stelle ich und Schlussfolgerungen obliegen ebenfalls mir. Wie stehen Sie zu den Anschlägen? Sie sind ja schon mehrfach durch Ihre islamophobe Einstellung auffällig geworden.«

»Also das ist eine Aussage, die nur von einem Deutschen kommen kann. Ich habe mich sowohl für das Minarett Verbot als auch für eine Begrenzung der in unser Land einwandernden Muslime nur deshalb verwendet, da dies weder unserer Kultur noch unserer Wirtschaft zuträglich ist. Außerdem wollen wir

Schweizer unsere nationale Identität wahren. Euch Deutschen scheint so etwas ja vollkommen gleichgültig zu sein. Ihr macht doch Einwanderungspolitik mit dem Pfefferstreuer. Getreu dem Motto, es werden schon ein Paar dabei sein, die wir brauchen können. Eure Frauen sind zu karrieregeil, um Kinder zu bekommen, und wenn sie sich dafür entscheiden, vermischen sie sich noch mit den Migranten und letztlich haltet ihr euch hordenweise Muslime als Haustiere. Ihr gebt ihnen Obdach, ihr füttert sie und ihr streichelt sie, ohne dafür auch nur eine Gegenleistung zu erwarten. Wie viele von denen leben denn bei euch von Sozialleistungen und haben noch niemals gearbeitet beziehungsweise haben dies auch gar nicht vor? Wenn ihr Deutschen gerne eure Nation abschaffen wollt, dann tut das meinetwegen. Aber erwartet gefälligst nicht von anderen, euer aufgesetztes Gutmenschentum zu unterstützen. Wir Schweizer machen das, was unserer Nation zuträglich ist, und das ist keine Islamophobie, sondern Patriotismus, der euch Deutschen ja völlig abhandengekommen ist beziehungsweise bei euch bereits in die Nazi-Ecke gestellt wird. Ihr Deutschen seid schlichtweg verrückt geworden. Erwartet also nicht, dass wir Schweizer so etwas mitbetreiben.«

»Herr Barngalio, ich wollte mit Ihnen keine politische Debatte beginnen, sondern lediglich Ihre Einstellung erfragen, die Sie auch mehr als deutlich gemacht haben. Da Sie nun jedoch gegenüber mir in Rage geraten sind, will ich mich an dieser Stelle aus dem Interview ausklinken. Sollten sich weitere Fragen ergeben, melde ich mich dann direkt bei Ihnen.«

»Das ist mir recht.«

Nachdenklich lehnte sich Sacher zurück. War dieser Mann nur ein Freund Meynhards, der durch eine ähnliche Gesinnung zu ihm gefunden hatte oder war er in selber Weise wie der Geistliche in diese Dinge verstrickt? Immerhin würde Letzteres bedeuten, dass er seine außergewöhnlich hohe Position im internationalen Bankgeschäft aufs Spiel setzte. Die Schweizer Banken verwalteten bedeutende Summen aus muslimischen Vermögen. Insofern konnte ihn eine solche Sache seine gesamte Karriere kosten.

Sacher warf einen Blick in das Dossier, das ihm Katrin angefertigt hatte. Barngalio war achtundfünfzig Jahre alt und hatte sich innerhalb des Schweizer Bankwesens durch alle Positionen hochgearbeitet. Seine Frau saß im Aufsichtsrat eines Schweizer Versicherungskonzerns. Die beiden Söhne waren ebenfalls erfolgreiche Banker. Sicherlich besaß Barngalio ein Multimillionenvermögen sowie umfangreichen Einfluss. War ein solcher Machtmensch wirklich bereit seine Stellung oder gar sein Leben zu riskieren nur um Muslime umzubringen? Sacher musste erst einmal ein paar Stunden darüber schlafen. Dann sollten seine Gedanken dazu klarer sein.

In der Zwischenzeit hatte Katrin bei der Überprüfung der Studenten Meynhards entscheidende Fortschritte gemacht. Zahlreiche seiner Studenten waren im Laufe der Zeit einer konservativen Bruderschaft beigetreten, die selbst in katholischen Kreisen als gefährlich galt, da ihre Priester für ihre Hetzreden gegen Andersgläubige und Homosexuelle bekannt waren. Dennoch konnte sich Katrin nicht vorstellen, dass eine offiziell bekannte Organisation hinter diesen Dingen steckte. Für die Mitglieder deren Beteiligung nachgewiesen würde, stand einfach viel zu viel auf dem Spiel, um ein solches Risiko einzugehen.

Als sie ein weiteres Mal die Listen des Klosters durchging, entdeckte sie jedoch einen Namen, der sie interessierte. Primosz Zenker. Immerhin suchten sie noch eine Person mit den Initialen, PZ. Um eine Übersicht über das Wirken dieses Mannes zu erhalten, gab sie den Namen sowohl in die offiziellen Suchmaschinen ein als auch in das Intranet von Europol. Letzteres lieferte ihr außerordentlich schnell ein komplettes Dossier.

Primosz Zenker war fünfunddreißig Jahre alt und ein bulliger, blonder Hüne, der mehr an einen Catcher als an einen Priester erinnerte, was durch seine vielfältigen Tätowierungen noch verstärkt wurde. Seit zwei Jahren durchlief er das Priesterseminar. Doch seine Vorgeschichte sprach ein anderes Bild von ihm. Nach einer mittleren Schulbildung war Zenker als Soldat in die slowenische Armee eingetreten und diente dort bis zu seinem sechsundzwanzigsten Lebensjahr. Während seiner Militärzeit erhielt er mehrere Orden, wurde am Ende jedoch unehrenhaft entlassen, wobei man ihm diese wieder aberkannte. Laut seiner Akte hatte er eine Unterschlagung begangen und war nach der Aufdeckung derselben, gegenüber einem Vorgesetzten handgreiflich geworden. Danach verwandelte sich sein Leben in ein einziges Chaos. Drei Jahre trieb er sich in der Fremdenlegion herum, wobei er unter anderem in Afghanistan Kampferfahrung sammelte. Auffällig schien hierbei, dass er dort in einer Scharfschützeneinheit gedient hatte. Seiner Militärzeit folgend, brachten ihn dann mehrere kriminelle sowie fremdenfeindliche Straftaten ins Gefängnis. Dort entließ man ihn jedoch frühzeitig aufgrund guter Führung. In der Begründung für die Entlassung gab es auch einen Verweis auf die Rückbesinnung auf christliche Werte sowie seinen Wunsch sich in dieser Hinsicht weiterzubilden. Ingbert Meynhard hatte sich offensichtlich für ihn stark gemacht, denn er wurde hinsichtlich der Änderungen im Leben von Primosz Zenker persönlich genannt. War es möglich, dass es sich bei ihm um einen weiteren Attentäter handelte? Derzeit konzentrierten sie sich diesbezüglich auf die Initialen CL, weil Meynhard hinter diesen die beiden Anschlagsorte verzeichnet hatte. Sie musste dringend Manger Bescheid sagen. Er wollte sich ohnehin über CL erkundigen, und wer sagte denn, dass es zwischen den beiden Männern keine Verbindung gab. Vielleicht würde sie sich auch persönlich hinter die Angelegenheit klemmen. Immerhin hatte sie sich bei der Dekodierung von Meynhards Liste zu dämlich angestellt. Hätte sie doch nur vorher das Offensichtliche gesehen. War sie Schuld am Tod dieser vielen Menschen?

Manger stand in diesem Moment in der Tür und schien ihre Gedanken zu erraten. »Hör auf dir Vorwürfe zu machen. Du hast die Bomben nicht gelegt. Es dauert halt manchmal eine Zeit, bis man ein Rätsel löst. Auch wenn es sich, nachdem man die Lösung weiß, als kinderleicht darstellt. Letztlich, hat Sacher recht, es ist ohnehin nur der Sorglosigkeit von Meynhard zu verdanken, dass ihr überhaupt an diese Information gekommen seid. Es bringt uns nicht vorwärts, wenn wir das Geschehen zu nah an uns heranlassen.«

Langsam kam er zum Schreibtisch herüber und nahm seine Freundin in den Arm.

»So haben wir uns den Start unserer Beziehung nicht vorgestellt, oder?«, überlegte Katrin. »Vor einer Woche war alles noch unbeschwert und jetzt stecken wir in einem Fall, der schrecklicher nicht sein könnte.«

»Das ist nun mal unser Beruf. Wir werden langfristig beides unter einen Hut bringen müssen. Sonst wird es schwer und ich will nicht wagen daran zu denken, wieder ohne dich durchs Leben zu gehen. Du weißt, wie kaputt ich war, als wir uns damals in unseren ersten Fall stürzten.«

»Na ja, wollen wir mal nicht so weit denken. Ich habe übrigens etwas Interessantes herausgefunden.« Katrin berichtete kurz über ihre Bedenken bezüglich Primosz Zenker.

»Das sollten wir auf jeden Fall in unsere Überlegungen mit einbeziehen«, antwortete Manger. »Ich werde unseren Kollegen Kommissar Novak in Polen anrufen, damit er den Mann vorläufig festnimmt. Dann können wir es so machen, wie mit dem Schweizer Bankier und Zenker via Internetkonferenz verhören. Außerdem hatten wir ja beschlossen, jeden Verdächtigen zu schützen, damit uns nicht weiterhin die Zeugen abgeschlachtet werden. Wenn wir ihn in die Finger bekommen, werden wir sicherlich besser vorankommen.«

»Das wollen wir hoffen.«

Aysun tauchte in der Tür auf. »Es hat einen Selbstmordanschlag auf Gerd Richter gegeben. Das ist der Vorsitzende dieser islamfeindlichen Partei, die allerorts Proteste organisiert. Seine Frau und die drei gemeinsamen Kinder sind ebenfalls bei der Explosion ums Leben gekommen. Offensichtlich handelt es sich um eine Vergeltungsaktion. Wer will mit mir nach Köln fahren? Die Hotline ist so oder so voll von Meldungen verschiedener Zeugen, die den Attentäter gesehen haben wollen. Die Polizei prüft die Angaben und wird die ernstzunehmenden an uns weitergeben. Insofern wäre es mir im Moment lieber einen Einsatz zu fahren, als die Auswertung vorzunehmen.«

»Scheiße, jetzt haben wir den Salat«, regte sich Katrin auf. »Wenn sich das hochschaukelt, sind wir geliefert. Lass uns den Tatort inspizieren, Aysun. Ich muss hier sowieso raus.«

»Macht das«, sagte Manger matt, »ich achte auf die Hotline«.

In der Zwischenzeit telefonierte Barngalio, über sein Krypto-Handy, mit seinem amerikanischen Kollegen.

»Ich wurde heute verhört. Jaques ist tot.«

»Er hat einen Fehler gemacht und die Konsequenzen daraus gezogen. Mehr ist nicht passiert.«

»Sie konnten eine Verbindung zwischen Meynhard und mir herstellen.«

»Ja, es war wahrscheinlich ein Bild von dir auf seinem Computer gespeichert. Ich bekam inzwischen Nachricht aus Polen. Die Ermittler waren vor Ort und beschlagnahmten seinen Rechner. Außerdem hinterließ Meynhard wohl etwas in seinem Appartement, was wir übersehen haben, aber ihnen offenbar als Spur dient. Meynhards Tod war insofern zwingend notwendig. Er war unfähig. Hast du ihnen etwas gesagt?«

»Nein, sie können mir auch nichts. Ich habe die Freundschaft zu Meynhard zugegeben, um ihnen sofort den Wind aus den Segeln zu nehmen. Die Ermittler können aber nicht die geringste Verbindung zwischen den Ereignissen und mir herstellen.«

»Sorge dafür, dass das so bleibt. Unser Mann ist inzwischen in Sicherheit. Es kommt mir langsam so vor, als wäre er der einzige Profi, den wir beschäftigen. Das ist alles sehr unbefriedigend. Deshalb werde ich mich auch auf die Suche nach weiteren geeigneten

Männern machen, die unsere Sache forcieren können. Wobei sich jedoch ein Erfolg anbahnt. Wie mir von einem meiner Informanten zugetragen wurde, gab es eine Vergeltungsaktion für das Attentat. Wir wollen sehen, ob wir uns nicht bald aus Deutschland zurückziehen können. Ich kann mir nicht vorstellen, dass sich die rechte Szene in Deutschland die Tötung eines ihrer Vorredner gefallen lässt. Lass uns aber zunächst einmal Funkstille halten, denn wir können davon ausgehen, dass sich langsam auch die CIA beziehungsweise die Briten in die Sache einmischen. Zumindest was konkrete Abhörmaßnahmen betrifft, wobei die Deutschen inzwischen ja selber dahingehend aufgerüstet haben. Insofern kann jedes Telefonat, auch wenn es noch so gesichert ist, zu unserer Entdeckung führen. Ich melde mich bei dir.«

»Das ist in Ordnung. Auf bald.«

Sacher wurde von der polternden Stimme seines Chefs aus dem kurzen Schlaf gerissen. »Verdammt nochmal, Sacher. Was geht in der Angelegenheit vorwärts? Allein der Anschlag in Bonn war eine Katastrophe. Jetzt noch ein Selbstmordanschlag in Köln. Was denken Sie sich eigentlich, wie wir dastehen? Inzwischen rückt mir nicht nur der Innenminister auf den Pelz, sondern das Außenministerium macht sich ebenfalls ernste Sorgen um die Situation. Sie legen sich bereits einen Notfallevakuierungsplan für unsere Botschaften in den muslimischen Ländern zurecht. Außerdem hat das Außenministerium im Moment genug mit anderen Krisen zu tun, da müssen wir nicht selbst noch eine produzieren. Und geben Sie gefälligst eine vernünftige Pressekonferenz. In der Sache ist jetzt Transparenz gefragt.«

»Wir sind nah an der Truppe dran. Inzwischen steht ein Bankier aus der Schweiz im Fokus. Wenn wir erst einmal den Attentäter haben, werden wir zumindest die Anschläge stoppen können, denn bei allen anderen bisher aufgespürten Personen handelte es sich um keine Militärs. Ich habe heute im Radio alles gesagt, was die Öffentlichkeit wissen darf.«

Manger mischte sich ein: »Katrin hat herausgefunden, dass CL nicht unbedingt der einzige Attentäter sein muss. Sie ist in den Akten des Klosters auf einen Primosz Zenker gestoßen, der ebenfalls dazu in der Lage wäre solche Anschläge durchzuführen. Insofern stehen der Organisation wohl zwei fähige Attentäter zur Verfügung. Katrin und Aysun sind inzwischen nach Köln gefahren, um den Tatort des Selbstmordanschlags zu inspizieren. Ich bin mit der Auswertung der Hotline-Daten beschäftigt. Die Polizei arbeitet fieberhaft. Die CIA und der BND werden sich sicherlich bald wegen möglicher abgehörter Informationen melden und mein Freund Scott Sanders will sich um Informationen bezüglich eines CL sowie Primosz Zenker bemühen. Mehr können wir, so glaube ich, im Moment nicht tun.«

Sachers Chef schüttelte den Kopf. »Das mag sein, aber es muss schneller gehen und die Bürger, vor allem die Muslime, müssen darüber informiert werden, dass hier etwas vor sich geht. Wenn Sie keine Pressekonferenz geben wollen, Sacher, machen Sie zumindest eine umfangreiche Mitteilung für die fertig. Sie wissen, wie gallig die seit der NSU-Terrorserie sind.«

»Setzen Sie da die Presseabteilung dran. Wir können nicht unter Hochdruck ermitteln und dann auch noch mit der Presse rumhantieren«, giftete Sacher zurück.

»Ist in Ordnung. Schauen Sie aber noch einmal über den Bericht, bevor er rausgeht. Nicht, dass dann noch mehr Verwirrung gestiftet wird. Sie halten mich permanent auf dem Laufenden. Frohes Schaffen.«

Nachdem der Chef gegangen war, wandte sich Sacher an Manger: »Was heißt Selbstmordanschlag in Köln?«

»Auf den Chef der rechtsgerichteten Demonstranten ist ein Anschlag verübt worden. Wir wollten dich nicht wecken.«

»Blödsinn, wenn irgendetwas passiert, muss ich sofort informiert werden, egal wie. Wie weit bist du mit deinen Nachforschungen über den Attentäter?«

»Also es gibt in den Dateien von Euro- und Interpol keinen bekannten Attentäter mit den Initialen CL. Primosz Zenker ist ebenfalls in Bezug auf Tötungsdelikte nicht aktenkundig, wobei Katrin hier einiges ermitteln konnte«, antwortete Manger, während er die Aufzeichnungen übergab. »Wie erwähnt, habe ich Scott Sanders bereits gebeten, mal in den amerikanischen Unterlagen nachzusehen. Darüber hinaus habe ich inzwischen mit Kommissar Novak aus Polen telefoniert. Er wollte sich melden, sobald er Zenker festgenommen hat.«

»Okay, und was ist mit der Hotline?«

»Es gibt zahlreiche Meldungen aus der Bevölkerung. Leider beziehen sich diese auf die gesamte Republik, was ja nun einmal nicht stimmen kann. Die Polizei geht den vielversprechendsten Spuren nach.«

»Verdammt, so ein Verwandlungskünstler kann er auch nicht sein. Wir hatten doch schon ein Bild von ihm.«

»Die Frage ist, inwieweit das ursprüngliche Bild denn schon von seinem tatsächlichen Aussehen abweicht.«

»Katrin soll da mal was mit dieser biometrischen Software probieren, die ist zwar nicht sonderlich treffsicher, aber eine kleine Chance ist es. Wir müssen den Kerl jetzt kriegen.«

In diesem Moment klingelte Mangers Handy. Nach kurzem Telefonat, wandte er sich erneut an Sacher: »Das war Novak. Primosz Zenker ist flüchtig. Es gilt inzwischen als sicher, dass er über den Grenzübergang Frankfurt/Oder nach Deutschland eingereist ist.«

»Verflucht, auch das noch. Kümmere du dich weiter um die Auswertung der Hotline Daten. Ich gebe die Fahndung selber raus, von dem gibt es ja in den Unterlagen des Klosters auf jeden Fall ein aktuelles Foto.

Katrin und Aysun kamen kurz vor halb zwei Uhr morgens am Tatort an, der nach wie vor von Blaulichtern umringt wurde. Die Feuerwehr hatte den Brand inzwischen unter Kontrolle gebracht. Die Schutzpolizei riegelte den Bereich ringsum ab und die Kriminalpolizei beschäftigte sich damit, die Anwohner zu befragen. Auch Teams der Gerichtsmedizin sowie der KTU hatten bereits die Arbeit aufgenommen, sodass die beiden Beamtinnen diese als Erstes ansteuerten.

»Guten Morgen«, begrüßte Katrin die Beamten, »gibt es schon etwas zum Tathergang?«

Der Gerichtsmediziner nickte. »Der Anschlag wurde sehr simpel ausgeführt. Der Attentäter klingelte. Das Opfer öffnete, woraufhin sich der Attentäter in Richters Arme warf, ihn festhielt und die Bombe zündete. Das können wir an den ineinander verkeilten Leichenfragmenten ersehen. Der Bursche hatte so ziemlich alles unterm Pulli was explodiert und gut brennt. Neben Spuren von Nitroglycerin konnten wir auch noch Rückstände von Dynamit und Acetylen nachweisen. Insofern wird es schwer, den Mann genau zu identifizieren.«

Ein Mitarbeiter der KTU mischte sich ein: »Aufgrund des holzvertäfelten Innenraums sowie haufenweise eingelagerter brennbarer Stoffe, zu denen ihr euch nebenbei gesagt, auch eure Gedanken machen solltet, gab es eine Kette weiterer Explosionen, was die Intensität des Brandes erklärt. Unter den Umständen ist es nur normal, dass da keiner lebend rausgekommen ist. Neben dem Attentäter gibt es noch insgesamt fünf weitere Tote. Bis zur endgültigen Identifizierung der Leichen durch die Gerichtsmedizin müssen wir annehmen, dass es sich um Herrn Richter, seine Frau sowie drei Töchter im Alter zwischen acht und sechzehn Jahren handelt. Weiteres später, wenn die Laborauswertungen stehen.«

Als nächstes wandte sich Katrin an den Leiter der Kriminalpolizei: »Ist bei der Befragung der Anwohner etwas herumgekommen?«

»Auf jeden Fall. Mehrere Leute sahen einen silbernen Mercedes 190 vor dem Haus parken. Diese alten Kisten fahren nicht mehr so häufig umher. Dementsprechend haben wir im weiteren Umfeld nachgeforscht und festgestellt, dass ein solches Fahrzeug kurz nach dem Anschlag an einer Tankstelle in der Nähe getankt hat. Der Tankstellenpächter sagte aus, dass ein dunkelhäutiger, langbärtiger Mann ausgestiegen sei, der die Rechnung bar bezahlt hätte. Auf der Videoaufzeichnung konnten wir das Kennzeichen erkennen. Wir haben den Namen des Fahrzeughalters bereits ermittelt.« Der Beamte kramte kurz in seinen

Unterlagen und drückte Katrin ein Notizblatt mit Namen und Adresse des Halters in die Hand.

»Wir kümmern uns darum«, antwortete Katrin.

Nur fünfzehn Meter entfernt, versteckt in einem Gebüsch, hatte ein kahlköpfiger Mann die Unterhaltung mit angehört. Nun wendete er sich lautlos in die Gegenrichtung und lief im Schutz großer, dichter Sträucher durch einen kleinen angrenzenden Park auf ein mit laufendem Motor parkendes Auto zu. Innerhalb des Fahrzeugs wandte er sich mit seinem Bericht über das Gehörte an den ebenfalls kahlköpfigen Fahrer.

Dieser reagierte mit einem erfreuten Lächeln: »Ich weiß, wer das war. Der Muchel heißt Kemal. Zufällig weiß ich auch, wo der wohnt.«

»Sollen wir das Attentat beantworten?«

»Wie kannst du so etwas fragen? Richter war uns zwar offiziell nicht zugetan, aber immerhin hat er etliche Leute von uns vor Gericht verteidigt, unter anderem mich. Wir werden selbstverständlich Rache nehmen. Wir können uns doch von den scheiß Kanaken nicht auf der Nase rumtanzen lassen. Wir müssen allerdings schnell sein. Die beiden Schlampen vom BKA machen sich sicherlich gleich auf den Weg und wahrscheinlich sind auch schon Bullen vor Ort. Andererseits werden sie zu seiner offiziellen Adresse fahren oder zu dem Gebetsraum, wo er sich gewöhnlich aufhält. Ich kenne jedoch seinen Unterschlupf. Seine Cousine besitzt ein Haus in Euskirchen. Er versteckt sich sicherlich dort. Wir holen uns noch zwei Mann Verstärkung, dann fahren wir dorthin.«

Ohne ein weiteres Wort zu verlieren, beschleunigte der Mann das Fahrzeug, verblieb jedoch bei der vorgeschriebenen Höchstgeschwindigkeit, um ihren

Plan nicht von der Verkehrspolizei vereiteln zu lassen. Im Auto wandte sich Aysun an Katrin: »Hattest du auch das Gefühl, dass wir die ganze Zeit beobachtet wurden?«

»Eigentlich nicht, aber ich habe mich auf die Gesprächspartner konzentriert. Die Polizei hat ja alles abgesperrt und weitere Kräfte sind auch vor Ort. Glaubst du, die Gesinnungsgenossen von Richter schlagen so schnell zurück? Immerhin ist es tiefe Nacht und wir haben noch keine offizielle Nachricht über den Anschlag zugelassen.«

»Möglich ist es. Soweit ich weiß, wohnen diese Leute gerne einmal in derselben Wohngegend. Einer der Nachbarn könnte demnach bereits einer Einheit Bescheid gegeben haben.«

»Wir werden sehen.«

Eine halbe Stunde später erreichten sie die Adresse, unter der sie ein heruntergekommenes achtstöckiges Haus vorfanden. Als sie sich diesem näherten, lief ihnen bereits ein Polizeibeamter entgegen.

»Er ist nicht hier. Ich habe einige Kollegen zu einem Gebetsraum geschickt, um dort nach ihm zu suchen.«

Aysun nickte. »Lassen Sie uns trotzdem einmal durch. Wir wollen die Anwohner selbst befragen.«

Langsam gingen die beiden auf das Haus zu, vor dem sich, vom starken Polizeiaufgebot geweckt, eine schlaftrunkene, aggressive Masse von türkischen und arabischen Menschen versammelt hatte. Vor der Menschenmasse befanden sich zwei deutschtürkische Polizeibeamte in glühender heimatsprachlicher Diskussion.

»Guten Morgen«, begrüßte Aysun die beiden Beamten auf Türkisch.

»Die sind hier störrisch, wie die Esel«, antwortete einer der Beamten sichtlich genervt. »Sie sagen, wir sollen sie in Ruhe lassen. Sie hätten nichts mit der Sache zu tun. Außerdem sollen wir uns lieber um die Mörder ihrer Landsleute kümmern. Ich glaube, Sie treffen hier eindeutig auf Beton.«

»Das ist ja nichts Neues. Solange es sich um Straftaten an ihnen handelt, bekommen sie nicht genug davon, uns für unsere Untätigkeit zu beschimpfen, sobald wir jedoch gegen die ihrigen ermitteln, treffen wir auf eine Mauer des Schweigens.« Aysun wandte sich nun selbst an die Bürger: »Guten Abend, meine lieben Mitbürger, Özdemir mein Name vom Bundeskriminalamt. Wir ermitteln bezüglich des Anschlags in Bonn und haben Fragen in Bezug auf die Vergeltung, die definitiv an dem Falschen verübt wurde.«

»Sie dürfen uns nicht falsch verstehen, Frau Kommissarin«, fiel ihr ein bulliger türkischer Mann ins Wort. »Wir wollen nichts mit Salafisten zu tun haben. Wir hassen diese Extremisten genauso, wie die Deutschen es tun. Aber es sind Muslime und niemand hat den Anschlag verhindert.«

»Als Erstes, werden Sie uns wohl zubilligen, dass wir auch nur Menschen sind und somit nicht alles verhindern können. Die gesamte deutsche Polizei ermittelt auf Hochtouren, sodass es uns inzwischen möglich war, mehrere der Tatbeteiligten zu erwischen. Sie haben sich gegenseitig oder selbst umgebracht und somit die gerechte Strafe bereits erhalten. Uns fehlen nur noch die Haupttäter. Um diese zu finden, müssen wir aber alles, was sich rund um diese Anschläge ereignet, genau unter die Lupe nehmen. Also seht bitte von eigener Vergeltung ab. Wir übernehmen die Bestrafung und wie ihr seht, bekommen wir die Personen auch nach und nach in die Finger. Wenn jemand in eurem Umfeld davon spricht, das Gesetz selbst in die Hand zu nehmen, sagt uns bitte sofort Bescheid. Keiner von euch weiß, wer an dem Anschlag beteiligt war. Wollt ihr wirklich Schuld auf euch laden und einen Unschuldigen umbringen, nur weil ihr der deutschen Polizei nicht traut? Helft uns bitte, diesen Kemal zu finden. Denn er ist genauso schuldig, wie die Personen die den Anschlag auf dem Marktplatz durchgeführt haben. Sagt uns auch, wer seine Unterstützer sind.«

»Keiner von uns war daran beteiligt. Was dieser Kemal macht, haben wir keine Ahnung. Wir haben keinen Kontakt zu ihm und keiner von uns würde auf die wahnsinnige Idee kommen Selbstjustiz zu machen. Ich weiß nur, dass er sich immer in der Nähe des Gebetsraumes dieser Sekte herumgetrieben hat. Dort war auch immer ein junger Deutscher mit dabei. Ein blonder. Ich glaube er heißt Michael. Außerdem gehörte noch einer namens Ibrahim zu Kemals Clique. Diese Sekte ist sehr extrem und steht auch unserem Moscheeverein feindlich gegenüber. Ansonsten weiß ich nichts über die.«

Eine ältere Frau meldete sich zu Wort: »Kemal war früher ein braver Junge. Erst nach dem Tod seines Vaters, als die Prediger dieser Sekte ihn für sich einnahmen, ist er so hasserfüllt geworden. Dann kämpfte er in Syrien und wurde dadurch immer radikaler. Ich weiß, dass er früher oft die Schulferien bei seiner Cousine in Euskirchen verbrachte. Der Mann von ihr besitzt einen Gebrauchtwagenhandel. Sie wohnen dort in einem kleinen Haus. Wo das genau ist, weiß ich nicht. Ich weiß auch nicht, wie die heißen, aber dort könnten Sie ihn vielleicht finden.«

»Gut, Sie haben uns sehr geholfen. Danke.«

Aysun drehte sich zu Katrin um und berichtete ihr, was sie soeben besprochen hatte.

»Okay, das heißt wir müssen auf jeden Fall nach Euskirchen. Wollen wir in der Zwischenzeit hoffen, dass die Zentrale anhand der Personalien dieses Kemal herausfindet, wo das ist. Wir brauchen ungefähr eine halbe Stunde dorthin. Bis dahin sollte auch die Dämmerung einsetzen, dann fällt der Zugriff leichter.

Kemal saß gemeinsam mit Ibrahim in einem Schuppen am Ufer eines breiten Bachs hinter dem Haus seiner Cousine, bei einer kargen Mahlzeit.

»Sobald wir ausgeruht haben, machen wir uns über die Grenze nach Belgien auf«, sagte Kemal. »Dort kenne ich jemanden, der uns helfen wird aus der EU herauszukommen. Wir können uns erst einmal in die Türkei zurückziehen. Sollte uns die Polizei vorher schnappen, ist es aber auch nicht weiter schlimm. Immerhin haben wir nichts getan. Es war allein Michael. Woher sollten wir wissen, was er vor hat? Insofern glaube ich nicht, dass wir Schwierigkeiten bekommen.«

»Was ist, wenn uns die Leute dieses Mannes auf die Schliche kommen?«, fragte Ibrahim ängstlich.

»Wie sollten sie das? Woher wollen sie wissen, wo wir sind? Nein, du brauchst dir keine Sorgen zu machen. Wir haben Großes getan, um unsere Brüder zu rächen. Allah wird uns belohnen.«

»War da nicht eben ein Knacken?«

»Hör auf damit.«

»Ich bin mir sicher, dass ich was gehört habe.«

»Du sollst jetzt still sein. Ich gehe gleich nachschauen. Leg dich hin und schlaf, dann verschwindet deine Furcht.«

Die beiden Kahlköpfe schlichen langsam auf den Schuppen zu.

»Im Haus war keiner, also ist er im Schuppen«, raunte der Größere.«

»Die beiden anderen nähern sich von den Seiten. Hoffentlich entkommen die Muchel nicht über die Rückseite, des Schuppens.«

»Dort ist ein Bach, wenn sie da durchwollen, würden wir es hören. Aber ab jetzt nur noch Handzeichen, sonst hören die uns noch.«

Durch ein kurzes Aufleuchten eines Feuerzeugs signalisierten ihnen ihre Mitstreiter, dass sie ihre Position erreicht hatten. Mit grimmigem Lächeln, luden die beiden ihre Pumpguns durch.

»Ich bin mir aber jetzt wirklich sicher, etwas gehört zu haben. Irgendeine Art Ratschen«, flüsterte Ibrahim beunruhigt.

»Beruhige dich, ich habe eine Pistole dabei. Ich nehme eine Taschenlampe mit und gehe nachschauen. Du bleibst in jedem Fall hier. Auf dem Land gibt es immer wieder jede Menge Geräusche, die überhaupt keine Gefahr bedeuten. Du brauchst keine Angst zu haben.«

Kemal lud seine Pistole durch. Um einfach durch die Vordertür herauszugehen, hatte er in Syrien zu viel gelernt und so öffnete er eine in Richtung des Bachs liegende kleine Luke. Kemal hatte die Geräusche ebenso vernommen, wie Ibrahim. Doch er wollte den Jungen nicht weiter beunruhigen, damit Ibrahim nicht vor lauter Angst begann Fehler zu machen. Er war sich sicher, dass vor der Hütte eine ganze Horde auf ihn wartete. Mindestens zwei von ihnen hatten ihre Pumguns durchgeladen. Er musste beinahe schmunzeln, als er an Ibrahims Worte dachte. Irgend so eine Art Ratschen. Der Junge war nicht mal in der Lage eine Waffe an ihrem Geräusch zu erkennen. Es wurde Zeit, dass er ausgebildet wurde. Doch im Moment musste Kemal sich konzentrieren. Lautlos ging er im dichten Schilfgürtel am Ufer des Bachs in Deckung. Das schnell fließende Wasser mündete nicht weit von seiner Position in einem künstlich angelegten See, sodass es schon eine Armlänge vom Ufer entfernt tief genug war, um unterzutauchen.

Seinen Revolver über Kopf haltend, schob er sich langsam durch das im Mondlicht funkelnde Wasser, bis er am Ufer eine Gestalt sah. Nun wusste er, wer ihnen auflauerte. Hinter einer nahe dem Ufer stehenden Ulme kauerte ein kahlköpfiger Mann mit einer abgesägten Schrotflinte und wartete auf seinen Einsatz. Kemal konnte sich genau vorstellen, was die Gruppe plante. Zwei würden sich von der Seite anschleichen und die beiden anderen, deren Pumpguns er gehört hatte, stürmten frontal den Schuppen. Das musste verhindert werden. Allein schon wegen dem Jungen.

Er griff unter sein T-Shirt und zog seinen Krummdolch aus der am Gürtel befestigten Scheide. Die schwere Waffe mit ihrer zweischneidigen, zur Messerspitze hin verjüngten Klinge, war ideal, um den Mann lautlos auszuschalten. Ohne irgendein Geräusch zu verursachen, ließ er sich hinter dem Mann aus dem Wasser gleiten. Was dann folgte, war an Schnelligkeit nicht zu überbieten. Wie eine Schlange schoss er nach vorne und durchtrennte dem Skinhead mit einem Ruck die Kehle. Der erste Angreifer war besiegt.

Kemal ließ sich in die Mitte des Bachs treiben und tauchte zur anderen Seite der Hütte. Hier ergab sich dasselbe Bild. Ein Mann kauerte wartend im Gebüsch. Auch dieser stellte kein Problem für ihn dar, sodass der Kahlkopf nur Sekunden später das Schicksal seines Mitstreiters teilte.

Noch zwei, dachte sich Kemal, während er aus dem Bach heraufstieg. Doch in diesem Moment stob Ibrahim schreiend durch die kleine Tür in der Rückwand der Hütte und versuchte sich durch den Bach zu schlagen. Hinter ihm ertönte das dumpfe Bellen der beiden Pumguns. Kemal warf sich nach vorne. Er zielte nur kurz, bevor sein Schuss den Kopf des ersten Angreifers zerschmetterte. Doch der zweite Kahlkopf war selbst für ihn zu viel. Ihre Kugeln schlugen zeitgleich ein, sodass Kemal einen tiefen Schmerz in der Brust fühlte. Ein letztes Mal glitt sein Blick in Richtung des Wassers, in dem Ibrahim mit aufgerissenem Rücken auf halbem Wege zum rettenden Ufer trieb. Kemal hatte die Feinde besiegt. Alles Weitere lag nun in der Hand Allahs. Ein warmes Glücksgefühl stieg in ihm hoch und förderte ein breites Lächeln auf sein Gesicht, als er daran dachte, Ibrahim bald im Paradies wieder in die Arme zu schließen. Dann übermannte auch ihn der Tod.

Fünf Minuten später kamen Katrin und Aysun an dem Haus an, vor dem eine aufgebrachte Menschenmenge in Schlafmänteln wild gestikulierend nach den ebenfalls eintreffenden Polizeifahrzeugen winkte.

»Hier hat es eine Schießerei gegeben«, keuchte ein älterer Herr fast panisch hervor.

»Bleiben Sie bitte zurück«, antwortete Aysun energisch, während sie den Polizisten andeutete, die Menschen vom Tatort fern zu halten. »Wir kümmern uns darum.«

Katrin war nach erfolglosem Schellen an der Haustür bereits um das Haus herum gelaufen und wendete sich angewidert ab.

»Die haben sich gegenseitig abgeschlachtet«, sagte sie resignierend. »Sechs Tote. Die beiden Muslime und vier Skinheads. Zwei davon halb geköpft, die anderen erschossen. Das bringt uns jetzt nicht weiter.«

»Da hast du wohl recht. Aber wir sollten eine Pressesperre über die Ereignisse der Nacht verhängen, bevor sich das noch weiter hochschaukelt.«

»Ich rufe Sacher an. Hoffentlich macht die Chefetage dabei mit.«

Kapitel Zwölf

Zur selben Zeit pfiff Manger durch die Zähne. »Eduard. Ich glaube, wir haben nun endlich eine vernünftige Spur. Die Polizei in Brandenburg meldet einen ausgebrannten, blauen Passat ohne Kennzeichen, nahe Frankfurt an der Oder. Sie konnten einige Teile retten und sagen, dass diese mit den von der Polizei in Kassel ausgegebenen Daten zusammenpassen. Es könnte sein, dass sich unser Attentäter und Primosz Zenker dort getroffen haben. Dass Zenker bei Frankfurt an der Oder die Grenze überquerte, wussten wir ja bereits.«

»Ich sehe schon, wir jetten wieder einmal quer durch die Weltgeschichte, aber hier herumzusitzen bringt uns auch nicht weiter. Übrigens Katrin rief gerade an. Das Attentat ist nahezu aufgeklärt. Die

Beteiligten sind tot. Offensichtlich ein Zusammenstoß mit einigen Rechtsradikalen. Ich habe eine vorläufige Pressesperre veranlasst, wir können im Moment keinen Tumult um diese Sache brauchen. Auch wenn ich fürchte, dass die Angelegenheit bei beiden beteiligten Parteien ohnehin durchsickert. Wir werden uns wohl in nächster Zeit warm anziehen müssen. Aber jetzt wollen wir uns zunächst einmal nach Brandenburg aufmachen.«

»Okay, ich hole nur noch meinen Rucksack, dann habe ich direkt für jede Situation das passende Werkzeug dabei.«

Kurz darauf saßen die Ermittler im Helikopter, der in der langsam aufgehenden Frühlingssonne über die satten, grünen Wiesen des Kölner Umlandes in Richtung Osten steuerte.

Nachdenklich blickte Sacher aus dem Fenster. Hoffentlich konnten sie die Gewalt stoppen, wenn sie die beiden verbliebenen Tatverdächtigen fassten. Doch selbst wenn dies gelang, gab es da noch die Hintermänner, wobei der Bankier die einzige Spur darstellte und Sacher wurde das Gefühl nicht los, dass auch dieser nicht der absolute Boss der Gruppierung war. Wie viele Hintermänner gab es? Gab es noch mehr mögliche Attentäter? Keine Frage, man konnte eindeutig von einer der größten Bedrohungen sprechen, denen die deutschen Behörden in der Neuzeit entgegenzustehen hatten. Wenn sich die ganze Sache aufschaukelte, täten sich unzählige Brandherde gleichzeitig auf und sie bekämen es zwangsläufig mit einer unüberschaubaren Anzahl von Einzeltätern zu tun. Diese würden zwar nicht so professionell vorgehen, wie die Gruppierung, die das Drama begonnen hatte, aber allein durch ihre schiere Anzahl das ganze

Land in Panik versetzen. Gar keine Frage, die Angelegenheit musste schnellstens vom Tisch.

Kurz darauf erreichten sie Frankfurt an der Oder. Über der von tristen Hochhaussilhouetten geprägten Stadt, die mit einzelnen, schön restaurierten Altbauten den architektonischen Untaten der DDR-Zeit zu widerstreben suchte, begrüßte sie breiter Sonnenschein.

Nach der Landung, fuhren sie mit einem Dienstwagen des Zolls sofort zur Dienststelle der Bundespolizei.

Der Einsatzleiter erwartete sie bereits mit seinem Bericht: »Wir haben gegen ein Uhr früh einen Geistlichen an der Grenze kontrolliert. Er gab an, eine Pilgerfahrt zu verschiedenen deutschen Kathedralen machen zu wollen. Er wies sich als Primosz Zenker aus. Wir haben uns bis zu Ihrem Fahndungsaufruf nichts dabei gedacht und ihn somit durchgewinkt.«

Sacher winkte ab. »Das ist zwar schade, aber nicht Ihre Schuld. Wir sind auch erst heute früh auf ihn aufmerksam geworden. Was ist mit dem Fundort des blauen Passat?«

»Den hat man südlich der Stadt gefunden. Insofern ist es natürlich möglich, dass beide Verdächtigen aufeinander getroffen sind. Der Geistliche fuhr einen silbernen Skoda Fabia. Wir haben durch die Kameraüberwachung an der Grenze sein Kennzeichen. Eine Fahndung nach dem Fahrzeug ist bereits raus. Das Auto ist auf den Namen Primosz Zenker zugelassen.«

Manger verzog nachdenklich das Gesicht. »Zwischen der Überquerung der Grenze und dem Fahndungsaufruf sind demnach knapp drei Stunden vergangen. Die zwei Männer könnten sich also schon zu dieser Zeit im Umkreis von gut vierhundert Kilometern befunden haben, vorausgesetzt, dass sie weiter mit dem Auto unterwegs waren.«

Sacher lehnte sich in seinem Bürostuhl zurück. »Keiner der Flughäfen, der Seehäfen oder der anderen Grenzübergänge hat irgendetwas gemeldet. Insofern, wenn sie nicht über eine der grünen Grenzen wieder ausgereist sind, müssen sie sich noch in Deutschland aufhalten. Ich bin mir fast sicher, sie haben den silbernen Fabia bereits wieder abgestoßen, denn Zenker wird nicht so dumm sein, mit seinem eigenen Fahrzeug durch Deutschland zu fahren. Vielleicht wurden sie abgeholt, immerhin scheint diese Gruppierung permanent mit neuen Helfershelfern aufzuwarten. Ich will mir dennoch den Fundort des Passats anschauen. Außerdem will ich sofort wissen, ob Zenker hier in Deutschland über etwaige Kontakte verfügt. Wir müssen schnellstmöglich eventuelle Anlaufstellen ausfindig machen. Geben Sie sein Foto sofort ans Frühstücksfernsehen, die erreichen hohe Einschaltquoten. Vielleicht meldet uns jemand etwas. Zunächst muss ich aber selber irgendwo frühstücken, sonst breche ich hier langsam zusammen.«

»Auf dem Weg zum Fundort liegt ein Fast Food Restaurant«, antwortete der Einsatzleiter.

»Hört sich gut an.«

Am Restaurant angekommen deutete der Beamte einen sanften Hügel hinab. »Da unten am See stand der Passat.«

»Und?«, fragte Sacher verblüfft. »Sind die Leute im Restaurant befragt worden? Die haben doch Rund um die Uhr auf. Zumindest den Feuerschein hätte man von hier oben aus sehen müssen. Außerdem was ist mit der Feuerwehr? Die müssen doch bei der Nähe zu bewohntem Gebiet sofort ausgerückt sein.«

242

»Die Feuerwehr traf ein, als der Wagen bereits nahezu ausgebrannt war. Ein auf der Landstraße vorbeifahrender Lkw meldete den Brand. Hier im Restaurant arbeiteten heute Morgen nur eine Bedienung und zwei Mann in der Küche. Alle drei gaben an, nichts bemerkt zu haben.«

»Da möchte ich aber selbst noch einmal nachfragen?«

Im Restaurant gaben die drei Männer ihre Bestellung auf, wobei Sacher unmittelbar seinen Dienstausweis zückte und das zum fraglichen Zeitpunkt eingesetzte Personal zu sprechen wünschte. Fünf Minuten später saßen drei merklich abgekämpfte Restaurantkräfte gegenüber von Sacher im hinteren Teil des Lokals.

»Wie mein Kollege mir mitteilte, geben Sie an, nichts von dem Fahrzeugbrand auf dem gegenüberliegenden Parkplatz mitbekommen zu haben, woran ich, bei aller vor Ort herrschenden Geschäftigkeit, arge Zweifel hege. Zumindest jemand von den Gästen hätte wohl auf den Brand hinweisen müssen. Also, denken Sie noch einmal genau nach. Jedes Detail kann wichtig sein.«

»Wir konnten von dem Brand gar nichts mitbekommen. In der Küche sind keine Fenster«, teilte einer der Köche mit. »Außerdem haben wir keinen Kundenkontakt und die Kollegin sagte nichts.«

Verlegen schaute die junge blonde Bedienung zu Boden. »Ein Kunde erzählte etwas von einer starken Rauchentwicklung, aber ich dachte, unten am See würden sie wieder Laub verbrennen. Das passiert hier schon mal. Das brennende Auto konnte ich von hier oben aus nicht sehen.«

»Sie haben auch keinen dieser beiden Männer hier

gesehen?«, fragte Sacher, während er die beiden Fotos der Gesuchten vorlegte.

Nach kurzer Überlegung hellte sich die Miene der Bedienung auf. »Doch, der Priester hier. Der hielt am Drive-in-Schalter. An sich müssten wir sein Bild auf dem Überwachungsvideo haben.«

»Gut, dann will ich dieses Video sehen.«

Sacher folgte der Bedienung in das Büro des Managers, wo verschiedene Monitore einen Rundumblick über den Innenraum sowie den Parkplatz des Restaurants boten. Der Manager ließ die Aufzeichnung langsam zurückfahren, bis deutlich zu erkennen war, wie sich Primosz Zenker zwei Hamburgermenüs bestellte, bevor er zum Parkplatzausgang und rechts hinunter in Richtung des Sees fuhr. Die eingeblendete Uhr zeigte 01:27.

Sacher zog die Brauen hoch. »Geben Sie mir bitte die Aufzeichnung mit. Wir werden sie im Labor noch mal unter die Lupe nehmen.«

Zurück im Restaurant wandte sich Sacher an Manger: »Wir müssen die Aufnahme hier schnellstmöglich vergrößern lassen. Mir fiel auf, dass Zenker verschiedene Unterlagen auf dem Beifahrersitz liegen hatte. Gegebenenfalls ist es möglich seine Spur aufzunehmen, wenn wir die Aufschrift entziffern können. Das Restaurant verfügt übrigens auch über eine Kamera, die auf die vorbeiführende Straße ausgerichtet ist. Ich habe den Wagen im Kamerabild nicht noch einmal am Restaurant vorbeifahren sehen. Insofern muss er wohl vom See aus in die Gegenrichtung weitergefahren sein. Die Frage, die du mir als gebürtiger Brandenburger vermutlich beantworten kannst, lautet, wohin die Straße führt.«

»Am ehesten zur A12, Richtung Berlin oder an

der polnischen Grenze entlang, Richtung Eisenhüttenstadt. Wie gesagt, inzwischen sind sechs Stunden vergangen. Die können überall sein.«

»Ich bringe die Aufzeichnungen sofort ins Büro«, gab der Einsatzleiter bekannt. »Ich denke, bei der Begutachtung des Parkplatzes benötigen Sie mich nicht unbedingt.«

»Okay.«

Auf dem gegenüberliegenden Parkplatz am See, der aus einer von Grasstreifen unterteilten Asphaltfläche bestand, schritten die beiden Ermittler den gesamten, rund um die Brandstelle gesperrten Bereich ab.

»Warum zündet der Mensch das Auto an?«, überlegte Manger. »Seine DNA haben wir sowieso und nach dem Fahrzeug wurde gefahndet. Er hätte doch einfach die Kennzeichen abschrauben und ihn hier stehen lassen können. Ein Fahrzeugbrand fällt doch viel schneller auf.«

»Vielleicht wollte er die Fahrgestellnummern auch noch gleich vernichten. Entdeckt worden wäre das Fahrzeug ohnehin. Es ist ja nicht erlaubt ein Fahrzeug ohne gültiges Kennzeichen, auf einem öffentlichen Parkplatz abzustellen. Außerdem ist ein Fahrzeugbrand in Deutschland auch kein aufsehenerregendes Spektakel mehr. Permanent werden doch irgendwo Autos abgefackelt und du siehst am Personal oben im Restaurant, dass etliche Leute viel zu gleichgültig sind, um so etwas direkt zu melden.«

Manger hatte indes Fußspuren auf einem Rasenstück entdeckt, die vom Parkplatz aus in ein am Ufer entlanggehendes Waldstück führten. Schnellen Schrittes folgte er, unter den skeptischen Blicken Sachers, der vermeintlichen Spur, die immer tiefer in den dichten Kiefernwald führte.

»Glaubst du, die Spuren gehören zu einem unserer beiden Gesuchten?«, fragte dieser.

»Keine Ahnung, aber es sieht so aus, als ob das noch niemand überprüft hat. Wir laufen auf jeden Fall nun parallel zur Straße in den Wald. Schau mal, dort hinten ist eine Anglerhütte, zu der von der Straße aus ebenfalls ein Weg hinführt.«

Etwa fünfzig Meter von ihnen entfernt, erhob sich am Ufer ein hölzerner kleiner Bau mit einem angebauten Schuppen und einem Bootshaus. Langsam näherte sich das Duo, wobei beide ihre Waffen zogen.

Sacher hielt Manger am Arm fest. »Die Hütte sieht verlassen aus. Die beiden werden sicherlich auch nicht so leichtsinnig sein sich hier zu verstecken, aber wir müssen vorsichtig sein. Denk an die Sprengfalle in Salzburg. Nicht dass uns das Ding um die Ohren fliegt.«

Zwanzig Meter vor dem Eingang der Hütte ging Manger in die Knie, legte seine Waffe an und schoss nach sorgfältigem Zielen in das Türschloss, des an die Hütte angeschlossenen Schuppens. Nachdem daraufhin alles ruhig blieb, stürmte er geduckt mit an ausgestreckten Armen gehaltener Waffe los. Sacher hatte alle Mühe ihm zu folgen, doch als sie den Schuppen erreichten, grinste er über das ganze Gesicht, denn vor ihnen stand der gesuchte Skoda.

»Das ist ein Volltreffer. Frag direkt ab, wem die Hütte gehört. Steht ein Boot im Anleger?«

»Muss ich schauen.«

Eine Minute später verneinte Manger Sachers Frage und ergänzte: »Auch die Hütte ist leer. Insofern haben die sich hier nicht lange aufgehalten. Es wäre möglich, dass sie mit einem Boot weitergefahren sind, denn ich sehe hier auf dem sandigen Boden keine frischen Spuren eines abfahrenden Autos, wobei man an der Schuppeneinfahrt sehr deutliche Spuren sieht. Insofern muss der Boden in der zweiten Nachthälfte aufgeweicht gewesen sein und so genau kann kein Mensch Reifenspuren verwischen. Ich könnte mir vorstellen, dass einer der beiden, so wie wir, durch den Wald lief und der andere das Fahrzeug hierhin verbrachte. Damit hätten sie dann vermieden, zusammen gesehen zu werden.«

»Wo kommt man denn von hier aus auf dem Wasserweg hin?«

»In die Oder, aber auch durch den Kanal in die Spree, die Havel und schließlich beispielsweise in die Elbe, sprich in jede Wasserstraße Deutschlands. Allerdings müssten sie dann an verschiedenen Schleusen vorbeigekommen sein. Allein bis Berlin sind es fünf und soweit ich weiß, wird keine in der Nacht betrieben.«

»Ich informiere sicherheitshalber schon einmal die Wasserschutzpolizei und den Chef der Bundespolizei. Schau du dir mal den Wagen an.«

Manger widmete sich dem Skoda. »Das Auto ist leer, insofern hat Zenker die Unterlagen mitgenommen. Ich rufe erst einmal die Spurensicherung, damit die Hütte untersucht wird.«

Fünf Minuten später klingelte Sachers Handy. Der Leiter der Bundespolizei war am Apparat. »Die Aufnahme von der Sicherheitskamera ist nicht sonderlich gut getroffen, aber wir haben unser Möglichstes getan. Bei den Unterlagen handelt es sich, bei dem zu Oberst liegenden Dokument, um eine Schifffahrtskarte ostdeutscher Wasserstraßen. Der Rest ist nicht erkennbar. Es liegt zwar ein weiteres Dokument offen, aber wir schaffen es nicht, die Einstellung schärfer zu stellen. Außerdem können wir auf der Rückbank größere Koffer erkennen.«

»Das bedeutet unsere Vermutung, dass sie sich über den Wasserweg davon machten, ist höchstwahrscheinlich richtig«, überlegte Sacher. »Wie weit mögen sie deiner Meinung nach gekommen sein, Johann?«

»Das hängt von der Motorisierung des Bootes und der Wasserstraße ab, die sie genutzt haben. Wenn die beiden ein durchschnittliches Motorboot verwendeten und wir die Strömung mit einbeziehen, könnten sie theoretisch zwischen zwei Uhr und jetzt acht Uhr über zweihundert Kilometer weit gekommen sein. Wobei ich nicht glaube, dass sie die Oder hinabgefahren sind, denn die führt bekanntlich an der Grenze entlang und ist trotz des Schengen-Abkommens aufgrund der Zigarettenschmuggler relativ stark bewacht. Wenn die Polen die beiden kontrolliert hätten, läge wohl bereits eine Verhaftung vor. Dementsprechend gehe ich davon aus, sie sind durch den Kanal in Havel oder Spree abgefahren, denn dort wird es für sie erst einmal sehr ruhig. Allerdings ist dort an der ersten Schleuse Schluss, denn die sind, wie gesagt, nur tagsüber geöffnet und sie können sie nicht manuell bedienen. Insofern halte ich es für wahrscheinlich, dass sie das Boot in einem der Seitenarme versteckt haben und von da aus auf dem Landweg weitergefahren sind.«

Sacher wandte sich wieder dem Telefonat zu: »Gibt es irgendwelche Hinweise zu dem Boot?«

»Die Anglerhütte gehört dem Allgemeinen Brandenburger Anglerverein. Laut deren Aussage wird die Hütte erst ab Juni wieder genutzt. Der Verein ist absolut seriös. Wir überprüfen jedoch trotzdem mal die

Mitglieder, denn irgendwoher müssen unsere beiden Gesuchten ja von der Hütte gewusst haben. Zu der Hütte gehört auch ein Motorboot, nach dem wir bereits fahnden. Die Wasserschutzpolizei ist in voller Mannesstärke ausgerückt, um die Ufer abzusuchen sowie die Kontrollen der fahrenden Schiffe zu verstärken. Fünf unserer Helikopter beteiligen sich an der Suche. Mehr gibt es im Moment leider nicht zu berichten.«

»Gut, wir werden uns persönlich in die Suche einschalten. Beschaffen Sie uns bitte ein Motorboot und mailen Sie mir ein Foto des gesuchten Bootes.«

Zehn Minuten später stiegen Sacher und Manger an Bord eines Bootes der Wasserschutzpolizei, dessen dunkelblauer Rumpf elegant in der strahlenden Sonne glänzte. Manger ließ den einhundertfünfzig PS starken Motor langsam anlaufen und fuhr in einem weiten Bogen über den See in Richtung des nahen Kanals.

»Wie schnell sind wir jetzt unterwegs?«, fragte Sacher.

»Knapp dreißig km/h.«

»Halte die Geschwindigkeit bei, sobald ich etwas entdecke hältst du bitte an.«

Als die Ermittler in den Kanal einbogen, erwartete sie eine triste, geradlinige Wasserstraße, die von ihren Erbauern, wie mit einem Lineal in die Landschaft gezeichnet schien. Der Kanal wurde beidseitig von dichtem Kiefernwald gesäumt, welcher nur durch einen schmalen Strandstreifen von dem knapp zwanzig Meter breiten Wasserspiegel getrennt wurde.

Sacher schüttelte den Kopf. »Also hier kann man schon mal kein Boot verstecken.«

»Noch nicht, das dürfte erst bei den größeren Seen möglich sein, wobei die Frage lautet, ob sie nicht irgendwo ein zweites Bootshaus besetzt haben.«

»Dann kannst du hier erst einmal beschleunigen«, sagte Sacher etwas zu leichtfertig, denn Manger drückte sofort den Gashebel nach vorn, sodass Sacher ruckartig in den engen Ledersitz gedrückt wurde. Nur eine Minute später verringerte Manger die Geschwindigkeit jedoch wieder, da ihnen einige Kanuten entgegenkamen.

»Die kommen bestimmt von dem Campingplatz dort hinten«, spekulierte Sacher, »halte dort bitte an. Wir wollen schauen, ob jemand etwas beobachtet hat.«

Kurz darauf hielten sie an der Anlegestelle, des eng mit Zelten, Campingwagen aller Art sowie einfach zusammengezimmerten Holzschuppen bestückten Rasenplatzes. An diversen Tischen saßen Menschen verschiedensten Alters, aber auch verschiedenster Kulturen beim Frühstück, die das Eintreffen der beiden Ermittler teils freudig, teils misstrauisch beobachteten.

»Guten Morgen, allerseits. Ich wünsche, guten Hunger«, begrüßte Manger, die Camper, während er seinen Ausweis aus der Tasche zog.

»Manger und Sacher unsere Namen vom BKA, wir fahnden aktuell nach einem Boot, das heute Nacht gegen zwei Uhr hier vorbeigekommen sein könnte. Falls Sie in dieser Zeit ein Motorboot gesehen haben, würde ich Sie bitten, nach vorne zu treten und sich das Foto auf dem Handy meines Kollegen anzuschauen. Ihre Mithilfe kann von enormer Wichtigkeit sein.«

Ein grauhaariger älterer Herr mit gewaltigem Schnäuzer stand vom Tisch auf und kam auf sie zu. »Ich habe heute Nacht etwas gesehen. Ich saß noch vor dem Fernseher, als ich um zwei Uhr vierundzwanzig ein Boot mit hoher Geschwindigkeit näherkommen hörte. Der Fahrer reduzierte, genauso wie Sie vorhin, seine Geschwindigkeit, kurz bevor er auf Höhe unseres Platzes war. Ich habe daraufhin aus dem Fenster meines Caravans geschaut und ein sehr eigentümliches Bild gesehen. Im Mondlicht schien es mir gar so, als ob zwei Pfarrer im Führerstand saßen.«

»Das konnten Sie genau erkennen?«

»Eindeutig, wir hatten ja Vollmond und es handelte sich genau um dieses Boot«, antwortete der Mann nach Begutachtung des Bildes. »Weißer Rumpf, blaues Stoffdach. Ich kann Ihnen die Männer nicht genau beschreiben, aber ich konnte einige Sprachfetzen einer Unterhaltung hören, wobei der eine etwas vom Speisekanal Neuhaus sagte. Ob Ihnen das weiterhilft, weiß ich nicht.«

»Das ist schon mal ein guter Hinweis. In Bezug auf die Uhrzeit sind Sie sich sicher?«

»Absolut, ich sah mir gerade eine Naturdokumentation auf einem Nachrichtensender an, da ist die Zeit ja immer eingeblendet.«

»Okay, sehr gut, danke.«

Die Ermittler verabschiedeten sich und Manger beschleunigte wieder auf die Ausgangsgeschwindigkeit, während Sacher die Information an alle Einheiten weitergab.

»Speisekanal Neuhaus, sagt dir das etwas?«, fragte Sacher nach dem Telefonat.

»Das ist ein Seitenarm kurz vor der Kersdorfer Schleuse. Wir sind in maximal zehn Minuten da. Dort gibt es für Sportboote eine Vielzahl von Anlegemöglichkeiten und wenn man ihnen dort ein Auto hingestellt hat, sollten sie zu der Zeit noch einigermaßen unentdeckt durch die Dörfer gekommen sein. Ich könnte mir vorstellen, dass sie ab Neuhaus über die Landstraße 411 zur Bundesstraße 168 gefahren sind und von dort aus wiederum auf die Autobahn 12 nach Berlin. Wahrscheinlich wollten sie mit der Schiffstour vermeiden, dass man sie von Frankfurt an unbemerkt verfolgt.«

»Deine Theorie ist nicht uninteressant. Dennoch scheint mir der Aufwand sehr hoch zu sein. Nach dem Attentäter haben wir offiziell gefahndet, aber die Flucht über den Wasserweg wurde offenbar von Zenker organisiert und der sollte eigentlich noch nicht gewusst haben, dass wir nach ihm fahnden.«

Kurz darauf fuhren sie in den Seitenkanal des Oder-Spree Kanals ein. Am Ufer erwarteten sie bereits etliche Polizeifahrzeuge und ein Boot der Wasserschutzpolizei legte soeben am Kai an.

Der Einsatzleiter der Bundespolizei erwartete sie. »Die Befragung der Anwohner läuft. Man verwies uns seitens der Bevölkerung an einen Zeitungsboten. Die Leute meinen, er sei der Einzige, der so früh morgens auf wäre. Wie man uns des Weiteren mitteilte, ist es nichts Ungewöhnliches, wenn in der Nacht Boote anlegen. Viele würden hier vor Ort an Bord ihrer Schiffe übernachten, um mit der ersten Schleusenöffnung direkt weiterfahren zu können. Deshalb würde man das inzwischen nicht mehr beachten. Übrigens, ich glaube die Kollegen haben den Boten gefunden. Möchten Sie selbst mit ihm sprechen?«

»Auf jeden Fall. Johann, während ich den Boten befrage, forderst du bitte unseren Helikopter an.«

Den Boten, einen hageren, alten Mann, überraschte das plötzliche Interesse an seiner Arbeit.

»Sie tragen hier vor Ort die Zeitung aus?«, fragte Sacher verbindlich.

»So ist es. Seit zwanzig Jahren mache ich das. Erst neben meiner Arbeit und dann zur Aufbesserung meiner Rente. Außerdem hält es mich fit.«

»Ist Ihnen am heutigen Morgen etwas aufgefallen? Vielleicht ein Fahrzeug, das normalerweise nicht hierhin gehört?«

»Ja, durchaus. Es parkte ein Bulli direkt neben dem Kanal. Zwei Männer sind zugestiegen. Der Fahrer des Bullis stieg aus und lud ihr Gepäck ein. Ich dachte, da wird wohl jemand zwei Leute zur Arbeit abholen. Genau um vier Uhr war das. Da bin ich hier fertig. Ich trage aber auch noch in Rietz die Zeitung aus. Deshalb bin ich dem Bulli hinterhergefahren.«

»Was für ein Typ Bulli und wo sind die hingefahren?«

»Es war ein dunkler VW Bus. Multivan stand dran. Er hatte ein Berliner Kennzeichen und fuhr auf die B 168 in Richtung Freienwalde.«

»Haben Sie sich das Kennzeichen gemerkt?«

»Zur Hälfte. Berlin TS habe ich mir gemerkt. An die Nummer kann ich mich nicht erinnern. Ich wusste ja nicht, dass es wichtig werden würde.«

»Können Sie die Männer beschreiben?«

»Den Fahrer konnte ich gut erkennen, da er unter der Laterne stand und sich mit dem Telefon am Ohr eine Zigarette rauchte. Die anderen beiden kann ich nicht beschreiben, da ich sie nur schemenhaft gesehen habe.«

Sacher wandte sich an den Einsatzleiter der Bundespolizei: »Beschaffen Sie bitte einen Phantombildzeichner. Nehmen Sie den Zeugen mit auf das Revier und lassen Sie eine Zeichnung anfertigen. Außerdem fragen Sie ab, wie viele Multivan mit diesem Kennzeichen gemeldet sind, und fragen Sie in den Ortschaften auf der Strecke nach Berlin danach, ob jemand das Fahrzeug gesehen hat. Ich nehme an, dass die beiden Gesuchten sich auf der Fahrt nicht umgezogen haben und ein Bulli mit zwei Pfarrern an Bord ist ein nicht unbedingt alltägliches Bild. Sobald Sie etwas hören, sagen Sie uns sofort Bescheid.«

»Ich gebe die Anweisung direkt an alle örtlichen Polizeistationen weiter.«

Sacher bedankte sich noch bei dem Boten und wandte sich erneut an Manger: »Wir haben jetzt ein wenig Pause und beide so gut wie keinen Schlaf abbekommen. Unser Motorboot verfügt, wie ich vorhin sah, über einen Wohnraum und zwei Schlafkabinen. Ich würde sagen, das sollte jeder von uns nutzen.«

Eine Stunde später zeichnete sich anhand der Zeugenaussagen ab, dass der VW Multivan sich auf den Weg nach Berlin begeben hatte, wobei ein Tankstellenpächter angab, dass dem Transporter noch zwei weitere Männer zugestiegen waren.

Sacher überlegte. »Um Vier Uhr zwanzig waren sie zuletzt hier. Das heißt, seitdem sind ziemlich genau acht Stunden vergangen. Ich könnte mir vorstellen, sie sind bis Berlin durchgefahren. Die Kollegen haben inzwischen auch das komplette Kennzeichen. Das Fahrzeug ist auf ein Berliner Unternehmen gemeldet. Insofern fliegen wir zunächst dorthin.«

Im Helikopter angekommen klingelte unmittelbar Sachers Handy, was ihm einen bösen Blick seitens des Piloten eintrug, der das Fluggerät gerade starten wollte.

Nach kurzem Telefonat hellte sich Sachers Miene auf. »Man hat den Fahrer des Transporters in Berlin Schönefeld gesehen. Die Kollegen sind an ihm dran. Jetzt haben wir eine konkrete Spur.«

Zwanzig Minuten später landeten die Ermittler auf dem Flughafen Schönefeld, wo bereits ein 5er BMW der BKA-Niederlassung Berlin auf sie wartete.

»Fahr du, Johann. Du kennst dich hier aus. Die Adresse ist auf meinem Handy gespeichert.«

Es dauerte nur wenige Minuten, bis sie die angegebene Position erreichten. Die Berliner Kollegen parkten in einem baugleichen Wagen gegenüber einem einfachen doch gepflegten Hotel-Restaurant, welches in großen Lettern für seinen Biergarten warb.

Manger parkte den Wagen fünf Parkbuchsen hinter dem BMW, da dort eine Litfaßsäule ausreichend Deckung bot, um vom Restaurant aus unbemerkt in Kontakt mit den Kollegen zu treten.

»Guten Morgen. Habt ihr schon was für uns?«, begrüßte Sacher die beiden BKA Beamten.

»Er hält sich seit zwanzig Minuten in dem Hotel auf. Wir wissen noch nicht, ob er dort nur etwas essen will, eincheckt oder ob sich dort weitere von uns gesuchte Personen befinden. Gepäck hatte er beim Verlassen seines Fahrzeugs nicht dabei. Es handelt sich um den roten VW Golf, dort vorne direkt vor dem Hotel. Der Wagen ist in Polen auf Ingbert Meynhard gemeldet und wurde nach seinem Tod noch nicht abgemeldet. Wie gesagt, wo sich die anderen von Ihnen gesuchten Männer aufhalten, wissen wir nicht. Glücklicherweise war das Phantombild sehr präzise und er hat offensichtlich noch nicht bemerkt, dass wir an ihm dran sind, denn er bewegt sich vollkommen entspannt in der Öffentlichkeit. Ansonsten hätten wir uns auch nicht so schnell gemeldet. Übrigens parken zwei unserer Kollegen auf der anderen Seite des Hotels, insofern sollte er nicht entkommen.«

»Okay, wir warten aber noch mit dem Zugriff.

Wir wollen uns nicht die Chance verderben, dass er uns zu den anderen Männern führt. Immerhin haben wir es laut Aussage der Zeugen inzwischen mit fünf Personen zu tun, da auf dem Weg hierhin noch zwei weitere Personen zugestiegen sein sollen. Außerdem wurden unsere beiden Gesuchten mit einem Transporter abgeholt. Ergo hat dieser Verdächtige zwischenzeitlich das Fahrzeug gewechselt. Wir werden folgendermaßen vorgehen. Einer von Ihnen geht im Restaurant etwas essen und schaut sich um. Der andere nimmt sich den Biergarten vor. Du, Johann, schaust dir den Innenraum des Golfs an. Du hast ja entsprechendes Werkzeug mit. Sieh bitte zu, dass dich niemand dabei beobachtet. Ich werde mir den Hotelbereich anschauen. Sollte einer von uns Dreien bemerken, dass der Mann das Haus wieder verlässt, warnen wir dich sofort per Handy.«

Sobald die anderen im Haus verschwunden waren, widmete sich Manger dem VW Golf. Glücklicherweise trennte eine Hecke den Parkplatz vom Restaurantbereich ab, sodass man seine Aktion maximal aus einem der oberen Hotelzimmer beobachten konnte. Mit seinem Spezialwerkzeug, einem extra für das BKA angefertigten Universalschlüssel, öffnete er das Auto innerhalb weniger Sekunden, ohne das Alarm ertönte. Schnell schlüpfte er auf den Fahrersitz und begann mit geübten Fingern sämtliche Ablagen des Fahrzeugs sowie die Zwischenräume zwischen den Sitzen zu untersuchen. Die Bilanz war ernüchternd. Das Fahrzeug war bis auf ein säuberlich zusammengefaltetes Priestergewand vollständig leer und das stellte keinerlei Beweisstück gegen den Mann dar. Über die Rückbank kletterte Manger in den Kofferraum, der jedoch ebenfalls leer war.

In diesem Moment klingelte sein Handy und einer der Kollegen gab durch, dass Primosz Zenker das Lokal durch die Tür des Biergartens verließ. Manger fluchte, zwischen der Tür und dem Auto lagen keine fünfzehn Meter. Er würde nicht mehr rechtzeitig raus kommen, ohne entdeckt zu werden. Schnell schloss er den Wagen von innen ab und zog sich in den Kofferraum zurück, wobei er die Rückbank hinter sich in Position bewegte, ohne sie vollständig einrasten zu lassen. Zenker setzte sich ans Steuer und stellte ein duftendes Lunchpaket sowie eine große Einkaufstasche auf den Beifahrersitz. Manger machte es sich im Kofferraum so bequem wie möglich.

Innerhalb des Gebäudes erfasste Sacher die Situation blitzschnell und instruierte die Mannschaft: »Manger fährt im Kofferraum mit. Sein Handy ist mit einem Peilsender ausgestattet, sodass wir ihn nicht verlieren sollten. Die Kollegen hinter dem Restaurant sollen an dem Mann im Lokal dranbleiben. Wir drei verfolgen den Golf.«

So wie es sich für Manger anfühlte, hatte Zenker seine Fahrausbildung bei einem Rallyefahrer absolviert, denn dieser gab derartig Gas, dass Manger sich eisern festhalten musste, um nicht durch den Kofferraum hin und her geschleudert zu werden. Gleichzeitig musste er allerdings den Rücksitz festhalten, damit dieser nicht mit Wucht nach vorne klappte. In seiner jetzigen Position würde es ihm kaum möglich sein, sich effektiv gegen Zenker zu verteidigen.

Nach einer holprigen zwanzigminütigen Fahrt hielt der Wagen plötzlich ruckartig an. Manger hörte, wie die Fahrertür auf und zu gemacht wurde. Zenker hatte den Wagen verlassen. Manger schätzte, dass sie sich in einem der Außenbereiche Berlins befanden.

Mühsam schälte er sich aus dem Kofferraum auf die Rückbank des Fahrzeugs, öffnete so leise wie möglich die Tür und schlüpfte ins Freie, um sich schnellstmöglich hinter einem Baum in Deckung zu bringen. Wie ihm ein Rundumblick verriet, befand er sich in einer Kleingartenanlage an einem der großen Berliner Seen. Die Anlage prägten üppige Bepflanzungen, welche selbst vor den Dächern der Hütten nicht Halt machten, sodass die Laube die Zenker ansteuerte, fast einem verwunschenen Zwergenhaus glich.

Im Schutz ausufernder Rhododendronsträucher, schlich Manger sich seitlich an und suchte nach einer Möglichkeit in das Innere der Hütte zu spähen. Auf der linken Seite der hölzernen Laube mit weiß gestrichener Veranda entdeckte er ein kleines, offenstehendes Sprossenfenster, welches für diesen Zweck wie geschaffen schien. Glücklicherweise hatte er am Morgen geistesgegenwärtig seinen kompletten Rucksack mitgenommen, denn dieser enthielt alle für solche Fälle notwendigen Utensilien.

Nachdem er die Distanz zu dem Fenster kriechend überwunden hatte, entnahm er der Tasche ein Observations-Kit. Das Kit bestand aus einem kastenartigen Display mit angeschlossenen Kopfhörern und einem Kameraobjektiv, das an einer flexiblen Teleskopstange befestigt war. Manger schob das Teleskop so in Position, dass das Objektiv genau im Winkel des Fensters in den Raum ragte, da dort eine weiße Küchengardine hing, die die Kamera ausreichend tarnen sollte.

Er blickte in eine Wohnküche mit bunten Holzschränken sowie einer Eckgarnitur, an der Zenker gemeinsam mit einer langhaarigen, blonden, etwa dreißigjährigen Frau saß und sich sein Lunchpaket schmecken ließ.

»Ist er in Sicherheit?«, fragte die Frau mit leichtem polnischen Akzent.

»Ja. Ich denke, es war auch keinen Moment zu früh, denn ich weiß, dass diese BKA-Beamten längst auch eine Spur zu mir haben. Mein Freund aus dem Priesterseminar informierte mich darüber, dass der polnische Kommissar, der mit den Deutschen zusammenarbeitet, im Kloster nach mir fragte. Zum Glück war ich schon weg. Außerdem ließen sie mich zwar an der Grenze durch, aber ich wurde dabei gefilmt. Insofern wissen sie auch von meiner Einreise nach Deutschland. Dein Tipp mit dem Boot war super, so konnte ich mein Auto wenigstens schnellstmöglich loswerden. Ich danke dir übrigens auch, dass du deinem Bruder Bescheid gesagt hast, damit er uns so kurzfristig abholt. Über unsere Identität hast du ihm aber nichts erzählt, oder?«

»Nein, das war auch nicht nötig. Er musste sowieso seine beiden Kollegen abholen, da konnte er auch noch den kurzen Umweg fahren, und ich habe dich ohnehin vermisst«, sagte die Frau und küsste Primosz zärtlich. »Meinem Bruder habe ich nur gesagt, dass zwei Geistliche aus Polen im Grenzgebiet liegen geblieben sind. Er ist streng katholisch, insofern musste ich ihn nicht lange bitten.«

Soviel zum Thema Zölibat, dachte sich Manger, aber immerhin konnten sie jetzt fast sicher ausschließen, dass sie es mit mehr als den beiden Terroristen zu tun bekommen würden. Bei der Frau handelte es sich eindeutig um eine persönliche Bekannte von Primosz Zenker, die offenbar über die Ereignisse informiert war, aber nicht zwangsläufig Teil dieser Terrorgruppe sein musste. Ihr Bruder sowie die anderen Männer hatten nach der soeben gehörten Aussage überhaupt nichts mit der Sache zu tun. Doch das Gespräch ging weiter.

»Wann werden wir ausreisen?«, fragte die Frau.

»Möglichst schnell. Wie gesagt, die Deutschen sind uns bereits auf den Fersen. Sie werden wohl nicht lange brauchen, um mich zu finden. Wir sollten deshalb auch bald unseren Standort wechseln. Ich ärgere mich, dass ausgerechnet ich länger in Deutschland bleiben soll, um die Situation zu beobachten. Die Sache ist meiner Meinung nach aus dem Ruder gelaufen, seit Meynhard tot ist. Ich bin mir auch nicht im Klaren darüber, ob er wirklich auf natürliche Weise starb, wie mir mitgeteilt wurde, wobei die BKA-Leute da wohl auch ihre Zweifel haben. Ich muss unbedingt herausfinden, wie das abgelaufen ist. Denn falls sie ihn ermordet haben, kann ich davon ausgehen, dass sie mich auch umbringen werden. Vielleicht sollte ich deswegen nach Deutschland kommen. Auch für den Fall, dass ich mich wiederhole, das passt mir alles ganz und gar nicht. Du hättest besser nach Polen kommen sollen und der Kerl hätte sich besser um sich selbst gekümmert.«

Manger wollte nicht mehr länger warten, da er bemerkte, dass Sacher nebst den anderen Beamten eingetroffen war. Schnell signalisierte er Sacher, wie man das Haus umstellen sollte und wendete sich dann seinerseits der Veranda zu. Jedes Geräusch vermeidend stieg er über das hölzerne Geländer und verharrte einen Moment, bis sich alle Beamten auf ihren Posten befanden. Die Kollegen aus Berlin bezogen Position auf der Rückseite des Hauses. Sacher nahm Mangers Posten unterhalb des Fensters ein. Vor dem Zugriff blickte Manger noch einmal hinüber zu Sacher, um zu erfahren, ob das Pärchen immer noch am Tisch saß. Doch dieser zuckte nur ratlos mit den Schultern und zeigte an, dass er niemanden sah.

Plötzlich schlug die Tür auf und Zenker stand vor Manger, während die Frau vom Dach der Laube aus, Sacher unter Feuer nahm. Zenker bewegte sich blitzschnell und setzte Manger mit einem Kampfsporttritt außer Gefecht. Keine Frage, Zenker war eine militärische Spitzenkraft. Er hatte die Situation erkannt und einen unbeobachteten Moment genutzt, um sich gegen den Zugriff der Beamten zu wappnen. Schon rannte das Pärchen in Richtung des Sees.

»Bist du verletzt?«, fragte Sacher, während er den benommenen Manger kräftig schüttelte.

»Geht schon«, antwortete Manger, rappelte sich auf und bewegte vorsichtig seinen schmerzenden Kopf hin und her. »Der Tritt war hart, aber was ist mit unseren Kollegen?«

Sofort rannte Sacher um das Haus, wo er auf zwei Beamte mit schmerzverzerrten Gesichtern traf, die noch nicht wieder einsatzfähig waren. Zenker musste sie lautlos sowie blitzschnell ausgeschaltet haben. Ein Motor heulte auf.

»Die türmen mit einem Motorboot«, schrie Manger und lief so schnell es sein Zustand erlaubte den beiden Flüchtenden hinterher.

Sacher rannte los. »Aber wir haben Helikopter. Außerdem liegt da noch ein Boot. Entkommen sollten sie uns also nicht.«

Die beiden Ermittler sprangen in das verbliebene Motorboot. Manger wusste, wo die Batterie zu finden war und welche Kabel er benötigte, um das Boot auch ohne Schlüssel zu starten. Während er sich darum kümmerte, informierte Sacher die Helikopterstaffel über ihre Position und beorderte einen Notarzt für die Kollegen herbei.

»Ich hatte nicht das Gefühl, dass sie beabsichtigten uns zu töten«, sagte Manger. »Zenker hätte definitiv tödlich zuschlagen können und die von der Frau abgegebenen Schüsse waren nur dazu da, dich in Schach zu halten. Zumindest wenn ich das richtig gesehen habe, bevor mir schwarz vor Augen wurde.«

»Hast du, die Kugeln ließen mir lediglich Holzspäne um die Ohren fliegen. Wobei es anders ausgegangen wäre, wenn ich meinen Kopf herausgestreckt hätte«, antwortete Sacher schreiend, um die nun aufheulenden Motoren zu übertönen. »Der Vorsprung von denen wird immer größer. Wo werden die wohl lang fahren?«

»Sie können von hier aus in die Havel hineinfahren, aber ich glaube persönlich nicht, dass sie allzu lange auf dem Wasser bleiben wollen. Sonst sind sie ein zu einfaches Ziel für die Helikopter. Aber ein anderes Thema. Ich frage mich die ganze Zeit über, wann Zenker unsere Anwesenheit bemerkte. Wusste er vielleicht sogar, dass ich sie abhöre? Wobei er dann außerordentlich offen gesprochen hätte. Wir konnten ihm ja zunächst einmal nur Fluchthilfe nachweisen, doch nun geht es gleich um Mitgliedschaft in einer Terrororganisation. Damit ist er für die Kirche untragbar und kann somit seine Karriere beenden. Das einzig Ärgerliche ist, dass er nicht erwähnte, wo sich der Attentäter befindet. Außerdem, warum sprach er davon, dass er befürchtet umgelegt zu werden und die Todesursache von Meynhard erforschen will? Hast du dir die Aufzeichnung auf dem Display angeschaut?«

»Dazu bin ich noch nicht gekommen.« Manger berichtete kurz, was er gehört hatte.

Sacher überlegte: »Okay, er sagte, er wolle die Todesursache von Meynhard überprüfen. Vielleicht wollte er uns signalisieren, dass er fliehen muss, um diese Nachforschungen anzustellen, und es war ein Wink mit dem Zaunpfahl, was bei einem Zugriff passieren würde. Letztlich hat er dir gegen den Kopf getreten und die beiden Beamten ausgeknockt. Er hätte euch zwar als ehemaliger Fremdenlegionär auch töten können, aber da kommt auf jeden Fall eine Anklage wegen schwerer Körperverletzung, Widerstands gegen die Staatsgewalt und gegebenenfalls Landfriedensbruch auf ihn zu. Dass er nicht erwähnte, wo sie den Attentäter abgesetzt haben, könnte darauf hindeuten, dass er der Gruppierung immer noch treu gegenübersteht, wobei der Tod Meynhards ihn wankelmütig gemacht haben dürfte. Die entfernen sich immer weiter. Können wir die überhaupt noch einholen?«

»Nein, die haben mehr PS als wir, aber der Helikopter sollte sie stellen. Der schwebt ja bereits da vorne am Ufer über ihnen in der Luft. Die scheinen anlegen zu wollen. Ich könnte mir vorstellen, sie wollen die Helikopter abschütteln, indem sie sich durch den Grunewald schlagen.«

»Den könnten wir doch absperren.«

»Dreitausend Hektar in so kurzer Zeit komplett abzusperren dürfte schwierig werden.«

Ihr Boot erreichte das dicht bewaldete Ufer, wobei der Pilot des Helikopters aufgeregt in den Wald deutete. Das Boot nur grob gesichert, rannten die beiden Ermittler in den Wald.

»Verdammt, das sind eindeutig frische Spuren von einem Quad«, fluchte Manger. »Offenbar hat sich Zenker für den Fall einer Flucht abgesichert. Es macht keinen Sinn ihnen zu Fuß zu folgen. Wir steigen wieder in das Boot und fahren am Ufer entlang. Vielleicht sehen wir sie von dort aus. Ansonsten müssen wir auf die Helikopter und die anderen anrückenden Einheiten vertrauen.«

Es dauerte eine Dreiviertelstunde, bis sich eine Einheit meldete, die das Quad verlassen auf einer Lichtung in der Nähe der Parkanlagen gefunden hatte. Von den beiden Gesuchten fehlte indes jede Spur.

Sacher trat gegen die Bordwand des Schiffes. »Verdammt nochmal, das darf doch nicht wahr sein. Ziehen Sie sofort einen Kontrollgürtel um die Stadt.«

Sacher rief Katrin an. »Wie weit seid ihr in Köln?«

»Wir haben die Identität der Toten von Euskirchen festgestellt, die Angehörigen informiert und überprüft. Aysun war mir bei den türkischen Familien eine unglaubliche Hilfe, denn etliche von den Verwandten der beiden Islamisten sprachen kein Wort Deutsch. Auch die Identität des Selbstmordattentäters steht fest. Sein Name ist Michael Schmitz und er ist dem Verfassungsschutz bekannt. Er hat an der Seite eines der beiden Türken in Syrien gekämpft. Die Angehörigen der vier rechtsextremen nahmen den Tod ihrer Verwandten relativ ungerührt hin. Lediglich ein Vater sagte uns, er hätte es kommen sehen, dass es einmal so endet, wenn sein Sohn nicht aus der Szene aussteigen würde. Nachfragen in der rechtsextremen Szene ergaben, dass es sich bei der Aktion um eine persönliche und spontane Tat gehandelt haben muss. Alle Chefs der Kameradschaften sagten aus, erst am Morgen vom Tod Gerd Richters erfahren und keinerlei Gedanken daran verschwendet zu haben, ihn zu rächen. Die Verfassungsschützer wollen verstärkt auf Aktivitäten in der islamistischen, wie auch der rechtsextremen Szene achten und uns sofort in Kenntnis setzen, falls etwas zu beobachten ist. Einige Syrien Heimkehrer sollen wohl auch vorsorglich verhaftet werden. Mehr können wir meiner Meinung nach nicht tun. Der Sachverhalt liegt ja klar auf der Hand.«

»Das sehe ich auch so.«

»Ach so, dann haben sich die Jungs von der Grenze noch mal gemeldet. Die Österreicher haben in Linz eine verlassene E-Klasse gefunden, die den Grenzübergang bei Salzburg am Tage des Attentats in Köln überquerte. Der Attentäter ist unter dem Namen Tim Scheerer eingereist. Er zeigte dabei wohl einen amerikanischen Reisepass vor. In Köln wurde er mit einem belgischen Reisepass unter dem Namen Nigel de Jong kontrolliert. Wir haben auch Fotos auf denen er beide Male komplett anders aussieht, wobei die Papiere exzellent gewesen sein müssen, wenn die Kollegen von der Polizei und an der Grenze nichts bemerkt haben. Anhand der Unterlagen des Pförtners aus dem Bürogebäude konnten wir inzwischen feststellen, dass der Attentäter einen auf den Namen Nigel de Jong ausgestellten Besucherausweis besaß. Er gab sich als Vertreter eines belgischen Büromöbelherstellers aus und täuschte einen Termin bei dem Marketingunternehmen vor, das die obere Etage sanieren lässt. Wir haben die Kriminalpolizei dorthin geschickt. Das Unternehmen weiß jedoch von nichts und wir konnten keinen Anhaltspunkt dafür finden, dass sie in die Sache verstrickt sind. Der Ausweis wird also gefälscht gewesen sein und es ist durch die laschen Sicherheitsbedingungen nicht aufgefallen. Bezüglich des ermordeten Pfarrers wurde seitens der KTU gemeldet, dass Wilhelm Müller gleich nach unserem Gespräch in der Kapelle mit Meynhard telefonierte. Das war wohl sein

Todesurteil. Ich weiß nicht, ob uns das jetzt noch hilft, aber wir wissen nunmehr, wie die gesamte Geschichte abgelaufen ist.«

»Okay, damit sind die Vorgänge wenigstens, bis auf die Frage, wie der Attentäter an so gute Papiere kommt, komplett geklärt, aber das bringt uns nicht weiter. Deshalb würde ich euch bitten nach Berlin zu kommen. Uns sind die Verdächtigen knapp entwischt. Ich brauche jetzt alle verfügbaren Kräfte, um sie zu finden, denn mich beschleicht das Gefühl, dass Zenker mit einer gewissen Absicht nach Berlin gekommen ist. Den Attentäter haben sie schon vorab irgendwo in Sicherheit gebracht, insofern kann das nicht der Grund gewesen sein.«
Zwei Stunden später saß das Team rund um Sacher in einem Büro der Niederlassung des BKA in Berlin.

»Von den Verdächtigen gibt es nach wie vor keine Spur«, berichtete Sacher.

Manger zog die Brauen hoch. »Was eine Katastrophe darstellt, denn ich hörte ja, wie Zenker sagte, der Attentäter sei in Sicherheit. Das bedeutet, Zenker müsste auch wissen, wo er ist. Je länger wir ihn suchen, desto mehr Zeit bleibt dem Attentäter zu verschwinden und seine Spur zu verwischen. Des Weiteren fragte die Frau, wann ihre Ausreise bevorstünde. Im schlimmsten Fall befindet sich demnach der Attentäter auch nicht mehr in Deutschland.«

Aysun verzog nachdenklich das Gesicht. »Was ich mich die ganze Zeit über frage, ist, warum der Attentäter seine Flucht nicht selber organisierte. Warum fährt er von Bonn aus nach Frankfurt an der Oder, um danach eine Strecke gemeinsam mit Zenker zurückzulegen und dann allein weiter zu machen? Ich kann mir nur vorstellen, dass Zenker dem Attentäter irgendetwas überstellt hat, was der unbedingt benötigte. Entweder um unerkannt ausreisen zu können oder zu irgendeinem anderen Zweck. Schlimmsten Falls für einen weiteren Anschlag. Ansonsten macht diese ganze Aktion für mich persönlich keinerlei Sinn.«

Sacher nickte zustimmend. »Da hast du recht. Vor allem sind nun auch andere involviert. Der Fahrer, der die beiden abholte, ist inzwischen von den Kollegen festgenommen worden. Er wird uns gleich überstellt. Es handelt sich um einen gewissen Gregor Kowalski. Ich werde ihn persönlich verhören. Von Mann zu Mann wird er vielleicht geneigter sein zu reden und er muss zumindest wissen, wo der Attentäter ausgestiegen ist. Mit Zenker war er ja noch im Hotel.«

»Wurden denn die anderen Gäste des Hotels überprüft?«, fragte Katrin. »Es wäre doch immerhin möglich, dass der Attentäter auch im Hotel war.«

»Das ist selbstverständlich überprüft worden, aber er war definitiv nicht dort. Besonders interessiert mich auch, wie das mit den Wagen abgelaufen ist. Morgens war Kowalski offenbar mit einem Fahrzeug seines Arbeitgebers unterwegs, denn die Frau sagte, er habe zwei Kollegen abgeholt. Auf ihn selber ist ein Passat neueren Baujahrs gemeldet, den die Beamten in der Nähe des Hotels auf einem Parkplatz gefunden haben. Warum ist er nachmittags mit Meynhards rotem Golf unterwegs? Wo hat er dieses Fahrzeug übernommen und warum fährt er den Golf und nicht Zenker? Das muss er uns begründen. Was die Ausreise des Attentäters ins Ausland betrifft, muss ich sagen, dass wir die Bewachung jeglicher Grenzen inklusive der Häfen und Flughäfen weiter verstärkt haben. Es wird demnach für ihn immer schwerer sich ins Ausland abzusetzen.«

»Theoretisch ist es trotzdem möglich«, meinte Katrin. »Mit seinen Verkleidungskünsten könnte er sich durch eine der Kontrollen mogeln. Außerdem gibt es genügend grüne Grenzen, die wir nicht komplett überwachen können. Ich schlage vor, wir geben die biometrische Kennung des Täters an die Kollegen an den Grenzen weiter. Ein guter Programmierer kann sicherlich die Systeme an den Grenzen derart optimieren, dass sie automatisch Alarm geben, falls die Kamera ein Gesicht aufnimmt, das den Kriterien entspricht. Fehlmeldungen sind dabei zwar nicht auszuschließen, aber was Besseres fällt mir im Moment nicht ein. Wobei die Verkleidung des Attentäters in Bonn so perfekt gemacht war, dass die Software auch keine Chance gehabt hätte.«

»Du hast recht, kümmere dich bitte sofort darum. Aysun, du bist bitte so gut und setzt dich mit der Bundespolizei in Verbindung, damit sie dir die Kameraaufnahmen des heutigen Vormittags von den Flughäfen und Bahnhöfen übergeben. Prüfe das Material sorgsam. Schau, ob dir bei den Ausreisen etwas verdächtig vorkommt. Johann, du organisierst und kontrollierst bitte den Sperrgürtel um die Stadt. Sobald ich mit dem Verhör von Kowalski durch bin, schließe ich mich dir an. Wir werden die einzelnen Stationen abfahren und prüfen, ob das ordentlich betrieben wird und dann über weitere Maßnahmen entscheiden. Du übernimmst den Ostteil der Stadt. Ich den Westteil. Normalerweise sollten an allen Ausfahrtstraßen inzwischen Kontrollpunkte sein. Wobei mir mein Instinkt sagt, dass Zenker noch in der Stadt ist. Ich glaube, er wurde speziell hierhin beordert, wobei sich die Frage stellt, warum.«

Eine Viertelstunde später saß Sacher gegenüber von Georg Kowalski im Verhörraum und musterte den blonden Mittvierziger, der ihn aus stahlblauen Augen misstrauisch anblickte. »Herr Kowalski, wissen Sie, warum Sie hier sind?«

»Nein, nur dass es mit meiner Fahrt von heute Morgen zusammenhängen soll. Ich habe auf Bitten meiner Schwester zwei katholische Geistliche abgeholt, die offenbar mit ihrem Boot auf dem Oder-Spree-Kanal liegen geblieben sind. Ich musste ohnehin in die Richtung, da ich zwei Kollegen abholen sollte, die auf Montage in Polen waren und selbst kein Fahrzeug besitzen. Ein anderer Mitarbeiter unseres Unternehmens hatte sie auf seiner Heimfahrt an einer Tankstelle herausgelassen. So haben wir uns die Fahrt geteilt und es war die einfachste Regelung.«

»Zunächst einmal, wie heißt denn Ihre Schwester und wo ist sie wohnhaft?«

»Sie heißt Magdalena Kowalski und wohnt hier in Berlin. Bitte, hier ist ihre Visitenkarte, da ist ihre Adresse und Telefonnummer drauf.«

Nachdenklich musterte Sacher die Karte. »Ihre Schwester ist für ein Marktforschungsinstitut tätig?«

»Sie war dort tätig. Sie wurde vor zwei Monaten entlassen. Seitdem versuche ich mich um sie zu kümmern, aber sie ist im Moment sehr unnahbar und lässt kaum jemanden an sich ran. Die ganze Familie schimpft schon darüber, dass sie sich nie meldet und auch selbst nicht zu erreichen ist.«

»Kennen Sie Primosz Zenker?«

»Das war einer der beiden Pfarrer, die ich heute Nacht abgeholt habe. Er war der Gesprächigere von beiden. Der andere sagte kein Wort. Vielleicht hatte er ein Schweigegelübde abgelegt.«

»Wir können beweisen, dass Ihre Schwester ein Verhältnis mit Herrn Zenker unterhält. Er ist übrigens kein Pfarrer, sondern nimmt lediglich an einem Priesterseminar in Polen teil. Der andere Mann ist überhaupt kein Pfarrer, sondern wird von uns gesucht. Sah er so aus?«, fragte Sacher und legte Kowalski die bisherigen Bilder des Attentäters vor.

Kowalski brauchte einen Moment und musterte Sacher mit weit aufgerissenen Augen. »Meine Schwester hat ein Verhältnis mit einem Geistlichen. Das ist eine Sünde. Auch wenn er noch im Priesterseminar ist, so unterliegt er dem Zölibat. Ich kann das gar nicht glauben. Warum macht sie denn so was?«

»Bitte konzentrieren Sie sich auf die Bilder.«

»Das ist doch der Attentäter, den Sie suchen. So sah der Mann nicht aus. Ich meine, die Körpergröße könnte stimmen, aber ansonsten vom Gesicht her, passt das nicht.«

»Wir sind uns sicher, dass er es ist. Er hat sein Äußeres lediglich künstlich verändert. Sie werden gleich nach diesem Gespräch zu unseren Zeichnern geführt. Denen werden Sie den Mann so wie Sie ihn gesehen haben genauestens beschreiben. Die drängendste Frage ist natürlich, wo Sie den Mann heute Morgen absetzten, denn er war ja nicht mit im Hotel.«

»Was hat denn meine Schwester mit einem gesuchten Attentäter zu tun? Sie kann unmöglich gewusst haben, dass es sich um diesen Mann handelt, als sie mich bat die beiden abzuholen. Ansonsten hätte sie diese Bitte doch nie an mich gerichtet.«

»Herr Kowalski, wir konnten ein Gespräch zwischen Ihrer Schwester und Herrn Zenker abhören. Wenn Sie wollen, zeige ich Ihnen das gerne auf Video. Aus diesem Gespräch geht eindeutig hervor, dass

Ihre Schwester in vollem Umfang über die Tätigkeit dieses Mannes Bescheid weiß. Es ist außerdem klar erkennbar, dass sie vollständig mit der ideologischen Einstellung dieser Gruppierung in der beide Männer Dienst tun einverstanden ist. Inwieweit sie sich selbst an dieser Gruppe beteiligt, müssen wir noch ermitteln. Aber bereits die Mitwisserschaft bedeutet in gewisser Weise auch Mittäterschaft. Mal abgesehen von der Tatsache, dass sie auf mich geschossen hat. Insofern wird sich Ihre Schwester für ihr Tun vor Gericht verantworten müssen. Sie haben persönlich nichts zu befürchten, da Ihre Schwester Sie innerhalb des von uns aufgezeichneten Gespräches völlig entlastete. Wenn Sie ihr jedoch helfen wollen, sollten Sie uns nicht sagen, was nicht sein kann oder darf, sondern alles darüber, was heute Morgen passierte. Also beantworten Sie mir bitte meine Frage. Wo haben Sie diesen Mann abgesetzt?«

»Wir hielten auf einem Parkplatz auf der A10, kurz vor Königs Wusterhausen. Dort stieg der Mann aus. Das hat mich zwar erst gewundert, aber Herr Zenker sagte mir, der Pfarrer würde dort von jemand anderem abgeholt. Das nahm ich so hin, weil wir es ja mit meinen Kollegen genauso gemacht haben.«

»Um wie viel Uhr war das, und ist der Parkplatz bewirtschaftet?«

»Das war kurz nach fünf Uhr. Der Parkplatz ist nicht bewirtschaftet, nur ein ganz normaler Parkplatz mit WC.«

»Aber der Parkplatz war nicht menschenleer?«

»Dort standen jede Menge Lkws, aber die hatten alle die Gardienen vor die Fenster gezogen. Also gesehen habe ich dort niemanden.«

»Okay, wir werden das überprüfen. Warum fuhren Sie heute Nachmittag den roten Golf? Der ist auf den Namen Ingbert Meynhard gemeldet. Wie sind Sie an das Fahrzeug gekommen?«

»Primosz Zenker bat mich als wir, nachdem er noch einkaufen war, endlich im Hotel ankamen, den Golf von einem nahen Pendlerparkplatz in Schönefeld abzuholen, da er sich ausruhen wollte. Einer meiner Kollegen fuhr mich dort vorbei. Die Papiere des Fahrzeugs habe ich mir nicht angeschaut. Ich dachte, der Wagen gehört gegebenenfalls der Kirche. Zenker hatte ja den Schlüssel. Herr Zenker dankte mir sehr für meine Hilfe und lud mich ein im Restaurant des Hotels essen zu gehen. Die Küche dort ist sehr gut, und er bezahlte mir das Essen. Ich bemerkte dann wohl, wie ein Mann sich an einen der Nebentische setzte und mich beobachtete, war allerdings trotzdem überrascht, als er sich nach einem Telefonat als Beamter des BKA auswies und mich aufforderte ihn hierhin zu begleiten.«

»Okay, wie sah es mit dem Gepäck aus, das die Herren aus Polen mitbrachten?«

»Das irritierte mich in der Tat etwas. Es verhielt sich nämlich so, dass Herr Zenker nur eine kleine Tasche bei sich trug, die wir am S-Bahnhof Alexanderplatz in ein Schließfach gepackt haben, während der andere Mann gleich drei große Koffer dabei hatte.«

»Gut, dann hätte ich zunächst die Informationen, die ich brauche. Ich würde Sie jetzt noch gerne bitten, zu versuchen, Ihre Schwester auf dem Handy zu erreichen.«

»Gerne.«

Nachdem Kowalskis Anruf kein Ergebnis brachte, verabschiedeten sich die beiden Männer und Kowalski versprach sich sofort zu melden, falls sich ein Kontakt mit seiner Schwester ergab.

Sacher ging in Katrins Büro und berichtete ihr von dem Gespräch. »Katrin, ich würde dich bitten, über das Maut System herauszufinden, welche Lkws sich heute Morgen um fünf Uhr auf dem Parkplatz befanden. Rufe die GPS-Daten über Toll Collect ab. Setz dich dann bitte mit den Fahrern in Verbindung und frage nach, ob jemand etwas beobachtet hat. Vor allem, auf welche Weise der Attentäter den Parkplatz verließ. Kowalski deutete an, dass der Mann abgeholt wurde, aber es könnte dort auch ein Fahrzeug für ihn gestanden haben und er ist selbst weitergefahren. Für mich wäre das plausibel, denn es kann nicht in seinem Interesse liegen, mit zu vielen Personen in Kontakt zu kommen. Frag auch bei der Autobahnpolizei nach, ob der Parkplatz dort kameraüberwacht wird. Ich selbst mache mich jetzt zum Alexanderplatz auf und forsche in Bezug auf das Schließfach nach. Außerdem lasse ich noch eine Dauerortung für Frau Kowalskis Handy einrichten. Wir besprechen uns dann später.«

Manger fuhr derweil an der Ostgrenze der Stadt entlang. Er hatte in Berlin Neukölln angefangen und befand sich inzwischen in Köpenig. Hier war er einst geboren und aufgewachsen, hatte schon mit achtzehn Jahren geheiratet und eine Tochter bekommen. Doch alles endete einst damit, dass er seine junge Familie auf tragische Weise durch ein Verbrechen verlor. Im Wissen um die Todesumstände seiner Familie hatte er einst innerlich zerstört nur auf Rache gesonnen, die ihm letztlich zumindest zum Teil auch gelungen war. Es war eine furchtbare Zeit in seinem Leben gewesen, gekennzeichnet von übermäßigem Alkoholgenuss und zu vielen Zigaretten. Erst mit der Beziehung zu Katrin kam sein Leben wieder ins Lot. Zunächst hatten sie nur gemeinsam ermittelt, doch dann war mehr daraus entstanden.

Er näherte sich der nächsten Ausfahrtstraße, auf der die Polizei die Spur verengt hatte, um die Fahrzeuge zu einer langsameren Geschwindigkeit zu zwingen. Pro Fahrbahn kontrollierten zwei Beamte die Fahrzeuge gewissenhaft, aber zügig genug, um den Verkehr nicht unnötig aufzuhalten. Manger nahm seine Fahrstrecke wieder auf. Seit er aus Berlin weggezogen war, hatte sich die Stadt erneut baulich stark verändert, auch wenn man sich architektonisch vielleicht mehr hätte einfallen lassen können. Nur die Bedrohung durch alle möglichen Spinner, die meinten, anderen Menschen ihre politischen oder religiösen Ansichten mit Gewalt aufzwingen zu müssen, veränderte sich wohl nie. Vor allem stellte sich für ihn und seine Kollegen eine immer größer werdende Herausforderung ein, wenn solche Gruppen neuerdings vorher undenkbare Allianzen schmiedeten. Allem voran wenn es gegen Israel, die USA oder Juden ging, sah man immer wieder Islamisten, Rechtsextreme und Linksextreme Hand in Hand marschieren. Demnach Gruppen, die sich normalerweise gegenseitig massakrieren würden. Wobei die Islamisten hierbei das Bindeglied darstellten, da die anderen beiden Gruppen sich so sehr hassten, dass eine Zusammenarbeit für sie unter Normalbedingungen undenkbar war. Inzwischen verbanden sich sogar bisher unpolitische Fußballhooligans mit Neonazis und neuen Rechten, um unter dem Deckmantel antisalafistischer Kundgebungen ihren Islamhass herauszuschreien, der eben genau so lange anhielt, bis diese gegen Juden hetzten. Außerdem sprangen die Extremisten auf einen neuen Zug auf, der sich seit einiger Zeit in Ostdeutschland ausbreitete. Aus vorgeblicher Angst vor dem Islam schrien Bürger ihre ganze Wut auf den Staat heraus, egal was ihnen gerade nicht in den Kram passte. Obwohl es den meisten gut ging, wurde einfach alles thematisiert, um Staat, Medien, Demokraten und Flüchtlinge zu verunglimpfen. Bizarrer Weise nutzte man dabei den Schlachtruf der friedlichen DDR-Revolution: »Wir sind das Volk.« Auch bei diesen Demonstrationen traf man auf einen Schmelztiegel von Gruppen, die normalerweise niemals zusammenwirken würden. Aber dies war den Extremisten egal. Überall wo unzufriedenes Volk herumlief, waren sie stets zur Stelle. Es kam halt ganz darauf an, welcher Anlass sich gerade bot, um gegen die Demokratie zu poltern. Manger erschien es jedoch nicht sonderlich ungewöhnlich, dass religiöse Fundamentalisten und politische Extremisten sich zusammentaten, denn letztendlich funktionierten solche Gruppen immer gleich und unterschieden sich ausschließlich in der Thematik und dem Grad der Gewaltbereitschaft. Es handelte sich um Einheiten, die sich gegenüber allen äußeren Einflüssen abschotteten und für sich selbst beschlossen, dass nur sie die allein wahre Lebensweisheit erkannt hatten und alle anderen verblendet oder verlogen waren. Deshalb fühlten sich diese Menschen in ihrer Umwelt fremd, zogen sich in eine Parallelgesellschaft zurück und fühlten sich von der Gesellschaft, die sie selbst ablehnten, bedroht, was sich dann wiederum in ausuferndem Hass auf den Staat entlud. Deeskalation war in diesen Fällen aufgrund der hohen Gewaltaffinität und der tiefen Grundüberzeugung innerhalb dieser Gruppen nur eine bedingte Lösung. Insofern war die Gesellschaft gehalten, sich stärker dieser Gesinnung entgegenzustellen. Gleichsam musste die Polizei besser für diese Herausforderung ausgestattet und das Strafrecht gezielt verschärft werden. Das Klingeln seines Handys riss ihn aus seinen Gedanken.

Katrin meldete sich: »Ich habe bezüglich des Bankiers Barngalio noch mal mit den Schweizer Kollegen telefoniert und anhand seiner Handydaten herausgefunden, dass er sich in den letzten Wochen zweimal in Berlin befand. Diese Daten habe ich dann mit den Handydaten von Meynhard abgeglichen und entdeckt, dass sie sich beide am Gendarmenmarkt aufhielten und zwar exakt an denselben Tagen. Einmal zum Ende April und ein weiteres Mal an dem Tag bevor wir Meynhard tot in seiner Wohnung fanden, was gleichbedeutend mit dem Todestag von ihm ist. Wie der Bericht der Gerichtsmedizin besagt, wurde er vergiftet. Der Mörder verwendete ein schwer nachweisbares Kontaktgift, aber mit den neuen Methoden konnten die Gerichtsmediziner letztlich doch etwas finden. Aysun lässt gerade die Kollegen der Bundespolizei am Flughafen nachschauen, ob wir Aufnahmen von der Ankunft der beiden in Berlin haben. Sie wird sich dann auch daran machen, die Hotels abzuklappern. Irgendwo müssen die zwei ja abgestiegen sein und vielleicht finden wir dort Hinweise auf weitere Personen. Die Schweizer Kollegen holen Barngalio noch einmal zur Befragung ein. Ich habe Sacher bereits informiert.«

»Okay, ich fahr mal zum Gendarmenmarkt und schau mich dort um.«

Kapitel Dreizehn

Der Attentäter war in Zürich angekommen. Er hatte sich von seinem Taxi vor der Zentrale eines Versicherungskonzerns absetzen lassen und ging den Weg zu seinem eigentlichen Ziel, einem eleganten Restaurant am Ufer des friedlich in der Abendsonne glänzenden Zürichsees, zu Fuß. Mit seinem englischen Maßanzug, Lackschuhen sowie roten in strengem Scheitel gekämmten Haaren, nahm er das Äußere eines irischen Geschäftsreisenden an, was durch seinen übergroßen Reisetrolley, eine Anzugtasche und seinen Aktenkoffer abgerundet wurde. Die Verkleidung schien ihm für die Gegend passend. Dennoch wusste er, dass jeder Auftritt in der Öffentlichkeit für ihn die Gefahr in sich barg, entdeckt zu werden. Insofern musste er hochkonzentriert vorgehen, denn die Angelegenheit bedurfte keines Aufschubs.

Der Mann, mit dem er sich treffen wollte, hatte den Ort selbst bestimmt und es bestand kein Zweifel daran, dass dies eine reine Vorsichtsmaßnahme darstellte. Das Restaurant würde wie jeden Abend voll besetzt sein, nur einhundertvierzig Meter entfernt befand sich eine Wache der Wasserschutzpolizei und Reihen von Unternehmenszentralen sowie exklusiven Wohnhäusern rahmten die Uferstraße. Demzufolge würde die Polizei nicht lange brauchen, um eine Ringfahndung einzuleiten. Vermutlich würde man, wie seinerzeit in Köln, alle Ausfahrtstraßen sperren und sämtliche Fahrzeuge genauestens überprüfen. All das wusste der Bankier, der ihn auf Anweisung des Chefs der Society empfing und da solche Menschen grundsätzlich misstrauisch waren, hatte er dem Attentäter diesen Treffpunkt auch erst am Morgen mitteilen lassen.

Der Attentäter war aufgrund des seitens der Behörden erhöhten Fahndungsdrucks nicht erfreut gewesen diesen Termin wahrzunehmen, aber sein Auftraggeber hatte ihm unmissverständlich klar gemacht, dass kein Weg daran vorbeigehen würde. Man könne den Bankier nicht auf anderem Wege erreichen, so die Erklärung. Immerhin wurde er für die Aufgabe fürstlich entlohnt. Außerdem war die Sache gut vorbereitet. Er hatte alles geliefert bekommen, was er benötigte, um das Treffen erfolgreich durchzuführen und im Anschluss daran wieder untertauchen zu können. Man konnte Zenker keine Vorhaltung machen. Die Lieferung war vollständig und von hoher Qualität. Man merkte eben sofort, wenn man mit einem erfahrenen Profi arbeitete. Insofern würde Zenker die Dinge in Deutschland gelungen weiterführen.

Ein Blick auf die Uhr zeigte dem Attentäter, dass es noch zu früh war, das Restaurant zu betreten, da er abwarten wollte, bis die Sonne hinter den Bergen verschwand, damit die Dunkelheit ihm zusätzliche Hilfestellung bot. Somit legte er auf dem großflächigen Parkplatz, vor einem Yachthafen unweit des Restaurants zunächst eine Pause ein, zündete sich eine Zigarette an und ließ seinen Blick über die idyllische Landschaft gleiten. Zürich war wirklich eine außergewöhnlich schöne Stadt. Die Ebene des vierzig Kilometer langen Sees bildete einen beruhigenden Kontrast zu der hinter ihm aufragenden Skyline aus Bürogebäuden und den Türmen der beiden Altstadtkirchen, die soeben in Scheinwerferlicht gehüllt wurden. Langsam verschwand das Abendrot, welches den altehrwürdigen Stadthäusern am gegenüberliegenden Ufer charmant geschmeichelt hatte. Eine einzigartige Kulisse aus ländlicher Idylle und Urbanität. Genussvoll sog er den Rauch seiner Zigarette ein und dachte noch einmal an seinen letzten Besuch in Zürich, der ihm einen der seltenen Glücksmomente in seinem Leben beschert hatte. Genau am gegenüberliegenden Ufer war sie ihm begegnet – die Frau, die seinem Leben einen völlig neuen Sinn gab. Doch das musste er für den Moment verdrängen. Es wurde Zeit.

Der Attentäter nahm ein kleines Fernglas aus seiner Tasche und suchte die hell erleuchtete Terrasse, des in den See hineinragenden, zweistöckigen Restaurants, nach dem Bankier ab. Dieser hatte einen einzeln stehenden Tisch direkt an der Wasserlinie gewählt, der unter einem weißen Sonnenschirm zwischen großen, grünblättrigen Stauden platziert war. Leibwächter konnte er nicht entdecken, wenngleich das Restaurant über eigene Security verfügte, die jedoch lediglich am Haupteingang ihren Dienst tat. Günstigerweise konnte man den Tisch, an dem Barngalio auf ihn wartete, direkt vom Parkplatz aus erreichen, sodass er sich nicht mitsamt dem Gepäck durch das zum Bersten volle Lokal schlängeln musste. Zufrieden nickte der Attentäter. Besser hätte sich die Situation nicht darstellen können.

Er trat seinen Zigarettenstummel aus und prüfte noch einmal die Verschlüsse seiner Taschen, um sicherzugehen, dass sie sich jederzeit leicht öffnen ließen, bevor er sich gemächlichen Schrittes in Gang setzte.

Zwei Minuten später nahm er gegenüber dem Bankier an dem türkisfarbenen Holztisch Platz. »Guten Abend, Herr Barngalio. Schön, dass Sie sich an unsere Verabredung halten. Ich schätze Pünktlichkeit sehr und hoffe unser amerikanischer Freund hat Sie seinerseits auch früh genug über die Wichtigkeit unseres Treffens informiert.«

»Guten Abend. Sie haben ja Ihren ganzen Hausstand mitgebracht.«

»Tut mir Leid. Ich kam mit dem Taxi und habe noch kein Hotel gefunden.«

»Ich kann Ihnen das Steigenberger empfehlen, das ist hier ganz in der Nähe. Aber um auf das Thema zurückzukommen. Unser Freund teilte mir in der Tat Ihr Kommen kurzfristig jedoch zeitig genug mit. Insofern freue ich mich, Sie endlich persönlich kennenzulernen und möchte Ihnen bei dieser Gelegenheit auch zu Ihren bisherigen sehr erfolgreich durchgeführten Aktionen gratulieren. Sie leisten wirklich ausgezeichnete Arbeit.«

»Danke, das hört man gern.«

»Ich habe mir erlaubt, uns eine Flasche Champagner kommen zu lassen. Möchten Sie ein Glas?«

»Gerne, dazu sage ich nicht nein.«

Nachdem der Bankier beiden ein Glas eingeschenkt hatte, lächelte er den Attentäter gewinnend an. »Sie sind zwar offensichtlich nicht der Gesprächigste, aber ich würde dann doch gern wissen, in welcher Angelegenheit Sie mich zu sprechen wünschen. Es muss ja sehr wichtig sein. Denn es wurde seinerzeit von uns vereinbart, dass Sie mit keinem von uns direkten Kontakt aufnehmen.«

»Es geht darum, dass Sie, nachdem man Ihren Namen mit Ingbert Meynhard in Verbindung gebracht hat, von der Polizei für morgen früh zu einer weiteren Befragung vorgeladen worden sind. Die erste Befragung meisterten Sie zwar ohne Zweifel hervorragend, doch offensichtlich konnten die Beamten neue Erkenntnisse gewinnen. Teilte man Ihnen bereits mit, worum es bei dieser Befragung geht?«

»Nein, bisher weiß ich dahingehend noch nichts. Letztendlich ist es aber auch nicht von Belang. Ich bin ein renommierter Bankier mit gewichtigen politischen Kontakten. Dementsprechend werden die Beamten der Fedpol mich auch weiterhin mit Samthandschuhen anfassen. Ihnen ist nicht einmal gestattet, mich ohne persönliche Weisung des Justizministers zu observieren, geschweige denn abzuhören und mit dem spiele ich einmal im Monat Golf. Außerdem sind wir im selben Yachtclub.«

»Das hört sich gut an. Doch die übrigen Mitglieder der Society machen sich Sorgen, dass durch den Druck, den das deutsche BKA im Moment ausübt, die Samthandschuhe auch gegenüber Ihnen bald ausgezogen werden könnten. Es stellt einfach eine eklatante Gefahr für die Sicherheit Ihrer Mitstreiter dar, wenn ein Mitglied der Gruppe so stark in den Fokus der Behörden gerät. Außerdem wissen Sie als Schatzmeister über sämtliche Konten und Kapitaltransfers Bescheid. Insofern müssen wir zwei jetzt einen Weg finden, wie wir diese Situation zufriedenstellend meistern, um unsere weiteren Aktionen nicht zu gefährden. Denn das wir weiterhin am Ball bleiben müssen, sehen wir daran, dass es bis auf kleinere Scharmützel in Deutschland nicht zu den erwünschten Auseinandersetzungen kommt.«

»Ich verstehe die Sorgen meiner Mitstreiter. Allerdings werde ich sicherlich nichts unternehmen, was unsere Pläne stören kann. Dennoch will ich mich offen für Ihre Vorschläge zeigen. Vielleicht können Sie mir ja einen Rat geben, wie ich mich verhalten soll?«

»Um Gottes willen, ich mische mich in solche

Dinge nicht ein, aber innerhalb der Society ist hierzu eine Grundsatzentscheidung getroffen worden, die ich Ihnen hiermit übermitteln darf«, antwortete der Attentäter, öffnete seinen Aktenkoffer und entnahm ihm eine kurzläufige Schrotflinte.

»Nein, das meinen Sie doch nicht ernst«, schrie der Bankier angsterfüllt. »Sind Sie verrückt geworden? Bitte verschonen Sie mich.« Doch er erntete nur stummes Kopfschütteln. Der Schuss hallte über den See wie Donnergrollen und riss Barngalio den halben Schädel weg, dessen Inhalt sich über die bereits panisch verzerrten Gesichter der Tischnachbarn verteilte. Über das gesamte Lokal erhob sich wildes Geschrei. In heller Aufregung stoben die Gäste davon, suchten verzweifelt nach Schutz. Mobiliar stürzte um. Glas klirrte. Währenddessen hatte der Attentäter den zylinderförmigen Tauchscooter aus seinem Trolley aufs Wasser geworfen. Vom Haupteingang eilten die bulligen Security Männer des Restaurants mit gezogenen Waffen herbei, doch ein weiteres Aufbäumen der Schrotflinte überzeugte sie, sich den Flüchtenden anzuschließen. Schon hörte man quietschend bremsende Reifen, da einige der Restaurantbesucher über die Straße liefen, ohne in ihrer Verwirrung auf den Verkehr zu achten. Der Attentäter hatte sein Ziel erreicht. Totale Panik gepaart mit absolutem Chaos. Schnell entnahm er seiner Anzugtasche ein LAR 6 Kreislauftauchgerät nebst der dazugehörigen Tauchermaske, schnallte beides um und glitt hinab in die schwarzen Wellen des Zürichsees.

Der Scooter zog ihn oberhalb der Wasserlinie mit zwanzig Kilometern pro Stunde voran und würde ihn auch unter Wasser noch auf fünfzehn km/h beschleunigen, sodass er bereits den Yachthafen erreichte, als in der Ferne die Sirenen aufheulten. Wie ein Pfeil jagte er durch das tiefschwarze Wasser in Richtung des Nordufers, wobei er sich nur mithilfe eines schwach beleuchteten Kompass orientierte, da jeder stärkere Lichtkegel auf der Wasseroberfläche weithin sichtbar gewesen wäre. Sein Kreislauftauchgerät produzierte keine aufsteigenden Blasen und den Scooter trieb ein geräuschloser Elektromotor an, sodass er von einem Schiff aus nicht entdeckt werden sollte. Seine größte Sorge bestand deshalb darin, dass die Polizei das Ufer zu schnell absperrte oder ihrerseits Kampftaucher ins Wasser ließ, die ihn mit Sicherheit aufspüren würden. Doch es war nicht mehr weit. Sein Helfer wartete in einem Lieferwagen auf einem Parkplatz am gegenüberliegenden Ufer.

Kurz hinter dem Yachthafen beschrieb der Attentäter einen leichten Bogen, um nun diagonal auf das Ostufer zuzusteuern. Trotz einer Tauchtiefe von fünf Metern, konnte er den Lärm herannahender Helikopter hören und sah wie das Licht aus den Scheinwerfern der Polizeiboote das Wasser durchschnitt. Sofort korrigierte er seine Tauchtiefe um weitere zehn Meter nach unten. Es wurde eng.

Drei Minuten später kam er auf der gegenüberliegenden Seite südlich des Tatorts unter einem weiteren auf Pfählen in den See gebauten Restaurant an. Es handelte sich um eine ehemalige Fischerhütte, die ihm nun ein gutes Versteck bot. Er vertäute seinen Scooter an einem der Pfähle, zog sich bis auf seine Badehose aus, stopfte seine rothaarige Perücke in den Anzug und band das Bündel zusammen mit seinem Atemgerät ebenfalls an. Danach zog er sich im Schutz des Holzhauses an Land und rannte in der Dunkelheit zu einem gegenüberliegenden Bambushain vor einem großen Teich.

Um ihn herum lag ein mit Schweizer Gründlichkeit angelegter Chinesischer Garten, den er nun nur noch ungesehen durchqueren musste, um in Sicherheit zu sein. Der Park schien menschenleer. Schnell umrundete er die Teiche, Blumenbeete und kunstvoll geschnittenen Hecken, bis er ein kurzes Waldstück erreichte, wo er einen Moment innehielt, da mehrere Personen einen Weg vom Parkplatz in Richtung des Seeufers entlang gingen. Wie der Attentäter wusste, lag an diesem Weg auch ein Casino, das sicherlich um diese Uhrzeit sein Hauptgeschäft machte. Vorsicht war geboten. Mit zusammengekniffenen Augen suchte er den direkt auf eine stark befahrene Straße zulaufenden Parkplatz nach weiteren Gefahrenquellen ab. Doch es schienen sich keine weiteren Personen dort aufzuhalten. Auf seinen Helfer war wie immer Verlass. Der geschlossene Transporter parkte in der Weise, dass er von dem Waldstück aus direkt durch die Heckklappe einsteigen konnte. Ein Mann in Badehose würde die vorbeifahrenden Schweizer zweifelsohne irritieren und so die Polizei sofort auf seine Spur bringen. Er wartete, bis die Gruppe außer Sichtweite war, schaute sich noch einmal um und rannte los.

Im Laderaum angekommen signalisierte er durch ein verabredetes Klopfzeichen an der Fahrerkabine, dass sein Helfer losfahren konnte und widmete sich dann einem bereitstehenden Reisetrolley. Der kleine Koffer enthielt alles Notwendige zum Umkleiden, sodass der Attentäter während der Fahrt seine Badehose mit einem eleganten Anzug tauschen, seine kurzen blonden Haare föhnen, sowie einen Haut Toner auflegen konnte. Abschließend setzte er sich eine Hornbrille auf und begutachtete sein Bild im Spiegel.

Endlich war er wieder er selbst.

Die Fahrt gestaltete sich kurz und der Fahrer ließ ihm gerade einmal genug Zeit um auszusteigen, bevor er sich mit hohem Tempo entfernte. Die Seitenstraße neben dem Steigenberger Hotel war menschenleer, sodass der Attentäter ohne weiteres Zögern den Haupteingang seines Domizils ansteuerte und die mit grauem Marmor ausgestaltete Eingangshalle betrat.

»Guten Abend, Herr Grünwald«, begrüßte ihn der Portier. »Hatten Sie einen angenehmen Flug?«

»Guten Abend. Ist Post für mich angekommen?«

»Jawohl, wir haben sie bereits auf Ihre Räumlichkeiten bringen lassen. Heute Nachmittag wurden drei Pakete für Sie angeliefert.«

»Gut. Übrigens, was ist das für ein Tohuwabohu da draußen?«

»Ich hörte bisher noch nichts Konkretes, aber es soll wohl einen Mord gegeben haben.«

»Zürich wird auch ein immer heißeres Pflaster. Schlimm. Ich ziehe mich sofort auf meine Räumlichkeiten zurück und wünsche keine weitere Störung. Der Flug war sehr anstrengend.«

»Selbstverständlich, ich wünsche Ihnen eine angenehme Nachtruhe.«

Wenige Minuten später stand der Attentäter auf dem Balkon seiner Suite und blickte durch einen Feldstecher hinüber zum Restaurant auf der anderen Seite des Sees. Nach wie vor waren Schiffe mit Suchscheinwerfern unterwegs, Taucher suchten den Uferbereich ab und das Restaurant wurde in ein Meer von Blaulichtern getaucht. Sie hatten offensichtlich seine Ausrüstung noch nicht gefunden. Die im Lokal zurückgelassenen Utensilien hatte der Attentäter vor seiner Aktion mit einem DNA-Reagenz besprüht, sodass es für die Polizei schwer werden sollte, entsprechende Spuren zu finden. Fingerabdrücke konnten sie auch nicht sichern, da seine Hände mit einer speziellen Lackschicht überzogen waren.

Beruhige dich, es wird schon alles gutgehen, dachte er und zündete sich eine Zigarette an. Morgen würde er Zürich wieder verlassen.

Major Corinna Barillier von der Schweizer Fedpol ging nervös vor dem Tatort auf und ab.

»Ausgerechnet der Bankier«, sagte sie zu ihrem Kollegen Hannes Wehrli. »Wir hätten ihn heute Abend schon befragen müssen, dann wäre das nicht passiert.«

»Nun gut, wir hatten immer noch nichts Relevantes gegen ihn in der Hand und er bestand ja darauf, erst morgen in der Früh zu erscheinen. Du weißt, wer alles zu seinem Freundeskreis zählt.«

»Genau das wird aber jetzt für uns zum Bumerang. Die gesamte Presse wird sich darauf stürzen. Außerdem werden die deutschen Kollegen auch alles andere als zufrieden sein.«

»Wir können es eben nicht mehr ändern. Prägnant ist natürlich die Art und Weise, wie der Täter das Ganze durchführte. Laut und extrem blutig. Er wusste, wie Menschen auf so etwas reagieren. In so einer Massenpanik suchen die meisten automatisch immer erst Schutz für sich selbst, bevor einer zum Handy greift und die 110 wählt. Glücklicherweise waren der Schuss und das anschließende Geschrei so laut, dass die Wasserschutzpolizei es bis in ihre Station wahrnehmen konnte. Aber gut, die Ringfahndung läuft und irgendetwas sagt mir, der Kerl ist noch hier.«

»Das stimmt, doch keiner kann den Täter genau

beschreiben. Außer dass er rote Haare hat und einen karierten Anzug trug, wissen wir nichts. Die zurückgelassenen Koffer weisen weder DNA-Spuren noch Fingerabdrücke auf.«

»Nun wir müssen noch ein wenig warten, denke ich. Viele der Personen, die sich in unmittelbarer Nähe befanden, sind noch in Behandlung durch die Notfallseelsorger. Vielleicht kommt ihre Erinnerung wieder, nachdem sich der erste Schock gelegt hat. Ich bin der Meinung, wir sollten die Hotels absuchen und nachfragen, wer heute eingetroffen ist. Der Mörder wird sich noch nicht lange hier aufhalten und er wird sich aufgrund der Ringfahndung nicht sofort davonmachen, sondern sicherlich zumindest bis morgen warten.«

»Okay, schnapp dir ein Team und such die Hotels ab. Ich informiere die deutschen Kollegen. Danach werde ich mir die Büroräume und die Villa von Barngalio anschauen. Vielleicht finden wir dort Antworten.«

Das Handy des Attentäters klingelte ihn aus dem Schlaf.

»Bitte.«

Sein Helfer meldete sich: »Ich konnte gerade ein Gespräch von den Ermittlern abhören. Sie wollen in sämtlichen Hotels alle Gäste überprüfen, die heute eingetroffen sind. Da habe ich mich gefragt, ob Sie nicht gegebenenfalls bereits heute abreisen wollen?«

Der Attentäter überlegte. Er stand nicht auf der Gästeliste, da er die Suite schon seit Jahren bewohnte. Würde der Portier ihnen trotzdem berichten, dass er erst heute eingetroffen war? Wenn nicht, sollte er eigentlich durch ihre Fahndung schlüpfen können.

Eine überstürzte Abreise würde ohne Zweifel den Verdacht auf ihn lenken. Das durfte keinesfalls passieren, denn er hatte das Hotel ohne größere Verkleidung betreten und war auf den Bildern der Kameras klar zu erkennen. Fatal wäre nur, wenn die Beamten der Fedpol allen männlichen Gästen eine Speichelprobe abverlangten. Die Deutschen hatten seine DNA sicherlich bei Interpol hinterlegt. Insofern würde man ihn vielleicht nicht direkt für diesen Mord verhaften, aber sicherlich an die Deutschen ausliefern. Sicher ist sicher, dachte er sich.

»Wo wohnen Sie?«

»Wir hatten doch vereinbart, dass…«

»Ich finde es ohnehin heraus. Es wäre also besser für Sie, wenn ich Sie nicht erst suchen müsste.« Zähneknirschend gab der Helfer ihm seine Privatadresse.

»Das ist nur drei Straßen von hier entfernt. Ich werde gleich bei Ihnen sein. Sie müssen mir Unterkunft geben, bis die Ringfahndung aufgehoben ist.«

»Aber meine Frau. Sie können nicht zu mir.«

»Ich bin in etwa zehn Minuten bei Ihnen. Seien Sie bis dahin zu Hause. Meinetwegen bringen Sie mich im Keller unter. Ich bin genügsam. Außerdem schalten Sie sofort Ihr Handy aus.«

Wenigstens konnte ich ein wenig Schlaf tanken, dachte der Attentäter, während er eilig einige wenige Kleidungsstücke in einen Rucksack packte und seinen Schminkkoffer zurecht machte. Danach ging er durch den Hotelflur zum Fahrstuhl und fuhr in die oberste Etage, um von der dort befindlichen kreisrunden Terrasse aus, auf das Dach des Hotels zu klettern. Helikopter waren nicht mehr im Einsatz, sodass er ohne weitere Vorsichtsmaßnahmen über das Dach auf die an die Rückseite des Hotels angrenzenden Gebäude gelangen sollte.

Kurz darauf kletterte er durch ein offenstehendes Fenster in das Treppenhaus eines der Nachbargebäude, lief die Stufen hinab und betrat die zu dieser Uhrzeit menschenleere Straße auf der anderen Seite des Blocks. Vorsicht war geboten, denn eine vorbeifahrende Streife würde ihn zweifelsohne anhalten, um seine Papiere zu kontrollieren. Doch solange sich nichts rührte, steuerte er in straffem, doch gelassenem Schritt sein Ziel an.

Wie erwartet, stand er zehn Minuten später vor der heruntergekommenen Mietskaserne, in der sein Helfer wohnte. Zürich war dahingehend wie jede andere Großstadt. Vordergründig sah alles gepflegt aus, doch wenn man ein paar Seitenstraßen hinter die Postkartenmotive lief, befand man sich inmitten trister Unterkünfte für die massenhafte Unterbringung derjenigen, die nur die einfachen Jobs erwischt hatten. Sein Helfer, der ihn erstmals zu Gesicht bekam, stand bereits nervös in der Tür.

Der Attentäter grüßte ihn mit einem wortlosen Nicken, woraufhin der Mann unmittelbar auf ihn einredete: »Wir müssen leise sein. Keiner darf Ihre Anwesenheit bemerken. Meine Frau besitzt zum Glück einen festen Schlaf. Ich kann Sie bei uns im Kellerabteil unterbringen. Das hat auch ein Fenster zum Hof, falls Sie fliehen müssen. Ich habe eine Luftmatratze und eine Decke zurechtgelegt. Sobald die Ringfahndung aufgehoben ist, sage ich Ihnen Bescheid.« Der Attentäter nickte erneut.

Um drei Uhr morgens traf Hannes Wehrli gefolgt von einem Kollegen sowie zwei Beamten der Polizei im Steigenberger Hotel ein und ging schnurstracks, seine

Dienstmarke hochhaltend, auf den Portier zu. »Schönen guten Morgen, ich hätte gerne einmal Ihre Gästeliste gesehen. Vor allem von den Gästen, die in den letzten vierundzwanzig Stunden eingetroffen sind. Außerdem will ich wissen, welche von den Gästen Stammgäste oder Ihnen persönlich bekannt sind?«

»Gerne, heute traf nur eine begrenzte Zahl an neuen Gästen ein.«

Nachdem Wehrli sich die Anmeldeformulare angeschaut hatte, schüttelte er den Kopf. »Hier ist auch nichts Auffälliges zu erkennen. Lediglich einige Ehepaare und zwei ältere Herren stehen auf der Liste und die sollten nicht in unser Raster passen. Jetzt haben wir fast alle Hotels und Pensionen durch. War es am Ende doch ein Einheimischer? Oder übersehen wir irgendetwas?«

Einer der Beamten zuckte mit den Schultern. »Der Täter muss ja nicht unbedingt in einem Hotel abgestiegen sein. Immerhin kann er sich denken, dass wir die überprüfen.«

»Sie haben wahrscheinlich recht. Aber es war einen Versuch wert. Lassen Sie uns erst einmal ins Revier zurückkehren.«

»Moment einmal«, rief Wehrlis Kollege vom Schreibtisch des Portiers aus. »Schau dir mal die Bilder der Videoüberwachung an. Es ist sehr wohl ein einzelner Gast angereist, sogar kurz nach unserem Tatzeitpunkt. Das ist doch interessant.«

Wehrli blickte den Portier mit hochgezogenen Augenbrauen an. »Dazu finde ich hier keinen passenden Eintrag in der Anmeldung. Können Sie mir das bitte erklären?«

»Entschuldigung, das ist nur Herr Grünwald. Heinrich Grünwald aus Deutschland. Er ist hier quasi nicht Gast, sondern entschied sich vor zwei Jahren, dauerhaft bei uns zu wohnen. Er bewohnt eine der Suiten. Er war für längere Zeit im Ausland und reiste heute überraschend wieder an. Er ist Unternehmensberater. Die sind ja permanent auf Achse.«

»Will heißen, Sie kennen den Mann. Wissen Sie, wo sich dieser Herr Grünwald zuletzt aufhielt?«

»Er war in Deutschland, soweit ich weiß.«

»Besitzt er dort eine Wohnung?«

»Nicht, dass ich wüsste.«

»Ist er mit dem Auto dorthin gefahren?«

»Nein, er nimmt immer ein Taxi zum Flughafen.«

»Ich sehe auf den Außenaufnahmen kein Taxi vor dem Hotel halten, im Gegenteil, der Mann taucht auf einmal aus Richtung der Kreuzstraße auf. Außerdem, wenn er solange in Deutschland war und dort keine Wohnung besitzt, warum trägt er dann nur so einen kleinen Reisetrolley als Gepäck bei sich? Das kommt mir komisch vor. Den Mann will ich sprechen.«

»Um Himmels willen schellen Sie ihn jetzt nicht aus dem Bett. Der Gast ist absolut integer und sehr wichtig für uns. Herr Grünwald zahlt seine Miete stets ein halbes Jahr im Voraus, und zwar in bar. Vielleicht ließ er sich in der Seitenstraße von seinem Taxi absetzen und für das wenige Gepäck gibt es sicherlich auch eine vernünftige Erklärung.«

»Trotzdem. Sicher ist sicher.«

»Das kann ich nicht zulassen.«

»Sie haben wohl nicht meinen Ausweis gesehen. Gehen Sie aus dem Weg.«

Als sie kurz darauf die Suite von Grünwald nach erfolglosem Klopfen mit der Generalschlüsselkarte des Portiers öffneten, folgte die Ernüchterung.

»Die Zimmer sind leer. Ist der Mann bei Ihnen

vorbeigekommen?«, fragte Wehrli den Portier.

»Nein, das hätte ich auf jeden Fall mitbekommen.«

»Okay, dann spricht das Bände. Lassen Sie die Spurensicherung kommen«, wies Wehrli seinen Mitarbeiter an. »Wir müssen hier dringend die DNA-Spuren sichern und lassen Sie mit dem Bild von der Hotelkamera nach dem Mann fahnden. Schicken Sie das Bild auch an die Medien und die Kollegen nach Deutschland. Außerdem gleichen Sie die DNA mit den Daten des Attentäters ab, die uns die Deutschen gegeben haben. Wenn dieser Grünwald, wie ich annehme, mit dem Attentäter dieser Terrorgruppierung identisch ist, sind die Deutschen endlich im Besitz eines genauen Bildes, denn der Portier sagte, dass der Mann seit Jahren hier wohnt. Insofern war das hier bisher einer seiner Ruheräume, und zwar schon in einer Zeit weit vor diesen Ereignissen. Er wird vermutlich nicht die gesamte Zeit über verkleidet herumgelaufen sein und vielleicht finden wir hier auch diese mysteriöse Frau, von der in dem Dossier der Deutschen die Rede war.« Wehrli rief seine Kollegin Cornelia Barillier an, um ihr von seinem Erfolg zu berichten.

Barillier hörte zu und seufzte laut. »Wir sind hier noch nicht weitergekommen. Die Sichtung der persönlichen Unterlagen ist eine Mammutaufgabe. Barngalio hat allein auf seinem Handy weit über fünfhundert Fotos gespeichert. Auf seinem Rechner sind es noch weit mehr und die zeigen ihn mit unterschiedlichsten Personen. Ob davon irgendjemand mit den deutschen Ermittlungen in Zusammenhang zu bringen ist, werden wir noch herausfinden müssen, wobei wir dafür wohl einige Tage brauchen werden. Schaut, dass ihr den Attentäter zu fassen kriegt. Ich sage auch den Grenztruppen Bescheid, damit sie besondere Obacht geben. Dann dürfte er eigentlich nicht mehr aus der Schweiz entkommen, was die deutschen Kollegen uns sicherlich sehr danken würden.«

Der Helfer rannte hinunter in den Keller der Mietskaserne. »Sie heben die Ringfahndung nicht auf. Nach meinen Informationen erweitert die Polizei die Fahndung sogar. Ihr Bild ist bereits in allen Medien. Sie sind hier nicht mehr sicher.«

»Okay, ich habe einen Fehler gemacht. Den muss ich jetzt ausbaden. Ich verschwinde durch das Fenster. Ihnen kann man nichts, zumindest solange Sie die Klappe halten. Haben Sie den Transporter mit dem Mittel ausgewaschen, das ich Ihnen damals zukommen ließ?«

»Ja.«

»Dann machen Sie, sobald ich weg bin, dasselbe mit diesem Raum. Damit sind Sie sicher. Ansonsten verhalten Sie sich ruhig und lassen Sie sich auch bei einer möglichen Befragung nicht aus der Ruhe bringen. Ich würde Sie ungern töten müssen. Gehen Sie nach oben und schlafen Sie den Rest der Nacht. Ich werde mich bis auf Weiteres nicht mehr bei Ihnen melden. Zürich ist für mich als Rückzugsraum unbrauchbar geworden. Danke, für Ihre Hilfe. Sie haben mir stets treue Dienste erwiesen. Hier ist etwas für Sie.«

Der Attentäter drückte seinem Helfer einen Briefumschlag in die Hand, bei dessen Öffnung dem Schweizer das erste Mal an diesem Abend ein Lächeln gelang. »Danke, ich und meine Frau können das Geld wirklich gut gebrauchen. Haben Sie vielen Dank. Ich wünsche Ihnen alles Gute. Vor allem für Ihre Flucht. Falls Sie jemals wieder in der Schweiz Hilfe benötigen, melden Sie sich bei mir. Ich werde stets für Sie da sein.«

Nachdem der Helfer wieder verschwunden war, öffnete der Attentäter seinen Schminkkoffer. Diesmal würde es schwierig werden, aber er musste es versuchen.

Es dauerte etwa eine Stunde, bis er sich die Haare schwarz gefärbt, dreißig Zentimeter lange Extensions angeklebt und einen Musketier Bart angelegt hatte. Seine Augen waren nun etwas verengt und das Gesicht wirkte schmaler. Als Bekleidung wählte er alte Jeans, Lederstiefel sowie ein T-Shirt einer bekannten Heavy Metal Band. Einen amerikanischen Reisepass mit dem entsprechenden Konterfei sowie einem amtlichen Einreisestempel trug er in der Tasche seiner schwarzen Lederweste. Zufrieden mit seinen Maßnahmen betrat er die Straße.

Kurze Zeit später setzte er sich an der nächsten Straßenbahnhaltestelle in die Linie Vier und fuhr zum Züricher Hauptbahnhof. Bevor er die Bahnhofshalle betrat, warf er seinen Rucksack mit den Kleidungsstücken vom Vortag inklusive seines Schminkkoffers in einen Container an einer nahe gelegenen Baustelle. In dem wuchtigen Neorenaissancebau wimmelte es von Polizei, doch niemandem fiel auf, wie er sich zunächst ein Ticket für den TGV nach Paris kaufte und sich danach in der Shoppingmeile des Bahnhofs komplett mit neuem Gepäck ausstattete. Um sieben Uhr vierunddreißig ging sein Zug. An der Grenze wurde er zwar flüchtig kontrolliert, konnte aber nach einer kurzen Abfrage seiner persönlichen Daten, unbehelligt weiterfahren. Amerikaner, die verschiedene europäische Metropolen bereisten, stellten für niemanden einen Anlass zu besonderen Maßnahmen dar und sein Bild passte nun einmal absolut nicht zu dem von Heinrich Grünwald. Selbst wenn sie die Videoaufnahmen mit biometrischer Software bearbeiteten, würden sie nicht sein wahres Äußeres erkennen. Um Elf Uhr siebenunddreißig kam er in Paris an. Wieder einmal hatte sich seine Verkleidungskunst als Garant für eine sichere Flucht erwiesen. Dennoch musste er unbedingt feststellen, ob die Frau, die er so sehr liebte, schon etwas mitbekommen hatte. Er war nahezu unverkleidet in das Hotel gegangen. Sie kannte ihn gut. Sie würde sein Bild in den Medien sehen. Sie würde erkennen, dass sie sich in ihm getäuscht hatte. Sie würde es nicht verstehen. Aber er konnte sich nicht dagegen wehren. Er musste ihre Stimme hören. Sie war der einzige Mensch, der ihm jemals etwas bedeutet hatte. Er durfte sie nicht verlieren. Die Nummer hatte er auf der Kurzwahl. Das Schellen schien endlos. Dann ein Klicken, kein Wort, aber hörbare Tränen.

»Hallo«, sagte er schüchtern. Keine Antwort.

»Hallo, ich höre, dass du weinst. Ich weiß, dass du das nicht verstehen kannst, aber ich habe das für uns getan. Ich wollte mit dir ein neues Leben anfangen und dafür brauchte ich Geld. Verdammt, ich kann doch nichts anderes.« Das Weinen verstärkte sich.

»Bitte, hör mir zu. Im Krieg haben wir auch getötet und das war doch dasselbe. Du weißt, dass ich im Krieg war. Das hatte ich dir erzählt und du hast es akzeptiert. Bitte gib mir eine Chance. Bitte lass mich nicht allein.« Ein deutlich hörbares Schluchzen, noch mehr Tränen, dann nichts mehr. Das Gespräch war beendet.

Ich habe sie verloren. Das einzige Wesen, das ich

jemals geliebt habe, dachte er betrübt und ging mit gesengtem Kopf durch die Bahnhofshalle auf die vom üblichen Pariser Verkehrschaos belebte Straße. Er musste sich dringend mit der Society in Verbindung setzen, denn durch die Pannen beim Auftrag in der Schweiz wuchs die Gefahr gefasst zu werden ins Unermessliche. Vor allem weil seine Freundin ihn verraten würde.

Kapitel Vierzehn

In München betrat unterdessen der Geheimdienstchef des Sultanats Salonam das Krankenzimmer des Sultans Al Salid. »As-salam alaykom, Euer Exzellenz.«

»Wa Alaykom As-salam, mein treuer Diener«, antwortete der weißhaarige Monarch und musterte seinen Untertan mit gütigem Blick aus seinen tiefschwarzen Augen.

»Ich freue mich, Euere Exzellenz in guter Verfassung zu sehen.«

»Danke. Die deutschen Ärzte haben beste Arbeit geleistet. Was kannst du mir berichten? Irgendwelche besonderen Vorkommnisse während meiner langen Abwesenheit?«

»Nun, Euer Exzellenz, Barngalio wurde ermordet.«

»Ich hörte davon in den Nachrichten. Die deutschen Behörden verdächtigen ihn, Mitglied einer antiislamischen Terrorgruppierung gewesen zu sein. Ich hätte dich ohnehin darauf angesprochen, denn ich kann mir gar nicht vorstellen, dass er zu so etwas fähig gewesen wäre. Immerhin waren wir seit Jahrzenten geschäftlich sowie freundschaftlich verbunden und er besaß eine Schlüsselposition in meinen Plänen, von denen ich dir im Vertrauen Mitteilung machte. Mir war seine ablehnende Haltung gegenüber Salafisten bekannt, aber in diesem Punkt waren wir uns einig. Dass er zu solchen Schandtaten fähig wäre, hätte ich nie für möglich gehalten. Ich habe mich in der Tat sehr in diesem Mann getäuscht. Besitzt ihr bereits Informationen über diese Leute, die die Anschläge auf Muslime verüben?«

»Bisher noch nicht. Es war wohl vor einiger Zeit ein türkischer Journalist bei uns, der offenbar von Euren Plänen erfahren hatte und sich danach erkundigte. Ich konnte trotz aller Anstrengungen bisher nicht herausfinden, wie er an diese geheimen Informationen kam. Es muss ein Leck geben. Dieser Journalist fand aller Wahrscheinlichkeit nach auch irgendetwas über diese Leute heraus. Ich wollte ihn befragen, aber er reiste plötzlich Hals über Kopf nach Deutschland ab. Es gibt noch keine offizielle Bestätigung der deutschen Behörden, aber es kursiert bei türkischen Medien das Gerücht, dass er in Deutschland ermordet wurde. Das deutsche BKA hatte sein Bild auch zwischenzeitlich zwecks einer Fahndung veröffentlicht.«

»Entsende fähige, treue Männer, die diese Angelegenheit untersuchen, ebenso wie den Mord an Barngalio. Ich will alles darüber wissen. Wie kann es sein, dass Informationen über meine Pläne an die Öffentlichkeit gelangen? Ich habe nur Männer meines absoluten Vertrauens in meine Zukunftsvision eingeweiht und ihnen mehrfach eingeschärft, diese Informationen strengstens geheim zu halten. Gibt es dahingehend einen Verdacht?«

»Noch nicht genau. Die Untersuchung läuft. Aber es gibt wohl einige Personen, die nicht mehr daran glaubten, dass Ihr das Klinikum noch einmal lebend verlassen würdet. Diesbezüglich gibt es auch eine schlimme Nachricht bezüglich Eures Neffen.«

»Was hat dieser Taugenichts nun wieder angestellt, mit dem ich, um des Andenkens an meinen Bruder Willen, viel zu viel Geduld übte?«

»Nun, ich könnte mir vorstellen, dass auch er von Euren Plänen erfahren hat, denn er handelte in Eurer Abwesenheit sehr eigenmächtig. Ich wusste, Ihr würdet sein Handeln missbilligen und konnte seine Pläne mithilfe von Barngalio durchkreuzen. Insofern handelte Barngalio, bei allen Untaten die er begangen haben mag, in dieser Angelegenheit vollständig in Eurem Sinne.«

»Red schon, worum handelt es sich?«, brauste der Sultan aufgebracht auf und musterte seinen Geheimdienstchef aus funkelnden Augen. Dieser schaute verlegen zu Boden und beugte sich nahe an das Ohr des Sultans.

»Es ist schon zu Beginn Eurer Abwesenheit gewesen«, antwortete er und flüsterte dem Sultan etwas ins Ohr. Angestrengt lauschte der Sultan, während in ihm mehr und mehr der Zorn emporstieg.

Als der Geheimdienstchef geendet hatte, schlug der Sultan wutentbrannt auf den neben seinem Bett platzierten Nachttisch. »Dieser unverschämte Hund. All die Jahre ließ ich ihm seine Eskapaden durchgehen, aber das wird er mir büßen. Wie kann er nur meinem Volk so etwas antun? Glaubt er wirklich, er wird Sultan an meiner statt? Was maßt dieser unglückliche Mensch sich an? Ich muss noch heute in mein Land zurückkehren.«

»Aber, Ihr seid noch nicht wieder gesund, Euer Exzellenz. Ihr müsst Euch noch schonen.«

»Trotzdem. Es geht nicht um mich, sondern um

mein Volk. Sollte mein Neffe mit seinen Plänen durchkommen, würde dies den Untergang meines Volkes bedeuten, und ich habe einst bei Allah geschworen, es zu schützen, ihm zu dienen und ihm vorzustehen, wie ein liebevoller Vater. Soll ich etwa dasselbe Unglück über meine Untertanen hereinbrechen lassen, das über unsere Nachbarstaaten gekommen ist? Niemals, ich muss mein Volk schützen und wenn es mein Leben kostet. Du sprachst davon, dass etliche Männer glaubten, ich würde nicht mehr lebend in meine Heimat zurückkehren. Stehen diese etwa inzwischen in Diensten meines Neffen? Wie viele Getreue habe ich noch?«

»Das Volk steht immer noch hinter Euch, wie ein Mann und betet täglich für Eure Genesung, aber aus den Reihen Eurer Bediensteten haben sich wohl etliche bereits auf die Seite Eures Neffen geschlagen. Ich forsche im Moment nach, wer dies sein könnte.«

»Gut, ich will ständig informiert sein. Man soll mein Flugzeug startklar machen. Ich reise heute noch zurück.«

Kapitel Fünfzehn

Manger umrundete einige Male den Gendarmenmarkt, der mit seinem klassizistischen Berliner Konzerthaus, das rechts wie links symmetrisch vom Deutschen Dom und der baugleichen Französischen Friedrichstadtkirche eingerahmt wurde, einer der schönsten Plätze Berlins war. Das marmorne Denkmal des Dichters Friedrich Schiller vor dem Konzerthaus präsentierte sich im hellen Sonnenschein von seiner besten Seite und wurde soeben von unzähligen Touristenkameras abgelichtet. Rund um den Platz reihten sich klassische Geschäftshäuser mit eleganten Ladenlokalen, Restaurants und schicken Cafés aneinander, vor denen Kolonnen von Autos parkten, die den Sightseeing Bus behinderten, der sich beschwerlich durch den zähfließenden Verkehr schlängelte. Schnell entschied Manger, dass seine Strategie ihn nicht weiter bringen würde und parkte in einer nahe gelegenen Seitenstraße. Am gestrigen Nachmittag hatte er sich hier bereits umgeschaut, aber nichts herausgefunden und deshalb organisiert, dass die Schutzpolizei den Platz permanent überwachte, um alles zu protokollieren, was ihnen ungewöhnlich vorkam. Insgesamt acht Streifenwagen patrouillierten um den Gendarmenmarkt und vierundzwanzig Beamte verteilten sich auf die neuralgischen Punkte des Platzes, sodass dessen Namen alle Ehre gemacht wurde. Wie Aysun am Vortag ermittelt hatte, waren Meynhard und Barngalio an beiden Tagen, an denen ihr Handy in Berlin geortet wurde, im Hilton Hotel am südlichen Ende des Platzes abgestiegen. Er wollte sich heute mit dem Concierge des Hauses treffen, um ihn zu befragen. Gestern hatten sie durch den Mord an Barngalio eine weitere Spur verloren, was Sacher nahezu zur Weißglut gebracht hatte. Aber immerhin jagten die Schweizer den Attentäter. Laut der DNA-Analyse handelte es sich bei Grünwald um den Mann, den sie suchten. Katrin hatte sich demnach gestern mit der Befragung der Lkw-Fahrer völlig umsonst die Zeit um die Ohren geschlagen. Wobei sie die biometrischen Parameter des Attentäters inklusive seines Bildes an Interpol weitergegeben hatte, sodass sie an allen internationalen Flughäfen sowie an den europäischen Bahnhöfen in die Personenkontrollen eingebaut werden konnten. Aysun war am Flughafen Tegel auf Überwachungsvideos gestoßen, die die jeweilige Ankunft von Meynhard und Barngalio zeigten und schaute sich nun die dazugehörigen Aufzeichnungen an, um mögliche Kontakte der beiden auf oder vor dem Flughafen zu kontrollieren. Am Abend war von der Abteilungsleitung eine Besprechung angesetzt worden. Insofern hoffte Manger, dass sie alle bis dahin mindestens kleinere Erfolge vorzuweisen haben würden.

Langsam schlenderte er in Richtung eines der Restaurants, auf dessen Terrasse er Sacher entdeckte, der sich soeben ein Wiener Schnitzel liefern ließ, wobei er trotz der pikierten Blicke der anderen Gäste mit dem Handy telefonierte.

Schmunzelnd setzte sich Manger zu ihm an den Tisch und orderte dasselbe. »Du musst auch immer beim Essen telefonieren.«

»In dem Fall, war es wichtig. Ich bekam soeben die Information, dass der Mörder von Barngalio entwischen konnte, was eine Katastrophe darstellt. Wir verfügen zwar jetzt endlich über ein genaues Bild von dem Attentäter, aber es ärgert mich nach wie vor maßlos, dass die Schweizer Barngalio nicht überwachen konnten. Wobei ich nicht glaube, dass der Attentäter erneut zuschlagen wird. So flächendeckend, wie die Fahndung nun eingerichtet ist, sollte es ihm zu heikel werden, weiterhin aktiv zu bleiben. Katrin hat übrigens inzwischen ein Dossier zu Magdalena Kowalski angelegt und sich heute Morgen bei dem Marktforschungsinstitut erkundigt. Kowalski ist in Stettin geboren, zweiunddreißig Jahre alt und hat hier in Berlin Soziologie studiert. Sie ist wohl aus betriebsbedingten Gründen entlassen worden. Es gab laut der Geschäftsführung keinerlei Auffälligkeiten, weder im positiven noch im negativen Sinne. Sie galt als nicht unbedingt teamfähig. Hat sich wohl stets etwas von den anderen abgesondert. Außerdem soll sie sehr still gewesen sein. Das ist laut der Geschäftsführung auch der Grund, warum man beim Thema Personalabbau sofort an sie dachte. Ich bin vorhin in ihrer Privatwohnung gewesen, konnte dort aber keine Hinweise auf ihren derzeitigen Aufenthaltsort oder andere unseren Fall betreffende Dinge finden. Die Befragung der Nachbarn förderte lediglich zu Tage, dass sie nicht weiter auffällig sowie selten zu Hause ist. Ich lasse eine Streife vor ihrer Wohnung parken. Sie melden sich, falls sie dort erscheint. Hast du inzwischen ihren Kleingarten verkabelt?«

»Ja, ich war vorhin da. Ich gehe persönlich zwar nicht davon aus, aber sollten unsere Gesuchten dorthin noch einmal zurückkehren, wird jedes gesprochene Wort aufgezeichnet. Auch dort hält eine Streife Wache. Ihre Bilder sind inzwischen über die Medien gesendet worden. Insofern dürften sie keine Anlaufstelle mehr haben.«

»Gibt es irgendwelche Meldungen von den Überwachungsteams, die du gestern hier installiert hast?«

»Bisher noch nicht. Ich will gleich noch mal bei ihnen vorbeischauen. Das Blöde ist, dass wir nicht wissen, ob an diesem Platz etwas zu finden ist, denn letztlich ist uns ja nur bekannt, dass Meynhard und Barngalio zum gleichen Zeitpunkt hier im Hotel abgestiegen sind. Ich habe gestern noch eine Liste aller hier am Platz ansässigen Unternehmen, Organisationen und Privatleute anfertigen lassen, aber deren Durchsicht brachte mich keinen Schritt weiter. Keine Eintragung hier vor Ort deutet auf irgendeine Unregelmäßigkeit hin. Ich will gleich den Concierge des Hiltons befragen. Vielleicht weiß der was. Willst du an der Befragung teilnehmen?«

»Auf jeden Fall. Leute aus dem Hotelfach sind oft hervorragende Beobachter und da wir hier über einen größeren Verein reden, müssen die sich wohl irgendwann einmal zusammengesetzt haben. Du erinnerst dich an die Aussage des Professors in Polen, der ja sagte, dass ein Termin Anfang Mai geplant war. Vielleicht fand der Termin in dem Hotel statt. Was ich mich aber immer noch frage ist, wer hinter dieser Gruppe steckt. Bisher wissen wir nur von einem hochrangigen Geistlichen und einem Topbanker, die sie beide ohne jegliche Skrupel mundtot gemacht haben. Wer traut sich denn so etwas? Das müssen doch mächtige und reiche Menschen sein, aber warum fangen die dann so einen Blödsinn an?«

»Meiner Meinung nach muss es sich um zumindest gleichrangige Leute handeln, denn Meynhard und Barngalio hätten sich sicherlich nicht mit jemandem eingelassen, der nicht ihrem Niveau entsprach. Wobei sich für mich noch die Frage stellt, ob sie Meynhard töten ließen oder eine Person aus der Führungsriege für seinen Tod verantwortlich ist. Zenker kann es nicht gewesen sein, denn ansonsten hätte er nicht davon gesprochen, Meynhards Tod untersuchen zu wollen. Unserem Attentäter würde ich den Mord auch nicht zuordnen, da er mir nicht der Typ zu sein scheint, der mit Gift mordet. Also müsste es entweder jemand aus dem Führungsgremium gewesen sein oder sie verfügen noch über weitere operative Kräfte, was das Bedrohungsszenario ungleich anwachsen lassen würde.«

»Das ist klar. Aber bisher haben sie nur mit einem Attentäter gearbeitet, also gehe ich davon aus, dass sie ihre Anschläge nur von wenigen Männern, will heißen, nur von unserem Unbekannten und Zenker, ausführen lassen. Ob ich mit dieser These richtig liege, wird sich noch zeigen müssen. Das Schließfach von Zenker enthielt auf jeden Fall nur einen Rucksack mit nagelneuen Kleidungsstücken. Die Spur war demnach auch ein Schuss in den Ofen.«

Den Rest der Mahlzeit über, ließen die beiden Ermittler den Fall außer Acht und gönnten sich ein wenig Entspannung.

Eine halbe Stunde später standen sie in der imposanten, zweistöckigen Eingangshalle des Hilton Hotels Berlin. Marmor, soweit das Auge reichte, hoch aufragende Säulen, die auf ein repräsentatives Treppenhaus zuliefen, über das man die offene Galerie der oberen Etage erreichte und eine kunstvoll gestaltete Glasdecke bildeten ein Ensemble, welches luxusorientierte Gäste in Scharen einkehren ließ. Wobei unzweifelhaft der atemberaubende Blick auf den Gendarmenmarkt, den das Nobelhaus von verschiedenen Zimmern und Suiten aus bot, eine große Rolle einnahm. Zudem strahlte die mit Piano-Bar und vielfältigen Sitzgelegenheiten ausgestatte Lobby, den Charme eines gemütlichen Wohn- und Esszimmers aus.

Nach kurzem Gespräch mit der Rezeption, führte man sie in einen seitlich gelegenen Lobbybereich, wo sie auf Ledersesseln Platz nahmen und um die Wartezeit zu überbrücken, von einer bezaubernd lächelnden, blonden Bedienung zwei Cappuccinos serviert bekamen.

Nach zehn Minuten saß ihnen der Concierge des Hauses, ein makellos gekleideter, dynamisch wirkender Mittdreißiger, gegenüber. Nach freundlicher Begrüßung, schaute dieser zuerst Manger an, wandte sich dann aber an Sacher: »Welche Fragen darf ich Ihnen beantworten?«

»Wie unsere Kollegin Frau Pfeiffer Ihnen bereits mitteilte, geht es um die Besuche von Herrn Meynhard und Herrn Barngalio, von deren Ermordung Sie heute in den Medien hörten. Sind Ihnen während dieser beiden Besuche irgendwelche Besonderheiten aufgefallen?«

»Besonderheiten nicht, aber die Herren gingen stets gemeinsam zu Tisch und trafen sich zweimal mit anderen Herren, die jedoch nicht in unserem Hotel wohnten. Einer davon war wohl ein deutscher Rechtsanwalt. Sie saßen in der Bücherei und hatten verschiedenes Vertragswerk auf dem Tisch ausgebreitet, über das sie teilweise heftig diskutierten, wobei Herr Barngalio selten einer Meinung mit Herrn Meynhard war. Mich wunderte dies, da sie sich ansonsten, während ihrer gesamten Aufenthaltsdauer, freundschaftlich zugetan schienen. Diese Beobachtungen beziehen sich auf den ersten Besuch der beiden. Als sie sich das zweite Mal bei uns aufhielten, trafen sie sich mit einem Mann von außerordentlicher Größe, gewaltigem Körperumfang, Halbglatze und starkem französischen Akzent. Das Treffen mit ihm dauerte länger. Sie haben in unserem Galarestaurant Beletage miteinander gespeist und danach noch in der Lounge-Bar ausgiebig getrunken. Bei Letzterem, fiel der Herr aus Frankreich sehr unangenehm auf. Er pöbelte in betrunkenem Zustand mehrere arabische Gäste mit eindeutig rassistischen sowie islamfeindlichen Sprüchen an. Mehrfach fielen Worte, wie Terroristenschweine, Taliban oder dreckige Mullahs. Er wurde daraufhin von uns des Hauses verwiesen. Wir dulden ein solches Verhalten in unserem Hause nicht.«

»Kam es zu einem Polizeieinsatz?«

»Glücklicherweise konnte Herr Meynhard, der nicht so viel getrunken hatte, die Situation beruhigen, und machte somit ein Eingreifen der Polizei unnötig.«

»Wer bezahlte das Essen und die anschließende Zecherei?«

»Der Herr aus Frankreich übernahm die gesamte Rechnung. Er bezahlte bar in großen Scheinen und gab wegen der Unannehmlichkeiten noch großzügig Trinkgeld. Übrigens, bevor ich es vergesse, sie trafen sich auch noch mit einer Frau, die ich aber nicht erkennen konnte, da sie nur kurz vor dem Hotel auftauchte, bevor die drei gemeinsam wegfuhren.«

»Es ist schon eine Weile her, aber verfügen Sie noch über eine Videoaufzeichnung, die uns Bilder von den beiden Männern liefern kann?«

»Videoaufzeichnungen werden bei uns nur im Eingangsbereich beziehungsweise im Bereich der Rezeption gemacht. Die Aufzeichnungen werden jedoch spätestens nach zweiundsiebzig Stunden gelöscht.«

»Bedauerlich. Sehen Sie sich denn dazu in der Lage unserem Phantombildzeichner eine genaue Beschreibung der Männer zu geben? Sie könnten wichtige Zeugen bezüglich der Vorgänge sein, die zu der Ermordung von Meynhard und Barngalio führten.«

»Ich habe sie persönlich bedient, da es sich um potentiell wichtige Kunden handelte. Insofern, kein Problem.«

»Okay, aufgrund der Brisanz der beiden Fälle eilt dies jedoch sehr. Deshalb würde ich Sie bitten, direkt in unserer Zentrale vorstellig zu werden. Wenn Ihr Arbeitgeber da Probleme macht, können wir eine amtliche Vorladung erwirken.«

»Nein, das ist kein Problem. Ich habe ohnehin genügend Überstunden, und wir sind heute gut besetzt. Ich spreche gleich mit dem Chef und fahre dann los.«

»Melden Sie sich bitte beim Pförtner. Ich gebe dort Bescheid, damit Sie unmittelbar empfangen werden.«

»Gerne.«

Nachdem die Männer sich verabschiedet hatten, gingen Sacher und Manger noch zu den einzeln rund um den Platz verteilten Streifenwagen.

Manger überlegte: »Wir sollten die beiden weiteren Personen möglichst bald ausfindig machen. Nicht, dass sie die auch noch umbringen.«

»Okay, bei diesem Anwalt könnte es sich natürlich um einen Unbeteiligten handeln, aber bei diesem ominösen Franzosen vermutlich nicht. Wenn er die Rechnung übernahm und so großzügig Trinkgeld gab, scheint er in die finanzielle Bandbreite der beiden zu passen. Außerdem passt das von ihm geäußerte politische Meinungsbild ebenfalls zu dem der beiden anderen. Schade, dass er bar bezahlte und es nicht zu einem Polizeieinsatz kam, sonst hätten wir sofort seine Daten. Sobald wir die Bilder haben, legen wir los.«

Während die beiden Ermittler sich im Anschluss mit den einzelnen Beamten unterhielten, beobachtete sie der Chef der Society aus seinem Büro heraus. Die Evakuierung seines schicken Büros wurde soeben durchgeführt. Um dabei keine unangenehmen Fragen beantworten zu müssen, hatte er alle Beteiligten aufgefordert, den Platz in Etappen zu verlassen. Die Räumlichkeiten, in denen die Society ihre Zentrale bezogen hatte, wurden soeben leer geräumt sowie auf das Penibelste gereinigt. Alle Fahrzeuge standen in der Tiefgarage bereit, sodass auch er innerhalb weniger Minuten den Platz verlassen sollte. Er würde sein Domizil vermissen, war ihm doch der Blick auf diesen herrlichen Platz so sehr ans Herz gewachsen. Aber Sicherheit ging nun einmal vor. Wie kamen die Beamten nur auf diesen Platz? Die beiden Ermittler hatten längere Zeit im Hilton Hotel verbracht, wie er von seinem Bürofenster aus beobachten konnte. Es musste damit zu tun haben, dass Meynhard und Barngalio dort abgestiegen waren. Aber letztlich spielte dies für ihn keine Rolle. Die Society fand ihr neues Zuhause nur wenige Kilometer von hier. Von diesem Standort aus galt es jetzt, die weiteren Schritte zu forcieren. Sobald er in seinem neuen Büro ankam, musste er mit dem dafür zuständigen Mann Verbindung aufnehmen, der sich aktuell in Frankreich aufhielt. Zuletzt hatte dieser zwar auch nicht fehlerfrei gearbeitet, aber er war immer noch der zuverlässigste Mann innerhalb der Society. Die Frage lautete nur, ob er sich überhaupt bereit erklären würde, weiter zu arbeiten. Wenn das nicht der Fall war, galt es einen zweiten Mann einzusetzen, wobei dieser dann noch besser getarnt werden musste, denn die Männer, die ihm zur Verfügung standen, waren zahlenmäßig stark begrenzt. Andererseits stellte sich die Frage, ob der Rest der Mannschaft die mentale Stärke aufwies, die vor ihnen liegenden Aufgaben zu erfüllen. Wenn jemand zusammenbrach und sich aus Verzweiflung gegebenenfalls sogar der Polizei stellte, war ihre Operation vorbei. Viel wussten die einzelnen Kräfte zwar nicht, doch selbst der geringste Hinweis konnte der Polizei genügen, um ihnen auf die Spur zu kommen. Er musste die Society gegen solche Eventualitäten absichern. Die Frage lautete nur, wie.

Der Attentäter war inzwischen im Elsass angekommen und saß auf der Terrasse des Gutshofes von Jean Paul Ducheman. Der Besitz des Franzosen war riesig und die Lage zwischen den Weinbergen, welche gleichermaßen einen herrlichen Weitblick über das Tal gewährte, besaß eine beruhigende Wirkung auf ihn. Tief atmete er die mit dem Duft von nassem Holz und frisch gemähtem Gras durchzogene Mittelgebirgsluft ein, lehnte sich in seinem Rattansessel zurück und genoss die wärmende Sonne. Ducheman setzte sich zu ihm, wobei er eine üppig mit allerlei geräuchertem Fleisch, Speck, Würsten und anderen Köstlichkeiten belegte Platte nebst einem Korb mit Brot sowie einem Krug Weißwein auf den Tisch stellte. Danach lächelte er den Attentäter väterlich an, nahm zwei grünstielige Römerweingläser zur Hand und befüllte sie mit einer kunstvollen Bewegung, bevor er seinem Gegenüber das Glas reichte. Gefühlvoll schwenkte der Attentäter sein Glas in der Hand, sog das fruchtige Bouquet in die Nase und ließ den kühlen Pinot Blanc über seine Zunge gleiten.

»Schön haben Sie es hier«, sagte er nachdenklich.

»In der Tat. Ich bin stolz auf meine Heimat und meinen Besitz. Deshalb zögerte ich auch keinen Moment, mich der Society anzuschließen. Es war einfach an der Zeit, dass da jemand mal etwas unternimmt. Man ist in der eigenen Heimat nicht mehr sicher vor diesen Terroristen und muss sich schon bei der leisesten Kritik an diesem Asylwahnsinn als Nazi bezeichnen lassen, obwohl diese Pest unser ganzes Land überfällt, wie eine Heuschreckenplage. Sie kommen ja gerade aus unserer wunderschönen Hauptstadt Paris. Dort sieht es doch bald aus wie in Kapstadt. Jede freie Ecke ist mit Wellblechhütten oder anderen Verschlägen bepflastert und Sie können sich gar nicht vorstellen, welch brutale Kriminalität dort herrscht. Die Muslime können einfach nicht in Frieden mit anderen Menschen leben. Vor allem diese Ruderfreunde aus Afrika sind eine Bedrohung für unser Land beziehungsweise für ganz Europa. Ich weiß nicht, warum die Frontex nicht das Feuer eröffnet, sobald sie so ein Boot sichtet. Das Programm kostet die EU Multimilliarden. Keine Ahnung, was die den ganzen Tag treiben. Aber die Lügenpresse und sonstige Gutmenschen regen sich ja bereits auf, wenn da eins von den Booten von alleine absäuft. Für mich persönlich, ist das natürliche Auslese. Reisen ist halt gefährlich. Hat etwa irgendjemand die Mullahs und Neger angerufen, dass sie kommen sollen? Die sind doch selber schuld, wenn sie draufgehen. Aber ich darf mich nicht zu sehr aufregen und möchte Sie auch nicht in diese politischen Fragen einbinden. Da Sie jedoch nun bei mir Unterschlupf gefunden haben, frage ich mich, warum Sie ausgerechnet zu mir kommen? Ist es, weil ich in Deutschland öffentlichen Kontakt zu Meynhard und Barngalio hatte? Gegebenenfalls ist das deutsche BKA bereits auf mich aufmerksam geworden. Soll ich deshalb auch getötet werden?«

»Ich bin sicherlich nicht hier um Sie zu töten, sondern nur weil ich in Frankreich keine allgemeine Anlaufstelle mehr habe. Die Ermittler sind mir auf den Fersen, sodass ich keine Möglichkeit mehr sehe, aktiv zu werden. Für den Tod Meynhards war ich nicht zuständig. Der Tod von Barngalio war eine Mehrheitsentscheidung der Society. In Bezug auf Ihre Person, habe ich keinen Auftrag erhalten. Im Gegenteil, falls die Polizei auf Sie aufmerksam wird, kann ich Ihnen sogar sehr hilfreich sein. Außerdem macht es meiner Meinung nach auch keinen Sinn, wenn ich den Auftrag bekäme, einen nach dem anderen von Ihnen zu töten, denn mit jedem der geht, verliert die Society einen Teil ihrer Stärke.«

»Das stimmt, dann bin ich erst einmal beruhigt. Übrigens, greifen Sie ruhig zu. Die elsässischen Spezialitäten passen ausgezeichnet zu dem Wein und werden Sie stärken. All diese Leckereien wurden von mir aus Produkten von meinem eigenen Land gefertigt. Wobei ich sagen darf, dass wir verschiedene Qualitätsschienen anbieten und dies die Ware ist, die ausschließlich mir und meinen Freunden vorbehalten ist.«

»Gerne bediene ich mich. Für gutes Essen und guten Wein bin ich immer dankbar. Sie müssen wissen, dass ich so etwas in meiner Kindheit nie hatte. Ich wuchs in ärmlichen Verhältnissen in einem Hinterhof von Manchester auf. Mein Vater schuftete hart in den Docks, doch es blieb kaum etwas zum Leben, da die Mieten in Manchester damals schon wahnsinnig hoch waren. Zumal ich noch fünf Geschwister hatte, sodass meine Mutter nicht mitarbeiten konnte. Da hieß es immer, sich beim Essen zugunsten der kleineren Geschwister zurückzuhalten. Regelmäßige und sättigende Mahlzeiten lernte ich erst in meiner Militärzeit kennen. Das ist der Grund, warum ich solange dabei geblieben bin.«

»Das verstehe ich. Die Geburt entscheidet halt zumeist über Glück und Unglück im Leben. Wobei Sie auf das, was Sie geleistet haben, zweifelsohne stolz sein können. Außerdem sind Sie noch jung. Sie können also noch viele weitere große Taten in Ihrem Leben vollbringen. Solange Sie bei mir zu Gast sind, wird es Ihnen auf jeden Fall in kulinarischer Hinsicht an nichts mangeln«, antwortete der Gutsherr und schenkte noch einmal ein.

Das Krypto-Handy des Attentäters unterbrach die beiden. Er entschuldigte sich für den Moment und entfernte sich einige Meter, um ungestört telefonieren zu können.

Der Chef der Society meldete sich: »Zunächst einmal möchte ich Ihnen zu Ihrer geglückten Mission gratulieren. Sind Sie noch in Frankreich?«

»Ja, ich bin hier bei einem Freund untergetaucht und meiner Meinung nach sollte ich auch eine Weile in Deckung bleiben. Die sind mir zu nahe gekommen. Insofern müssten Sie zunächst auf Herrn Zenker zurückgreifen. Ich bin davon überzeugt, dass seine Fähigkeiten absolut mit den meinen vergleichbar sind. Die Ausrüstung, die er mir für den gestrigen Auftrag besorgt hat, war ausgezeichnet. Das schafft Vertrauen.«

»Das ist in Ordnung, sorgen Sie aber dafür, dass man Sie nicht findet. Falls mir eine Lösung für Ihre Unterbringung einfällt, melde ich mich bei Ihnen. Wo befinden Sie sich derzeit?«

»Wie gesagt, ich bin bei einem Freund untergekommen. Aktuell befinde ich mich im Elsass. Das wird sich aber vermutlich bereits bald wieder ändern. Ich muss in Bewegung bleiben, sonst kriegen die mich auf jeden Fall.«

»Gut, machen Sie das. Teilen Sie mir jedoch immer mit, wo Sie sich befinden, damit wir Sie notfalls evakuieren können, wenn es Probleme geben sollte. Ansonsten halten Sie bis auf Weiteres Funkstille. Ich wünsche Ihnen alles Gute.«

Nachdem der Attentäter das Gespräch beendet hatte, blickte ihn Ducheman fragend an. »Sie haben ihm nichts davon gesagt, dass Sie bei mir sind?«

»Nein, ich hielt dies in dieser Situation für die falsche Maßnahme. Es ist mir ganz recht, wenn er nichts von unserem Kontakt weiß. Außerdem scheint es mir auch gut zu sein, ihn über meinen genauen Standort im Unklaren zu lassen. Ich weiß erstens nicht, ob er mich sonst liquidieren lassen würde und zweitens kann man nie wissen, ob die Behörden nicht auch schnell auf seine Spur stoßen.«

»Das Letztere glaube ich persönlich nicht. Er nimmt ja alle Sicherheitsmaßnahmen wahr, die man sich denken kann.«

»Das ist richtig. Doch bisher bestanden seine Maßnahmen ausschließlich in der Ausschaltung von Mitwissern. Für meine Begriffe ist das nicht sonderlich kreativ. Dementsprechend frage ich mich, ob die ganze Sache, die ihr da betreibt, überhaupt von Erfolg gekrönt sein kann.«

»Über die Maßnahmen kann man geteilter Meinung sein, übrigens hielt auch Meynhard nichts von dem Amerikaner. Er wollte an sich vom ersten Tag an eine Parallelorganisation gründen, um den Amerikaner irgendwann auszuschalten. Das wurde aber von uns verneint. Ich glaube an unseren Erfolg, denn unser Ziel besteht ja darin, die deutsche Bevölkerung dazu zu animieren, unseren Kampf mit aufzunehmen. Das würde bedeuten, dass das BKA beziehungsweise die Polizei sich vollständig auf die daraus resultierenden Konflikte konzentrieren müsste und sobald dies erreicht ist, ziehen wir uns zurück.«

»Die Frage lautet, ob die deutsche Bevölkerung überhaupt zu so etwas zu bewegen ist, denn bei allen zwischenzeitlichen Protesten in den letzten Jahren blieb es im Regelfall ruhig. Wenn wir mal von den Kräften absehen, die ohnehin nur mit Gewalt vorgehen. Selbst nach den Anschlägen, die wir durchgeführt haben, ist es ruhig geblieben. Dass da irgendwo Hass entsteht, trifft lediglich auf eine Minderheit zu.«

»Dies ist zwar richtig, aber auf die kommt es an. Ihre Rechtsradikalen sind bereits aktiv, wie selten zuvor. Die zögern schon jetzt nicht, Brandsätze auf Flüchtlingsheime zu werfen. Wenn man sich die rechtspopulistischen Gruppen ansieht, wird dort inzwischen zumindest schon einmal stark über Gewalt diskutiert. Es fehlt also nicht mehr viel. Die Stimmung sollte für unsere Zwecke gerade richtig sein. Ich bin der Meinung, dass ein großer Anschlag seitens der Muslime in Deutschland zu einem Sturm gegen sie führen würde. Das weiß vermutlich auch die Bundesregierung. Wir haben ja ihre Reaktionen nach den muslimischen Anschlägen von Paris und Brüssel gesehen. Die Regierung verurteilte zwar einerseits die radikalen Islamisten, beeilte sich aber andererseits die Muslime in Schutz zu nehmen. Es ist schon beinahe Grotesk, dass Kanzlerin Mayrhofer ausgerechnet nach dieser verwerflichen Tat von Paris erklärte, der Islam gehöre zu Deutschland. Man sieht daran, wie verzweifelt die Bundesregierung darum ringt, die Muslime nicht zu verärgern und vor allem das gute Image der Deutschen in den muslimischen Ländern aufrechtzuerhalten. Aber klar ist, dass sie sich auch bewusst sind, in welcher Klemme sie stecken, wenn die verschiedenen Gruppen in Deutschland wirklich ernsthaft aufeinander losgehen würden. Insofern haben wir meiner Ansicht nach mit Deutschland den idealen Ausgangspunkt für unseren Kreuzzug gewählt. Mal abgesehen von der Freude die es macht diesen vor Bußfertigkeit triefenden Gutmenschen mal gehörig eins auszuwischen.«

»Ich verstehe Ihre Ansicht, aber die Behörden brauchen lediglich eine einzige Führungskraft festzunehmen und schon wäre für Sie, Herr Ducheman, alles was Ihnen so sehr am Herzen liegt verloren. Die würden denjenigen definitiv so lange in die Mangel nehmen, bis er alles verrät, und dann würden Sie derartig lang im Gefängnis landen, dass Sie Ihre Ländereien genauso gut verkaufen könnten. Was Ihnen, wie ich Sie einschätze, das Herz bräche.«

»Das ist zweifelsohne richtig und deshalb darf dieses Szenario nicht eintreten. Insofern war es eine vernünftige Maßnahme Barngalio zu töten. Der Rest der Leute, den sie über den Kontakt zu Meynhard finden, muss sich eben verstecken, bis die Luft wieder rein ist.«

»Genauso ist es. Dementsprechend wollte ich Sie fragen, ob Sie vielleicht über einen Unterschlupf verfügen, der Ihnen nicht direkt zugeordnet werden kann?«

»In der Tat besitze ich ein Domizil im Ausland, das außer mir niemandem bekannt und außerdem noch auf einen falschen Namen registriert ist.«

»Dann müssen wir da jetzt hin, und zwar so schnell wie möglich. Allerdings wäre es zu riskant den Ort direkt anzusteuern, denn wahrscheinlich werden alle offiziellen Ausreisen bereits überwacht. Allerdings versichere ich Ihnen, dass Sie sich voll auf meine dahingehenden Kenntnisse verlassen können. Sie sollten nur einige wenige persönliche Dinge einpacken. Den Rest kaufen wir unterwegs. Sagen Sie Ihrem Personal, Sie würden eine Weltreise unternehmen. Wir brechen sobald wie möglich auf. Holen Sie vorher noch entsprechend viel Bargeld ab. Sollten die Behörden auf Sie aufmerksam werden, wird man sicherlich als Erstes Ihre bekannten Konten einfrieren.«

Primosz Zenker hatte sich gerade mit seiner Freundin in ihrem neuen Versteck eingerichtet, als sein Handy klingelte.

Der Chef der Society meldete sich: »Ich habe einen Auftrag für Sie. Halten Sie sich bereit, Sie bekommen alles Notwendige geliefert.«

Nachdem die Befragung der Beamten am Gendarmenmarkt keine weiteren Erkenntnisse gebracht hatte, fuhren Sacher und Manger in die Niederlassung des BKA Berlin und gingen zunächst in die Kriminaltechnik, um zu prüfen, ob die beiden Phantombilder fertig waren.

Der Grafiker erwartete sie bereits. »Hallo, die beiden Bilder sind fertig. Die Angaben des Concierge waren sehr exakt. Insofern ging es schnell und die Bilder sollten relativ genau sein.«

»Super. Johann, sorge doch bitte dafür, dass Aysun die Bilder bekommt. Sie soll prüfen, ob die beiden oder vielleicht auch nur der Franzose gegebenenfalls an denselben Tagen am Flughafen waren wie Meynhard und Barngalio. Stell bitte die Bilder auch in das Polizeiintranet und sage den Beamten am Gendarmenmarkt Bescheid, damit sie die dort arbeitenden oder wohnenden Personen danach befragen, ob sie einen dieser Männer gesehen haben. Vielleicht finden wir dann Hinweise auf weitere Personen, die dieser Gruppe angehören.«

Die Männer verabschiedeten sich und Sacher ging in Katrins Büro, um sie über die gesammelten Erkenntnisse zu informieren. Als er geendet hatte, fragte er: »Wie weit bist du?«

»Nach dem Attentäter wird nun weltweit gefahndet. Interpol, BND, SWR, MIT und die CIA sind informiert. Des Weiteren habe ich Verwandte von Frau Kowalski in Berlin und Nordrhein-Westfalen gefunden. Sie sind bereits von der Polizei vernommen worden, geben allerdings an, Frau Kowalski seit Jahren nicht gesehen und nur sporadisch mit ihr telefoniert zu haben. Letztlich lasse ich jedoch alle ihre Verwandten observieren sowie ihre Telefone und Computer ausspähen. Es ist zwar unwahrscheinlich, aber es könnte immerhin sein, dass sie sich bei einem ihrer Verwandten meldet. Zenker selber hat laut den slowenischen Behörden keinerlei Verwandte. Er wuchs in einem Waisenhaus auf. Ich habe inzwischen sämtliche Hotels, Herbergen und Campingplätze in Berlin abgeklappert. Angeblich sind sie nirgendwo abgestiegen. Sie müssen es also entweder geschafft haben, die Stadt trotz unserer Maßnahmen zu verlassen oder sie verfügen hier über einen Kontakt bei dem sie unterkommen können beziehungsweise einen Unterschlupf, von dem wir nichts wissen. Die Kontrollmaßnahmen mussten wir inzwischen aufgrund des hohen Polizeiaufwands einstellen. Ich schicke das Phantombild des Franzosen auf jeden Fall sofort an die dortigen Behörden. Barngalio war ein bekannter Mann, vielleicht ist dieser Mann in Frankreich ebenfalls prominent. Dann können wir ihn sofort zur Befragung einbestellen lassen.«

»Das ist klar, aber ich würde diesmal darauf bestehen, dass sie ihn observieren. Wir müssen unabhängig von der Beweislage darauf pochen. Nicht das uns dasselbe passiert, wie mit dem Bankier.«

Manger kam dazu. »Wir haben einen ersten Treffer. Der Anwalt ist ein außerordentlich hoch angesehener Mann. Er heißt Randolf Stuerman und betreibt seine Kanzlei in Hamburg. Offenbar vertritt er etliche große Konzerne und betätigt sich auch als Lobbyist. Ich habe ihn gegoogelt, aber er hält sich mit Informationen über seine Tätigkeit sehr bedeckt. Wenn er jedoch öffentlich auftritt, gibt er sich stets eloquent sowie politisch korrekt. Insofern konnte ich nichts Negatives über ihn finden. Sollen wir ihn einbestellen? Er hält sich zurzeit in Berlin auf. Das wusste unser Chef. Die beiden sind nämlich befreundet und er hat gestern mit ihm im Adlon zu Abend gegessen.«

»Einbestellen werden wir ihn in jedem Fall, und zwar sofort. Dann verschieben wir lieber die Besprechung mit dem Chef auf morgen früh. Es wäre mir sowieso lieber, wenn wir noch etwas Zeit hätten, um unsere Erkenntnisse aufzubereiten«, entschied Sacher.

Katrin mischte sich ein: »Wo du von Abendessen sprichst, Schatz. Ich könnte auch etwas vertragen. Die Kantine hat schon zu. Kannst du uns etwas vom Griechen kommen lassen. Ich bin heute noch nicht zum Essen gekommen.«

»Ich auch nicht«, meldete sich Aysun, die gerade das Büro betrat, »aber dafür habe ich interessante neue Informationen für euch. Beide Männer von euren Phantombildern befanden sich zumindest an einem der Tage auf dem Flughafen, an denen auch Meynhard und Barngalio dort waren. Alle sind sehr früh morgens gelandet und der Anwalt hatte Kontakt zu einer weiteren Person.«

Sacher hob abwehrend die Hand. »Wir geben dir erst einmal unsere Informationen, dann kannst du deins beisteuern, sonst reden wir aneinander vorbei.«

Nachdem Manger Essen bestellt, Sacher Stuerman einbestellt und Katrin Aysun auf den neuesten Stand gebracht hatte, überlegte Aysun: »Okay, dieser Stuerman kontaktierte an einem der beiden Tage auf dem Flughafen eine österreichische Managerin. Den Namen habe ich bereits. Es handelt sich um Dr. Ivana Guggenhauer. Sie ist Chefin eines Sägewerksgiganten. Es könnte natürlich sein, dass Stuerman ihre Firma vertritt oder sie gerne als Kundin werben wollte und das Zusammentreffen der beiden gar nichts mit unserem Fall zu tun hat, doch wir sollten das untersuchen.«

»Gut, der Anwalt kommt in einer Stunde. Dann werden wir ja hören, was er uns dazu sagen kann«, antwortete Sacher. »Aber jetzt essen wir erst einmal und dabei wollen wir die Arbeit für einen Moment ruhen lassen.«

Die Ermittler beendeten soeben ihre Mahlzeit, als der Anwalt eintraf. »Guten Abend. Entschuldigung, ich glaube, ich bin ein wenig zu früh dran. Ich störe Sie wohl beim Essen?«

Sacher winkte ab. »Das ist okay. Wir können direkt loslegen. Gehen Sie bitte schon einmal in das Vernehmungszimmer am Ende des Ganges links. Wir kommen sofort.«

Nachdem der Anwalt das Büro verlassen hatte, wandte Sacher sich an Aysun: »Möchtest du an der Vernehmung teilnehmen? Ich will wissen, wie er auf deinen Migrationshintergrund reagiert.«

Während Sacher und Aysun das Vernehmungszimmer betraten, bezog Manger Platz im Nebenzimmer und verfolgte das Verhör durch die übergroße Trennscheibe. Katrin recherchierte derweil weiter bezüglich der Verdächtigen.

Sacher begann: »Herr Stuerman, Sie haben sicherlich aus der Presse von dem Attentat auf den Muezzin in Köln sowie dem Bombenanschlag in Bonn gehört.«

»Selbstverständlich.«

»Gut, im Zuge unserer diesbezüglichen Ermittlungen sind wir auf einen einflussreichen Personenkreis gestoßen, den wir verdächtigen, maßgeblich an diesen Terrorakten beteiligt zu sein. Der Geistliche Ingbert Meynhard sowie der Bankier Matteo Barngalio gehörten zu diesem Personenkreis. Beide Männer wurden kurz nacheinander ermordet. Wir haben inzwischen einen Zeugen, der beobachtete, dass Sie im Hilton Hotel Berlin mit den beiden verhandelt beziehungsweise Vertragswerk besprochen haben. Der Termin fand am siebenundzwanzigsten April statt. Da beide tot sind, sollte Ihr Anwaltsgeheimnis Sie nicht mehr daran hindern uns mitzuteilen, worum es in dieser Diskussion ging.«

»Das hätte ich Ihnen auch zu Lebzeiten der beiden mitteilen können. Ich habe einen Vorvertrag zu einem Stiftungsprojekt von Herrn Meynhard ausgearbeitet. Mein Büro kann Ihnen diesen Vertragsentwurf gerne zusenden. Herr Meynhard wollte eine Stiftung zur Erhaltung christlich-abendländischer Werte gründen. Was der genaue Zweck dieser Stiftung sein sollte, weiß ich persönlich nicht. Das Vertragswerk sollte die finanzielle Beteiligung von Herrn Barngalio sowie mehreren anderen Personen regeln. Es bildeten sich jedoch bereits bei dieser Unterredung erhebliche Meinungsunterschiede heraus, sodass dieses Projekt zunächst auf Eis gelegt wurde und durch den Tod der beiden natürlich nicht mehr zum Tragen kommt.«

Aysun übernahm: »Sie sagten soeben, dass es neben Herrn Barngalio auch noch andere Investoren geben sollte. Können Sie uns diesbezüglich Namen nennen?«

Der Anwalt überlegte. »Nun, da das Projekt ohnehin nicht zustande kommt, denke ich ja. Für den Start plante Meynhard zwei weitere Personen als Geldgeber ein, wobei eine davon noch nicht sicher war, ob sie teilnehmen wollte. Der französische Großagronom Jean-Paul Ducheman hatte zugesagt, sich auf jeden Fall zu beteiligen, und die österreichische Managerin Dr. Ivana Guggenhauer wollte sich über das Projekt erkundigen. Ich habe eine Woche nach der Besprechung mit Meynhard und Barngalio kurz am Flughafen mit ihr gesprochen. Sie wollte sich, bevor sie Meynhard traf, noch über die juristische Machbarkeit des Projektes erkundigen. Es sollen laut Herrn Meynhard noch weitere Personen an dieser Stiftung interessiert gewesen sein. Diese sind mir jedoch nicht bekannt. Dahingehend denke ich, es wäre möglich, dass Meynhard mit dieser Aussage nur Herrn Barngalio beeindrucken wollte.«

Sacher nickte. »Sie haben soeben bestätigt, dass Sie eine Woche später noch einmal hier in Berlin waren. Das deckt sich mit unseren Ermittlungen. Es gab noch einen Termin am vierten Mai. Was wurde dort besprochen und wo fand dieser statt?«

»Da bin ich überfragt. Ich persönlich hatte nur dieses eine Meeting mit den beiden Erstgenannten und habe wie gesagt eine Woche später Frau Guggenhauer am Flughafen getroffen und sie informiert. Sie sagte mir, sie wolle sich an diesem Tag mit den anderen Interessenten treffen, aber ich selbst nahm nicht an dieser Besprechung teil. Dementsprechend kann ich Ihnen auch nicht sagen, wo dieses Meeting stattfand oder was dort besprochen wurde.«

»Sie waren also ganz zufällig eine Woche später

noch mal in Berlin?«, warf Aysun kritisch ein. »Ich frage so kritisch, weil Herr Meynhard just an diesem Tag ermordet wurde.«

»Ich verfüge über eine Dependance hier in Berlin. Sie müssen wissen, dass ich neben meiner Tätigkeit als Anwalt auch zwischen einigen Interessengemeinschaften und der Politik vermittle. Insofern bin ich alle paar Tage hier. Ich lasse Ihnen gerne eine Kopie meines Terminkalenders für die beiden Tage zukommen. Am vierten Mai fielen bei mir jede Menge Meetings an, aber keines mit Meynhard und Co. Das können Sie gerne verifizieren.«

»Noch mal zum ersten Termin. Fiel Ihnen an den beiden Männern vielleicht irgendetwas auf? Wirkten sie beispielsweise ängstlich oder nervös?«

»Absolut nicht. Meynhard schien geradezu euphorisch und Barngalio trat genauso aufgesetzt freundlich und arrogant auf, wie immer. Ich arbeitete schon einige Male in anderer Sache für seine Bank, daher kam er auch bezüglich dieser Angelegenheit auf mich zu.«

Sacher übernahm wieder: »Das heißt Sie kannten Herrn Barngalio und wurden von ihm ins Spiel gebracht. Herrn Meynhard kannten Sie zuvor nicht?«

»Nie zuvor gesehen.«

»Diesen Ducheman und Frau Dr. Guggenhauer kannten Sie bis dahin auch nicht?«

»Den Namen Ducheman kenne ich nur vom Papier. Gesehen habe ich diesen Menschen nie. Frau Dr. Guggenhauer ist mir von verschiedenen Wirtschaftsevents lose bekannt.«

Aysun fragte nach: »Machten die beiden Männer irgendwelche Andeutungen, dass sie Gewalttaten gegen Muslime planen oder, dass die Stiftung dem Zweck dient, Entsprechendes zu initiieren?«

»Nein. Sonst hätte ich Ihnen das auch sofort gemeldet. Ich habe nicht vor meine Anwaltslizenz zu verlieren und als überzeugter Demokrat verabscheue ich jedwede Diskriminierung und Verfolgung, ob aus Gründen der Herkunft, der politischen Meinung, der sozialen Stellung oder der Religion. Sie können davon überzeugt sein, dass der Paragraph Eins, Absatz Eins, des deutschen Grundgesetzes, absolut in meinem Duktus formuliert ist. Übrigens wusste ich zwar von Barngalios ablehnender Haltung gegen die Einwanderung von Muslimen, aber durch meine geschäftliche Verbindung zu seiner Bank, wusste ich auch, dass Barngalio über ausgezeichnete Kontakte zu verschiedenen muslimischen Machthabern verfügte und dies sogar auf freundschaftlicher Ebene. Mehr kann ich Ihnen in dieser Angelegenheit jedoch aufgrund meines Anwaltsgeheimnisses nicht verraten, wobei davon auch sicherlich nichts mit Ihrem Fall zu tun hat.«

Sacher winkte ab. »Gar keine Frage. Wir wollten Sie nicht demokratiefeindlichen Denkens bezichtigen.«

»Es geht um Mord. Sie müssen scharf fragen. Das verstehe ich.«

»Ich würde sagen, das war es dann auch schon. Es wäre gut, wenn Sie uns die angesprochenen Dokumente möglichst bald zukommen lassen könnten. Falls Ihnen noch etwas einfällt oder wir noch Fragen haben, setzen wir uns miteinander in Verbindung.«

»Jederzeit gerne.«

Kurz drauf trafen sich die Ermittler erneut in Katrins Büro.

»Glaubt ihr ihm?«, fragte Aysun, an Sacher und Manger gewandt.

»Also aus meiner Sicht, sagt der die Wahrheit«,

meinte Manger. »Vor allen Dingen nannte er uns ohne Umschweife den Namen der Managerin und dieses französischen Gutsherren Ducheman.«

»Den Namen kann ich bestätigen«, gab Katrin an. »Die Franzosen haben sich auf das Phantombild hin gemeldet. Sie spähen seinen Rechner aus und zapfen sein Telefon an. Sie wollten ihn auch zur Vernehmung einholen, konnten ihn zu Hause aber nicht antreffen. Der Verwalter des Gutes sagte den Beamten, Ducheman hätte eine Weltreise angetreten und könne nicht erreicht werden. Wobei dies nicht unbedingt der Wahrheit entsprechen muss, denn seine Ländereien sind wahrlich riesig. Insofern kann er sich theoretisch auch irgendwo verstecken. Die Franzosen überfliegen sicherheitshalber seinen Besitz mit einer Wärmebildkamera. Bezüglich der österreichischen Managerin habe ich bereits während eures Verhörs mit Herrn Major Pichler aus Salzburg telefoniert. Er will sie sobald wie möglich zu einer Befragung einholen. Im Moment ist sie laut ihrem Büro auf Geschäftsreise, soll jedoch bereits Morgen wieder in Österreich eintreffen. Pichler kann aber nicht garantieren, dass ihre Kommunikationswege oder sie selbst überwacht werden, da sie über gewichtige politische Kontakte verfügt. Übrigens soll ich euch einen schönen Gruß bestellen, dem Kollegen Egger geht es den Umständen entsprechend wieder besser. Er wird noch einige Zeit brauchen, aber es sieht so aus, als könne er den Dienst in Zukunft wieder aufnehmen.«

»Das Letztere ist eine gute Nachricht«, antwortete Sacher, ernst nickend. »Wenn die Österreicher die Frau Doktor nicht überwachen können, ist das kein Problem. Ich rufe meinen Freund Brannigan von der CIA an, der wird sicherlich eine Lösung finden.«

»Ich würde Herrn Stuerman auch überwachen, Chef«, schlug Aysun vor.

»Da müssen wir ganz vorsichtig sein. Einen Anwalt auszuhorchen ist eine kitzlige Angelegenheit, vor allem wenn dieser exzellente Kontakte zur Politik besitzt, unser Chef mit dem befreundet ist und wir keinerlei Anhaltspunkte dafür haben, dass der Mann irgendetwas mit der Sache zu tun hat. Wir warten einmal ab, was er uns für Dokumente zur Verfügung stellt. Aber es ist schon spät. Wir machen für heute Schluss, schlafen eine Nacht über den Fall und morgen schauen wir weiter. Schönen Feierabend.«

Kapitel Sechzehn

Am nächsten Morgen stand die Besprechung mit dem Abteilungsleiter auf dem Plan. Dieser nahm sich zunächst einen Kaffee und setzte sich anschließend leger gegenüber den Ermittlern an den Tisch. »So meine Damen und Herren, dann bringen Sie mich auf den Stand der Dinge und erklären Sie mir auch, was mein Freund Randolf Stuerman mit der ganzen Sache zu tun hat.«

Sacher berichtete zunächst über ihre letzten Ermittlungen und resümierte: »Nach dem Attentäter wird international gefahndet. Herrn Zenker und Frau Kowalski vermuten wir noch hier in Deutschland, sie sind zur Fahndung ausgeschrieben. Nach Ducheman fahnden die Franzosen und der BND. Bezüglich Frau Dr. Guggenhauer, warten wir auf die Ergebnisse vom Kollegen Pichler. Ich habe darauf verzichtet an der Befragung teilzunehmen, da meiner Meinung nach, ähnlich wie bei Barngalio, ohnehin nichts dabei rauskommt. Ansonsten sagte mir Herr Brannigan von der

CIA zu, dass die NSA die Firma sowie alle Telefon- und Mailanschlüsse von Frau Guggenhauer überwacht. Inwieweit Ihr Freund in die Dinge verstrickt ist, müssen wir noch überprüfen. Er hat uns ein Vertragswerk sowie einige Seiten aus seinem Terminkalender übersandt. Diese schnelle Reaktion nach der gestern Abend durchgeführten Vernehmung schafft zunächst Vertrauen.«

Mangers Handy unterbrach die Besprechung. Nach kurzem Telefonat sagte er: »Das waren die Kollegen von der Polizei, die die Bürger am Gendarmenmarkt befragen. Sie haben eine Zeugin gefunden, die Meynhard, Barngalio, Ducheman und Dr. Guggenhauer gemeinsam gesehen haben will. Es handelt sich um eine Putzfrau in einem Bürogebäude, die aussagt, unsere Verdächtigen seien am vierten Mai in das oberste Stockwerk des Gebäudes gefahren. Die Firma, die die Etage mietete, sei jedoch gestern ausgezogen.«

»Okay, Johann und Katrin, ihr fahrt da sofort hin, befragt die Frau sowie andere Personen aus dem Gebäude und schaut euch das Stockwerk an. Vielleicht findet ihr dort noch weitere Hinweise. Aysun, stell bitte fest, wer die besagte Etage gemietet hatte und wohin die umgezogen sind. Ich will alles wissen, was den Laden betrifft. Wir sind jetzt ganz nah dran.«

Sachers Chef überlegte: »Okay, Ducheman und Guggenhauer sind die Personen, auf die ihr euch fokussieren müsst. Ich bin mir sicher, die beiden wissen über alles Bescheid. Sie, Herr Sacher, sollten sich also auf jeden Fall selbst in die Vernehmung von Guggenhauer mit einschalten. Da bestehe ich drauf. Für eine Verhaftung reicht das, was ihr da habt, zwar noch nicht, aber sorgt dafür, dass sie überwacht wird. Gebt da vor allem dem BND Bescheid. Ein Punkt kommt mir aber besonders prägnant vor. Mein Freund Randolf sagte aus, dass Meynhard die Stiftung gründen wollte; Barngalio war ein persönlicher Freund von Meynhard; Zenker will wissen, was es mit dem Tod Meynhards auf sich hat und gibt an, dass seit dessen Ableben die Dinge aus dem Ruder laufen; und alle anderen Personen, die ihr bisher mit dem Fall in Verbindung bringen konntet, standen ebenfalls auf einer persönlichen Liste von Meynhard. Das heißt doch nichts anderes, als dass er die Dinge initiierte. Dass er der Chef der Bande war. Wieso wird er dann als Erstes umgelegt? Ein Königsmord oder gibt's da noch jemand anderen? Wie ist die Gruppe strukturiert? Wer ist da der Boss, und wer besitzt da welche Interessenlage? Ich würde sagen, da solltet ihr dringend drüber nachdenken, denn ich habe irgendwie das ungute Gefühl, dass es für die Morde an Meynhard und seinem Freund noch weit größere Gründe gibt, als nur ihre Zeugenaussage zu verhindern. Ansonsten gebt Gas. Eure Ermittlungen dauern zwar noch nicht allzu lange an, aber so viele harte Gewalttaten in so kurzer Zeit haben in der Öffentlichkeit dieselben Auswirkungen, wie ein sich ewig hinziehender Fahndungsprozess. Abgesehen davon, dass wir den Personen, die ihr der Gruppierung zuordnet, erst einmal etwas nachweisen müssen. Ich nehme an, Sie wollen sich mit den Unterlagen meines Freundes auseinandersetzen, Herr Sacher?«

»Richtig, das werde ich übernehmen.«

»Okay, dann habt ihr ja alle etwas zu tun. Halten Sie mich auf dem Laufenden.«

Katrin und Manger trafen eine halbe Stunde später auf dem Gendarmenmarkt ein und ließen sich von den

Beamten der Schutzpolizei auf den Stand der Dinge bringen. »Die Putzfrau sitzt im Foyer des Gebäudes. Wir haben den Zugang zur obersten Etage gesperrt und die KTU angefordert. Das Gebäude ist heute am Wochenende nicht vollständig besetzt, aber die Kollegen sind bereits mit der Befragung weiterer Personen zugange. Sollten wir einen weiteren Zeugen ausfindig machen, schicken wir den zu euch.«

»Okay, macht das.«

Wenige Minuten später saßen Katrin und Manger der Putzfrau gegenüber.

Katrin übernahm die Befragung. »Guten Morgen, teilen Sie uns bitte noch einmal genau mit, was Sie gesehen haben.«

»Ich arbeite hier seit einem Jahr als Vorarbeiterin. Ich bin dafür verantwortlich die Treppenaufgänge und Fahrstühle zu reinigen. Die erledigten Arbeiten muss ich jeden Tag in ein Buch eintragen. Genauso wie Arbeitsbehinderungen durch Angestellte der Büros oder Fehlverhalten meiner eigenen Mitarbeiter. Deshalb halte ich immer meine Augen offen. Vor vier Monaten wurden die obersten beiden Etagen neu vermietet. So wie der Vermieter mir sagte, an ein und denselben Mieter. Wie die Firma hieß, weiß ich nicht. Das müssten Sie den Vermieter fragen. Ich wunderte mich persönlich nur, dass die untere der beiden Etagen offensichtlich als Wohnung genutzt wurde. Normalerweise ist das hier ein reines Bürogebäude. Anfang dieser Woche fiel mir dann dieses eigentümliche Quartett auf, das in die oberste Etage hinauffuhr. Drei Geschäftsleute und ein Geistlicher. Der Geistliche machte mich neugierig, deshalb habe ich mir die Gesichter gemerkt. Es sind an dem Tag auch noch mehr Leute hochgefahren, aber die habe ich nicht beachtet.«

»Wie viele Personen sind denn auf die Etage hochgefahren?«

»Genau weiß ich das nicht, aber ich meine zwischen zwanzig und fünfundzwanzig Personen.«

»Sie sagten, die untere Etage wurde als Wohnraum genutzt. Haben Sie gesehen, wer dort wohnte?«

»Ein alter Mann mit umfangreichem Personal. Ich kann ihn nicht beschreiben. Er verließ die oberen Etagen grundsätzlich nur, wenn niemand im Treppenhaus war, sodass ich ihn nur einmal ganz kurz von hinten gesehen habe. Er hatte dichtes langes weißes Haar und war deutlich größer als Sie. So, um die zwei Meter, würde ich sagen.«

»Sie erwähnten umfangreiches Personal. Wie viel Personal arbeitete dort Ihrer Meinung nach?«

»Also, es sind etliche Personen zwischen den beiden Etagen gependelt. Wie viele es genau waren, weiß ich nicht. Vielleicht anderthalb Dutzend. Zwei Hausmädchen ansonsten nur Männer. Neben den üblichen Anzugträgern auch welche, die weiße Jacketts trugen. Wie Kellner, in so einem edlen Restaurant. Daneben gab es noch zwei Köche und der Rest waren offenbar Leibwächter. Gestern sind die dann alle weggefahren.«

»Fiel Ihnen in diesen Monaten sonst noch etwas auf, was uns helfen könnte?«

»Nein, sonst weiß ich nichts.«

Katrin gab der Frau noch ihre Karte und verabschiedete sich, bevor sie sich an Manger wandte: »Ich rufe mal eben Aysun an, die müsste inzwischen den Mieter herausgefunden haben.«

»Okay, ich checke in der Zwischenzeit, ob das Gebäude kameraüberwacht wird.«

Eine Viertelstunde später trafen sich die beiden in

der obersten Etage, in der die Beamten der KTU bereits akribisch die einzelnen Räume untersuchten.

»Also das Gebäude wird schon mal nicht kameraüberwacht.«

»Dafür hat Aysun den Mieter herausgefunden. Der Laden nennt sich, Internationale Stiftung zum Schutz der abendländischen Gesellschaft. Diese Stiftung ist jedoch nirgendwo eingetragen, was offensichtlich nicht vom Vermieter überprüft wurde und er meldete die Vermietung auch nicht an oder ab. Sie haben beide Etagen gemietet und die Miete für sechs Monate bar im Voraus bezahlt.«

»Das ist ungewöhnlich. Wir befinden uns hier in einer der absoluten Toplagen Berlins und der Vermieter kontrolliert nicht, wer sich hier einmietet? Es musste doch irgendjemand den Mietvertrag unterzeichnen. Sagte der Vermieter etwas darüber aus, wo diese Stiftung hingezogen ist? Sie müssen eine Adresse hinterlassen haben, falls nachträglich irgendwelche Fragen bezüglich der Kaution oder den entstandenen Nebenkosten zu klären sind.«

»Laut dem Vermieter kontrollierte er gestern beide Stockwerke persönlich, wobei die Kaution in bar übergeben wurde.«

»Das kommt mir alles sehr fragwürdig vor. Außerdem kann er uns, wie gesagt, mindestens einen der Beteiligten beschreiben. Wir sollten den Vermieter einbestellen.«

»Das hat Aysun schon getan. Er soll heute Mittag in der Zentrale erscheinen. Lass uns erst einmal die Etagen checken.«

Katrin und Manger schauten sich die einzelnen Räumlichkeiten der beiden Etagen an, deren Ausmaß sich auf jeweils vierhundert Quadratmeter belief. In der oberen Etage, gelangte man auf der straßenabgewandten Seite, von einer repräsentativen Eingangshalle aus, in einen mit grauem Teppichboden ausgelegten Gang, dessen kahle, weiße Wände vom Licht kalter Neonröhren beleuchtet wurden. Vom Gang aus öffneten sich im selben Stil gestaltete, identische Büros und vollendeten gemeinsam mit schlichten Sanitäranlagen das Bild alltäglicher Bürotristesse. Auf der dem Platz zugewandten Seite befanden sich beidseits eines mit Parkettboden ausgestatteten Ganges, der zu einem edel möblierten Besprechungszimmer führte, große holzvertäfelte Büros sowie eine geräumige Küche und moderne Sanitäranlagen. Die untere Etage unterschied sich lediglich dadurch, dass ein hochmodern ausgestattetes Badezimmer diese Sanitärräume ersetzte und ein Balkon mit Blick auf den deutschen Dom angeschlossen war.

»Was mag so etwas an Miete kosten?«, überlegte Katrin.

»In der Lage, würde ich von etwa zehntausend Euro Kaltmiete pro Monat und Etage ausgehen. So etwas vermietet niemand ohne den Mieter zu überprüfen«, insistierte Manger.

Katrin sprach einen der KTU Beamten an. »Habt ihr etwas gefunden?«

»Bisher noch nicht, die Räumlichkeiten sind pieksauber. Wir machen jedoch überall Abstriche. Vielleicht finden wir die ein oder andere DNA.«

»Sobald ihr etwas findet, meldet uns das auf jeden Fall.«

Katrin und Manger verließen die Etage und begaben sich erneut ins Foyer, wo sie sich bei der Schutzpolizei noch einmal erkundigten, ob weitere Zeugen zur Befragung bereitstanden. Da diese verneinten, entschieden sie sich zur Rückkehr in die Zentrale. Inzwischen war es beinahe Mittag und die Vernehmung des Vermieters war wichtiger als ein Verbleib vor Ort.

In dem Moment als sie ihr Auto erreichten, hielt Manger einen Moment inne, denn ein blutüberströmter Junge mit Kippa auf dem Kopf kam verfolgt von vier dunkelhäutigen jungen Männern aus der U-Bahn-Station herauf gerannt.

Sofort zog Manger seine Dienstwaffe und rannte über die Straße. »Hey, stopp. BKA. Lassen Sie den Jungen in Ruhe und bleiben Sie stehen.« Glücklicherweise hatte Katrin bereits die Schutzpolizisten informiert, denn die Männer versuchten, obwohl Manger einen Schuss in die Luft abgab, zu fliehen. Acht Beamte stürzten sich auf die Jugendlichen, warfen sie mit Taekwondo-Technik zu Boden und fesselten sie mit Kabelbindern.

Mehrere Passanten eilten herbei, um sich schützend um den Jungen herumzustellen, der von Katrin bereits mit Erster Hilfe versorgt wurde. »Der Krankenwagen ist unterwegs. Ich bin vom BKA. Erzähl mir bitte, was passiert ist.«

»Ich wollte zur Synagoge fahren und stand am Bahnsteig, als die vier Männer an mir vorbeigingen. Dann fing der erste von ihnen an, scheiß Jude zu rufen, und der andere rief Kindermörder Israel. Danach haben sie mich gepackt und mir ins Gesicht geschlagen und mich getreten. Ich konnte mich losreißen und bin weggelaufen. Die Männer haben mich verfolgt und geschrien, wir töten dich du Judenschwein. Zum Glück waren Sie sofort da.«

»Mit vier Mann auf einen Jungen?«, knirschte Manger. »Ihr seid mir wohl ein paar ganz Mutige. Am liebsten würde ich euch gleich selbst verprügeln. Ihr habt Glück, dass das Gesetz mich daran hindert.« Manger wandte sich an den Jungen: »Gibt es für den Vorfall Zeugen? Hat dir jemand geholfen?«

»Es waren etliche Leute auf dem Bahnsteig. Einige haben geguckt und zogen ihr Handy, aber so richtig eingegriffen hat niemand.«

Ein alter Mann mischte sich ein: »Ich kann die Aussage des jungen Mannes bestätigen. Ich habe alles mit angesehen, aber was soll ich mit meinen einundachtzig Jahren machen, außer die Polizei rufen?«

»Keiner wollte Ihnen Vorwürfe machen«, sagte Manger beschwichtigend, »aber die Polizei sollte man mindestens rufen, wenn man sich nicht traut selbst einzugreifen, und zwar besser einmal zu oft, als gar nicht. Bis die Polizei eintrifft, kann man andere Passanten ansprechen, um sich gemeinsam als Gruppe vor das Opfer zu stellen. Wenn sich dann eine erste Gruppe bildet, kommen meist auch noch weitere Passanten hinzu, was die Täter in die Flucht schlägt.«

Die beiden Ermittler überließen die Angelegenheit der Schutzpolizei und wendeten sich wieder in Richtung ihres Autos.

»Jeder gegen jeden, in diesem schönen Deutschland«, raunte Manger grimmig.

»In unserer Gesellschaft ist halt vieles aus dem Ruder gelaufen, doch das wissen wir«, antwortete Katrin. »Überall nehmen die Konflikte zwischen unterschiedlichen Nationalitäten und religiösen Gruppen zu. Vor allem wenn ich das Judenbild von muslimischen Jugendlichen sehe, mache ich mir da Sorgen, wie sich das entwickelt. Durch den Nahostkonflikt, den Islamismus oder auch ähnliche Verschwörungstheorien, wie die von unseren Neonazis, wird der Antisemitismus bei denen zu einem immer größeren Problem, das wir als Polizisten nicht unterschätzen sollten. Allem voran weil der Antisemitismus als Bindeglied zwischen den Nazis und den extremistischen Muslimen durchaus funktioniert. Wobei ja das Thema Islamisierung wiederum zur Annäherung eines gewissen Teils der bürgerlichen Gesellschaft an die extrem Nationalen beiträgt.«

»So ist es, und Tag für Tag wächst die Sorge der Bevölkerung um Leib und Leben beziehungsweise die Angst vor gewalttätigen Auseinandersetzungen. Wir müssen also dringend passende Lösungen für diese Vorgänge finden und das wird nicht leicht. Das schaffen wir nur mit entsprechender Unterstützung durch die Politik, die Justiz, das Bildungswesen und Bürger, die noch einen Funken Verstand besitzen. Die Erhaltung des inneren Friedens in Deutschland ist eine gesamtgesellschaftliche Aufgabe. Wir wissen, dass es nie absolute Sicherheit geben wird, aber die Gesellschaft kann aus sich selbst heraus in Verbindung mit uns Sicherheitskräften, die größtmögliche Sicherheit schaffen, wenn nur jeder ein wenig mehr Zivilcourage zeigen würde. Solche Vorfälle kotzen mich auf jeden Fall zur Gänze an«, schloss Manger derb.

Eine halbe Stunde später kamen sie in der BKA Niederlassung an.

Katrin überlegte: »Wir sollten sofort zum Vernehmungsraum durchgehen, sonst verpassen wir noch die Befragung des Vermieters. Wir sind durch den Zwischenfall ganz schön spät dran.«

Sacher begann mit der Befragung des Vermieters, als die Zwei im Nebenzimmer des Verhörraumes eintrafen.

»Herr Maywald, Sie sind alleiniger Eigentümer,

der von mir soeben genannten Immobilie und führen alle Verhandlungen mit Mietinteressenten selbst durch.«

»Das ist korrekt. Wir werben damit, dass unsere Immobilien provisionsfrei sowie direkt vom Eigentümer zu mieten sind. Die Verhandlungen werden von mir oder meiner Frau geführt. In besagtem Fall, war ich jedoch persönlich federführend.«

»Sie haben die beiden Etagen für sechs Monate vermietet und das Geld bar erhalten. Laut dem Mietvertrag, der uns vorliegt, belief sich die Summe auf einhundertvierzigtausend Euro Warmmiete zuzüglich vierzigtausend Euro Kautionsleistung. Nach eigener Aussage haben Sie, die Ihnen vom Mieter angegebene Identität nicht geprüft, obwohl es sich bei einer Stiftung um eine juristische Person handelt, sodass die Überprüfung der Registrierung keinen sonderlichen Aufwand bedeutet hätte. Auf Ihrer Endabrechnung mit dem Mieter sehe ich noch nicht einmal eine Steuernummer dieser Stiftung. Das Bundesgeldwäschegesetz verpflichtet Sie bei derartig hohen Barbeträgen jedoch, die Identität Ihres Geschäftspartners zu kontrollieren. Außerdem muss die Vermietung an- beziehungsweise abgemeldet werden. Warum verzichteten Sie in diesem Falle darauf? Erzählen Sie mir bitte die Geschichte von Beginn an.«

»Die beiden Etagen sind trotz der exzellenten Lage seit längerem unvermietet. Ich bot seinerzeit die Immobilie im Internet an und bekam im vergangenen Dezember einen Anruf aus den USA, in welchem der spätere Mieter mir anbot, einen Mietvertrag für die Zeit von sechs Monaten zu unterschreiben. Man teilte mir mit, dass man damit die Zeit bis zur Fertigstellung der eigenen Immobilie überbrücken müsse. Dies ist bei Umzügen von Organisationen oder Firmen nicht unbedingt außergewöhnlich. Ich war natürlich etwas misstrauisch, da der Anruf aus dem Ausland kam und ich diese Stiftung weder kannte noch Informationen über sie erhielt, stimmte jedoch einem Termin im Januar zu. Bei diesem Termin teilte mir der Mieter mit, dass man in Deutschland noch nicht als Stiftung eingetragen sei und somit noch keine Steuernummer beantragt habe. Des Weiteren wäre bisher kein Konto eingerichtet, weshalb man die Summe in bar entrichten wolle. Da ich das Geld sofort ausgezahlt bekam, war ich damit einverstanden den Vertrag in der Weise abzuschließen. Ehrlich gesagt hätte ich das Geld auch gerade jetzt gut gebrauchen können, da ich mich bei einer anderen Immobilie verspekuliert habe.«

»Das heißt im Klartext, wenn wir nicht auf diese Sache aufmerksam geworden wären, hätten Sie den Betrag nicht beim Finanzamt angegeben.«

»Ehrlich gesagt, spielte ich mit dem Gedanken, aber bei der aktuellen Jagd auf Steuersünder, war mir das letztlich doch zu heikel. Da ich die Vermietung nicht angemeldet hatte, habe ich den Betrag auf eine andere Rechnung draufgerechnet und versteuert.«

»Okay, das ist nicht unser Ressort. Diese angebliche Stiftung ist gestern ausgezogen. Wie lief das ab?«

»Ich erhielt gestern Morgen erneut einen Anruf. Man teilte mir mit, dass die Räumlichkeiten nicht mehr benötigt würden und bat mich die Endabnahme durchzuführen. Da der Mietpreis, wie Sie dem Vertrag entnehmen können, fest vereinbart war und ich den Restbetrag somit behalten konnte, interessierte mich das nicht. Ich bin dann mittags zu der Immobilie hingefahren und habe, weil keine Beschädigungen vorlagen, die Kaution wieder ausbezahlt.«

»Wo ist die Stiftung danach hingezogen?«

»Da keine Nebenkostenabrechnung gewollt wurde, fragte ich nicht danach.«

»Mit wem hatten Sie bezüglich der Übergabe respektive Endabnahme zu tun?«

»Es handelte sich beide Male um einen jungen Amerikaner. Er nannte sich Dave Janson.«

»Ich nehme mal an, dass Sie die Richtigkeit dieses Namens auch nicht geprüft haben?«

»Doch, Herr Janson wies sich mit seinem Reisepass aus. Eine Kopie habe ich nicht gemacht.«

»Dann werden Sie gleich nach unserem Gespräch zu unserem Phantombildzeichner gehen und ihm den Mann beschreiben. Weitere Personen waren bei den beiden Terminen nicht anwesend, oder erkennen Sie eines dieser Gesichter wieder?«, fragte Sacher und breitete die vorliegenden Zeichnungen und Fotos auf dem Tisch aus.

»Nein, ich hatte nur mit Herrn Janson zu tun.«

»Fällt Ihnen sonst noch irgendetwas ein? Vielleicht eine Bemerkung, Gegenstände, Möbelstücke oder beschriftete Umzugskartons?«

»Nicht direkt. Die Etagen waren bei beiden Terminen vollständig leer. Herr Janson trug übliche Businesskleidung und hatte einen dunklen Lederkoffer dabei. Obwohl, warten Sie. Beim ersten Termin fuhr ich mit Herrn Janson gemeinsam in die Tiefgarage hinunter. Dabei bemerkte ich einerseits, dass er einen sehr teuren Sportwagen fuhr. Einen schwarzen Mercedes SLS. Der Wagen hatte ein deutsches Kennzeichen, welches ich mir leider nicht gemerkt habe. Andererseits fiel mir auf, dass eine Art Kutte auf seinem Beifahrersitz lag, die mich an ein Rittergewand erinnerte. Ich fragte ihn zunächst, ob er zu einem Mittelalterfest wolle, bin aber dann nicht weiter darauf eingegangen, da er auf die Frage sehr aggressiv reagierte.«

»Handelte es sich bei der Kutte vielleicht um ein weißes Gewand mit rotem Templerkreuz?«

»Ja, richtig. Genau so sah sie aus.«

»Okay, haben Sie vielen Dank. Gehen Sie bitte nun zu unserem Zeichner. Und machen Sie mir nie wieder solche krummen Mietgeschichten. Haben wir uns da verstanden?«

»Ja, selbstverständlich. Es kommt wirklich nie wieder vor.« Die beiden Männer verabschiedeten sich voneinander und Sacher ging hinüber in Katrins Büro, wo Aysun akribisch am Rechner recherchierte. Kurze Zeit später erschienen auch Katrin und Manger.

»Hast du etwas herausgefunden, Chef?«, fragte Aysun, an Sacher gewandt.

»Einen weiteren Namen. Der Mann, mit dem der Vermieter verhandelte, wies sich unter dem Namen Dave Janson aus und fuhr einen schwarzen Mercedes SLS. Diesen Fahrzeugtyp gibt es sicherlich nicht massenweise. Sobald das Phantombild fertig ist, stellen wir die Geschichte ins Intranet. Vielleicht kommen wir über den Wagen auf die Spur des Mannes. Ihr könnt diesen Dave Janson auf jeden Fall schon mal zur Fahndung ausschreiben. Was habt ihr herausgefunden, Katrin?«

»Nicht allzu viel.« Katrin berichtete über ihre Tätigkeit sowie den Zwischenfall mit dem verletzten jüdischen Jungen.

Sacher überlegte: »Nun gut, vielleicht findet die KTU noch etwas. Mit den Unterlagen von Stuerman bin ich noch nicht allzu weit gekommen. Das Vertragswerk ist sehr kompliziert. Vielleicht werde ich Herrn Stuerman bitten, uns das noch einmal zu erläutern. Die interessanteste Frage lautet jedoch in der Tat, wer dieser weißhaarige alte Mann ist. Unser Chef hatte richtigerweise erkannt, dass unseren Ermittlungen zufolge eigentlich Meynhard der Boss der Gruppe gewesen sein müsste. Ihr habt jetzt einen anderen Hinweis gefunden. Meynhard war wohl nur die Nummer Zwei. Wenn er das aber war, warum wollte er eine Stiftung gründen, wenn so etwas schon im Gange ist? Wollte er das Ganze offiziell gestalten, oder gab es innerhalb der Gruppierung schon früh einen Richtungsstreit? Musste Meynhard sterben, weil er versuchte eine eigene Gesellschaft zu gründen? Schlachten die am Ende gar nicht unsere Zeugen ab, sondern findet innerhalb der Gruppe eine Säuberungsaktion statt? Die ganze Angelegenheit wird immer fragwürdiger.«

Katrin blickte von ihrem Rechner auf. »Ich glaube, ich habe etwas Wichtiges. Die französischen Kollegen melden, dass die Freundin unseres Attentäters bei ihnen war. Es handelt sich um eine in Paris lebende achtundzwanzigjährige Französin, namens Solange Revel. Sie gibt an, unseren Attentäter unter dem Namen Heinrich Grünwald in Zürich kennengelernt zu haben. Sie ging, wie auch der Portier im Hotel, davon aus, Grünwald sei Unternehmensberater. Die Franzosen haben sie sofort unter Bewachung genommen, sind aber der Meinung, dass ihre Geschichte stimmt. Laut ihrer Aussage rief der Attentäter sie gestern Morgen an. Sie sprach aber nicht mit ihm. Der Schock, als sie den Fahndungsaufruf bezüglich ihres Freundes sah, saß wohl zu tief. Er sagte ihr jedoch, es wäre ihm nur um das Geld gegangen, das er für die Attentate bekam. Sie gab den Kollegen eine Handy Nummer, die sie sofort orten konnten. Der Anruf kam vom Hauptbahnhof in Paris. Danach sind sie der Spur des Handys gefolgt und haben eine Mietwagenfirma ausgemacht, wo er sich einen Renault mietete. Das Handy schaltete er dort wohl aus, aber der Wagen wurde in der Kleinstadt Selestat wieder abgegeben. Der Mitarbeiter der Mietwagenfirma in Selestat beschrieb den Mann, der den Mietwagen abgab, völlig anders als er auf dem Foto, welches bei der Ausleihe gemacht wurde, aussah. Insofern sind sie sich sicher, dass es sich um unseren Verkleidungskünstler handelt. Die Stadt liegt etwa vierzig Kilometer südwestlich von Strasbourg und ganz in der Nähe der Ländereien des Jean-Paul Ducheman. Die nochmalige Befragung des Personals von Ducheman ergab, dass dieser vor seiner Abreise Besuch von einem hochgewachsenen Mann hatte. Beschreiben konnte man diesen nicht, aber meiner Meinung nach wird es sich um den Attentäter gehandelt haben. Die Frage lautet, ob er Ducheman auch umbringt, wie er es mit Barngalio getan hat. Derzeit sind auf jeden Fall sämtliche Ducheman zuzuordnenden Handys ausgeschaltet, also nicht zu orten. Ducheman holte allerdings bei seiner Bank einen beträchtlichen Haufen Bargeld ab. Übrigens, sollen wir die Freundin auch noch mal verhören?«

»Nein, ich vertraue der Meinung der Kollegen. Es reicht, wenn sie die Frau überwachen. Was die Geschichte mit Ducheman betrifft, deutet dein Bericht daraufhin, dass er plant, gemeinsam mit dem Attentäter zu fliehen. Das heißt diese Organisation, wie auch immer sie strukturiert ist, löst sich langsam auf.«

Manger überlegte: »Laut der Putzfrau handelt es sich um maximal fünfundzwanzig Personen. Wenn wir die beiden Toten abziehen und auch Ducheman und Guggenhauer herausrechnen, können wir davon ausgehen, dass maximal noch einundzwanzig Leute aufzuspüren sind. Außerdem dürfte sich die Gefahr abschwächen, weil unser Attentäter unter den strengen Fahndungsbemühungen eigentlich nur noch die Flucht antreten kann.«

»Freu dich nicht zu früh. Du darfst nicht vergessen, dass mit Primosz Zenker ein weiterer Killer da draußen herumläuft. Wir haben zwar auch sein Bild überall verbreitet, aber mit etwas Tarnung könnte es ihm trotzdem gelingen, aus seinem Versteck zu kommen und Unheil anzurichten.«

Knapp achtzehn Kilometer entfernt stand Primosz Zenker nervös an der Rampe des Flughafens Schönefeld. Er hatte über ein Mitglied der Society, den Besitzer einer Fluglinie, die Möglichkeit bekommen unter falschem Namen ein Praktikum als Flugabfertiger zu absolvieren. Mittels Make-up und falschen mittellangen schwarzen Haaren hatte er sein Aussehen in das eines Südländers verändert. Die Society hatte seinen Auftrag gut vorbereitet, denn bisher war sein Weg bis auf das Flugfeld unproblematisch verlaufen.

Schon näherte sich der lange Zug mit den Gepäckstücken, die er an Bord des Airbus A 330 mit Zielflughafen Istanbul verladen sollte.

Der Lademeister prüfte noch einmal anhand der Ladeliste, ob alle Gepäckstücke korrekt angeliefert wurden und winkte Zenker heran. »Herr Suarez, Sie werden bitte hinauf in den Laderaum gehen und die Gepäckstücke annehmen. Alle zweihundertsechsundfünfzig Passagiere sind abflugbereit. Also machen Sie das so, wie wir es Ihnen gezeigt haben, und machen Sie Tempo. Sobald alles drin ist, hebt der Flieger pünktlich um dreizehn Uhr dreißig ab.«

Zenker kletterte die Leiter zum Laderaum des Flugzeuges empor und wartete darauf, dass die ersten Gepäckstücke das Fließband hinauffuhren. Wieder gingen dieselben Gedanken durch seinen Kopf. In seinen grauen Arbeitsanzug war ein Kilogramm Plastiksprengstoff eingenäht und der empfindliche silberne Zünder steckte in seiner rechteckigen Armbanduhr. Er sollte den Sprengstoff im vordersten Teil des Laderaums möglichst nahe an den Tragflächen platzieren. Dort saßen die Tanks mit einem Volumen von rund einhundertvierzigtausend Litern Kraftstoff, die aus der geringen Sprengstoffmenge, das gewünschte Inferno entstehen ließen. Die Frage lautete nur, ob er die mentale Stärke dafür aufbrachte. Zenker besaß Erfahrung im Töten, doch hatte es sich bei seinen Gegnern stets um Soldaten gehandelt, die wussten, dass der Tod auf sie lauerte. Bei ahnungslosen Zivilisten sah die Sache ganz anders aus. Sie würden unvermutet, mit einem Ruck aus dem Leben gerissen. Konnte er nach dieser Tat noch ein normales Leben führen? Würde ihn diese Explosion nicht immer wieder in seinen Träumen heimsuchen? Wie würde sich die Beziehung zu seiner Freundin Magdalena entwickeln? Konnten sie je wieder miteinander glücklich sein, wenn sie doch beide wussten, was er getan hatte? An Bord der Maschine würden sich auch Kinder befinden. Magdalena wünschte sich Kinder, das wusste er. Wie würde es später sein, wenn er sein eigenes Kind im Arm hielt? Konnte er Kinder töten und dennoch eine normale Beziehung zu seinem eigenen Kind entwickeln? Es mit der notwendigen Liebe großziehen? Es bestand kein Zweifel, das was er im Begriff war zu tun, würde sein gesamtes Leben zerstören. Vielleicht brachten sich islamistische Täter auch deshalb bei ihren Anschlägen gleich selbst um, da sie mit ihren Taten ohnehin nicht leben konnten. Eines stand fest, wenn er es tun wollte, musste er sich beeilen, denn mit jedem verladenen Gepäckstück, würde er im Laderaum weiter nach hinten rücken, was gleichsam den Effekt der Explosion geringfügiger werden ließ.

Sein Blick glitt noch einmal hinaus, auf den Platz vor dem Flieger, wo soeben der Bus mit den Passagieren vorfuhr. Im Prinzip war der Flieger ein hervorragend ausgewähltes Objekt, denn heute gingen nur Muslime an Bord der Maschine. Er sah eine Delegation arabischer Geschäftsleute, Frauen die ihre Babys auf dem Arm trugen, Männer, die ihre Kinder an der Hand hielten und Rentner, deren Gesichter die Vorfreude auf den Besuch in ihrer Heimat widerspiegelten. Er sah die lachenden Gesichter der Kleinen, die das erste Mal in ihrem Leben mit einem Flugzeug fliegen würden. Wie lange hatten sie dieses Abenteuer herbeigesehnt? Zweihundertsechsundfünfzig Männer, Frauen, Kinder und Alte. Unschuldig sollten sie ihr Leben verlieren, nur aufgrund ihrer Religionszugehörigkeit. Der Auftrag war ein Schlüsselpunkt des Kampfes der Society. So hatte es ihm auch der Brief des Chefs der Gruppierung erklärt, den er von dem Boten bekam, der ihm einen Tag zuvor den Sprengstoff geliefert hatte. In heroischen Worten stand in dem Brief, welche Ehre es für Zenker sei, diesen Auftrag auszuführen. Dass er ein großartiges Werk im Dienste seiner Mitmenschen vollbrachte, die ihm sein Tun einst danken würden. Dass er ein gefeierter Held eines einzigartigen Kreuzzuges sei. Zenker hatte sich dem Kampf gegen den Islam freiwillig angeschlossen. Doch bereits seit Meynhard tot war, zweifelte Zenker an seiner Entscheidung und jetzt wo er seine Opfer von Angesicht zu Angesicht sah, lag eine bleierne Last auf seinen Schultern. Warum hatte er dem Auftrag zugestimmt? Vielleicht hätte er besser Kontakt mit der Polizei aufgenommen, denn jetzt war es für einen Sinneswandel zu spät. Er hing in jedem Fall in der Sache drin. Endlich kamen die ersten Gepäckstücke in der Maschine an. Mit Schwung schob er die einzelnen Koffer in den vorderen Teil des Laderaums. Bei jedem Einzelnen zögerte er. *Soll ich jetzt die Sprengladung platzieren?* Der nächste Koffer. *Jetzt?* Noch ein Koffer. *Es wird Zeit.* Immer schneller füllte er den Laderaum. *Bloß weg, von den Tragflächen. Ich kann es nicht. Ich kann das nicht tun. Ich will das nicht tun. Ich habe im Krieg getötet, aber ich bin kein Schlächter.*

Der Schweiß lief in Bächen an seiner Stirn herab und in seinen Augen bildeten sich Tränen, doch mit jedem Koffer wurde ihm leichter ums Herz. Er wusste, wie gefährlich es für ihn war, den Auftrag zu verweigern, doch er widerstand der Angst vor der Society, sowohl um der Menschen als auch um seiner selbst willen.

Als alle Gepäckstücke verstaut waren, steckte der Lademeister seinen Kopf in den Laderaum. »Das sieht ja gut aus. Kommen Sie jetzt nach unten, damit der Flieger direkt zur Startbahn rollen kann.«

Unten angekommen klopfte der Lademeister Zenker noch einmal auf die Schulter. »Herr Suarez, für das erste Mal, war das ganz ausgezeichnet. Vor allem Ihre Schnelligkeit konnte mich absolut überzeugen.«

»Danke, aber ich weiß nicht, ob ich den Job dauerhaft durchstehe. Mir ist im Moment richtig übel.«

»Ach, das ist nur die ungewohnte Tätigkeit. Für heute machen Sie erst einmal Feierabend. Das wird schon.«

Primosz Zenker ging zum Ende der Rampe, durch den kameraüberwachten Personalbereich bis hinaus auf den Mitarbeiterparkplatz, auf dem seine Freundin im Auto wartete, und öffnete die Beifahrertür.

»Hast du es getan?«, fragte sie.

»Nein. Ich konnte es nicht«, antwortete er mit zittriger Stimme.

»Das ist gut. Ich wusste es, aber du musstest es für dich selbst herausfinden.«

Sie startete den Wagen und fuhr in Richtung der nahen Autobahn. Gedanken versunken, starrte Zenker auf das abhebende Flugzeug. Die Menschen werden glücklich in ihrer Heimat ankommen, resümierte er erleichtert. Schon hatte sich das Flugzeug hoch in die Luft erhoben und legte sich sanft in eine weitläufige Kurve. Tief durchatmend lehnte Zenker seinen Kopf an die Seitenscheibe und schloss beruhigt die Augen.

Oh mein Gott. Das kann nicht sein. Das darf nicht sein. Der Schock ließ ihn am ganzen Körper erzittern. Die Szene spielte sich wie in Zeitlupe ab. Am selben Platz, wo Sekunden zuvor noch das Flugzeug schwebte, erhob sich nun ein Feuerball in den Himmel und ein furchterregendes Getöse aus donnernden Explosionen erfüllte die Atmosphäre. Glühende Teile schossen in alle Himmelsrichtungen, wie Lavafetzen aus einer Kraterwand, während der Passagierraum in seine Bestandteile zerrissen wurde. Immer mehr Teile lösten sich von der Maschine und trudelten Funken sprühend in Richtung Erde, wo sie in einem Regen aus blitzenden Explosionen aufschlugen. Überall am Straßenrand sah man Menschen, die ungläubig doch schmerzgebeugt in den Himmel hinauf starrten. Frauen und Kinder begannen zu kreischen. Männer schlu-

gen sich die Hände vor das Gesicht, als ob sie damit
das Gesehene verschwinden lassen könnten. Die
Angst und Erschütterung der Menschen ließ die Luft
fast ebenso erzittern wie die Druckwelle der Detonation. Doch im Gegensatz zur Detonation würde sie länger andauern, denn kein Mensch würde das Gesehene
je wieder vergessen. Das Geschehen würde die Menschen ihr restliches Leben über immer wieder heimsuchen. Wenn sie ihren Urlaub planten, wenn sie den
Schall eines Flugzeuges hörten, wenn sie an einem
Flughafen vorbeifuhren und auch in ihren Träumen.
Es würde sie ängstlicher und schreckhafter machen.
Insbesondere die Kinder, welche bisher in der Obhut
ihrer Eltern Geborgenheit und Liebe gefunden hatten,
erlebten soeben auf das Schmerzlichste, die diaboli-
sche Bosheit, die dem menschlichen Geist entsprang,
wenn nur der Hass groß genug war, um jegliche
menschliche Emotion zu ersticken. In zerstörerischer
Weise würde es in ihrem Unterbewusstsein nachhallen. Die Frage, ob sie je in der Lage sein würden ein
normales Leben zu führen, konnte nur die Zeit beantworten. Doch eines stand fest. Am heutigen Tage
wurden durch eine Minderheit von Wahnsinnigen, im
Bruchteil einer Sekunde, Tausende Lebensläufe zerrissen.

Zenkers Herz pochte bis zur Kehle hinauf. Er
konnte nicht atmen. Tränen schossen in seine Augen.
Übelkeit stieg in ihm hoch. Es würgte ihn. Wie in
Salzsäure getunkt, löste sich der Cocon des Friedens,
den er um sich gesponnen hatte, schlagartig auf und
wich blankem Entsetzen gepaart mit quälenden
Schuldgefühlen. Sein gesamter Körper verkrampfte in
depressiven Schüben, als würde er mit einem Elektro-
schocker traktiert. Langsam bewegte er seinen Kopf in

Richtung seiner Freundin und merkte erst jetzt, dass sie auf dem Standstreifen angehalten hatte und nun wie wild auf ihn einprügelte.

»Du hast gesagt, dass du es nicht konntest. Du Lügner. Du Lügner«, schrie sie mit tränenerstickter Stimme.

»Ich war es doch nicht«, stammelte er. »Sieh doch, ich habe den Zünder noch. Auch der Sprengstoff ist noch da. Sie müssen einen zweiten Attentäter geschickt haben, aber ich weiß nicht wie. Wahrscheinlich wollten sie mir die ganze Sache anhängen.«

»Hättest du dich doch nie auf diese Leute eingelassen«, antwortete Magdalena bitterlich weinend und presste ihren Kopf an die Brust ihres Freundes. Zenker drückte sie an sich. Er brauchte diese beruhigende Berührung in diesem Moment des Schocks und der Trauer genauso dringend wie sie.

Sekunden später nahm er eine Bewegung neben dem Auto wahr. Vier Polizisten richteten ihre Waffen auf den Wagen.

»Langsam aussteigen. Hände hinter den Kopf. Auf den Boden«, lautete der Befehl.

Die Beamten aus einem weiteren Streifenwagen fesselten die beiden, wobei einem Polizisten die falsche Haarpracht Zenkers auffiel, die er daraufhin rücksichtslos abriss.

»Hör mal, das ist doch der, den das BKA sucht. Wir müssen sofort eine Meldung machen.«

»Was war das denn für ein Knall?«, fragte Katrin.

»Ich weiß es nicht, aber mir war so, als ob ich draußen irgendeine Art Blitz gesehen hätte«, antwortete Aysun, während sie aus dem Fenster blickte. »Jetzt heulen auch schon die Sirenen, außerdem steigen überall Helikopter auf, da muss irgendetwas passiert sein.«

»Ach du scheiße«, brüllte Manger von draußen und betrat kreidebleich das Büro. »Über Schönefeld ist eine vollbesetzte Passagiermaschine in die Luft geflogen. Wahrscheinlich ein Terrorakt. Ich nehme den Helikopter und flieg dahin. Will jemand mitkommen?«

Sacher kam hinzu. »Wir fliegen da alle hin. Jetzt heißt es Präsenz zeigen. Ich glaube nicht, dass es Überlebende gibt. Es war eine Maschine von Turkish Airlines. Wenn das ein erneuter Terrorakt gegen Muslime ist, dann gute Nacht zusammen.«

Zehn Minuten später schwebten sie über der von Blaulichtern und Strahlern beleuchteten Unfallstelle. Die Kulisse war furchterregend und das Bild des Grauens würde sich auf Lebenszeit in ihre Seelen brennen. Meterhoch loderten Flammen auf. Tiefe Krater durchzogen die zerstörten Straßen. Überall sah man eingestürzte Häuser und die Gegend war übersät mit Trümmerteilen zwischen denen teils blutüberströmte, teils staubbedeckte Menschen betrunken vom Schock umherwankten, umherschrien oder von Panik geschüttelt wild durcheinanderliefen.

Tief ergriffen gingen die vier Ermittler durch die ascheüberzogene Straße. Die rußige Luft flimmerte von der unerträglichen Hitze und roch abscheulich nach Kerosin, überhitztem Gestein und dem anekelnden Gestank verbrannten Menschenfleisches. Doch vor allem sah man Leichen, soweit das Auge reichte. Sie nahmen keine Rücksicht auf die Blicke der Lebenden und hingen in Bäumen, lagen auf Dächern oder bedeckten in blutigen Fetzen die Straße. Ein Bild, das selbst hartgesottenen Polizisten jegliche

Selbstbeherrschung entriss. Einige von ihnen übergaben sich, andere weinten, doch eines einte sie alle. Die überschäumende Wut auf diejenigen, die dies getan hatten.

Sacher wandte sich mit belegter Stimme an den Einsatzleiter der Flughafenpolizei: »Wissen wir schon was Genaues?«

»Das Flugzeug war vollbesetzt. Zweihundertsechsundfünfzig Passagiere plus zwölf Mann Crew. Laut Passagierliste nahezu allesamt türkischstämmige Bürger. Viele mit doppelter Staatsbürgerschaft. Es ist unmöglich, dass da jemand überlebt hat. Wie viele Opfer wir am Boden haben, wissen wir noch nicht. Altglienicke ist nicht der am dichtesten besiedelte Stadtteil Berlins, aber es könnte durchaus noch einmal dasselbe dazukommen. Notunterkünfte werden gerade eingerichtet. Behandlungszelte sowie medizinisches Personal stehen bereit. Die Notfallseelsorger sind soeben eingetroffen und auch die Pfarrer und Imame der örtlichen Gemeinden sind im Einsatz. Wir schicken Trupps durch die Straßen, die nach Überlebenden suchen. Es sind aber noch nicht alle betroffenen Gebiete des Stadtteils passierbar. Bergungsmannschaften mit schwerem Gerät stehen parat. Übrigens, wir haben gleich im Anschluss des Anschlags einen Tatverdächtigen und eine Frau festgenommen. Ich glaube, Sie suchen ihn sogar«, antwortete der Einsatzleiter und winkte seine Kollegen herbei. Grob zogen diese zwei Personen hinter sich her und warfen sie unsanft vor Sacher auf den Boden. »Bei ihm haben wir Sprengstoff und Zünder gefunden«, erklärte der Einsatzleiter.

Ein nebenstehender Polizist rannte herbei und trat Zenker brutal in den Magen. »Sieh dir an, was du angerichtet hast, du Dreckschwein? Warum? Antworte mir! Warum?«

Manger stürzte dazwischen. »Reiß dich zusammen, Kollege. So schlimm das alles ist, wir werden hier niemanden vorverurteilen.«

Katrin half Zenker und seiner Freundin auf und rief zwei Beamte herbei. »Bringen Sie die beiden Verdächtigen umgehend in die JVA. Wir kümmern uns später darum.«

Zenker wand sich in der Umklammerung der Polizisten, bäumte sich auf, bis es wie ein gepresster Schrei aus ihm herausplatzte: »Ich war das nicht. Ich weiß nicht, wie sie es gemacht haben.«

Sacher überlegte: »Wenn er es war, warum hatte er Sprengstoff und Zünder bei sich? Die hätte er doch dann im Flugzeug deponiert.«

»Keine Ahnung, aber er war definitiv an Bord«, antwortete der Einsatzleiter. »Er hat sich bei uns auf dem Flughafen, unter dem Namen Suarez, in die Gepäckabfertigung eingeschlichen.«

»Wird das Flughafenpersonal nicht überprüft?«, fragte Aysun.

»Das ist ein großes Problem. Stammpersonal wird seit einiger Zeit ausgelagert und durch billigere Arbeitskräfte ersetzt. Leider oft ohne die entsprechende Sicherheitsüberprüfung.«

Manger schüttelte wütend den Kopf. »Das ist eine Riesensauerei. Wir haben verfügt, dass die Reisenden kontrolliert werden, wie noch nie und das Personal kann schalten und walten, wie es will, oder was?«

»Das ist nicht meine Entscheidung«, wehrte der Einsatzleiter ab.

Sacher mischte sich ein: »Okay, passt auf. Johann und Katrin, ihr fahrt in die JVA und führt die Befragung von Herrn Zenker und seiner Freundin Frau Kowalski durch. Ich und Aysun schauen uns hier noch weiter um.«

Die Ermittler trennten sich und Sacher ging neben Aysun durch die Straße. Wie in Trance schritten sie durch die Trümmer, bis Sacher das wehmütige Schweigen brach.

»Wie fühlst du dich, im Moment?«, fragte er sanft.

»Ich kann es nicht beschreiben. Es ist eine Mischung aus Zorn und Trauer, aber auch Enttäuschung, dass wir das wieder nicht früh genug herausbekommen haben. Diese Menschen könnten alle noch leben, wenn wir dagewesen wären. Wir hätten Zenker längst einkassieren müssen. Es kann nicht sein, dass wir, obwohl wir Bilder veröffentlichen, keinen schnellen Fahndungserfolg haben.«

»Bei einzeln operierenden Tätern ist das immer schwierig. Vor allem haben wir es bei Zenker mit einem Profi zu tun. Außerdem bin ich nicht wirklich davon überzeugt, dass er es war. Wir wollen warten, was Katrin und Johann herausfinden.«
Aysun blieb stehen und zog einen Stoffhasen zwischen den Trümmern hervor.

»So einen hatte ich auch mal, als ich klein war«, sagte sie mit Tränen in den Augen. »Wie viel Hass muss in diesen Menschen stecken, um so etwas zu tun? Gibt es wirklich keinen Weg dafür, dass Menschen einander akzeptieren, respektieren und tolerieren? Diese Menschen waren sicherlich keine Islamisten, sondern ganz normale Familien und die meisten Menschen hier in diesem Stadtteil waren völlig unbeteiligte Deutsche. Wer kann so wenig menschliche Empfindung besitzen, um so einen brutalen Anschlag durchzuführen? Ich würde solche Attentäter gerne mal fragen, was dazu führt, dass sie glauben irgendein Gott, wie immer man ihn auch nennt, würde so etwas gutheißen oder auch noch belohnen. Weder die Bibel noch der Koran lehren eine solche Barbarei. Und warum zum Teufel müssen wir uns nach Jahrzenten friedlichen Zusammenlebens auf einmal mit solchem Hass gegenüberstehen? Die Welt scheint absolut aus den Fugen geraten zu sein. Ich frage mich manchmal, ob wir überhaupt noch mal wieder in Frieden leben können.«

»Du darfst nicht vergessen, es handelt sich bei diesen Spinnern um Minderheiten. Es sind immer einige wenige, die sich zusammenrotten, weil sie mit der Gesellschaft nicht klar kommen und deshalb aus tiefstem Herzen glauben, permanent von irgendwem bedroht zu werden. Die glauben sich wehren zu müssen oder glauben die Pflicht zu haben, alle die sich nicht ihrer Meinung anschließen zu töten, da sie ja die Einzigen sind, die die Wahrheit erkannt haben. Und ihre Führer sind meist von Machtgier durchzogene, vollkommen gefühllose Despoten. Denn dies ist das Einzige was einen Menschen zu einem solchen Handeln bringen kann. Die Wahnvorstellung selbst bedroht zu sein, die Meinung alle anderen seien Böse und die Gier nach Macht. Diese Sorte von Menschen schlachtete schon immer einander hin, und da es solche Spinner auf allen Seiten gibt, gilt es nun für uns, die Islamisten von einer Retourkutsche abzuhalten. Denn Gewalt ruft nun mal Gegengewalt hervor. Unsere Behörde hat oft genug vor einem Hochschaukeln zwischen Islamgegnern und Muslimen gewarnt. Jetzt erleben wir eine Situation, die schlimmer nicht sein könnte, und müssen dringend einen Weg finden, da wieder herauszukommen. Hoffen wir, dass wenigstens die vernünftigen Bürger dabei mitspielen. Sollte sich jetzt einer gegen den anderen erheben, entsteht ein Bürgerkrieg und vielleicht bald darauf ein internationaler Religionskrieg. Wenn wir einmal an die Verhältnisse in Nordirland zurückdenken, können sich solche religiösen Auseinandersetzungen über Generationen halten und zu einem dauerhaften Hin und Her mit massenhaften Opfern führen. Das müssen wir auf jeden Fall verhindern.«

Als die Ermittler in die nächste Straße einbogen, sahen sie eine alte Frau vor den Trümmern ihres Hauses knien, die mit bloßen Händen in der Erde grub. Händen, die von den Steinen aufgeschürft waren und von denen weithin sichtbar Blut hinabströmte. Schnell eilten sie zu ihr und zogen sie weg. Doch die Frau wehrte sich, wo sie nur konnte.

»Mein Mann und meine Enkel sind noch da drin. Ich muss sie suchen. Ich war doch nur mal kurz im Garten. Bitte lassen Sie mich. Ich muss sie suchen. Ich muss sie suchen«, stammelte sie weinend.

Aysun nahm sie in den Arm und ließ die Frau an ihrer Schulter trauern. »Die Einsatzkräfte sind sicherlich gleich hier und werden sich auf die Suche begeben. Kommen Sie, wir bringen Sie hier weg. Man wird sich um Sie kümmern.«

Zwanzig Minuten später saßen sich Manger und Zenker im Vernehmungszimmer gegenüber.

»Kurz und schmerzlos gefragt, waren Sie es? Haben Sie die Maschine in die Luft gejagt?«, fragte Manger in strengem Ton.

»Nein, Sie müssen mir glauben, ich hatte den Auftrag dazu, doch als ich im Flugzeug war, brachte ich es nicht übers Herz die Bombe zu installieren. Die Society muss einen zweiten Mann geschickt haben, aber ich weiß nicht wen oder wie sie es überhaupt gemacht haben. Der Attentäter, der die ersten beiden Anschläge durchführte, kann es nicht gewesen sein. Der befindet sich irgendwo auf der Flucht. Ich weiß nicht wo. Auf jeden Fall, habe ich dieses Attentat nicht begangen. Ich hatte es vor, das gebe ich zu, aber ich konnte es nicht. Ich habe mich auf den falschen Weg begeben.«

»Letzteres können Sie wohl laut sagen. Sie sprachen von einer Society, wer oder was ist das?«

»Sie nennen sich, Society against the axis of the evil. Also Gesellschaft wider die Achse des Bösen. Die Society besteht aus vierundzwanzig Personen. Islamfeinden aus aller Welt, die allesamt vermögend sind und in der derzeitigen islamkritischen Situation in Europa, den USA und vor allem in Deutschland eine Chance erkennen, um ihren Kreuzzug, wie sie es nennen, in die Tat umzusetzen. Die Society plant Muslime und Antimuslime in Deutschland gegeneinander aufzuhetzen, sodass es zu einem Bürgerkrieg kommt, bei dem die Muslime aus dem Land getrieben werden. Dieses Verfahren wollen sie dann sukzessive auch auf andere Länder ausdehnen, um so das gesamte Abendland von Muslimen zu säubern. Ich bin über Ingbert Meynhard in diese Gruppierung hineingeraten. Meynhard hatte mich damals bei einer kirchlichen Hilfsaktion für Gefängnisinsassen kennengelernt und mich anschließend bei meinem Bewährungsverfahren begleitet. Deshalb bin ich, als ich aus dem Gefängnis freikam, bei ihm geblieben. Er unterstützte mich dann auch auf meinem Weg in das Priesterseminar, wobei er mich bereits darauf hinwies, wie gefährlich der

Islam für das christliche Abendland sei. Er war für mich wie ein Vater, den ich niemals hatte. Inzwischen bin ich mir aber sicher, dass seine Wahl nicht zufällig auf mich fiel, sondern glaube, meine militärischen Kenntnisse aus meiner Zeit in der Armee und der Fremdenlegion gaben den Ausschlag für sein Interesse an meiner Person.«

»Soldat, Fremdenlegionär, Krimineller, Priesterkandidat und Attentäter. In Ihrem Leben passt wohl einiges nicht zusammen. Sie sagten diese Society bestehe aus vierundzwanzig reichen Personen. Dazu gehören weder Sie, noch Pastor Müller, noch Jürgen Melters oder dieser ungarische Neonazi. Wie verstehen Sie Ihre Funktion innerhalb dieser Gruppierung?«

»Wir sahen uns, bis auf den ungarischen Nazi, als Kreuzritter. Meynhard gab die Losung, Deus lo vult, zu Deutsch, Gott will es, aus.«

»Das heißt, Sie waren Dschihadisten auf Katholisch. Wie verhält es sich mit dem Attentäter von Köln und Bonn?«

»Das ist lediglich ein von der Society angeheuerter Profikiller, der weder etwas für noch gegen Muslime hat. Der macht das einzig und allein aufgrund des Geldes, das man ihm dafür zahlt. Soweit ich weiß, ist er ein Ex-Elitesoldat. Ein Brite, glaube ich. Allerdings habe ich ihn nur zwei Mal getroffen und kann Ihnen nichts über den Mann berichten, was Sie nicht schon wissen.«

»Welche von den vierundzwanzig Mitgliedern der Society kennen Sie?«

»Ich kannte nur Meynhard und Barngalio persönlich. Des Weiteren weiß ich, dass der gewählte Chef der Organisation ein Amerikaner ist. Und der Mann, der mir die Stelle als Gepäckabfertiger besorgte, soll ein Schwede mit eigener Fluglinie sein. Ich kenne aber weder Aussehen noch Namen von beiden.«

»Wie heißt die Fluglinie, die dieser Schwede besitzt?«

»Das weiß ich gar nicht. Die haben mich vermittelt. Ich hatte noch nicht einmal ein Vorstellungsgespräch. Soweit ich weiß, haben die vorab mit dem Geschäftsführer des Serviceunternehmens über meine Anstellung gesprochen und ihm einen Lebenslauf von mir zugeschickt. Deshalb war meine Einstellung reine Formsache.«

»Kennen Sie einen Dave Janson? Der scheint sich nämlich auch für einen Kreuzritter zu halten.«

»Nein, ich kannte lediglich die Leute aus dem Dunstkreis von Meynhard.«

»Fällt Ihnen da noch jemand ein?«

»Nein. Wir waren nur zu fünft. Es gibt wohl noch andere Einheiten, die kenne ich jedoch nicht.«

»Okay, nächster Punkt. Die Society betrieb in Berlin so etwas wie eine Einsatzzentrale. Wissen Sie, wo die Society derzeit ihren Sitz hat?«

»Nein. Sie können höchstens versuchen die Kommunikationsdaten aus meinem Handy auszulesen. Der Amerikaner rief mich bezüglich des Auftrages an.«

»Das werden wir ohnehin tun. Wie ist das heute am Flughafen genau abgelaufen?«

»Ich bekam von der Servicefirma Schöneberger Verladeservice GmbH einen Besucherausweis zugeschickt und habe mich an der Flughafeninformation gemeldet. Die riefen dann den Sicherheitsbeauftragten des Serviceunternehmens hinzu, mit dem ich auf das Vorfeld gegangen bin. Ich musste kurz durch eine elektronische Kontrolle und wurde danach von einem

Mitarbeiter in die Tätigkeit eingewiesen. Im Anschluss brachte der Sicherheitsbeauftragte mich zum Lademeister, der mich dann direkt einsetzte. Ich muss allerdings sagen, dass dies nicht das erste Flugzeug war, das ich belud. Ich habe früher schon beim Militär Flugzeuge beladen. Das hatte man auch in meinen Lebenslauf eingearbeitet, den die Servicefirma vorab erhielt. Insofern konnte ich direkt eigenverantwortlich arbeiten.«

»Sie sind nicht zusätzlich gecheckt worden?«

»Nein. Wie gesagt, musste ich nur durch eine elektronische Kontrolle. Ich glaube, die verlassen sich darauf, dass ohnehin alles mit Kameras überwacht wird.«

»Um Ihre Aussage zu resümieren. Sie waren als Gepäckabfertiger im Laderaum des Flugzeuges, trugen die Bombe bei sich, konnten sich jedoch nicht überwinden sie zu installieren und sind unverrichteter Dinge wieder gegangen, waren aber Zeuge der Explosion. Können Sie mir einen Hinweis darauf geben, wie ein zweiter Attentäter diesen Anschlag ausgeführt haben soll?«

»Wie gesagt, ich weiß es nicht. Vielleicht ist jemand mit an Bord der Maschine gegangen. Oder die Bombe befand sich in einem der Gepäckstücke oder was auch immer. Ich weiß es einfach nicht. Außer mir war auf jeden Fall niemand im Laderaum des Flugzeuges.«

»Wo hatten Sie den Sprengstoff und den Zünder her?«

»Die Sachen wurden mir durch einen Motorradkurier überbracht. Der übergab mir auch den Brief des Chefs der Society, in dem der Auftrag detailliert beschrieben wurde. Den Brief habe ich leider zerstört.«

»Wo fand die Übergabe statt? Und was können Sie mir über den Kurier sagen?«

»Wir hatten uns eine Wohnung im Märkischen Viertel gemietet. Dort ist man anonym. Nach dem Anruf des Chefs, habe ich vor dem Haus gewartet. Er oder sie kam mit einer Enduro Maschine an, gab mir das Paket und fuhr weiter.«

»Sie haben den Fahrer nicht erkannt? Soll das heißen, der Fahrer behielt den Helm auf?«

»So ist es. Der Fahrer trug einen mattschwarzen Integralhelm mit verdunkeltem Visier.«

»Typ der Maschine, Kennzeichen?«

»Eine zweihundertfünfziger KTM. Das Kennzeichen habe ich nicht. Es war Dunkel und der Fahrer hatte kein Licht an.«

»Wo haben Sie den Sprengstoff gelagert?«

»Im Kühlschrank. Wenn er hochgegangen wäre, hätten wir ohnehin nicht fliehen können.«

»Woher wissen Sie, dass der Chef der Organisation Amerikaner ist und das mit dem Schweden?«

»Das Erste sagte mir Meynhard, das Letztere stand in dem Brief des Amerikaners.«

»Sie sagten, Sie hätten den Brief zerstört. Was stand genau in dem Brief?«

»Wie ich bereits sagte, enthielt er die Detailinformationen zu dem Auftrag und eine theatralisch formulierte Schilderung meiner Rolle in dem Projekt.«

»Bei unserer ersten Begegnung, griffen Sie mich tätlich an. Sie hatten dabei die Möglichkeit mich zu töten, ließen diese aber aus. Warum?«

»Es gab für mich keine Veranlassung Sie zu töten. Mir kam es in diesem Moment nur darauf an, zu entkommen. Zu diesem Zeitpunkt wusste ich zwar, dass

Meynhard tot war, aber nicht, dass man ihn ermordet hatte und wollte diesbezüglich Nachforschungen anstellen. Außerdem, hätten Sie mich festgenommen, wäre ich wahrscheinlich bereits tot. Lange festhalten hätten Sie mich ohnehin nicht gekonnt, und sobald ich frei gewesen wäre, hätte man mich sicherlich getötet.«

»Sie haben vermutlich aus den Medien gehört, dass Meynhard ermordet wurde. Wie haben Sie darauf reagiert?«

»Ich bekam Zweifel, ob die ganze Angelegenheit für mich noch Sinn macht, denn mit den anderen Mitgliedern der Society hatte ich ja rein gar nichts zu tun. Aber auf der einen Seite war mir klar, dass ein Ausstieg aus der Gruppe nicht nur für mich lebensgefährlich gewesen wäre, sondern auch für meine Freundin. Auf der anderen Seite dachte ich daran, was Meynhard mir über die Notwendigkeit des Kreuzzuges erklärt hatte. Wie gesagt, er war für mich eine Vaterfigur.«

»Das heißt meiner Meinung nach, Sie haben sich nicht ernsthaft mit Ihrer Motivation in diese Gruppierung einzusteigen auseinandergesetzt. Selbst wenn ich Ihnen glauben würde, dass ein imaginärer Unbekannter die Tat beging, komme ich zu dem Schluss, dass Sie nicht aus Mitleid zurückzogen, sondern nur weil Sie persönlich nicht in der Lage gewesen wären, mit der Tat zu leben. Ob Sie schuldig sind oder nicht, für mich sind Sie ein verabscheuungswürdiger Mensch.«

»Sie müssen mir glauben. Ich war es wirklich nicht und ich weiß auch, dass es eine lange Zeit brauchen wird, um meine menschenfeindliche Einstellung zu kurieren.«

»Sie können damit gleich während Ihrer Haft anfangen. Zeit genug haben Sie ja jetzt. Sie werden zunächst in Ihre Zelle verbracht. Wir werden später noch auf Sie zurückkommen.«

Zur gleichen Zeit verhörte Katrin Zenkers Freundin Magdalena Kowalski. »Frau Kowalski, erklären Sie mir bitte, wie Sie in diese ganze Angelegenheit involviert sind.«

»Ich bin seit drei Jahren mit Primosz zusammen. Wir lernten uns damals in Polen kennen, während ich meine dortige Familie besuchte. Primosz war gerade aus dem Gefängnis entlassen worden. Er verbrachte viel Zeit mit Meynhard. Meynhard wusste auch von unserer Beziehung, führte Primosz jedoch trotzdem in das Priesterseminar ein. Meynhard sagte, viele Priester würden geheime Beziehungen unterhalten und da wir durch meinen Wohnort in Deutschland ohnehin räumlich getrennt seien, würde ihn das nicht interessieren. Ich merkte relativ schnell, dass Meynhard sehr extreme Ansichten pflegte und Primosz diese Ansichten immer mehr zu seinen eigenen machte. Meynhard besaß in dieser Zeit unglaublich viel Einfluss auf meinen Freund. Ich habe infolge des Attentats in Köln mit meinem Freund in Polen Kontakt aufgenommen und die ganze Geschichte erfahren. Zumindest das, was Primosz selbst betraf. Im ersten Moment überlegte ich, ob ich mich von Primosz trennen soll, doch ich konnte es einfach nicht. Ich liebe ihn zu sehr. Er hatte ja auch noch keine schweren Straftaten begangen. Ich machte mir erst Sorgen, als er den Sprengstoff geliefert bekam. Heute Morgen habe ich ihn dann zum Flughafen gefahren. Ich wusste, dass er zu einem solchen Anschlag niemals fähig wäre, hatte mich aber dazu entschieden, ihn das selbst herausfinden zu lassen. Als das Flugzeug dann doch explodierte, dachte ich im ersten Moment, ich hätte mich in ihm getäuscht. Doch er zeigte mir den Zünder und den Sprengstoff und heute Morgen nahm er meines Wissens nach nur einen Satz mit. Ich habe auch nur den einen Satz in unserem Kühlschrank gesehen. Insofern kann er es nicht gewesen sein.«

»Entschuldigen Sie bitte. Sie wissen, dass Ihr Freund einen Terroranschlag plant und fahren ihn dann zum Flughafen, weil er selbst herausfinden soll, dass er es nicht kann. Erstens ist das wohl ein absolut verrückter Feldversuch und zweitens haben Sie sich unendlich schuldig gemacht. Diese Menschen, die heute gestorben sind, würden allesamt noch leben, wenn wir das Anschlagsziel gekannt hätten. Sie tragen eine große Mitschuld, an dem was heute passiert ist. Mit diesem Wissen müssen Sie jetzt leben. Außerdem ist das Vorenthalten von Informationen, die zur Aufdeckung oder Verhinderung einer Straftat geführt hätten, strafbar. Insofern gehen Sie mal davon aus, dass Sie beide sich für lange Zeit nicht wiedersehen werden.«

»Aber ich dachte doch, es würde nichts passieren. In Bezug auf Primosz, war ich mir absolut sicher. Ich kenne ihn doch und von einem zweiten Attentäter ahnte ich nichts. Wir waren beide geschockt, als das Flugzeug auf einmal explodierte. Ich wollte Primosz endgültig von dieser fanatischen Einstellung befreien und das hat meiner Meinung nach auch geklappt. Außerdem dürfen Sie nicht vergessen, welche Gefahr für Primosz bestand. Sie wissen, was die mit Meynhard und Barngalio gemacht haben. Es hätte sein Tod sein können, den Auftrag zu verweigern.«

»Das ist Unsinn. Wären Sie nicht vor meinen Kollegen geflohen oder hätten Sie sich gestellt, hätten wir

Ihnen Schutz gewährt und heute wäre überhaupt nichts passiert. Ich bleibe dabei, Sie tragen eine überaus hohe Mitschuld am Tod hunderter Menschen. Außerdem entzogen Sie sich bei unserem ersten Zugriff in der Kleingartenanlage der Verhaftung und gaben dabei Schüsse auf meinen Kollegen Herrn Sacher ab, wofür Sie sich auf jeden Fall vor Gericht verantworten müssen.«

»Ich wollte ihn mit den Schüssen lediglich in Schach halten. Er war zu keiner Zeit gefährdet. Primosz brachte mir das Schießen bei und der ist ausgebildeter Scharfschütze.«

»Das tut überhaupt nichts zur Sache. Selbst ein Meisterschütze könnte bei einer solchen Aktion nicht hundertprozentig garantieren, dass keine der Kugeln meinen Kollegen trifft. Also brauchen Sie sich gar nicht erst zu bemühen, sich da herauszureden. Da von Ihnen außer Ausreden nichts zu erfahren ist, beenden wir nun zunächst das Gespräch. Sie können in Ihrer Zelle in Ruhe über die Dinge nachdenken.«

Sacher und Aysun hatten gerade die alte Frau an einem der Versorgungspunkte abgeliefert, als mehrere Militärhubschrauber landeten. Bundespräsident Henri Gaus nebst Kanzlerin Agneta Mayrhofer schritten gefolgt vom gesamten Kabinett sowie dem regierenden Bürgermeister von Berlin Michael Münger durch die Reihen von Einsatzfahrzeugen hinüber zu den Verletztensammelstellen. Alle Mitglieder der Regierung versuchten den Verletzten Trost zu spenden und erkundigten sich nach dem Befinden der Menschen, die nun in Notunterkünften untergebracht wurden. Danach gingen sie durch die zerstörten Straßen, um sich ein Bild von der Lage zu machen. Als sie zurückkehrten, waren ihre Gesichter ernst und voller Trauer.

Bundespräsident Gaus trat neben Kanzlerin Mayrhofer vor die versammelte Presse und nahm ein eilig gereichtes Mikrofon zur Hand. »Meine lieben Mitbürgerinnen und Mitbürger. Wir stehen hier heute vor Ihnen, an einem Ort tiefschürfenden Schmerzes und unsäglicher Trauer. Von blindem Hass getrieben, verübten Terroristen einen widerwärtigen, entsetzlichen Anschlag gegen friedlich in unserer Mitte lebende Menschen. Einen Anschlag, in einer Form, wie wir es in Deutschland nie zu fürchten gewagt hätten. Einen Anschlag, der an Feigheit, Hass und Verachtung jeglicher Menschlichkeit nicht zu überbieten ist. Dieses Datum wird auf ewig ein Tag der Trauer sein, für uns deutsche, für unsere muslimischen Freunde, ja für jeden friedliebenden Menschen der Welt.

Wir trauern um diejenigen, die unschuldig aus dem Leben gerissen wurden. Wir leiden mit ihren Familien und ihren Freunden. Wir fühlen mit denen, die mit knapper Not dem Tod entrinnen konnten, deren körperliche wie auch seelische Verletzungen jedoch noch lange Schmerzen bereiten werden. Wir wollen alle in dieser für Deutschland schweren Zeit zusammenstehen. Uns umeinander kümmern und einander helfen. Doch wir rufen diesen Terroristen zu, dass ihre sinnlose Gewalt uns nur umso entschlossener macht, in unserem Kampf um ein offenes, freiheitliches sowie tolerantes Deutschland. Wir rufen ihnen zu, dass sie uns nicht nehmen können, was uns das Wertvollste ist - ein Miteinander, geprägt von der Achtung der Würde des Menschen. Wir werden denjenigen, die aus Hass morden, nicht unsere Angst schenken. Die Terroristen werden nicht das letzte Wort haben. Mit aller Kraft werden wir dieser Bande von Wahnsinnigen entgegenstehen und ihnen niemals gestatten, unsere Gesellschaft zu entzweien. Deutschland ist ein Land des Friedens. Deshalb rufe ich alle Menschen in unserem Land dazu auf, aktiv für die Erhaltung des Friedens zu kämpfen. Der Hass dieser Mörderbande muss uns Ansporn sein, nicht wegzuschauen, wenn dumpfe Spinner ihre Tiraden verbreiten und konsequent für die Werte unserer Kultur - Frieden, Menschlichkeit und Freiheit einzustehen.«

Die Bundeskanzlerin übernahm das Wort: »Ich pflichte den Äußerungen des Herrn Bundespräsidenten zur Gänze bei und spreche allen Angehörigen der Opfer mein allertiefstes Beileid aus. Meine Gedanken sind bei den Familien derjenigen, deren Leben von Unmenschen geraubt wurde und ich verspreche Ihnen, dass wir keinen von Ihnen alleine lassen. Wir weinen mit Ihnen. Aber wir werden auch mit Ihnen gemeinsam den Kampf gegen die führen, die Ihnen so etwas Unfassbares angetan haben. Ich habe angewiesen, dass Hilfseinrichtungen geschaffen werden, damit jedem die benötigte Hilfe bei der Bewältigung seines psychischen Leids erteilt werden kann. Unsere Behörden tun alles, damit der Terror gegen Muslime in Deutschland ein Ende findet. Unsere Ermittler besitzen bereits ein genaues Bild von der Tätergruppe, doch möchte ich Sie alle um Verständnis dafür bitten, dass allen Sicherheitsmaßnahmen zum Trotz, Terroristen jederzeit zuschlagen können. Gerade dann, wenn es sich um konspirative, kleine Zellen handelt. Ich verspreche Ihnen aber, dass neben den muslimischen Einrichtungen nun auch alle Verkehrsknotenpunkte, ob Flughäfen, Seehäfen oder Bahnhöfe, ab sofort mit dem größtmöglichen Aufgebot an Beamten überprüft und bewacht werden. Dasselbe gilt für alle ausländischen Einrichtungen sowie für Synagogen. Zu diesem Zweck habe ich nach einer einstimmigen Entscheidung des Bundeskabinetts die Bundeswehr angewiesen, die Polizei bestmöglich zu unterstützen. Wir werden etwa fünfzigtausend Soldaten im Bereich des Grenzschutzes aber auch der Gebäudesicherung einsetzen. Dementsprechend bewahren Sie bitte Ruhe. Wie unser Bundespräsident soeben sagte, dürfen wir uns nicht von diesen Mördern gegeneinander aufhetzen oder gar in Panik versetzen lassen. Die Bundesregierung wird tun, was immer getan werden muss, um die Terroristen zur Rechenschaft zu ziehen. Wir bitten jedoch alle Mitbürgerinnen und Mitbürger, die Polizei bestmöglich zu unterstützen. Wir haben bereits ein Bild des Attentäters von Köln und Bonn in allen Ländern der Welt durch die Presse veröffentlichen lassen. Auch ein an der heutigen Tat beteiligter Mann wurde bereits vor Tagen durch die Veröffentlichung von Fotos in der Presse gesucht. Wenn Sie irgendetwas beobachtet haben oder beobachten, melden Sie es sofort bei jeder beliebigen Polizeidienststelle, auch wenn es noch so belanglos erscheint. Ich möchte das Wort nun an Hauptkommissar Sacher vom BKA übergeben, der uns von seinem Ermittlungsstand berichten wird.«

Sacher war aufgrund der nicht abgesprochenen Redeaufforderung zunächst vollkommen überrumpelt, riss sich jedoch zusammen und trat im Bewusstsein, dass sein Bericht live in die ganze Welt übertragen wurde vor die Kameras.

Ein Glück, habe ich wenigstens noch mit Manger telefoniert, sonst könnte ich nicht viel berichten, dachte er.

»Meine sehr verehrten Damen und Herren. Zunächst möchte auch ich allen Angehörigen der Opfer mein tiefstes Beileid aussprechen. Im Namen aller eingesetzten Polizeikräfte darf ich mich dafür entschuldigen, dass wir diesen Anschlag nicht verhindern konnten. In Zusammenhang mit dieser Tat wurden zwei verdächtige Personen von uns festgenommen, die inzwischen zugegeben haben, in vollem Umfang über die Anschlagspläne informiert gewesen zu sein. Wobei beide übereinstimmend beteuern, dass sie den Anschlag nicht selber durchführten und dachten, dieser würde nicht mehr stattfinden. Ob wir diesen Aussagen Glauben schenken können, bleibt abzuwarten beziehungsweise ist Gegenstand weiterer Untersuchungen. Was wir aber zum jetzigen Zeitpunkt sagen können ist, dass diese Anschlagsserie von einer bisher unbekannten internationalen Terrorgruppierung, namens Society against the axis of the evil, verübt wurde. Diese Gruppe verfolgt das Ziel Muslime und Antimuslime in Deutschland gegeneinander aufzuhetzen, um so einen Bürgerkrieg auszulösen. Bitte bewahren Sie demnach Ruhe, damit diese Terrorgruppierung ihren Plan nicht erfüllt sieht. Wir verdächtigen mehrere Personen, diese Organisation mit massiven Geldern zu unterstützen oder aktiv an ihr beteiligt zu sein. Nach diesen Personen wird aktuell gefahndet beziehungsweise sofern wir ihren Aufenthaltsort kennen, werden sie befragt und lückenlos überwacht. Ich will zum derzeitigen Zeitpunkt noch nicht mehr sagen, da es nun eilt weitere Vernehmungen durchzuführen. Wir haben noch etliche Ansatzpunkte zu bearbeiten. Ich persönlich gebe Ihnen mein Ehrenwort, das wir die Terroristen bald zur Strecke bringen werden. Dafür möchte ich jedoch um Ihre Unterstützung bitten. Wir haben im Internet, wie auch in den einzelnen Polizeistationen, Phantombilder und Fotos von den verdächtigen Personen veröffentlicht. Am heutigen Abend werden wir die Bilder stündlich im Fernsehen laufen lassen, um so den Fahndungsdruck zu erhöhen. Bitte melden Sie sich auf der eingerichteten Hotline, falls Sie eine der Personen kennen, gesehen haben oder weitergehende Informationen zu ihr besitzen. Bitte haben Sie nun dafür Verständnis, dass ich mich mit meiner Mannschaft wieder an die Arbeit begebe. Danke.«

Sacher entfernte sich schnellstmöglich wieder aus dem Licht der Kameras und wandte sich an Aysun: »Wir fahren jetzt sofort zum Flughafen. Zenker sagte gegenüber Johann aus, dass er durch einen Schweden, der eine private Fluglinie besitzt, an den Job am Flughafen gekommen ist. Wir kennen den Namen des Serviceunternehmens. Irgendjemand dort muss wissen, um wen es sich bei diesem Schweden handelt. Alles andere in Bezug auf den Anschlag überlassen wir der Untersuchungskommission, die vom Innenministerium gebildet werden wird.

Zehn Minuten später erreichten sie die Flughafenzentrale.

Sacher übernahm die Befragung des Geschäftsführers des Serviceunternehmens. »Also, erklären Sie mir bitte im Detail, wie Herr Zenker alias Herr Suarez zu Ihrem Unternehmen kam.«

»Ich telefonierte vor drei Tagen mit dem Personalchef der Fluglinie Karlsson Air Freight. Wir kamen relativ schnell auf das Thema Fachkräftemangel zu sprechen, da wir beide Probleme haben, geeignetes Personal zu finden. Er empfahl mir Herrn Suarez, mit dem er nach eigener Aussage bereits gute Erfahrungen gemacht hat. Wir sind deshalb davon ausgegangen, Herr Suarez sei bereits einer umfangreichen Sicherheitsüberprüfung unterzogen worden. Das war ohne Zweifel unser Fehler. Da haben wir zu sehr vertraut. Andererseits ist uns die Karlsson Air Freight als vertrauenswürdig und absolut seriös bekannt, was Ihnen sicherlich auch von anderen Unternehmen der Branche bestätigt werden kann. Diese Frachtfluglinie besteht immerhin seit über sechzig Jahren. Sie erfreuen sich eines tadellosen Rufes, wobei die Eigentümer ja auch nicht unbedingt von dem finsteren Vorhaben dieses Herrn Zenker gewusst haben müssen. Immerhin würde eine Verbindung zu einem solch schrecklichen Terroranschlag ihre gesamte Reputation vernichten. Das würde unzweifelhaft zu einem sofortigen Lizenzentzug und somit zum Ruin des Unternehmens führen.«

»Wie wird das Personal in Ihrem Unternehmen kontrolliert, wenn es erstmalig seine Arbeit antritt?«

»Alle Mitarbeiter müssen sich zunächst bei einem unserer Sicherheitsbevollmächtigten melden. Es muss zu diesem Zeitpunkt sowohl eine ärztliche Bescheinigung auf Arbeitstauglichkeit, wie auch ein polizeiliches Führungszeugnis beigebracht worden sein. Unser Sicherheitsbevollmächtigter weist die neuen Mitarbeiter dann in die Sicherheitsregeln, die Sicherheitsbereiche und die Arbeitsschutzrichtlinien ein. Danach werden unsere Mitarbeiter mit Arbeitskleidung versorgt, fotografiert und anschließend mit einem Tagesausweis ausgestattet. Den festen Mitarbeiterausweis erhalten sie erst nach bestandener Probezeit. Bevor die Mitarbeiter ihre Arbeitsbereiche betreten, müssen sie, wie auch die Passagiere, eine Sicherheitsschleuse durchlaufen, wo sie auf metallische Gegenstände untersucht werden und folgen dann unserem Sicherheitsbeauftragten zu ihren einzelnen Positionen. Der Sicherheitsbeauftragte übergibt das Personal im Folgenden an den jeweiligen leitenden Mitarbeiter für den Arbeitsbereich.«

»Mit dieser Aussage, habe ich ein Problem«, sagte Aysun mit fester Stimme. »Sie sagten, dass Ihr Personal erstens ein polizeiliches Führungszeugnis vorweisen muss, das man definitiv nicht fälschen kann. Folglich kann kein Führungszeugnis auf den Namen Suarez ausgestellt worden sein. Zweitens muss der Mitarbeiter doch sicherlich einen Personalausweis vorweisen, den Herr Zenker ebenso wenig gefälscht haben kann. Drittens sagten Sie aus, die Mitarbeiter würden Arbeitskleidung von Ihnen gestellt bekommen. Wir fanden jedoch den Sprengstoff eingenäht in den Arbeitsanzug von Herrn Zenker. Wollen Sie uns erzählen, dass Herr Zenker innerhalb Ihres kameraüberwachten Personalbereichs eine Nähaktion durchgeführt hat? Also Sie sollten sich dringend etwas Besseres ausdenken, wenn Sie hier unbeschadet aus der Nummer rauskommen wollen. Wir werden auch noch Ihren Sicherheitsbeauftragten befragen.«

»Meinen Sicherheitsbeauftragten dürfen Sie selbstverständlich sprechen. Wie es sich mit dem Arbeitsanzug verhält, müssten Sie sogar ihn fragen. Aber die Unterstellung, ich würde Ihnen hier Lügen auftischen, darf ich mir wohl verbitten. Unser Unternehmen legt allergrößten Wert auf die Einhaltung aller gesetzlichen Regularien. Ich werde sofort die zu Herrn Suarez angelegte Akte aus dem Personalbüro bringen lassen. Dann werden Sie sehen, dass alles seine Richtigkeit hat.«

Sacher übernahm wieder: »Frau Özdemir, Sie informieren bitte die schwedischen Kollegen. Sie möchten schnellstmöglich diese Fluglinie überprüfen. Sie sollen auf jeden Fall sowohl die Eigentümer als auch den Personalchef verhaften. Das muss jetzt schnell gehen. Ich werde den Rest hier allein erledigen.«

Als Aysun gegangen war, betrat der Personalchef des Unternehmens mit der Akte von Zenker alias Suarez das Büro.

»Also bei Herrn Suarez scheint wohl etwas schief gelaufen zu sein«, berichtete er kleinlaut. »Da er zunächst einen Tag Probearbeiten sollte, wurde noch kein Führungszeugnis abgefragt und von seinem Puerto-ricanischen Reisepass besitzen wir nur eine Kopie. Abgesehen davon liegen ein ärztliches Attest sowie ein ausgefüllter Personalfragebogen vor. In diesem ist, unter dem Punkt Unterlagen, nur verzeichnet, dass er die verlangten Zeugnisse nachreicht. Wir waren davon ausgegangen, der Mann sei bereits durchleuchtet worden, Chef. Immerhin kam ja die Order ihn einzustellen von Ihnen.«

»Das ist natürlich alles andere als positiv«, herrschte der Unternehmenschef seinen Mitarbeiter an. »Wie stehen wir denn jetzt vor dem BKA da. Ich habe gerade den Beamten voller Überzeugung gesagt, dass wir alle gesetzlichen Regularien einhalten und jetzt so etwas. Auch wenn ich einen Mitarbeiter ankündige, wenn er mir empfohlen wurde, ist er auf jeden Fall auf das Gründlichste zu überprüfen. Herr Sacher ich versichere Ihnen, wir werden diese Missstände sofort abstellen. So etwas kommt nie wieder vor.«

»Das denke ich mir. Denn nach dem heutigen Vorfall, wird man sich die Vorgänge in Ihrem Unternehmen anschauen. Sie tragen durch Ihre lasche Sicherheitshandhabung eine große Mitschuld am Tod all dieser Menschen. Solch eine Fahrlässigkeit lässt man nach dem heutigen Tag mit Sicherheit nicht mehr zu. Wie sieht es denn jetzt mit der Arbeitskleidung aus?«

Der Sicherheitsbeauftragte war inzwischen eingetreten und übernahm die Antwort: »Normalerweise geben wir eigene Kleidung aus, aber da er nur den einen Tag Probearbeiten sollte, habe ich akzeptiert, dass er seine eigene anbehält. Er ging ja durch den Metalldetektor und ich habe ihn abgetastet. Ich hatte keinerlei Bedenken, ihn auf das Vorfeld zu lassen.«

»Okay, was dadurch passiert ist, steht morgen in allen Zeitungen. Also an Ihrer Stelle, würde ich mich um neue Jobs bemühen, denn ich persönlich werde dafür Sorge tragen, dass Ihr Unternehmen nie wieder an einem Flughafen tätig sein wird. Dasselbe gilt für alle beteiligten Mitarbeiter. Ich wünsche einen guten Tag, die Herren.«

Sacher ging, ohne die Erwiderung des Grußes abzuwarten, mit grimmiger Miene, zur Flughafenleitung und berichtete dort ebenso wie bei der Bundespolizei über seine Erkenntnisse. Kurz darauf wurde der Firma untersagt, jemals wieder in einem Sicherheitsbereich tätig zu werden und eine staatsanwaltliche Ermittlung wegen grober Fahrlässigkeit eingeleitet.

Kapitel Siebzehn

Eine halbe Stunde später trafen sich die Ermittler wieder in der BKA-Niederlassung Berlin. Sacher schaltete die Nachrichten ein. Es lief eine Sondersendung unter dem Titel: »Deutschland unter Schock. Der Anschlag von Berlin.«

Die Nachrichtensprecherin wandte sich mit ernster Stimme an das Publikum: »Guten Abend, meine sehr verehrten Damen und Herren. Der heutige Tag ist auf ewig ein Tag der Trauer, für uns deutsche, für unsere muslimischen Freunde, ja für jeden friedliebenden Menschen der Welt. Das waren die Worte des Bundespräsidenten nach dem heutigen Flugzeugattentat, dem unseren Informationen zufolge über vierhundertfünfzig Menschen zum Opfer fielen. Allein an Bord der Maschine zweihundertachtundsechzig Muslime. Der Terror in unserem Land erreicht eine neue, nie zuvor dagewesene Dimension. Sprachen wir bisher ausschließlich über die Gefahr islamistischer Attentate, so sind es nun Islamfeinde, die den schwersten Terroranschlag der deutschen Geschichte verübten. Volksverhetzer, deren Ideologie in Internetforen und auf den Plätzen so mancher deutschen Stadt verbreitet wird. Insgesamt ist es der dritte Terroranschlag in nur wenigen Tagen, den die Society against the axis of the evil, zu Deutsch, Gesellschaft wider die Achse des Bösen, verübte. Alles fing an mit dem Mord an einem Muezzin in Köln, dann folgte ein Bombenanschlag auf eine Koranverteilung und letztlich erlebten wir heute die Sprengung eines Großflugzeuges. Es scheint so, als ob diese internationale Terrorgruppe über umfangreiche Ressourcen verfügt sowie ihre Anschläge von Mal zu Mal steigern will. Wie Hauptkommissar Sacher vom Bundeskriminalamt bekannt gab, verfolgt die Gruppe das Ziel Islamgegner und Islamisten gegeneinander aufzuhetzen, um so einen Bürgerkrieg anzuzetteln. Doch wer steckt hinter dieser Terrorgruppe, und wie groß ist die Gefahr weiterer Anschläge? Bisher hält sich die Behörde mit Informationen bedeckt. Offiziell aus ermittlungstaktischen Gründen. Doch die von Bundeskanzlerin Mayrhofer angekündigte Verstärkung der Polizeikräfte durch die Bundeswehr zeigt, wie ernst die Lage ist. Es stellt sich somit die Frage, wie viel das BKA wirklich weiß. Das Bild des Attentäters von Köln und Bonn hat man veröffentlicht. Die weltweite Fahndung nach ihm läuft auf Hochtouren. Ebenso veröffentlichte man die Bilder weiterer verdächtiger Personen, die zur Fahndung ausgeschrieben sind. Doch es ist längst der Eindruck entstanden, das Bundeskriminalamt stehe der Gruppierung machtlos gegenüber beziehungsweise könne nur auf die Aktionen der Terroristen reagieren. Insofern sind die Aufrufe der Politik an die Bevölkerung, Ruhe zu bewahren, nur sehr schwer einzuhalten. Man kann allerdings sehen, dass die Mehrheit der Bürger unseres Landes sich nicht aufhetzen lässt. Aktuell sind in Deutschland mehrere Millionen Menschen auf den Straßen, um mit Lichterketten und Schweigemärschen der Toten zu gedenken und für Vielfalt zu demonstrieren. Am Abend soll eine Kundgebung vor dem Brandenburger Tor stattfinden, zu der über eine Million Besucher erwartet werden. Vertreter aller politischen Parteien sowie aller großen Religionen werden zu den Vorfällen Stellung nehmen. Aus allen Teilen der Welt erreichen uns Beileidsbekundungen. So sprach Frankreichs Präsident Francoise Hernand von einem entsetzlichen Angriff auf die Freiheit und Englands Premierminister David Cabberon sprach von einem widerwärtigen Anschlag auf demokratische Werte. Papst Franziskus rief die Katholiken weltweit dazu auf, für die Opfer zu beten und zeigte sich bestürzt, dass katholische Geistliche an der Terrorgruppe beteiligt waren. Der Vatikan kündigte eine Untersuchung bezüglich der Vorgänge an. Auch US-Präsident Berry Ohara zeigte sich betroffen und betonte die Wichtigkeit einer stärkeren, international abgestimmten Telekommunikationsüberwachung. Zudem sollen weltweit alle Sicherheitsmaßnahmen an Flughäfen und Bahnhöfen sowie die Zusammenarbeit zur Terrorbekämpfung verstärkt werden. Europol Chef Rob Goodright regte die Bildung eines gesamteuropäischen Terrorabwehrzentrums an, das den Austausch von Daten beschleunigen soll. Überdies schlug er eine europäische schnelle Eingreiftruppe vor, die aus Spezialisten sämtlicher Mitgliedsstaaten bestehen und als militärischer Arm des Terrorabwehrzentrums dienen soll. Kritik kam vom türkischen Präsidenten Aktekin. Laut seiner Aussage hätten die deutschen Behörden früher bekanntgeben müssen, dass es sich um eine internationale Terrorgruppe handelt. Der Angriff auf eine Maschine von Turkish Airlines sei eine Kriegserklärung der Gruppierung an die Türkei. Deshalb, so Aktekin, solle sich nun der türkische Geheimdienst dieser Sache annehmen, da die deutschen Ermittler der Bedrohung nicht gewachsen seien. Aktekin will sich zu diesem Thema mit Kanzlerin Mayrhofer treffen. Zudem sollen Gespräche zwischen den Innenministerien und Geheimdiensten anberaumt werden. Wie er weiter ausführte, gelte es jetzt das Deutsch-Türkische Verhältnis nicht durch die Hand von Verbrechern weiter zu gefährden. Gleichsam versicherte Aktekin allen Türken in der EU, dass die Türkei ihren Schutz übernehmen wird.

Die Frage, die wir uns stellen lautet, wie er das machen will. Erstens besitzt die Türkei keine Befugnis, ohne das Einverständnis der europäischen Regierungen Ermittler zu entsenden. Zweitens stimmte die Bundesregierung zwar zu, türkische Ermittler an der Untersuchung des Flugzeuges mitwirken zu lassen, aber der türkische Geheimdienst kann nicht ohne Absprache nach Deutschland einreisen. Erst Ende vergangenen Jahres wurden mehrere türkische Agenten in Deutschland festgenommen und sollte Aktekin noch einmal ohne Zustimmung der Bundesregierung Agenten schicken, würde das Deutsch-Türkische Verhältnis weiter zerrüttet. Auch wenn zwischen BND und dem türkischen MIT traditionell gute Beziehungen bestehen, könnte eine solche Aktion als weiterer Beweis für Aktekins Bemühungen empfunden werden, politischen Einfluss in Deutschland zu gewinnen. Aktekin hatte nicht zuletzt betont, die EU dürfe sich nicht in den Kampf gegen Elemente einmischen, die die nationale Sicherheit der Türkei gefährden. Da es sich bei nahezu allen Flugzeuginsassen um türkischstämmige Deutsche handelt, könnte die Bundesregierung sich somit ebenfalls die Einmischung in ihre Angelegenheiten verbitten. Auf unseren Sicherheitsbehörden lastet somit die Verantwortung die Vorgänge schnellstmöglich aufzuklären, ansonsten könnte der heutige Anschlag in einem politischen Desaster enden.«

Sacher schaltete ab. »Die sollen sich ja aus unseren Angelegenheiten heraushalten. Die bringen höchstens alles durcheinander und ich werde mit Sicherheit nicht irgendwelchen Leuten außerhalb unserer Behörde meine Ermittlungsergebnisse mitteilen. Übrigens, haben uns in der Zwischenzeit neue Informationen erreicht?«

»Allerdings«, meldete sich Aysun. »Die beiden Besitzer der schwedischen Fluglinie sind gemeinsam mit dem Personalchef des Unternehmens tot in einer Villa in der Nähe von Malmö gefunden worden. Es gibt laut den schwedischen Kollegen keine Anzeichen auf Fremdeinwirkung. Sie sollen sich jeweils eine Kugel in den Kopf geschossen haben. Die Spur ist demnach im wahrsten Sinne des Wortes tot, wobei wir damit die Zahl der Mitglieder der Society um ein bis zwei weitere Personen reduzieren können. Je nachdem, ob nur einer der beiden Fluglinienbesitzer diesem Gremium angehörte oder beide. Dass der Personalchef ebenfalls dem Kopf der Truppe angehörte, glaube ich nicht, denn dazu ist der Laden meines Erachtens nach zu elitär. Im Moment durchsuchen die Kollegen alle Privat- und Geschäftsräumlichkeiten der drei Personen. Sie melden sich, falls sie einen Hinweis für uns finden. Außerdem gibt es eine Nachricht aus Österreich. Frau Dr. Guggenhauer ist spurlos verschwunden. Die Kollegen untersuchen gerade ihre Privat- und Büroräume sowie Emails und Telefonverbindungen.«

Sacher schüttelte den Kopf. »Das ist natürlich schon mal wieder alles eine absolute Katastrophe. Wir müssen dringend einen Entscheider der Truppe festnehmen. Dann könnten wir den ganzen Clan auf einmal dingfest machen und wenn wir die Informationen aus der Person rausprügeln müssen. Nach dem heutigen Anschlag reicht es endgültig.«

»Letzterem stimme ich zu«, antwortete Innenminister Theodor de Munier, der soeben gefolgt von Sachers Chef und dem Chef der deutschen CIA Sektion Richard Brannigan den Raum betrat. »Guten Abend, würde ich gerne sagen, wenn es nicht eine solch ernste Situation wäre. Ich brauche Ihnen nicht zu erklären, dass wir uns in einem der schlimmst anzunehmenden Szenarien befinden, die die Bundesrepublik jemals erleben musste. Dagegen ist selbst der RAF oder NSU Terror zu vernachlässigen. Die jetzige

Gefahrensituation ist absolut unüberschaubar. Wir stehen in der Pflicht dem jetzt ein Ende zu setzen, ansonsten werde ich Sie nicht mehr halten können und auch selbst meinen Hut nehmen müssen. Also was haben Sie an Erkenntnissen, was brauchen Sie für Ihre Fahndung, und wie gehen Sie aktuell vor?«

»Wir haben vermutlich drei weitere Mitglieder der Gruppe in Schweden entdeckt, die sich der Verhaftung jedoch durch Suizid entzogen. Ducheman, der Attentäter, Dave Janson und jetzt auch Frau Dr. Guggenhauer stehen auf der Fahndungsliste. Da Zenker das Attentat beharrlich leugnet, lasse ich gerade sämtliche Leute erfassen, die an der Maschine dran waren. Die Passagierliste können wir meiner Ansicht nach bei der Tätersuche ausklammern, denn es befanden sich ausschließlich Muslime an Bord der Maschine und ein islamistischer Anschlag in Verbindung mit der Society macht nicht wirklich Sinn. Vor allem lassen wir die Passagiere ja schon seit dem Mord an dem Muezzin doppelt und dreifach kontrollieren. Ein Abschuss kommt vermutlich auch nicht in Frage. Also, wenn Zenker wirklich nicht der Täter ist, dann müssen wir herausfinden, wie sie es gemacht haben. Alles andere bringt nichts. Wir brauchen auf jeden Fall einen stärkeren Fahndungseinsatz. Ich gehe persönlich davon aus, dass die Mitglieder der Gruppe sich fast alle im Ausland aufhalten, was die Sache nicht einfacher macht.«

»Okay, da schaltet ihr den BND ein und meinetwegen gebt die Daten den Türken, damit die auch was zu tun haben. Wenn die Personen sich ohnehin im Ausland befinden, gurken die uns wenigstens nicht hier durch die Gegend. Wie kann es sein, dass Frau Dr. Guggenhauer verschwindet? Die Frage ist auch an

Sie gerichtet, Herr Brannigan, denn die CIA übernahm soweit ich weiß die Überwachung.«

»Keine Ahnung, wir haben jegliche Kommunikationswege von ihr überwacht. Observiert wurde sie von uns jedoch nicht. Das hätten die Österreicher machen sollen. Natürlich kann es sein, dass die Organisation einen weiteren Profi eingeschaltet hat, um sie entweder an einen geheimen Ort zu bringen oder zu töten.«

Manger mischte sich ein: »Wenn ich mir anschaue, dass Meynhard Zenker erzählte, der Chef der Truppe sei Amerikaner und der Amerikaner ihm wiederum freimütig von dem Schweden schrieb, muss ich sagen, dass die Truppe mir nicht sonderlich professionell vorkommt. Es scheint sich eher um eine Gruppe reicher Leute ohne jegliche Erfahrung zu handeln, die sich quasi eine Exekutive zusammenkaufen oder aus islamophoben militärischen Kreisen anwerben. Zenker sagte mir übrigens auch, er würde nur den Dunstkreis von Meynhard kennen. Daraus würde ich ableiten, dass die ausführenden Kräfte, bis auf den Haupttäter, entweder verschiedenen Bossen zugeteilt sind oder ohnehin jeder seine eigene Truppe unterhält.«

Katrin überlegte: »Gegebenenfalls stellten sowohl dieser amerikanische Boss als auch Meynhard eine Truppe. Das heißt, es gäbe zwei Einheiten. Vielleicht eine politisch und eine religiös motivierte, wobei wir letztere mit der Verhaftung von Zenker aufgelöst haben. Zumindest wenn wir Zenkers Aussage Glauben schenken.«

De Munier schüttelte den Kopf. »Sei es, wie es sei, wir müssen einen der Bosse verhaften, dann kriegen wir die anderen auch. Die CIA sagt uns ihre Hilfe zu. Also, Herr Brannigan, was können Sie uns anbieten?«

»Wie gesagt, die bisherigen Abhörmaßnahmen haben nichts ergeben, obwohl wir an einer Spur bezüglich Duchemans dran sind, um die sich derzeit unser Agent Scott Sanders kümmert. Die Spur ist aber noch zu wage, um ernsthaft diskutiert zu werden. Meine Gedanken gehen ganz klar in die Richtung der Äußerungen von Herrn Manger. Wobei die Tatsache, dass wir es mit Amateuren zu tun haben, mich eher beunruhigt, denn diese sind weniger berechenbar und ihre Entschlossenheit haben sie uns heute eindrucksvoll gezeigt. Personen, die über derartig viel Kapital verfügen, können sich jederzeit mit Profis versorgen. Es gibt genug Leute da draußen, die für Geld alles machen und jedes Risiko eingehen. Aber überall wo Geld fließt, haben wir die Möglichkeit zu ermitteln. Insofern müssen wir gemeinsam die Geldströme ausmachen und versiegen lassen.«

Sachers Chef berichtete von seinen Aktivitäten: »Wir haben Polizisten aus allen Bundesländern zusammengezogen, um möglichst schnell alle Zeugen des Absturzes zu befragen. Die Flugschreiber des Flugzeuges wurden gefunden und sind im Labor. Sie sind stark beschädigt, sodass es einige Zeit dauern wird, um sie auszulesen. Die Jungs von der Flugunfalluntersuchung in Braunschweig signalisierten aber, dass sie es hinbekommen. Wir selber untersuchen derzeit die Aufnahmen der Sicherheitskameras am Flughafen. Außerdem warten wir noch auf die Daten unseres SAR-Lupe Systems. Die Bilder der Satelliten werden uns in einigen Stunden erreichen. Die Kollegen der Abteilung Satellitengestützte Aufklärung in Gelsdorf sagten zu, sich zu beeilen. Ich weiß nicht, ob eure Spionagesatelliten bereits Bilder geliefert haben,

Richard?«

»Wir verfügen zwar bereits über Bilder, aber die Auswertung dauert noch an. Ich rechne für morgen Früh mit den ersten genauen Daten. Wir scannen im Moment jedoch vor allem die ultra-muslimischen Staaten. In erster Linie die Bewegungen in Richtung Europa. Klar ist, dass wir fast zwangsläufig mit irgendeiner Gegenreaktion rechnen müssen. Es gibt bereits radikale Islamführer, die den deutschen Staat für die Attentate verantwortlich machen und die Version einer internationalen Terrorgruppe für eine Lüge von Ungläubigen halten, die darauf aus seien den Islam zu zerstören.«

De Munier nickte. »Darauf haben wir reagiert. Die gesamte islamistische Szene in Deutschland steht vierundzwanzig Stunden unter Beobachtung. Die Videoüberwachung wurde ausgebaut und sämtliche Flüchtlingsheime werden ab sofort lückenlos überwacht, denn auch dort verzeichnen wir etliche Delikte aus Wut auf den deutschen Staat. Außerdem ziehen wir vorsorglich, das Botschaftspersonal aus den meisten muslimischen Ländern ab. Es gab bereits erste Attacken auf die Gebäude und ernstzunehmende Morddrohungen gegen einzelne Botschafter. Für die restlichen Staaten wurden Evakuierungspläne ausgearbeitet, die eine vollständige Ausreise aller Mitarbeiter binnen acht Stunden ermöglichen. Die Bundeswehr ist dabei genauso eingebunden, wie im Inland. Ich kann nach Rücksprache mit der Verteidigungsministerin noch auf fünftausend Mann mehr als angekündigt und schweres Gerät zurückgreifen. Vor allem sind hundertvierzig Männer und Frauen des Kommandos Feldjäger in Berlin im Einsatz. Sie werden die Ordnungspolizei vor Ort unterstützen. Am Absturzort sind Spezialisten der Luftwaffe mit weiteren Untersuchungen betraut und zusätzlich zur Satellitenüberwachung setzen wir noch Awacs Aufklärungsflugzeuge ein, die neuralgische Punkte überfliegen. Aber klar ist, dass wir nicht absolut alles überwachen können. Insofern werden wir wohl oder übel sämtliche Großveranstaltungen bis auf Weiteres verbieten, auch wenn dies nicht unserer demokratischen Grundordnung entspricht. Den Schutz der amerikanischen Anlagen übernehmen Sie selbst, ist das korrekt, Herr Brannigan?«

»Das ist korrekt. Es steht für uns außer Frage, Deutschland in dieser kritischen Lage zu unterstützen. Dementsprechend wollen wir Ihre Leute nicht noch mit dem Schutz unserer Anlagen belasten.«

»Gut, dieselbe Antwort erhielt ich von der israelischen Regierung. Der Mossad wird uns beim Schutz von Synagogen und anderen jüdischen Einrichtungen ebenfalls unterstützen. Dennoch müsst ihr Ermittler euch stärker persönlich einschalten. Nur zu sagen, die Beteiligten halten sich im Ausland auf und wir verlassen uns darauf, dass die Kollegen sie schnappen, reicht nicht. Wenn nötig seid ihr persönlich vor Ort. Jagt sie und wenn es um die ganze Welt sein muss und bringt Momentum in die Angelegenheit, wir stehen an der Grenze zu einem Bürgerkrieg. Insofern erwarte ich von Ihnen, Herr Brannigan, dass Sie uns diese Spur bezüglich Ducheman erläutern. Dann können unsere Ermittler sich dort mit einschalten. Lassen Sie uns zusammenwirken. Getrennte Wege zu gehen hilft im Moment niemandem.«

»Okay, aber ob die Spur wirklich etwas bringt, kann ich noch nicht abschließend sagen. Die Sache scheint mir etwas mysteriös. Uns wurde vor einigen

Stunden ein Überwachungsvideo anonym zugespielt, das Ducheman vor einer Pizzeria an der Promenade Geourges Pompidou in Marseille zeigt. Die Aufnahme soll angeblich vom heutigen Tag stammen. Wir haben sie allerdings noch nicht auf Echtheit geprüft. Dementsprechend weiß ich nicht, ob jemand von Ihnen dahin fahren will. Sanders ist auf jeden Fall dort.«

Sacher nickte vehement. »Frau Pfeiffer und Herr Manger werden fahren. Ihr seid mit Sanders befreundet, also weiß ich, dass das klappt. Wir müssen jetzt nach jedem Strohhalm greifen. Ich arbeite hier mit Frau Özdemir weiter an den Spuren vor Ort.«

»Gut, dann soll es so sein«, antwortete De Munier. »Aber denken Sie daran. Ich will die Sache erledigt wissen. Also, gebt Gas und haltet mich permanent auf dem Laufenden.«

Kapitel Achtzehn

Zwei Stunden später landeten Manger und Katrin auf dem Flughafen Marseille, dessen weit in den Golf von Lyon reichende Landebahn von den letzten Sonnenstrahlen in blutrotes Licht getaucht wurde.

Kaum hatten sie die gläserne Ankunftshalle verlassen, hielt neben ihnen ein silbernes Bentley Continental Cabrio, in dem sie bereits die wallende blonde Mähne von Sanders entdeckten.

»Guten Abend, Herrschaften, sucht ihr eine Mitfahrgelegenheit?«

»Du kannst es auch nicht exklusiv genug haben, was?«, scherzte Manger grinsend, während die beiden zustiegen. »Zahlt Langley das überhaupt noch?«

»Wenn wir schon so einen üblen Fall bearbeiten, dann wenigsten mit Stil. Außerdem fällt man mit einem solchen Fahrzeug an der Cote d'azur weniger auf. Auf diesen Küstenabschnitt sollten wir uns konzentrieren, denn die Gesuchten werden das Land bald auf dem See- oder Luftweg verlassen wollen und ich bezweifele, dass sie sich von Marseille aus aufmachen. Hier ist schlicht und ergreifend zu viel los. Vor Marseille kreuzt so ziemlich alles, was mit der Aufspürung von Schmugglern, Schleusern und Drogenhändlern zu tun hat und im nahen Toulon liegt gleich der größte Teil der französischen Flotte. Da nach ihnen gefahndet wird, werden sie wohl kein Interesse haben, sich von irgendjemandem kontrollieren zu lassen.«

»Gibt es schon konkrete Spuren, die auf diesen Küstenabschnitt hindeuten?«, fragte Katrin vom Rücksitz aus.

»Ja, gibt es, aber lasst uns erst einmal aus diesem Verkehrschaos rauskommen.«

Sanders hatte alle Mühe die schwere Limousine unbeschadet durch den chaotisch anmutenden Verkehr zu steuern, doch nur wenige Minuten später befanden sie sich auf der Autobahn Sieben, die ins Zentrum von Marseille führte.

Die Autobahn war wie immer rund um die französischen Metropolen nahezu zum Parkplatz degradiert, doch auch in Frankreich schien man Luxuskarossen eher Platz zu machen, sodass die Ermittler dreißig Minuten später auf die Straßen der zweitgrößten Stadt des Landes einbogen. Schon von Weitem sah Katrin, die hoch über Marseille thronende, in gleißendes Licht gehüllte Basilika Notre Dame de la Garde, die im Volksmund auch die gute Mutter genannt wurde. Interessant, dass so viele Städte Kirchen als Wahrzeichen führten, wenn die Menschen, die in ihrem Schatten lebten, sich ohnehin nicht an die Grundsätze der Religion hielten, sinnierte sie. Gerade Marseille galt trotz all der Anstrengungen, die man in Frankreich in den letzten Jahren gemacht hatte, nach wie vor als eine der gefährlichsten Städte Europas. Der Drogenhandel war schon lange einer der größten Arbeitgeber und die Probleme mit desillusionierten Einwanderern, die sich einst voller Hoffnung auf ein besseres Leben hierhin aufgemacht hatten und nun die brettharte Realität dieses Molochs erfuhren, wuchsen in schier endlose Dimensionen. An sich konnte man sagen, dass sobald Frankreich mehr in die Sicherheit dieser Stadt investierte, die Kriminalität noch einmal stieg. Zu festgefahren waren die Strukturen der Clans, die diese Großstadt im eigentlichen Sinne regierten und sie keinesfalls aus ihren Klauen entkommen lassen wollten.

Von Weitem eine Postkartenidylle zeigten die Häuser der Stadt aus der Nähe betrachtet auch alsbald die finanziellen Probleme, die ganz Südeuropa fest im Griff hielten.

»Wir halten uns schön an der Küste«, erklärte Sanders. »Hier im Süden der Stadt kann man mit so einem Auto noch halbwegs sicher unterwegs sein, weil sich hier der gesamte Rest des verbliebenen Tourismus aufhält. Im Norden der Stadt würden wir binnen Minuten Opfer eines Raubüberfalls oder wir würden gleich erschossen, weil man uns für Capos eines anderen Clans hielte. Insofern wollen wir bald aus der Stadt raus sein.«

»Wollen wir nicht noch mögliche Zeugen befragen?«, fragte Manger irritiert.

»Hier in Marseille«, lachte Sanders auf. »Bei denen gehört es zum Kulturgut nicht mit Behörden zu kooperieren und es gibt nichts Gefährlicheres, als hier des Nachts damit anzufangen, Fragen zu stellen. Aber das brauchen wir auch nicht, denn unser ach so kluger Herr Ducheman hat in Cassis, das liegt ungefähr fünfunddreißig Minuten von Marseille entfernt, Geld bei einer Bank abgehoben. Ich wundere mich, dass der Attentäter ihn nicht daran hinderte, denn der ist ein Profi und sollte solche Amateurfehler seines Begleiters wohl kaum tolerieren.«

»Ich gehe derzeit davon aus, dass der Attentäter auf Ducheman angewiesen ist«, antwortete Katrin. »Er scheint keinen eigenen geeigneten Unterschlupf zu haben, insofern muss er wohl oder übel Ducheman nutzen, um unterzutauchen. Auch wenn ich glaube, dass er ihn töten wird, sobald er ihn nicht mehr braucht. Habt ihr mögliche Besitzungen Duchemans an der Cote d'azur bereits überprüft?«

»Soweit wir in Erfahrung bringen konnten, besitzt Ducheman außerhalb seiner Ländereien im Elsass keine weiteren Destinationen. Es ist aber selbstverständlich möglich, dass er irgendwo ein Anwesen unter falschem Namen betreibt. Er ist sicherlich kein Profi darin, vor der Polizei zu fliehen, allerdings sollte er sich mit dem Verstecken von Kapital auskennen. Eure Leute vom BND sind gerade dabei, alle Geldströme zu untersuchen, die die uns bekannten Mitglieder der Society betreffen. Außerdem sind Teams des BND auf sämtlichen Mittelmeerinseln im Einsatz. Sie wollen die Küstenlinien im Blick halten, falls die beiden dort irgendwo anlegen sollten. Wobei sich ein kleineres Boot immer unentdeckt irgendwo durchmogeln kann, denn ihr könnt unmöglich die gesamte Küste kontrollieren, auch wenn die deutschen Satelliten inzwischen darauf ausgerichtet wurden, wie mir

Brannigan berichtete.«

Manger schaute sich um. »Ich sehe da draußen Boote der Küstenwache und Helikopter, die an der Küste entlang fliegen. Ich nehme an, die Franzosen sind involviert?«

»Laut Brannigan traf sich euer Innenminister kurz nach eurer Besprechung mit seinem französischen Amtskollegen. Insofern sind die Franzosen ebenso an der Spur dran, wie auch die Italiener und Spanier. Außerdem wurde Frontex angewiesen auf verdächtige Schiffe zu achten, die von Europa aus ablegen. Ich glaube, das ist die größte internationale Jagd auf Terroristen seit dem Ende des Kalten Krieges. Aber wir wollen schauen, was wir in Cassis herausfinden.«

Eine gute Autostunde von ihnen entfernt, fluchte der Attentäter noch immer über seinen Begleiter, mit dem er sich bisher so gut verstanden hatte. Unbemerkt hatte der Franzose per Kreditkarte Geld an einem Automaten abgehoben. Er selber hatte sich zu sehr auf die Suche nach einer Fluchtmöglichkeit konzentriert und so dem Franzosen nicht genau genug auf die Finger geschaut. Klar handelte es sich bei diesem um einen Amateur, aber auch einem Gutsherrn sollte klar sein, dass die Polizei Kreditkartenabrechnungen zur Fahndung nutzte. Zum Glück war es ihm gelungen einige alte Kontakte in Marseille zu aktivieren, die ihnen den Rückraum freihalten würden. An sich wollte er die Europäische Union bereits auf dem Seeweg verlassen haben. Doch anstatt dessen hatte er den für die Hinfahrt genutzten Wagen Duchemans verstecken und einen Transporter stehlen müssen, um den rund um Cassis errichteten Straßensperren zu entkommen. Nun fuhr er mit dem Franzosen zu einem Anwesen in der Provence. Der Unterschlupf war ihnen vom Chef der Society auf einen Notruf hin zugewiesen worden. Ungünstigerweise wusste der Chef der Society dadurch über seine gemeinsame Flucht mit dem Franzosen Bescheid. Prompt hatte der Amerikaner angewiesen, dass sie auf dem Anwesen eines Mitglieds der Society, auf einen gewissen Dave Janson treffen sollten, der seinerseits auf eine Österreicherin namens Guggenhauer aufpasste. Sie sollten die weitere Flucht dann nach Möglichkeit zu viert antreten, sobald die Polizei die Ringfahndung aufgeben würde. Die Frage für ihn selber lautete, ob dieser Janson ein Profi war, denn eine erfolgreiche Flucht mit drei Amateuren im Schlepptau war undenkbar. Es gab keinen Zweifel, falls es hart auf hart kam, würde er die drei tot zurücklassen und seine Flucht allein weiterführen. Das Risiko für ihn stieg langsam aber sicher ins Unermessliche. Insgesamt schien die Organisation bereits gesprengt zu sein, bevor sie überhaupt richtig durchgestartet war. Verdammt, du hättest auf das Geld verzichten sollen. Dann wäre Solange auch noch bei dir. Zu spät, dein Leben besteht aus einer Kette von Fehlentscheidungen, dachte er und beschleunigte auf den Schotterweg, der zu dem aus Naturstein erbauten Haus hinaufführte. Es war zum Glück nicht ganz so groß und luxuriös, wie er es von einem Mitglied der Society erwartet hätte, denn je größer desto auffälliger. Dennoch, lange konnten sie hier nicht bleiben oder zumindest er nicht.

Vor ihm öffnete sich nun das Tor eines nebenstehenden Schuppens, hinter dessen hölzerner Fassade eine Betonrampe in eine Tiefgarage hinabführte. Somit war zumindest der Wagen nicht weithin sichtbar, denn es konnte durchaus sein, dass jemand gesehen hatte, wie er den Transporter von dem Parkplatz eines Gemüsehändlers fuhr. Das Radio meldete zwar bisher nichts über einen Fahrzeugdiebstahl, doch sobald die Polizei davon hörte, würde man diesen zweifelsohne ihm zuschreiben und sofort eine Fahndung auslösen. Er schaute auf seine Digitaluhr. 21:54 Uhr. Es blieben vermutlich nicht mehr als acht Stunden Zeit, bis die Fahndung startete.

Als der Attentäter nebst Ducheman die Betonrampe hinaufging, sah er zum ersten Mal Dave Janson. Zu seiner Zufriedenheit handelte es sich um einen hochgewachsenen, athletischen Mann, dem er aus der eigenen langjährigen Erfahrung heraus ansah, dass dieser sein Handwerk verstand. Der dunkelhaarige Mittdreißiger nickte ihm freundlich zu und betätigte einen hinter einem Regal angebrachten Hebel, woraufhin sich über der Rampe eine Betonplatte senkte. Einen Augenblick später war der Zugang zur Tiefgarage verschlossen, sodass es schien, als würde der Schuppen seit Jahren leer stehen.

»Gehen Sie bitte schon einmal vor ins Haus, Herr Ducheman«, sagte der Attentäter. »Ich und Herr Janson haben noch etwas bezüglich unserer Vorgehensweise zu besprechen. Das möchte ich gerne unter vier Augen tun. Sie können uns vertrauen. Wir müssen nur planen, wie wir hier im Ernstfall weg kommen.«

»Das ist in Ordnung.«

Der Attentäter wartete, bis Ducheman die hölzerne Eingangstür des zweigeschossigen Hauses hinter sich geschlossen hatte und wandte sich dann an Janson: »Die haben hier ja eine anständige Technik eingebaut.«

Janson nickte ernst. »Trotzdem bietet uns das Gebäude keine absolute Sicherheit. Wir werden hier möglichst bald das Feld räumen müssen. Die Frage lautet, was wir mit unseren beiden Anhängseln machen. Ich würde sie lieber entsorgen, aber der Chef hat mir das verboten. Er sagte, man brauche sie weiterhin als Geldgeber beziehungsweise um in der Society keine allzu große Unruhe zu schaffen. Meiner Meinung nach sollten wir sie aber lieber umlegen, bevor man uns schnappt.«

»Wir werden abwarten, wie sich die Lage entwickelt. Wie kommen wir hier weg, wenn es brenzlig wird? Haben wir da einen Plan?«, fragte der Attentäter, während er nachdenklich über das an einem Hang liegende, von Wildkräutern gesäumte Anwesen blickte.

»Haben wir. Es gibt einen Stollen, der durch den hinter uns liegenden Hügel führt und am Rande einer kleinen Gemeinde wieder rauskommt. Der Ausgang liegt oberhalb der Garage eines Ferienhauses, das man angemietet hat. Dort parkt ein zusätzlicher Fluchtwagen. Der weitere Fluchtweg wird vom Chef organisiert. Ich habe einen Kontakt, bei dem wir zunächst unterkommen können. Der Chef war sofort damit einverstanden und wird sich darum kümmern, dass wir dorthin kommen. Er wird uns möglichst bald mitteilen, bei wem wir uns dafür melden sollen.«

»Der Eingang des Stollens ist gesichert?«

»Ja, der Eingang befindet sich hinter der Wand eines Ankleidezimmers. Man muss ein bestimmtes paar Schuhe herausnehmen, dann öffnet er sich.«

»Okay, das zeigen Sie mir bitte gleich. Wir nehmen uns am besten erst einmal eine Karte der Gegend zur Hand. Wir müssen weg sein, bevor sie unseren Standort ausmachen. Das Risiko, dass der gestohlene Wagen sie auf unsere Spur bringt, ist nicht zu vernachlässigen. Ducheman besitzt ein Domizil, welches ihm nicht zugeordnet werden kann. Deshalb wäre es mir lieber ihn am Leben zu lassen. Wenn wir mit ihm dort anreisen, ist es wahrscheinlich sicherer, weil er dort Bekannte hat, die ihn laut seiner Aussage nicht verraten werden. Demnach verfügen wir offenbar über gute Alternativen.«

»Okay, dann lassen Sie uns reingehen und gleich mit der Planung beginnen.«

»Übrigens, bei welcher Militäreinheit haben Sie gedient?«

»Ich war bei den Navy Seals und Sie?«

»Britischer SAS.«

»Dann sollte ja nichts schiefgehen.«

Im Haus wurden sie von der guten Laune Duchemans und Guggenhauers überrascht, welche sich daran machten, die in der Vorratskammer befindlichen Lebensmittel in ein drei Gänge Diner zu verwandeln.

»Es dauert noch eine gute Stunde, dann können wir essen«, informierte sie Ivana Guggenhauer. Nachdenklich musterte der Attentäter die jung gebliebene fünfzigjährige blonde Frau. Sie war mit etwa ein Meter sechzig relativ klein, schien jedoch regelmäßig Fitnesstraining zu betreiben und würde demnach die auf der Flucht zu erwartenden Strapazen besser verkraften als Ducheman. Es stellte sich nur die Frage, wie es um ihre Psyche bestellt war. Sobald er mit Janson die Pläne fertiggestellt hatte, würde er sich damit beschäftigen.

Für den Augenblick antwortete er jedoch lediglich mit einem knappen: »Okay, bis dahin sind wir fertig.«

Sanders hatte kurz hinter Marseille die Küstenstraße verlassen und fuhr nun mit gemäßigtem Tempo auf der von sanften Hügeln umsäumten Landstraße nach Cassis. Im fahlen Mondlicht glitzerten weiße Felsen, von dichtem Buschwerk überwachsen, aus dem hier und da kleinere Kiefernwälder emporwuchsen, um der kargen Gegend ein wenig Abwechslung zu verleihen. Sanders stellte das Radio an, denn selbst der warme Fahrtwind reichte nicht aus, um die vom Schlafmangel der letzten Tage gezeichneten Ermittler wachzuhalten. Katrin war bereits auf dem Rücksitz eingeschlafen.

Manger zog aus dem Kühlschrank im Handschuhfach zwei Flaschen Cola, von denen er eine an Sanders übergab. »Ich glaube, das Einzige was uns jetzt hilft ist Koffein, wobei wir uns vielleicht in Cassis ein Hotel suchen sollten, denn um diese Uhrzeit werden wir ohnehin nur auf das Nachtleben der Cote d'azur treffen. Außerdem dürfte es wohl kaum Sinn machen, die Bedienung der Restaurants während des Hauptgeschäfts zu befragen.«

»Ich hoffe, die örtliche Polizei konnte zwischenzeitlich schon etwas herausfinden. Sollte dies nicht so sein, stimme ich deinem Vorschlag mit dem Hotel zu. Wir dürfen nur keine Zeit verlieren, denn lange werden die beiden nicht an einem Ort bleiben.«

Kurz vor Cassis verlief die Straße in sanften Kurven entlang Kiefern bewachsener Felsen bergab und öffnete den Blick auf das in der Dunkelheit ruhig daliegende Mittelmeer. Eine leichte Brise wehte salzige Luft in ihre Richtung. Sehnsüchtig blickte Manger über die sanften Wogen, die mit einem beruhigenden Rauschen auf die Klippen trafen und ihm unmittelbar den verpassten Urlaub mit Katrin in den Sinn riefen. Unser nächster Segelturn geht hier an die französische Küste, dachte er, während er sich zu seiner friedlich schlummernden Lebensgefährtin umdrehte. Plötzlich nahm er auf den Felsen eine Bewegung war. Mündungsfeuer zwischen den engstehenden Kiefern.

»Köpfe runter, wir werden Angegriffen.« Sanders stieg aufs Gas. Gerade noch rechtzeitig, die Kugel verfehlte sie nur knapp.

Katrin war bereits hellwach und spähte mit gezogener Waffe über die Kofferraumabdeckung. »Wo hast du den Schützen gesehen?«

»Oben auf den Felsen. Ich konnte nur das Mündungsfeuer erkennen, aber ich glaube, ich höre ein Cross Motorrad. Der Schütze scheint da oben parallel zur Straße zu fahren.«

»Macht euch keine Sorgen«, schrie Sanders. »Wir sind gleich in der Stadt, da kann er uns nicht mehr offen angreifen.« Doch der Angreifer belehrte ihn eines Besseren. Seine zweite Kugel traf den Vorderreifen neben dem Amerikaner, der daraufhin sein ganzes Können aufbieten musste, um den Bentley kontrolliert zum Stehen zu bringen.

»Verdammt das war knapp«, fluchte Sanders, wohlwissend, dass die Kugel ihm galt. »Da ist mal definitiv ein Profi am Werk. Mit dem kaputten Reifen kann ich nicht weiterfahren. Das Verdeck zu schließen macht auch keinen Sinn. Wir müssen uns hinter dem Wagen verschanzen.« Manger hielt bereits sein Telefon in der Hand, um die französische Polizei anzufordern. Doch das schien der Schütze lediglich als Herausforderung anzusehen. Ein weiterer Schuss zerriss die Frontscheibe und bedeckte Manger und Sanders mit einem Glasregen. Manger schnitt sich in die Hand, als er die Beifahrertür öffnete. Dennoch warf er sich sofort hinter die zweieinhalbtonnen Blech, um den Weg für Sanders freizumachen, denn dieser konnte unmöglich zur Straßenseite hin aussteigen. Katrin kauerte bereits hinter dem Heck und erwiderte das Feuer. Manger drückte die Notrufnummer auf seinem Handy, legte es aber sofort wieder weg, da Sanders sich immer noch im Wageninneren aufhielt. Offensichtlich hatte es der Schütze hauptsächlich auf ihn abgesehen. Dem Amerikaner blieb nichts anderes übrig als den Kopf einzuziehen und ziellos zurück zu feuern. Sofort erkannte Katrin die Gefahr und verschoss ihr gesamtes Magazin in Richtung des Angreifers, sodass Manger seinen Freund aus dem Wagen ziehen konnte. Aus Mangers Handy ertönte ein lauter französischer Ruf. Der Polizist am anderen Ende der Leitung hörte vermutlich die Schüsse.

Manger griff das Telefon. »Deutsches BKA. Wir liegen auf der D559, kurz vor Cassis, unter Feuer. Brauchen dringend Verstärkung.«

Kurz darauf sahen sich die drei einem permanenten Dauerbeschuss gegenüber. Immer wütender brandeten die Salven auf das Fahrzeug ein, ließen Glas splittern, Metall zerbersten, das wertvolle Leder zerfetzten.

»Ich hab bald keine Munition mehr«, meldete Katrin.

»Falls du an den Kofferraum dran kommst, da ist eine MP7 mit vier Ersatzmagazinen drin. Schwarze Tasche«, schrie Sanders, der gerade seine eigene Automatik nachlud.

»Ich mach das«, rief Manger.

»Gib mir lieber Feuerschutz, du Macho«, parierte Katrin. Sanders hatte per Fernbedienung den Kofferraum geöffnet. Katrin rollte sich hinter den Wagen ab und griff die Tasche, um sich sofort wieder wegzuducken, denn der Schütze reagierte unmittelbar mit einer

Salve, die das Sportbag in Nähe ihres Kopfes durchschlug. Die Scheinwerfer eines Fahrzeugs näherten sich auf der leergefegten Straße. Polizei, weitere Attentäter oder Unbeteiligte? Quietschendes Bremsen gefolgt von einem Wendemanöver verriet, dass es sich um Letzteres handelte. Doch hinter dem Fahrzeug preschte ein Cross Motorrad heran, von dem ihnen das dröhnende Hämmern einer Uzi entgegenpeitschte.

Katrin schrie auf, als ein Plastiksplitter des zerschossenen Rücklichts in ihren Arm einschlug. »Verdammt, jetzt hab ich aber die Schnauze voll.« Katrin ging volles Risiko, richtete sich halbhoch auf und beförderte den Angreifer mit einem Aufbäumen der MP7 von seiner Maschine, die noch dreißig Meter weiterfuhr, ehe sie auf die Seite kippte. Von ihrem Fahrer war keine Gegenwehr mehr zu erwarten. Er wickelte sich mit aufgerissener Brust um eine Straßenbegrenzung. Manger hatte Katrins leichtfertige Aktion mit Sorge wahrgenommen und rannte wild schießend auf die Felswand zu. Er musste da hoch. Er musste die Sache beenden. Mit ganzer Kraft packte er das am Felsen wachsende Buschwerk ohne seine verletzte Hand zu beachten und zog sich hinauf. Schon konzentrierte sich der Schütze auf ihn. Immer wieder schlugen rechts wie links von ihm Geschosse ein. Holzsplitter bedeckten ihn, brannten auf seiner Haut. Verzweifelt versuchte er mit den Armen seinen Kopf zu schützen. Katrin nutzte die hohe Treffsicherheit der MP7 und gab ihm Feuerschutz, doch der Schütze wechselte seine Position blitzschnell. Neben Manger bellte die Waffe von Sanders aus dem Buschwerk. Er war auf dieselbe Idee gekommen und kletterte ebenfalls den Hang hinauf. Abwechselnd nahmen Manger und Sanders nun den Schützen unter Feuer. Arbeiteten sich immer näher an den Killer heran. Von der Stadt aus ertönten Sirenen. Man hörte die Rotorblätter eines Helikopters. Rettung nahte.

Sie erklommen soeben die letzten Meter bis zum Gipfel des Hangs, als der Motor eines Cross Motorrads aufheulte. Der Schütze versuchte zu fliehen. Von oben erfassten ihn die Scheinwerfer des Helikopters. Der Killer beschleunigte die Maschine auf Höchstleistung, doch dem Helikopter konnte er nicht entfliehen. Der Bordschütze nahm Maß und setzte mit einem Feuerstoß seines Maschinengewehrs den Schlusspunkt unter den Kampf.

Manger rappelte sich neben Sanders auf und betrachtete seine zerrissene, blutbefleckte Kleidung. »Zum Glück, nur ein paar Schrammen, wie sieht's bei dir aus?«

»Mir geht's soweit gut. Ich muss nur die Kleidung wechseln. Hoffentlich hat der Killer meinen Koffer nicht auch noch zerfetzt.«

»Dasselbe hoffe ich auch. Lass uns aber erst mal nach Katrin sehen.«

Katrin hatte sich nachdem die Schüsse verklungen waren, daran gemacht, das Auto nach etwas Trinkbarem zu untersuchen und war dabei auf eine Flasche Cognac gestoßen, aus der sie sich einen tiefen Schluck gönnte.

Manger ging grinsend auf sie zu. »Wohl bekommt´s. Schön zu sehen, dass es dir gut geht.«

»Kannst ja auch einen Schluck haben. Den haben wir uns jetzt wohl verdient.«

»Guten Abend, sind Sie die deutschen Beamten, die die beiden Terroristen jagen?«, fuhr ein französischer Gendarm dazwischen.

»So ist es«, antwortete Manger. »Wir sind nur gerade selber zu Gejagten geworden. Danke, für Ihre Hilfe.«

»Das ist eine Selbstverständlichkeit. In diesen schlimmen Zeiten müssen wir Polizisten zusammenhalten. Aber Mon Dieu, wie sieht denn Ihr Auto aus? Ein Bentley und dann so viele Einschusslöcher. Der schöne Wagen.«

»Ja, ja«, nickte Sanders, »die Mietwagenfirma dürfte das eine oder andere zu beanstanden haben. Könnten Sie das Fahrzeug bitte abschleppen lassen.«

»Abschleppwagen und Notarzt sind schon auf dem Weg. Nun erzählen Sie mir doch bitte, wie es zu dem Attentat auf Sie kam.«

»Da bin ich mir nicht ganz sicher«, berichtete Manger. »Meine Kollegin saß auf dem Rücksitz und ich drehte mich gerade zu ihr um, als ich den Mündungsblitz sah. Wir haben nicht bemerkt, dass uns jemand gefolgt ist, obwohl die Straße nur spärlich befahren war. Insofern könnte ich mir vorstellen, dass die Killer hier auf uns warteten. Auf jeden Fall ist nun eines klar, die Society weiß, dass wir hier sind. Die Frage ist nur, woher?«

»Also die beiden Killer sind keine Unbekannten. Die waren gerade einmal Ende Zwanzig und saßen schon beide mehr als zehn Jahre im Gefängnis, wobei die Justiz es bisher gut mit ihnen meinte. Sie waren in Marseille gefürchtete Gangster. Die Society wird sie kurzfristig für diesen Job angeheuert haben. Interessant ist dabei, dass die zwei normalerweise mit dem Prinzip Kalaschnikow vorgehen. Das heißt, sie fahren mit ihren Motorrädern nahe an das Auto heran und töten ihr Opfer aus kurzer Distanz. Da sie bei diesem Anschlag aus größerer Distanz operierten, scheint es so als wussten die, mit wem sie es zu tun hatten.«

»Wie sieht es mit Ihren Erkenntnissen bezüglich der beiden gesuchten Personen aus?«

»Wir haben rund um Cassis Straßensperren errichtet. Die Fahndung nach den Personen ist in der gesamten Region intensiviert worden, bislang jedoch leider ohne Erfolg.«

»Nun gut, dann werden wir uns in Cassis ein Hotelzimmer nehmen. Wir können alle ein wenig Schlaf gebrauchen.«

»Steigen Sie bei uns ein. Wir werden Ihnen bis morgen früh ein neues Fahrzeug beschaffen. Vielleicht kein so luxuriöses, aber sicherlich etwas mit dem Sie leben können.«

Eine halbe Stunde später bezogen die drei ihre Zimmer in einem kleinen Hotel. Sie hatten nach intensiver Diskussion mit der Hotelleitung zwei gegenüberliegende Zimmer in der ersten Etage bekommen, konnten sich aber keinesfalls in Sicherheit wiegen. Die Society würde sich zweifellos nicht spontan geschlagen geben. Vielleicht waren noch weitere Killer auf sie angesetzt. Manger drehte vorsichtshalber auf dem Gang vor ihrem Zimmer die Glühbirnen aus den historisch anmutenden Leuchtern. Katrin überprüfte derweil den Balkon, wobei sie feststellte, dass ein geschickter Kletterer diesen vom Hotelparkplatz aus im Schutz üppiger Bepflanzung und somit unentdeckt erklimmen konnte. Zu ihrer Beruhigung parkte in diesem Moment ein Fahrzeug der örtlichen Gendarmerie Nationalé auf dem Platz und die Polizisten signalisierten ihr, dass sie dort die Nacht über Wache halten würden. Trotzdem schloss Manger die Zimmertür zweimal ab, stellte einen Stuhl unter die Klinke und platzierte eine der gläsernen Nachtischlampen genau auf der Sitzkante. Wer immer die Tür von außen öffnete, würde die Lampe unweigerlich herunterwerfen und damit die Ermittler aus dem Schlaf reißen. Nach einer kurzen Dusche gingen die beiden zu Bett, wobei jeder seine Waffe direkt neben dem Kopfende platzierte, bevor sie nur Sekunden später in einen erschöpften Schlaf fielen.

Kapitel Neunzehn

Es waren keine fünf Stunden vergangen, als Mangers Handy klingelte. Fluchend stand er auf und nahm das Gespräch verschlafen entgegen.

Der französische Gendarm meldete sich: »Es gibt gegebenenfalls eine Spur. Ein Gemüsehändler meldete soeben seinen Lieferwagen als gestohlen. Er wollte gerade nach Marseille fahren, um auf dem Großmarkt einzukaufen. Es gibt auch einen ersten Hinweis. Ein Verwandter des Händlers sah den Wagen am späten Abend auf der D1 in seinem Heimatort Roquefort-la-Bedoule und beschwerte sich auf dem Anrufbeantworter des Händlers darüber, dass dieser nicht auf ein Glas Rotwein gehalten habe. Der Händler war allerdings zu diesem Zeitpunkt schon zu Bett gegangen. Es muss also der Dieb gewesen sein. Die Straße führt nach Cuges le Pins oder Richtung Aubagne. Wir sollten uns auf Cuges le Pins konzentrieren, denn Richtung Aubagne überwachen wir die komplette Fahrbahn mit Kameras, um sicherzustellen, dass sich die Gesuchten nicht ins Hinterland begeben und ein solcher Wagen wurde dort nicht gefilmt.«

Manger war sofort hellwach. »Hören Sie, unserer Erfahrung nach nutzt der Attentäter ein Fahrzeug niemals besonders lange. Außerdem hat er schon mal ein Fluchtfahrzeug abgefackelt. Sollten Sie demnach einen Fahrzeugbrand aus der Gegend gemeldet bekommen, lassen Sie uns das sofort wissen. Falls ein Wagen für uns bereitsteht, begeben wir uns sofort auf den Weg nach Cuges le Pins.«

»Vor dem Hotel parkt ein dunkelblauer Renault Megane. Den Schlüssel können Sie sich bei den wachhabenden Polizisten abholen.«

Als Manger sich umdrehte, bemerkte er, dass Katrin bereits im Badezimmer duschte und entschied deshalb Sanders Bescheid zu sagen, doch dieser war auch bereits auf.

»Ich komme gerade aus der Küche. Die Köche bereiten gerade das Frühstücksbüffet und machen uns drei Lunchpakete fertig. Wir werden sicherlich gleich los wollen, oder?«

»Lass mich nur schnell eine Dusche nehmen, dann fahren wir.«

Der Attentäter war bisher zufrieden. Er hatte in der Nacht noch ein Gespräch mit Ivana Guggenhauer geführt und bemerkt, dass sie die Situation selbstbewusst sowie gelassen bewertete, sodass sie die weitere Flucht psychisch ohne Weiteres durchstehen würde.

Die Planungsarbeit mit Dave Janson war ebenso problemlos verlaufen. Nach einigen wenigen Telefonaten stand fest, wie sich ihre weitere Flucht gestalten würde.

Der Attentäter hatte am Abend noch den Wagen des Gemüsehändlers auf einen hinter Büschen versteckten Parkplatz gefahren und komplett mit einem DNA-Reagenz ausgesprüht. Er hätte ihn lieber in dem sicheren Versteck in dem Schuppen gelassen, aber dies war ihm vom Chef der Society verboten worden.

Janson hatte im Anschluss an das gestrige Mahl gemeinsam mit ihren beiden Anhängseln alle Spuren innerhalb des Hauses beseitigt, damit die Ermittler nicht zu dem Besitzer des Hauses geführt würden. Dies musste um jeden Preis verhindert werden. Sie durften nun keine Fehler mehr machen.

Die vierköpfige Truppe hatte sich sodann in der Nacht aufgemacht, um möglichst viel Abstand zwischen sich und die Fahnder zu bringen. Eine halbe Stunde nachdem der Attentäter telefonisch vom missglückten Anschlag auf die Ermittler erfahren hatte, waren sie aufgebrochen. Die anderen waren ihm ohne Murren gefolgt, obwohl man ihnen den Schlafmangel spürbar anmerken konnte. Aktuell befanden sie sich auf dem Flughafen von Le Castellet, den sie von der angrenzenden gleichnamigen Autorennbahn aus betreten hatten, um sich unter dem Schutz eines bestochenen Polizeibeamten zu dem privaten Hangar eines der Marseiller Capos zu begeben. Dieser war mit einem Mitglied der Society befreundet und stellte deshalb gerne seinen Privatjet für ihre Flucht zur Verfügung.

Vor dem Flughafen parkten etliche Polizeifahrzeuge und auch die Rennstrecke war gesichert, demnach bestand ein hohes Risiko, dass das Flugzeug kontrolliert würde.

Der Gendarm beruhigte sie jedoch: »Sehen Sie, meine Kollegen konzentrieren sich alle auf ihren Bereich und checken nur den Haupteingang. Ich habe einen Leerflug der Maschine in den Rechner eingegeben. Sobald Sie an Bord sind, können Sie davon ausgehen, dass Ihre Flucht gelungen ist. Die Kollegen vertrauen mir und ich sehe den Kampf eurer Gruppierung als ehrenhaft an, insofern helfe ich euch gern. Wenn ich sehe, welches sozialschmarotzende Gesindel tagtäglich in unser Land einfällt und dann noch erwartet, dass wir ihnen den roten Teppich dafür ausrollen, dann krieg ich das Kotzen. Diesen Dreck interessiert es überhaupt nicht, wie wir hier in unserer Kultur leben. Hauptsache die bekommen alles, was sie wollen. Hauptsache sie können hier junge Menschen für ihre verbrecherischen Kriege und Terrorangriffe rekrutieren. Wie viele junge Franzosen, Deutsche und Amerikaner sind inzwischen von diesen Fanatikern angeworben worden? Wie viele ließen bei Terroranschlägen ihr Leben? Aber unsere Politiker lügen uns tagtäglich vor, dass Muslime gar nicht daran interessiert wären, uns ihre Religion aufzuzwingen. Für mich sind die Muslime nichts anderes als Zecken, Parasiten, die unsere Staatskasse leersaugen, um uns dann in noch größeren Scharen zu überfallen, bis sie uns auch noch das Letzte gestohlen haben. Ich sehe schon vor mir, wie sie in den Louvre eindringen, wie sie dort die Werke der großen Meister verbrennen, die Statuen sprengen und unserer Kultur endgültig den Garaus machen. Aber wir lassen ihnen ja auch alles durchgehen. Es ist ein Unding, dass nach den Anschlägen von Paris, Muslime ihre Anteilnahme heuchelten, während sie gleichzeitig massenweise in unsere Länder einfallen und sich noch über ihre Unterbringung beschweren. Soweit ist es schon gekommen, dass sie uns töten können, aber uns gleichzeitig abverlangen ihnen dafür noch den Arsch zu pudern. Aber nicht mit mir, ich bin froh, dass endlich mal jemand was unternimmt. Eure Gruppe leistet Großes und wird von vielen meiner Landsleute und sicherlich auch von den Deutschen dafür verehrt. Ich glaube mit ganzem Herzen an eure erfolgreiche Mission. Für mich seid ihr Helden. Vive la France! Vive la Society!«

Der Vortrag des Mannes wäre für den Attentäter an sich Grund genug gewesen ihn zum Schweigen zu bringen, denn die Zeit drängte. Warum mussten sich die Leute immer erklären? Warum mussten sie sich stets so pathetisch rechtfertigen? Wie auch immer, wenn der Mann recht behielt, bot die Gulf Stream des Sizilianers optimalen Schutz, denn ein Leerflug erregte keinerlei Aufsehen, da der Mafiosi permanent unterschiedliche Verkehrsmittel nutzte. Von Sizilien aus ging die Reise dann nach Marrakesch, wobei ihnen Catania als Zwischenstopp diente. Dass ihre Flucht ausgerechnet in ein muslimisches Land führte, würde wohl kaum einer ihrer Verfolger vorausahnen. Es war zwar in der Tat eine lebensgefährliche Entscheidung, da ihre Bilder gerade dort über die Medien verbreitet wurden, aber Janson kannte einen amerikanischen Millionär in Marrakesch, der ihnen bei der weiteren Flucht helfen würde. Der Vorteil des Amerikaners lag vor allen Dingen darin, dass er eine private Start- und Landebahn besaß sowie ausgezeichnete Verbindungen zur lokalen Politik vorweisen konnte, was das Risiko von Kontrollen minimierte.

Die Maschine rollte zur Startbahn.

»Kann es jetzt noch Probleme geben?«, fragte Ducheman ängstlich.

»Probleme kann es immer geben. Vor allem, da dieser Flug registriert wird, aber die Sicherheitsleute auf dem Flughafen von Catania stehen auf der Gehaltsliste des Eigners der Maschine. In Catania steigen wir in eine Frachtmaschine um. Der Freund von Herrn Janson lässt sich ein paar Möbel aus Italien nach Marrakesch liefern. Demnach wird der Flug nicht weiter auffallen. Wir müssen beim Umsteigen auf dem Flugfeld nur aufpassen nicht von der Polizei gefasst zu werden. Doch jetzt würde ich Ihnen empfehlen sich auf dem Flug ein wenig Schlaf zu gönnen. Sie mussten schon in der Nacht darauf verzichten und wir wissen nicht, wann wir eine Ruhepause einlegen können.«

Im selben Augenblick trafen die drei Ermittler in Cuges le Pins ein, wo man sie bereits aufgeregt erwartete. Die Gendarmerie hatte das Fahrzeug des Gemüsehändlers gefunden und die KTU war dabei, den Innenraum zu untersuchen.

»Guten Morgen«, begrüßte Manger die Beamten ohne zur Kenntnis zu nehmen, dass außer dem Einsatzleiter keiner ein Wort Deutsch sprach.

Der Einsatzleiter übernahm den Bericht: »Das Fahrzeug stand auf einem spärlich genutzten Parkplatz hinter einem Gebüsch. Diesmal hat der Täter nicht den Feuerteufel gespielt, sondern das Fahrzeug bis ins letzte Detail innen gereinigt. Da kein herkömmlicher Autodieb einen solchen Aufwand betreiben würde, sind wir uns sicher, eine heiße Spur zu den Terroristen gefunden zu haben. Die Frage lautet, ob sie noch hier sind. Im Moment befragen wir alle Bürger der Stadt und lassen die Gegend von einem Helikopter mit Wärmebildkamera absuchen. Des Weiteren ist eine Hundestaffel vor Ort, wobei ich Zweifel hege, dass die Gesuchten ausreichend Spuren hinterließen, um die Hunde wirkungsvoll einzusetzen. Innerhalb des Transporters schlugen die Hunde nicht an.«

Manger nickte. »Wenn ich einmal davon ausgehe, dass die hier keinen direkten Unterstützer haben, könnte es helfen, wenn wir leerstehende Immobilien oder Ferien- und Gästehäuser unter die Lupe nehmen. Wir sollten uns aufteilen. Der Ort ist ja nicht so groß.

Wir brauchen nur einen entsprechenden Plan beziehungsweise Adressen, anhand denen wir unsere Suche starten können.«

»Adressen kann ich Ihnen geben.«

Fünf Minuten später durchfuhren Manger und Katrin den Süden der Kleinstadt, während Sanders mit dem Einsatzleiter den Norden absuchte. Die Innenstadt besaß südländischen Charme, mit engen Straßen, die sich zwischen zweigeschossigen Natursteinhäusern mit hölzernen Fensterläden hindurchschlängelten, während das Umland über staubige Schotterpisten erreichbar war. Eine Adresse nach der anderen verlief enttäuschend. Im Südwesten der Stadt wurde die Gegend sehr ländlich, mit einzelnen Gehöften, um die sich großflächige Weinfelder erstreckten.

»Wir fahren jetzt das letzte Haus an«, sagte Manger. »Hoffentlich landen wir da einen Treffer. Laut Navi noch hundertfünfzig Meter bis zum Ziel. Das dürfte das hellblaue Haus am Fuß des großen, bewaldeten Hügels sein.«

»Offensichtlich ein Neubau«, antwortete Katrin. »Laut unseren Aufzeichnungen ist es derzeit an Feriengäste aus Deutschland vermietet. Wir klingeln erst einmal an.«

Manger parkte ihr Fahrzeug plan vor der Einfahrt und folgte Katrin über die mit Sand übersäten Pflastersteine zu der gläsernen Haustür, wobei er sich prüfend umschaute.

»Das Erste was mir hier auffällt ist der Bausand. Würde jemand einen Neubau als Ferienhaus vermieten, wenn der ganze Vorplatz noch mit Sand übersäht wäre und würden sich deutsche Gäste dahingehend nicht beschweren? Zweitens sehe ich zwar Reifenspuren, die aus der Garage führen, aber vor der Haustür sehe ich überhaupt keine Fußabdrücke. Außerdem liegt noch nicht einmal ein Fußabtreter davor. Da hat man dann gleich das ganze Haus voll Sand.«

»Gut, vielleicht ist in der Garage noch eine Tür, die in das Haus führt und sie benutzen die Haustür gar nicht. Lass uns erst einmal schellen.«

Nachdem auf mehrfaches Klingeln niemand reagierte, umrundeten die Ermittler das Haus. Auf der Rückseite der Garage fand Manger eine Tür, die er ohne Rücksicht auf mögliche Konsequenzen mit einem Dietrich öffnete. Der Garagentoröffner war schnell gefunden, woraufhin die Garage kurz darauf von der hellen Sonne ausgeleuchtet wurde.

»Also hier war definitiv kürzlich jemand drin, denn hier sind überall frische Fußabdrücke«, stellte Manger fest.

Katrin nickte. »Da liegen überall kleine Moosbrösel auf dem Boden. Allerdings führt hier keine Tür ins Haus. Insofern stimme ich dir zu. Die fehlenden Fußabdrücke vor der Haustür deuten eindeutig darauf hin, dass das Haus unbewohnt ist. Der Hügel hinter dem Haus ist stark bewaldet, lass uns dort nach weiteren Spuren suchen. Irgendwo muss das Moos am Boden ja herkommen. Da führt ein Weg in den Kiefernwald hinauf.«

Der fußbreite Weg verlief steil bergan, sodass Manger sich immer wieder umdrehen musste, um Katrin auf einen der vielzähligen, weißen Felsvorsprünge zu helfen. Als sie sich bereits nahe dem Gipfel befanden, stoppte Katrin plötzlich.

»Hier verläuft ein Trampelpfad quer zur Steigung in den Wald. Ich sehe hier Fußspuren, die noch nicht allzu alt sein sollten und jede Menge abgebrochene Zweige. Ich schau mir das mal an.«

Katrin schlug sich in den dichten Kiefernwald und rief Manger nach nur wenigen Sekunden zu sich: »Hier führt eine Höhle in den Berg. Das ist mir alleine zu viel Kletterei. Hilf mir mal, aber sei vorsichtig, hier ist es teilweise sehr rutschig.«

Im Inneren der zerklüfteten Höhle erwartete sie kühle Zugluft, die durch den Morgentau der die Wände hinablief, in ihrer Wirksamkeit noch gesteigert wurde.

Katrin fröstelte. »Da geht es aber tief runter in den Hügel. Ich hoffe meine Taschenlampe hat noch genügend Energie.«

Hinter einer Biegung, die rechts hinein in den Berg führte, bot sich ihnen ein eindrucksvolles Schauspiel. Hunderte, wenn nicht Tausende schlummernde Fledermäuse hingen von der Decke, die sich trotz des plötzlich einfallenden Lichtkegels jedoch in keiner Weise für die beiden Eindringlinge zu interessieren schienen. Vorsichtig krochen sie unter der Kolonie hindurch und hielten erst an, als sie in einer weiteren Halle angekommen waren, wo sie von einem unpassierbaren Wassergraben gestoppt wurden.

»Hier müsste man wohl ausgebildeter Höhlentaucher sein, um da unten durchzukommen«, mutmaßte Katrin. »Vor allem kann ich nicht sehen, wie tief das Wasser ist und wo dieser Graben endet. Das Ganze ist also eine Sackgasse. Lass uns umkehren.«

»Einen Moment«, sagte Manger, der die seitlich gelegene Höhlenwand abklopfte, »mir war gerade so, als hätte ich da einen kurzen Luftzug von der Seite gespürt. Wäre doch möglich, dass sich hier ein weiterer Gang versteckt. Leuchtest du bitte mal die Wand aus.«

Katrin ließ den Lichtkegel großflächig über die

Wand gleiten, was Manger nur einen Moment später einen Triumph bescherte. »Hier ist etwas, ich hab es doch gewusst. Hier ist ein enger Spalt, durch den ich hinter die Wand sehen kann und wenn ich an dieser Stelle klopfe, gibt die Wand ganz leicht nach. Offensichtlich ist das eine gut getarnte Tür aus Stein. Wirf mal einen Blick durch den Spalt. Hinter der Tür ist eine Treppe, die weiter in die Tiefe führt.«

»In der Tat, jetzt ist nur noch die Frage, wie wir das Ding aufkriegen.«

Manger griff durch den Spalt und zerrte so stark an der steinernen Tür, wie er nur konnte, aber es tat sich nichts. »Ein Schloss gibt es hier nicht, also muss es irgendwo einen Öffnungsmechanismus geben.« Die beiden suchten eine ganze Weile, bis Katrin ein kleiner Draht auffiel, der von der Tür weg, längs der Wand in den Wassergraben führte.

Vorsichtig griff sie mit der Hand in das eiskalte Wasser und tastete an dem Draht entlang, bis sie einen kleinen Hebel erfühlte. »Wenn das hier keine Sprengfalle ist, sollte sich die Tür jetzt öffnen.« Kurz darauf surrte ein Kontakt und der Weg war frei.

Der Tunnel war grob in den weißen Kalkstein gehauen. Die Treppe führte über schmale Stufen in die Tiefe und verlief dann waagerecht immer tiefer in den Hügel hinein. Trotz der Taschenlampe, deren Licht von den weißen Kalkwänden reflektiert wurde, versanken die beiden Ermittler bald in völliger Dunkelheit. Die Luft war stickig und feucht. Spinnen jeder Größe krabbelten über die Wände, den Boden sowie auf ihrer Kleidung und machten den Weg noch beschwerlicher. Die Zeit schien still zu stehen, denn der Tunnel wollte kein Ende finden.

Manger versuchte sich in Durchhalteparolen: »Also wenn das hier noch weiter geht, sind wir gleich quer durch den Hügel durch. Wir müssen jeden Moment am Ende angelangen.«

»Das will ich hoffen«, antwortete Katrin, »die Spinnen machen mich wahnsinnig.«

Eine Viertelstunde später standen sie vor einer Stahltür.

Manger schaute sich das Schloss an. »Ruf mal den Einsatzleiter an. Da müssen Spezialisten ran.«

»Das war jetzt so was von klar. Dafür müssen wir wieder nach oben. Hier unten habe ich keinen Empfang.«

Da im Anschluss die Zeit bis zum Eintreffen der französischen Polizei überbrückt werden musste, machten die beiden Ermittler am Fuße des Hügels ein Picknick auf einer kräuter- und blumenübersäten Wiese. Der Koch des Hotels hatte sich für sie besondere Mühe gemacht und feinste Sandwiches sowie deliziöse Salate gefertigt.

Katrin schüttelte den Kopf. »Mir geht das hier alles zu langsam. Ich habe den Verdacht, die beiden befinden sich bereits in weiter Ferne.«

»Das mag sein, aber alles andere bringt nichts. Die Franzosen riegeln die Grenzen soweit es geht ab und die Telefonüberwachung ergab bisher nichts. Wenn nicht jemand die beiden zufälligerweise erkennt, werden wir nur so ihren Weg nachvollziehen können.«

»Wir sind schon die ganze Zeit über gezwungen mehr zu reagieren als zu agieren.«

»Ja, aber wenigstens scheint die Sonne und wir haben mal einen Moment für uns allein. Das hat doch auch was, oder?«, antwortete Manger lächelnd und lehnte sich zurück.

Katrin legte ihren Kopf auf seine Schulter. »Genau. Lass uns für einen Moment all die schlimmen Dinge um uns herum vergessen. Hoffentlich findet das alles bald ein Ende. Ich sehne mich nur noch nach etwas Entspannung und Ruhe.«

Eine halbe Stunde später rückten angeführt vom französischen Einsatzleiter und Sanders die Techniker der Gendarmerie an. Für die mit umfangreicher Gerätschaft ausgestatteten Spezialisten, stellte das Schloss an der Tür kein Problem dar, sodass sich vor den Ermittlern bald darauf ein vollausgeleuchteter Raum öffnete, der gegenüberliegend auf eine weitere Stahltür zulief. An der linken Seite befand sich eine Wand aus Monitoren, auf denen jeweils unterschiedliche Blickwinkel innerhalb sowie außerhalb eines Gebäudes angezeigt wurden. Auf der rechten Seite standen eine Couchgarnitur, mehrere Liegen und eine Küchenzeile, neben der eine weitere Tür in ein kleines Badezimmer führte.

Sanders blickte in die Runde. »Also wenn ihr mich fragt, ist das hier ein Panikraum und hinter der Tür dort müssten wir in das Gebäude kommen, welches auf den Monitoren angezeigt wird. Die Tür ist auf jeden Fall stark gepanzert sowie feuerfest. Außerdem steht hier ein Telefon mit direkter Notrufleitung.«

Manger nickte zustimmend. »Also sind wir gerade durch einen Fluchttunnel gegangen. Müsste die Gendarmerie nicht darüber Bescheid wissen?«

»Auf jeden Fall müssten wir davon wissen, aber hier wollte uns jemand offensichtlich nicht informieren. Das Ferienhaus auf der anderen Seite ist auf eine gewisse Deyssenberg Holding gemeldet. Wir sollten uns das Gebäude hinter der Stahltür einmal anschauen, dann wissen wir auch bald, wem dieser Panikraum gehört.« Die Tür zum Haus ließ sich per Knopfdruck öffnen, sodass die Ermittler einen Moment später in einem luxuriösen Ankleidezimmer standen, welches mit Designerkleidung in jeglicher Form überfrachtet war. Doch ein Kleidungsstück interessierte besonders - ein weißes Rittergewand mit rotem Templerkreuz.

»Hier sind wir richtig«, raunte Manger grimmig. »Der Besitzer des Hauses, dürfte einer der Bosse sein. Wieder einer.«

Nach der Untersuchung sämtlicher Räumlichkeiten des zweigeschossigen Natursteinbaus trafen sich die Ermittler in dem vor dem Gebäude angelegten Park, um über das weitere Vorgehen zu beraten.

Der Gendarm hatte inzwischen die Daten zu dem Haus abgefragt und erwartete sie bereits mit ernster Miene. »Also das Haus ist auf einen gewissen Jos Rinkers gemeldet. Er betreibt eine große Rechtsanwaltskanzlei in der Nähe von Venlo in Holland. Wir haben erfahren, dass er bei der Deyssenberg GmbH als Berater geführt wird. Insofern hätten wir dahingehend bereits eine Verbindung. Er unterhält gute Kontakte zu verschiedenen rechtskonservativen Islamhassern und ist in den Niederlanden im Jahre zweitausendvier aufgrund beleidigender Aussagen über den Islam mit einer Geldstrafe zuzüglich einer Bewährungsstrafe verurteilt worden. Man drohte ihm seinerzeit auch bei Wiederholung solcher Aussagen den Verlust seiner Anwaltslizenz an. Die Niederländer wurden in der Zwischenzeit informiert. Sie entsenden ein Team, um den Mann zu verhaften. Herr Sacher wurde ebenfalls einbezogen. Wir überprüfen als nächstes den Telefonanschluss des Hauses. Vielleicht bekommen wir dadurch weitere Hinweise auf Mitglieder der Society, aber das dauert einen Moment.

410

Des Weiteren habe ich mit meinem Stellvertreter telefoniert. Er rief mich an, um mir mitzuteilen, dass bei einem der Polizisten die den Flughafen Castellet absichern ein Geldbetrag in Höhe von einhunderttausend Euro gefunden wurde. Der Mann versuchte das Geld nach seiner Schicht bei einer Bank einzuzahlen, um persönliche Schulden los zu werden. Nach intensivem Verhör gab er zu, vier Personen, drei Männer und eine Frau, in den Hangar von Salvatore Marcelano geschleust zu haben. Es handelt sich um den von Ihnen gesuchten Attentäter, Ducheman, Dave Janson und Frau Guggenhauer. Sie sind mit Marcelanos Privatjet nach Catania geflogen. Der Flug fiel nicht weiter auf, weil Marcelano als Bauunternehmer in unserer Region äußerst aktiv ist, wobei es sich bei seiner Firma zweifellos um eine Tarngesellschaft seines Mafia Clans handelt. Auf jeden Fall pendelt er fast täglich zwischen Catania und verschiedenen Orten an der Cote d'azur, sodass der Terminal in Castellet keine Verbindung zu unserem Fall sah und den Leerflug genehmigte. Es ist nichts Ungewöhnliches, wenn Marcelano seinen Jet irgendwo hinbeordert. Als dann die Maschine abhob, dachten unsere Leute der Kollege hätte sich davon überzeugt, dass die Maschine leer sei, weil der Beamte dies auch in die Rechner vom Tower eingegeben hatte. Gegen kriminelles und korruptes Verhalten von einzelnen Polizisten sind halt auch wir nicht gefeit. Marcelano ist in Monte Carlo abgefangen worden und wird zur Stunde befragt. Er muss definitiv gewusst haben, wer seinen Jet nutzt. Wobei fraglich ist, ob er einer solchen Terrorgruppierung beitreten würde. Die Carabinieri in Catania sind auf jeden Fall informiert. Der Flughafen Fontanarossa bleibt so lange komplett gesperrt, bis die Verdächtigen gefasst werden. Die Maschine landete jedoch bereits vor einer Stunde und von den Passagieren fehlt jede Spur. Das heißt, wenn wir Pech haben, ist das Quartett schon wieder weiter gezogen.«

»Fanden dort in der Zwischenzeit bereits Starts statt?«, wollte Katrin wissen.

»Es sind in der Zwischenzeit einige Abflüge zu verzeichnen, aber soweit ich weiß wurden die entsprechenden Maschinen allesamt zurückbeordert.«

»Hat niemand auf dem Flughafen etwas beobachtet?«

»Die Befragungen laufen. Wobei ich sagen muss, dass Marcelano dort auch einen Hangar besitzt und sicherlich noch mehr Helfershelfer aufbieten kann als irgendwo anders. Deshalb bin ich persönlich der Meinung, dass selbst wenn jemand etwas gesehen hat, keiner mit uns zusammenarbeiten wird. Die Angst vor Marcelano wird ebenso zu groß sein, wie die Ablehnung gegenüber Muslimen. Sie müssen wissen, auch auf Sizilien ist die Zahl der Flüchtlinge sehr groß und man fühlt sich dort mit der Lage völlig alleingelassen. Es fängt damit an, dass man die Probleme sieht, dann folgen der Ärger über randalierende Flüchtlinge oder persönliche finanzielle Verluste, was dann wiederum zu Ablehnung führt und in Hass gegenüber den Fremden mündet. Aber das ist ja bei den Flüchtlingen dasselbe. Sie kommen mit der Illusion von einem besseren Leben und verbringen dann Monate teilweise sogar Jahre in völliger Untätigkeit unter eingeschränktesten Verhältnissen in Flüchtlingscamps. Sollten sie tatsächlich aufgenommen werden, stoßen sie meist nur auf Ablehnung und nicht zuletzt Armut, da sie mit ihrer Bildung kaum in den hochqualifizierten europäischen Arbeitsmarkt zu integrieren sind. Das führt letztlich zu Frust oder Perspektivlosigkeit und endet schlussendlich ebenso in Hass oder Kriminalität. In diesem Spiel gibt es weder Sieger noch Verlierer. Der Einzige, der verliert, ist der Steuerzahler, der dieses ganze Trauerspiel finanzieren muss und die Einzigen, die daran Gewinn machen, sind die Schleuser. Na ja, wir haben bereits einen Helikopter für Sie organisiert, damit Sie der Spur folgen können. Meine Zuständigkeit endet hiermit. Ich wünsche Ihnen viel Erfolg.«

Der Attentäter grinste zufrieden. Die Gulf Stream hatte genau neben der abflugbereiten Frachtmaschine gehalten, sodass sie problemlos in weniger als einer Minute umgestiegen und nur zehn Minuten später planmäßig vom Flughafen Fontanarossa gen Marrakesch abgeflogen waren. Inzwischen hatte man zwar den Flughafen gesperrt sowie sämtliche Passagiermaschinen zurückbeordert, was bedeutete, dass ihre Verfolger wussten, wie sie aus Frankreich entkommen waren, aber bisher ließ man ihre Frachtmaschine unbehelligt. Insofern würden sie in gut vier Stunden in Marrakesch landen, von wo aus sie nach einer kurzen Ruhephase bei Jansons Kontakt zum Domizil Duchemans weiterreisen wollten. Danach durfte an sich nichts mehr schiefgehen. Sie hatten es tatsächlich geschafft den EU-Raum zu verlassen und dies sogar sehr viel komfortabler als er selbst es hätte vorausplanen können. Einmal mehr zeigte sich, davon unabhängig wie eng die Sicherheitsbehörden das Netz spannten, mit den richtigen Kontakten und ein wenig Geschick konnte man immer wieder durch die Barrieren hindurchschlüpfen. Letztendlich blieb nur zu hoffen, dass Duchemans Unterschlupf wirklich so gut getarnt war, wie er behauptete. Ohne Zweifel würde es irgendwann zu einer direkten Konfrontation mit ihren Verfolgern kommen. Doch dies galt es möglichst lange hinauszuzögern, um sich so gut wie möglich darauf vorzubereiten oder in ein Land abzutauchen, welches ihnen offiziell Schutz gewehrte. Wenngleich er damit rechnete, zukünftig dauerhaft auf der Flucht zu sein. In diesem Falle musste er sich von dem Ballast trennen, der ihn begleitete und er war sich sicher, dass Janson dies genauso sah. Janson selbst stellte für ihn keine Gefahr dar. Sie waren beide Profis. Janson würde es nicht riskieren sich mit ihm anzulegen. Der Attentäter lehnte sich zurück und betrachtete die großen algerischen Stadtgebiete, die sich an das Tellatlas Gebirge schmiegten. Ich muss ein wenig ruhen, dachte er und schloss die Augen. Es lagen noch anstrengende Tage vor ihm.

Mit dem französischen Militärhelikopter, einem Transporthubschrauber des Typs Super Puma, hatten die Ermittler den Flug nach Sizilien innerhalb von drei Stunden überwunden.

Der Kommandant der Carabinieri erwartete sie schon in seinem Büro, in dem sich auf einfachem Mobiliar riesige Aktenberge türmten. »Guten Tag, ich möchte Sie zunächst auf den neuesten Stand bringen. Wir konnten inzwischen herausfinden, dass die gesuchten Personen den Flughafen nicht an Bord einer der Passagiermaschinen verlassen haben. Insofern läuft aktuell eine große Suchaktion im Umland des Flughafens.«

Sanders zog die Brauen hoch. »Da zum Flughafen Fontanarossa auch ein militärischer Teil gehört, ist das Gelände doch mit Sicherheit stark überwacht. Wurden die Bilder der Kameras bereits ausgewertet?«

»Wir sind gerade dabei. Wenn Sie wollen, können Sie daran teilnehmen.«

Eine halbe Stunde später fluchte der Polizeichef fürchterlich. »Verdammte Idioten. Keiner vom Flughafen hat mir gesagt, dass in dem infrage kommenden Zeitraum auch zwei Frachtmaschinen abgeflogen sind. Die zwei Maschinen könnten jetzt überall sein. Ich schaue bezüglich der Zielflughäfen mal kurz in den Flugplan. Die erste Maschine fliegt nach Marokko. Es handelt sich um ein privat gechartertes Flugzeug, wobei hier auffälliger Weise weder Zielflughafen noch Ladung angegeben ist. Die zweite Maschine hat Zielflughafen Bukarest in Rumänien und ist mit Elektroteilen beladen. Beide Maschinen sollten ihr Ziel noch nicht erreicht haben, somit also noch in der Luft sein.«

Manger schüttelte den Kopf. »Die werden doch wohl kaum in ein muslimisches Land einreisen. Das wäre doch blanker Selbstmord. Immerhin sind ihre Bilder dort auch im Fernsehen veröffentlicht worden.«

Katrin schob skeptisch die Unterlippe nach vorn. »Ich würde sagen, es kommt darauf an, ob sie dort einen Anlaufpunkt haben. Ein privat gechartertes Flugzeug könnte ein Indiz dafür sein. Immerhin besitzen eine ganze Menge reicher Nicht-Muslime in Marokko Anwesen oder leben sogar dort. Das Land ist relativ säkularisiert, auch wenn sich in letzter Zeit eine islamische Bourgeoisie gebildet hat und wird von einem pro-westlichen Monarchen regiert.«

Sanders nickte zustimmend. »Du hast recht, aber es bleibt für uns zunächst die Frage, ob unsere Gesuchten an Bord einer dieser beiden Frachtmaschinen gegangen sind und wenn ja, wie sie das unbemerkt von den Kameras schafften. Herr Kommandant, wo parkten die Maschinen auf dem Flugfeld? Lassen Sie die Bilder bitte noch einmal durchlaufen.«

Der Kommandant tat wie ihm geheißen und nickte kurze Zeit später zufrieden mit dem Kopf. »Ah, da haben wir etwas Interessantes. Marcelanos Jet parkt nach der Landung direkt neben der privaten Frachtmaschine.«

Alle Ermittler konzentrierten sich auf das rege Treiben vor dem zweigeschossigen Frachtterminal aus Beton und Glas. Langsam rollte die schneeweiße Gulf Stream V ins Bild und positionierte sich mit der Bugspitze diagonal zur Nase der anderthalb Mal so großen, dunkelblauen Frachtmaschine, sodass die beiden Flugzeuge Flügel an Flügel ein sich vom Betrachter weg öffnendes V bildeten.

»Die Gulf Stream ist etwas niedriger als die Frachtmaschine«, konstatierte Manger. »Ihr Flügel passt gut unter den Flügel des anderen Flugzeuges. Außerdem wird die Frachtmaschine noch beladen, davor stehen ja gleich etliche hoch beladene Hubwagen. Also, wenn sie unter den Flügeln durchgelaufen sind, gibt es wohl keine bessere Möglichkeit unentdeckt umzusteigen.«

»Das ist wahr«, stimmte Katrin zu. »Der Bereich unter den Flügeln ist von der Kamera aus dieser Perspektive nicht zu erfassen.«

Der Kommandant nickte bestätigend. »Das ist wirklich ideal. Auch die Parkposition neben dem Frachtflieger scheint geplant zu sein. Normalerweise parken die Piloten ihre Maschine doch genau gerade vor dem Terminal und nicht so schief. Mal abgesehen von der Tatsache, dass der Privatjet vor dem Frachtterminal nichts zu suchen hat. Würde es sich nicht um Marcelanos Jet handeln, wäre da sicherlich auch die

Flughafenkontrolle eingeschritten. Insofern werde ich sofort den Behörden in Nordafrika Bescheid geben. Sie sollen die Maschine sichten und wenn möglich abfangen. Normalerweise dürften die sich noch über algerischem Staatsgebiet befinden, aber ich teile das gleich auch den Marokkanern mit, für den Fall, dass sie schneller fliegen, als ich erwarte.«

»Schreiben Sie die Maschine bitte international zur Fahndung aus«, bat Sanders. »Nur für den Fall, dass sie ihr Flugziel zwischenzeitlich ändern.«

Manger zog die Brauen hoch. »Falls die sich wirklich in dieser Gegend befinden, sollten wir die Behörden dort am besten darum bitten, unsere Gesuchten an uns auszuliefern und nicht gleich zu lynchen.«

Katrin nickte. »Bei Marokko sollte das kein Problem darstellen, aber bei Algerien bin ich mir nicht so sicher. Feststeht, wir müssen in jedem Fall dorthin. Können wir eine Ihrer Militärmaschinen nutzen? Ich denke, die Bundesrepublik wird das zahlen.«

Der Kommandant legte die Stirn in Falten. »Eine Militärmaschine nicht, aber wir können Ihnen einen Privatjet als Chartermaschine und einen Piloten stellen, dann holen Sie auch etwas Zeit gegenüber den Flüchtigen auf.«

»Gut, dann besorg ich mir nur noch schnell ein Kopftuch.«

Zwanzig Minuten später saßen sie an Bord eines Lear Jets. Katrin hatte sich im Duty-Free Shop des Flughafens ein fliederfarbenes, nahezu tischtuchgroßes Kopftuch beschafft, welches perfekt zu ihren grau blauen Augen passte. Manger und Sanders hatten in einem der beiden Restaurants in der Abflughalle etwas Reiseproviant eingekauft. Allen war jedoch entgangen, dass sie bei ihren Tätigkeiten von einem Mann mit arabischem Aussehen beobachtet wurden, der nun, nachdem sie den Jet bestiegen hatten, aufgeregt in sein Handy sprach.

Kapitel Zwanzig

Der Attentäter schreckte auf. Das Flugzeug lag derartig in Schräglage, dass die Ladung wild durcheinander gewirbelt wurde. Ducheman lag mit einer blutenden Kopfwunde am Boden und wimmerte. Guggenhauer kümmerte sich um ihn, wobei sie selbst aufpassen musste, nicht durch das Flugzeug geschleudert zu werden.

Dave Janson stürzte mit hochrotem Kopf aus dem Cockpit. »Die haben herausgefunden, wo wir sind. Wir drehen jetzt gerade Richtung Meer, um nach Spanien zu entkommen. Wir befinden uns knapp hinter der marokkanischen Grenze. Wenn die unsere Position schon an die Marokkaner durchgegeben haben, dürften wir bald Besuch von ein paar Mirage F1 bekommen.«

»Und deshalb werden wir auch nicht in Richtung Spanien fliegen. Das bringt absolut nichts mehr. Wir sind bereits viel zu weit von der Küste entfernt, da kriegen die uns mit ihren Abfangjägern auf jeden Fall und was die Muslime mit uns machen, können Sie sich wohl ausmalen. Wir lassen den Piloten direkt auf das hohe Atlasgebirge zusteuern. Wir müssen möglichst versuchen in die Gegend des Jbel M'goun zu kommen. Dort springen wir ab und lassen die Maschine an einem der Berggipfel zerschellen. Von da aus geht es zu Fuß weiter. Ich habe genügend Proviant eingepackt, damit wir drei Tage durchhalten können.

Vielleicht haben wir Glück und man nimmt unseren Tod an. Es bleibt uns jetzt nichts anderes mehr übrig, als uns durch feindliches Gebiet zu schlagen. Sorgen Sie dafür, dass unsere Waffen sicher aus dem Flugzeug kommen, die werden wir auf unserer Wandertour brauchen. Kleiden Sie die beiden ein und instruieren Sie sie, wie man einen Fallschirm bedient.«

»Der Pilot wird da keinesfalls mitmachen.«

»Darum kümmere ich mich.« Der Attentäter ging in das Cockpit des Flugzeuges und befahl dem Kapitän, die Maschine wieder in Richtung Inland zu drehen, was wie von Janson erwartet mit heftigstem Widerstand beantwortet wurde. Der Attentäter ließ sich jedoch nicht aus der Ruhe bringen, zog eine Glock aus dem Schulterholster und schoss dem Piloten in den Hinterkopf. Danach zog er die Leiche roh aus dem Sitz, legte sie auf den Boden und setzte sich ungerührt des blutüberzogenen Cockpits ans Steuer. Er kannte die Gegend gut, sodass er genau wusste, wo die ideale Stelle für sein Manöver lag. Die Kampfjets sollten aller Wahrscheinlichkeit nach über Marrakesch aufsteigen, was bedeutete, dass sie ihnen entgegenkommen würden. Von der Geschwindigkeit her, waren sie der Frachtmaschine vielfach überlegen, sodass er den Absturz möglicherweise früher einleiten musste. Doch es sah gut aus. Schon konnte er die hohen schneebedeckten Gipfel des höchsten Gebirges der Atlasregion erkennen. Er hielt nun eine Höhe von knapp fünftausend Metern. Tiefer runtergehen wollte er nicht, um es den beiden Amateuren beim Absprung nicht schwerer zu machen als nötig.

Aus der Kabine meldete sich Janson: »Wir sind soweit. Ich habe die Waffenkiste und die Provianttaschen jeweils an einen Fallschirm gehängt. Sagen Sie

Bescheid, wenn Sie bereit sind.«

Vor sich sah der Attentäter nun einen der schnee-bedeckten Viertausender des Hohen Atlas. Dies war der richtige Moment. Mit der Schnelligkeit eines Vollprofis, legte der Attentäter seinen Fallschirm an und schnallte einen Höhenmesser an sein Handgelenk. Dann stellte er den Autopiloten aus und drehte mehr-fach einen Knopf an der Schalttafel des Cockpits, um den Sinkflug einzuleiten. Die Geschwindigkeit behielt er bei, denn die Maschine sollte möglichst vollständig zerschellen, damit sich die Chance erhöhte, dass man von ihrem Tod ausgehen würde. Anschließend ging er in die Kabine, wo Janson sich gerade bemühte den kreidebleichen Ducheman aus dem Flugzeug zu be-kommen, der sich verzweifelt an die Bordwand klammerte.

»Überlassen Sie das mir. Wir haben keine Zeit für so einen Quatsch«, wies der Attentäter den Amerika-ner an und setzte den Franzosen mit einem Schlag an die Schläfe außer Gefecht. Dann nickte er Janson zu, der daraufhin die Kiste mit Waffen und Munition sowie die beiden Rucksäcke mit Proviant aus dem Flugzeug bugsierte. Nun wurde es Zeit. Ihre Höhe betrug genau viertausend Meter, weiter sinkend, und es durfte keinesfalls passieren, dass sie ihre Ausrüs-tung nicht mehr fanden, weil sie zu weit abgetrieben wurden. Mit Guggenhauer gab es keine Probleme, da die Frau in ihrem Leben bereits mehrfach mit einem Fallschirm abgesprungen war. Sie sprang zuerst. Im Abstand von fünf Sekunden folgten ihr Janson, der bewusstlose Ducheman und der Attentäter. Letzterer stellte sich kopfüber in der Luft auf und beschleunigte so auf den vom Sog des Flugzeuges sowie dem peit-schenden Wind hilflos in der Luft herumwirbelnden

Ducheman zu. Binnen Sekunden hatte er den Franzosen fest gepackt. Nun ruderte auch Janson heran und griff sich den anderen Arm des Franzosen. Die Freifallgeschwindigkeit betrug über einhundert km/h, sodass sie bald die tausend Meter Marke erreicht haben sollten, bei der sie die Schirme öffnen würden. Wenn sie den Flug sicher sowie kontrolliert zu Ende bringen wollten, mussten sie langsamer werden. Einen Verletzten unentdeckt aus diesem Gebirge zu schaffen war nahezu unmöglich. Der Attentäter und Janson legten sich waagerecht in die Luft, spreizten ihre Gliedmaßen weit vom Körper ab, um mit gekrümmtem Rücken, wie auf einer Kuppel liegend, den Luftwiderstand zu erhöhen. Sofort zerrte eisiger Wind an ihnen, der durch jede einzelne Ritze ihrer Kleidung kroch, sodass ihre Gliedmaßen nahezu taub wurden, doch sie hielten Ducheman weiterhin in Position. In einiger Entfernung ging der Plan des Attentäters in Erfüllung. Das Flugzeug zerschellte in einem riesigen Feuerball an einer Bergwand, aus der Sekunden später große Gesteinsbrocken in die Tiefe stürzten, die alles mit sich rissen, was ihnen in den Weg kam. Der Attentäter starrte auf seinen Höhenmesser, der ihm nun eine Höhe von eintausend Meter über dem Boden anzeigte. Er gab Janson ein kurzes Zeichen, damit dieser sich von Ducheman löste. Dann riss er beherzt am Auslösegriff des Fallschirms des Bewusstlosen und ließ los. Innerhalb von drei Sekunden, in denen sie weitere zweihundert Höhenmeter verloren, öffnete sich der Schirm und zog den Franzosen erneut in die Höhe, der daraufhin so laut brüllte, dass selbst der Wind ihn nicht übertönen konnte. Gut, dass er wenigstens wieder wach ist, dachte der Attentäter, während er seinen eigenen Schirm öffnete. Nun war es nur noch wichtig, mit der ganzen Gruppe an einem Punkt zu landen und das möglichst in unmittelbarer Nähe zu der Munitionskiste und den Versorgungsrucksäcken. Zu seiner Freude machte wenigstens Guggenhauer am Fallschirm eine gute Figur. Bei jeder Windböe, lenkte sie gegen und brachte ihren Schirm wieder nahe an den von Dave Janson heran. Vermutlich hatte sie mehr Angst verloren zu gehen als abzustürzen. Ducheman hingegen strampelte an seinem Schirm hängend in der Luft herum und schrie so sehr, dass der Attentäter überlegte, ihn gleich in der Luft zu erschießen, bevor der Franzose noch die ganze Region auf sie aufmerksam machte. Unter ihnen befand sich ein Hochplateau zwischen hoch aufragenden roten Felsen. Die Ebene würde zumindest die Landung vereinfachen, sodass der Franzose sich nicht großartig verletzen konnte. Langsam näherten sie sich dem Boden, auf dem der Attentäter deutlich die Reflektion des Sonnenlichts durch die metallene Waffenkiste erkennen konnte. Nach kurzem Zug an seinen Steuerleinen schwenkte er elegant in die Richtung und signalisierte den übrigen dasselbe zu tun. Kurz danach bremste er den Schirm mit einem kräftigen Ruck ab und landete knapp einen Meter neben der Kiste. Janson landete direkt neben ihm. Guggenhauer zehn Meter entfernt. Nur Ducheman fiel mit harter Landung in einen dreißig Meter entfernten Gebirgsbach, wo er zappelnd und nach Luft schnappend liegen blieb.

Dave Janson übernahm es ihn abzuholen, wobei er es jedoch nicht unterließ, einige unmissverständliche Worte an den vor Furcht und Kälte zitternden Franzosen zu richten: »Wenn Sie sich jetzt nicht langsam zusammenreißen, dann wird Sie das teuer zu stehen kommen. Wir werden definitiv nicht zulassen, dass Sie unsere Flucht gefährden. Ich höre von Ihnen ab sofort keinen Ton mehr.« Mit einem Ruck seines Messers durchtrennte Janson die Leinen des Fallschirmes, des sonst so souveränen Gutsherrn und befahl ihm diesen zusammenzupacken.

Der Attentäter hatte in der Zwischenzeit die Munitionskiste sowie die Rucksäcke mit Proviant unter einen Felsvorsprung gezogen, während Guggenhauer die restlichen Schirme einsammelte. Dave Janson folgte fünf Minuten später mit dem klatschnassen Franzosen, den er zuvor rücksichtslos hinter sich her über den durchfurchten Gesteinsboden geschleift hatte. Der Franzose zitterte nach wie vor am ganzen Leib, beruhigte sich aber, als der Attentäter ihm einen giftigen Blick zuwarf.

Die beiden Elitesoldaten ließen einen prüfenden Blick über die Gegend gleiten. Das Hochplateau schien menschenleer. Nichts regte sich, außer dem Rauschen des Bachs. Der Gebirgsbach wurde an beiden Seiten des Ufers von Büschen und kleinen Bäumen gesäumt. An der linken Seite verlief ein breiter Strand aus Schotter und Geröll. Die Gruppe befand sich nun etwa fünf Kilometer östlich der deutlich sichtbaren Absturzstelle des Flugzeuges, das an einem der leicht überzuckerten Hänge der Gipfelkette eingeschlagen war. Viel zu wenig, um in Sicherheit zu sein, denn, wenn ihr Plan nicht in Erfüllung gehen sollte, würde man das Gebiet bald absuchen. Nicht nur Flugzeuge, sondern auch Helikopter würden im Einsatz sein, welche akribisch die heranrückenden Soldaten der Königlich Marokkanischen Armee auf ihre Spur leiteten. Sie mussten schleunigst verschwinden, doch die karge Gegend bot außer Felsvorsprüngen kaum eine Versteckmöglichkeit. Außerdem führten mehrere

Trekkingrouten zum Gipfel des Jbel M'Goun. Auch diesen mussten sie ausweichen, denn jeder Kontakt konnte zu ihrer Entdeckung führen. Weiter südlich konnte man einige Hochweiden erkennen, die sicherlich von Berberfamilien besiedelt wurden, die sie, für den Fall, dass die Familien über aktuelle Informationen verfügten, höchstwahrscheinlich unmittelbar massakrieren würden. Die Situation konnte nicht kritischer sein. Sie saßen in einer geröllübersäten Mondlandschaft, umringt von Todfeinden und mussten sich noch mit zwei Amateuren herumschlagen.

Der Attentäter griff in seine Waffenkiste und gab Guggenhauer ein Kopftuch. »Schlagen Sie das um Ihren Kopf. Achten sie besonders darauf, dass man kein blondes Haar sieht, sonst sind wir sofort geliefert. Wir werden uns jetzt eine sichere Höhle suchen. Das Gebirge ist voll davon. Dann halte entweder ich oder Herr Janson Wache, während der Rest der Gruppe sich ausruht. Ich sehe keine andere Möglichkeit, als bei Nacht Richtung Marrakesch aufzubrechen.«

»Dem stimme ich zu«, antwortete Janson.

»Okay, noch sind keine Militäreinheiten zu sehen, also los. Wir werden dem Bachlauf folgen. Ich bin mir nicht ganz sicher, aber ich glaube zu wissen, wo er hinführt.«

Der Weg über die steinige Einöde war beschwerlich, die Luft staubig und dünn. Glücklicherweise gab es am Bachlauf kristallklares, kühles Wasser, sodass sie nicht bereits auf dem ersten Teil ihrer Wegstrecke die eigenen Wasservorräte antasten mussten. Immer wieder gingen gefährliche Gerölllawinen von den Hängen ab. Feststand, dass sie sobald wie möglich einen Unterschlupf finden mussten, ansonsten würde vor allem Ducheman die Anstrengungen der geplanten nächtlichen Wanderung nicht durchhalten.

Der Strand entlang des Bachs wurde immer schmaler, bis das Wasser schließlich komplett zwischen hoch aufragenden Felswänden verschwand.

»Nun bin ich mir sicher. Ich weiß, wo wir hier sind«, gab der Attentäter an. »Wir werden den weiteren Weg durch den Bach nehmen. Sollte irgendjemand von Ihnen etwas hören, gehen wir entweder unter den Felsen in Deckung oder wo dies nicht funktioniert komplett unter Wasser auf Tauchstation. Wir werden die Waffenkiste in tieferem Wasser versenken. Das Sonnenlicht könnte von dem Metall reflektiert werden und uns verraten. Ich habe auch weite Bekleidung in der Kiste. Alles aus dem Haus in Cuges le Pins. Wir werden die Waffen unter der Kleidung verbergen. Wir müssen ab sofort ohnehin jederzeit feuerbereit sein. Es wird eine ganze Weile dauern, aber wir werden von hier aus in einen See gelangen. Ab dort gilt absolute Vorsicht. Erstens wimmelt es da von Touristen und zweitens sind wir dann in unmittelbarer Nähe zur Straße, die durch mehrere Ortschaften bis in die Stadt Ouarzazate führt, von wo aus es noch knapp zweihundert Kilometer bis Marrakesch sind. Wir werden versuchen, uns dort ein geländetaugliches Fahrzeug zu beschaffen. Hoffen wir mal, dass sie einen Moment brauchen, um festzustellen, dass wir nicht mehr an Bord der Maschine sind.«

Dave Janson blickte skeptisch. »Ouarzazate ist ein ganz schöner Umweg. Außerdem ein Risikopunkt falls sie, wenn wir dort sind, schon eine Rasterfahndung nach uns aufgestellt haben. Sollten wir uns nicht lieber an den Berghängen direkt in Richtung Marrakesch begeben?«

»Wenn wir zwei allein wären, würde ich das auch

vorschlagen, aber das schaffen die beiden definitiv nicht. Wir werden uns an die Stadt heranbewegen und schauen, was passiert.«

Das Wasser in der engen Klamm war knietief und verglichen mit der hohen Lufttemperatur kühl. Je weiter sie in Richtung Tal schritten, wurde es immer trüber und schlammiger. In der Ferne hörten sie das donnernde Dröhnen von zwei Kampfjets, die über die Berggipfel hinweg jagten. Wesentlich beunruhigender war jedoch das Geräusch von kreiselnden Rotorblättern, die immer näher zu kommen schienen. Einen Blick auf die Unfallstelle hatten sie nicht mehr, insofern konnten sie nur schätzen, was dort vor sich ging.

Die Waffenkiste war schnell mit den großen Geröllbrocken aus dem Flussbett nebst den zur Last werdenden Fallschirmen gefüllt und zwischen zwei engstehenden, aus dem Wasser ragenden Felsspitzen versenkt. Ihre übergroßen Kapuzenjacken wirkten von oben nahezu wie die spitzhütigen Berbermäntel, die in dieser Gegend zum alltäglichen Bild gehörten, doch das was sie darunter trugen gehörte eindeutig nicht zur Standardausrüstung friedlicher Bauern. Der Attentäter war mit zwei Uzi Maschinenpistolen sowie einer Glock Pistole mit aufgesetztem Schalldämpfer bewaffnet. Dave Janson trug zwei zusammengelegte Scharfschützengewehre und eine Walther P99, um sofort reagieren zu können. Ducheman und Guggenhauer trugen die Rucksäcke mit Proviant die Ersatzmunition sowie einige Päckchen mit Plastiksprengstoff.

Die Schlucht zog sich immer mehr in die Länge, ohne dass sich ein sicherer Lagerplatz auftat. Der Attentäter wusste, dass dieser Faktor bei den Beteiligten für steigenden Unmut sorgen würde, vor allem wenn die ersten Ermüdungserscheinungen auftraten. Dementsprechend erhöhte er das Tempo der Gruppe, was jedoch aufgrund der vom Wasser glatt geschliffenen Steine sowie der stetig steigenden Strömung für diverse ungewollte Taucheinheiten bei seinen Begleitern sorgte.

Eine halbe Stunde später schienen sie Glück zu haben. Auf einer Höhe von knapp zwei Metern oberhalb der Wasserlinie befand sich eine kreisrunde Öffnung, hinter der sich, wie Janson nach kurzer Inspektion berichtete, ein zwanzig Quadratmeter großer Raum auftat.

Kurze Zeit danach fiel die Gruppe in der Höhle erschöpft zu Boden, wobei Ivana Guggenhauer sich sofort daran machte, mit einem kleinen Gaskocher die Suppenkonserven zu erhitzen.

Der Attentäter besprach mit Dave Janson derweil außer Hörweite der anderen die Taktik: »Mr. Janson, bis in die Stadt ist es nicht mehr weit. Wir sind jetzt kurz vor dem See. Es macht aber keinen Sinn mit den beiden bis nach Ouarzazate zu laufen, ohne genau zu wissen, wie wir dort wegkommen. Deshalb werde ich mich zunächst allein auf Erkundungstour begeben. Sie passen bis dahin auf die beiden auf. Sobald ich eine Möglichkeit gefunden habe dort wegzukommen, hole ich euch nach. Ich werde zur Sicherheit am Ausgang der Schlucht eine Sprengfalle installieren. Falls dort jemand durch will, wird er es mit dem Leben bezahlen. Wenn die Falle ausgelöst wird, haben Sie kaum Fluchtmöglichkeiten, denn eine der Richtungen durch den Canyon ist dann versperrt und die andere wird das Militär bewachen. Dementsprechend würde ich vorschlagen, dass Sie die beiden in diesem Falle erschießen und sich allein durchkämpfen. Der Canyon sollte genügend Versteckmöglichkeiten bieten, damit Ihnen das gelingt. Wenn ich wieder zurückkomme, gebe ich Ihnen mit meiner Taschenlampe ein Leuchtsignal, damit Sie wissen, dass keine Gefahr droht. Kurz, Lang Lang, Kurz, Lang.«

»Das sollten wir so machen, aber nach dem Essen müssen wir uns eine Stunde Schlaf gönnen, ansonsten sind wir nicht fit genug für eine solche Aktion.«

»Gut, Frau Guggenhauer soll die Wache übernehmen und uns wecken, falls sich irgendetwas regt.«

Die Ermittler hatten inzwischen von dem Flugzeugabsturz gehört und waren soeben auf dem Flugplatz von Ouarzazate gelandet. Es war mittlerweile sieben Uhr abends, doch die Sonne brannte immer noch unerbittlich auf die aus roten, gestampften Lehmziegeln geformten Häuser. Über der Stadt thronte die weltberühmte Kasbah Taourirt, eine der größten Wohnburgen Nordafrikas. Von Weitem glitzerten die unendlich wirkenden Spiegelspiralen, des größten solarthermischen Kraftwerkes der Welt, wie ein bläulich schimmernder Diamant und am Ufer des Sees der einhunderttausend Einwohner Stadt lagen gemütlich kauende Kamele.

Der Kommandant der lokalen Einheit der Königlich Marokkanischen Armee erwartete sie bereits.

Mit würdevollem Gesichtsausdruck schüttelte er jedem die Hand und überraschte die Ermittler mit akzentfreiem Deutsch: »Guten Tag, wir haben Sie schon erwartet. Zunächst darf ich Ihnen auf Befehl unseres Königs mitteilen, dass es Ihnen erlaubt ist, Ihre Waffen zu tragen sowie in Bezug auf den von Ihnen zu ermittelnden Sachverhalt zu verwenden. Nun aber zu unseren bisherigen Aktivitäten. Aktuell läuft eine Großfahndung und die Grenzen der Provinz wurden abgesperrt. Außerdem sind alle verfügbaren Sicherheitskräfte im Einsatz. Ich und meine Männer haben uns zunächst das Flugzeug vorgenommen. Der Flugzeugabsturz war unseren ersten Ermittlungen zufolge beabsichtigt. Durch den Einschlagswinkel blieb das Cockpit jedoch relativ gut erhalten. Da wir lediglich Leichenteile des Piloten fanden, ist davon auszugehen, dass er vor dem Absturz ermordet wurde. Passagiere befanden sich ansonsten nicht mehr an Bord. Ein Schafhirte sah allerdings aus der Ferne sechs Fallschirme zu Boden sinken. An vier Fallschirmen Menschen, an zweien Behälter, die der Hirte nicht genauer bestimmen konnte. Den weiteren Weg der Gruppe können wir bisher noch nicht genau nachvollziehen, da wir keine brauchbaren Spuren finden konnten. Unsere Helikopter sowie mehrere Aufklärungsflugzeuge fliegen die gesamte Gegend ab. Alle Menschen im Umland sind über die Anwesenheit dieser Feinde informiert. Sie werden sofort Meldung machen, falls ihnen etwas auffällt.«

Manger nickte. »Hauptsache ist, die Täter werden nicht gelyncht. Wir müssen dringend an Informationen über die Hintermänner kommen.«

»Gehen Sie bitte davon aus, dass unsere Bürger keine blutrünstigen Fanatiker sind. In unserem Land werden die rechtsstaatlichen Statuten sehr hoch geachtet. Was jedoch passieren kann ist, dass wir die Täter nach der Befragung durch Sie vor ein Scharia-Gericht stellen, da die Strafen in Deutschland doch eher lachhaft und mit unseren Grundsätzen nicht vereinbar sind.«

Sanders mischte sich ein: »Wie mit den Tätern verfahren wird, ist an dieser Stelle nicht zu entschei-

den. Das werden die betroffenen Regierungen untereinander klären. Wir würden uns dann gerne sofort
den Platz anschauen, an dem die Fallschirme gelandet
sind. Ich hoffe, Sie haben dies zumindest ungefähr
bestimmt. Die Unfallstelle werden wir nicht besichti-
gen. Sollten Ihre Leute dort etwas Interessantes finden, bitte ich jedoch um sofortige Benachrichtigung.«

Der Kommandant nickte freundlich aber distanziert und winkte einen Jeep heran. »Es ist nicht allzu
weit. Mein Fahrer wird Ihnen die besagten Plätze zeigen. Ich darf mich einstweilen empfehlen.«

Da der Fahrer neben dem marokkanischen Arabisch nur noch einige Berbersprachen sowie Französisch verstand, konnte Sanders offen mit den anderen
sprechen: »Also ich traue dem Kommandanten nicht
wirklich über den Weg. So wie er das deutsche
Rechtssystem beurteilt, wird er keinesfalls zulassen
wollen, dass die Gesuchten dorthin ausreisen können.
Marokko hat die Todesstrafe in der Praxis zwar nahezu abgeschafft aber eben nicht vollständig. Insofern
wird er ein Interesse daran haben, diese im Fall unserer Islamfeinde auch anzuwenden. Wenn er also die
Gefahr sieht, sein Ziel zu verfehlen, wird er mit Sicherheit anordnen, die Vier beim Zugriff zu erschießen.«

Katrin nickte. »Die Frage lautet, wie wir das verhindern wollen. Wir können uns keinesfalls auf dem
Staatsgebiet von Marokko gegen die Armee stellen.
Es wäre vielleicht am besten, wenn wir gleich unsere
Botschaften einschalten würden, damit sie beim Kö-
nig vorsprechen. Beziehungsweise ich rufe Sacher an,
der steht ja mit Innenminister de Munier in Kontakt.«

Knapp anderthalb Stunden später kamen sie am
vermuteten Landeplatz an. Katrin, die als Einzige

Französisch sprach, vereinbarte mit dem Fahrer, dass sie sich melden würden, sobald sie wieder abgeholt werden wollten. Sanders und Manger griffen sich derweil die beiden Rucksäcke, in denen sich neben Proviant auch alle für die Spurensuche benötigten Utensilien befanden.

Katrin schaute auf die Uhr. »Wir haben maximal noch eine Stunde Zeit, dann wird es vermutlich zu dunkel sein, um noch Spuren zu erkennen.«

Manger nickte zustimmend. »Ich würde vorschlagen, wir teilen uns auf. Ich schaue mir den Bach an, während ihr jeweils die beiden Uferseiten absucht. Sofern ihr damit einverstanden seid?«

»Können wir machen, aber wenn ich mir den Boden so ansehe, haben die Soldaten hier bereits jegliche Spuren zertrampelt.«

Tief gebeugt und mit bedächtigen Bewegungen gingen die Ermittler am Bach entlang, bis Manger nur fünfzehn Minuten später Meldung machte: »Hier ist der Bachboden durcheinandergewirbelt worden. Es sieht so aus, als sei etwas eingeschlagen. Vielleicht ist einer der Gruppe mit seinem Fallschirm im Bach gelandet. Die sind ja nicht alle erfahrene Springer.«

Katrin schaute sich den Boden in Mangers Richtung prüfend an. »Da sind auch Schleifspuren, wie wenn jemand einen anderen hinter sich hergezogen hätte. Sie führen dort hinten hin, unter den Felsvorsprung.«

Nachdem die Ermittler die dreißig Meter bis zum Felsvorsprung überwunden hatten, bestätigte Sanders Katrins Verdacht: »Hier ist ebenfalls etwas über den Boden gezogen worden. Sieht nach einem schweren Gegenstand aus. Vielleicht einer Kiste. Wie mag ihr weiterer Weg ausgesehen haben?«

Manger überlegte: »Die befinden sich in einer fremden Gegend, haben gegebenenfalls keinen oder nur wenig Proviant dabei und müssen schnellstmöglich von der Unfallstelle wegkommen, denn sie wissen, dass dort bald Suchtrupps eintreffen. Die Dörfer beziehungsweise auch die Stadt sind viel zu nah anbei, als dass keiner etwas von dem Absturz mitbekommen konnte. Außerdem sind Truppen in der Stadt stationiert, die auf diese geringe Entfernung nicht lange brauchen, um hier zu sein. Hier auf dem staubbedeckten Boden sollte das Quartett eigentlich weitere Fußspuren hinterlassen haben. Da ich dies aber nicht sehe, würde ich stark darauf tippen, dass sie auf dem Schotterstreifen am Bach entlang gegangen sind. Wenn ihr nichts gegen meine Theorie einzuwenden habt, sollten wir ihnen folgen.«

»Du hast recht«, antwortete Katrin.

Da auch Sanders nickte, schlugen die Ermittler den vermuteten Weg ein, wobei sie akribisch nach weiteren Hinweisen Ausschau hielten. Nach einiger Zeit kamen sie an eine Stelle, an der der Bach zwischen den steilen Felswänden hindurchfloss.

»Meint ihr, die sind durch das Wasser gelaufen?«, fragte Katrin.

Sanders schaute sich um. »Da ich keine anderen Spuren entdecken kann, ist dies zu vermuten. Das Wasser ist nicht allzu kalt und lediglich knietief, insofern sollten wir weitergehen. Es wird zwar bald dunkel, aber ich habe eine Lampe und drei Nachtsichtgeräte dabei. Die Zeit ist einfach zu knapp, um erst morgen weiter zu machen und wir müssen jeden Schritt von ihnen verfolgen, sonst jagen wir die noch ewig. Ich kann mir nicht vorstellen, dass die Marokkaner in der Lage sind, dieses riesige Gebiet so perfekt abzusperren, dass es keinerlei Durchkommen gibt.«

»Hauptsache uns beißt keine Giftschlange«, bemerkte Katrin mit zweifelndem Unterton.

»Die halten sich im Regelfall von Menschen fern.«

Während die Ermittler durch das strömende Wasser stapften, nahm die Dunkelheit in der Klamm ständig zu und bald darauf brauchten sie die Nachtsichtgeräte, um sich in der engen Schlucht zurechtzufinden.

Plötzlich hielt Katrin inne. Im grünlichen Licht ihres Nachtsichtgerätes zeichnete sich ein glänzender Gegenstand ab, der zwischen schroffen Felsspitzen aus dem Wasser ragte. »Wartet einmal, ich glaube, ich habe etwas gefunden.« Vorsichtig näherte sie sich der Stelle, zog eine metallene Kiste aus dem Wasser, öffnete diese und grinste danach über das ganze Gesicht. »Ich würde sagen, wir sind auf der richtigen Spur. Wer außer unseren Gesuchten hätte einen Grund hier Fallschirme zu versenken?«

Manger runzelte die Stirn. »Das heißt aber auch, wir müssen ab sofort äußerste Vorsicht walten lassen, denn die könnten sich hier irgendwo ein Versteck gesucht haben. Höhlen gibt es in diesem Gebirge genug. Wir sollten die marokkanische Armee um Verstärkung bitten.«

»Bin schon dabei«, antwortete Katrin.

Sanders wiegte den Kopf. »Okay, dann lasst mich ab sofort voran gehen. Ich habe einen Teleskopschlagstock dabei, den ich vorsichtig vor mir in das Wasser halten werde, denn wir wissen ja, dass der Attentäter gerne mit Sprengfallen hantiert.«

Nachdem Katrin eine Meldung an die marokkanische Armee abgesetzt hatte, folgten die Ermittler schweigend dem weiteren Flusslauf. Die Armee hatte ihr zugesagt, sofort Männer am Ausgang der Klamm zu postieren. Des Weiteren würde sich ein Spezialkommando über die Felswand zu ihnen abseilen, das den Zugriff mit schweren Waffen unterstützen sollte.

Zwei Minuten später hörten sie bereits den Helikopter, der das Kommando auf dem über ihnen aufragenden Felsen absetzte. In Windeseile begannen die Männer mit Akkubohrern Löcher in den Kalkstein zu bohren, in denen sie mit Bohrhaken ihre Kletterseile befestigten, die im nächsten Moment hinab in die Schlucht fielen und Sanders fast am Kopf trafen.

»Ein vorheriger Warnhinweis wäre nett gewesen«, kommentierte dieser verärgert, »aber wenigstens verdeckt das Rauschen des Bachs die Geräusche, wobei der Helikopter bereits ausgereicht haben dürfte, um unsere Gesuchten zu alarmieren.«

Der Helikopter war verdammt nah, überlegte der Attentäter, während er am Ausgang der Schlucht eine Sprengfalle installierte. Es war inzwischen komplett dunkel. Hatte die Armee ihren Standort bereits ausgemacht und ebenso wie er selbst die Dunkelheit abgewartet, um ihren Zugriff zu starten? Wenn dies der Fall war, musste er ab sofort seine Flucht allein organisieren. Es blieb keine Zeit, um auf seine Gefährten Rücksicht zu nehmen. Von der Stadt aus näherten sich mit hohem Tempo die Lichter eines Konvois. Demnach war die Sache entschieden. Viel Glück, Dave Janson, dachte der Attentäter, bevor er seinen Rucksack festzurrte und sich über einen kurzen Wasserfall hinab in den See gleiten ließ, wo er nahezu mit einem hellblonden Schopf zusammenprallte.

»Dr. Guggenhauer, was machen Sie hier?«

»Glauben Sie, ich bin so verrückt, mit Ducheman

und diesem Amerikaner in der Klamm zu bleiben? Da kriegen die uns doch sofort. Ich komme mit Ihnen. Meine hellblonden Haare kann ich unter dem Tuch verbergen, eine Waffe mit Ersatzmunition habe ich im Rucksack und selbst Sie haben nicht gemerkt, dass ich Ihnen gefolgt bin. Insofern werde ich keine Belastung für Sie darstellen. Kommen Sie, wir müssen uns beeilen. Wir müssen noch durch verschiedene Ortschaften, bis wir in Ouarzazate sind.«

Ebenso schnell wie Guggenhauer aufgetaucht war, tauchte sie nun mit langen Zügen in den See hinab und ließ den Attentäter verblüfft zurück, der sich jedoch gleich darauf anschickte ihr zu folgen.

Dave Janson war aufgebracht. Aus seiner langjährigen militärischen Erfahrung wusste er die Geräusche eines Helikopters zu deuten und er hatte soeben einen Helikopter gehört, der in der Luft gestanden haben musste. Das beutete nichts anderes, als das Einsatztruppen innerhalb des Canyons nach ihnen suchten. Der schlimmst anzunehmende Fall war eingetreten, er war auf sich allein gestellt. Darüber hinaus war Guggenhauer verschwunden, ohne dass er es bemerkt hatte. Ducheman schlief in der hinteren Ecke der Höhle und reagierte nicht im Geringsten auf die entfernten Geräusche. Doch letztlich erleichterte dies die Sache nur. Schnell griff er sich das verbliebene Scharfschützengewehr, löschte das durch eine Gaslampe verursachte Licht und ging in den hinteren Teil der Höhle. Noch nicht einmal in diesem Moment wachte Ducheman auf. Regungslos ging Janson neben ihm in die Hocke, hielt seine schallgedämpfte Walther an den Kopf des Franzosen und sorgte mit einem Zucken seines Zeigefingers dafür, dass Ducheman seinen Schlaf auf ewig fortsetzte. Doch der schwierige Teil folgte noch. Wie sollte er den von zwei Seiten heranrückenden Truppen entkommen? Vorsichtig schlich er zum Ausgang der Höhle und lauschte behutsam auf verdächtige Geräusche. Glücklicherweise verengte sich die Schlucht über ihm derart, dass er im Spagat zwischen den Felswänden hochklettern konnte. Die Soldaten schienen noch nicht in unmittelbarer Nähe zu sein. Die Frage lautete nur, ob sie ihm oberhalb der Schlucht auflauerten. Wobei dies letztlich nebensächlich war, denn ihm blieb ohnehin keine Wahl. Elegant zog er sich an dem vom Wasser ausgewaschenen Kalkstein in die Höhe und stützte sich dann mit gespreizten Beinen zwischen den beiden Felswänden ab. Die Dunkelheit erschwerte ihm das Klettern, doch seine Finger erspürten instinktiv die natürlichen Griffe im Gestein. Er wollte sich gerade weiter hinaufziehen, als eine ohrenbetäubende Explosion, gefolgt von schweren Erschütterungen sowie Schmerzensschreien durch die Schlucht hallte und ihn nahezu abstürzen ließ.

Immerhin, der Attentäter hat Wort gehalten und eine Sprengfalle installiert, konstatierte er in Gedanken. Er musste sich beeilen, sie waren nun ganz nah. Einen Griff nach dem anderen bewegte er sich wie eine Spinne an den Felswänden empor, die sich nach oben hin weiter verjüngten. Weit konnte es nicht mehr sein. Unter sich hörte er die Schritte der Soldaten im Bach.

»Verdammt«, fluchte Manger, »die Explosion war ganz in der Nähe.«

»Vermutlich eine Sprengfalle am anderen Ausgang der Klamm«, antwortete Katrin. »Aber schau, da ist eine Höhle.« Mit wenigen Handgriffen zog sie sich in den kreisrunden Höhleneingang und stellte nach kurzer Musterung fest, dass sie einen Treffer gelandet hatte. Neben einer Gaslampe, einem Gaskocher sowie einigen Konservendosen, lag im hinteren Teil der Höhle Ducheman, aus dessen Stirn ein hellrotes Rinnsal floss.

Katrin drehte sich um und rannte zum Höhleneingang. »Ducheman ist erschossen worden. Es muss gerade erst passiert sein. Die sind also noch in der Nähe.«

»Regardez, Regardez«, schrie einer der marokkanischen Soldaten und zeigte mit den Fingern nach oben.

»Nicht schießen, das ist Janson. Wir brauchen ihn lebend«, rief Katrin zurück, während sie sich bereits daran machte, dem Mann hinterher zu klettern.

»Verdammt, warum ist die immer so leichtsinnig«, schimpfte Manger und folgte ihr.

»Wir sind durch die Nachtsichtgeräte im Vorteil«, motivierte ihn eine schnaufende Katrin einen Moment später. »Er muss jeden Griff erfühlen. Wir sollten ihn gleich eingeholt haben.« In der Tat kamen die beiden Ermittler gut voran und hatten Janson an der Spitze der Wand nahezu eingeholt, aber nicht mit dessen entschiedener Gegenwehr gerechnet. Janson hatte sie aus der Schlucht heraus auf das steinige Hochplateau hinaufsteigen lassen, begrüßte sie aber sogleich mit mehreren Schüssen aus seiner Pistole.

Manger warf sich auf Katrin und drückte sie hinter einen Felsen. »Verdammt knapp. Hätte er besser gezielt, wären wir jetzt im Tode vereint.«

»Wir haben aber eine bessere Deckung. Vor uns sind gleich drei Felsbrocken, während er nur diesen abgestorbenen Baumstamm dort hinten als Deckung nutzen kann. Wenn wir uns abwechselnd Feuerschutz geben, sollten wir uns an ihn heranarbeiten können.«

»Okay, aber diesmal gehe ich zuerst.«

»Verdammt«, fluchte Janson, als er im fahlen Mondschein beobachtete, wie die beiden Agenten sich im Schutze von großen Felsbrocken Stück für Stück an ihn heranarbeiteten. Er blickte sich um. Dreißig Meter rechts hinter ihm, erhob sich eine weitere Steilwand aus der kargen Ebene. Es schien nur ein schmaler Felsvorsprung zu sein, konnte aber von der Höhe her überzeugen und sollte somit eine gute Deckung bieten. Ob dies reichte, um die beiden abzuschütteln wusste er nicht, aber er musste hier weg.

»Da er türmt«, schrie Katrin und machte sich daran Janson zu folgen. Abwechselnd bellten nun ihre Waffen hinter dem Flüchtigen her. Doch Janson war schnell und schlug immer wieder Haken, sodass ein Treffer schwer anzubringen war, zumal sie ihn nur verletzen durften und auf dem felsigen Grund achtgeben mussten, nicht selbst zu stürzen. Kurz darauf verschwand Janson hinter einem Felsvorsprung.

»Wir brauchen eine sichere Deckung, aus der wir ihn bearbeiten können«, rief Katrin Manger zu. »Zumindest bis die Marokkaner da sind.«

»Also ich sehe hier nichts, was uns da helfen würde. Wir werden wohl volles Risiko gehen und ihm folgen müssen.«

Janson war hinter dem Felsvorsprung angekommen, stellte jedoch fest, dass ihn seine Flucht das meiste der verbliebenen Munition gekostet hatte. Neben einem Magazin für seine Automatik verfügte er nur noch über das geladene Scharfschützengewehr. Er musste die beiden Agenten in eine Falle locken. Sein Blick glitt die Felswand hinauf, bis zu einem weiteren Höhleneingang, der sich fünfzehn Meter über ihm auftat und eine geringe jedoch machbare Chance bot.

Manger blickte Katrin fragend an. »Gefeuert hat er jetzt nicht mehr. Ob der hinter dem Felsvorsprung auf uns lauert?«

»Keine Ahnung, aber wir haben ohnehin keine richtige Deckung, also können wir auch gleich nachschauen gehen. Wir pirschen uns von dieser Seite an die Felswand ran. Dann schwingen wir uns um die Kante herum und feuern, was das Zeug hält, oder hast du eine bessere Idee?«

»Du machst das. Ich nähere mich dem Felsvorsprung großräumiger. Dann kann ich ihn auch unter Feuer nehmen, falls er sich bereits von dem Felsvorsprung wegbewegt hat.«

»Okay, aber sei vorsichtig.«

Manger hatte soeben in einem großen Kreis die Kante des Felsvorsprungs umrundet, als eine Kugel seine Schulter knapp neben seinem Hals streifte. Präziser hätte der Schuss nicht sein dürfen. Sofort rollte sich Manger über den Boden ab. Er war sich bewusst, dass er keinerlei Deckung besaß und Janson von einer erhöhten Position aus feuerte. Doch Katrin positionierte sich sofort an der äußersten Ecke des Felsvorsprungs und nahm ihrerseits Janson unter Feuer, was Manger die Gelegenheit bot neben ihr in Deckung zu gehen.

»Er ist dort oben offenbar in eine weitere Höhle geklettert«, keuchte Manger, als er sie erreichte.

»Für uns ist das ideal. Im Prinzip brauchen wir

nur auf die Marokkaner warten, um ihn dann zu belagern, bis er freiwillig rauskommt oder ihm die Munition ausgeht.«

Die beiden waren so auf den Höhleneingang fixiert, dass sie nicht mitbekamen, dass der Kommandant der marokkanischen Einsatzkräfte hinter ihnen stand, der mit einer Kolonne aus vier Panzerfahrzeugen eingetroffen war, die nun den Höhleneingang unter Feuer nahmen.

Der Kommandant räusperte sich. »Ganz so einfach ist es leider nicht, Frau Pfeiffer, da oben befindet sich ein ganzes System aus Höhlen mit unzähligen Ausstiegsmöglichkeiten. Selbst wir kennen nicht alle, aber es geht hoch bis fast zum Gipfel.«

»Dann bleibt uns keine Wahl, wir müssen da rein.«

»Die Panzer werden Ihnen Feuerschutz geben und Sie bekommen eine Einheit von zwölf Mann als Unterstützung.«

Per Strickleiter waren die fünfzehn Meter bis zum Höhleneingang in kürzester Zeit überwunden. Im Inneren der Höhle konnten selbst die Nachtsichtgeräte das Restlicht kaum so verstärken, dass etwas sichtbar wurde, doch die Soldaten kannten die Höhlen wie ihre Westentasche.

»Wie soll Janson sich hier ohne Lampe und Nachtsichtgerät zurechtfinden?«, fragte Katrin.

»Gegebenenfalls hat er eine Lampe dabei und wollte sie nur draußen nicht einsetzen«, antwortete Manger, während sie über die glitschigen Steine kletterten. »Aber vielleicht ist er auch nicht so tief hineingegangen. Weit kann er auf jeden Fall noch nicht sein.«

Schnell fanden sie die ersten Ausgänge, doch von

Janson fehlte jede Spur. Als Katrin sich jedoch einem weiteren Ausstieg auf eine Bergweide näherte, regte sich neben ihr etwas in der Dunkelheit. Blitzschnell fuhr Katrin mit gezogener Waffe herum, um sofort wieder zurückzuschrecken. Aus ängstlichen Augen musterte sie ein kleiner Junge.

»Da raus«, sagte er leise auf Französisch. Langsam näherte sich Katrin dem Ausgang und ging in die Hocke, um vorsichtig hinauszuspähen. Doch darauf hatte ihr Gegner gewartet. Zwei kräftige Hände zogen sie aus der Höhle heraus, auf eine Geröll übersäte Hochweide. Die eine Hand hielt sie um die Taille, die andere presste ihren Hals zusammen, wie in einer Schraubzwinge.

»Halt ja still«, zischelte Janson, »ich brauche nur zuzudrücken und du bist tot.«

Janson zog Katrin rückwärtslaufend von der Höhle weg.

Manger stürzte aus der Höhle und folgte Janson mit an beiden Händen ausgestreckter Waffe. »Lass sie los. Das hat doch keinen Sinn. Auch mit einer Geisel, kommst du hier nicht mehr raus. Du bekommst auf jeden Fall eine faire Verhandlung in Deutschland, das verspreche ich dir.«

»Das interessiert mich nicht. Ich will ein Fahrzeug. Sofort. Einen Geländewagen. Ich will, dass in Ouarzazate ein Flugzeug bereitsteht. Ich will…«

Janson stockte, denn Manger senkte seine Waffe und grinste ihn an. »Du willst vor allen Dingen aufgeben. Schau dich mal um.« Janson fuhr herum und blickte in die grimmigen Gesichter eines ganzen Dutzends in Landestracht gekleideter Berber, die ihn aus zusammengekniffenen Augen über die Kimme ihrer langen Gewehre hinweg musterten.

»Du bist der, der Muslime tötet«, knurrte ein Mann mit blauem Turban, in gebrochenem Deutsch.

»Zurück. Oder ich töte sie«, fuhr es aus Janson heraus, doch in den Gesichtern der Männer sah er nur blanken Hass und es wurde ihm bewusst, dass das Leben der Frau für sie keinerlei Rolle spielen würde. Müde stieß er Katrin weg, riss seine Walther hoch und nahm mit den Worten, »Deus lo vult«, noch zwei Mann mit in den Tod.

»Verdammt«, fluchte Katrin, »zwei unserer Zeugen sind schon tot. Wenn wir wieder mit leeren Händen nach Deutschland zurückkehren, zerreißt uns Sacher in der Luft.«

»Sanders ist glaube ich mit den anderen auf der Spur des Attentäters. Ich rufe ihn an, dann fliegen wir hinterher. Die Marokkaner werden uns mit Sicherheit dorthin bringen.«
Nach kurzem Telefonat, wandte sich Manger an die bisher regungslos dastehenden Soldaten: »Quelqu'un parle-t allemande d'entre eux?«

»Ja, ich spreche deutsch. Ich bin in Deutschland geboren«, antwortete einer der Männer.

»Tragen Sie doch bitte Sorge dafür, dass die Leichname der beiden Männer zur Überführung nach Deutschland an den Flughafen verfrachtet werden. Uns können Sie bitte auf dem schnellsten Wege mit nach Ouarzazate nehmen. Unser Kollege Herr Sanders ermittelt gerade, ob der Attentäter dort versucht an ein Fahrzeug zu kommen, während Ihre Truppen die Ortschaften ringsum durchforsten.«

Der Soldat besprach sich kurz mit seinem Vorgesetzten. »Wir nehmen Sie im Hubschrauber mit. Die Leichen werden in spätestens zwei Stunden am Flughafen sein.«

Der Attentäter war erleichtert. Die Lage schien ernst aber nicht hoffnungslos. Guggenhauer hatte sich nicht nur als erstaunlich leistungsfähig, sondern auch als sehr nützlich erwiesen. Zunächst waren sie durch den letzten Teil des Flusses Dadès getaucht, wobei sie kaum langsamer oder kürzer tauchte als er. Dann war ihr am Ufer einer der Flussoasen in der Nähe eines Dorfes ein Kanu aufgefallen, welches sie ohne sein Zutun entwendete und das ihnen auf dem letzten Stück in Richtung des großen Stausees El Mansour Eddahbi gute Dienste geleistet hatte. Bedauerlicherweise wurde dort jedoch die Anzahl der Helikopter so hoch, dass ihnen nichts anderes übriggeblieben war, als das Boot am Ufer zu vertäuen und den Rest der Strecke bis zu einer Ferienanlage zu schwimmen. Kurze Zeit später half ihnen das blanke Glück. In unmittelbarer Nähe der Anlage stand der Lkw eines Arbeitsbekleidungsservice aus Marrakesch.

Zunächst hatte der Attentäter geflucht, als der Fahrer sie entdeckte, und wollte diesen gerade umbringen, doch der Mann hob beschwichtigend die Hände. »Ihr braucht keine Angst vor mir zu haben. Ich bin Kopte. Ich hasse die Muslime genauso sehr wie ihr. Permanent schikanieren sie uns, verprügeln uns oder töten sogar meine Brüder und Schwestern. Glücklicherweise läuft es für mich hier in Marokko besser, als in meiner Heimat Ägypten. Aber das liegt hauptsächlich daran, dass hier keiner weiß, welcher Religion ich angehöre. Passt auf, ich habe den ganzen Lkw voller Arbeitskleidung für das Personal der Ferienanlage. Tauscht eure nassen Klamotten gegen passende Kleidungsstücke aus, legt eure nassen Rucksäcke bei mir im Führerhaus unter den Sitz und dann ab auf die Ladefläche. Ich lade aus und lade die zur Reinigung vorgesehenen Bekleidungen vom Hotel ein. Ich bin noch nie ernsthaft kontrolliert worden. Insofern solltet ihr bei mir im Lkw sicher sein. Ihr müsst mir nur sagen, wo ich euch rauslassen soll. Wollt ihr nach Marrakesch?«

»Ja. In Marrakesch können sie uns herauslassen. Ich vertraue Ihnen zunächst einmal.«

»Das trifft sich gut, dann brauche ich keinen großen Umweg zu fahren.«

Das Ab- und Aufladen hatte keine halbe Stunde in Anspruch genommen und der Mann war sogar noch so freundlich gewesen im Restaurant der Hotelanlage zwei große Portionen Tajine mit Huhn sowie Salat, Couscous und Fladenbrot für sie zu kaufen. Nun saßen die beiden hinter einem Berg von Wäscheballen im Laderaum des ruckelnden LKW, der sich auf die gebirgige Route in Richtung des zweihundert Kilometer entfernten Marrakesch begab.

Obwohl sie durch die Anstrengung unter entsetzlichem Hunger litten, befahl der Attentäter seiner Begleiterin die Lunchboxen noch nicht zu öffnen. »Sie werden uns sicherlich bald kontrollieren. Es stehen zwar Hunderte Wäscheballen vor uns, aber es wäre zu gefährlich uns durch den frischen Essensgeruch zu verraten. Ich hoffe, wir können dem Mann vertrauen.«

Eine Viertelstunde später war es soweit. Der Lkw bremste abrupt ab und die hintere Ladeklappe wurde aufgerissen. Der Attentäter hörte, wie ein Mann mit schweren Militärstiefeln einstieg und sah das Licht einer Taschenlampe über die Wäscheballen gleiten. Blitzschnell drückte er Guggenhauer zu Boden und zog zwei Wäscheballen über sie. Der kontrollierende Soldat zog seinerseits einige der Wäscheballen heraus, um noch tiefer in den Lkw hineinspähen zu können, schien den Inhalt jedoch bald darauf als unverdächtig zu beurteilen. Nachdem die Ladeklappe wieder geschlossen worden war und die ruckelnde Fahrt weiterging, machten sich die beiden mit Heißhunger über ihre Lunchpakete her.

Die weitere Fahrt fiel ruhig aus und wurde nur durch einige Stopps an Mautstationen unterbrochen, woraufhin sie bereits nach kurzer Zeit in tiefem Schlaf versanken.

Manger und Katrin landeten soeben in Ouarzazate, als ihnen Sanders bereits heftig winkend entgegenkam. »Wir haben keinerlei Spur von ihnen, obwohl die Suche intensiviert wurde. Es liegt inzwischen jedoch die Information vor, dass das Frachtflugzeug Möbel für einen in Marrakesch lebenden amerikanischen Millionär geladen hatte. Die Adresse habe ich. Außerdem lieferten mir die Franzosen die Information, dass gestern, von dem Telefonanschluss der Villa in Cuges le Pins mit dieser Adresse telefoniert wurde. Der Mann heißt John Madows und ist offensichtlich mit Immobilien reich geworden. Da die Marokkaner hier vor Ort die Suche ausdehnen, können wir diesem Herrn mal einen Besuch abstatten. Vielleicht gehört der auch zu dieser Gruppierung und dient den beiden als Anlaufstelle.«

Eine Stunde später schwebten die Ermittler mit ihrem Helikopter über Marrakesch. Die Straßen der Millionenstadt waren trotz der späten Nachtzeit taghell erleuchtet und noch immer zogen zahlreiche Menschen in die Diskotheken und Bars der Metropole, die auch nachts niemals schlief.

John Madows Villa lag außerhalb der Stadt inmitten eines Palmenhains und war aufgrund tausender Strahler, die das Anwesen in ein mystisches Lichtermeer aus bunten Farben tauchten, schon von Weitem zu sehen. Das von Wasserlandschaften und Gärten verschiedenster Form und Gestaltung umrandete Haupthaus bestand aus einem mit orientalischer Ornamentik geschmückten Hauptschiff, das zwei versetzt stehende Anbauten flankierten. Vor dem zwei Stockwerke hohen Eingangsportal thronte ein in allen Farben funkelnder Springbrunnen, aus dem fünf Fontänen bis zu vier Meter in den Himmel stiegen.

»Ziemlich protzige Mischung aus traditioneller orientalischer Architektur und typisch amerikanischem Kitsch«, urteilte Manger.

»Es erinnert etwas an einen Filmset«, ergänzte Sanders, während sie auf dem von Strahlern umrandeten Helikopterlandeplatz aufsetzten. Bevor sie sich auf den Weg machten, bat Sanders den Helikopterpiloten zum Flughafen Marrakesch zu fliegen und dort zu warten, damit die beiden Flüchtigen nicht durch den Militärhubschrauber gewarnt wurden, falls seine Theorie stimmte und sie die Villa von Madows aufsuchen würden.

Auf dem Weg zum Eingangsportal kamen ihnen mehrere Sicherheitsleute mit gezogenen Waffen entgegen. Sanders blieb jedoch gelassen, zog seinen CIA-Ausweis hervor und wies die Männer mit autoritärer Stimme an, sie sofort zum Eigentümer des Anwesens zu bringen.

Doch auch der hünenhafte Chef der Sicherheitsleute blieb gelassen. »Mister Madows wünscht um diese Zeit nicht gestört zu werden.«

»Passen Sie mal auf«, entfuhr es Katrin, »Sie scheinen offensichtlich unsere Ausweise nicht zu kennen. Uns ist es vollkommen wurscht, wer wann gestört werden will. Wir legen die Zeiten fest, wann wir wo auftauchen. Und wenn Sie nicht wollen, dass ich dieses Anwesen von der marokkanischen Armee mit Panzern niederbügeln lasse, sollten Sie jetzt ganz schnell die Beine in die Hand nehmen und Ihren Chef wecken. Also vorwärts.«

»Entschuldigung, ich wollte doch nur…«, erwiderte der Sicherheitschef verunsichert, aber Katrin stapfte bereits langen Schrittes in Richtung des goldverzierten Eingangsportals, sodass dem Hünen nichts anderes übrig blieb, als sich zu beeilen, um vor ihr an der Pforte zu sein.

Zehn Minuten später warteten die drei Ermittler in einem rechteckigen, weißen Innenhof, der an allen Ecken von hoch aufschießenden Zitrusbäumen und Kletterrosen gerahmt wurde. In der Mitte befand sich ein länglicher Wasserbassin, den zu beiden Frontseiten, lodernde runde Feuerstellen begrenzten, die man in den Boden eingelassen hatte. Die Möblierung bestand auf der einen Seite aus ausladenden weißen Polstermöbeln und auf der anderen Seite aus einer langen Tafel aus poliertem Palisander, die perfekt zu der vor Kopf platzierten kreisrunden Bar passte. Ähnlich wie in einem Kloster, trennten zwiebelförmige Bögen mit orientalischen Verzierungen den Innenhof von einem über drei Etagen führenden Kreuzgang, von dem aus auf Hochglanz polierte Edelholztüren in die einzelnen Räume des Hauses führten. Insgesamt spiegelte jedes Detail, den Reichtum und das Verlangen nach Luxus wieder, das John Madows zu charakterisieren schien.

Madows trat zehn Minuten später, gefolgt von seinem Sicherheitschef in Erscheinung.

»Guten Abend, entschuldigen Sie die Wartezeit. Ich hoffe, man hat Ihnen bereits etwas angeboten«, begrüßte sie der Endfünfziger mit strahlendem Lächeln, das hauptsächlich Katrin galt.

Nachdenklich musterte Katrin den Millionär. Der Mann in dunklem Abendanzug mit silberner Krawatte, die perfekt zu den schulterlangen silbernen Haaren passte, schaute sie aus seinen stahlblauen Augen mit unverhohlenem Interesse an. Gehörte das zu seinem Auftreten oder sah er in ihr das schwächste Glied des Ermittlerteams?

»Guten Abend«, erwiderte sie distanziert, »man hat uns bisher noch nichts angeboten, aber ich nehme gerne eine Zitronenlimonade.«

»Selbstverständlich sofort, meine Liebe«, erwiderte Madows und nahm auf einem der Polstermöbel Platz, wobei er mit der Hand andeutete, dass die Ermittler es ihm gleichtun sollten.

Nachdem kurz darauf ein Diener eine Karaffe mit geeister Zitronenlimonade und für Madows ein großes Glas Bourbon gebracht hatte, lehnte sich Madows leger zurück und schaute Katrin fragend an. »Nun, was kann ich in so später Nacht für die Herrschaften tun?«

»Sie könnten uns erklären, in welcher Verbindung Sie zu einem antiislamischen Terrornetzwerk stehen.«

»Mit Terrornetzwerken habe ich nichts am Hut. Ich pflege mit meinen Mitmenschen unabhängig von ihrer Religion oder Rasse in Frieden zusammenzuleben. Übrigens habe ich den größten Teil meines Vermögens mit Immobilien in muslimischen Ländern verdient, plane dort weiteres Geld zu verdienen und lebe seit Jahren glücklich und zufrieden hier in Marrakesch. Sie können mir gerne glauben, ich würde alles tun, aber nichts was meine muslimischen Freunde zur Wut reizt.«

»Wir konnten einen Anruf aus einer Villa an der Cote d'azur bis hierhin zurückverfolgen. Sie wurden gestern Abend von einem von uns gesuchten Terroristen angerufen. Im Anschluss an diesen Anruf sind mehrere Terroristen über den Flughafen Le Castellet nach Catania geflohen, um von dort aus wiederum in einem Frachtflugzeug weiterzufliegen, das Möbel zu diesem Anwesen nach Marrakesch liefern sollte. Die gesuchten Personen brachten das Flugzeug über dem Atlasgebirge zum Absturz, wobei sie den Piloten töteten. Sie können mir nicht erzählen, Sie hätten von alledem nichts mitbekommen. Also tischen Sie uns hier gefälligst keine Lügen auf.«

»Meine Liebe, beruhigen Sie sich. Ich lüge mitnichten. Gestern Abend rief mich mein ehemaliger Sergeant Dave Jefferson an, den Sie unter dem Namen Dave Janson suchen. Sie müssen wissen, ich war in der ersten Phase meines Lebens Cournel bei den US Navy Seals. Jefferson war damals einer meiner Sergeants. Ein guter Mann und einer meiner absoluten Lieblinge. Er rief mich also gestern Abend an und fragte mich, ob ich in den letzten Tagen die Nachrichten verfolgt hätte. Ich verneinte, denn ich widmete mich über den Zeitraum der letzten zwei Wochen, in einem Kloster im Allgäu, abgeschottet von jeglicher Außenwelt, meiner Gesundheit. Meine Sicherheitsleute, mein Arzt inklusive seines Teams und selbstverständlich alle dort wohnenden Nonnen können Ihnen bestätigen, dass ich mich ausschließlich dort aufhielt und erst gestern Abend wieder hierher zurückgekehrt bin. Ich gebe Ihnen das Hotelprospekt des Klosters, dann können Sie dort, wenn Sie wollen, gleich anrufen. Auf jeden Fall erzählte Jefferson mir, er und seine Begleiter müssten vor der Mafia fliehen. Außerdem würde man ihn zu Unrecht eines schweren Verbrechens beschuldigen. Er brauche dringend für einige Tage einen Unterschlupf, um sich selbst und seine Begleiter zu verstecken, damit er die Angelegenheit klären könne. Ich habe dem Jungen immer vertraut und so sagte ich ihm meine Hilfe zu. Es passte gut, weil ich mir ohnehin Möbel liefern ließ, sodass er sich somit lediglich rüber nach Catania schlagen musste. Ich war dann ehrlich gesagt geschockt, als ich heute die Nachricht bekam, unter welchen Umständen meine Frachtmaschine abgestürzt ist. Ich habe mich dementsprechend unmittelbar über die Hintergründe erkundigt, wobei ich feststellen musste, dass Jefferson per Phantombild gesucht wurde und warum. Selbstverständlich machte ich mir sofort Vorwürfe, aber ich wusste ehrlich gesagt persönlich nicht, wie ich die Angelegenheit regeln sollte. Heute Nachmittag entschied ich dann gemeinsam mit meinem Sicherheitsteam, dass falls diese Personen hier auftauchen sollten, wir den Zugriff selbst durchführen und danach die Sicherheitsbehörden informieren. Deshalb trat mein Sicherheitsteam Ihnen auch so vehement entgegen, als Sie vorhin auftauchten. Es muss Ihnen doch klar sein, dass es keineswegs in meinem Interesse liegen kann, in negativer Weise mit dieser Angelegenheit in Verbindung gebracht zu werden.«

»Nun, diese Geschichte müssen wir Ihnen natürlich jetzt erst einmal glauben. Dave Janson oder Jefferson ist übrigens tot. Er befand sich in einer für ihn ausweglosen Situation und beging dann mit einem Verzweiflungsangriff Selbstmord. Zwei Personen sind noch auf der Flucht. Haben die sich bei Ihnen gemeldet?«

»Bisher nicht. Falls doch, biete ich Ihnen selbstredend meine vollständige Kooperation bei Ihrem Zugriff an. Es ist für mich an sich unbegreiflich. Jefferson diente im Irak unter meinem Kommando und war erschrocken über die Brutalität des damaligen Regimes. Er hat vielen muslimischen Familien geholfen. Wir bauten Brunnen, Schulen und verteilten sogar Nahrungsmittel. Er verstand sich meiner Erinnerung nach ausgesprochen gut mit den Muslimen. Okay, ich verließ dann die Army und Jefferson ging nach Afghanistan. Irgendetwas muss dort mit ihm passiert sein, dass er sich derartig extremisiert hat. Ich hätte es niemals für möglich gehalten, dass er sich auf die Seite von solchen Spinnern stellen könnte. Aber sei es drum, wie kann ich Ihnen bei Ihrer Fahndung behilflich sein?«

»Bei der Fahndung direkt, können Sie sicherlich nicht behilflich sein, aber falls die sich melden, könnten Sie bitte den beiden anbieten, trotz des Todes von Jefferson, bei Ihnen Unterschlupf zu bekommen.«

»Halten Sie das für möglich? Immerhin muss den verbliebenen Flüchtigen klar sein, dass man die abgestürzte Maschine zu mir zurückverfolgen kann. Somit müssten die hier mit einem Zugriff rechnen.«

»Sagen wir einmal, es könnte sein. Letztlich sind die beiden in einer verzweifelten Situation. Sie können sich hier an niemanden wenden. Von Ihnen wissen sie und es ist die Frage, ob Jefferson denen gesagt hat, welche Geschichte er sich für Sie ausgedacht hatte. Also falls die sich melden, sollten Sie bitte den absoluten Islamgegner spielen.«

»Okay, wenn Sie dies von mir verlangen, will ich es tun. Haben Sie derweil anderweitig zu tun oder darf ich Sie auf ein spätes Nachtmahl einladen? Sie drei wirken sehr abgekämpft.«

Katrin schaute Manger und Sanders fragend an, doch Sanders übernahm bereits die Antwort: »Also, ich für meinen Teil, würde die Einladung gerne annehmen.«

»Dann sage ich kurz der Küche Bescheid.«

Als Madows den Raum verlassen hatte, wandte sich Katrin an Sanders: »Glaubst du ihm oder willst du ihn noch erforschen, dass wir jetzt hier essen?«

»Sowohl als auch. Ich habe inzwischen aus Langley ein Kurzdossier über ihn auf mein Smartphone geschickt bekommen. Laut diesem Dossier ist er in seiner Militärzeit mehrfach ausgezeichnet worden. Vor allem für verantwortungsvollen Umgang mit eigenen Soldaten aber auch Einheimischen und Gefangenen. Er wies im Irak bereits frühzeitig auf Missstände und die Folter von Unschuldigen im Gefängnis von Abu-Ghuraib hin. Sicherlich ein Verbrechen, das an Unrühmlichkeit nicht zu überbieten ist und zeigt, dass wir Amerikaner uns nicht davon freisprechen können, dass zuweilen so mancher hasserfüllte Vollidiot in unseren Diensten und unserer Regierung zu finden ist. Auf jeden Fall kümmerte man sich um die Aussage von Madows einen Dreck, sodass er der Army enttäuscht den Rücken kehrte. Sein guter Name, den er sich durch die anständige Behandlung von Muslimen erworben hat, dürfte ihm allerdings später zu den guten Geschäften mit den Muslimen verholfen haben. Dennoch, sicher können wir uns nicht sein. Insofern lasst uns ihn beim Essen noch etwas bearbeiten. Ich werde mir inzwischen ein weiteres Dossier zu diesem Dave Jefferson anfordern. Das wird vermutlich relativ schnell eintreffen, wenn er bei den Navy

Seals war.«

Manger, der sich einige Schritte entfernt hatte, steckte sein Handy in die Tasche. »Ich habe gerade mit Schwester Barbara telefoniert. Sie ist Oberin in dem von Madows angegebenen Kloster. Sie konnte Madows Geschichte bestätigen. Er verzichtete zwei Wochen komplett auf jegliche Kommunikation und hielt sich ausschließlich auf dem Gelände des Klosters auf. Da wir wissen, dass sich die Truppe in dieser Zeit mindestens einmal in Berlin traf, kann er an sich nichts mit der Geschichte zu tun haben.«

Wenige Hundert Meter entfernt, spähte der Attentäter durch sein nachttaugliches Fernglas und ließ den Blick langsam über das Grundstück von Madows gleiten. Es war nichts Verdächtiges zu erkennen.

Ist dies noch die ersehnte Rettung? , fragte er sich. Das Flugzeug würde die Ermittler definitiv hierhin führen. Er blickte neben sich, auf die am Boden kauernde Österreicherin. Was sollte er tun? Sie töten? Er hatte es sich eigentlich vorgenommen, denn sie konnte nicht noch eine Nacht ohne Schlaf durchstehen, vor allen Dingen nicht nach den heutigen Strapazen. Außerdem verfügten sie über keinerlei schützende Kleidung. Ihre Kleidung in den Rucksäcken war nach wie vor nass. Ein Umstand, der die in der Nacht rapide absinkenden Temperaturen unerträglich machen würde. Wenigstens trugen sie noch die Arbeitskleidung, die ihnen der Kopte gegeben hatte und darüber die langen Regenjacken aus der Villa in Frankreich, aber das reichte nicht für eine weitere erfolgreiche Flucht. Der Kopte konnte beziehungsweise wollte ihnen nicht weiterhelfen.

»Also bis hierhin habe ich euch jetzt mitgenommen, aber weiter geht es nicht. Das wird mir dann auch zu gefährlich. Die massakrieren mich, wenn die das herausfinden«, hatte er gesagt. Immerhin, allein auf eine solche Hilfe zu treffen, war pures Glück gewesen. Aber wie ging es jetzt weiter? Alles in seinem Inneren sagte ihm, er solle seine Glock an Guggenhauers Kopf halten und abdrücken. Alleine konnte ihm die Flucht gelingen. Aber eine wehrlose Frau töten? Eine Frau, die ihm bis hierhin, durch ihre Hartnäckigkeit imponiert hatte? Eine Frau, von Angesicht zu Angesicht? Wenn bei einer seiner Militäraktionen eine Frau ums Leben gekommen war, dann hatte er es nie mit ansehen müssen. Er war stets schon weit entfernt gewesen, wenn die Bomben hochgingen. Das war anonym, aber zu Guggenhauer hatte er eine persönliche Beziehung aufgebaut. Die Frage lautete, was er wollte. Seine eigene Sicherheit für diese Frau riskieren oder weiter mit ungewissem Ausgang flüchten? Wenn er sie einfach alleine ließ und sie geschnappt würde, wäre vermutlich ihre Enttäuschung über ihn so groß, dass sie ihnen alles erzählte, auch den Standort, an dem er sie verlassen hatte. Sein Vorsprung wäre zu gering, um nicht gefasst zu werden. Sei es wie es sei, dachte er, die Zeit der Entscheidung ist gekommen. Seine eigenen Kräfte würden auf die Dauer auch schwinden und es war nur eine Frage der Zeit, bis man ihn fassen würde.

Er griff in seine Tasche und gab Guggenhauer sein Handy. »Rufen Sie Madows an und fragen Sie ihn, ob sein Hilfsangebot noch steht und ob wir es gefahrlos wahrnehmen können. Die Nummer hat mir Janson eingespeichert. Fragen Sie Madows danach, ob die Ermittler schon bei ihm waren. Ich werde zuhören. Im Regelfall erkenne ich am Klang einer Stimme, ob man mich belügt. Vor allem, wenn jemand unter Stress steht. Janson sagte mir, dass der Mann genauso islamfeindlich ist, wie er selbst. Fragen Sie ihn auch danach. Ich will wissen, mit wem ich es zu tun habe.« Guggenhauer nickte wortlos und wählte die Nummer.

Im Inneren des Hauses ließen sich die Ermittler ihre großzügigen Portionen Wildlachs an grünem Spargel schmecken. Das Gespräch entwickelte sich zwanglos und skizzierte Madows Werdegang nach seiner Militärlaufbahn. Es stellte sich heraus, dass Madows tatsächlich die meisten seiner Geschäfte guten Kontakten zu muslimischen Herrschern verdankte, die er infolge des zweiten Irakkrieges mit seinen Ideen begeistert und als Investoren an seinen größten Deals beteiligt hatte. Innerhalb der ersten fünf Jahre seines Schaffens hatte er bereits ein Nettovermögen von über einhundert Millionen Dollar aufgehäuft und es inzwischen auf über neunhundert Millionen ausgebaut. Madows schien absolut nicht bescheiden darum zu sein, ihnen jedes einzelne Detail seiner Erfolgsgeschichte mitzuteilen, wobei er ihnen eifrig Tipps gab, wie man es ihm gleichtun könne.

Der Amerikaner goss sich gerade ein Glas Cabernet Sauvignon ein und lehnte sich genüsslich in seinem Stuhl zurück, als sein Handy klingelte, welches er daraufhin, zu Katrins Überraschung, unverwandt auf Laut stellte, bevor er das Gespräch annahm. »Madows.«

»Entschuldigen Sie bitte die späte Störung. Mein Name ist Ivana Guggenhauer. Herr Madows, Sie sagten gestern einem gemeinsamen Freund Ihre Hilfe zu. Da dieser Freund nicht mehr an unserer Seite ist, wollte ich fragen, ob Ihr Angebot nach wie vor Gültigkeit besitzt?«

»Selbstverständlich gilt mein Angebot noch. Mein Angebot galt allen, die gegen die diktatorischen Bestrebungen des Islams und für die Freiheit der Welt kämpfen. Wenn diese Definition auf Sie zutreffend ist, werde ich Ihnen helfen.«

»Sie ist zutreffend. Waren oder sind Ermittler der deutschen oder der marokkanischen Dienste bei Ihnen?«

»Zwei Deutsche und ein Amerikaner waren da. Sie haben mich bezüglich des Flugzeugabsturzes verhört, zu dem ich ihnen natürlich keine Auskunft geben konnte. Außerdem fragten sie mich, ob ich Mitglied einer Terrorgruppierung sei oder eine solche Gruppierung unterstütze, woraufhin ich mit Begründung verneinte und ihnen für die zurückliegenden Wochen ein perfektes Alibi anbot. Insofern sind sie wieder abgezogen. Ich weiß natürlich nicht, ob sie mein Anwesen observieren oder dieses Telefonat inzwischen abgehört wird. Das wäre dann Ihr Problem. Ich kann Ihnen ohnehin nur mit einer sicheren Nachtstätte und Verpflegung dienen. Wie Sie hierhin kommen und auf meinen Grund und Boden gelangen, müssen Sie sich überlegen. Wobei Sie mich wissen lassen sollten, wenn Sie Hilfe benötigen.«

»Wie lange ist es her, dass die Ermittler bei Ihnen waren?«

»Eine gute Stunde. Sie kamen mit einem Helikopter der marokkanischen Armee. Ich konnte sehen, wie dieser wieder abhob. Der Helikopterlandeplatz befindet sich vor dem Haupteingang meines Anwesens.«

»Verfügt Ihr Anwesen über Nebeneingänge?«

»Ja, auf der Rückseite des Anwesens, zum Golfplatz hin, gibt es einen unscheinbaren Eingang. Bloß eine einfache Holztür, von innen selbstverständlich stahlgepanzert, versteht sich.«

»Sonst gibt es keine Möglichkeit das Grundstück zu betreten beziehungsweise zu verlassen, was für uns von gleicher Wichtigkeit wäre?«

»Offiziell gibt es nur diese beiden Eingänge. Die Mauer, die das Anwesen umfasst, ist auf gesamter Länge schwer gesichert. Da sollten Sie besser nicht versuchen drüber zu klettern, außer ich würde vorher sämtliche Sicherheitsmaßnahmen ausschalten, was ich definitiv nicht tun werde. Aus meinem Haus heraus führt jedoch ein geheimer Fluchttunnel, der für meine persönliche Evakuierung gedacht ist, falls beispielsweise politische Unruhen aufkommen sollten. Bei einem Zugriff seitens der Sicherheitskräfte könnten Sie diesen nutzen. Ich kann mich nur wiederholen, ich biete Ihnen lediglich für einige Tage einen sicheren Unterschlupf an. Der Rest ist Ihr Problem. Sie müssen entscheiden, ob Sie das Angebot annehmen oder nicht. Sagen Sie mir bloß, ob Sie zur Vordertür oder zur Hintertür hereinwollen, dann lasse ich diese öffnen.«

Guggenhauer legte das Handy einen Moment beiseite und blickte den Attentäter fragend an. »Meinen Sie, wir können ihm vertrauen?«

»Ich denke, ja. Er bietet uns immerhin die Alternative an, uns einen anderen Fluchtweg zu suchen. Ihm scheint es egal zu sein, ob wir seine Hilfe wollen. Wir können jedoch nicht einfach auf das Grundstück laufen. Falls sie ihn wirklich observieren, wäre das unser Untergang. Er soll uns einen Wagen schicken, der uns abholt. Ich will aber die Möglichkeit haben, den Wagen zu identifizieren.«

Guggenhauer griff erneut zum Handy. »Schicken

Sie uns bitte einen Wagen. Der Fahrer soll knapp fünfhundert Meter westlich von Ihrem Anwesen am Straßenrand warten, bis wir die Lage gecheckt haben. Ich brauche allerdings Fahrzeugtyp und Kennzeichen.«

»Es kommt eine schwarze Mercedes S-Klasse, Kennzeichen 62197 Strich 26. Wir beeilen uns.«

Nach dem Telefonat blickte Madows fragend in die Runde. »Wie sollen wir vorgehen?«

Sanders übernahm die Antwort: »Schicken Sie Ihren Sicherheitschef und lassen Sie die beiden abholen. Sobald sie da sind, wiegen Sie sie in Sicherheit. Zumindest solange bis der Attentäter sich seiner Waffen entledigt. Dann verlassen Sie unter einem Vorwand den Raum und wir greifen zu. Wir werden die marokkanischen Sicherheitskräfte zunächst außen vor lassen, ansonsten wird der Attentäter zu misstrauisch werden.«

Katrin blickte skeptisch. »Sollte nicht einer von uns die beiden abholen? Dann könnten wir das Ganze von Anfang an steuern.«

»Davon halte ich nicht viel. Erstens hat uns die Society oder der Attentäter in einen Hinterhalt laufen lassen, das heißt, sie besitzen Informationen über uns. Zweitens wird der Attentäter sicherlich einen Ausweis oder Führerschein vom Fahrer verlangen beziehungsweise einen Nachweis dafür fordern, dass er für Herrn Madows arbeitet. Wenn ihm da irgendetwas merkwürdig vorkommt, kann es schnell gefährlich werden, was wiederum unsere Chancen eines geordneten Zugriffs zunichtemachen würde. Insofern ist es besser, diesen Part von Herrn Madows Mitarbeiter erledigen zu lassen. Ich gehe davon aus, der Mann ist ausreichend geschult?«

Madows nickte entschieden. »Zweifelsohne, es handelt sich ebenfalls, um einen meiner ehemaligen Leute. Er besitzt einen amerikanischen Pass, hat jedoch inzwischen einen marokkanischen Führerschein und auch einen Mitarbeiterausweis meines Unternehmens. Der Mann wird der Situation gewachsen sein.«

»Okay, dann sollten wir ihn sofort losschicken, bevor der Attentäter es sich anders überlegt.«

Fünf Minuten später verließ die Mercedes S-Klasse Madows Grundstück und steuerte die nahegelegene Hauptstraße an. Das Fahrzeugkennzeichen, welches der hiesigen Polizei gut bekannt war, würde den Fahrer vor einer Personenkontrolle schützen, was sich in dieser Situation für seine persönliche Sicherheit als unabdingbar darstellte. Kurze Zeit später parkte der Fahrer am Fahrbahnrand, der hell erleuchteten, zweispurigen Straße und wartete darauf, dass sich die beiden Personen an sein Fahrzeug heranwagten.

Der Attentäter hielt Guggenhauer zurück. »Halt, lassen Sie uns noch einen Moment abwarten. Ich will sehen, ob sich Fahrzeuge nähern oder in der Nähe parken. Hier in diesem Palmenhain sind wir zunächst ausreichend gedeckt.«

Erneut nahm er seinen Feldstecher zur Hand und betrachtete die vollständig leere Fahrbahn in beide Richtungen sowie den am Straßenrand parkenden Mercedes, dessen Seitenscheiben nun herunterfuhren, während die Türen aufklappten. Der Fahrer weiß Bescheid, dachte er. Dem Mann war bewusst, dass sie sich dem Wagen nur nähern würden, wenn sichergestellt war, dass sich außer dem Fahrer niemand im Fahrzeug befand. Wieder ein Faktor, der ihn beruhigte.

Er lauschte noch einmal angestrengt in die Nacht, ob sich ein Fahrzeug näherte und stieß dann Guggenhauer nach vorne. »Los jetzt, schnell.«

Der Mercedes befand sich nur etwa zwanzig Meter entfernt von ihnen, auf der gegenüberliegenden Seite eines Rasenstreifens. Beide stiegen in den Fond des Fahrzeuges und schlugen die Türen hinter sich zu.

Der Attentäter hielt dem Fahrer seine Glock in den Nacken. »Schließen Sie die Fronttüren, lassen Sie die Seitenscheiben wieder hochfahren und starten Sie das Fahrzeug. Die Fahrt geht zunächst in Richtung Innenstadt. Geben Sie mir Ihre Ausweispapiere sowie Ihren Firmenausweis oder einen anderen Beweis dafür, dass Sie in Diensten von Herrn Madows stehen.« Der Fahrer nickte kurz und reichte die Papiere nach hinten. Der Attentäter prüfte genau, ob die Ausweisfotos mit dem Gesicht seines Vordermanns übereinstimmten. Militärisch kurz geschnittenes Haar, kantiges Gesicht, blaue Augen und eine Narbe, die sich quer über die rechte Wange erstreckte.

Der Attentäter nickte beruhigt. »Wir werden nun eine Fahrt kreuz und quer durch die Innenstadt machen. Sie werden immer wieder die Fahrtrichtung ändern sowie in Seitenstraßen einbiegen. Am Hauptbahnhof drehen wir um und fahren in selber Weise zurück zum Anwesen von Herrn Madows. Das Ganze bitte zügig, aber ohne die Geschwindigkeit zu übertreten.«

Auf der einstündigen Fahrt begutachtete der Attentäter intensiv den Verkehr. Er schaute sich Fahrzeuge an, die aus Parklücken fuhren, kurz nachdem sie sie passiert hatten. Er schaute sich am Straßenrand parkende Polizeifahrzeuge an und versuchte angestrengt eine Systematik in den Abfolgen des Verkehrs zu erkennen, doch es deutete nichts auf ein Observationsteam hin. Erleichtert lehnte er sich im Sitz zurück. Es schien alles nach Plan zu laufen.

Als sie auf dem Anwesen von Madows ankamen, lag das Grundstück in völliger Dunkelheit, sodass nur noch die Innenbeleuchtung des Hauses zu erkennen war.

»Sie bleiben zunächst in Abstand zum Haus stehen«, knurrte der Attentäter und nahm erneut seinen Feldstecher zur Hand. Misstrauisch suchte er mit dem Fernglas die Dächer des Gebäudes nach möglichen Scharfschützen ab, konnte jedoch erneut nichts erkennen. »Rufen Sie im Gebäude an, die sollen sofort die Wegbeleuchtung einschalten.« Noch während des Telefonats des Chauffeurs flammten die Lichter auf. Der Attentäter blickte über die Wege, die Hausseiten, die Zufahrten und den Eingangsbereich. Prüfte mit geschärftem Blick die Schatten der Büsche, aber auch, ob sich in ihrem Schutz Bewegungen erkennen ließen.

»Ausschalten und Beleuchtung der Wasserflächen anschalten.« In gleißendem Azurblau flammten die Wasserflächen auf, doch auch dort entdeckte er kein Anzeichen für Gefahr.

Zufrieden mit seiner Prüfung, lehnte sich der Attentäter erneut zurück und überlegte einen Moment. »Fahren Sie jetzt direkt vor den Eingang. Sie steigen als erster aus. Bleiben Sie direkt vor mir und seien Sie sich gewahr, nur das kleinste Zucken bedeutet Ihren Tod.«

Langsam verließen sie das Fahrzeug in Richtung Eingang, wobei der Attentäter die Waffe weiterhin auf den Kopf des Chauffeurs richtete.

In der Eingangshalle der Villa trat ihnen Madows

mit breitem Lächeln entgegen und breitete seine Arme willkommen heißend aus. »Guten Morgen. Seien Sie doch nicht so nervös, mein Freund. Nachher passiert noch jemandem etwas. Sie sind hier in Sicherheit. Ich beschäftige keinen einzigen muslimischen Angestellten und wie ich bereits in unserem Telefonat erwähnte, haben sich die Ermittler längst zurückgezogen. So wie ich diese beiläufig erwähnt verstand, konzentriert sich die Suche nach Ihnen beiden auch hauptsächlich auf Ouarzazate. Offensichtlich kann man sich nicht vorstellen, dass Sie es schaffen konnten, von dort aus zu fliehen. Dementsprechend darf ich Ihnen meinen Glückwunsch zu dieser Leistung entrichten. Seien Sie unbesorgt und folgen Sie mir in den Wohnbereich. Meinen Chauffeur können Sie dann bitte freilassen. Ich stehe Ihnen ja ab sofort als Zielscheibe zur Verfügung.«

Während Madows sich umdrehte, hakte er sich bei Guggenhauer unter und tätschelte beruhigend ihre Hand. »Sie sehen ganz schön mitgenommen aus, meine Liebe. Ich glaube, Sie möchten sich sicherlich erst einmal frisch machen. Für Sie muss die Angelegenheit unzweifelhaft einer Tortur gleichkommen. Sie können noch etwas zu sich nehmen und sich dann zur verdienten Ruhe in meinen Gästetrakt begeben. Machen Sie sich keine Sorgen, hier sind Sie zunächst einmal in Sicherheit.«

Im Innenhof angekommen wies Madows dem Attentäter einen Platz zu, derweil Guggenhauer von einem Hausdiener zu einem der Badezimmer geführt wurde.

»Sind Sie Amerikaner?«, fragte Madows.

»Nein.«

»Dann müssen Sie von den britischen Inseln

stammen. Insofern muss ich fragen, welche Whiskysorte Sie bevorzugen. Ich selbst bin ein amerikanischer Bourbon Trinker.«

»Ich hätte gerne einen Single Malt. Haben Sie zufällig einen Aberfeldy da?«

»Gerne, es ist wohl eine Flasche Einundzwanzigjähriger in der Bar. Übrigens eine gute Wahl, da nehme ich gleich auch ein Glas«, antwortete Madows, während er großzügig zwei Gläser füllte. »Aber ich muss Sie wirklich fragen, wie Sie diese erstaunliche Leistung vollbracht haben, aus Ouarzazate hierhin zu entkommen, wo doch überall Militär und Polizei im Einsatz sind?«

»Sagen wir so, es war etwas Glück dabei«, antwortete der Attentäter, nahm einen großen Schluck der golden funkelnden Spirituose und legte einzeln seine Waffen beiseite, wobei er die Glock in seinen Hosenbund steckte. Guggenhauer betrat den Raum und gesellte sich zu ihnen, woraufhin ihr Madows ebenfalls ein gut gefülltes Glas Whisky servierte.

»Sie haben wirklich ein wunderschönes Haus, Mister Madows«, sagte die Österreicherin mit gewinnendem Lächeln.

»Danke, danke, meine Liebe. Glauben Sie mir, es hat damals als ich es bauen ließ nicht nur ein Vermögen, sondern auch jede Menge Nerven gekostet. Allein die über die Räumlichkeiten verteilten Schnitzereien und Intarsien waren unglaublich aufwendig, aber wenn man ein Haus in dieser Gegend besitzt, will man es natürlich auch stilgerecht hergerichtet sehen.«

Der Attentäter blickte skeptisch. »Wie kommt es das ein Islamgegner, wie Sie, ein Haus in einem muslimischen Land besitzt?«

»Nun, bei Weitem nicht jeder in Marokko ist ein

Muslim. Darüber hinaus ist das Land sehr säkularisiert und nicht zuletzt muss ich zugeben, dass man trotz aller Abneigung gegenüber der Religion sehr gute Geschäfte mit den Muslimen machen kann. Dies ändert natürlich nichts daran, dass der Islam eine gewalttätige, menschenverachtende Ideologie ist, deren Hassgesellschaft sich derzeit langsam aber sicher in die von Nächstenliebe und gegenseitigem Respekt geprägte christliche Gesellschaft frisst. Wobei uns dies wiederum von den in Europa herrschenden linksreaktionären Gutmenschen als Kulturbereicherung verkauft wird.«

»Damit treffen Sie genau meine Meinung«, rief Guggenhauer begeistert. »Die Muslime fallen in unsere Länder ein, um uns zu terrorisieren, unsere Jugendlichen zu verprügeln oder unsere Mädchen zu vergewaltigen und dafür sollen wir diesem Gesindel dann auch noch den roten Teppich ausrollen. Allein wenn ich an diese Tausenden illegalen Asylforderer aus Afrika denke, die uns damit erpressen sie aufzunehmen, indem sie ein paar von ihren Schiffen absaufen lassen, wird mir schlecht. Aber diese linken Spinner aus unserer Regierung nutzen das ja direkt für ihre mit erhobenem Zeigefinger vorgetragene Umvolkungspropaganda. Wenn Sie mich fragen, sollte man die Schiffe einfach abschießen. Wenn die ersten vierzigtausend von diesen Kulturbereicherern auf dem Grund des Mittelmeeres liegen, werden sich die anderen wohl überlegen, ob sie nach Europa aufbrechen. Wenn das nicht reicht, schießt man eben noch mal vierzigtausend zum Teufel.«

Ein schwarzer Diener erschien mit einer erlesenen Auswahl leichter Speisen und blickte Guggenhauer erschrocken an, doch Madows winkte ab. »Keine

Angst Amidou, die Frau meint nur Muslime und du bist doch Christ. Du kannst ruhig servieren, man tut dir nichts. Aber was ich Sie fragen wollte, Frau Guggenhauer, wer kam an sich auf diese wunderbare Idee, die Society against the axis of the evil zu gründen? Immerhin erregten Ihre Aktionen weltweit Aufsehen. Besonders dieser Anschlag auf das Flugzeug. Wobei die Sicherheitsbehörden sich wohl nach wie vor fragen, wer diesen ausführte, da der Mann den sie gefasst haben die Tat bisher standhaft leugnet.«

»Nun, wir waren bis vor kurzem eine vierundzwanzig Mann starke Truppe von Finanziers, die einige ausführende Kräfte befehligte. Wie die Situation nach den nun erfolgten Rückschlägen zu bewerten ist, wird sich natürlich zeigen müssen, aber in der Tat haben wir einiges erreicht. Wenn ich auch sagen muss, dass unser endgültiges Ziel noch in weiter Ferne liegt.«

Während Guggenhauers Ausführungen stand der Attentäter auf und ging nachdenklich hinüber zur Bar, um sich ein weiteres Glas Whisky einzuschenken.

»Wissen Sie, Herr Madows«, fuhr Guggenhauer fort, »drei der entscheidenden Männer, allem voran mein guter Freund Ingbert Meynhard, der mich persönlich seinerzeit für die Society gewann, sind tot. Leider begingen einige weitere aus Feigheit Selbstmord, sodass wir uns inzwischen einem Finanzproblem stellen müssen, da die weiteren Aktionen im Aufwand und somit in den Kosten steigen sollen. Hätten Sie gegebenenfalls Interesse als anonymer Spender in unseren Kampf einzusteigen? Sie würden gut zu dem von uns gewählten CEO passen. Er ist übrigens auch Amerikaner. Vielleicht kennen Sie ihn, er heißt…«

»Halten Sie ein, seien Sie ruhig«, brüllte der Attentäter dazwischen und zog seine Waffe. »Merken Sie denn nicht, was der gute Mann vorhat, Frau Guggenhauer? Er will genau diese Informationen aus Ihnen herausbekommen. Ich glaube nicht mehr, dass wir hier alleine sind. Sie haben uns angelogen, Herr Madows, nicht wahr? Die Ermittler sind gar nicht wieder gegangen, sondern Sie arbeiten mit denen zusammen. Sie haben uns in eine Falle gelockt und ich bin auf Ihre Schauspielerei reingefallen. Doch das ist vorbei. Sie sagten doch bei unserem Eintreffen, Sie würden mir als Zielscheibe dienen und genau dies trifft nunmehr zu. Stehen Sie langsam auf und ich will Ihre Hände sehen. Verhalten Sie sich ganz ruhig, dann passiert auch nichts.«

Madows tat wie ihm geheißen, lächelte den Attentäter jedoch gelassen an. »Ich bitte Sie, seien Sie doch vernünftig. Es waren einige anstrengende Tage für Sie. Sie sehen Gespenster, mein Bester. Bei mir sind Sie in Sicherheit. Wir zwei sind keine Feinde.«

Doch der Attentäter ließ sich nicht beirren und hielt die Waffe nun direkt an Madows Kopf. »Frau Guggenhauer, nehmen Sie meine anderen Waffen. Herr Madows verfügt über eine eigene Start- und Landebahn und somit auch über ein Flugzeug. Wir werden jetzt mit ihm gemeinsam dieses Land verlassen.« Weiter kam der Attentäter nicht, denn Madows duckte sich plötzlich weg, warf sich in einer blitzschnellen Bewegung herum und versetzte seinem Gegner einen harten Schlag an die Kehle, wobei er ihm gleichsam die Waffe aus der Hand schlug.

Der Attentäter reagierte jedoch ebenso schnell, trat Madows die Beine weg und stürzte sich mit vor Zorn gerötetem Gesicht auf ihn. »Du alter Mann, willst dich mit mir anlegen? Du willst dich mit mir anlegen? Ich mach dich fertig.« Wie Ringkämpfer rollten sich die Männer durch den Innenhof, immer weiter heran an eine der beiden im Boden eingelassenen Feuerstellen. Hasserfüllt drückte der Attentäter Madows Kopf bis auf Zentimeter an die lodernde Brunst heran, doch Manger und Sanders stürzten sich auf ihn und rissen ihn zurück. Sofort bäumte sich der Hüne auf, wie ein Berserker und versuchte alles, um der entstandenen Übermacht zu entkommen. Hieb brüllend um sich. Trat Sanders zu Boden. Griff nach Mangers Kehle. Doch Madows sprang bereits wieder auf und beendete mit einem Tritt ans Kinn des Briten den unbändigen Kampf. Der Attentäter brach schlaff zusammen und wurde sofort von den herbeieilenden Sicherheitsmännern des Amerikaners an Händen und Füßen gefesselt. Guggenhauer brüllte wie am Spieß und versuchte ihrerseits eine Waffe zu greifen, doch Katrin war bereits bei ihr, warf sie zu Boden und rammte der Frau das Knie in den Rücken.

»Schön ruhig bleiben, oder ich breche dir die Wirbelsäule«, lautete ihr Befehl, während sie Guggenhauers Hände mit einem Kabelbinder fesselte.

Endlich hielten die Ermittler zwei Schlüsselpersonen in ihren Händen.

»Verdammt, meine Herren«, keuchte Madows schwer atmend aber lächelnd hervor, »das war ganz schön knapp. Lange hätte ich dem Mann nichts mehr entgegenhalten können. Dann hätte er mir in meinem eigenen Kamin den Kopf gegrillt. Ihr Zugriff erfolgte keinen Moment zu früh.«

Manger nickte. »Tut uns Leid, wir hörten hoch konzentriert Ihrem Gespräch zu, was Sie übrigens hervorragend geführt haben und dann ging alles wahnsinnig schnell, wobei wir Sie auch nicht gefährden wollten.«

»Ja, Guggenhauer war kurz davor, mir den Namen des Chefs der Society zu verraten. Schade, dass der Brite Lunte gerochen hat.«

Katrin winkte lächelnd ab. »Das macht nichts. Das kriegen wir schon noch aus ihr raus.«

»Darauf kannst du Gift nehmen«, nickte Sanders grimmig, »und wenn wir es aus ihr rausprügeln müssen. Sie sprach von weiteren, größeren Aktionen. Das ist in höchstem Maße besorgniserregend. Noch so ein Attentat und ein Gegenschlag seitens der Muslime wird nicht mehr zu verhindern sein, falls sich nicht ohnehin sofort ein umfangreicher Krieg entwickelt. Dann können wir unsere Länder in Hochsicherheitstrakte verwandeln.«

Madows wiegte den Kopf. »Na na na, junger Mann, jetzt malen Sie mal nicht den Teufel an die Wand. Normalerweise sollte Guggenhauer alle ihre Mitstreiter kennen. Sie wird einem Verhör nicht lange standhalten. Ich persönlich glaube, Sie werden dieses Terrornetzwerk schon bald hinter Schloss und Riegel bringen.«

Manger hatte unterdessen telefoniert. »Ich habe gerade mit Sacher gesprochen. Die deutsche Botschaft schickt uns einen Helikopter und mehrere Sicherheitsleute. Wir werden dann nachher von der Flugbereitschaft der Bundeswehr ausgeflogen. Die Bundesregierung hatte dies bereits im Vorfeld mit dem marokkanischen Königshaus abgeklärt.«

»Okay«, strahlte Katrin, »wenn wir ohnehin abgeholt werden, kann ich mir jetzt auch ein Glas von diesem sauteuren Whisky gönnen.«

»Aber selbstverständlich«, antwortete Madows

mit belustigter Miene, »bedienen Sie sich ruhig. Ich lasse die beiden getrennt voneinander von meinen Sicherheitsleuten bewachen.«

»Aber bitte in Sichtweite«, bat Manger, »nicht dass doch noch etwas schief geht. Die Waffen des Attentäters sichern wir zur Beweisaufnahme.«

»Darf ich vielleicht noch ein Foto von den beiden Verbrechern machen, damit ich beweisen kann, dass ich an ihrer Festnahme beteiligt war? Sicherlich wird dies meine Reputation bei meinen muslimischen Freunden noch erhöhen, und ich meine, wenn es wahr ist, darf man doch ein wenig damit angeben, oder?«

»Wenn es Ihnen Freude macht. Nur bitte machen Sie kein Bild, was die beiden erniedrigt. Das wäre dann schlechte Presse für uns.«

Während Katrin sich begierig über Madows Bar hermachte, musste Manger fast grinsen, als er sah, wie der Amerikaner sich in der stolzen Pose eines Groß-wildjägers neben die beiden Gefangenen stellte und seinen Sicherheitchef anwies Bilder aus verschiedenen Perspektiven aufzunehmen.

»Ein bisschen Geltungsbedürftig ist er ja schon, nicht wahr?«, raunte Sanders grinsend.

Eine Stunde später befanden sich die drei Ermittler inklusive ihrer von zwanzig Bundeswehrsoldaten bewachten Gefangenen, an Bord eines Airbus A319 Cooperate Jetliner der Bundeswehr Flugbereitschaft. Während sich die Gefangenen im Passagierbereich befanden, machten es sich Sanders sowie Katrin und Manger jeweils in einer der komfortablen Privatkabinen des Geschäftsflugzeuges gemütlich.

»Das war heute ein großer Treffer«, eröffnete Manger.

»Ja, sobald wir angekommen sind, knöpfen wir uns die zwei vor. Zumindest Guggenhauer müsste alles wissen. Wir werden in etwa sechseinhalb Stunden auf dem Militärflughafen Berlin landen. Dort wird ein speziell gesicherter Gefangenentransport die beiden ins Gefängnis bringen. Übrigens konnten Sacher und Aysun über das Bild des Attentäters inzwischen seinen Namen herausbekommen. Das britische Militär meldete sich, auf das veröffentlichte Bild hin. Sein Name ist Christopher Larren. Er diente früher im Special Air Service, wurde aber unehrenhaft entlassen, da er sich einem Befehl widersetzte und eine Strafaktion gegen ein afghanisches Dorf durchführte, bei der alle erwachsenen Männer der Ortschaft getötet wurden. Larren verlor damals wohl einen engen Freund und drehte dann durch. Sacher hat ein Dossier über ihn erhalten. Wir können es uns anschauen, bevor wir Larren in die Mangel nehmen.«

»Schade, dass wir nicht nach Meckenheim zurückkehren und die Gefangenen in unserer Niederlassung verhören. Ich hätte ganz gern mal wieder im eigenen Bett geschlafen.«

»Wenn wir die entsprechend hart verhören, werden wir den Fall bald lösen. Dann können wir unseren Urlaub fortsetzen und uns ausruhen. Übrigens, was hältst du von Madows?«

»Typischer amerikanischer Multimillionär. Will heißen, er kann sich alles leisten, was er will und zeigt das auch. Ansonsten fand ich ihn ganz in Ordnung. Mal abgesehen davon, dass seine Augen die ganze Zeit auf dich gerichtet waren. Aber alles in allem, müssen wir sein Engagement würdigen. Immerhin hat er sein Leben riskiert, um uns zu helfen, und würde seine Geschichte nicht stimmen, hätte Guggenhauer ihn erkannt. Reich, verdammt gut in Form und attraktiv. Wär das nichts für dich?«

»Nein, ich hab schon einen. Mit dem bin ich zufrieden«, antwortete Katrin und gab Manger einen Kuss. »Aber wir sollten jetzt schlafen. Wir haben eh wieder nicht viel Zeit dafür.«

Kapitel Einundzwanzig

Sacher schaute auf die Uhr über seinem Schreibtisch. Verdammt, schon bald neun, dachte er. Katrin und Manger sollten in drei Stunden landen und sie konnten für sich einen großen Erfolg verbuchen. Endlich waren sie zweier Personen habhaft geworden, die das gesamte Terrornetzwerk kannten und die sowohl dessen Entstehung als auch die Hintergründe aufklären konnten. Vor allem musste man aus ihnen die Namen und Bilder der anderen Beteiligten herauspressen, denn Manger hatte ihm mitgeteilt, dass mit weiteren Aktionen der Society zu rechnen war. Ärgerlicherweise wussten sie immer noch nicht, wer den Anschlag auf das Flugzeug der Turkish Airways verübt hatte. Sacher hatte inzwischen gemeinsam mit Aysun alle Personen, die in irgendeiner Weise mit der Maschine in Kontakt gekommen waren, genau durchleuchtet und verhört, doch es gab keinerlei Hinweise auf eine Tatbeteiligung. Er sollte heute die Bilder von der Kameraüberwachung des Hangars der Maschine erhalten. Feststand, das Flugzeug hatte eine Nacht lang in Berlin gestanden und war repariert worden. Irgendetwas musste in der Nacht passiert sein, denn die Satellitenaufnahmen des SAR Lupe Systems ließen erkennen, dass die Maschine definitiv nicht abgeschossen wurde. Darüber hinaus wiesen die technischen Parameter des Fluges laut den Daten der Flugschreiber keine Besonderheiten auf. Die Piloten hatten sich ganz normal unterhalten. Das Ereignis war plötzlich und ohne Vorankündigung eingetreten, aber das hatten Sprengstoffexplosionen nun mal so an sich. Die Analyse der Gutachter besagte, dass unterhalb der Tragflächen ein Loch mit einem Durchmesser von knapp sechzig Zentimetern in den Rumpf gerissen wurde. Es war keine große Menge Sprengstoff verwendet worden, aber dadurch, dass die Tanks getroffen wurden, hatte sich die Maschine binnen Sekunden in ihre Einzelteile zerlegt. Die an Bord befindlichen Menschen waren diesem Vorgang vollkommen chancenlos ausgeliefert gewesen. Aber, wenn der Sprengstoff bereits an Bord war, stellte sich die Frage, warum Zenker ihn dann nicht gesehen hatte. Er musste den Mann noch mal verhören. Aysun trat ein und unterbrach seinen Denkprozess.

»Gibt es irgendetwas Neues?«, fragte Sacher.

»Bis jetzt nicht. Außer einer Meldung von der Kriminalpolizei. Der Rechtsanwalt Stuerman ist tot. Laut den ermittelnden Beamten, übersah er wohl auf der A1 kurz vor dem Dreieck Hamburg Südost ein Stauende und ist nahezu ungebremst in einen Lkw gerast. Gemäß den ersten Ergebnissen der Gerichtsmedizin, war er sofort tot. Sie wollen den Fall jedoch noch weiter untersuchen. Falls ihnen etwas ungewöhnlich vorkommt, melden sie sich.«

»Nun gut, es ist ja nach wie vor unklar, ob er überhaupt etwas mit der Organisation zu tun hatte. Für uns ist natürlich schlecht, dass er uns nichts mehr zu den Gründungsunterlagen für Meynhards geplante Stiftung sagen kann. Wobei ich diese Unterlagen eher als Nebenschauplatz unserer Ermittlungen ansehe.«

»Das würde ich auch so einordnen. Hauptsache, wir bekommen aus den beiden Verhafteten etwas heraus und klären den Flugzeuganschlag auf.«

Ein Mitarbeiter klopfte an die Bürotür. »Wir haben jetzt die kompletten Videos der Überwachungskameras aus dem infrage kommenden Zeitraum. Es ist ziemlich umfangreich. Sollen wir zur Sichtung mehr Beamte anfordern?«

Sacher nickte. »Macht das. Aysun übernimmst du bitte die Leitung der Aktion. Ich stoße nachher dazu. Ich will zunächst Zenker noch ein paar Fragen stellen.«

Eine Viertelstunde später saß Zenker im Vernehmungsraum.

Bleich, mit zerzausten Haaren und eingefallenen Wangen, glich er nur noch entfernt dem Mann, den Sacher noch zwei Tage zuvor getroffen hatte. »Guten Morgen, Herr Zenker. Wie geht es Ihnen? Sie sehen etwas gerädert aus.«

»Gut, fühle ich mich bestimmt nicht. Ich kann nicht schlafen und wenn suchen mich Albträume heim. Ich habe seit zwei Tagen nichts gegessen, weil ich nichts herunterbekomme und letztlich behandeln mich die Wärter, wie den letzten Dreck. Wobei ich ihnen das nicht verdenken kann, denn immerhin glauben die meisten immer noch, ich hätte den Anschlag durchgeführt.«

»Nun, Sie sind nach wie vor unser Hauptverdächtiger. Sie befanden sich an Bord der Maschine. Sie waren allein im Laderaum, wo nach unseren Erkenntnissen die Explosion stattfand. Sie haben bereits zugegeben, Mitglied in einer terroristischen Vereinigung gewesen zu sein und Sie trugen sowohl Sprengstoff als auch Zünder bei sich. Vielleicht besaßen Sie zwei Sätze davon und ließen einen in Ihrer Arbeitskleidung, um uns zu täuschen. Die Aussage, dass es nur einen Sprengsatz gab, wird lediglich von Ihrer Freundin bestätigt und die war nicht direkt anwesend, als Sie den Sprengsatz geliefert bekamen. Insofern könnten Sie auch Ihre Freundin täuschen. Also sagen Sie mir, warum ich weiterhin an einen mysteriösen anderen Täter glauben soll. Unsere dahingehenden Ermittlungen liefen bisher erfolglos.«

»Ich weiß, alles spricht gegen mich, aber ich war es wirklich nicht. Das müssen Sie mir glauben.«

»War der Laderaum denn leer, als Sie das Gepäck einluden?«

»Der Laderaum war komplett leer.«

»Und wo soll dann der Sprengsatz gewesen sein? Wie gesagt, dass die Bombe im Laderaum explodiert ist steht fest.«

»Ich weiß es nicht. Ich weiß nicht, wie sie es gemacht haben. Vielleicht war vorher jemand im Flugzeug und hat die Sprengladung hinter der Innenverkleidung versteckt.«

»Das wäre natürlich theoretisch möglich, wenn auch schwer vorstellbar. Ich will Ihnen übrigens nicht verheimlichen, dass wir im Rahmen der Unschuldsvermutung, dahingehende Nachforschungen anstellen. Wenn wir aber schon so viel Zeit für Sie opfern, verlange ich von Ihnen, uns bestmöglich zu unterstützen. Was ich beispielsweise wissen muss ist, ob Sie wirklich keine weiteren Personen aus dem Bereich der Society kennen.«

»Ich hatte nur mit Meynhard und seinen Leuten zu tun.«

»Mit dem standen Sie jedoch in engem Kontakt.

Sie bekamen nie mit, wenn Meynhard mit irgendjemandem telefonierte oder konnten Bemerkungen von ihm aufschnappen, die auf Organisationsstruktur, Personen beziehungsweise auf die Art der Durchführung eines der Attentate schließen ließ? Ich will mehr über Ihre Tätigkeiten und Erfahrungen in der Gruppe hören.«

»Ich selber bin erst mit der Abholung des Briten tätig geworden. Von Anfang an, war geplant, dass ich einspringe, wenn er ein Attentat nicht durchführen kann und ihm ansonsten zuarbeite. Ich überbrachte ihm also die für die Einreise in die Schweiz und den Mord an Barngalio benötigten Dinge. Damit gestehe ich, Beihilfe zum Mord geleistet zu haben, und das sollte Ihnen meine Einsicht sowie meinen Kooperationswillen zeigen. Ansonsten fielen mir tatsächlich zwei Dinge auf, die für Sie interessant sein könnten. Zum einen hielten wir am Abend vor dem Anschlag auf den Muezzin eine Messe in der Kapelle in Rheinland-Pfalz ab, zu der quasi das gesamte operative Team Meynhards zusammenkam. Auf dieser Veranstaltung war zunächst nur von dem Anschlag in Bonn die Rede. Spät des Nachts bekam Meynhard jedoch einen Anruf, dass sie schon früher, nämlich bei der Moscheeeröffnung losschlagen wollten. Meynhard wirkte überrascht. Dementsprechend gehe ich davon aus, dass dieses Attentat kurzfristig über seinen Kopf hinweg beschlossen wurde, was er meiner Erfahrung nach auf den Tod hasste.«

»Wussten Sie, dass auch der Cousin des Muezzins in der besagten Nacht ermordet wurde?«

»Davon ist mir nichts bekannt, das müsste dann dieser Janson oder jemand mir Unbekanntes übernommen haben, denn der Attentäter ist erst in Köln aktiv geworden. Das weiß ich, weil Melters den Attentäter mit zu unserer Veranstaltung brachte und er auch mit Melters wieder gefahren ist. Der Ungar kann es ebenso wenig gewesen sein. Der war die ganze Zeit mit uns zusammen und ist erst am frühen Morgen zurück nach Österreich gefahren. Zu einem etwaigen Mord an dem Cousin des Muezzins, kann ich demnach nichts sagen. Aber weiter im Text. Das Zweite was mir auffiel war, dass Meynhard offensichtlich nach diesem Attentat in Köln versuchte mehr über diesen amerikanischen Boss der Society herauszufinden. Sie müssen wissen, Meynhard war islamophob und gewaltbereit. Er wollte sicherlich etwas gegen Muslime unternehmen, sonst hätte er nicht Leute, wie mich oder den Briten um sich geschart. Aber er hatte keine Ahnung davon, wie man Terror organisiert. Die konkrete Planung entstand erst, als er diesen Amerikaner kennenlernte, der ihm von dem Schweizer Bankier vorgestellt wurde.«

»Das heißt, die Truppe kannte sich noch nicht lange?«

»Die Truppe schon, die befand sich die ganze Zeit über im Dunstkreis von Meynhard, nur der Amerikaner kam erst vor wenigen Monaten dazu und riss dann mit seiner Art aber vor allem mit seinen Plänen die Führung an sich. Meynhard war ihm offiziell beigestellt, weil er die Gruppe gründete und über die notwendigen Leute verfügte, wobei ein paar Männer durch den Amerikaner dazukamen. Ich hatte allerdings das Gefühl, Meynhard wollte von dem Amerikaner lernen, um dann später ohne ihn weiterzumachen. Feststeht, er brauchte den Mann, sonst hätte er es gleich selber gemacht.«

»Woher kannte Meynhard denn die Mitglieder der

Society?«

»Hauptsächlich von seinen Reisen. Meynhard war auf seine Art eine charismatische Persönlichkeit. Speziell auf streng gläubige Personen oder Menschen, die stark in den Bereich der sogenannten Neuen Rechten tendieren, wirkte er mit seiner Redegewandtheit und seinen Theorien mitunter wie ein Heilsbringer. Er konnte sie einfach mitreißen. Ansonsten kannte er den Ungarn genauso aus dem Gefängnis, wie mich oder den Briten. Letztgenannten holte er, soweit ich weiß, aus einem englischen Militärgefängnis. Mehr würde mir jetzt nicht einfallen.«

»Okay, das waren einige gute Informationen. Falls Ihnen doch noch etwas einfallen sollte, sagen Sie einfach dem Personal Bescheid, die benachrichtigen mich dann. Ich werde Ihnen einen Gefängnispsychologen schicken, der Ihnen in Bezug auf Ihre aktuellen Probleme helfen wird.«

Die Männer verabschiedeten sich und Sacher ging nachdenklich zurück in seine Abteilung, wo er auf eine emsig arbeitende Truppe traf, die die Überwachungsvideos aus Schönefeld sichtete. Aysun hatte das Ganze interessant organisiert. An jedem Rechner saßen jeweils ein weiblicher und ein männlicher Beamter.

»Gemischte Doppel?«, fragte Sacher Aysun schmunzelnd.

»Männer und Frauen besitzen eben unterschiedliche Sichtweisen, das gilt nicht nur in Puncto Meinung. Ich habe jedem Duo einen Flughafenabschnitt zugeteilt, das heißt, sie sehen sich jeweils die Bilder von Kameras aus ein und demselben Areal an.«

»Okay, wo darf ich mich anschließen?«

»Ich wäre noch als Partnerin frei. Ich schaue mir

direkt die Aufnahmen aus dem Hangar an. Das Flugzeug stand bei der Deutschen Luftfahrttechnik GmbH. Es sollte eine Reparatur an den Triebwerksrohren erfolgen. Das Flugzeug wurde um ein Uhr vierundfünfzig Nachts vom leitenden Ingenieur abgenommen. Das heißt, um diese Zeit waren die Reparaturen abgeschlossen. Morgens um neun Uhr wurde es dann zusätzlich noch von einem Mitarbeiter der Turkish Airways abgenommen. Der schaute sich jedoch nach eigener Aussage nur die reparierten Teile an.«

»Dann schauen wir mal, ob da jemand rumgefuscht hat.«

Die Sichtung dauerte bereits eine Stunde, als eines der Teams Meldung machte.

Der Beamte hob die Hand. »Hab was. Gegenüber der Winterdiensthalle fällt um zwei Uhr dreiundvierzig kurzzeitig die Kamera aus. Es handelt sich nur um vier Sekunden und sieht aus wie eine atmosphärische Störung aber kurz darauf sehe ich auf einem anderen Kamerabild einen Mann in der Uniform dieses Technikdienstleisters auf den Reparaturhangar zusteuern. Er taucht auf keinem anderen Kamerabild aus unserem Areal auf. Theoretisch könnte der es irgendwie über den Zaun geschafft haben.«

»Ich schau mal, was um die Uhrzeit im Hangar los ist«, antwortete Aysun.

Kurz darauf zeigte der Monitor die Bilder des direkt an der Seitenwand des Hangars mit Front nach vorn geparkten Flugzeuges.

Sacher schüttelte unzufrieden den Kopf. »Das Flugzeug steht blöd. Wir können die Laderaumklappen nicht sehen. Man kann höchstens die Klappe auf der zur Wand gerichteten Seite erahnen.«

»Da steht aber nichts womit jemand da hinaufkommen kann und am Flugzeug daneben wird noch gearbeitet. Also wäre es doch hochriskant, wenn man sich da unbefugt am Flugzeug zu schaffen macht. Die Mitarbeiter der Firma sollten sich wohl untereinander kennen.«

»Nun, wo hart und konzentriert gearbeitet wird, könnte es einem erfahrenen Soldaten möglich sein, sich unentdeckt einzuschleichen. Wie wir wissen, standen alle uns bekannten Kräfte mit Ausnahme des Ungarn lange Zeit in Diensten einer Armee.«

Kurze Zeit später sahen sie eine Armada gelb gekleideter Männer und Frauen unterschiedlichster Nationalitäten, die sich unter Verwendung diverser Reinigungsutensilien des Flugzeuges annahmen. Hinter ihnen betrat der Mann in Uniform des Technikunternehmens die Halle.

Sacher nickte grimmig. »Das ist auch eine Variante. Er schleicht sich schlicht und ergreifend mit dem Reinigungspersonal ein. Mit der gelben Jacke kann man ihn bei flüchtigem Blick, kaum von den anderen unterscheiden. Die Flugzeugreiniger achten auch nicht auf ihn, da er ja die Uniform trägt. Die Kappe hat er so tief ins Gesicht gezogen, dass man sein Gesicht nicht erkennt. Da, er geht gemeinsam mit dem Reinigungspersonal in den Flieger.«

»Ich denke, er will ins Cockpit, um die Ladeklappe zu öffnen. Ich zoome mal auf den Bereich unter dem Flugzeug, dann können wir sehen, ob sich da etwas tut.« In der Tat konnte man erkennen, wie sich die mittlere Ladeklappe öffnete. Der Mann verließ mit einer Checkliste in der Hand das Flugzeug und begab sich direkt unter die Maschine, wo er begann das Fahrwerk mit einer Stabtaschenlampe abzuleuchten. Dann griff er unter seine Jacke und holte einen hakenförmigen mit einem Seil versehenen Gegenstand aus der Tasche. Einen Moment später war er verschwunden.

»Der weiß ganz genau, wo die Kamera ist, oder?«, fragte Aysun. »Der klettert jetzt im Schutz des Fahrwerks in den Laderaum, bringt dort irgendwo die Bombe an und verschwindet wieder.«

»Zenker gab an, dass der Laderaum leer war. Also muss der Täter sie hinter der Innenverkleidung angebracht haben. Was wiederum hieße, er müsste zumindest grobe Kenntnisse von der Montagetechnik besitzen.« Nach einer kurzen Wartezeit fuhr Sacher fort: »Jetzt kommt er wieder hinter dem Fahrwerk hervor und es sieht so aus, als wäre er die ganze Zeit nur davon verdeckt worden. Das ganze Manöver dauerte keine drei Minuten. Er geht wieder in das Flugzeug und gleich werden wir sehen, wie sich die Ladeklappe wieder schließt. Demnach steht fest, es gibt einen dritten Attentäter. Larren, Zenker und jetzt dieser Unbekannte.«

»Die Frage, die ich mir stelle ist, warum sie zwei Männer schicken. Letztlich haben wir durch die Sache mit Zenker mehrere ihrer Führungsleute in Schweden enttarnt. Außerdem bleibe ich dabei, auch wenn dieser Attentäter mit seinem Anschlag auf das Flugzeug durchgekommen ist, dann war das Risiko entdeckt zu werden, doch außerordentlich hoch. Selbst wenn sie Zenker misstraut haben sollten, hätten sie doch zu einem anderen Zeitpunkt noch mal zuschlagen können. Es fliegen ja nun Mal jeden Tag Muslime von Deutschland aus in ihre Heimat. Warum hatten die es so eilig?«

»Vielleicht wollten sie die Abfolge der Anschläge möglichst kurz halten, um mehr öffentliche Wirkung zu erzielen. Dennoch, Zenker sagt demnach wohl die Wahrheit. Wir können nur hoffen, dass Larren und Guggenhauer uns eine Spur zu dem dritten Attentäter liefern oder besser gesagt uns gleich alle Beteiligten nennen.«

Schneller als erwartet traten Katrin und Manger ein.

»Hallo, ihr habt euch ja beeilt«, begrüßte sie Aysun.

»Diese Regierungsmaschinen fliegen wohl etwas schneller«, antwortete Katrin. »Wobei ich es bevorzugt hätte ein wenig länger zu schlafen. Unsere beiden Gefangenen sind zunächst in Beruhigungszellen untergebracht worden. Den Attentäter wird das vermutlich nicht weiter beeindrucken, aber Guggenhauer könnte etwas gesprächiger werden. Wann wollen wir sie verhören?«

Sacher winkte ab. »Ihr könnt euch ruhig noch einmal kurz hinlegen. Es ist besser ausgeruht in ein solch wichtiges Verhör zu gehen. Wir lassen sie noch etwas schmoren. Ich muss ohnehin erst unseren Chef auf den neuesten Stand bringen. Er wird uns sicherlich bei den Befragungen auf die Finger schauen und ich will mich absichern, für den Fall, dass wir die beiden ein bisschen härter anfassen müssen. Aber zunächst sollten wir etwas essen gehen und uns über unsere jeweiligen Ergebnisse informieren.«

Ausnahmsweise unterhielten sich die Ermittler beim Essen über ihren Fall.

Nachdem sich bei keinem der Beteiligten weitere Fragen auftaten, schüttelte Manger den Kopf. »Also so ganz zufrieden bin ich nicht. Zenkers Aussage, die Sache mit dem Muezzin sei kurzfristig und über den Kopf des Vizes Meynhard hinweg entschieden worden, stellt uns vor zwei grundsätzliche Probleme. Zum einen scheint der Chef der Society seinen eigenen Kopf zu haben, was in Verbindung mit dem dritten Attentäter sowie Guggenhauers Aussage, dass noch weitere Anschläge bevorstehen, die Gefahrensituation deutlich erhöht. Zum anderen wirft uns das in der Frage zurück, ob es sich bei der Sache in Köln um einen Anschlag handelte oder ob der Muezzin erschossen wurde, weil er Karims Cousin war und telefonischen Kontakt zu ihm hatte.«

»Außerdem«, ergänzte Katrin, »wenn Zenker nichts von Karim wusste, war Meynhard über den Mann informiert? Möglicherweise hätte Karim die Terrorgruppe schon vor ihrem ersten Attentat enttarnen können, der Chef der Society hat das gemerkt und dann kurzfristig reagiert ohne seine Mitstreiter zu informieren. Gegebenenfalls befürchtete der Amerikaner, die anderen würden sonst in Furcht geraten und die ganze Sache abblasen.«

Aysun zog die Stirn kraus. »Aber wie sollte Karim auf diese Terrororganisation aufmerksam werden? Wie passt das zu der Aussage der türkischen Zeitung, dass er eine Artikelreihe über Demokratisierungsprozesse sowie Diktaturbestrebungen in muslimischen Ländern schreiben wollte? Wie passt das zu einer Terroreinheit wider den Islam? Vor allem wenn diese lediglich Anschläge in Deutschland begeht. Oder steht uns noch ein großer Anschlag in einem muslimischen Land bevor? Wie kommt er auf eine solche Spur?«

»Ich weiß nicht wie«, überlegte Sacher, »aber ich bekomme immer mehr das Gefühl, dass dies die zentrale Fragestellung unserer Ermittlungen sein muss. Wir wollen hoffen, dass uns die beiden Gefangenen darüber Aufschluss geben können. Auf jeden Fall

werde ich in Bezug auf einen möglichen Großanschlag in einem muslimischen Land den BND informieren, damit die Dienste vor Ort gewarnt werden.
Ich gehe jetzt erst einmal zum Chef. Aysun, du organisierst, dass die Putzkolonne vom Flughafen sowie
die Mitarbeiter des Technikunternehmens in Schönefeld noch einmal befragt werden. Außerdem gib auch
den Medien Bescheid. Sie sollen öffentlich danach
fragen, wer zu dem infrage kommenden Zeitpunkt
rund um Schönefeld etwas beobachtet hat. Irgendwie
muss ja unser neuer Attentäter zum Flughafen hingekommen sein und vor allem wieder weg. Katrin und
Johann, ihr ruht euch noch etwas aus, dann führen wir
die Verhöre.«

Kurze Zeit später saß Sacher bei seinem Chef und
berichtete ihm über die aktuellen Ergebnisse.

Nach dem Bericht schüttelte der Vorgesetzte den
Kopf. »Also bei dieser inhomogenen, offenbar zufällig entstandenen Gruppierung von wohlhabenden und
vollkommen naiven Menschen, scheint mir doch wohl
möglich, die nach den Verhören noch heute oder spätestens morgen allesamt hochzunehmen. Rätsel gibt
allerdings die Abfolge beziehungsweise die Art der
Durchführung der Attentate auf. Ich bin mir nach Ihrem Bericht nicht mehr sicher, dass alle Mitglieder der
Gruppierung über sämtliche Vorgänge und Beteiligten
informiert sind. Insofern dürfen Sie die beiden Gefangenen hart rannehmen, müssen aber abrechen, wenn
Sie merken, dass die wirklich nichts wissen. Legen
Sie besonderen Wert darauf, von Guggenhauer eine
Einschätzung über diesen Amerikaner zu erhalten. So
wie es aussieht, hat er ja nun mal die Gruppe rund um
Meynhard gekapert und setzt sie seitdem nach seinem

eigenen Gutdünken ein. Vielleicht war das auch der Hauptgrund für Meynhards Tod. Vielleicht musste er sterben, weil er die Wurzel war. Ich meine, was macht man, wenn man ein Schiff kapert und will, dass die Mannschaft nur noch einem selbst folgt? Man tötet den Kapitän. Insgesamt würde ich das Verhalten dieses Amerikaners als diktatorisch einschätzen. Außerdem stelle ich mir die Frage, warum die Burschen Barngalio töten, um seine Befragung zu verhindern und dann gleichsam einen enormen Aufwand betreiben, um mit Ducheman und Guggenhauer zu fliehen. Was ist mit den in Frankreich ermittelten Personen? Haben wir dort schon etwas?«

»Marcelano ist erfolglos befragt worden. Er sagte aus, er habe den Jet auf Anfrage seinem Freund Rinkers zur Verfügung gestellt. Mit einer Terrorgruppierung habe er nichts zu schaffen. Für den Termin an dem sich die Society in Berlin traf, hat er ein stichfestes Alibi. Die Deyssenberg GmbH fällt auch aus unserem Raster. Der Rechtsanwalt Rinkers arbeitet gelegentlich für sie und mietete das Ferienhaus in Cuges le Pins an. Die Unternehmung selbst scheint jedoch völlig unverdächtig. Nach Rinkers wird nach wie vor mit Hochdruck gefahndet.«

»Was ist mit der Auswertung der Handydaten von Zenker?«

»Das war eine Sackgasse. Zenker wurde von einem unregistrierten Einweghandy aus angerufen.«

»Okay. Wissen Sie, ob der Tod meines Freundes Randolf Stuerman mit der Sache in Verbindung steht?«

»Dazu kann ich erst einmal nichts sagen. Offiziell war es ein Unfall. Die Ermittlungen der Polizei werden sicherlich noch ein paar Tage andauern.«

»Gut, Sie halten mich auf dem Laufenden.«

Während Sacher und Manger die Vernehmung des Attentäters Christopher Larren übernahmen, befragte Katrin gemeinsam mit Aysun, Ivana Guggenhauer.

Diese betrat mit hochrotem Kopf das Verhörzimmer. »So können Sie mich nicht behandeln. Das ist unzumutbar, mich in eine solche Zelle zu verbringen und dann lassen Sie mich auch noch so lange warten. Ich will sofort einen Anwalt.«

»Zunächst beruhigen Sie sich«, begann Katrin gelassen. »Sie setzen sich jetzt erst einmal hin. Wie lange wir Sie warten lassen, ist für Sie vollständig irrelevant, denn Sie haben alle Zeit der Welt. Sie sind der Beihilfe zum Mord in mehreren hundert Fällen schuldig. Sie sind Mitglied einer terroristischen Vereinigung und haben schwere staatsgefährdende Straftaten sowohl vorbereitet als auch durchführen lassen, um nur einige der Anklagepunkte zu nennen, deren Sie schuldig gesprochen werden. Insofern kommen Sie hier sowieso nie wieder raus. Was wir jedoch in dieser Zeit mit Ihnen machen, hängt alleine von Ihrer Kooperationsbereitschaft ab. Und glauben Sie mir, ich habe weder ein Problem damit, Sie in einen Wandschrank zu verfrachten, noch habe ich ein Problem damit, Sie mit inhaftierten Syrienkämpfern oder anderen Dschihadisten zusammenzusperren. Also ich an Ihrer Stelle würde hier ein ganz demütiges Auftreten an den Tag legen und wann Sie einen Anwalt sehen oder nicht bestimmen wir.«

Aysun lächelte Guggenhauer an. »Nun, anders als meine Kollegin muss ich sagen, dass es bei den Richtern sicherlich einen positiven Eindruck machen würde, wenn gerade ich bestätige, dass Sie von Anfang an um die Aufklärung der Vorgänge bemüht waren.«

»Du brauchst mich gar nicht so ansäuseln, du Türkenschlampe.«

»Oh, ich wollte Ihnen nur ein wenig Hoffnung machen, aber da Sie das nicht wollen, halte ich mich ab sofort zurück.«

Katrin übernahm wieder: »Schluss mit dem Geplänkel. Frau Guggenhauer, wir wissen, dass Sie von Ingbert Meynhard in die Gruppierung geholt wurden. Wie lief das ab und wann begann dies?«

»Ingbert Meynhard war ein großartiger Mann, der die Vorgänge in unseren Ländern mit absoluter Klarheit, Weitsicht und Objektivität betrachtete. Ich kannte ihn schon seit Jahren. Immer wenn er Österreich bereiste, kam er auf Besuch vorbei und begeisterte uns mit den Wahrheiten, die uns von unserer linksgrünversifften Regierung und ihrem Propagandaorgan der internationalen Lügenpresse verschwiegen werden. Schon Jahrelang träumten wir vom Beginn eines modernen Kreuzzuges, um die Invasion unserer Feinde zu stoppen. Die übrigens auch Ihre Feinde sind, was Ihnen lediglich aufgrund Ihrer Verblendung nicht bewusst ist. Insofern bin ich nicht an Morden beteiligt gewesen, sondern an einem Kampf, um unser aller Freiheit, wofür Sie mir eigentlich dankbar sein sollten. Ich gehe ohnehin davon aus, dass in nur wenigen Jahren die Völker Europas zu den Waffen greifen werden, um sich gegen dieses Dreckspack von Muslimen zu wehren und mithilfe der USA auch gewinnen werden. Was glauben Sie, werde ich dann noch im Gefängnis sein? Natürlich nicht. Man wird mich feiern. Man wird uns Freiheitskämpfern Denkmäler setzen. Weil wir diejenigen waren, die bereitwillig alles für die Menschen in unserer Heimat opferten. Insofern können Sie mir ruhig mit ewiger politischer Gefangenschaft drohen. Ich werde Ihnen nichts verraten. Dort draußen bin ich jetzt schon für Tausende eine Heldin. Und je länger Sie mich hier einsperren, desto größer wird die mir entgegengebrachte Dankbarkeit sein, wenn ich einst ehrenvoll aus diesem Gefängnis schreite beziehungsweise je mehr Sie mir antun, desto größer wird die Strafe für Sie sein. Drohen Sie mir doch mit den inhaftierten Dschihadisten. Lassen Sie mich doch von denen töten. Dann werde ich zu einer der größten Märtyrerinnen der Weltgeschichte. Sie können mir nicht drohen.«

Aysun blickte Katrin lächelnd an. »Also wenn du mich fragst, ist die Alte ein Paradefall für die dauerhafte Unterbringung in einer geschlossenen Anstalt.«

»Dem stimme ich zu. Ich würde sagen, wir verschaffen ihr gleich mal einen Einblick in diese Welt, lassen sie zurück in die Beruhigungszelle bringen und eine Weile fixieren. Mal schauen, ob sie zur Vernunft kommt.«

Als die beiden das Vernehmungszimmer verließen, wartete bereits ein Mitarbeiter auf sie. »Jos Rinkers ist gefasst. Die Holländer haben ihn beim Versuch nach Südamerika zu fliehen erwischt. Er befindet sich im Vernehmungszimmer nebenan. Wollt ihr das übernehmen?«

»Klar, aus Guggenhauer wird sobald nichts herauszuholen sein«, antwortete Aysun.

Im nächsten Vernehmungszimmer, saß ihnen der niederländische Anwalt gegenüber, der mit seiner kleinen, untersetzten Statur, seiner grauen Halbglatze und Nickelbrille, eher an einen schüchternen Zwerg erinnerte, als an einen gefährlichen Verbrecher.

Katrin begann erneut die Vernehmung: »Herr

Rinkers, Sie wissen, was wir Ihnen zur Last legen?«

»Sie können mir nicht das Geringste beweisen.«

»Doch, das können wir. Wir haben soeben Frau Guggenhauer verhört und unsere Kollegen verhören gerade Ihren Chefattentäter. Beide haben Sie schwer belastet«, log Katrin. »Wir wissen, dass Sie durch Herrn Meynhard in diese Gruppierung aufgenommen wurden. Sie sind Anwalt. Sie besitzen genügend Sachkenntnis, um zu wissen, dass vor Gericht Zeugenaussagen einschließlich der von uns gefundenen Indizien ausreichen, um Sie zu einer lebenslangen Haft mit anschließender Sicherheitsverwahrung zu verurteilen. Außerdem glauben Sie mir, wir haben alle Freiheiten dafür bekommen, Sie nach Strich und Faden weich zu kochen. Sie haben Deutschland der Gefahr eines Bürgerkriegs ausgesetzt. Insofern spielen Sie hier keine Spielchen mit mir. Ich garantiere Ihnen, Sie kleiner Gartenzwerg würden nicht einmal fünf Minuten von dem durchstehen, was wir sonst mit Ihnen machen. Also stehen Sie gefälligst für Ihre Taten gerade. Ich will jetzt hier Fakten hören.« Rinkers senkte nachdenklich den Kopf und überlegte einen Moment.

Dann antwortete er mit leiser Stimme: »Es ist wahr. Ich bin ein Mitglied der Society against the axis of the evil. Ich bin von Meynhard dazu animiert worden. Meynhard war ein wunderbarer Mann. Ein Mann voller Leidenschaft im Kampf gegen unsere Feinde und noch dazu hochintelligent. Er träumte schon so lange von einem Kreuzzug und wir führten nahezu endlose Diskussionen darüber. Aber erst als der Mann kam, der unsere Organisation nun leitet, sahen wir diesen Traum in Erfüllung gehen. Unser amerikanischer Freund ist die treibende Kraft, die uns die ganzen Jahre über fehlte.«

»Dass dieser amerikanische Chef dazu kam, liegt erst ein paar Monate zurück. Sie erklärten soeben Ihre große Zuneigung für Meynhard. Außerdem kannten Sie ihn bereits seit Jahren. Wie haben Sie denn aufgenommen, dass man Ihren Freund kurzerhand ermordete, als wir nach ihm zwecks einer Befragung fahndeten?«

»Das war Barngalio. Er kehrte nach unserer Sitzung in Berlin nochmals zurück in das Besprechungszimmer und tötete Meynhard mit einem so starken Gift, dass unser Vorsitzender nur noch hilflos dem Todeskampf Meynhards zusehen konnte. Ich war sehr geschockt, als ich davon erfuhr, denn Meynhard und Barngalio waren engste Freunde. Aber Barngalio wusste natürlich, was für ihn auf dem Spiel stand, wenn Meynhard bei einem Verhör zusammenbrechen sollte. Meynhard starb in den Armen des Amerikaners. Er ordnete dann zum Schutz unserer Vereinigung an, Meynhard in seine Wohnung bringen zu lassen, damit Sie ihn dort finden. Wegen dieser Tat musste Barngalio sterben. Der Vorschlag ihn zu exekutieren wurde einstimmig angenommen, da ja auch er in Ihren Fokus geraten war.«

»Einen Moment mal«, mischte sich Aysun aufgebracht ein. »Hat der Amerikaner Ihnen das so erzählt? Haben Sie etwa Barngalio nicht mit diesem Vorwurf konfrontiert, obwohl Sie schon seit Jahren in dieser Meynhard Gruppe verbunden waren? Das irritiert mich jetzt. Ich kann Ihnen nämlich ganz genau sagen, dass wir aufgrund meiner Ermittlungen am Flughafen wissen, dass Barngalio zum Todeszeitpunkt von Meynhard in einem Flugzeug von Berlin nach Zürich saß. Er kann es gar nicht gewesen sein. Der Amerikaner hat Sie angelogen. Wahrscheinlich tötete er Meynhard höchstpersönlich. Wir können gerne die Unterlagen der Gerichtsmedizin und die Boardingdaten von Barngalio dazu holen.«

Rinkers zog erschrocken die Stirn kraus und blickte von Aysun hinüber zu Katrin, die ihm mit steinharter Miene entgegenblickte und sich dann weit über den Tisch lehnte, bis ihre Gesichter beinahe zusammenstießen. »So, Herr Rinkers, genau diese Mimik wollte ich von Ihnen sehen. Jetzt wissen Sie, dass Ihr amerikanischer Freund Sie hintergangen hat. Dass er Sie manipuliert hat. Und jetzt will ich von Ihnen den Namen, den wahrscheinlichen Aufenthaltsort und eine komplette Beschreibung des Mannes haben. Dasselbe gilt natürlich auch für alle anderen Mitglieder Ihrer sogenannten Society.« Verstört blickte Rinkers zu Boden und seine Körperhaltung ließ keinen Zweifel daran, dass ihn diese Information bis ins Mark erschüttert hatte, doch er schwieg.

Katrin wurde laut: »Herr Rinkers, schauen Sie uns gefälligst ins Gesicht. Auch wenn Sie es sich wünschen, diese Situation können Sie nicht aussitzen. Sie haben sich das selber eingebrockt, also stehen Sie verdammt nochmal auch dafür gerade. Je länger Sie sich der Kooperation entgegensetzen, desto schwerer wird das für Sie. Und glauben Sie mir, sollte aufgrund Ihrer Aussageverweigerung noch ein weiterer Anschlag geschehen, dann Gnade Ihnen Gott.«

»Ich werde Ihnen trotz dieser Argumentation keinerlei Information geben, die den Fortgang unseres Kreuzzuges gefährden würde.«

»Okay«, antwortete Aysun trocken, »stellen wir das erst einmal zurück. Erzählen Sie uns von dem Chef Ihrer Gruppierung. Was ist er für ein Mensch?

Wieso waren Sie so schnell bereit ihm vollständig zu vertrauen? Immerhin ging es um viel Geld, welches Sie aus Ihren privaten Mitteln in das Projekt investieren mussten und letztlich auch um das Ende Ihrer bisherigen Existenz. Wieso waren Sie bereit so viel für ihn zu riskieren?«

»Es war nicht für ihn. Sondern es ging darum, den entscheidenden Kampf um unser aller Freiheit zu führen. Er entwarf nur die Strategie dazu. Er war bereit alleine den gesamten Kampf zu organisieren und das gesamte Risiko zu übernehmen. Es hieß von Anfang an, wir sollten nur als stille Geldgeber fungieren, damit das Risiko für uns möglichst gering gehalten wird. Die Einzigen, die weitere Funktionen bekleideten waren Meynhard als ethische und moralische Instanz sowie Barngalio, der die Konten verwaltete.«

Katrin fuhr Rinkers über den Mund: »Erstens hat das mit der Risikolosigkeit für Sie wohl nicht geklappt und zweitens ließ der Amerikaner beide von Ihnen genannten Männer umbringen, um an die alleinige Macht in der Society zu kommen.«

»Keineswegs, es ging ihm bestimmt nur darum, dass die beiden in Ihrem Fokus standen und zu viel wussten. Wenn einer der beiden eine Aussage gemacht hätte, wäre der Kampf verloren gewesen, bevor er angefangen hatte. Nach ihrem Tod wurden ihre Funktionen auf zwei andere Mitglieder übertragen. Unsere Gruppe ist und bleibt demokratisch ausgerichtet. Wir sind Patrioten keine Nazis.«

»Nun, was sagen Sie denn zu der kurzfristigen Planung, die dem Mord an dem Muezzin aus Köln vorausging. Darüber informierte Ihr demokratischer Chef selbst Meynhard erst einen Abend zuvor und was ist mit dem Mord an dem Cousin des Muezzins?«

»Wie gesagt mit der Planung hatten wir nichts zu tun. Bis auf den Angriff auf die Koranverteilung, den Meynhard sich persönlich wünschte, sollten wir immer erst am Tag des Anschlages informiert werden, um die Geheimhaltung zu wahren. Außerdem besitze ich weder Kenntnis davon, dass der Muezzin einen Cousin hatte noch, dass dieser ermordet wurde. Ich weiß nicht, warum Sie uns diesen Mord anlasten.«

»Nun, wir kennen den Täter noch nicht, aber es scheint doch sehr wahrscheinlich, dass er aus den Reihen der Society stammt. Dieser sogenannte Vorsitzende geht also nicht im Geringsten demokratisch vor, sondern stellt Sie alle vor vollendete Tatsachen. Er ist offensichtlich nur an Ihrem Geld interessiert und nicht daran mit Ihnen zusammenzuarbeiten. Herr Rinkers, Sie sind ein erfolgreicher Anwalt, also stellen Sie sich hier nicht dümmer als Sie sind. Packen Sie endlich aus. Laut Frau Guggenhauers Aussage sind weitere Terroranschläge geplant. Wo und wann, sollen diese durchgeführt werden? Ich deutete doch wohl gerade verständlich genug an, was passiert, wenn ich mit Ihrer Aussage nicht einverstanden bin.«

»Wie gesagt in die genaue Planung sind wir nicht eingebunden«, antwortete Rinkers schwitzend. »Aber er wird schon wissen, was er tut. Ich nehme meine Strafe an, wage jedoch nicht unseren einmal begonnenen Kampf zu gefährden.«

»Passen Sie auf, wir brechen jetzt hier ab. Sie kommen in eine Beruhigungszelle und dort denken Sie mal in Ruhe darüber nach, ob Sie diesen Mann, der Sie in genau diese Situation hineinmanövriert hat, wirklich schützen wollen. Ob Sie verantwortlich sein wollen für den Tod weiterer Menschen, ohne dass Sie das vorherige oder das weitere Vorgehen der Society mitbestimmen konnten beziehungsweise können. Ich gebe Ihnen eine Stunde Zeit.«

Vor der Tür des Vernehmungszimmers regte sich Katrin auf. »Also wenn du mich fragst, sind die alle völlig durchgeknallt. Wer lässt sich denn auf so etwas ein? Einem Menschen, den man kaum kennt, jede Menge Geld zu geben. An so gut wie keiner Entscheidung teilzuhaben und dann mitverantwortlich zu sein, an den barbarischen Verbrechen, die dieser Kerl sich ausdenkt. Vor allem sind das doch alles Menschen, die normalerweise intelligent sein sollten.«

»Sicher, aber wenn der Fanatismus hoch genug ist, machen auch intelligente Leute so etwas mit. Denk an die vielen reichen Araber, die mit ihrem Geld Terrormilizen finanzieren. Die Araber sind auch nicht dumm, aber es ist dasselbe, was wir hier vor uns haben. Oder denk an die vielen Reichen, die ihr Geld Hochstaplern anvertrauten, nur weil diese ihnen völlig unrealistische Versprechen von unsagbarer Gewinnmaximierung weismachten. Zorn und Gier sind offensichtlich Motivationsfaktoren, die das Gehirn vollkommen abschalten.«

»Du hast recht. Lass uns einen Kaffee trinken gehen und kurz mal auf andere Gedanken kommen.«

Im Verhörzimmer nebenan saßen sich Sacher und Larren gegenüber, während Manger lässig an der Wand lehnte.

Sacher übernahm die Befragung: »So, Herr Larren, dann erzählen Sie uns mal, wie Sie in die Gruppe eingestiegen sind und warum.«

»Ingbert Meynhard hatte mich damals mit viel Verhandlungsgeschick aus einem Militärgefängnis der britischen Armee freibekommen. Dafür war ich ihm natürlich dankbar. Vor einigen Monaten rief er mich dann an und bat um ein Treffen in Polen. Ich befand mich seinerzeit an meinem Dauerstützpunkt in der Schweiz und das Leben in einem Luxushotel ist teuer. Außerdem wollte ich mir mit der Frau, die ich liebe, ein neues Leben aufbauen. Also stimmte ich dem Treffen zu, bei dem er mir das Angebot unterbreitete, für die Society aktiv zu werden. Ich brauchte für die Verwirklichung meines Traumes dringend eine größere Summe Geld, also sagte ich zu. Meynhard finanzierte mir dann eine Wohnung in Salzburg, damit ich einen Wohnsitz innerhalb der Europäischen Union habe. Kurz bevor ich diese bezog, bekam ich auch einen Kurs in der Verwendung verschiedener Masken sowie perfekt gefälschte Dokumente. Das wurde alles von dem Amerikaner organisiert. Meynhard und die anderen hatten keine Ahnung von so etwas, deshalb brauchten sie den Mann für ihr ganzes Vorhaben. Als ich einsatzbereit war, teilte man mir verschiedene Helfer zu, wie zum Beispiel Melters, ohne dessen amateurhaftes, idiotisches Verhalten wir uns heute nicht gegenübersäßen. Am dreißigsten April bekam ich dann von Meynhard den Auftrag mich bei Melters zu verstecken, um mich auf den Anschlag in Bonn vorzubereiten. Als ich dann in der Nacht vom ersten auf den zweiten Mai mit Melters eine von Meynhard inszenierte Messe besuchte, hieß es jedoch auf einmal, dass ich gleich am nächsten Tag in Köln zuschlagen sollte. Den Plan dafür hatte der Amerikaner ausgearbeitet. Die benötigten Mittel wurden mir am Morgen, des zweiten Mai geliefert. Meynhard wusste glaube ich selbst nicht, was er davon halten sollte. Deshalb bat er mich, nach dem Attentat in Köln zunächst nach Salzburg zurückzufahren, um den Anschlag in Bonn nicht dadurch zu gefährden, dass man mich vor Ort schnappt. Das Attentat auf Barngalio wurde ebenso kurzfristig entschieden, sodass ich nach der Bonner Geschichte meine geplante Fluchtroute ändern musste, um die benötigten Dinge bei Zenker abzuholen. Zenker befand sich bereits auf dem Weg nach Deutschland, um mich zu ersetzen. Nach der Exekution von Barngalio suchte ich dann Ducheman auf, der mir aus Meynhards direktem Freundeskreis bekannt war. Wir sind in Richtung eines von ihm in Namibia unter falschem Namen betriebenen Anwesens geflohen. Als es in Frankreich brenzlig wurde, wandte ich mich hilfesuchend an den Amerikaner und erhielt die Anweisung mich Dave Janson anzuschließen, der seinerseits Guggenhauer im Schlepptau hatte. Janson besaß einen Kontakt in Marokko, den wir als Zwischenstation nutzen wollten. Die weitere Flucht war dann eine Mixtur aus Zufällen und Momententscheidungen, bis Sie uns ausgerechnet mit der Hilfe des Mannes dem wir vertrauten gefasst haben. Wie gesagt, ich bin heute noch davon überzeugt, dass einzig und allein der Fehler von Melters Sie dazu befähigte diese Gruppe zu sprengen.«

»Nun gut, irgendeiner macht immer einen Fehler«, stellte Manger sachlich fest. »Was hat Ihnen Janson eigentlich über seinen Kontakt erzählt?«

»Nicht viel, er sagte, der Mann wäre ebenso islamfeindlich, wie die Society und er vertraue ihm hundertprozentig. Er meinte, wir könnten dort in jedem Falle ein paar Tage bleiben.«

»Da hat er Sie wohl angelogen.«

»Sieht ganz so aus. Wobei er das in einem Moment tat, als er selbst noch davon überzeugt war dort unterzutauchen. Aber vielleicht hätte dieser Madows uns nicht verraten, wenn Janson dabei gewesen wäre.«

Sacher übernahm wieder: »Wie sieht es mit dem Mord an dem Cousin des Muezzins aus?«

»Davon weiß ich absolut nichts. Ich kannte den Muezzin nicht persönlich. Insofern wusste ich auch nicht, dass er einen Cousin hat. Das müsste wohl Janson gewesen sein, denn Zenker kann es meiner Meinung nach nicht getan haben.«

»Okay, sind Sie in der Lage, uns Namen von weiteren Personen zu liefern?«

»Namen nicht, aber ich kenne die gesamte Mannschaft des Amerikaners und den Maskenbildner, der mir die Schulung gab. Das müssten eigentlich alle verbliebenen operativen Einheiten der Society sein. Ich kann Ihnen die Männer beschreiben. Senden Sie mich zu einem Phantombildzeichner und Sie haben in einigen Stunden Fahndungsbilder. Ich verfüge über ein sehr gutes Gedächtnis, was Gesichter angeht.«

»Gut, das werden wir machen. Ich sehe, dass es Ihnen keine allzu großen Probleme bereitet, mit uns zusammenzuarbeiten.«

»Wieso auch, die Typen sind mir im Grunde genommen egal. Ich habe nur des Geldes wegen bei dieser Geschichte mitgemacht.«

»Wie viel bekommt man denn für so etwas?«

»Mir wurde ein Konto auf den Cayman Islands übertragen. Dort sind zehn Millionen Euro eingezahlt worden.«

Manger schoss heran und stützte sich auf den Tisch. »Und das ist für Sie Grund genug, eine solch große Anzahl von Menschen zu töten, zu verletzen und zu traumatisieren. Sie sollten sofort in die Psychiatrie eingewiesen werden. Sie sind doch nicht mehr ganz bei Trost.«

»Was regen Sie sich eigentlich so auf? Das waren zwei gezielte Tötungen und ein Sprengstoffanschlag, bei dem hauptsächlich extremistische Muslime umgekommen sind. Ich war über zehn Jahre in Afghanistan und habe dort solche Leute für weit weniger Geld getötet. Was macht denn da den Unterschied? Ob sich nun ein Staat dazu entschließt gegen diese Menschen vorzugehen oder eine Truppe von Verrückten, das kommt wohl auf dasselbe raus.«

»Da sind wir aber ganz unterschiedlicher Meinung. Eine Staatsregierung kann Risiken einschätzen und Notwendigkeiten erkennen und selbst das funktioniert nicht immer. Eine solche Truppe von Amateuren kann das definitiv nicht, denn die handeln nur aus Hass. Wir haben zum Glück bisher keinen großen Gegenschlag hinnehmen müssen, aber dafür ist im Moment auch alles auf den Beinen, was in Deutschland mit dem Thema Sicherheit zu tun hat. Will meinen, die Toten durch einen islamistischen Gegenanschlag würden genauso auf Ihr Konto gehen, wie die Menschen, die Sie selbst töteten.«

Sacher zog Manger am Arm. »Herr Manger, das ist nicht unser vornehmliches Thema. Sie, Herr Larren, werden nun zu unserem Phantombildzeichner gebracht. Geben Sie uns genaue Angaben und Sie werden zumindest Haftbedingungen bekommen mit denen Sie leben können. Ach so, was ist eigentlich jetzt mit Ihrer Freundin, Solange Revel?«

»Das ist vorbei. Ich habe Solange nur noch einmal kontaktiert, seit Sie mein Bild veröffentlicht haben. Sie hat kein Ton gesagt, nur geweint und dann aufgelegt. Danach rief sie mich auch nicht mehr an. Ich denke, sie wird noch unter Schock stehen. Vielleicht hasst sie mich auch inzwischen. Lassen Sie sie in Ruhe, sie wusste nichts von meiner Tätigkeit. Ich habe Solange verloren.«

»Gefängnis bis zum Tod und die Frau, die man liebt, verloren, na das hat sich ja mal gelohnt.«

Manger und Sacher gingen in ihre Abteilung und trafen auf ihre beiden weiblichen Kollegen, die ihnen einen Kaffee bereitstellten.

Sacher setzte sich nachdenklich auf seinen Schreibtisch, ließ sich von Katrin über die Verhöre von Guggenhauer und Rinkers informieren und nickte dann bedächtig. »Also eure Taktik, das Vertrauen Rinkers in den Amerikaner zu zerstören und ihm zu sagen, die anderen hätten ihn belastet, ist gut. Zumindest die von euch geschilderte Reaktion lässt mich hoffen, dass wir bald auch von ihm Aussagen über die anderen Mitstreiter bekommen. Trotzdem macht mich wahnsinnig, dass offensichtlich keiner etwas über den Mord an Karim weiß. Keinen Zusammenhang zwischen den beiden Geschichten herzustellen wäre fahrlässig. Aber offensichtlich handelt es sich um einen Mord, der ausschließlich von diesem Amerikaner angeordnet wurde und dann lautet die Frage, warum er seine Leute nicht wenigstens nachher darüber in Kenntnis setzte. Auch diese Sache mit Meynhard. Warum erzählt er ihnen, Barngalio habe Meynhard getötet? Er muss sich offensichtlich völlig sicher gewesen sein, dass die untereinander Funkstille halten. Sonst hätten die ihn doch sofort als Lügner enttarnt. Ich habe keine Ahnung, wie ich diesen Kerl einschätzen soll. Alles in allem spielt dieser Amerikaner für meine Begriffe in einer völlig anderen Liga. Er scheint sich der Society nur zu bedienen. Deshalb beschleicht mich ganz klar das Gefühl, wir übersehen irgendetwas.«

»Aber was?«, fragte Katrin. »Hat dieser Amerikaner am Ende eine ganz andere Zielsetzung, als die übrigen Mitglieder der Society oder will er nur seine Macht innerhalb der Gruppierung ausweiten? Wenn er den Mord an Karim veranlasste, muss er als einziger über dessen Recherchen Bescheid gewusst haben. Aber woher?«

Die vier Ermittler grübelten gerade vor sich hin, als ein Mitarbeiter den Raum betrat. »Herr Rinkers will eine Aussage machen. Er bekam wohl auf dem Weg in seine Zelle mit, dass der Attentäter zu einem unserer Phantombildzeichner überstellt wurde. Er sagt, wenn der Attentäter aussagt, habe sein Schweigen keinen Sinn mehr.«

»Okay, wir kommen«, antwortete Aysun nickend und erhob sich aus dem Bürosessel.

Eine Viertelstunde später saßen sie erneut gegenüber von Rinkers im Verhörraum.

»Sie möchten jetzt doch aussagen?«, fragte Aysun.

»Ich werde unter der Bedingung gegen meine Mitstreiter aussagen, dass ich bessere Haftbedingungen und einen Anwalt bekomme.«

»Lässt sich einrichten, hängt aber von dem ab, was Sie uns nun mitteilen.«

»Also, der von uns gewählte Vorsitzende heißt Meryll Knight, ist ungefähr zwischen siebzig und achtzig Jahre alt und kommt aus New York. Er scheint aus dem Bankwesen zu stammen, denn er wurde von Barngalio in die Gruppe eingebracht. Meynhard war erst skeptisch, weil er selbst die Leitung übernehmen wollte. Er sah dann aber ein, dass ihm die nötigen Kenntnisse zur Durchführung eines Kreuzzuges fehlten. Deshalb gab er klein bei, nachdem wir alle der

Meinung waren, dass es mit Herrn Knight bessere Chancen auf Erfolg geben würde. Diesen Mann kann ich Ihnen nur beschreiben. Die anderen Mitglieder kenne ich seit Jahren. Ich kann Ihnen Namen und wahrscheinliche Aufenthaltsorte anbieten. Ihre Bilder haben Sie dann sowieso. Das sind alles Leute, die Sie googeln können.«

Katrin reichte ihm Stift und Papier. »Sie werden das notieren. Übrigens kannten Sie auch Randolf Stuerman?«

»Klar, kannte ich den. Der hatte aber mit der Sache absolut nichts zu tun. Außer dass Meynhard und Barngalio ihn einen Stiftungsvertrag ausarbeiten ließen, als Meynhard noch glaubte, uns von seiner Idee überzeugen zu können, wozu es dann letzten Endes ja nicht kam.«

Rinkers schrieb die Namen sämtlicher Mitglieder der Society auf und wurde anschließend in eine Standardeinzelzelle verbracht.

Katrin grinste Aysun an. »Jetzt haben wir sie.«

Kapitel Zweiundzwanzig

Zur selben Zeit versendete der Chef der Society eine verschlüsselte Nachricht, an alle verbliebenen Mitglieder und Mitarbeiter der Terrororganisation.

Meine lieben Freunde,
in den vergangenen Jahren ließen die katastrophalen Zustände in unseren Heimatländern, die in ihrer Verblendung immer weiter in Richtung ihres eigenen Untergangs steuern, in uns das absolut unbeirrbare Pflichtbewusstsein erwachsen, einen heroischen Kampf heraufzubeschwören. Der von uns geplante

Kreuzzug wurde nunmehr vor zehn Tagen entfesselt. Wir haben unser Geld, unsere gesellschaftliche Stellung, ja selbst unser eigenes Leben für diesen Kampf riskiert. Dies taten wir einzig und allein aus Liebe und Treue gegenüber unserer christlich-abendländischen Heimat sowie zur Verteidigung der Freiheit und der demokratischen Werte unserer Nationen.

Viele Menschen fanden in dieser Zeit durch unseren Befehl den Tod, doch trifft uns selbst keine Schuld daran. Die Schuld trifft einzig und allein die Führer des weltweiten Islams sowie derjenigen internationalen Regierungen und Unternehmen, die sich dem Diktat dieser Führer bereits unterworfen haben oder sich ihnen in ihrem aufgesetzten Gutmenschentum anzubiedern versuchen.

Wir müssen jedoch zugeben, dass die Kräfte, die unser Feind einsetzte, zu stark für uns waren. Die Behörden in Deutschland haben am heutigen Tage mehrere entscheidende Größen unseres Kampfes gefangen genommen. Zu meinem unendlichen Bedauern ist es uns mit unseren verbliebenen Kräften nicht möglich unsere großartigen, tapferen Mitglieder zu befreien. Aufgrund der brutalen Verhörmethoden, die unsere Kameraden zu erwarten haben, muss damit gerechnet werden, dass niemand mehr von uns, vor dem Zugriff unserer Feinde sicher ist. Dadurch ist es gleichsam unmöglich geworden unseren Kreuzzug weiterzuführen. Ich persönlich übernehme die Verantwortung für unser Scheitern und werde mich dieser durch meinen selbst erwählten Tod stellen. Sie alle, die mir ans Herz gewachsen sind und denen ich für Ihre Leistungen sowie Ihren Mut von ganzem Herzen danken will, möchte ich jedoch bitten, davon abzustehen, mir diesen Schritt gleichzutun, denn unser

Kampf wird weitergehen. Nicht durch uns, aber durch diejenigen, denen wir als Beispiel dienen. Je stärker die Zahl der Invasoren aus muslimischen Ländern ansteigt, desto stärker wird auch der Hass auf sie wachsen und irgendwann in Zukunft wird erneut eine Gruppe von Menschen den Kampf gegen unsere Feinde aufnehmen. Ich wünsche Ihnen, dass Sie diesen Moment miterleben dürfen. In Würde nehme ich Abschied.

Ihr ergebener Meryll Knight.

Zufrieden mit seinem Werk, lehnte er sich zurück und trank einen tiefen Schluck Bourbon. Seine schlohweißen Haare hatte er inzwischen entfärbt und geschnitten. Außerdem hatte er sich abgeschminkt, sodass er gleich um mehr als dreißig Jahre jünger wirkte, was durch die militärisch kurzen strohblonden Haare noch verstärkt wurde.

»Jetzt muss ich nur noch mein Geld abholen, und dann verschwinde ich auf Nimmerwiedersehen in den Weiten meiner Heimat Montana«, sagte er lächelnd zu sich selbst. Je länger die inhaftierten Mitglieder den Mund halten und die restlichen dieser Vollidioten wie aufgescheuchte Hühner durch die Welt rennen würden, desto größer war die Wahrscheinlichkeit, unbehelligt zu entkommen. Zumal sie nicht mal seinen richtigen Namen kannten und ihn als alten Mann beschreiben würden. Im Idealfall fanden die Ermittler bei einem von ihnen seinen Brief und würden infolgedessen nach der Leiche eines alten Mannes suchen. Sehnsüchtig schaute er sich ein Bild der Ranch an, die er sich gekauft hatte. Ein elegantes Holzhaus, umgeben von weiten Koppeln und dichtem Nadelwald, vor der Kulisse der schneebedeckten Gipfel der Rocky

Mountains. Sogar ein kleiner See befand sich auf seinem Anwesen. Davon hatte er schon als kleiner Junge geträumt. Doch es war stets ein Traum geblieben, denn er hätte sich nach seinen gescheiterten Karrieren als Soldat und als Schauspieler nicht mal ein gammliges Appartement in irgendeiner anonymen Großstadt der USA leisten können. Doch manchmal kam es halt anders, als man dachte.

Unvermittelt öffnete sich hinter ihm die Tür seines Hotelzimmers und riss ihn aus seinen Gedanken.

»Ach du bist es«, grinste er. »Ich hatte mich schon erschreckt.«

»Komm, beeil dich. Der große Mann will dich sehen. Dann erhältst du auch deinen Lohn und kannst dich auf deine Ranch in deinem geliebten Montana zurückziehen.«

»Ihr wisst davon? Hatte ich doch gar nicht erzählt.«

»Der große Mann weiß alles, was er wissen will. Ich bin fast hinten übergefallen, als er mir das erzählte. Was kann man nur an Montana toll finden? Weit und breit nichts außer Bäume und Grasland und dann auch noch saukalt. Also mich bekämen da keine zehn Pferde hin. Florida oder Hawaii okay, aber Montana niemals.«

»Das ist halt Geschmacksache.«

»So ist es, pack deine Sachen und komm jetzt. Hast du die Hotelrechnung schon bezahlt?«

»Ja, in bar.«

»Gut. Wir werden das Hotel durch den Hintereingang verlassen.«

Kurz darauf bestiegen die beiden Männer einen dunklen BMW und fuhren entgegen der nachmittäglichen Sonne auf die nahegelegene Autobahn.

»Wie weit ist es?«, fragte der ehemalige Chef der Society.

»Mach dir darüber keine Gedanken. Es ist sowieso am besten für dich, wenn du nicht allzu viel weißt. Hast du dein Tablet abgeschaltet? Wenn sie deine Nachricht bei irgendeinem finden, werden sie auch wissen, von wo aus die Nachricht versendet wurde und dann orten sie dich bald, falls sich nicht sowieso dein Internetprovider beim BKA meldet.«

»Ich habe es abgeschaltet. Wenn du willst, zerstöre ich es. Es ist hinten im Kofferraum in meiner Tasche, allerdings ist es nicht auf mich registriert.«

»Du kannst es an der nächsten Raststätte entsorgen. Ich will kein Risiko eingehen.«

Es war bereits dunkel, als sie an einer eleganten Blockhütte ankamen, die auf einer Lichtung inmitten eines dichten Mischwaldes stand. Das Haus mit wuchtigem Spitzdach und großer Veranda schmiegte sich längsseits an einen seichten Hang mit moosüberwachsenen Felsen und üppigen Farnen.

Der Mann, der Meryll Knight abgeholt hatte, ging voraus, die steinernen Stufen hinauf und öffnete eine wuchtige, aus grob geschlagenem Holz bestehende Tür, neben der ein Araber an der Wand lehnte, der ihn breit angrinste. Meryll blickte sich um, lauschte dem in der Nähe rauschenden Bach und schnupperte nach dem herrlichen Duftgemisch aus nassem Holz, Moosen und erdigem Waldboden. Nicht weit entfernt von ihnen heulte ein Wolfsrudel.

»Ihr habt euch aber einen sehr ruhigen Ort ausgesucht. Ich sehe hier auch kein Auto, mit dem ich hier wegkommen würde«, sagte er unsicher.

»Ich denke, du kommst aus Montana, da sollte dir

doch so was eigentlich gefallen. Du brauchst dir nicht gleich in die Hose zu machen. Wir befinden uns hier unmittelbar vor den Toren Passaus und dort ist ein Auto für dich geparkt, mit dem du dann nach München fährst. Von da aus nimmst du einen Direktflug in die USA. Ich fahr dich da nachher hin. Der große Mann will nicht mit uns gesehen werden, wie du dir wohl vorstellen kannst.«

»Okay, dann bin ich ja beruhigt.«

Als die beiden eintraten, umfing den Raum tiefe Finsternis. Nur eine Kerze tauchte ihre Umgebung mit flackernder Flamme in verschwommenes Licht.

Neben der Kerze saß ein hochgewachsener Mann, der Meryll Knight lächelnd zunickte. »Mister Knight oder soll ich besser sagen Mister William Stone, ich begrüße Sie herzlich und beglückwünsche Sie zu Ihrer wirklich in nahezu allen Punkten hervorragenden Leistung. Sie haben mich voll überzeugt.«

»Nur nahezu hervorragend? Ich wüsste nicht, was nicht gelaufen sein sollte. Ich habe alles so organisiert, wie Sie es wollten.«

»Nicht vollständig. Dieser Zenker hat komplett versagt. Zum Glück habe ich einen meiner eigenen Leute geschickt, weil ich der Sache ohnehin nicht traute. Was natürlich für uns ein außergewöhnliches Risiko darstellte. Da hätten Sie sich besser anschauen müssen, wen Ihnen dieser verdammte Katholik anschleppt.«

»Immerhin habe ich diesen für Sie getötet, sonst wäre die Sache aufgeflogen, bevor wir unsere Ziele erreicht hätten und ich hätte mich permanent mit ihm einigen müssen. Ganz zu schweigen davon, dass es dann auch ein Problem gewesen wäre, Barngalio umzulegen. Ich hätte keinerlei Argument dazu gehabt.«

»Das haben Sie zweifelsohne richtig gemacht. Aber das taten Sie nicht nur für mich, sondern auch für sich selbst, denn in dem Koffer zu Ihren Füßen befinden sich die vereinbarten zwanzig Millionen Dollar. Nehmen Sie den Koffer und zahlen Sie das Geld morgen früh in München bei der Dependance der Lichtenstein Treasure Bank ein. Ich habe dort einen Vertrauten, der die entsprechenden Transaktionen durchführen wird. Morgen ist Sonntag, da stört keiner. Mein Freund wird Sie erwarten. Von der Münchner Dependance aus, wird das Geld über verschiedene Kanäle auf das Ihnen bekannte Bankkonto auf den Cayman Islands transferiert. Ich hätte Ihnen das Geld auch direkt überweisen können, aber Geldtransfers stellen immer ein hohes Risiko dar und es darf nicht das Geringste auf mich zurückfallen. Wie auch immer, die Sache ist abgeschlossen. Lassen Sie uns noch ein Glas auf unseren Erfolg trinken und dann wird mein Diener Sie nach Passau fahren.«

Während Stone mit den glänzenden Augen eines Kindes, das sein Weihnachtsgeschenk auspackt, den Inhalt des Koffers begutachtete, erhob sich der Mann, ging zu einer in der Dunkelheit liegenden Bar und befüllte zwei Gläser.

»Das ist ein Blantons Gold. Ein Kentucky Bourbon. Den habe ich extra besorgt, um Sie schon mal auf Ihre Heimat einzustimmen«, sagte der Mann mild lächelnd und reichte Stone das Glas.

Der ehemalige Chef der Society blinzelte misstrauisch. »In ähnlicher Weise habe ich Meynhard umgelegt.«

Der Mann lächelte nach wie vor und trank einen Schluck aus beiden Gläsern. »Ich werde mich wohl nicht selbst vergiften, oder?«

Beruhigt trank Stone das Glas in einem Zug leer und nickte dann anerkennend. »Das ist ein Guter.«

»Wenn Sie wollen, nehmen Sie sich noch einen Schluck. Ich habe nichts dagegen. Ich darf mich aber einstweilen schon mal verabschieden. Ich nehme einen Fußweg durch den Wald. Sie brauchen also in Bezug auf Ihre Abreise keine Rücksicht auf mich zu nehmen. Ich wünsche Ihnen alles Gute.« Der Mann grüßte mit kurzem Nicken und verließ wortlos das Haus.

Stone drehte sich zu dem Mann um, der ihn fahren sollte. »Meinst du, er hat was dagegen, wenn ich die Flasche mitnehme? Im Hotel haben sie so was wahrscheinlich nicht und ich möchte noch ein bisschen feiern.«

»Nimm sie ruhig mit. Ich hätte sowieso alles, was sich in der Hütte befindet, zusammengepackt.«

»Na dann.«

»Setz dich aber schon mal ins Auto. Ich will noch gerade alles einsammeln.« Stone schnappte sich seinen Geldkoffer und tat wie ihm geheißen. Als beide im Auto saßen, trank er bereits den nächsten großen Schluck.

»Du musst noch fahren«, knurrte ihn der Fahrer beim Einsteigen an. »Versau die Sache nicht noch auf den letzten Drücker. Ach so, gib mir noch mal die Flasche. Wenn du sie schon mitnimmst, will ich noch die Fingerabdrücke meines Herrn abwischen. Nicht dass sie ihn darüber identifizieren können.«

»Keine Angst, die schnappen mich nicht.«

Kurze Zeit später bestieg Stone einen in der Innenstadt von Passau parkenden BMW und begab sich zufrieden auf den Weg zu seinem Hotel in München.

Nur noch eine Nacht und dann genieße ich die

endlose Freiheit in den Weiten Montanas, dachte er sich.

Am Hotel angekommen, parkte Stone den Wagen in einer Nebenstraße und ging den Rest des Weges zu Fuß. Auf seinem Zimmer trank und tanzte er noch einige Zeit, um sein neues Leben zu feiern, ging jedoch eine Stunde später zu Bett und fiel bald darauf glücklich in einen tiefen Schlaf.

Sein Schlaf war so tief, dass er nicht einmal bemerkte, wie die Terrassentür seines Zimmers eine weitere Stunde später kurzzeitig aufging. Der in Schwarz gekleidete, maskierte und mit einem Nachtsichtgerät ausgestattete Mann näherte sich Stone mit der Geschmeidigkeit einer Katze. Lautlos schlich er Schritt für Schritt bis direkt an das Bett heran und beobachtete den ruhig atmenden Amerikaner. Dann drehte er sich um und suchte das Zimmer ab, bis er in einem Wandschrank das Gesuchte fand. Den Geldkoffer mit zwanzig Millionen Dollar in bar.

»Träum was Schönes«, flüsterte er in Richtung des Bettes, schlüpfte erneut auf die Terrasse und verschwand nachdem er die Balkontür geschlossen hatte in der Dunkelheit.

Zwei Stunden später überreichte er den Koffer an seinen Herrn.

»Ist alles wie geplant verlaufen?«, fragte dieser.

»Alles gut. Ich habe die komplette Hütte leergeräumt. Meine Aktion in München ist niemandem aufgefallen.«

»Hast du auch an die Flasche Whisky gedacht, die ich hinter dem Schrank versteckt habe, als ich die Flaschen vertauschte?«

»Selbstverständlich und ich habe auch die Flasche, die Stone mitgenommen hat, auf das Sorgfältigste gereinigt. Es sind also nur seine Fingerabdrücke drauf.«

»Hat er davon ausreichend getrunken?«

»Mehr als die halbe Flasche war leer und es war nichts auf dem Boden verschüttet.«

»Sehr gut, dann sollte sich mein Plan erfüllen.«

»Was war eigentlich in der Flasche drin, die Stone mitgenommen hat?«

»Eine in Whisky aufgelöste Dosis Barbiturat Natrium-Pentobarbital. Es wird gerne zur Sterbehilfe oder zum Selbstmord eingesetzt, da es schmerzfrei tötet. Er kündigte ja glücklicherweise in der Rundmail seinen Selbstmord an. Jetzt hat er ihn begangen. Die Ermittler werden keinerlei Spuren auf Fremdeinwirkung finden und die Angelegenheit somit zu den Akten legen. Wie immer hat meine Menschenkenntnis die Dinge zum Besseren verkehrt. Mir war vollkommen klar, dass sich dieser Hinterwäldler, selbst mit zwanzig Millionen Dollar in der Hand, noch eine Flasche Whisky erbettelt. Feststeht, bei der Dosis wird er morgen früh nicht mehr aufwachen. Ich bin von der Erreichung meines Ziels nur noch einen Schritt entfernt.«

Kapitel Dreiundzwanzig

Wir haben alle, bis auf den Chef. Sie sagen alle dasselbe aus«, stellte Aysun fest.

Manger grinste zufrieden. »Außerdem meldet die französische Polizei soeben, dass sie das Team des Chefs der Society an der Atlantikküste fassen konnten. Sie werden noch heute an uns überstellt. Es handelt sich allesamt um Amerikaner. Sie versuchten per Schiff nach Mexiko zu entkommen.«

Aysun nickte. »Leider ist die Befragung des Personals des Technikdienstleisters vom Flughafen sowie des dortigen Reinigungspersonals ebenso erfolglos verlaufen, wie die Befragung der Bevölkerung rund um den Flughafen Schönefeld. Das heißt, wir wissen nach wie vor nicht, wer der Attentäter vom Flughafen ist. Das wird wohl erst die Befragung der Amerikaner ergeben.«

Katrin zog zweifelnd die Brauen hoch. »Wenn die das denn wissen. Irgendwie glaube ich, dass wir dazu erst den Chef der Gruppe fassen müssen. Im Gegensatz zu den restlichen Mitgliedern der Society gab es aus der Bevölkerung keinen einzigen Hinweis auf seinen Aufenthaltsort, obwohl wir mit dem Phantombild von ihm so intensiv hausieren gehen, wie noch bei keiner Fahndung.«

Sacher lehnte sich in seinem Bürosessel zurück. »Bezüglich des Vorsitzenden gibt es übrigens noch eine schlechte Nachricht. Einen Mann namens Meryll Knight gab und gibt es in New York nicht. Die CIA hat das Phantombild durch eine Datenbank gejagt. Leider ohne jeglichen Erfolg. Wir haben demnach keinen blassen Schimmer, wer der Kerl ist.«

Ein Anruf auf dem Handy von Sacher unterbrach die Ermittler.

Nach kurzem Telefonat wiegte Sacher nachdenklich den Kopf. »Die KTU hat auf einem der beschlagnahmten Rechner der Inhaftierten eine verschlüsselte Nachricht des Chefs der Society gefunden. Sie legen uns das gleich auf unseren Rechner. Ich habe angewiesen, dass sie nachforschen von wo und von welchem Rechner aus die Nachricht versendet wurde. Vielleicht finden wir ihn dann schneller.«

Kurz darauf stierten die vier auf ihre Bildschirme.

Manger wartete einen Moment, bis die anderen aufblickten. »Das ist so etwas wie ein politisches Testament. Das heißt, wir suchen nun nach einem toten alten Mann. Ich werde das mal ins Intranet eingeben. Falls irgendwo ein ungewöhnlicher Selbstmord auftaucht, sollen die Beamten uns das direkt melden.«

Sacher nickte. »Gut, aber da die unmittelbare Gefahr jetzt erst einmal gebannt ist, können wir uns heute Abend ruhigen Gewissens ein Wochenende gönnen. Wir steigen in den Helikopter, fliegen zurück nach Meckenheim beziehungsweise Aysun nach Passau und dann lässt jeder von euch den Abend in seinem trauten Heim ausklingen und kann mal wieder im heimischen Bett schlafen. Wir fangen erst am Montagmorgen wieder an, bis dahin haben wir sicherlich alle Gesuchten vor Ort und können mit den Vernehmungen fortfahren. Die Gefangenen lassen wir nach Köln überstellen.«

Um einundzwanzig Uhr kamen Manger und Katrin in ihrem Einfamilienhaus an.

»Weißt du«, begann Manger, »ich hätte doch tatsächlich noch Lust den Grill anzuwerfen. Es ist zwar schon dunkel, aber noch sommerlich warm und wenn wir morgen ohnehin ausschlafen können, sollten wir das nutzen.«

»Gute Idee, ich mach uns schnell einen Salat. Grillfleisch ist unten in der Truhe. Du kannst es ja zum auftauen in die Mikrowelle geben.«

»Willst du ein Bier oder ein Glas Wein?«

»Zum Grillen trink ich auch ein Bier.« Während Katrin in der Küche wirkte, stand Manger nachdenklich am Grill. Irgendetwas passte an dem Fall nicht. Niemand von den Mitgliedern der Society konnte etwas zu dem Tod von Karim sagen und offenbar wusste auch niemand, wer das Attentat auf das Flugzeug durchgeführt hatte. Nun schien sich der Chef der Gruppierung das Leben genommen zu haben, wobei er ein pathetisches politisches Testament hinterließ. Vielleicht zu pathetisch, um ihm das Ganze abzukaufen. Gab es irgendwo eine Komponente oder noch schlimmer eine entscheidende Person, die sie übersahen? Was war, wenn der Flugzeugattentäter noch einmal zuschlug? Was war, wenn die Islamisten doch einen Gegenschlag durchführten? Sie durften den Fall keineswegs zu Früh abhaken. Hoffentlich konnten sie aus der Befragung der Mannschaft des Amerikaners weitere Erkenntnisse ziehen.

»Habe ich auch gerade gedacht, aber jetzt lass uns den Fall für heute Abend abhaken«, sagte Katrin von der Terrassentür aus. »Hier zu Hause will ich von Beruflichem nichts hören.«

»Kannst du Gedanken lesen?«

»Deine schon. Lass uns drinnen essen. Hier draußen ist es mir zu kühl.«

Beim Essen vermieden die beiden jegliche Gedanken an ihren Fall und so entwickelte sich das Gespräch bald in eine andere Richtung und wurde im Schlafzimmer fortgeführt.

Der nächste Tag war sonnig. Das Wetter sommerlich.

»Sollen wir den Tag im Freibad verbringen, dann an den Rhein fahren und etwas essen gehen«, fragte Katrin.

»Machen wir.«

Das frühsommerliche Badevergnügen ließ die beiden Ermittler bald darauf den Fall vergessen.

Nachdem sie ihre Runden geschwommen hatten,

setzte sich Katrin auf eine Bank und begann die Sonntagszeitung zu lesen. Manger kam mit zwei Eistüten dazu, setzte sich neben sie und lehnte sich gemütlich zurück. Katrin ließ ihren Blick über die verschiedenen Artikel aus Politik und Wirtschaft gleiten, bis sie auf eine Überschrift stieß, die ihr Interesse weckte.

Machtwort im Sultanat Salonam.

Salonam – Schwer kranker Sultan geißelt seinen Neffen und Thronfolger für einen unerlaubten Vorstoß bezüglich der Öl- und Gasvermarktung des Landes.

Im kleinen Sultanat Salonam wurde ein seit Monaten schwelender Streit innerhalb der Herrscherfamilie, durch ein endgültiges Machtwort des obersten Staatsoberhauptes Sultan Al Salid beendet. Der Hintergrund des Streites lag in dem eigenmächtigen Versuch des Thronfolgers und Neffen des Sultans, die Rohstoffvorkommen des Landes zu einem Pauschalpreis an das amerikanische Energieunternehmen Worldwide Megaenergy Incorporated zu verkaufen, während der Sultan im Krankenhaus lag. Der Sultan lehnte einen Verkauf der Öl- und Gasquellen stets ab, da niemand abschätzen kann, wie groß die Vorkommen des Sultanats tatsächlich sind und die Rohstoffindustrie die einzige Einnahmequelle des Landes ist. Wie der Sultan ausführte, würde der Verkauf eine schwere Sünde gegenüber seinem Volk darstellen. Sein Neffe schwor dem Herrscher daraufhin Treue bis in den Tod und versprach dieses Gebot auf ewig zu achten.

International wird immer wieder darüber spekuliert, wie es mit dem Sultanat nach dem Tod des kinderlosen Herrschers weitergeht. Der Sultan gilt zwar als absoluter Monarch, geht aber immer wieder warmherzig auf Forderungen und Bitten seines Volkes ein. Zuletzt versprach er mit seinem Vermögen umfangreiche Modernisierungs- und Reformprojekte zu finanzieren, die das Land auf die Zeit nach dem Öl vorbereiten sollen. Darüber hinaus gilt der Monarch als prowestlich sowie als Stabilitätsanker in der arabischen Welt. Wie ein Unternehmenssprecher der Worldwide Megaenergy Incorporated mitteilte, bedauere doch respektiere das Unternehmen die ablehnende Haltung des Sultans. Auch das Bankhaus Klingstein und Partner, das die Geschäftsabwicklung übernommen hätte, bedauerte das Scheitern des Geschäftes, bot jedoch an, für einen erneuten Anlauf jederzeit zur Verfügung zu stehen.

Katrin stutzte. Klingstein und Partner. Wo hatte sie diesen Namen schon mal gehört? Wenn sie morgen im Büro waren, musste sie den Namen unbedingt in den Rechner eingeben.

»Ist was?«, fragte Manger.

»Nein. Ich habe da gerade etwas in der Zeitung gelesen. Ein Name in dem Artikel kam mir bekannt vor, ich weiß nur im Moment nicht warum. Aber heute haben wir frei, also lass uns den Rest des Tages nutzen.

Kapitel Vierundzwanzig

Am Starnberger See traf der Geheimdienstchef des Sultanats Salonam in der Villa des Sultans ein, wo sich der Sultan nach den anstrengenden Tagen in seiner Heimat erholen wollte. »Euer Exzellenz, ich freue mich zu sehen, dass Ihr bereits wieder an Farbe gewonnen habt. Ich hoffe Eure Genesung schreitet gut voran.«

»Das muss sie, denn die Gefahr ist noch nicht gebannt. Eher schon kann man sagen, dass mir ein schwieriger Gang bevorsteht. Er besitzt ein Jagdschloss hier in Bayern und hat mich auf eine Jagd eingeladen. Ich werde ihn in Sicherheit wiegen müssen, um endgültig die Oberhand über die Feinde meines Volkes zu gewinnen, denn es ist eine Falle, die dazu dient, mich zu töten. Deshalb werde ich dich nicht mitnehmen können, da er sonst ahnen wird, dass ich ihn durchschaut habe und dich unweigerlich zu Tode bringen würde.«

»Aber Exzellenz, das kann ich nicht zulassen. Die Gefahr für Euch ist viel zu hoch. Bitte, ich flehe Euch an, nehmt mich mit, damit ich Euch beschützen kann.«

»Schweig! Ich bin krank, aber immer noch ein großer Krieger. Um meines Volkes Willen, werde ich mit der Hilfe Allahs über die Feinde triumphieren. Du darfst dich nicht einmischen, sondern musst zur selben Zeit die Verschwörer in unserer Heimat besiegen. Ich habe dir einen Plan vorbereitet, in dem das nötige Vorgehen beschrieben ist. Sammle meine letzten Getreuen ein und begib dich in den Kampf. Schwöre mir, dass du all dies tun wirst, was ich dir aufgetragen habe. Schwöre es bei Allah.«

»Ich schwöre es, mein Herr und Gebieter«, erwiderte der Geheimdienstchef in strammer Haltung.

Kapitel Fünfundzwanzig

Am nächsten Morgen trafen sich die Ermittler wieder im Büro.

Sacher hatte für alle Kaffee gemacht und wandte sich nun an seine Mannschaft: »So ihr Lieben. Ich hoffe ihr habt euch gut ausgeruht. Wie ihr in der Zeitung lesen könnt, stehen wir in der Öffentlichkeit wieder gut dar. Überall titelt man damit, dass wir den internationalen Terror Ring zerschlagen haben, wobei wir natürlich wissen, dass noch ein gutes Stück Arbeit vor uns liegt. Aber nun zum Tagesablauf. Ich werde heute gemeinsam mit Katrin und Johann, die aus Frankreich überstellten Gefangenen befragen und vielleicht auch den anderen noch mal auf den Zahn fühlen. Aysun, dich würde ich bitten, die an uns gemeldeten Selbstmorde zu untersuchen. Schau dir die Bilder an und versuche herauszufinden, ob da jemand gefunden wurde, der auf unseren Society Chef passt. Berücksichtige bitte dabei, dass der Mann sein Aussehen gegenüber den anderen Mitgliedern der Gruppierung verschleiert haben könnte. So, trinkt euren Kaffee aus und dann los.«

Katrin erhob sich von ihrem Bürostuhl. »Eduard, fangt ihr bitte erst mal alleine an. Ich müsste da noch etwas recherchieren.«

»Okay, sag uns Bescheid, wenn du dazukommst.«

Katrin setzte sich an ihren Rechner und las sich im Online Archiv der Zeitung erneut den Artikel durch. Danach gab sie den Namen der Bank in eine Suchmaschine ein und traf sofort auf den bankinternen Trauerfall Barngalio.

»Natürlich«, sagte sie laut zu sich selbst. Barngalio hatte die Bank geleitet. Aber stand diese Geschichte in Zusammenhang mit ihrem Fall?

Sie beschloss die Witwe von Barngalio anzurufen. Vielleicht wusste sie etwas darüber, ob sich Barngalio aus Wut über den Herrscher von Salonam und das verpasste Bankgeschäft dieser Terrorgruppe angeschlossen hatte. Katrin rief ihre Schweizer Kollegen an.

Major Barillier meldete sich persönlich: »Hallo, nach Deutschland. Ich hörte, ihr habt einen tollen Erfolg. Herzlichen Glückwunsch.«

»So ganz einfach ist das leider nicht, Frau Barillier. Ich hätte da noch eine Frage an Frau Barngalio. Die ist wahrscheinlich nicht ohne Umwege zu erreichen, deshalb bitte ich dahingehend um Amtshilfe.«

»Okay, das lässt sich machen. Ich werde den Kontakt vermitteln. Ich rufe zurück. Bis dahin.«

Aysun blickte Katrin verwundert an. »Was willst du denn noch von Frau Barngalio, Katrin?«

»Ich weiß es nicht. An sich macht mich nur hellhörig, dass Barngalios Bank in einem Artikel über einen muslimischen Staat vorkommt.«

»Warum? Es handelt sich um ein internationales Bankhaus und Randolf Stuerman hatte doch ausgesagt, dass Barngalio bei aller Islamfeindlichkeit gerne Geschäfte mit Muslimen machte.«

»Trotzdem, nenne es Instinkt, aber da an unserem Fall ohnehin nichts geradeaus läuft, lass mich diese Geschichte untersuchen.«

Eine Viertelstunde später meldete sich Major Barillier und stellte Katrin zu der Witwe von Barngalio durch.

»Guten Morgen, Frau Barngalio. Katrin Pfeiffer vom deutschen BKA. Ich hätte noch einige Fragen zu der Geschäftstätigkeit Ihres Mannes.«

»Was gibt es denn noch? Ich werde hier schon durch jede Menge internationale Journalisten gestört. Ich kann nicht mehr meiner Arbeit nachgehen, werde von Freunden gemieden und keiner scheint Verständnis dafür zu haben, dass ich trotz allem was mein Mann getan hat, Trauer um ihn empfinde. Wir waren seit dreißig Jahren verheiratet und ich habe ihn geliebt.«

»Ich muss mich entschuldigen. Natürlich habe ich Mitgefühl mit Ihrer Situation und wünsche Ihnen meinerseits Beileid. Dennoch bin ich auf eine Sache gestoßen, die gegebenenfalls Klarheit in diese komplexe Angelegenheit bringen könnte und Sie sind sicherlich auch daran interessiert, dass wir alle Hintergründe ermitteln. Mein Interesse bezieht sich auf einen Zeitungsartikel über Vorgänge im Sultanat Salonam, weil in diesem Zusammenhang auch der Name des Bankhauses Klingstein und Partner genannt wird, dem Ihr Mann langjährig vorstand. Können Sie mir irgendetwas über die Tätigkeit Ihres Mannes in dieser Angelegenheit sagen?«

»Nun, viel weiß ich nicht. Die Vorgänge unterlagen ja allesamt dem Bankgeheimnis. Was ich Ihnen jedoch mitteilen kann ist, dass mein Mann ein sehr enges Verhältnis zu dem Sultan pflegte. Sie müssen wissen, mein Mann war gegen die Einwanderung von Muslimen und gegen die Islamisierung unserer Heimat, aber er hatte nichts gegen Muslime im Allgemeinen. Es ist so, dass der Sultan sich aufgrund seines Gesundheitszustandes tiefe Sorgen über die Zukunft seines Landes macht. Speziell weil sein Neffe, der aufgrund der Kinderlosigkeit des Sultans auf seinen Thron folgen soll, ein absoluter Tunichtgut ist. Das Einzige was dieser Mann im Sinn hat sind teure Autos, Partys und leichte Mädchen. Außerdem ist er meines Wissens nach spielsüchtig. Auf jeden Fall sieht man ihn auf sämtlichen Pferderennbahnen dieser Welt. Darüber hinaus ist der Mann weder in der Lage über ein Volk zu herrschen, noch einen internationalen Rohstoffkonzern zu leiten. Wahrscheinlich will er deshalb die Öl- und Gasvorkommen des Landes abstoßen und das zu einem absolut lachhaften Preis. Wenn dies zustande käme, wäre das eine Katastrophe für die Bevölkerung des Sultanats. Der würde den Kaufpreis nämlich samt und sonders verprassen. Insofern verfolgt der Sultan seit längerem einen geheimen Plan. Er will, dass sein Land nach seinem Tod von einer stabilen, durch das Volk legitimierten demokratischen Regierung beherrscht wird. Er plant, die Regierung nach deutschem Vorbild zu konzipieren. Zum einen deshalb, weil er die deutsche Demokratie für eines der fortschrittlichsten Gesellschaftsmodelle hält. Zum anderen, weil er Deutschland liebt. Er studierte unter anderem in Heidelberg, wo er seine spätere deutsche Ehefrau kennenlernte, die er über alles liebte, obwohl sie nicht in der Lage war, ihm ein Kind zu schenken. Sie verstarb leider vor zwei Jahren. Auf jeden Fall will der Sultan verhindern, dass der Demokratisierungsprozess durch extremistische oder nationalistische Kräfte gestört wird. Dementsprechend entsendete er eine geheime Delegation nach Deutschland, die die Verhältnisse in eurem Land studieren und danach eine Stiftung nach deutschem Recht installieren soll. In diesem Zusammenhang müssen Sie wissen, dass der Sultan sein gesamtes Vermögen von meinem Mann verwalten ließ. Er besaß so viel Vertrauen zu meinem Mann, dass er ihm die Order sowie die entsprechende Vollmacht erteilte, im Falle seines

Todes, das gesamte Geld ausschließlich in diese Stiftung zu übertragen, die es nur zum Wohle des Volkes von Salonam einsetzen darf. Diese Stiftung soll von der demokratischen Regierung des Landes geleitet werden, wobei drei ausländische Aufsichtsräte permanent eingesetzt bleiben. Darunter wäre mein Mann gewesen, ein deutscher Rechtsanwalt namens Randolf Stuerman und ein weiterer Bevollmächtigter, der von der neuen Regierung des Sultanats gewählt wird. Deshalb war mein Mann, anders als seine Nachfolger, die nur das Geschäft witterten, auch strikt gegen den Verkauf der Rohstoffvorkommen. Er drohte sogar damit das Geld aus dem Verkauf nicht an den Neffen des Sultans auszuzahlen, was aufgrund der Vollmacht, die er vom Sultan erhalten hatte, auch möglich gewesen wäre.«

»Das heißt, der Neffe hätte absolut nichts geerbt? Weder Thron noch Geld?«

»Natürlich nicht. Er wäre mit einer angemessenen Apanage ausgestattet worden und sonst nichts.«

»Ihr Mann hätte also sowohl den Verkauf der Rohstoffvorkommen als auch die Auszahlung des Vermögens verhindern können. Außer er hätte alles einer Stiftung übertragen, die von einer demokratischen Regierung verwaltet werden soll, die jedoch noch nicht im Amt ist. Soweit habe ich das jetzt verstanden. Erzählen Sie mir noch mal etwas zu dieser Delegation, die nach Deutschland geschickt wurde.«

»Nun sie sind für ein Jahr in Deutschland gewesen oder sind noch dort. Genau weiß ich das nicht. Sie sind die Einzigen, denen der Sultan in seinem Land vertraut. Also auch die Einzigen, die unanfechtbare Vollmachten besitzen. Das heißt, wenn Sie so wollen, sind diese Männer die Testamentsvollstrecker des

Sultans. Wie gesagt, der Sultan ist schwer krank und der Tod kann ihn täglich ereilen. Mehr weiß ich jedoch nicht über die ganze Angelegenheit.«

»Okay, das hat mir jetzt außerordentlich geholfen. Ich danke Ihnen ganz herzlich und wünsche Ihnen, dass Sie über Ihren Verlust hinwegkommen und wieder zu einem glücklichen Leben zurückfinden. Nochmals danke.«

Die beiden Frauen verabschiedeten sich und Katrin sprang aus ihrem Bürostuhl hoch. Unruhig wanderte sie um ihren Schreibtisch herum. Barngalio hatte vom Sultan eine unglaubliche Macht erhalten, Karim hatte über Demokratisierungsprozesse in muslimischen Ländern recherchiert, was passen würde, und Randolf Stuerman war ebenfalls in entscheidender Funktion involviert. Alle drei Männer waren nun Tod. Was war mit der Delegation, die der Sultan nach Deutschland geschickt hatte? Beim Sultan anrufen konnte sie nicht. Sie würde sicherlich nicht durchgestellt werden und mit jemand anderem aus dem Sultanat konnte sie nicht sprechen. Sie musste zunächst weiter recherchieren. Vor allem musste sie mehr über diesen amerikanischen Energiekonzern herausbekommen. Dennoch war sie sich absolut sicher, dass die Informationen von Frau Barngalio etwas mit ihrem Fall zu tun hatten.

Aysun plagten derweil andere Sorgen. Bei den vielen Selbstmorden, die ihr aus der Republik gemeldet wurden, war an ein Durchkommen kaum zu denken. Vor allem bei älteren Personen schien der Suizid ein beliebtes Mittel zu sein, um aus dem Leben zu scheiden. Dennoch interessierte sie ein Selbstmord besonders. Ein vierundvierzig Jahre alter amerikanischer Staats-

bürger hatte sich in einem Münchner Hotel mithilfe
einer mit Barbiturat Natrium-Pentobarbital versetzten
Flasche Whisky das Leben genommen. Es war natürlich nicht selten, dass sich Menschen Gift in Alkohol
mischten, vielleicht minderte das den Schmerz. Aber
wie im Polizeibericht angegeben, hatte man im Zimmer des Toten ein Flugticket gefunden. Offensichtlich
wollte der Mann am nächsten Tag zurück in die USA
fliegen. Mit Lufthansa von München über Amsterdam
und Minneapolis nach Helena in Montana. Warum
brachte sich ein Mann um, wenn er am nächsten Tag
in seine Heimat zurückfliegen wollte? Vor allem war
interessant, dass das Hotelpersonal schwor, der Mann
habe das Hotel mit einem Koffer betreten, den er unbedingt selbst tragen wollte, obwohl das Hotel über
einen Pagen verfügt. Dieser Koffer war jedoch spurlos
verschwunden. Die Kriminalpolizei München hatte
die Ermittlungen aufgenommen. Aysun beschloss dort
anzurufen.

Eine Kollegin meldete sich: »Moser«

»Hallo, Aysun Özdemir vom BKA. Sag mal, ihr
bearbeitet einen Selbstmord, der für einen Fall von
mir interessant sein könnte. Und zwar handelt es sich
um einen gewissen William Stone. Ich habe euren
Bericht schon gelesen, wollte aber noch einmal fragen, ob ihr mir weitere Informationen geben könnt.«

»Gerne, es handelt sich um einen sehr mysteriösen Selbstmord. Denn klar ist, dass es keinen einzigen
Hinweis auf Fremdverschulden gibt. Der verschwun-
dene Koffer ist ganz eindeutig auf dem Überwachungsvideo des Hotels zu sehen. Einbruchsspuren
konnten wir nicht nachweisen. Außerdem hat sich der
Mann laut dem Bericht der amerikanischen Kollegen
für zweieinhalb Millionen Dollar eine Ranch in Mon-

tana gekauft, obwohl auf seinem Konto nur dreihundert Dollar liegen. Des Weiteren fiel uns auf, dass auf der Whiskyflasche keinerlei Spuren außer seinen eigenen vorhanden sind. Normalerweise wandert doch so eine Flasche, bis sie verkauft wird durch mehrere Hände. Insofern erscheint uns die Flasche schon beinahe zu sauber. Dagegen haben wir unter seinen Schuhen Moosspuren gefunden, die unserer Meinung nach aus dem Bayrischen Wald stammen, wobei die Schuhe nun wirklich nicht zu einer Wandertour passen. Wenn du willst, schicke ich dir den gesamten Bericht.«

»Mach das bitte. Wenn ich etwas herausfinde, gebe ich euch Bescheid.« Die beiden Frauen verabschiedeten sich und Aysun begab sich mit dem Foto des Toten auf den direkten Weg in die KTU.

Dort angekommen wandte sie sich an den Chef der Abteilung: »Könnt ihr das Bild bitte mal einscannen und das Gesicht darauf ungefähr dreißig Jahre älter machen sowie lange weiße Haare einfügen?«

»Kein Problem.«

Katrin saß an ihrem Rechner und versuchte verzweifelt mehr über die Worldwide Megaenergy Incorporated herauszufinden. Das Unternehmen war offensichtlich Teil eines Netzwerkes von Scheinfirmen und schien weder von der Bilanzsumme noch von der Kreditwürdigkeit her, in der Lage zu sein, die Rohstoffvorkommen eines Golfstaates aufzukaufen. Ihr Rechner leistete Schwerstarbeit, um die verschiedenen Verknüpfungen zu durchforsten. Es war zu hoffen, dass dies schnell ging.

Sacher betrat gemeinsam mit Manger den Raum und nahm sich genervt eine Tasse Kaffee. »Du brauchst dich nicht mehr an den Verhören zu beteiligen, Katrin. Entweder sind das alles verdammt gute Schauspieler oder die wissen wirklich nichts. Das Einzige, was sie uns gesagt haben ist, Meryll Knight hätte sie vor kurzem angeworben, er wäre der Giftmörder von Meynhard und sie hätten den Leichnam Meynhards von Berlin aus in die Wohnung nach Trier gebracht. Genaueres über diesen Meryll Knight konnten sie uns nicht sagen. Weitere Personen beziehungsweise Attentäter wollen sie nicht kennen, obwohl jeder von denen von der Statur her unserem Hauptattentäter gleicht. Das sind alles riesen Kerle und vor allem alles ehemalige Soldaten.«

»William Stone«, meldete Aysun, während sie den Raum betrat.

»Bitte?«

»Unser Meryll Knight heißt in Wirklichkeit William Stone und hat sich in der Nacht von Samstag auf Sonntag in einem Münchner Hotel das Leben genommen.« Aysun klärte die anderen über ihre Erkenntnisse auf.

Sacher überlegte: »Nun gut, seinen Selbstmord kündigte er ja an. Aber mysteriös ist das Ganze immer noch. Wir sind allerdings nun in der Lage den Menschen im Land mitzuteilen, dass wir auch das letzte Mitglied dieser Society zur Strecke bringen konnten. Das mag die Gemüter weiter beruhigen. Damit haben wir an sich alle. Nur wer von denen beging den Anschlag auf das Flugzeug? Was ermittelst du eigentlich da die ganze Zeit, Katrin?« Katrin erklärte kurz ihre Aktivitäten und erzählte, wie sie auf die Spur gekommen war.

Sacher riss alarmiert die Augen auf. »Was sagst du da? Der Sultan hat eine Delegation nach Deutschland geschickt? Das kommt mir doch bekannt vor.« Sacher ging hinüber zu seinem aktenübersäten Schreibtisch und begann wild zu kramen. »Wo ist das Ding denn jetzt?«

Manger schaute ihn irritiert an. »Was suchst du denn?«

»Die Passagierliste von dem Flugzeug. Ah, da habe ich sie.« Sacher blätterte nervös in dem Ausdruck, packte sich an den Kopf und rief: »Verdammt. Tatsächlich. Warum zum Teufel meldet sich denn da keiner aus dem Sultanat? Wie konnten wir das übersehen? An Bord unseres Flugzeuges befand sich auch eine Delegation von arabischen Geschäftsleuten. Allesamt Staatsbürger von Salonam. Sie wollten via Istanbul in ihre Heimat zurückkehren. Es gibt aber weder eine Anfrage von deren Botschaft, noch vom Sultan selbst. Zumindest ist mir nichts gemeldet worden. Ich habe das auch nicht bemerkt. Die Liste ist alphabetisch nach Namen sortiert, nicht nach Herkunft. Bei den vielen arabischen Namen fällt das nicht weiter auf. Wartet, wenn ich jetzt richtig gezählt habe, müssten es neunzehn Mann gewesen sein.«

Manger schüttelte den Kopf. »Aber was sollen wir jetzt daraus schließen? Ermitteln wir hier die ganze Zeit über in die falsche Richtung? Es ist doch klar, dass wir es mit einer terroristischen Vereinigung zu tun haben. Außerdem wenn hier nur bestimmte Menschen getötet werden sollten, warum dann der Anschlag auf die Koranverteilung und die anderen Morde?«

»Nun, nehmen wir mal Folgendes an«, überlegte Katrin. »Dieser Neffe des Sultans oder eben diese Worldwide Megaenergy Incorporated weiß, dass ein bestimmter Personenkreis dem Geschäftsvorhaben im

Weg steht. Und nehmen wir weiterhin an, dass der Neffe und oder die Firma so skrupellos ist, diesen Personenkreis zu töten. Dann muss derjenige einen Weg finden dieses Projekt durchzuführen, ohne dass ein Verdacht auf ihn fällt. Denn, wenn einfach so jeder der Beteiligten ums Leben gekommen wäre, hätten die Medien, die Sicherheitsbehörden und auch der Sultan selbst, sofort geschaut, wer Vorteile aus dem Tod dieser Menschen ziehen könnte. Nun findet derjenige aber Meynhards Terrororganisation in der auch Barngalio eine Rolle spielt und schleust einen Mann in diese Gruppierung ein, um sie für seine Absichten zu nutzen. Oder andersherum, er erforscht Barngalio und findet dann darüber die Gruppierung. Das ist doch für den wie ein Lottogewinn. Der Drahtzieher muss uns nur noch glauben machen, wir würden eine Terrorgruppe jagen und die Terrorgruppierung davon überzeugen, dass sie gegen Muslime kämpft. Dafür schaltete man meiner Meinung nach den Anschlag auf die Koranverteilung zwischen. Dieser Anschlag wurde ja von Meynhard und seiner Truppe beschlossen. Meynhard wurde dann getötet, damit Stone frei schalten und walten konnte. Barngalio wäre von Stone sowieso getötet worden. Aber durch den Mord an Meynhard und dadurch, dass wir den Schweizer im Visier hatten, konnte er die Angelegenheit gegenüber den Mitgliedern der Gruppe besser verkaufen. Am Ende ist dann Stone selbst ums Leben gekommen, damit auch der letzte Mitwisser zum Schweigen gebracht ist. Ich glaube, diesen Selbstmord sollten wir uns noch mal anschauen.«

»Aber die Morde an Karim, dem Muezzin und Pfarrer Müller«, wandte Manger ein.

»Karim wird bei seinen Recherchen auf das Vorhaben des Sultans gestoßen sein, das Land zu demokratisieren und entdeckte im Zuge dieser Nachforschungen eine Spur zu der Society. Deshalb hat man ihn ausgeschaltet. Der Muezzin musste sterben, weil er der Cousin von Karim war und von ihm angerufen wurde. Sie wussten einfach nicht, was Karim seinem Cousin erzählt hatte. Müller musste sterben, weil sonst die Terrorgruppe zu schnell aufgeflogen wäre und sie somit den Anschlag auf das Flugzeug nicht mehr hätten tarnen können. Überleg mal, hätte Zenker funktioniert, wären wir nie auf die Idee gekommen, uns das Attentat noch mal anzuschauen und hätten den Fall wahrscheinlich schon zu den Akten gelegt. Aber jetzt wird auch klar, warum hier ein zweiter Mann geschickt wurde. Sie konnten sich nicht hundertprozentig darauf verlassen, dass Zenker funktioniert, mussten aber absolut sicher sein, dass diese Delegation nicht in ihr Heimatland zurückkehrt. Der Anschlag musste gelingen und der Anschlag musste in den Kontext der Ereignisse passen, sonst wäre es zu auffällig gewesen. Insgesamt ist der Plan genial. Wir haben doch den Menschen weltweit erzählt, wir hätten es mit einer islamfeindlichen Gruppierung zu tun. Das ist überall lückenlos akzeptiert worden. Selbst unsere Freunde von der CIA oder die Türken kamen nicht auf den Gedanken, dass etwas anderes hinter diesen Anschlägen stecken könnte. Auch die Mitglieder der Society von Meynhard bis hin zu unseren Attentätern Larren und Zenker glaubten die gesamte Zeit über fest daran, sich im Kampf gegen den Islam zu befinden. Sie sind manipuliert worden, wir sind manipuliert worden und letzten Endes ist sogar die ganze Welt manipuliert worden. Es ging die gesamte Zeit nicht um Terror und auch nicht um den Kampf gegen Muslime, sondern lediglich um die perfide Durchsetzung von Geschäftsinteressen. Nur weil ich gestern durch Zufall in dem Zeitungsartikel den Namen von Barngalios Bank gelesen habe, kam ich überhaupt auf die Idee, noch mal mit Frau Barngalio zu telefonieren und ihre Aussage war definitiv der Schlüssel zu dieser Spur. Ansonsten hätte keiner mehr großartig nach diesen Dingen gefragt. Irgendwann hätte man dieses Ölgeschäft durchgezogen und niemand wäre auf die Idee gekommen, dass dafür so viele Menschen gestorben sind.«

Asyun fuhr hoch. »Aber verdammt nochmal, welcher Mensch ist derartig skrupellos hunderte Unschuldige in den Tod zu schicken, nur um wenige Männer zu töten und den Verdacht von sich abzulenken? Wenn das alles stimmt, wäre es eines der widerlichsten Kapitalverbrechen der Geschichte.«

Sacher hatte sich während der Überlegungen seiner Mitarbeiter kurzzeitig an sein Telefon begeben. »Vor allem wenn das alles wahr ist, was wir uns da ausbaldowern, steht eins fest. Wer immer auch dahinter steckt, er muss noch an dem Sultan vorbei. Wartet man, bis er Tod ist? Das glaube ich nicht. Immerhin sticht das niemandem besonders ins Auge, wenn ein schwer kranker, alter Mann verstirbt. Es könnte sogar sein, dass der Leichnam noch nicht einmal obduziert würde.«

»Ergo, ist der Sultan in allergrößter Gefahr«, konstatierte Manger.

»So ist es, und wie es der Zufall will, befindet er sich soeben zwecks Rekonvaleszenz auf seinem Anwesen am Starnberger See. Er trifft sich dort auch mit verschiedenen Personen aus der internationalen Politik und Wirtschaft.«

Ein Mitarbeiter der KTU betrat das Büro. »Ich glaube, ich habe hier etwas für euch. Wir haben übers Wochenende, den Film aus dem Hangar immer wieder durchlaufen lassen und eine Stelle gefunden, wo das Gesicht des Flugzeugattentäters einen winzigen Moment lang zu sehen ist. Diese Stelle haben wir anschließend vergrößert und unter Einsatz sämtlicher uns zur Verfügung stehenden Mittel scharf bekommen«, berichtete der Kriminaltechniker und übergab Manger den Fotoausdruck, dem daraufhin sämtliche Farbe aus dem Gesicht wich.

»Verdammt nochmal, der hat uns verarscht. Schau dir das mal an, Katrin.«

Katrin nickte. »Ich kriege hier von meinem Rechner gerade dieselbe Angabe. Der Mann auf dem Foto ist niemand anderes als der Sicherheitschef von John Madows und John Madows ist auch der eigentliche Eigentümer der Worldwide Megaenergy Incorporated. Ein weiteres Puzzlestück, das sich nahtlos einfügt. Wir hatten uns ja gefragt, warum die einerseits Meynhard und Barngalio mundtot machen, andererseits aber mit Guggenhauer und Ducheman flüchten. Ganz klarer Fall, Madows wollte sichergehen, dass wir die Burschen überführen und lotste sie deshalb zu sich, um sie uns auf dem Silbertablett zu servieren und sich gleichsam als der große Held darzustellen.«

»Und wo befindet der sich jetzt?«, fragte Sacher.

»Ich überprüfe das sofort.« Katrin sendete eine Anfrage an die Königlich Marokkanische Armee, die bereits Minuten später beantwortet wurde. »Laut den Flugdaten hob der Privatjet von Madows vor zwei Tagen in Richtung Deutschland ab. Ich frage sofort bei der Deutschen Flugsicherung nach, wo die Maschine gelandet ist.« Wiederum eine Minute später bekam Katrin die benötigte Information. »Er ist in München gelandet. Das würde passen.«

»Madows besitzt eine Villa in München Grünwald«, meldete Aysun von ihrem Rechner aus, »außerdem betreibt er eine größere Eigenjagd in der Gegend von Passau im Bayrischen Wald und unterhält eine jahrelange Freundschaft zum Sultan.«

Katrin nickte. »Das heißt, die Sicherheitsleute des Sultans werden ihn zu ihm durchlassen. Von Madows Fähigkeiten konnten wir uns in Marokko überzeugen. Es wird ein Leichtes für ihn sein, den Sultan zu töten, ohne eine Spur zu hinterlassen.«

»Okay«, überlegte Sacher, »wir schreiben Madows sowie jeden einzelnen seiner Leute zur Fahndung aus. Katrin, bitte schick sofort eine entsprechende Warnung an alle Einheiten in München und Passau. Ich benachrichtige das Auswärtige Amt, dort unterhält man gute Kontakte zum Sultan, ihnen wird er eher glauben, dass ihm Gefahr droht, als wenn wir bei seinem Stab anrufen.«

»Ich versuche es trotzdem«, antwortete Aysun. »Mein Arabisch ist zwar nur mäßig, aber man wird mich verstehen.«

Manger nickte. »Okay, dann benachrichtige ich unterdessen den Helikopterpiloten. Ich denke, wir wollen da selber vor Ort sein.«

Zwanzig Minuten später begaben sich die Ermittler zu ihrem Helikopter.

»Wir haben keine Zeit zu verlieren«, insistierte Aysun. »Das Sicherheitspersonal des Sultans teilte mir mit, dass er gemeinsam mit Madows auf einen Jagdausflug gefahren ist. Er fuhr lediglich in Begleitung zweier Sicherheitsleute dorthin und die sollten für Madows und seinen Sicherheitschef wohl kaum ernstzunehmende Gegner darstellen. Außerdem hat er sich absolute Ruhe ausgebeten und deshalb sein Handy abgeschaltet. Mehrere Polizeihubschrauber suchen inzwischen das Gebiet rund um Madows Eigenjagd großräumig ab. Mehrere SEK Einheiten stehen uns vor Ort zur Verfügung.«

Direkt hinter ihnen rannte Sachers Chef auf den Eurocopter EC155 zu. »Ich schließe mich euch an. Wir sind zum Erfolg verdammt. Falls der Monarch zu Tode kommen sollte, könnte es in dem Sultanat anstelle von stabilen demokratischen Verhältnissen zu einem ähnlichen Chaos kommen, wie in den vielen anderen Golfstaaten. Das könnte das Pulverfass endgültig zur Explosion bringen. Insofern absolute Konzentration.«

Kapitel Sechsundzwanzig

Der Sultan war gerade auf der alten Schlossburg von Madows eingetroffen, als ihm der Hausherr bereits mit strahlendem Lächeln sowie weit ausgebreiteten Armen entgegenkam. Das schulterlange silberne Haar des Amerikaners glänzte in der Sonne und ließ ihn den mittelalterlichen Ritterfiguren ähneln, wie sie in diversen Filmproduktionen dargestellt wurden. Der Sultan seinerseits trotz Turban einen Kopf kleiner als sein Gegenüber, jedoch dank der edlen Züge eines Beduinen gleichsam würdevoll, musterte Madows einen Moment und zeigte dann ein blinkend weißes Lächeln.

»As-salam alaykom, mein alter Freund«, begrüßte Madows den Achtundsiebzigjährigen Monarchen.

»Wa Alaykom As-slam, lieber Freund.«

»Ich hoffe deine Genesung ist gut vorangeschritten.«

»Danke, mir geht es schon viel besser und die gute Alpenluft sowie die herrliche Ruhe, die hier herrscht, lassen mich hoffen, alsbald wieder meinen Pflichten gegenüber meinem Volk nachkommen zu können. Wenn auch die Ereignisse der letzten Zeit sehr an meinen Kräften zerrten und ich mich in mehreren Personen, denen ich seit vielen Jahren vertraute, ganz fürchterlich geirrt habe. Ich hoffe, dass nicht auch du mich hintergehen willst.«

»Niemals, würde ich einen so langjährigen Freund und Partner hintergehen. Ich verstehe, dass du in der letzten Zeit viel durchmachen musstest und daher Gram und Misstrauen gegenüber den Menschen aufgebaut hast. Zuviel ist in den letzten Jahren und speziell in den vergangenen Tagen passiert. Ich habe mit Erschütterung von der Terrorserie gehört, die hier in Deutschland über die Muslime hereingebrochen ist. Glücklicherweise konnten die deutschen Behörden die Sache sehr schnell in den Griff bekommen.«

»Ich hörte, du warst den deutschen Behörden behilflich, einige der gesuchten Verbrecher zu fassen. Dafür danke ich dir, denn dieser Terrorserie fielen auch etliche Männer zum Ofer, deren Gesellschaft mir sehr fehlen wird. Wobei ich mich auch selbst in gewisser Weise für ihren Tod verantwortlich fühle. Ich habe einem Bankier vertraut, der letztlich an dieser Terrorgruppe beteiligt war. Aber das ist nun nicht mehr zu ändern, und dass du unter Lebensgefahr zur Beendigung dieses unsäglichen Terrors beigetragen hast, beweist mir, dass ich dir immer noch uneingeschränkt vertrauen kann.«

»Ich danke dir. Sollen wir gleich aufbrechen? Es befinden sich zwei wunderbare Hirsche in meinem

Revier. Zwei Zwölfender, deren Geweihe unsere Trophäensammlung schmücken werden und deren Fleisch an Qualität nicht zu überbieten ist.«

»Lass uns gleich aufbrechen. Das Wetter scheint heute auf unserer Seite zu sein, aber trotz allem wird erst unser Jagdglück entscheiden, wann wir wieder zurückkehren.« Die beiden Männer nahmen in der AMG G-Klasse von Madows Platz, während ihre Sicherheitsleute einen einfachen Geländewagen bestiegen mit dem sie dem Luxusgefährt tief in den Bayrischen Wald folgten.

Kapitel Siebenundzwanzig

Als die Ermittler auf dem Anwesen von Madows ankamen, umzingelten bereits hunderte von Einsatzkräften das Schloss.

»Wir sind noch auf der Suche«, berichtete der Einsatzleiter. »Laut den Angestellten sind sie vor zwei Stunden mit zwei Geländewagen aufgebrochen. Wohin sie wollten, ist jedoch nicht bekannt. Es handelt sich um Madows, seinen Sicherheitschef und den Sultan, der zwei Mann dabei hat. Alle Personen tragen Handys bei sich, die jedoch allesamt abgeschaltet sind, sodass wir sie nicht orten können. Mehrere Helikopter mit Wärmebildkameras, einige Hundertschaften der Schutzpolizei und sämtliche Mitarbeiter der Bergwacht sind im Einsatz. Wir haben auch die ansässigen Förster und ihre Mitarbeiter ins Vertrauen gezogen.«

»Gut, in welche Richtung sind die beiden unterwegs?«, fragte Manger. »Hier herumzustehen bringt nichts, also würde ich mich gerne persönlich in die Suche einschalten.«

»Die Einsatzkräfte haben wir alle Richtung Süden geschickt. Wenn Sie da auch hin wollen, stellen wir Ihnen einen Geländewagen zur Verfügung.«

»Okay, so machen wir es. Wir bleiben in Funkverbindung.«

Der dichte Wald wirkte wie ein Dach und ließ nur spärliches Licht durch, sodass die frühsommerliche Hitze deutlich gemildert wurde.

Manger schüttelte den Kopf. »Eine fünfköpfige Gruppe in diesen weitläufigen, dichten Wäldern zu finden gleicht der Suche nach einer Stecknadel im Heuhaufen. Wenn sie die Geländefahrzeuge gut verstecken, wird es schon fast unmöglich.«

Katrin nickte. »Vor allem lautet die Frage, ob der Sultan überhaupt noch lebt. Immerhin sind sie schon eine Weile unterwegs. Ich könnte mir vorstellen, dass Madows es wie einen Jagdunfall aussehen lassen will oder vielleicht auch ein Gift anwendet, um den Tod des Sultans als Folge einer verfrühten Überanstrengung nach der schweren Krankheit darzustellen.«

»Wir wissen es nicht. Wir können nur hoffen«, antwortete Sachers Chef von der Rückbank aus.

Der Sultan legte schwer atmend eine Pause ein. Bis hierhin ließ sich noch kein Hirsch blicken, aber seit sie die Autos abgestellt hatten, waren sie stetig über enge Waldpfade bergauf gegangen.

»Das ist im Moment noch etwas viel für mich«, sagte er und winkte einen seiner Männer heran, um sich eine Flasche Mineralwasser geben zu lassen.

»Oh, das kann ich gut verstehen«, antwortete Madows. »Ich richte mich vollständig nach dir. Du gibst das Tempo vor. Wenn du willst, können wir eine Rast einlegen. Ich besitze nicht weit von hier eine kleine Blockhütte. Nichts luxuriöses, aber du kannst dich dort eine Weile hinlegen, falls du meinst, dass dir dies gut tut. Wir können aber auch jederzeit abbrechen, wenn dir das lieber ist.«

»Wie weit ist es bis zu der Hütte?«

»Ungefähr noch zehn Minuten zu Fuß. Der größte Teil des Weges verläuft jedoch eben und nicht mehr so steil.«

»Gut, ich würde mich dort gerne ein wenig ausruhen.«

»Okay, ich gehe voraus.«

Knapp fünfzehn Minuten später kamen sie an der Hütte an.

Madows führte den Sultan in ein Schlafzimmer mit gemütlichen, rustikalen bayrischen Möbeln. »Ich lasse dir noch ein Glas warme Milch bringen. Das wird dir sicherlich gut tun.«

Als Madows die Küche der Blockhütte betrat, stellte sich ihm einer der Sicherheitsleute des Sultans in den Weg. »Ist es auch wirklich sicher? Unser zukünftiger neuer Sultan wäre sehr ungehalten, falls irgendetwas nachweisbar wäre.«

»Machen Sie sich keine Sorgen. Es wirkt innerhalb von Sekunden und ist nur innerhalb der ersten zwei Stunden nach der Einnahme überhaupt und insgesamt nur schwer nachweisbar. Danach wird jeder Mediziner einen Herzanfall attestieren, was bei einem Arteriosklerose Patienten wohl kaum Aufsehen erregen sollte.«

»Hoffentlich sind die Ermittler noch nicht auf unserer Spur.«

»Die haben ihre Ermittlungen längst eingestellt. Die feiern doch jetzt ihren Sieg über die Terrororganisation. Wie sollten die darauf kommen, was wirklich hinter den Ereignissen steckt? Außerdem sind Sie ja für die Sicherheit des Sultans verantwortlich. Sie rufen gleich den Notarzt und bezeugen, dass er sich überanstrengt hat. Wie soll irgendein Ermittler darauf kommen, dass die Leibgarde des Sultans längst auf seinen Neffen eingeschworen ist? Ich bin der Meinung, dass sie nicht in der Lage sind unsere Pläne jetzt noch zu stören. So und jetzt bringen Sie Ihrem Sultan das Glas warme Milch. Keine Sorge, das Mittel ist absolut geschmacks- und geruchlos.«

Aus dem Funkgerät knisterte die Stimme des Einsatzleiters: »An das Team vom BKA. Meldung eines Sichtkontaktes zwei Kilometer nordwestlich von euch. Ein Förster hat die Gruppe von einem versteckten Hochstand aus gesehen. Die beiden Fahrzeuge wurden etwa zwei Kilometer nördlich von dort hinter einer wilden Hecke entdeckt. Der Förster berichtete, dass der Sultan von der Anstrengung des Fußmarsches schwer keuchte und vermutet, die Gruppe wolle zu einer in der Nähe liegenden Blockhütte.«

Manger schaute zuerst zu Katrin und dann im Rückspiegel in die Gesichter der anderen. »Laut Navi können wir uns von hier aus entweder querfeldein zu Fuß durchschlagen oder einen riesigen Umweg von etwa zwanzig Kilometern in Kauf nehmen. Das Gelände besteht ausschließlich aus dichtem Nadelwald. Eure Meinung bitte.«

»Stellen Sie das Auto ab«, antwortete Sachers Chef im Namen aller. »Wir müssen uns beeilen.«

»Was war das?«, fragte Madows seinen Sicherheitschef, der rauchend vor der Tür der Blockhütte stand. »Kam da ein Schrei von drinnen? Gewalt sollten sie nicht anwenden, das ist zu auffällig.« Madows drehte sich um und lief quer durch die geräumige Wohnstube hinüber zum Schlafzimmer. Vor der Tür blieb er einen Moment stehen und lauschte. Doch kein Laut drang aus dem Raum. Langsam öffnete er die Tür und spähte vorsichtig hinein. Was er sah, ließ ihm den Atem stocken. Die beiden Sicherheitsleute des Sultans lagen mit verzerrter Mimik, die von einem Milchbart in ihrer Groteskheit noch unterstrichen wurde, reglos am Boden.

Daneben stand der Sultan finster lächelnd, mit seinem Gewehr in der Hand, dessen Mündung direkt auf Madows zeigte. »Dreimal darfst du raten, wer den Schierlingstrank kostete, den du mir von diesen Verrätern aus meinen eigenen Reihen servieren ließest. Glaubtest du wirklich, ich habe das finstere Spiel nicht durchschaut. Alle Personen, die für meine Regierungsumbildung notwendig waren kommen ums Leben. Meinem Freund Madows gehört durch Tausende Scheinfirmen getarnt das Unternehmen, das meinem Volk die Lebensgrundlage stehlen will und ausgerechnet er lädt mich zu einer Jagdpartie ein. Meinst du wirklich, ich habe auch nur einen Augenblick an diesen Humbug mit der Terrorgruppe geglaubt? Ich entsandte bereits nach dem Tod Barngalios eine Gruppe von Getreuen, um die Angelegenheit zu untersuchen. Leider konnten sie diesen entsetzlichen Flugzeuganschlag nicht mehr verhindern. Da hast du dir ja eine schöne Truppe von Verrückten ausgesucht, mit denen du dein Vorhaben umsetzen wolltest. Dass du so eiskalt geworden bist, Hunderte Unschuldige in den Tod zu schicken nur um die Delegation, die ich nach Deutschland sandte, zu töten, habe ich nicht geahnt. Aber dies zeigt mir nur, wie verkommen du bist. Wie die Gier dich in all den Jahren nach und nach zerfressen hat. Du hattest bereits genug, um ein Leben in größtem Luxus zu führen, doch du hast jegliche Kontrolle verloren. Es ging nur noch um den Geldstand auf deinen Konten. Es ging dir nur darum, der Welt zu zeigen, dass ein kleiner Soldat zu einem der reichsten Männer der Welt werden kann.«

»Aber du irrst, ich habe mit der ganzen Sache nichts zu tun. Wir sind doch seit über einem Jahrzehnt befreundet. Natürlich hätte ich das Geschäft gerne gemacht, aber ich akzeptierte stets dein Nein. Um die Milch haben sich deine beiden Leibwächter gekümmert. Wahrscheinlich steckt dein Neffe dahinter.«

»Wag es nicht zu leugnen. Zweifele gefälligst nicht an meiner Intelligenz. Mein Neffe ist längst in der Hand meiner Getreuen und er wird gestehen. Darauf kannst du dich verlassen. Wir werden alles aus ihm herausbekommen und so den Beweis für deine Missetaten in Händen halten.«

Plötzlich tauchte die Gestalt des Sicherheitschefs von Madows im Fenster auf. Der Sultan fuhr herum, doch der Mann richtete bereits eine großkalibrige Waffe auf ihn. Die Kugel brach mit einem hässlichen Geräusch durch die Scheibe. Die Wunde brannte in der Brust des Sultans. Der Schmerz ließ ihn aufkeuchen. Er hatte zu lange gewartet, hätte einfach abdrücken sollen, doch zu sehr hatte ihn Madows zum Zorn gereizt. Zu sehr wollte er, dass der Amerikaner seine Taten gestand. Dies wurde ihm nun zum Verhängnis. Dunkelheit umfing seinen Blick, bevor er mit dumpfem Krachen auf den Holzboden der Hütte aufschlug.

»Da ist ein Schuss gefallen«, schrie Manger. »Wir

müssen uns aufteilen und die Hütte von verschiedenen Seiten angehen. Da, das Blockhaus steht auf der Lichtung, direkt längs zu uns, auf der linken Seite ist der Eingang.«

In einem Halbkreis näherten sich die Ermittler mit gezogenen Waffen der Hütte.

Sacher, der sich dem Eingang näherte, sah Madows als Erster. »Geben Sie auf Madows, es ist vorbei. Ergeben Sie sich. Wir wissen, dass Ihr Sicherheitschef das Flugzeug gesprengt hat. Die restlichen Indizien werden ausreichen, um Sie zu verurteilen.« Ein Hagel aus einer Maschinenpistole schlug Sacher entgegen. Die beiden Elitesoldaten hatten sich aufgeteilt. Madows war hinter der steinernen Treppe in Deckung gegangen, während sein Mitstreiter auf der anderen Seite des Hauses hinter einem Stapel Feuerholz lauerte.

»Wir werden kämpfen bis zum Tod. Wir werden nicht durch eine Giftspritze enden oder in einer Zelle vergammeln«, schrie Madows mit schriller Stimme und warf einen runden Gegenstand in Richtung der heranstürmenden Truppe.

»Achtung Handgranate«, brüllte Sacher. Die Ermittler stoben auseinander, aber genau auf diesen Moment hatte der Mann an Madows Seite gewartet und nahm sie der Reihe nach unter Beschuss. Aysun sackte von einer Kugel getroffen schreiend zusammen, Manger warf sich hinter einen Baum, doch Katrin nahm den Angreifer mit ihrer MP7 unter Feuer. Manger rollte sich ab und robbte weiter an das Haus heran. Ignorierte die Gefahr einer weiteren Granate. An der Hausecke hielt er inne. An der gesamten Hausseite entlang, stapelte sich das von einer Plane überdeckte Brennholz übermannshoch. Genau hinter diesem Stapel, keine fünfzehn Meter entfernt, lauerte sein Gegenspieler. Um das Haus herum konnte Manger nicht, da die andere Seite von Madows kontrolliert wurde. Er blickte hinter sich. Katrin hatte Aysun diagonal zu ihm hinter einen Baum gezogen und übernahm die Erstversorgung, signalisierte aber beruhigenderweise, dass Aysun okay war. Sachers Chef befand sich zwanzig Meter plan hinter ihm und Sacher befand sich auf Madows Seite hinter einem Baum in Deckung. Irgendwo landete ein Helikopter, der Verstärkung versprach. Trotzdem musste einer seiner Mitstreiter ihm Feuerschutz geben, wenn er angreifen wollte.

Plötzlich tauchte Sachers Chef neben ihm auf. »Die werden sich im Haus verschanzen, nicht wahr?«

»Das ist anzunehmen. Dort haben sie die größte Verteidigungschance. Das Problem ist, dass sie über Sprengsätze verfügen, was die Gefahr für uns erhöht. Wir sollten zunächst einmal die Deckungsmöglichkeiten minimieren. Wenn wir gemeinsam an der Plane ziehen, können wir den Holzstapel zum Einsturz bringen. Katrin soll uns Feuerschutz geben.«

Die beiden Männer zogen in mehreren kräftigen Zügen an der Plane, während Katrin die gegenüberliegende Ecke des Hauses unter Feuer nahm. Das Holz war gut befestigt, doch gemeinsam schafften sie es. Krachend brach der Stapel in sich zusammen und gab den Blick frei. Madows Kämpfer hatte sich zurückgezogen.

»Hinter dem Stapel ist ein Kellerfenster«, meldete Sachers Chef. »Das ist eine Chance, falls sie es nicht mit Sprengstoff gesichert haben.« Über ihnen wurde eine Scheibe eingeschlagen. Ein Feuerstoß zwang sie zurück in Deckung. Katrin nahm sofort Maß. Zeigte dem Verteidiger seine Chancenlosigkeit. Manger setzte auf volles Risiko, rannte zum Kellerfenster und schlug es mit dem Ellbogen ein. Sachers Chef blieb hinter ihm. Sekunden später fanden sie sich in einem muffig riechenden, dunklen Keller wieder. Draußen nahm der Gefechtslärm zu. Lange würden die beiden Amerikaner ihre Stellung nicht mehr halten können. Manger lief bis zum Kelleraufgang, stellte seine MP7 auf Dauerfeuer und stürmte gemeinsam mit Sachers Chef die Treppe hinauf. Oben angekommen trafen sie auf Sacher, der gefolgt von SEK Einheiten durch die Haustür vorstieß. Von der anderen Hausseite hörten sie heftiges Feuern. Katrin musste sich alleine vorgewagt haben. Befand sich in allergrößter Gefahr. Der Gedanke trieb Manger zur Höchstleistung. Wild feuernd rannte er durch den Wohnraum und zerlegte die Einrichtung in Einzelteile. Auf der anderen Seite des Raumes befand sich ein Schlafzimmer. Leer, bis auf einen blutüberströmten Sultan nebst zwei Leichen am Boden. Manger fühlte den Puls am Hals. Gott sei Dank, der Sultan lebte noch.

Durch das zerschossene Fenster kletterte Katrin in den Raum. »Ich kümmere mich um ihn. Seht zu, dass ihr die beiden Idioten stoppt.« Manger verließ den Raum, wich jedoch sofort zurück, denn aus einem linksseitig angrenzenden Badezimmer jagte ein Feuerstoß nur um Haaresbreite an ihm vorbei. Sofort nahmen mehrere SEK Beamte die Tür unter Feuer, sodass Manger in geduckter Haltung seinerseits feuernd die Tür erreichte. Es war nur noch Madows übrig. Der zweite Mann lag Tod am Boden.

Zur selben Zeit stürmten die SEK Beamten das Dachgeschoss. Madows stand ihnen mit gezogener Waffe gegenüber.

Sacher ging langsam auf ihn zu. »Sie haben verloren, Herr Madows. Wir sind zu viele. Sie sind verhaftet und werden sich vor der ganzen Welt für Ihre unsäglichen Missetaten verantworten müssen. Und das alles nur wegen Ihrer verdammten Gier. Wie kann man zu einem solch entmenschlichten Monster werden? Wenn Ihre Verbrechen nicht derartig verabscheuungswürdig wären, würden Sie mir leidtun.«

»Es wurden in der Vergangenheit ganz andere Verbrechen aus weit geringeren Gründen verübt. Außerdem, wer waren denn diese Menschen, die dort umgekommen sind? Sie waren doch nur bedeutungslose, nutzlose Wesen. Leicht zu ersetzen. Ihr Tod ist unerheblich für die Welt. Ich wäre einer der reichsten und mächtigsten Männer der Welt geworden. Ich hätte eine ganze Region kontrolliert. Ich hätte durch meine Kontakte, den gesamten Nahen Osten befriedet. Alle Menschen hätten zu mir emporgeblickt, doch auch so wird die Welt meinen Namen niemals vergessen. Sie sind nur ein unbedeutender Polizist, haben niemals in Ihrem Leben etwas gewagt, hatten niemals Zugang zu der Welt der Reichen und Mächtigen. Insofern tun eher Sie mir leid.« Mit Schwung führte Madows seine Faust zum Mund und schluckte die violette Flüssigkeit aus der darin verborgenen Phiole. Sacher stürzte auf ihn zu, doch das Gift war zu stark, als dass man den Mann noch einer gerechten Strafe zuführen hätte können. Mit unkontrolliert zuckendem Körper brach Madows zusammen.

Im unteren Stockwerk war Ruhe eingekehrt und Aysun befand sich bereits genauso wie der Sultan in Behandlung durch einen Notarzt. Sacher kam nebst seinem Chef hinunter in das Parterre, wo Manger und Katrin auf zwei heil gebliebenen Stühlen Platz genommen hatten.

»Verdammter Scheißdreck«, fluchte Sacher liederlich. »Dieses feige Schwein hat sich selbst gerichtet. Den hätte ich nur allzu gerne in einer Zelle vergammeln sehen. Vor allem nach einem sehr öffentlichkeitswirksamen Prozess.«

»Aber gut«, ergänzte Sachers Chef, »wenigstens ist der Fall damit endgültig gelöst. Wird der Sultan durchkommen?«

»Katrin nickte. Er hat eine Kugel in der Brust, aber der Arzt sagte mir, dass der Sultan das trotz seiner Erkrankung wegstecken würde.«

»Dann, meine Lieben, gebe ich jetzt ein Bier aus.«

Epilog

Manger stand am Steuer der Segelyacht um deren Cockpittisch sich die Ermittler versammelt hatten. Die See war ruhig, die Sonne zeigte sich von ihrer besten Seite.

Sacher setzte gerade sein Glas Riesling ab und lächelte zufrieden. »Das war sehr nett von euch beiden, uns einzuladen eine Woche mitzufahren.«

»Ich dachte einfach, wir hätten nach diesen schockierenden Erlebnissen alle etwas Ruhe nötig«, antwortete Manger. »Und wo kann man mehr Ruhe tanken, als auf See.«

»Das stimmt«, pflichtete Aysun bei. »Das ist das erste Mal, dass ich auf einer Segelyacht mitfahre. Aber es gefällt mir jetzt schon so sehr, dass ich überlege, selber diesen Sport zu erlernen. Man kann wunderbar abschalten und den ganzen Schrecken, der unsere Zeit kennzeichnet, für einen kurzen Moment verdrängen.«

Katrin nickte. »Leider ist die Welt so kalt und finster geworden, dass man nur von einem kurzen Moment sprechen kann. Ich komme immer noch nicht wirklich über diese verrückte Truppe von Fanatikern hinweg, die sich blind vor Zorn von einem Mann manipulieren lassen haben, der sich nur aus seiner Gier heraus zum personifizierten Bösen entwickelt hat.«

»Sie haben alle ihre gerechte Strafe erhalten«, antwortete Sacher. »Samt und sonders, lebenslänglich mit anschließender Sicherheitsverwahrung. Die kommen nicht mehr raus.«

»Das ist in den muslimischen Ländern auch sehr gut aufgenommen worden«, bestätigte Aysun. »Außer natürlich bei deren Fanatikern. Die hätten sie lieber geköpft. Weiß eigentlich jemand, wie es dem Sultan geht?«

Sacher grinste. »Der hat sich bereits erholt und steht wieder seinem Land vor. Dafür dürfte es seinem Neffen recht schlecht gehen. Er wartet jetzt im Gefängnis auf seine Hinrichtung. Aber ich glaube, der Sultan lässt ihn noch etwas schmoren. Die Männer, die seinen Neffen unterstützten, sind auf jeden Fall schon mal ausnahmslos in der Wüste verscharrt worden. Die haben da halt eine andere Rechtsprechung als wir. Soweit ich gehört habe, will der Sultan aber an seinem Plan festhalten und das Sultanat schrittweise in einen stabilen demokratischen Rechtsstaat umwandeln.«

Aysun nickte ernst. »Es wäre schön, wenn in den muslimischen Staaten die Demokratie ausgebaut würde. Anstatt, dass sie durch menschenverachtende Gewalttäter, die den Koran so verdrehen, dass er ihre

Gewalttiraden und ihre Gier nach Macht und Geld zu rechtfertigen scheint, in die Steinzeit zurückbefördert werden.«

Manger lehnte sich über das Steuerrad. »Unseren Islamfeinden reicht aber die Koraninterpretation dieser Extremisten aus, um die Muslime in ihrer Gesamtheit als Terroristen zu brandmarken und den Koran als Quelle allen Übels zu bezeichnen. Was dabei herauskommt, haben wir nun in all seiner Brutalität gesehen.«

Sacher nickte. »Es sind immer einige wenige, die den Namen einer Gemeinschaft, ob es sich nun um eine Religion oder einen Staat handelt, in der Welt stinkend machen. Das kennen wir Deutschen ja letztlich aus eigener Erfahrung. Wichtig ist, dass wir Menschen uns darauf einigen, dass Freiheit innerhalb einer gerechten Demokratie das Beste für alle ist. Dass wir Frieden halten und darauf achten unser System gegen jegliche Widersacher zu verteidigen, die nur Böses im Sinn führen. Auf jeden Fall, will ich eine solche Terrorsituation in Deutschland nie wieder erleben.«